Arne Dahl
Misterioso
Böses Blut

SERIE PIPER

Zu diesem Buch

Sein erster Fall beim Sonderkommando der Kripo Stockholm stellt Paul Hjelm vor eine schier unlösbare Aufgabe: Drei schwedische Geschäftsleute sind auf dieselbe kaltblütige Weise hingerichtet worden – mit einem Kopfschuß aus nächster Nähe. Erste Spuren zu einer Geheimloge wie auch zur russischen Mafia erweisen sich als Sackgasse. Wäre da nicht seine attraktive Kollegin Kerstin, hätte Paul Hjelm längst das Handtuch geworfen. Doch dann die heiße Spur: ein Jazzstück mit dem Titel »Misterioso« ... Im zweiten Fall reisen Hjelm und seine Kollegin Kerstin in die USA, um die Hintergründe eines fünfzehn Jahre zurückliegenden Falles wieder aufzurollen. Ein schwedischer Literaturkritiker wurde in New York bestialisch ermordet, ihm wurden die Stimmbänder zerfetzt. Diese Foltermethode deutet auf einen Täter hin, der vor Jahren bei einem Verkehrsunfall ums Leben gekommen sein soll. Die Zeit drängt, denn bald geschehen in Stockholm weitere Morde. Zwei packende Kriminalfälle für den Stockholmer Kommissar Paul Hjelm und sein Team in einem Band.

Arne Dahl ist das Pseudonym des schwedischen Romanautors Jan Arnald, geboren 1963, der für die schwedische Akademie arbeitet, die jährlich die Nobelpreise vergibt. Als Arne Dahl wurde er in den letzten Jahren mit seinen Kriminalromanen um den Stockholmer Inspektor Paul Hjelm und die Sonderermittler der A-Gruppe bekannt und vom Publikum und von der Kritik begeistert aufgenommen. »Misterioso« war Arne Dahls Deutschlanddebüt und Paul Hjelms erster Fall, danach erschienen »Böses Blut«, »Falsche Opfer«, »Tiefer Schmerz« und zuletzt »Rosenrot«. Arne Dahl erhielt mehrere Auszeichnungen, darunter zweimal den Deutschen Krimipreis: 2005 für »Falsche Opfer« und 2006 für »Tiefer Schmerz«. Weiteres zum Autor: www.arnedahl.net

Arne Dahl

Misterioso
Böses Blut

Zwei Bestseller in einem Band

Aus dem Schwedischen von
Maike Dörries und Wolfgang Butt

Piper München Zürich

Von Arne Dahl liegen in der Serie Piper vor:
Misterioso (3992, 6159)
Böses Blut (4285)
Falsche Opfer (4376)
Tiefer Schmerz (4697)
Misterioso / Böses Blut (Doppelband, 4734)

FSC

Dieses Taschenbuch wurde auf FSC-zertifiziertem Papier gedruckt. FSC (Forest Stewardship Council) ist eine nichtstaatliche, gemeinnützige Organisation, die sich für eine ökologische und sozialverantwortliche Nutzung der Wälder unserer Erde einsetzt (vgl. Logo auf der Umschlagrückseite).

Ungekürzte Taschenbuchausgabe
Juli 2006

Titel der schwedischen Originalausgaben:
»Misterioso« und »Ont Blod«, Bra Böcker, Malmö 1999 und 1998

Umschlag / Bildredaktion: Büro Hamburg
Heike Dehning, Charlotte Wippermann,
Alke Bücking, Daniel Barthmann
Foto Umschlagvorderseite: Nordic Photos / Mauritius Images
Foto Umschlagrückseite: Peter von Felbert
Satz: EDV-Fotosatz Huber / Verlagsservice G. Pfeifer, Germering
Papier: Munken Print von Arctic Paper Munkedals AB, Schweden
Druck und Bindung: Clausen & Bosse, Leck
Printed in Germany
ISBN-13: 978-3-492-24734-4
ISBN-10: 3-492-24734-2

www.piper.de

Misterioso

1

Etwas lag in der Winterluft.

Er konnte es nicht genau benennen – ein wärmender Lufthauch, die ausgefranste helle Öffnung am ansonsten gleichmäßig grauen Himmel, oder vielleicht lag es daran, daß es platschte, statt zu knirschen, als er in die Wasserlache trat, die den gesamten Winter über den für ihn reservierten Parkplatz umgeben hatte.

Er stand eine Weile da und blinzelte in die morgendliche Wolkendecke, die wie ein zusätzliches schützendes Dach über der Bank lag.

Die gleiche Stille wie immer.

Ein Stück entfernt lag der Ortskern, noch ganz verschlafen, das einzige Lebenszeichen waren ein paar dünne Rauchfäden, die sich aus dem einen oder anderen Schornstein kräuselten.

Er hörte das eintönige Zwitschern der Sumpfmeise und sah sie aus ihrem Nest direkt unter dem Dachfirst lugen. Nachdem er den Wagen abgeschlossen hatte, ging er die wenigen Meter zu der unansehnlichen Tür des Personaleingangs, fischte sein großes Schlüsselbund heraus und öffnete die drei Sicherheitsschlösser, eins nach dem anderen.

Im Schalterraum hing der übliche Wochenendmief; Lisbet würde lüften, sobald sie wie gewohnt gutmütig schnatternd eintraf.

Er selbst kam immer als erster, so war die Routine.

Alles war genau wie immer.

Er wiederholte es mehrmals: Alles ist genau wie immer.

Möglicherweise sagte er es einmal zu oft.

Er ging an seine Kasse und zog die Schublade auf, nahm ein längliches, vergoldetes Etui heraus und wog vorsichtig einen der langen Pfeile in der Hand. Seine Spezialwaffe.

Es gab nicht viele, nicht einmal unter den Eingeweihten, die wirklich wußten, wie ein Dartpfeil auszusehen hatte. Seine

Pfeile waren eine Spezialanfertigung; ein zwölf Zentimeter langer Rumpf mit verhältnismäßig kurzen, buschigen Flights und eine sieben Zentimeter lange Spitze, die seine Gegner jedesmal wieder in Erstaunen versetzte.

Er nahm die drei Pfeile und ging um die Trennwand herum in den hinteren Bürotrakt. Dort hing das Board. Ohne auf den Boden sehen zu müssen, stellte er sich mit den Schuhspitzen an die dünne schwarze Linie, die exakt 237 Zentimeter von der Dartscheibe entfernt war, und warf in einer rhythmischen Abfolge die Pfeile. Alle drei steckten im äußeren großen Feld der Eins. Das war sein Aufwärmtraining.

Wie immer.

Alles war, wie es sein sollte.

Er verschränkte die Finger und bog die Handinnenflächen nach außen, bis ein leichtes Knacken zu hören war, danach schüttelte er die Hände aus. Er zog das Schlüsselbund aus der Manteltasche, ging zurück in den Schalterraum und öffnete den Tresor. Schwerfällig und mit sonorem Knarren schwang die Tür auf.

Es klang wie immer.

Er trug eine Tasche mit dicken Banknotenbündeln zu seinem Platz an der Kasse, breitete diese auf der Arbeitsplatte aus und betrachtete sie eine Weile, wie immer.

Gleich würde Lisbet durch den Personaleingang geschwebt kommen und augenblicklich anfangen, die neuesten Familiengeschichten auszubreiten; danach würde Albert mit seinem überheblichen Räuspern erscheinen und ihnen steif zunicken. Mia würde wie immer die letzte sein, dunkelhaarig, verschlossen und stumm unter ihrem Pony hervorschielend. Danach würde es nicht mehr lange dauern, bis Lisbets Kaffeeduft auch den letzten Rest Wochenendmief verdrängt hatte und das Büro mit einer Atmosphäre stiller Menschlichkeit füllte.

Danach die vereinzelt hereintröpfelnden Kunden: Bauern, die nervös an ihren uralten Sparbüchern herumfingerten; Hausfrauen, die pedantisch über jede noch so geringe Summe, die sie abhoben, Buch führten; Rentner, die ihr Konto überzogen, um sich das Futter für ihre Katzen leisten zu können.

Er hatte sich hier immer wohl gefühlt. Aber der Ort war kleiner geworden, viele Leute waren abgewandert, die Kundenzahlen immer weiter geschrumpft.

Es ist alles wie immer, dachte er.

Noch einmal trat er hinter die Trennwand, um den Tag mit einem schnellen Fünfhunderteins-Spiel einzuläuten. Von fünfhunderteins bis null. Mit ein paar Treble-Zwanzigern und Bullringen würde er den Countdown beschleunigen. Genau wie immer. Die Pfeile trafen punktgenau; der gewöhnungsbedürftige, zittrige Flug, das besondere Kennzeichen seiner langen Pfeile, führte sicher ans Ziel. Noch 87 Punkte, als die Uhr piepste.

Neun Uhr dreißig.

Während er darüber nachdachte, wie er das Finish gestalten wollte, ging er zur Eingangstür und schloß auf.

Alles war genau wie immer.

Nehmen wir die einfache Variante, dachte er, zuerst eine einfache Fünfzehn, danach eine einfache Zwanzig und als Krönung das einzige Bull's-Eye dieses Morgens. Zwei. Danach zum Abschluß der Partie eine Doppel-Eins. Null. Ganz einfach. Das schwierigste würde sein, den dritten Pfeil exakt im kleinen schwarzen Mittelpunkt des Bull's-Eye zu plazieren. Ein guter Start in den Tag.

Ein guter Start in einen ganz gewöhnlichen Tag.

Um der Spannung willen plazierte er die Fünfzehn ins äußere und die Zwanzig ins innere Feld; der Pfeil steckte direkt neben dem Stahldraht und neigte sich verräterisch zur Eins, aber er saß. Der Draht vibrierte leicht von der Berührung. Jetzt noch das Bull's-Eye, mitten ins Schwarze. Er konzentrierte sich, hob den Pfeil, zielte mit der langen Spitze auf den inneren Ring und führte den Pfeil exakt in Augenhöhe zehn Zentimeter nach hinten.

In dem Moment schlug die Tür.

Das stimmte nicht. Das war nicht richtig.

Er ließ den Pfeil sinken und ging in den Schalterraum.

Ein riesiger, bulliger Mann zielte mit einer großen Pistole auf ihn. Wie versteinert blieb er stehen. Alles brach auseinander. Das war falsch, völlig falsch. Nicht jetzt. Nicht ausgerechnet jetzt. Der Boden unter seinen Füßen gab nach.

Der Mann trat an den Schalter und hielt ihm eine leere Reisetasche hin. Er legte den Pfeil beiseite, öffnete die Klappe und nahm die Tasche mechanisch entgegen.

»*Fill it up*«, sagte der Mann in gebrochenem Englisch.

Langsam und methodisch packte er ein Geldbündel nach dem anderen ein. Neben der Tasche lag der Pfeil mit der langen Spitze. Die Gedanken wirbelten wild in seinem Kopf herum. Nur noch das Bull's-Eye, dachte er, und er dachte an Lisbet und daran, daß es neun Uhr dreißig war, und an die aus alter Gewohnheit aufgeschlossene Eingangstür, er dachte an den Abschluß mit der Doppel-Eins und den anonymen braunen Briefumschlag von höchster Stelle, an die Fäuste unter den blauen Klängen, daran, wie weich Lena war, und an die losen Zähne unter der Zunge und zuletzt wieder einmal an das Bull's-Eye.

Der bullige Mann senkte die Pistole und sah sich lauernd um.

Er dachte an seine Fähigkeit, in extremen Streßsituationen das Äußerste aus sich herauszuholen.

»*Hurry up*!« fauchte der Stier und warf nervöse Blicke aus dem Fenster. Seine Augen mit den tiefschwarzen Pupillen waren rot gerändert.

Bull's-Eye, dachte er und griff nach dem Pfeil.

Danach stand nur noch das Schlußdoppel aus.

2

Paul Hjelm ging durch den Kopf, wie lange er nicht mehr in einem Streifenwagen mit Blaulicht und heulender Sirene gesessen hatte. Er saß auf der Rückbank, eingezwängt zwischen zwei uniformierten Polizisten und einem Kripobeamten in Zivil. Als der Wagen in einem heftigen Linksschwenk auf den Botkyrkaleden Reifengummi verbrannte, beugte er sich vor und legte dem Fahrer eine Hand auf die Schulter.

»Es wäre vielleicht besser, die Sirenen auszuschalten«, sagte er leise.

Der Fahrer streckte die Hand nach dem Knopf aus, aber still wurde es deswegen noch lange nicht; die quietschenden Reifen und der heulende Motor sorgten für einen gleichbleibenden Lärmpegel.

Hjelm beobachtete seinen Kollegen in Zivil. Svante Ernstsson hielt sich krampfhaft an einer Schlaufe fest, die von der Decke herunterhing. Baumeln in modernen Polizeiwagen tatsächlich noch Handschlaufen? dachte Paul Hjelm – und gleichzeitig ging ihm auf, daß diese Frage jetzt irgendwie unangebracht war.

Dann dachte er, daß er in letzter Zeit häufiger unangebrachte Sachen dachte.

Es war knapp einen Monat her, daß Svante Ernstsson nach einer absurden Verfolgungsjagd durch Fittja auf dem Tegelängsvägen unbeschadet aus einem total demolierten Einsatzwagen gestiegen war. Er lachte unsicher, als der Wagen an der Ausfahrt nach Fittja vorbei über die stark befahrene Autobahn preschte, bevor er sich in Höhe von Slagsta in die langgezogene Linkskurve legte und über die Kreuzung raste. Rechts ging es in den Tegelängsvägen, Svante Ernstssons starrer Blick war stur nach links gerichtet. Danach entspannte er sich ein wenig.

Hjelm konnte sich lebhaft vorstellen, was in Ernstsson vorging. Nach fast siebenjähriger enger Zusammenarbeit in einem der härtesten Polizeidistrikte des Landes kannten sie einander in- und auswendig. Dabei war ihm klar, daß sie im Grunde genommen herzlich wenig voneinander wußten.

Hjelm fühlte sich vollkommen leer. Darum hatte er sich auch von der Angst seines Kollegen anstecken lassen. Um sich selbst einen Moment lang zu entfliehen.

Der Tag hatte erdenklich dämlich begonnen. Es war stickig gewesen im Schlafzimmer, die frühe Morgensonne hatte auf den Jalousien gestanden und den Mief noch aufgeheizt. Er war näher an Cilla herangerückt, die aber, als sie seine Erregung spürte, ein Stück von ihm weggerutscht war. Er hatte es nicht gemerkt, nicht merken wollen, war in seiner hartnäckig pochenden Geilheit weiter hinter ihr her gerobbt. Und sie war weiter von ihm weggerutscht, bis sie die Bettkante erreichte und aus dem Bett fiel. Er war hochgefahren, auf einen Schlag hellwach, und abrupt erschlafft. Sie hatte sich langsam aufgerappelt, kopfschüttelnd, wortlos wütend. Dann hatte sie eine Hand in den Slip geschoben, eine blutige Binde herausgezogen und sie ihm vor die Nase gehalten, worauf er angeekelt und entschuldigend zugleich das Gesicht verzogen hatte. In dem Augenblick hatten sie Dannes vierzehnjährig-pickeliges und völlig entgeistertes Gesicht in der Tür entdeckt. Im nächsten Moment war er davongestürzt. Seine Zimmertür krachte, der Schlüssel drehte sich im Schloß, und Public Enemy rappte in voller Lautstärke los. Hjelm und Cilla tauschten kurze Blicke. Plötzlich waren sie in einem wirren Schuldgefühl wieder vereint. Cilla lief über den Flur, aber ihr Klopfen an Dannes Tür war aussichtslos.

Wenig später saßen sie am Frühstückstisch.

Tova und Danne waren schon in der Schule. Danne hatte weder gefrühstückt noch ein Wort gesagt, keinen von ihnen auch nur eines Blickes gewürdigt.

Es sah aus, als spräche Cilla Hjelm mit den Spatzen auf dem Vogeltisch draußen vorm Fenster ihres Reihenhauses: »Du bist bei zwei Geburten dabeigewesen. Wie zum Teufel kann es angehen, daß du dich immer noch vor den weiblichen Körperfunktionen ekelst?«

Er war vollkommen leer. Der Wagen ließ Slagstas Kleingartenkolonie rechts und die Brunnaschule links liegen und erreichte kurz darauf den Tomtbergavägen, der den schwer definierbaren Grenzbereich (mit fast vierhundert Hausnummern) zwischen Hallunda und Norsborg wie ein überdimensionales Hufeisen einrahmte. Dann bog der Wagen scharf nach links ins Zentrum von Hallunda ab; einen Augenblick lang hatte Hjelm Svante Ernstsson auf dem Schoß. Sie tauschten müde Blicke und sahen die kurzen, aber dichtbesiedelten Sackgassen Lindvägen, Kornvägen, Hampvägen, Havrevägen vor dem Fenster vorbeiziehen, die brutale Phantasielosigkeit der hohen, gleichförmigen Sechziger- und Siebziger-Jahre-Klötze. Nährboden, dachte Paul Hjelm, ohne genau zu wissen, wie er darauf kam.

Auf dem Marktplatz standen drei Polizeiwagen mit offenen Türen, hinter denen ein paar Uniformierte mit gezogenen Dienstwaffen kauerten und in völlig verschiedene Richtungen zielten. Weitere Polizisten waren damit beschäftigt, Schaulustige, Mütter mit Kinderwagen und Hundebesitzer zu verscheuchen.

Sie hielten neben den anderen Polizeiwagen. Die beiden Polizisten stiegen sofort aus und eilten ihren Kollegen zu Hilfe. Es ging um die »Evakuierung des Bereichs«, so hieß es zumindest später in den Akten. Hjelm saß noch halb im Auto, als Ernstsson bereits auf dem Weg zum nächsten Wagen war, aus dem sich Johan Bringmans schlaffe Gestalt zwängte und träge den Rücken streckte.

»Die Ausländerbehörde«, sagte er mitten im Strecken. »Drei Geiseln.«

»Okay, was wissen wir?« fragte Ernstsson, aus höchsten Höhen auf Bringmans krummen Rücken herabblickend, und knöpfte angesichts der Spätwintersonne seine Lederjacke auf.

»Schrotflinte, zweiter Stock. Der größte Teil des Gebäudes ist geräumt. Wir warten auf die Spezialeinheit.«

»Aus Kungsholmen?« fragte Hjelm. »Das kann dauern. Hast du gesehen, was für ein Verkehr auf der E 4 ist?«

»Wo steckt Bruun?« fragte Ernstsson.

Bringman zuckte mit den Schultern. »Keine Ahnung. Wartet wahrscheinlich auf die Promis, denke ich mir. Na, egal, eine Angestellte aus dem Büro hat es nach draußen geschafft. Kommen Sie doch mal her, Johanna, ja genau. Das ist Johanna Nilsson, sie arbeitet da drinnen.«

Eine blonde Frau in den Vierzigern stieg aus dem Polizeiwagen und blieb vor Ernstsson stehen, eine Hand an der Stirn, während sie an den Nägeln der anderen kaute. Svante Ernstsson legte ihr eine Hand auf die Schulter und sagte beschwichtigend: »Versuchen Sie, ganz ruhig zu bleiben. Wir werden das schon regeln. Kennen Sie den Mann?«

»Er heißt Dritëro Frakulla«, sagte Johanna Nilsson mit brüchiger Stimme. »Kosovoalbaner. Die Familie lebt schon eine ganze Weile hier. Jetzt sind sie in den allgemeinen Ausweisungsstrudel geraten. Sie dachten, es wäre alles geklärt, haben nur noch auf die positive Nachricht gewartet, und dann kam genau der gegenteilige Bescheid. Da ist ihm die Sicherung durchgebrannt, nehme ich an. Der Boden wird einem unter den Füßen weggezogen. Ich weiß, wie das ist.«

»Kennen Sie ihn näher?«

»Ihn kennen? Mein Gott, er ist ein Freund von mir! Ich habe ihn betreut. Ich kenne seine Kinder, seine Frau, alle seine verdammten Katzen. Wahrscheinlich gilt das Ganze mir. Er ist ein zurückhaltender Mann, der keiner Fliege was zuleide tut. Ich hab ihn angelogen.« Sie wurde lauter: »Ohne es zu wollen, habe ich ihn die ganze Zeit angelogen, verdammt! Die Gesetze ändern sich alle naselang. Wie sollen wir unsere Arbeit gut machen, wenn sich alles, was wir sagen, am laufenden Band in Lügen verwandelt?«

Paul Hjelm erhob sich schwerfällig. Er zog die dicke Jeansjacke mit dem Fellkragen aus, schnallte das Schulterhalfter ab und warf es ins Auto, schob die Dienstpistole hinten in den Hosenbund und zog die Jacke wieder an.

Er war vollkommen leer.

»Was zum Teufel hast du vor?« fragten Svante Ernstsson und Johan Bringman im Chor.

»Ich geh jetzt da rein.«

»Die Spezialeinheit kann jeden Augenblick hier sein, verflucht noch mal!« rief Ernstsson ihm nach, als er den Tomtbergavägen überquerte. Er rannte hinter ihm her und packte ihn am Arm. »Warte, Pålle, mach jetzt keine Dummheiten. Bring dich nicht unnötig in Gefahr. Überlaß das den Experten.«

Ihre Blicke kreuzten sich. Er sah die leere Entschlossenheit in Hjelms Augen und ließ ihn los.

Wir kennen einander viel zu gut, dachte er und nickte.

Paul Hjelm schlich vorsichtig die Treppen zur Ausländerbehörde hoch. Nichts war zu sehen, nichts zu hören. Die Luft in dem geräumten Gebäude stand still. Um ihn herum purer Beton. Beton mit einem dicken, kunststoffartigen Anstrich, der trotz halbherziger Dekorationsversuche in Gestalt zufällig hingeklatschter Farbspritzer grau wirkte. Es roch nach Urin, Schweiß und Alkohol, und die wie Wüstenluft flimmernde Hitze verstärkte den Gestank noch. Der Duft Schwedens, dachte er.

Es war Ende der Neunziger.

Er schob sich durch den leeren tristen Korridor bis vor eine geschlossene Tür. Holte einmal tief Luft und rief: »Frakulla!«

Es herrschte absolute Stille. Um gar nicht erst ins Grübeln zu geraten, redete er einfach weiter: »Ich heiße Paul Hjelm und bin Polizist. Ich bin allein hier und unbewaffnet. Ich will nur mit Ihnen reden.«

Hinter der Tür tat sich etwas. Dann sagte eine tiefe Stimme fast unhörbar: »Kommen Sie rein!«

Er holte noch einmal tief Luft und öffnete die Tür.

Auf dem Fußboden des Büros saßen zwei Frauen und ein Mann mit hinter dem Kopf verschränkten Händen. Daneben, vor einer fensterlosen Wand, stand ein kleiner, dunkelhaariger Mann in einem braunen Anzug mit Weste, Schlips und Schrotflinte. Letztere war auf Paul Hjelms Nasenlöcher gerichtet.

Hjelm schloß die Tür hinter sich und hob die Arme.

»Ich weiß, was passiert ist, Frakulla«, sagte er, so ruhig er nur konnte. »Wir müssen versuchen, aus dieser Situation rauszukommen, ohne daß jemand verletzt wird. Wenn Sie sich jetzt ergeben, können Sie immer noch Berufung gegen den Beschluß einlegen. Wenn nicht, droht Ihnen eine Gefängnisstrafe und anschließend die direkte Ausweisung. Sehen Sie her, ich bin unbewaffnet«, sagte er, wand sich langsam aus der Jeansjacke und ließ sie auf den Boden fallen.

Dritëro Frakulla blinzelte heftig und zielte abwechselnd auf ihn und die drei Angestellten auf dem Boden.

Forder mich bloß nicht auf, mich umzudrehen, dachte Hjelm. Weiterreden, los, weiterreden. Appellier an sein Verständnis. Benutz Worte, die ihn zum Nachdenken bringen. Lenk ihn ab.

»Denken Sie an Ihre Familie«, fuhr er schließlich fort. »Was soll ohne den Versorger der Familie aus Ihren Kindern werden? Aus Ihrer Frau? Arbeitet sie? Was könnte sie arbeiten, Frakulla? Was für Qualifikationen hat sie?«

Die Flinte war nun auf ihn gerichtet; genau das hatte er erreichen wollen. Und dann begann Frakulla, in sauberem Schwedisch zu reden.

»Je schwerer das Verbrechen, das ich begehe, desto länger können wir bleiben. Haben Sie daran schon mal gedacht? Die schicken meine Familie nicht ohne mich nach Hause. Ich opfere mich für sie. Könnte man es nicht so nennen?«

»Falsch, Frakulla. In so einem Fall wird Ihre Familie unmittelbar ausgewiesen und muß schutzlos zu den Serben zurückkehren. Was glauben Sie wohl, was die Serben mit einer Frau und ein paar Kindern im Vorschulalter machen werden, die vor ihnen geflohen sind? Und was glauben Sie wohl, wie es Ihnen im Knast ergehen wird, wenn Sie einen Polizisten, obendrein noch einen unbewaffneten Polizisten, erschossen haben?«

Der Mann senkte die Flinte ein paar Zentimeter, jetzt sah er völlig verwirrt aus. Das reichte Hjelm. Er griff nach hinten, riß die Dienstwaffe aus dem Hosenbund und feuerte einen Schuß ab.

Zugleich versuchte er, die innere Stimme zum Schweigen zu bringen: *Wie zum Teufel kann es angehen, daß du dich immer noch vor den weiblichen Körperfunktionen ekelst?*

Für einen kurzen Augenblick, der aus der Zeit herausgelöst zu sein schien, stand alles vollkommen still. Frakulla hielt wie versteinert die Flinte in der Hand. Sein schwer zu deutender Blick bohrte sich in Hjelms Augen. Alles war möglich.

»Aah«, stieß Dritëro Frakulla aus, ließ die Waffe fallen und kippte vornüber.

Veränderung erfordert Handeln, dachte Hjelm und merkte, wie ihm schlecht wurde.

Der männliche Angestellte riß die Schrotflinte an sich und drückte den Lauf gegen den Schädel des am Boden Liegenden, unter dessen rechter Schulter eine Blutlache immer größer wurde.

»Lassen Sie die Waffe fallen, Sie Vollidiot!« brüllte Hjelm und übergab sich.

3

Am Anfang bizarre, kurze Sprünge auf der Klaviertastatur, rauf und runter, rauf und runter; im Hintergrund, ganz leise, das Zischeln eines Beckens, gelegentlich ein kurzes Wischen des Jazzbesens über die kleine Trommel. Hin und wieder verlassen die Finger die vorgezeichneten Wege, ohne jedoch den stolpernden Rhythmus zu unterbrechen. Kurze Pause, dann wird das Thema wiederholt, jetzt von Klavier und Saxophon unisono. Dann ein abrupter Wechsel. Der Baß spielt ruhige Viertel, das Saxophon erhebt seine Stimme zum Solo. Das Klavier teilt sporadisch verhaltene Akkorde aus, während das Saxophon souverän durch die Harmonien streift.

Die Pinzette versinkt in dem Loch, sucht und findet. Das Saxophon fiepst ein wenig außerhalb der Tonart, um gleich darauf weiterzuschlendern. Das Klavier ist verstummt. Für einen Moment ist im Hintergrund das Publikum zu hören. Die Pinzette zieht heraus, wonach sie gesucht hat, während der Saxophonist ein paar schnelle Läufe spielt. Nach jedem Lauf ruft einer aus der Band Yeah. Das Publikum antwortet mit Yeah. Das Saxophonsolo endet mit langgezogenen Tönen. Vereinzelter Applaus.

Das Klavier setzt wieder ein. Die gleichen Sprünge wie am Anfang, sukzessive Abweichungen, Querulieren, immer freiere Läufe. Klavier, Baß und Schlagzeug, sonst nichts. Die Pinzette versinkt im zweiten Loch. Diesmal geht es einfacher. Beide Klümpchen verschwinden in der Tasche. Er geht zurück zum Sofa.

Das Klavier gelangt wieder an seinen Ausgangspunkt. Der Baß setzt nach einer kurzen Pause erneut ein, dazu das Saxophon, alle finden im Thema wieder zusammen. Applaus. Yeah.

Er drückt auf die Fernbedienung. Mit einemmal ist es unerhört still.

Er steht auf. Bleibt eine Weile in dem großen Raum stehen. Hoch oben unter der Decke, in dem nicht spürbaren Luftzug um den Kristallüster, tanzen ein paar unerwartete Staubkörner. Das matte Metall der stromlinienförmigen Stereoanlage reflektiert kein Licht. Bang und Olufsen.

Bang, bang, denkt er. Olufsen, denkt er. Dann denkt er nichts mehr.

Seine behandschuhte Hand streicht sanft über den glänzenden Bezug des Ledersofas, ehe er sich prüfend auf den Weg über das heimelig knarrende Parkett macht. Er umrundet den fünfundzwanzig Quadratmeter großen Teppich, an dem pakistanische Kleinkinder in Sklavenarbeit monatelang geknüpft haben, und durchquert den Flur auf dem Weg zum Balkon. Er öffnet die Tür und bleibt eine Weile draußen stehen, direkt neben der Hollywoodschaukel. Er füllt seine Lungen mit der stillen, kühlen Luft der Frühlingsnacht und verweilt mit dem Blick auf den Reihen von Åkerö, Ingrid Marie und Lobo, Transparente blanche und Gelber Bellefleur. Jeder Apfelbaum ist mit einem kleinen Schild versehen, das hat er auf dem Weg nach drinnen gesehen. Noch existieren die Äpfel nur auf den Schildern, prall, farbintensiv, lange, lange vor den ersten Blüten. Platte Surrogatäpfel.

Er würde gern glauben, daß es Grillen sind, die er da hört, weil das Pfeifen sonst in seinem Kopf wäre. Überschallknall, denkt er, Olufsen.

Obwohl es eigentlich gar kein richtiger Knall war.

Er zieht die Balkontür zu, durchquert erneut den langen Flur und kehrt in das riesige Wohnzimmer zurück. Wieder macht er einen Bogen um die feurigroten Arabesken des handgeknüpften Teppichs, geht zur Stereoanlage und drückt auf Eject. In einer angedeuteten Ellipse schiebt sich die Kassette gelassen aus dem Fach. Er steckt sie in die Tasche. Dann schaltet er die Anlage aus.

Er sieht sich noch einmal in dem Raum um. Atmosphäre, denkt er. Selbst die Staubkörner scheinen eigens bestellt worden zu sein, passend zum Lüster, den sie so stilvoll umwirbeln.

Vor seinem inneren Auge erscheint eine Liste. Er vollführt mental eine Verbeugung.

Kuno, denkt er lächelnd. Ist das nicht ein Gesellschaftsspiel?

Beim Verlassen des gigantischen Wohnzimmers wählt er einen anderen Weg als beim Betreten. Der Teaktisch und die vier dazu passenden Stühle mit den hohen Rückenlehnen stehen auf einem anderen, ebenfalls handgeknüpften Teppich. Er bildet sich ein, daß es sich um einen Perser handelt. Im Gegensatz zu dem roten pakistanischen Teppich ist er beige gehalten.

Wenngleich sie einander nun sehr ähneln.

Neben dem Tisch muß er über das hinwegsteigen, was den Perserteppich rot färbt. Er hebt seine Beine über ein Paar andere.

Im Garten blinzelt ein verschlafener Vollmond unter seiner daunigen Wolkendecke hervor und beleuchtet einen verschleierten Elfenreigen auf den kahlen Apfelbäumen.

4

Kriminalkommissar Erik Bruun hatte vergessen, den roten Knopf an seinem Schreibtisch zu drücken, und so leuchtete im Flur, von einem Summen begleitet, am Türrahmen über seinem Namensschild eine grüne Lampe auf. Paul Hjelm drückte die Klinke der ewig geschlossenen Tür und trat ein.

Die Polizeidienststelle mit ihrer merkwürdigen Ortsmixtur stellte sich in etwa folgendermaßen dar: in Fittja gelegen mit Postanschrift Norsborg, Gemeinde Botkyrka, Polizeibehörde Huddinge. Hjelm selbst wohnte in einem Reihenhaus in Norsborg. Trotzdem konnte er nie genau sagen, an welchem Ort er sich befand. Am allerwenigsten jetzt.

Ein gottverlassener Ort, dachte er in einem Anflug von Tragik, als er den Raum betrat, der als Das Braune Zimmer bekannt war. Einmal im Jahr bekam es neue Tapeten, doch die waren innerhalb weniger Tage wieder braun; Erik Bruun pflegte sie mit einer seiner schwarzen Zigarren einzuweihen. Hjelm war nie in Bruuns Junggesellenwohnung in Eriksberg gewesen, die er nur aus Erzählungen kannte, aber er konnte sich lebhaft vorstellen, wie die Wände dort aussahen. Er selbst war Nichtraucher, auch wenn er sich schon mal die eine oder andere Zigarette ansteckte, um nicht zum Sklaven seiner Tugend zu werden, wie ein weiser Mann es einmal ausgedrückt hatte.

An diesem Tag hatte er bereits sechs Zigaretten geraucht, und er wußte, daß es noch mehr werden würden. Das Nikotin zeigte erste Wirkung in seinem Kopf, und so blieb der sonst übliche Schock beim Betreten des Braunen Zimmers aus, das von der Gesundheitsbehörde wiederholt als massiv gesundheitsgefährdend eingestuft worden war. Ein übereifriger Beamter hatte einmal einen Totenkopfaufkleber auf Bruuns Tür geklebt, dessen restlose Entfernung Hjelm und Ernstsson drei Stunden ihrer wertvollen Arbeitszeit gekostet hatte.

Erik Bruun war nicht allein. Er thronte hinter seinem überbordenden Schreibtisch und sog an einer seiner unsäglichen russischen Zigarren. Auf dem Sofa vorm Fenster saßen zwei äußerst elegant gekleidete Herren ungefähr in Hjelms Alter, also um die Vierzig – wer wäre jemals auf die Schnapsidee gekommen, ihn als »Herrn« zu bezeichnen? In diesem Fall lag das Wort nahe. Er kannte die Herren nicht, aber er kannte diese aalglatten Gesichtszüge.

Na ja, was hatte er anderes erwartet.

Bruun wuchtete seinen massigen Körper aus dem Stuhl und kam ihm entgegen; eine derartige Joggingeinlage hatte Seltenheitswert. Er schüttelte Hjelm die Hand und kratzte sich den grauroten Bart.

»Ich darf gratulieren«, sagte er mit besonderer Betonung auf dem *Ich*. »Außerordentliche Leistung. Wie fühlst du dich? Hast du schon mit Cecilia gesprochen?«

»Danke«, erwiderte Hjelm mit einem Blick auf die beiden Herren. »Ich hab sie noch nicht erreicht. Sie wird es wohl auf anderem Weg erfahren, nehme ich an …«

Bruun nickte zögernd und kehrte zu seinem Lieblingsstuhl zurück.

»Wie gesagt: Wir hier im Haus gratulieren dir und stehen hinter dir … Du hast noch nicht die Frage beantwortet, wie du dich fühlst …«

Wieder nickte Bruun langsam und bedeutungsvoll.

»Verstehe«, sagte er schließlich und sog an seiner Zigarre. »Das hier sind übrigens Niklas Grundström und Ulf Mårtensson von den Internen Ermittlungen. Ob sie auch hier sind, um dir zu gratulieren, kann ich nicht sagen.«

Da Bruuns kleine Ansprache klang, als wollte er sich zurückziehen, erhoben die beiden Herren sich von dem Sofa. Es gab einen kurzen Moment der Irritation, als der Kommissar ungerührt sitzen blieb und seine schwarze Zigarre schmauchte – genau jenen Anflug von Unsicherheit, den die beiden um keinen Preis vermitteln wollten. Hjelm bedankte sich bei Bruun mit einem scheinbar neutralen Blick, der angemessen erwidert wurde. Der Kommissar nahm einen letzten Zug und erhob sich schwerfällig.

»Der Arbeitsschutzbeauftragte hat festgelegt, daß ich das Zimmer nicht mit brennender Zigarre verlassen darf«, entschuldigte er sich und verließ, in Rauchschwaden gehüllt, den Raum. Der ausgedrückte Zigarrenstummel schickte immer noch Rauchzeichen zur Decke.

Grundström schob den Aschenbecher weg, als handele es sich um eine übergärige Latrinentonne, und setzte sich, nicht ohne Widerwillen, in Brunns geräucherten Schreibtischsessel. Mårtensson sank wieder auf das Sofa. Grundström legte seine Aktentasche auf die Arbeitsplatte und nahm eine Brille mit fast kreisrunden Gläsern heraus, die er umständlich aufsetzte. Danach zog er einen braunen Umschlag und eine Abendzeitung hervor. Nachdem er die Aktentasche zurück auf den Boden gestellt hatte, hielt er Hjelm die Titelseite des *Expressen* entgegen. Fette Schlagzeilen verkündeten: »Extra. Der Held von Fittja. Polizist Held in Geiseldrama«. Unter der Überschrift war ein bestimmt zehn Jahre altes Foto des damaligen Polizeiassistenten Paul Hjelm abgedruckt.

»Die Medien haben die Rollen bereits verteilt«, sagte Niklas Grundström in blasiertem Ton und faltete die Zeitung zusammen. Dabei fixierte er Hjelm. »So etwas geht heutzutage unerhört schnell, nicht wahr. Daß sie es schon in der Abendausgabe bringen. Da war der Stift mal wieder schneller als der Gedanke.«

»Altes Dschungelsprichwort«, rutschte Hjelm heraus, ehe er den Denkapparat einschalten konnte. Er biß sich auf die Zunge.

Grundström musterte ihn, ohne eine Miene zu verziehen. Dann bückte er sich und nahm ein kleines Aufnahmegerät aus der Aktentasche.

»Ich hatte gehofft, darauf verzichten zu können«, sagte er und drückte den Startknopf. »Verhör mit Kriminalinspektor Paul Hjelm, geboren am 18.02.57, ausgeführt von Grundström und Mårtensson in der Polizeidienststelle Huddinge am 30. März um 17 Uhr 06.«

»Verhör?« fragte Hjelm.

»Verhör«, bestätigte Grundström. »Sie haben es selbst so gewollt.«

Hjelm biß sich erneut auf die Zunge. Jetzt bloß kein Wort zuviel. Und dann ging es los:

»Sind oder waren Sie jemals Mitglied einer ausländerfeindlichen Organisation?«

»Nein«, antwortete Hjelm und beschwor sich, ganz ruhig zu bleiben.

»Wie ist Ihr Verhältnis zu Ausländern?«

»Weder gut noch schlecht.«

Grundström kramte in dem großen braunen Umschlag und fischte schließlich etwas heraus, das wie ein Register aussah. Er faßte zusammen: »42 Prozent der Festnahmen während Ihrer Dienstzeit in diesem Distrikt sind gegenüber Personen ausländischer Herkunft durchgeführt worden. Im letzten Jahr ist die Zahl sogar auf 57 Prozent gestiegen.«

Hjelm hüstelte und konzentrierte sich. »In der gesamten Gemeinde Botkyrka sind nach neuesten Erkenntnissen 32 Prozent der Bevölkerung ausländischer Herkunft, wovon 20 Prozent ausländische Staatsbürger sind. Im nördlichen Teil, das heißt in Alby, Fittja, Hallunda und Norsborg, liegt die Zahl erheblich höher, deutlich über 50 Prozent. Daß 42 Prozent der Festnahmen in dieser Gegend gegenüber Einwanderern vorgenommen werden, ist ja wohl eher ein Indiz dafür, daß bei Personen schwedischer Herkunft ein ausgeprägterer Hang zur Kriminalität vorliegt. Jedenfalls liefert diese Zahl nicht den geringsten Beweis für Rassismus, wenn es das ist, worauf Sie hinauswollen.«

Hjelm war äußerst zufrieden mit seiner Antwort; Grundström nicht.

»Was hat Sie geritten, einfach da reinzustürmen und den Mann wie ein zweiter Dirty Harry umzunieten?«

»Dieser Mann, wie Sie sagen, gehört der albanischen Minorität in der Provinz Kosovo im südlichen Serbien an. Sie wissen ja sicher, wie die Situation dort aussieht. So gut wie alle Kosovoalbaner, mit denen wir in diesem Bezirk zu tun haben, Menschen, die sich eingelebt und Schwedisch gelernt haben, deren Kinder auf schwedische Schulen gehen, fast alle sollen nun ausgewiesen werden. So etwas geht nicht reibungslos ab.«

»Um so weniger Grund hatten Sie, ihn einfach niederzuschießen. Die Geiselsondereinheit der Reichspolizeibehörde war unterwegs, das sind Spezialisten, Experten. Warum, um alles in der Welt, mußten Sie unbedingt allein da rein?«

Hjelm schaffte es nicht rechtzeitig, sich auf die Zunge zu beißen.

»Um ihm das Leben zu retten, verdammt noch mal!«

Es war kurz vor acht Uhr abends. Hjelm und Bruun saßen im Braunen Zimmer, Bruun in seinem Sessel, Hjelm halb liegend auf dem Sofa. Zwischen ihnen auf dem Schreibtisch stand ein riesiges Tonbandgerät. Das Band lief.

»Um ihm das Leben zu retten, verdammt noch mal!«

Bruun hätte beinahe seine Zigarre verschluckt. Mit einer ausladenden Bewegung hielt er das Tonband an.

»Du«, sagte er und zeigte mit der gleichen ausladenden Bewegung auf Hjelm, »bist ein waghalsiger Mensch.«

»Idiotisch, ich weiß …«, erwiderte Hjelm. »Genauso idiotisch, wie heimlich ein Verhör der Abteilung für interne Ermittlungen mitzuschneiden.«

Bruun zuckte mit den Schultern und schaltete das Gerät wieder ein. Nach einer kurzen Pause war wieder Hjelms Stimme zu hören: »Diese Spezialeinheit ist doch nur auf eine Sache spezialisiert, das wissen Sie genausogut wie ich: darauf, den Täter unschädlich zu machen, ohne die Geiseln zu gefährden. Unschädlich machen im Sinne von eliminieren im Sinne von töten.«

»Glauben Sie ernsthaft, daß wir Ihnen abnehmen, Sie hätten auf ihn geschossen, um ihn zu retten?«

»Glaubt doch, was ihr wollt!«

Bruun sah ihn an und schüttelte streng den Kopf; diesmal war es an Hjelm, mit den Schultern zu zucken.

»Genau das tun wir nicht«, sagte Grundström. »Wir sind hier, um Recht von Unrecht zu scheiden und sicherzustellen, daß es sich nicht um ein Dienstvergehen handelt und Sie womöglich ungestraft davonkommen. So wird nämlich das Rechtssystem ausgehöhlt. Wenn nötig, müssen wir Sie abmahnen. Das hat nichts mit unserer persönlichen Einstellung zu tun.«

»Fürs Protokoll«, sagte Hjelm, »der Schuß fiel um 8 Uhr 47, die Spezialeinheit traf um 9 Uhr 38 ein. Hätten wir so lange draußen hocken und warten sollen, fast eine geschlagene Stunde, mit einem verzweifelten Schützen, panischen Geiseln und einem lahmgelegten Zentrum in Hallunda?«

»Okay, lassen wir die Frage nach dem Warum einen Moment außer acht, und halten wir uns an das, was Sie de facto gemacht haben.«

Pause. Grundström und Mårtensson tauschten die Plätze, während Hjelm darüber nachdachte, was für eine Sorte Mensch »de facto« sagt.

Die geschliffene Stimme wurde durch eine sehr viel rauhere ersetzt.

»Also gut. Bisher haben wir nur an der Oberfläche gekratzt. Dann wollen wir jetzt mal die gröberen Teile auseinandernehmen.«

Bruun schaltete das Tonbandgerät aus, zog die Augenbrauen hoch und wandte sich aufrichtig erstaunt an Hjelm: »Soll das heißen, daß sie allen Ernstes diesen Good-guy-bad-guy-Schwachsinn durchgezogen haben? Vor jemandem, der so erfahren ist im Führen von Verhören?«

Hjelm zuckte erneut mit den Schultern und spürte, wie der Schlaf ihn einholte. Als Mårtenssons Stimme wieder erklang, vermischte sie sich mit Worten und Bildern aus allen möglichen Winkeln seiner Seele. Während der kurzen Übergangsperiode zwischen Wachen und Schlafen kämpften beide Seiten um den Vorrang. Schließlich schlief er ein.

»Schritt für Schritt. Erstens: Sie haben sich ohne Vorwarnung vor die Tür gestellt und gerufen; allein das hätte eine Katastrophe auslösen können. Zweitens: Sie haben behauptet, unbewaffnet zu sein, obwohl Ihre Pistole aus dem Hosenbund ragte; er hätte Sie nur auffordern müssen, sich umzudrehen, und die Katastrophe wäre perfekt gewesen. Drittens: Sie haben den Täter belogen; hätte er von bestimmten Fakten gewußt, wäre die Katastrophe erfolgt. Viertens: Sie haben auf eine nicht vorschriftsmäßige Stelle am Körper gezielt; das hätte in einer Katastrophe enden können.«

»Wie geht es ihm?« fragte Hjelm.

»Was?« sagte Mårtensson.

»Wie geht es ihm?«

»Wen meinen Sie?«

»Dritëro Frakulla.«

»Was zum Teufel soll das sein? Eine Apfelsinensorte? Ein transsilvanischer Graf? Konzentrieren Sie sich auf die Fakten, verdammt noch mal!«

»Das sind Fakten. Das sind die Fakten.«

Die folgende Pause war so lang, daß Bruun schon unruhig wurde und sich fragte, ob das Verhör zu Ende war. Hjelm konnte ihm nicht helfen; der schlief. Statt dessen antwortete Grundström aus dem Hintergrund.

»Er liegt in der Chirurgie von Huddinge und wird rund um die Uhr bewacht. Sein Zustand ist stabil. Was man von der Situation hier nicht behaupten kann. Morgen um halb elf machen wir weiter. Danke, das war's für heute, Hjelm.«

Stühlescharren, Papiere wurden zusammengeschoben, ein Aufnahmegerät abgeschaltet. Eine Aktentasche wurde zugeklappt und eine Tür geschlossen. Kommissar Erik Bruun zündete sich eine pechschwarze, unregelmäßig gerollte Zigarre an und hörte konzentriert zu. Jetzt kam, worauf er die ganze Zeit gewartet hatte.

Grundström sagte: »Er ist ungeheuer gerissen. Warum hast du ihn so glimpflich davonkommen lassen? Transsilvanischer Graf. Himmel, Sakrament, Uffe! Wir können den Kerl doch nicht einfach laufenlassen. Ein Dirty Harry, der sich mit heiler Haut durch das System rettet, ebnet Hunderten rassistischer Trittbrettfahrer im ganzen Land den Weg.«

Der Rest war nicht mehr zu verstehen. Mårtensson murmelte irgend etwas, Grundström seufzte, Stühle klapperten, eine Tür wurde geöffnet und gleich darauf wieder geschlossen. Bruun hielt das Band an und saß eine Weile schweigend da.

Draußen hüllte sich der klare Frühlingstag in eisige Dunkelheit. Bruun kämpfte sich langsam aus seinem Stuhl und ging hinüber zu dem fest schlafenden Hjelm. Ehe er einen Lungenzug machte und Hjelm den Rauch ins Gesicht blies, betrachtete er ihn kurz und schüttelte sanft den Kopf.

Ich werde ihn nicht mehr lange halten können, dachte er, während er den Rauch ausstieß. Früher oder später werde ich ihn verlieren.

Hjelm hustete sich wach. Seine Augen tränten, und das erste, was er durch dichte Nebelschwaden wahrnahm, war ein rotgrauer Bart auf einem Doppelkinn.

»Halb elf«, sagte Bruun und schloß seine alte, brüchige Aktentasche. »Schlaf dich aus. Und sei so knapp und bündig wie möglich. Vielleicht ein bißchen mehr als heute.«

Hjelm wankte zur Tür. Dann drehte er sich um. Bruun nickte ihm freundschaftlich zu. Das war seine Art, jemanden zu umarmen.

Wie heißt es doch gleich? dachte Hjelm, als er den Kühlschrank aufmachte und ein Bier herausnahm. Heterosexuelle, berufstätige Männer mittleren Alters mit weißer Haut sind die Norm der Gesellschaft. Auf dieser Norm basieren alle Durchschnittswerte. Ein anderer Satz tauchte von irgendwoher auf: Frau zu sein ist keine Krankheit, nur eine Abweichung. Ganz zu schweigen von Homosexualität und Jugend und Alter und schwarzer Haut und gebrochener Sprache. Genauso sah seine Welt aus: innerhalb der Grenzen all die heterosexuellen weißen Polizisten mittleren Alters, außerhalb alle anderen. Er betrachtete die Abweichler auf dem Sofa: seine – wie alt war sie jetzt? – sechsunddreißigjährige Ehefrau Cecilia und seine zwölfjährige Tochter Tova. Der andere Schlawiner hielt sich woanders auf, wie deutlich zu hören war.

»Jetzt, Papa!« rief Tova. »Jetzt kommt es!«

Bier zwischen den Zähnen hindurchziehend ging er ins Wohnzimmer. Cilla registrierte die jahrzehntealte Unsitte ihres Mannes mit einem gewissen Widerwillen, konzentrierte sich aber schnell wieder aufs Fernsehen. Die Erkennungsmelodie der Nachrichtensendung ertönte. Es tauchte in den Schlagzeilen auf. Verhältnismäßigkeit, dachte er, Verhältnismäßigkeit.

»Heute morgen spielte sich im südlichen Teil Stockholms, in der Ausländerbehörde von Hallunda, ein Geiseldrama ab. Ein bewaffneter Mann drang unmittelbar nach Öffnung der Behörde in die Büroräume ein und bedrohte drei Mitarbeiter mit einer abgesägten Schrotflinte. Das Drama fand ein glückliches Ende.«

Glücklich, dachte er und sagte: »Die Ausländerbehörde von Botkyrka, Standort Hallunda.«

Die weiblichen Familienmitglieder sahen ihn an und bewerteten seine Aussage, jede aus ihrer Sicht. Tova dachte: Ist doch scheißegal. Cilla dachte: Du drückst mal wieder deine allgemeine Unzufriedenheit aus, indem du sachliche Fehler herauspickst; Gefühle werden Gedanken, Empfindungen Fakten.

Das Telefon klingelte. Er rülpste und nahm den Hörer ab.

»Ausländerbehörde von Hallunda?« sagte Svante Ernstsson.

»Abgesägte Schrotflinte?« erwiderte Paul Hjelm.

Lachen an beiden Enden der Leitung, Insider-Lachen.

Das notwendige alberne Geplänkel.

Ein ganz bestimmtes Lachen.

An dessen Klang man erkennt, ob es nur oberflächlich ist.

»Wie geht es dir?« fragte Ernstsson schließlich.

»Gespalten.«

»Jetzt kommt es«, riefen gleichzeitig Cilla und Tova aus dem Wohnzimmer und Svante am Telefon.

Der alte, abgebrühte Reporter stand auf dem Tomtbergavägen, den Marktplatz von Hallunda im Rücken. Es war Nachmittag, der Frühlingshimmel strahlend blau. Der Marktplatz war voller Menschen. Alles sah völlig normal aus. Ein paar Jungs mit Eishockeyschals um den Hals stellten sich hinter dem Reporter auf und machten das Victory-Zeichen.

»Um zwanzig nach acht ...«, sagte der Reporter.

»Acht Uhr achtundzwanzig«, sagte Hjelm.

»... betrat ein Mann kosovoalbanischer Herkunft mit einer Schrotflinte bewaffnet die Ausländerbehörde in Hallunda. Von den vier anwesenden Angestellten nahm der Mann drei als Geiseln. Die vierte konnte entkommen. Der Mann brachte die Geiseln ins zweite Stockwerk und befahl ihnen, sich auf den Boden zu setzen. Etwa zwanzig Minuten später begab sich der Polizist Paul Hjelm ...«

Das zehn Jahre alte Foto füllte den Bildschirm vollständig aus.

»Wo haben die das nur her?« rief Hjelm.

»Zum Anbeißen«, sagte Ernstsson.

»Das war im Krankenhaus«, sagte Cilla und sah ihn an. »Offensichtlich existierst du in keinem Presseregister. Das ist das Bild, das ich in der Brieftasche habe.«

»Hast?«

»Hatte.«

»... in das Gebäude. Er gelangte unbemerkt in den zweiten Stock, verschaffte sich Zugang zu dem verbarrikadierten Raum ...«

»Verbarrikadiert«, sagte Ernstsson.

»... und schoß den Täter in die rechte Schulter. Nach Aussage der drei Angestellten war Hjelms Vorgehensweise beispielhaft. Bedauerlicherweise haben wir bislang keinen Kommentar von Paul Hjelm oder von seinem Chef bei der Kripo Huddinge, Kommissar Erik Bruun.«

»Unser guter alter Bruun«, sagte Ernstsson.

Der Reporter fuhr fort: »Bruun verweist auf die laufenden Ermittlungen und die damit zusammenhängende Schweigepflicht. Aber Sie, Arne Svensson, waren eine der Geiseln. Erzählen Sie doch mal!«

Die Kamera schwenkte zu einem Mann mittleren Alters, der neben dem Reporter stand. Hjelm erkannte den Angestellten wieder, der dem bewußtlosen Frakulla das Gewehr an die Schläfe gedrückt hatte. Er siebte den letzten Schluck Bier zwischen den Zähnen.

»Ich rufe dich später zurück«, sagte er zu Ernstsson und ging auf die Toilette.

Er betrachtete sich im Spiegel. Ein neutrales Gesicht. Ohne besondere Kennzeichen. Gerade Nase, schmale Lippen, dunkelblondes, kurzgeschnittenes Haar, T-Shirt, Ehering. Mehr nicht. Noch nicht einmal der Ansatz einer Glatze. Ein Mann in den beginnenden mittleren Jahren. Zwei Kinder an der Grenze zur Pubertät. Keine besonderen Kennzeichen.

Überhaupt keine Kennzeichen.

Sein Lachen klang hohl. Das bittere Lachen eines entlassenen Polizeibeamten niederen Ranges.

»Zwei kräftige Blutergüsse am Hinterkopf konnten noch nicht aufgeklärt werden«, sagte Ulf Mårtensson.

»Habt ihr noch nicht mit der Geisel gesprochen?« fragte Paul Hjelm.

»Wir machen unseren Job und Sie Ihren. Die gerichtsmedizinischen Untersuchungen haben jedenfalls ergeben, daß die Kopfverletzungen vom Lauf einer Schrotflinte stammen könnten. Haben Sie dem Angeschossenen das Gewehr abgenommen und ihm damit auf den Schädel geschlagen?«

»Ihr habt also nicht mit der Geisel gesprochen …«

Mårtensson und Grundström saßen diesmal nebeneinander, in einem der kalten, sterilen Vernehmungszimmer. Vielleicht ahnten sie etwas von Bruuns kleinem Manöver mit dem Tonbandgerät. Schweigend warteten sie darauf, daß Hjelm fortfuhr. Er tat ihnen den Gefallen.

»Als Frakulla vornüberfiel, landete das Gewehr auf dem Boden, ganz in der Nähe des Angestellten Arvid Svensson. Der Angestellte Arvid Svensson hob es auf und drückte dem am Boden Liegenden den Lauf an den Kopf.«

»Und das haben Sie zugelassen?«

»Ich war fünf Meter entfernt.«

»Sie haben zugelassen, daß der Angestellte mit einer geladenen, entsicherten Schrotflinte auf den Kopf eines Bewußtlosen zielt.«

»Niemand konnte wissen, ob der Mann bewußtlos war oder nicht, der Angestellte Arvid Svensson hat also völlig korrekt gehandelt, als er die Waffe an sich nahm. Aber nicht, als er den Lauf gegen Frakullas Kopf drückte. Ich hab ihn angebrüllt, er solle das bleibenlassen.«

»Aber Sie haben nicht tätlich eingegriffen?«

»Nein. Nach einer Weile hat er das Gewehr weggelegt.«

»Nach einer Weile … Wie lang war die?«

»So lange, wie ich brauchte, um mein gesamtes Frühstück auszukotzen.«

Pause. Schließlich sagte Mårtensson langsam und gehässig: »Mitten in einem eigenwillig durchgeführten Einsatz, bei dem Sie eigentlich auf die Experten hätten warten sollen, waren Sie also von Ihrem Verdauungsapparat außer Gefecht gesetzt. Was, wenn Svensson den Täter erschossen hätte? Was, wenn der Täter gar nicht unschädlich gemacht gewesen wäre? Was dann? Sie haben viele lose Fäden hängen lassen.«

»Sie verwechseln Huhn und Ei«, sagte Hjelm.

»Was?« fragte Mårtensson.

»Ich habe mich übergeben, weil der Täter unschädlich gemacht worden war. Weil ich zum ersten Mal in meinem Leben auf einen Menschen geschossen hatte. So was muß euch doch schon mal untergekommen sein.«

»Natürlich. Aber nicht bei einem derart wichtigen und dann auch noch selbstgewählten Alleingang.« Mårtensson blätterte in seinen Unterlagen und fuhr dann fort: »Dies ist sozusagen ein kleiner Zusatz zu der ohnehin schon langen Liste fragwürdiger Zwischenfälle. Zusammengefaßt liest sie sich wie folgt. Erstens: Sie sind allein in das Gebäude gegangen, obwohl die Spezialeinheit bereits unterwegs war. Zweitens: Sie haben sich ohne Vorwarnung vor die Tür gestellt und gerufen. Drittens: Sie haben behauptet, unbewaffnet zu sein, obwohl Ihre Pistole gut sichtbar aus dem Hosenbund ragte. Viertens: Sie haben den Täter wissentlich getäuscht, um ihn zu überzeugen. Fünftens: Sie haben auf eine nicht vorschriftsmäßige Körperpartie geschossen. Sechstens: Sie haben den Angeschossenen nicht entwaffnet. Siebtens: Sie haben zugelassen, daß eine der Geiseln in Panik den angeschossenen Täter mißhandelte und beinahe erschoß. Ermessen Sie allmählich das Ausmaß der Problematik, vor der wir stehen?«

Grundström räusperte sich und sprach weiter: »Über diese Liste hinaus gibt es ein paar weitere, nicht minder wichtige Punkte, die Aufmerksamkeit verdienen. Ich rede von Regeln und Disziplin. Das berührt einerseits das Mißtrauen gegenüber der Polizeiorganisation, andererseits die Ausländerfrage. Zusammengenommen ebnen Ihre Fehler einer richtig unangenehmen Radikalenmentalität den Weg, für die es in unserem Korps keinen Platz gibt. Ich sage nicht, daß Sie ein Rassist sind, Hjelm, aber Ihr Handeln und die Lobhudelei der Medien bringen das Risiko mit sich, daß gewissen Einstellungen, die in großen Teilen des Polizeikorps latent vorhanden sind, eine Legitimation gegeben wird. Verstehen Sie, was ich damit sagen will?«

»Sie wollen ein Exempel statuieren …«

»Wir wollen nicht, wir müssen. Ich bin zwar überzeugt davon, daß Sie der weniger maroden Hälfte des Korps angehören, Sie sind ein denkender Mensch, manchmal vielleicht ein wenig zu nachdenklich. Aber unsere Aufgabe ist klar definiert: Es geht nicht darum, einzelne verdorbene Polizisten auszumerzen, das ist zweitrangig, sondern wir haben dafür zu sorgen, daß die unguten Tendenzen innerhalb des Polizeikorps keine offizielle Legitimation erhalten. Dann wären wir nämlich verdammt nahe am Polizeistaat. Und so sieht es überall in der Gesellschaft aus. Der Abgrund lauert in uns. Die Projektionen unseres Versagens. Die Stimme des Volkes, der Ruf nach einfachen Lösungen. Und die Haut, die diesen Gesellschaftskörper lose zusammenhält, ist die Ordnungsmacht. Ganz außen sind wir, der Gefahr am nächsten, an exponiertester Stelle. Wird die Haut an der richtigen Stelle angestochen, quellen die Eingeweide des Gesellschaftskörpers heraus. Begreifen Sie, was für eine Lawine Sie mit Ihrem Alleingang hätten auslösen können? Mir ist wirklich daran gelegen, daß Sie verstehen, was ich meine.«

Hjelm blickte Grundström tief in die Augen. Er war sich nicht sicher, was er dort sah. Ehrgeiz und Karrierestreben im Kampf mit Pflichttreue und Aufrichtigkeit vielleicht. Womöglich sogar echte Sorge angesichts der Stimmungen, die bei den Uniformierten zweifellos unter der Oberfläche brodelten. Grundström würde nie ein Kollege unter anderen werden, er würde immer eine spezielle Rolle einnehmen, außerhalb stehen. Er wollte das Über-Ich des Polizeikorps sein. Erst jetzt wurde Hjelm klar, was für eine Topkraft sie zu ihm geschickt hatten. Und weshalb, vielleicht auch das.

Er starrte konzentriert auf die Tischplatte und sagte leise: »Alles, was ich wollte, war, eine schwierige Situation so schnell und so einfach und so gut wie möglich zu lösen.«

»Es gibt keine isolierten Handlungen«, sagte Grundström und fing Hjelms Blick ein. In seinem Ton schwang beinahe etwas Persönliches mit. »Jede Handlung zieht grundsätzlich eine ganze Flut anderer Handlungen nach sich.«

»Ich wußte, daß ich ihn retten konnte. Das war alles, was ich wollte.«

Grundström blickte geradewegs in sein Inneres.

»War das wirklich so?« sagte er. »Befragen Sie Ihr Herz, Hjelm.«

Sie saßen da und musterten einander. Die Zeit wurde aufgehoben. Irgend etwas geschah, ein Austausch fand statt.

Am Ende erhob Grundström sich mit einem Seufzer. Mårtensson folgte seinem Beispiel. Als Ulf Mårtensson seine Aktentasche packte, fiel Hjelm auf, wie jung er aussah. Obwohl sie im gleichen Alter waren.

Mårtensson sagte: »Dürften wir Sie um Ihre Legitimation und Ihre Dienstwaffe bitten? Sie sind bis auf weiteres vom Dienst suspendiert. Das Verhör wird morgen fortgesetzt. Nichts ist zu Ende, Hjelm.«

Hjelm legte seinen Polizeiausweis und seine Dienstwaffe auf den Tisch und verließ den Vernehmungsraum. Er zog die Tür nicht ganz hinter sich zu, »Lauschstellung« nannte man das, und legte sein Ohr an den schmalen Spalt.

Möglicherweise hörte er eine Stimme sagen: »Nun haben wir ihn.«

Möglicherweise war es vollkommen still.

Er stand im Stockdunkeln und pißte, lange. Fünf späte Abendbiere wollten in einem Schwung raus. Während Uringeruch aus der Kloschüssel aufstieg, wurden um ihn herum allmählich die Konturen des Badezimmers sichtbar. Eine halbe Minute zuvor war es noch so dunkel gewesen, daß die Dunkelheit gar nicht existierte, jetzt konnte er sie sehen. Als er die letzten Tropfen abschüttelte, war sie greifbar.

Beim Spülen dachte er, daß der einzige Urin, der nicht unangenehm roch, der eigene war.

Er sah sich im Spiegel, ein vages, helles Band um etwas Dunkles. Und in dem Dunkel, das doch er selbst war, sah er Grundström, der sagte: Befragen Sie Ihr Herz, Hjelm. Dann tauchte Mårtensson auf: Nichts ist zu Ende, Hjelm. Und Svante: Warte, Pålle, mach jetzt nichts Dummes. Und dann war da plötzlich Danne in dem hellen Rahmen, sein Sohn, und musterte ihn mit pubertätsentsetztem Blick. Frakulla, ruhig: Ich opfere mich für sie. Cilla war auch da, in der gesichtslosen Dunkelheit: Wie zum Teufel kann es angehen, daß du dich immer noch vor den weiblichen Körperfunktionen ekelst?

Befrage dein Herz, Hjelm.

Leer, so schrecklich leer.

Alles brach auseinander. Suspendiert, verabschiedet. Nicht einmal Arbeitslosengeld. Sozialhilfe. Wer wollte schon einen verbrauchten Polizisten?

Bahnhofscafé, Sozialhilfehaß, Kanakenjargon. Natürlich hatte er sich auch daran beteiligt, Sozialhilfeempfänger verachtet, diese elenden Schnorrer. Und jetzt war er selbst an dem Punkt. Der Boden war ihm unter den Füßen weggezogen worden. Er schwebte in einem beängstigenden Vakuum.

Wo waren die Polizeioberen? Alle hatten sie ihn im Stich gelassen. Er hätte sie allesamt umbringen können.

Grundström: Dann wären wir nämlich verdammt nahe am Polizeistaat.

Die Gegenstände im Badezimmer nahmen Form an und rückten an ihre ursprünglichen Plätze. Seine Augen hatten alles Licht aus der Nacht herausgezogen. Eigentlich hätte inzwischen auch sein Gesicht im Spiegel hervortreten müssen.

Tat es aber nicht. Es hüllte sich immer noch in Dunkel.

Eine Silhouette.

Befrage dein Herz, Hjelm.

5

Er sitzt reglos in der Dunkelheit, die nicht wirklich dunkel ist. Durch die Balkontür sickert das Licht der Straßenlaternen auf der Paradestraße. Würde er den Kopf ein wenig zur Seite drehen, könnte er die beiden großen Museumsgebäude in ihrem aus dem Innern kommenden Licht ruhen sehen. Aber er dreht den Kopf nicht zur Seite. Es herrscht absolute Stille. Sein Blick ist unverwandt auf die angelehnte Flügeltür auf der anderen Seite des großen Wohnzimmers gerichtet, die in die Eingangshalle führt. Er hat sich ein Bild von seiner Umgebung gemacht. Kachelofen und Kamin im selben Raum. Neben dem Kamin ein mattschwarzer Großbildfernseher und ein Turm mit Video und Stereoanlage. Auf dem Boden drei handgewebte Kunstteppiche. Zwei Eßtische mit Stühlen und eine fünfteilige, ochsenblutrote Ledersitzgruppe. An den Wänden moderne schwedische Kunst, drei Peter Dahl, zwei Bengt Lindström, zwei Ola Billgren. Auf dem Kaminsims thront eine der großen Mosaikenten Ernst Billgrens. Insgesamt gibt es in den beiden Etagen der Wohnung sieben Kachelöfen. Im Gegensatz zu dem vorigen, protzigen Wohnzimmer hat dieses direkt Stil.

Er sitzt über eine Stunde lang in der gleichen Haltung da.

Dann hört er die Wohnungstür. Die vielen Schlüssel streiten mit dem Mann, der, wie er weiß, allein kommt. Der Mann flucht leise; ein leichter, kein extremer Rausch. Eher der Rausch eines Mannes, der exakt weiß, wo der Punkt des größten Genusses ist, und es schafft, sich einen ganzen Abend dort zu halten. So wie heute. Er hört ihn aus den Schuhen steigen und pedantisch die Pantoffeln überziehen; er bildet sich sogar ein zu hören, wie der Knoten des Schlipses gelöst wird, der anschließend in zwei Streifen über dem Seidenhemd hängt. Das Jackett wird aufgeknöpft.

Der Mann öffnet die angelehnte Hälfte der fast drei Meter hohen Flügeltür. Er betritt das Wohnzimmer, rutscht aus einem Pantoffel, flucht, bückt sich, schafft es, den Schuh wieder anzuziehen, richtet sich auf und entdeckt ihn durch den seligen Nebelschleier, versucht, ihn zu fixieren.

»Himmel, Arsch und Zwirn!« sagt der Mann aufgebracht lallend.

Famous Last Words.

Er hebt die Pistole, die auf seinem Schoß gelegen hat, und gibt zwei schnelle, lautlose Schüsse ab.

Der Mann steht still da, vollkommen still.

Dann setzt er sich auf den Boden und beugt sich nach vorn über die Knie.

So sitzt er zehn Sekunden, bevor er zur Seite kippt.

Er legt die Pistole auf den Glastisch und atmet tief ein.

Vor seinem inneren Auge erscheint eine Liste. Er vollführt eine mentale Verbeugung.

Danach geht er zur Stereoanlage und schaltet sie ein. Er läßt das Kassettenfach auf-, das Band hinein- und die Klappe wieder zugleiten. Die ersten Klavierklänge erkunden den Raum. Das Saxophon gesellt sich dazu und wandert Seite an Seite mit dem Klavier. Die gleiche Schrittfolge, derselbe Weg. Als das Saxophon sich losreißt und wild herumtanzt, während das Klavier im Hintergrund sanfte Akkorde ausbreitet, zieht die Pinzette die erste Kugel aus der Wand. Er läßt sie in die Tasche gleiten, hebt die Pinzette vor das zweite Loch und wartet. Ein paar kurze Trommelwirbel. Und dann der merkwürdig arabisch klingende Saxophon-Singsang, ein wenige Sekunden dauernder Ausflug in den Orient. Das Klavier verstummt. Saxophon, Baß, Schlagzeug. Er sieht vor sich, wie der Pianist sich wartend wiegt. Yeah, u-hu. Er selbst wartet auch. Mit erhobener Pinzette.

Das Saxophon erklimmt den Gipfel, immer schneller. Ay. Ist es wirklich der Saxophonist, der diese Zwischenrufe in seinen Aufstieg einbaut?

Applaus, Gemurmel im Publikum, im Übergang vom Saxophon- zum Klaviersolo. Genau an dieser Stelle zieht er mit einem kräftigen Ruck die zweite Kugel heraus. Genau an dieser Stelle. Putz krümelt von der Wand. Der plattgedrückte Klumpen gleitet in die Tasche zum ersten. Das Klavier löst das Saxophon ab. Anfangs noch mit scheinbar unsicheren Schritten. Dann reißt es sich aus den vorgegebenen Strukturen los. Die Ausflüge werden immer freier, immer schöner. Er kann die Schönheit hören. In sich. Nicht nur als … Erinnerungsbild.

Der Baß verstummt. Wandernde Klänge vom Klavier. Genau wie am Anfang. Er würde es gern richtig verstehen. Das Saxophon setzt ein.

Die letzte Wiederholung.

Dann der Applaus, Pfiffe.

Er verneigt sich.

Er könnte das Stück wieder und immer wieder hören.

6

Es war der erste April. Paul Hjelm saß im Vernehmungsraum und rieb die Hände gegeneinander, ununterbrochen. Die Uhr an der Wand zeigte 10.34 Uhr. Wieso kam niemand? Wollten sie ihn etwa schmoren lassen? Oder war das Ganze ein Aprilscherz?

Er wußte nicht mehr, was er antworten sollte, war völlig zugemauert. Vielleicht hatte Grundström ja recht. Vielleicht blieb ihnen wirklich keine Wahl, und sie mußten ein Exempel statuieren. Er kannte die unterschwelligen Stimmungen bei der Polizei schließlich, trug selbst dazu bei, ließ sich von ihnen beeinflussen.

Die Tür wurde langsam aufgeschoben. Schon sah er Grundströms bedauernde Miene vor sich und konnte sich nicht entscheiden, ob er sie für aufrichtig halten sollte oder nicht.

»Tut mir leid, Hjelm. Der Beschluß ist heute morgen gefaßt worden. Ihr Entlassungsgesuch sollte spätestens bis drei Uhr heute nachmittag auf Kommissar Bruuns Schreibtisch liegen. Da Sie aus freien Stücken gehen, können Sie weder mit einer Abfindung noch mit Arbeitslosengeld rechnen.«

Statt dessen erschien ein ihm fremdes Gesicht in der Türöffnung.

Der Mann musterte ihn ein paar Sekunden lang. Er mochte Ende Fünfzig sein, elegant gekleidet, frisch rasiert, glatzköpfig. Die Nase allerdings war monumental. Er betrachtete Hjelm, forschend, vollkommen neutral, und streckte ihm schließlich die Hand entgegen.

»Ich bin Kriminalkommissar Jan-Olov Hultin. Ich nehme an, Sie haben jemand anderen erwartet.«

»Paul Hjelm«, antwortete Paul Hjelm benommen.

Natürlich. Der Chef kam persönlich. Eine Frage der Befugnisse, der Rangordnung. Es war schwierig, sich vorzustellen, daß Grundström noch jemand übergeordnet war. So sah er also aus, der mehr oder minder geheime Chef der Abteilung für interne Ermittlungen.

»Wo ist Grundström?« bekam Hjelm heraus. Seine eigene Stimme kam ihm fremd vor.

»Ach«, sagte Kriminalkommissar Jan-Olov Hultin. »Eine Erinnerung nur.«

Er zog die Nachrichtenteile der beiden Stockholmer Morgenzeitungen aus der Aktentasche und hielt sie hoch, in jeder Hand einen. Das zehn Jahre alte Foto schmückte beide Titelseiten. *Dagens Nyheter* brachte die Schlagzeile: »GEISELDRAMA IN HALLUNDA« und die Überschrift: »Polizist befreit drei Geiseln«. *Svenska Dagbladet* schrieb: »DER HELD VON NORSBORG« und in der Zeile darunter: »Kriminalinspektor Paul Hjelm, Retter in der Not«.

Das war der reine Hohn, inszeniert von einem zutiefst sadistischen Regisseur.

»Haben Sie die schon gesehen?« fragte Hultin.

»Nein.«

Das hätte kurz und prägnant klingen können, wirkte hier aber eher – kümmerlich.

Hultin faltete die Zeitungen zusammen und fuhr fort. »Diese Schlagzeilen wären besser ungeschrieben. Verstehen Sie mich bitte nicht falsch. Ich bin froh, daß sie so ausfallen. Das bedeutet, daß es bei uns bisher noch keine undichte Stelle gibt. Es ist nur so, daß in der Stadt momentan etwas sehr viel Größeres läuft. «

Das Wort »Verwirrung« hätte den Zustand, in dem Paul Hjelm sich befand, nur annähernd beschrieben.

Jan-Olov Hultin klemmte eine Lesebrille mit halben Gläsern auf sein stattliches Riechorgan und blätterte in einem Dossier, auf dessen braunem Deckblatt deutlich lesbar Paul Hjelms Name prangte.

»Wie haben Sie es geschafft, so lange in diesem Distrikt zu sein, ohne irgendwelche Spuren zu hinterlassen? Keine Anzeigen, keine Auszeichnungen, nichts. Ich habe selten ein derart unbeschriebenes Blatt in einem doch verhältnismäßig alten Dossier gesehen. Was ist da neulich in Sie gefahren?«

Hjelm saß da wie versteinert. Hultin musterte ihn neugierig. Wahrscheinlich erwartete er gar keine Antwort. Hjelm gab sie trotzdem.

»Ich hab all die Jahre geackert und meine Familie zusammengehalten. Das können nicht alle Polizisten von sich behaupten.«

Der Großnasige lachte laut, ein Lachen, das ebenso nach außen wie nach innen gerichtet war, und beschloß, die sprichwörtlichen Karten auf den sogenannten Tisch zu legen.

»Heute am frühen Morgen ist im Reichskriminalamt eine neue Sondereinheit gegründet worden, die vorerst noch unter dem albernen Namen A-Gruppe läuft. Sie soll so etwas wie eine Gegenversion zur Palme-Gruppe sein, wenn man so will. Keine riesigen, unüberschaubaren Einheiten, keine ständigen Chefwechsel, kein Zögern hinsichtlich übergreifender Strukturen, sondern eine ganz neue Art von Einheit, klein, mit Leuten von außerhalb besetzt, ein Versuch, die Arbeit der Reichskripo zu erweitern und gleichzeitig auf den Punkt zu bringen. Sie soll sich aus jungen, routinierten Topkräften aus dem ganzen Land zusammensetzen. Ich werde der Chef dieser Gruppe sein, und ich will Sie dabeihaben. Wenn die Medien von der Sache Wind kriegen, sind wir auf die Sympathie angewiesen, die Ihrem Fall entgegengebracht wird. Ganz davon abgesehen, bin ich schwer beeindruckt von dem, was Sie getan haben. Ich habe das Material der Internen an mich genommen und sie sozusagen von ihrer Aufgabe entbunden. Diese Sache hat höchste Priorität, und wenn die Reichspolizeibehörde sich einschaltet, müssen sogar die Internen zu Kreuze kriechen.«

»Vor ein paar Sekunden stand ich noch kurz vor meiner Entlassung …«

Hultin sah ihn forschend an. »Vergessen Sie das Ganze, das können wir zu den Akten legen. Die Frage ist nur, ob Sie sich fit genug fühlen, in einer reibungslos funktionierenden Maschinerie mitzuwirken, in der die Überstunden die normale Arbeitszeit bei weitem übersteigen werden. Sie sehen ziemlich mitgenommen aus.«

Hjelm räusperte sich und riß sich zusammen. Einen Augenblick lang glaubte er zu verstehen, was Glück bedeutete.

»Ich hab ein paar grauenvolle Tage hinter mir. Aber geben Sie mir einen Job, verdammt, und ich werde mir die Scheiße aus dem Leib arbeiten. Buchstäblich.«

»Nicht allzu buchstäblich, hoffe ich«, erwiderte Hultin und zögerte die Fortsetzung eine Weile hinaus. »Wir brauchen etwas von der Initiative, die Sie in der Ausländerbehörde gezeigt haben. Aber nicht zu viel. Es geht vor allem darum, ein funktionierendes Kollektiv zu bilden, das aus phantasiebegabten, gewissenhaften Individuen besteht. Grundströms Notizen und die Tonbandaufnahmen lassen vermuten, daß Sie während all der Jahre hinter den unbeschriebenen Blättern des Dossiers eine solche Persönlichkeit versteckt gehalten haben. Dies könnte Ihre Chance sein. Aber es besteht auch das Risiko, daß Sie vollkommen ausbrennen.«

»Worum geht es?«

»Serienmord. Und nicht wie üblich an kleinen Jungen oder Mädchen oder Prostituierten oder holländischen Campern. Nein, diesmal haben wir es mit einer neuen Variante zu tun, und es deutet einiges darauf hin, daß wir erst am Anfang stehen.«

»Politiker?«

Hultin lachte leise und nickte, antwortete aber: »Nein. Aber nicht schlecht geraten. Nein, in diesem Fall geht es um, wie wollen wir sie nennen, die Spitzen der Wirtschaft. An dem Abend, bevor Sie sich so heroisch in die Ausländerbehörde gestürzt haben, wurde ein Mann namens Kuno Daggfeldt in seiner Wohnung in Danderyd erschossen. Bereits da gab es Anzeichen dafür, daß es sich nicht um eine Einzeltat handeln würde; diese extreme Präzision und diese Kaltblütigkeit sind entweder professionell oder ein menschenverachtender Verzweiflungsakt. Daggfeldt hinterläßt zwei größere Unternehmen, eine Ehefrau, zwei Kinder und sechs Wohnungen im In- und Ausland. Gestern am späten Abend hat der Mörder wieder zugeschlagen. Diesmal im Strandvägen, in einer der etwas kleineren Paradewohnungen, acht Zimmer mit Balkon, wo Direktor Bernhard Strand-Julén auf exakt die gleiche Weise aus dem Leben befördert wurde. Zwei Schüsse in den Kopf, die Kugeln wurden mit einer Zange oder größeren Pinzette aus der Wand geholt. Absolut keine Spuren. Bei der Tatwaffe handelt es sich um eine gewöhnliche 9-Millimeter, mehr läßt sich noch nicht sagen. Außer, daß sie eine gewaltige Stoßkraft hat: Alle vier Geschosse sind glatt durch den Schädel durchgegangen. Wie der Täter in die Wohnung hinein- und wieder herausgekommen ist, wissen wir noch nicht. Persönliche Verbindungen zwischen Daggfeldt und Strand-Julén gibt es viele, das wird noch genauer zu untersuchen sein; sie haben in den gleichen gesellschaftlichen Kreisen verkehrt, waren beide Mitglieder in denselben Vereinen, segelten im selben Segelklub, spielten im selben Golfklub, waren Mitglieder derselben Ordensgesellschaft, saßen gemeinsam in mehreren Aufsichtsräten et cetera, et cetera. Auf den ersten Blick scheint es da nichts Ungewöhnliches zu geben.«

»Ist eine Sondergruppe nicht eine recht drastische Maßnahme? Was sagt die Stockholmer Polizei dazu, so übergangen zu werden?«

»Das wissen wir noch nicht. Natürlich werden wir mit den Kollegen zusammenarbeiten. Und natürlich ist das eine drastische Maßnahme. Immerhin besteht das Risiko eines gründlichen Aderlasses in den bedeutenden Reihen des schwedischen Wirtschaftslebens, und außerdem gibt es unerfreuliche Anzeichen von organisiertem Verbrechen. Wir haben es hier mit einer Professionalität zu tun, wie ich sie in Schweden noch nicht erlebt habe. Und wir tun gut daran, zeitig zu reagieren. Ausnahmsweise mal.«

Hultin machte eine Pause.

»Natürlich hat es was von einem schlechten Omen, eine neue Sondereinheit an einem ersten April zu gründen …«

»Besser als am Freitag, dem 13., allemal …«

Hultin lachte leise und schielte auf die Uhr. Er muß ungeheuer gestreßt sein, dachte Hjelm, aber er läßt es sich in keiner Weise anmerken. Hultin erhob sich und streckte die Hand aus. Hjelm ergriff sie.

»Unser erstes Treffen ist heute nachmittag um 15 Uhr, Polizeipräsidium, im Neubau. Eingang Polhemsgatan 30. Was sagen Sie?«

»Wir sehen uns«, sagte Hjelm.

»Das werden wir«, erwiderte Hultin. »Ich muß weiter zum Gamla Värmdövägen und einen Gunnar Nyberg aus dem Distrikt Nacka aufsammeln. Kennen Sie ihn? Auch ein verflixt guter Polizist.«

Hjelm schüttelte den Kopf. Er kannte kaum jemanden außerhalb der Huddinger Polizei.

Auf dem Weg zur Tür sagte Hultin: »Sie haben noch knapp vier Stunden, um sich auf unbestimmte Zeit von Ihren Kollegen zu verabschieden und Ihre Sachen zu packen. Das dürfte reichen, oder?«

Er verschwand, tauchte aber gleich darauf noch einmal auf, als Hjelm sich gerade hingesetzt und ausgeatmet hatte.

»Möglicherweise versteht es sich nicht von selbst, daß diese Angelegenheit vorerst natürlich noch als top secret zu behandeln ist …«

»Doch«, sagte Paul Hjelm. »Das versteht sich von selbst.«

Im ersten Moment wollte er Cilla anrufen und ihr davon erzählen, aber dann ließ er es doch bleiben. Er dachte an die Überstunden und den Sommer und den Urlaub, den er mit ziemlicher Sicherheit abschreiben konnte, und an den Hof in Dalarö, den sie für den ganzen Sommer billig gemietet hatten. Er entschied sich, das Ganze noch eine Weile still zu genießen.

Nach dem Packen ging er in den Personalraum, wo er sich wenig Mühe gab, mit seiner Freude hinterm Berg zu halten.

Anders Lindblad, Anna Vass, Johann Bringman und Svante Eriksson saßen dort versammelt und stopften ihren gesundheitsgefährdenden Mittagsimbiß in sich hinein. Sie sahen Hjelm erstaunt an. Vielleicht entsprach sein Mienenspiel nicht ganz dem, was sie erwartet hatten.

»Ich komme, um mich zu verabschieden«, sagte er todernst.

Bringman und Ernstsson standen auf.

»Was redest du da?« sagte Bringman.

»Erzähl schon«, drängte Ernstsson. »Willst du allen Ernstes sagen, daß diese verdammten Kerle dich gefeuert haben?«

Er setzte sich zu ihnen und zeigte auf Ernstssons Mittagessen.

»Hamburger in der Mikrowelle. Wie oft hab ich dir schon gesagt, daß das Dressing das nicht verträgt?«

Ernstsson lachte erleichtert.

»Nein, verdammt, sie haben dich nicht gefeuert! Jetzt erzähl schon.«

»Ich komme tatsächlich, um mich zu verabschieden. Man könnte sagen, daß ich nach oben gefeuert wurde.«

»Zu den Internen?«

»Nein, die Sache ist gegessen. Reichskripo, Schulter an Schulter mit dem Reichspolizeichef persönlich.«

»Um dich aus dem Südvorstadtdung und den Kanakenhaufen rauszuholen?«

»So was in der Art. Es ist ... top top secret, wie der Kerl sagte. Ihr werdet sicher bald in den Zeitungen was darüber lesen können. Im Moment ist es noch absolut oberste Geheimstufe.«

»Wann geht's los?«

»Heute nachmittag. Um drei.«

»Gratulation. Ich fahr dich zu Ishmed, damit du die teuerste, honigtriefendste Abschiedstorte kaufen kannst, die er hat.«

Bruun sog den braunen Rauch einer schwarzen Zigarre ein, hinter seinem Rauschebart war ein Grinsen zu erahnen. Er hob die Arme in Siegerpose und brummte anerkennend. Ein paar Ascheflocken rieselten in seine rotgraue Mähne.

»Ja, ja, haben wir also noch ein hohes Tier für die Reichskripo herangezogen«, sagte er mit maßloser Selbstgefälligkeit. »Ist man da einmal drin, kommt man nicht wieder raus. Außer in der gebührenden Kiste mit dem Stempel der Reichskripo.«

Hjelm schnappte sich seinen Dienstausweis und die Dienstwaffe von Bruuns Schreibtisch und schnallte das Schulterhalfter um.

»Wer noch?« fragte er.

»Hultin war Ende der Siebziger bei uns, wußtest du das nicht? Ein absolut mieser Fußballspieler. Holzbeinhultin, der stadtbekannte Schrecken der Verteidiger. Ohne jedes Ballgefühl. Spezialist im Augenbrauennicken.«

Ein undefinierbares Gefühl pulsierte durch Hjelms Adern, nicht ganz unbehaglich.

»Er sagte, daß er in der Zeitung von mir gelesen hätte. Sympathiebekundungen in den Medien.«

»Ach ja, Zeitungsleserhultin.«

»Hast du noch Kontakt zu ihm?«

»Doch, es kommt vor, daß er mich anruft und mich an alte Gefälligkeiten erinnert. Ich glaube, er spielt immer noch, in der Veteranenmannschaft der Stockholmer Polizei. Wenn er Zeit hat, was nicht häufig der Fall sein dürfte. Ich stell mir vor, wie er die Augenbrauen der vorzeitig pensionierten Kollegen mit einem gezielten Vorschnellen des Kopfes blutig stößt. Ein Anblick für die Götter.«

Hjelm beschloß, nicht lange um den heißen Brei herumzureden. »Du hast nicht zufällig ...?«

Bruun riß sich für einen Moment von dem inneren göttlichen Anblick grauer und blutgesprenkelter Augenbrauen los und sah ihn schlitzohrig an.

»Reiner Zufall, daß sie ausgerechnet jetzt eine neue Gruppe gegründet haben. Die absolut topgeheime A-Gruppe.«

»Es gibt nicht so viele Wege an den Internen vorbei …«

»Man nimmt, was man kriegen kann. Das Holzbein ist immer in meinen Gedanken.«

Bruun zog ein letztes Mal an der Zigarre, den Mund wie eine Staubsaugerdüse geformt. »Gib dein Bestes. So einen Mist will ich nicht noch einmal erleben.«

7

Das erste Treffen der A-Gruppe fand in einem der kleinsten Konferenzräume des riesigen Polizeipräsidiumskomplexes statt, jenes Rechtecks, das von Kungsholmsgatan, Polhemsgatan, Bergsgatan und Agnegatan gesäumt wird. Agnegatan streckt das ursprüngliche Polizeigebäude, mit dessen Bau 1903 begonnen wurde, die großmachtstraumgeschwollene, gelbgetünchte Brust entgegen. Hier befindet sich die Zentrale der Stockholmer Polizei. Die entgegengesetzte, der Polhemsgatan zugewandte Seite des Rechtecks spiegelt das völlig andere, nicht minder absurde architektonische Ideal der siebziger Jahre wider. Dort ist die Reichspolizeibehörde untergebracht. Von dieser Seite betrat Paul Hjelm ein paar Minuten vor drei das Gebäude. Er wurde bereits erwartet. Ein Wachposten zeigte ihm an einer Anschlagtafel neben dem Eingang den Weg zu dem kleinen Konferenzraum. Er verlief sich trotzdem und kam etwas zu spät. In dem Raum saßen bereits fünf Personen an einem Tisch und sahen genauso verwirrt aus, wie er sich selbst fühlte. Möglichst unauffällig setzte er sich auf einen leeren Stuhl. Als wäre das das Signal gewesen, betrat ein blonder Mann um die Fünfzig und in elegantem Anzug den Raum, stellte sich an die Stirnseite des Tisches und legte die rechte Hand auf den teleskopartigen Arm des Overheadprojektors. Er schaute in die Runde und suchte offensichtlich ein Gesicht, das nicht da war, worauf er den Raum mit einem Räuspern wieder verließ.

In dem Moment, als die Tür hinter ihm zufiel, ging an der gegenüberliegenden Wand eine andere Tür auf, durch die Kriminalkommissar Jan-Olov Hultin den Raum betrat. Er schaute in die Runde und suchte nach einem Gesicht, das nicht da war.

»Wo ist Mörner?« fragte er.

Die Mitglieder der künftigen A-Gruppe wechselten erstaunte Blicke.

»Wer ist Mörner?« warf Hjelm wenig hilfreich ein.

»Eben war ein Mann hier«, sagte die einzige Frau in der Gruppe, eine dunkelhaarige Göteborgerin, die erste Falten hatte, sich aber einen feuchten Kehricht darum zu scheren schien. »Aber er ist wieder gegangen.«

»Das klingt ganz nach ihm«, bemerkte Hultin, ließ sich auf einen Stuhl fallen und klemmte die kleine Lesebrille auf seine große Nase. »Das ist Waldemar Mörner. Abteilungsleiter der Reichspolizeibehörde und formeller Chef der Gruppe. Er wollte ein paar einleitende Worte sprechen. Na ja, wir werden ja sehen, ob er noch mal zurückkommt.«

Hjelm hatte Schwierigkeiten, sich den distinguierten, effektiven Mann mit dem durchgängig neutralen Tonfall als brutalen Fußballspieler vorzustellen.

Hultin fuhr fort: »Okay, wenn niemand etwas dagegen hat, würde ich vorschlagen, daß wir uns duzen, da wir mit Sicherheit mehr Zeit miteinander verbringen werden als mit unseren nächsten Familienangehörigen.« Einstimmiges Nicken. »Ihr wißt, worum es geht. Mangels besserer Namensvorschläge bildet ihr die sogenannte A-Gruppe. Ihr seid direkt der Reichskripo unterstellt, werdet aber sehr eng mit der Stockholmer Polizei zusammenarbeiten, vorrangig vermutlich mit der Kriminalabteilung, die gleich um die Ecke in der Kungsholmsgatan sitzt. Denn bislang ist Stockholm der Ort des Verbrechens. Wie auch immer, der Punkt ist der, daß ihr unabhängig von eurem Rang jedem übergeordnet seid, dessen Hilfe ihr in Anspruch nehmt, egal ob Stockholmer Polizei oder Reichskripo. Dieser Fall hat allerhöchste Priorität, wie es in Fernsehserien so schön heißt. Da ihr aus unterschiedlichen Distrikten des Landes herausgepickt worden seid, gehe ich davon aus, daß ihr euch untereinander noch nicht kennt, daher sollten wir vielleicht mit einer Vorstellungsrunde beginnen. Ich heiße, wie ihr bereits wißt …«

Die Tür wurde aufgerissen, und der Mann, der kurz zuvor schon mal dagewesen war, stürmte atemlos herein.

»Da bist du ja, Hultin. Ich hab dich überall gesucht.«

»Ja, ja. Hier hast du also deine A-Gruppe.«

»Gut. Sehr gut«, sagte Waldemar Mörner hektisch und nahm denselben Platz und die gleiche Haltung ein wie beim ersten Mal. »Meine Herren, meine Dame. Sie sind eine handverlesene, aus sechs Mann bestehende Einheit, genauer aus fünf Männern und einer Frau, und ich gehe davon aus, daß Kriminalkommissar Hultin Sie bereits über die auf Sie zukommenden Aufgaben informiert hat. Geben Sie Ihr Bestes. Es ist von äußerster Dringlichkeit für die Sicherheit des Landes, daß Sie diesen wahnsinnigen Serienmörder stoppen, ehe das Land seiner absoluten Topkräfte verlustig geht. Sie allein können seinen Amoklauf durch die Prachtstraßen des Landes aufhalten. Ja. Genau. So ist es. Sie sind jung, ehrgeizig und voller Energie im Angesicht der Aufgabe. Und Sie wissen, was auf dem Spiel steht. Möge das Spiel also beginnen. Und möge der Schutzengel der Polizisten Ihnen beistehen.«

Er verließ den Raum genauso schnell, wie er gekommen war. Der eine oder andere Unterkiefer, der heruntergesackt war, wurde wieder hochgeklappt. Jan-Olov Hultin schloß die Augen und massierte mit Daumen und Zeigefinger die Nasenwurzel über dem Brillenrand.

»Gut, nun wissen also alle, worum es geht«, sagte er gelassen. Es dauerte eine Weile, bis das Grinsen sich um den Tisch herum fortgesetzt hatte. Und es sollte noch erheblich länger dauern, bis sie Hultins trockenen Humor ganz und gar verstanden. »Machen wir dort weiter, wo wir aufgehört haben. Ich heiße, wie gesagt, Jan-Olov Hultin und arbeite schon etliche Jahre hier, oft direkt dem ehemaligen, landesweit bekannten Chef der Reichskripo unterstellt, dessen Name nicht mehr genannt werden darf. Es soll gerade ein neuer mit dem neuen Titel Reichskriminalchef eingeführt werden, also mit Generaldirektorstatus. Weg mit den alten Polizeititeln. Wenn ihr euch dann bitte im Uhrzeigersinn der Reihe nach vorstellen würdet.«

Viggo Norlander stellte sich als erster vor. Er war von der Stockholmer Polizei und der einzige der sechs, der sich schon mit dem Fall befaßt hatte. Dann kamen Kerstin Holm, Jorge Chavez, Paul Hjelm, der Finne Arto Söderstedt und der hünenhafte Gunnar Nyberg. Nach dieser kurzen Vorstellungsrunde ergriff Hultin erneut das Wort.

»Uns stehen fünf Zimmer zur Verfügung: mein Büro, dieser – wie wollen wir es nennen? – Konferenzraum, hier werden unsere Besprechungen stattfinden, und drei weitere Zimmer. Das bedeutet zwei Mann pro Raum. Die Gruppe wird zum Teil paarweise arbeiten. Soweit kein großer Unterschied zu vorher. Ich schlage folgende Aufteilung vor: Norlander und Söderstedt Raum 302, Holm und Nyberg Raum 303 und Hjelm und Chavez Raum 304. In jedem Raum gibt es zwei Schreibtische, zwei Telefone, ein Haustelefon, zwei Handys und eine Computeranlage. Ich selbst brüte in Raum 301, und dies ist Raum Nummer 300. Ihr findet jeder eine Mappe mit einer ausführlichen Beschreibung des Falls auf eurem Schreibtisch. Nachdem die administrativen Details geklärt wären, darf ich Norlander bitten, uns eine Übersicht über die bedeutend wichtigeren Details zu geben, nämlich die polizeilichen Ermittlungen. Die Aufgaben verteile ich dann hinterher. Bitteschön, Viggo!«

Norlander trat vor und setzte sich neben Hultin auf die Tischkante. Er nahm einen Farbfilzstift von der weißen Tafel hinter sich und fingerte daran herum, während er sprach.

»Bislang gibt es keinerlei technische Anhaltspunkte. Der Täter hat keine Spuren hinterlassen, nicht das kleinste Haar. Und eben dieser Mangel an Spuren läßt uns vermuten, daß hier Profis am Werke waren. Die technische Beweisführung können wir also vorerst noch außer acht lassen. Es wurde mit einer gewöhnlichen 9-Millimeter geschossen, die allerdings eine enorme Schlagkraft hatte. Die Kugeln haben den Schädel glatt durchschlagen und sind hinterher mit einer Art Zange aus der Wand entfernt worden. In beiden Fällen hat der Täter auf dem Wohnzimmersofa gesessen, als das Opfer nach Hause kam, und die zwei Schüsse von dort abgefeuert. Obwohl es in beiden Fällen eine Ehefrau gibt, im Fall Daggfeldt sogar einen Sohn, der zu Hause wohnt, sieht es so aus, als hätte der Täter gewußt, daß das Opfer sowohl spät als auch allein nach Hause kommen würde. Ich werde euch die beiden Wohnzimmer aufmalen, damit ihr euch ein Bild von der Übereinstimmung in der Vorgehensweise machen könnt.«

Norlander malte zwei blaue Vierecke auf die weiße Tafel und füllte sie mit mehreren kleineren Quadraten und Rechtecken. Zum Schluß zog er an jeweils derselben Seite der beiden Vierecke zwei kurze, schräge Striche.

»Die Wohnzimmertür«, erklärte er. »Wie ihr seht, sind die beiden Räume mehr oder weniger quadratisch. Überhaupt sind Möblierung und Design nahezu identisch. Hier, auf dem Sofa vor der Wand, in größtmöglicher Entfernung von der Tür, hat er gesessen. Er wartete, bis das Opfer sich so weit von der Tür wegbewegt hatte, daß die Kugeln in die Wand einschlagen und nicht durch die offene Tür ins Ungewisse fliegen würden, dann gab er zwei Schüsse auf den Kopf des Opfers ab.«

Norlander zog eine Diagonale durch die beiden großen Vierecke, die die Schußlinie vom Sofa zur Wand unmittelbar neben der Tür markierte.

»Die Symmetrie kann zweierlei Funktion haben. Entweder handelt es sich um ein Ritual, sozusagen eine Art ritualisierte Hinrichtungsmethode mit Wiedererkennungseffekt, die darauf abzielt, daß jemand sich bedroht fühlt. Oder aber es ist eine Finte, die uns dazu verleiten soll, beim nächsten Mal wieder das gleiche Muster zu erwarten. Wird die Symmetrie gebrochen, sollen wir vielleicht von dem Serienmordgedanken abgebracht werden. Meiner Meinung nach sollte einer von uns diesen speziellen Modus operandi bei Interpol, der Koordinationseinheit der EU und dem Rest des internationalen Kontaktnetzes abfragen, um zu überprüfen, ob es sich um eine gängige Hinrichtungsmethode einer der aktuellen Terror- oder Mafiaorganisationen handelt. Unsere dringlichste Aufgabe im Moment ist es natürlich, das nächste Opfer auszumachen, was nicht ganz einfach sein wird. Wie ihr euch denken könnt, gibt es ein ganzes Bündel Verbindungsstränge zwischen Kuno Daggfeldt in Danderyd und Bernhard Strand-Julén in Östermalm. Diese Verbindungen können in fünf Gruppen aufgeteilt werden: gemeinsame Feinde, gemeinsamer Freundeskreis, gemeinsame Freizeitinteressen, gemeinsame Geschäftsinteressen, gemeinsame Aufsichtsratsämter. Die Bereiche werden sich mit ziemlicher Sicherheit überlappen, die Aufteilung ist auch nur als ungefähre Richtschnur gedacht.«

Norlander ging zurück an seinen Platz und setzte sich. Hultin nickte ihm zu und ergriff wieder das Wort.

»Danke. Wenn wir nun davon ausgehen, daß die Symmetrie auch für die Zeit gilt, wird heute nacht nichts passieren. Der erste Mord hat in der Nacht vom neunundzwanzigsten auf den dreißigsten März stattgefunden, der zweite in der Nacht vom einunddreißigsten März auf den ersten April. Heute ist der erste April. Wenn die Symmetrie, die im Grunde genommen noch auf recht wackligen Füßen steht, erhalten bleibt, wird Mord Nummer drei morgen nacht stattfinden. Es ist ziemlich unwahrscheinlich, daß es uns bis dahin gelingt, das vorgesehene Opfer zu ermitteln, so daß wir Personenschutz rund um die Uhr anordnen könnten, aber es wäre gut, zumindest einen ungefähren Kreis abstecken zu können, damit wir mit der geneigten Unterstützung der Stockholmer Polizei die fünf oder sechs wahrscheinlichsten Kandidaten bewachen können. Berücksichtigt auch das Allein-und-spät-zu-Hause-Moment. Ich schlage folgende Arbeitsteilung vor: Viggo übernimmt Interpol und die Modus-operandi-Schiene. Nyberg versucht, ein paar gemeinsame Feinde ausfindig zu machen, durchaus auch in der Vergangenheit, an der Wirtschaftshochschule oder so, auf dem Weg zur Macht eben. Holm checkt den Freundeskreis und klopft ab, ob es irgendwelche heimlichen Geliebten oder so was gibt. Hjelm übernimmt die Freizeitinteressen: Segeln, Golf, Ordensmitgliedschaft und was es sonst noch gibt. Söderstedt ist für die Geschäftsinteressen zuständig. Laß dir von den Kollegen von der Wirtschaftskriminalität helfen, wenn nötig, das wird wahrscheinlich der komplizierteste Punkt sein. Chavez überprüft die unabhängigen Aufsichtsratsämter, die beide Opfer innehatten. Ich selbst werde übergreifend arbeiten, die Arbeit strukturieren, die Ergebnisse sortieren und so weiter; diese weiße Tafel hinter mir soll so schnell wie möglich mit einem Flußdiagramm gefüllt werden. Es ist gleich vier. Ich schlage vor, wir klotzen noch ein paar Stunden lang, damit wir morgen mit einem brauchbaren Arbeitsplan beginnen können.«

Hultin verstummte und schien noch etwas zu überlegen. Schließlich nickte er kurz, zum Zeichen, daß alles gesagt war. Als er sich erheben wollte, meldete sich Arto Söderstedt mit einem Räuspern zu Wort. Hultin sank auf seinen Stuhl zurück.

»Könnte das mit der Arbeitszeit noch mal näher erläutert werden?« sagte Söderstedt.

»Es kommt mit Sicherheit eine Menge Arbeit auf euch zu, bis der Fall gelöst ist. Vergeßt für eine Weile alle gewerkschaftlichen Absprachen und arbeitsrechtlichen Anordnungen; im Prinzip steht ihr der Gruppe rund um die Uhr und sieben Tage die Woche zur Verfügung. Ihr könnt selbst entscheiden, ob ihr es von der positiven Seite sehen wollt, daß uns Sondermittel zur Verfügung gestellt worden sind, die es uns ermöglichen, ein Maximum an Überstunden zu nutzen. Und sollte sich das Ganze in die Länge ziehen, können wir dabei richtig reich werden. Ihr könnt es natürlich auch von der negativen Seite sehen: Eure Ehen und Beziehungen werden leiden, besonders, wenn sich die Sache bis in den Sommer hineinzieht.«

Hultin schickte sich erneut an aufzustehen, und wieder wurde er zurückgehalten. Söderstedt war noch nicht fertig.

»Nur noch eine kurze Frage. Was ist mit der Geheimpolizei?«

Hultin nickte. Das folgende Schweigen war unmöglich zu deuten.

»Gut, daß du es ansprichst ... die Geheimpolizei wird ebenfalls an dem Fall dran sein. Wie üblich wird über ihre parallel laufenden Ermittlungen niemand etwas erfahren, aber es ist geplant, daß ›Informationen ausgetauscht‹ werden.« Hultins Anführungszeichen flatterten wie kleine Totenkopfschwärmer durch den Raum. »In nicht mehr allzu ferner Zukunft werden sie uns einen Besuch abstatten, um die Sicherheitsaspekte des Falls mit uns zu diskutieren. Mir sind gewisse Andeutungen zu Ohren gekommen, daß der militärische Sicherheitsdienst sich ebenfalls einschalten wird, sobald auch nur der geringste Verdacht auf internationale, militärische Intervention besteht. Wollen wir aus verschiedenen Gründen hoffen, daß wir den Fall auf nationaler Ebene lösen können.«

Mehr gab Hultin von seiner subjektiven Einschätzung nicht preis. Er stand auf und ging in den Flur. Die anderen folgten ihm in trägem Gänsemarsch, sich nur zu deutlich darüber im klaren, was vor ihnen lag. Paarweise verschwanden sie in ihren Zimmern.

Jorge Chavez und Paul Hjelm betraten den Raum Nummer 304, der so klein war, daß über die beiden zusammengeschobenen Schreibtische hinaus so gut wie kein Platz mehr war. Der drehbare Computerbildschirm thronte auf der Ritze zwischen den Arbeitsplatten. In der Ecke balancierte eine Kaffeemaschine auf einem kleinen Klapptisch. Zumindest hatte das winzige Zimmer ein Fenster, das zum Hof ging. Hjelm stellte sich davor; man sah nur Teile des Polizeipräsidiums, das von vier Seiten einen kleinen zementierten Innenhof umschloß. Vor dem Fenster stand ein niedriger Tisch mit einem antiken Nadeldrucker, dessen Kabel sich wie Stolperdrähte quer durchs Zimmer zum Computer schlängelten.

»Wenn wir die Enttäuschung, nicht jeder ein eigenes Büro zu haben, schnell verdauen, werden wir schon miteinander klarkommen«, sagte Jorge Chavez. »Welchen Schreibtisch möchtest du haben?«

»Wie es aussieht, nehmen sie sich nichts«, sagte Hjelm.

Chavez setzte sich auf die Seite, die der Tür am nächsten war, und Hjelm ließ sich auf der Fensterseite nieder. Sie testeten ihre Stühle, indem sie ein paarmal auf und ab wippten, und blätterten zerstreut in den Mappen, die vor ihnen lagen.

»Besser als Sundsvall«, sagte Jorge Chavez.

»Was?«

»Die Stühle. Wenigstens die Stühle.«

Hjelm nickte und spürte die Fragen, die zwischen ihnen in der Luft hingen. Er bildete sich ein, daß sein Gegenüber das genauso empfand.

Chavez brach das angestrengte Schweigen, indem er aufsprang und fragte: »Kaffee?«

»Keine schlechte Idee.«

Chavez öffnete den Deckel der Kaffeedose, die auf dem Ecktischchen stand, beugte sich darüber und schnupperte am Inhalt.

»Aha«, sagte er und ließ das Kaffeepulver durch die Finger rieseln. »Wie nennt ihr das Zeug: Krönung? Hast du was dagegen, wenn ich morgen lateinamerikanischen Kaffee mitbringe?«

»Laß den anderen einfach stehen.«

»Klar. Obwohl …«, sagte Chavez, drehte sich, die leere Kaffeekanne in der Hand, zum Schreibtisch um und beugte sich zu Hjelm rüber. »Obwohl ich sicher bin, daß ich dich von den Vorzügen des echten, frisch gemahlenen kolumbianischen Kaffees überzeugen könnte.«

Hjelm betrachtete die eifrige, drahtige Gestalt.

»Kann man solchen Kaffee in einer gewöhnlichen schwedischen Kaffeemaschine machen?«

»Aber ja«, sagte Chavez. »So eine Kaffeemaschine birgt ungeahnte Möglichkeiten.«

Er verschwand im Flur, kam kurz darauf mit der mit Wasser gefüllten Kaffeekanne zurück, ging zu dem Ecktisch und kippte die Kanne vorsichtig Richtung Wasserbehälter.

Hjelm hörte die ersten Tropfen auf die Tischplatte treffen. Danach platschten welche auf den Boden. Der Rest des Wassers landete an der vorgesehenen Stelle.

Chavez schob eine Filtertüte in den Filter, schippte ein paar Löffel Krönung hinein und drückte den Kippschalter. Hjelm verfolgte jede Geste genau und versuchte zu verstehen, was Chavez von ihm dachte. Wahrscheinlich ärgerte er sich gerade darüber, daß man sie zusammengetan hatte.

»Hast du Bedenken, mit mir zusammenzuarbeiten?«

»Ich kenne dich nicht«, sagte Chavez zu der Wand.

»Hör schon auf«, erwiderte Hjelm.

Chavez drehte sich um, setzte sich an seinen Schreibtisch und starrte auf die Tischplatte.

»Ich kenne dich wirklich nicht. Ich habe keine Ahnung, was eigentlich bei diesem … Geiseldrama vorgefallen ist. Ich habe nur die Reaktionen mitbekommen.«

»In Sundsvall?«

»Laß es uns so sagen: Ich bin froh, daß ich hier bin.«

»Mit mir?«

»In einem geschlossenen Raum.«

»Das Bild, das die Medien von mir zeichnen, stimmt nicht.«

»Das spielt keine Rolle.«

»Für mich schon. Für unser Arbeitsverhältnis tut es das.«

Es wurde still. Sie sahen einander nicht an. Es wurde dunkler. Hjelm stand auf und schaltete die Deckenbeleuchtung ein. Ungemütliches Neonlicht breitete sich stufenweise im Raum aus. Er kam sich unangenehm durchleuchtet vor.

»Ich werde Hultin morgen bitten, dir einen anderen Partner zuzuteilen«, sagte er und ging auf den Flur.

Die Toilette war gleich nebenan. Er blieb noch eine ganze Weile stehen, nachdem er gepinkelt hatte. Die Augen zugekniffen, lehnte er die Stirn gegen die Wand. Es gibt keine isolierten Handlungen. Dieser verfluchte Grundström. Und Hultin. Natürlich hatte er ihn mit Chavez zusammengesetzt, um ihn zu testen. Er wischte sich einen Krümel aus dem Augenwinkel, der in die Pißrinne fiel. Er spülte und vermied es, in den Spiegel zu sehen, während er sich die Hände wusch.

»Jetzt verstehe ich«, sagte Chavez, als Hjelm wieder ins Zimmer kam. »*Du* willst den Partner wechseln. Nichts wie weg von dem Sundsvallkanaken mit der großen Klappe.«

»Lieber Sundsvallkanake mit großer Klappe als Kanakenausrotter von Weltruf«, sagte Hjelm und schenkte zwei Tassen Kaffee ein.

»Nur eine Frage noch.« Chavez nahm eine Tasse entgegen. »Wärst du da auch reingegangen, wenn er Schwede gewesen wäre?«

»Er ist Schwede«, sagte Hjelm. Danach war es eine Zeitlang still. »Legen wir los?«

Chavez schlug die Mappe ein paarmal auf die Tischplatte, bevor er sie aufklappte. »*Let's roll*«, sagte er und hob den Zeigefinger. »*And hey* ...«

»*Let's be careful out there*«, beendeten beide in albernem Chor den Refrain.

»Man wird älter«, sagte Chavez und sah dabei unverschämt jung aus.

Es ging auf sieben, als Hjelms Liste fertig war. Kuno Daggfeldt und Bernhard Strand-Julén hatten beide der KSSG angehört, der Königlich-schwedischen Segel-Gesellschaft mit Hauptsitz in Saltsjöbaden. Da dieser Gesellschaft offensichtlich jede Menge schwedische Segler angehörten, war sie wohl als interessanter Verbindungsstrang auszuschließen. Interessant hingegen war, daß die Boote der beiden Herren am selben Ort lagen, soweit sie schon zu Wasser gelassen worden waren: in Viggbyholms Yachthafen in Täby, nördlich von Stockholm.

Beide Männer waren Mitglieder in Viggbyholms Yachtklub. Hjelm fragte sich im stillen, weshalb Strand-Julén sein Boot so weit weg unterbrachte, wo doch Djurgårdens verschiedene Yachthäfen direkt um die Ecke lagen. Wie auch immer, in Hjelms Vormittagsprogramm für den nächsten Tag war ein Besuch in Viggbyholm eingeplant.

Die beiden Herrschaften hatten auch Golf im selben Klub gespielt, Stockholms Golfklub, dessen Hauptsitz der Golfplatz Kevinge in Danderyd war. Dort hatten sie gespielt, wenn sie in der Stadt waren – dort würde er ebenfalls vorbeischauen müssen.

Zu guter Letzt waren sie auch noch Mitglieder desselben Ordens gewesen – des Mimerordens. Da er keinen blassen Schimmer vom Ordenswesen hatte, las Hjelm sich vor dem Bildschirm erst einmal gründlich in das Thema ein. Die der Allgemeinheit praktisch vorenthaltenen Ordensaktivitäten fanden unter den höheren Schichten des Landes offensichtlich breiten Zuspruch. Allein die Freimaurerloge hatte fünfundzwanzigtausend Mitglieder in Schweden, verteilt auf hundertfünfundzwanzig Logen im ganzen Land. Nicht einmal nachdem er das gesamte zugängliche Material gesichtet und sich mit Mönchsorden und Militärorden, mit staatlichen und ideellen Orden, mit großen und mit kleinen Orden beschäftigt hatte, nicht einmal nachdem er eine ganze Reihe Ordensgründer vom Mittelalter an aufwärts auswendig gelernt und sich mit den immer komplizierter werdenden Rang- und Beförderungsordnungen auseinandergesetzt hatte, nicht einmal da verstand er, womit die Orden sich tatsächlich beschäftigten. Die eigentliche Tätigkeit war nämlich streng geheim und wurde mit Hilfe merkwürdiger, jahrhundertealter Regelkataloge vor den Einblicken der Allgemeinheit geschützt. Die Quellen deuteten immer wieder an, daß in manchen der hohen Runden obskure Rituale vollzogen wurden. Frauen waren grundsätzlich ausgeschlossen.

Der Mimerorden war einer der kleinsten und unbekanntesten schwedischen Orden, was die Verbindung zwischen den beiden Männern sehr viel interessanter machte, als es eine Mitgliedschaft beider bei den Freimaurern oder Guttemplern getan hätte. (Letzteres konnte schon wegen der weithin bekannten Trinkgewohnheiten der Herrschaften ausgeschlossen werden.) Über den Mimerorden gab es keine Literatur, aber über einen Fall von Steuerhinterziehung, in den der Orden sechs Jahre zuvor verwickelt gewesen war, gelang es Hjelm, eine Adresse ausfindig zu machen. Er segnete den Computer und seine Schlagwortsuchfunktion.

Andere gemeinsame Freizeitaktivitäten schien es nicht gegeben zu haben. Und drei waren für hart schuftende Geschäftsmänner schon ziemlich viel.

Hjelms Liste für den nächsten Tag sah also folgendermaßen aus:

1) Viggbyholms Yachtclub, Hamnsvägen 1, Täby
2) Stockholms Golfclub, Kevingestrand 20A, Danderyd
3) Mimerloge, Stallgränd 2, Altstadt.

Eine völlig andere Welt.

Er streckte sich. Sie hatten die Deckenbeleuchtung ausgeschaltet, die gänzlich unbrauchbar war, außer man war Masochist mit Kopfschmerz als Spezialvorliebe, und arbeiteten jeder im Licht einer alten Schreibtischlampe mit ganz gewöhnlicher Vierzigwattbirne. Der Himmel war noch hell, weigerte sich aber, etwas von seinem Licht abzugeben.

Chavez hatte die Tastatur zu sich rübergezogen und hackte wild darauf ein.

»Kriegst du Ordnung in deine Aufsichtsratsämter?« fragte Hjelm und stand auf.

»Moment noch«, sagte Chavez. »Das ist ein verdammtes Durcheinander.«

»Ich wollte aufbrechen. Wo wohnst du? Mußt du Richtung Süden?«

Chavez tippte mit Nachdruck auf Enter, worauf der Nadeldrucker unter dem Fenster zu rappeln anfing. Dann nahm er einen Schluck Kaffee und verzog das Gesicht.

»Ich wohne hier«, sagte er und setzte melodramatisch hinzu: »Das hier ist mein Heim.«

Hjelm musterte ihn mit hochgezogener linker Augenbraue.

»Das stimmt«, beteuerte Chavez. »Zwei Etagen weiter oben gibt es ein Gästezimmer. Bis morgen besorgen sie mir was Vernünftiges. Hoffe ich.«

»Okay. Bis morgen dann.«

»Aber klar doch«, sagte Jorge Chavez und sah nach, was der hüpfende Drucker machte.

8

Am Morgen des zweiten April saß Paul Hjelm am Frühstückstisch und betrachtete seine Familie mit ganz neuen Augen. Das letzte Frühstück hatte er als ein am Boden Zerschmetterter eingenommen; jetzt war er der Phönix aus der Asche, der sie über die neuen Lebensumstände informierte. Seine Versetzung in die Stadt wurde mit mäßiger Begeisterung aufgenommen.

»Was soll denn daran so besonders sein?« fragte Danne und sah ihn – so jedenfalls kam es ihm vor – mit dem gleichen angewiderten Gesichtsausdruck an, den er ein paar Tage zuvor für die blutige Binde seiner Mutter übrig gehabt hatte. »Du bist schließlich der Held von Hallunda.«

»Es ist eindeutig eine Belohnung, aus diesem Ghetto hier rauszukommen«, sagte Tova und verschwand, ehe er nachfragen konnte, wo sie diesen Ausdruck herhatte.

Etwa von ihm?

Hatte er gedankenlos solchen Mist verbreitet? Hatte er der kommenden Generation, die so viel bessere Voraussetzungen hatte als er, mit dem Fremden umzugehen, am Fremden teilzuhaben, keine Angst vor dem Fremden zu haben, den Blick getrübt?

Befrage dein Herz, Hjelm.

Es hatte eine Sekunde lang bloßgelegen, aber nur eine Sekunde, und jetzt würde er den Anblick mit einem Haufen Arbeit verdecken. Niemand in seiner Familie ahnte, wie nahe am Abgrund er gestanden hatte. Sie sahen den Helden, er die Leiche.

Er war gerettet, aber auch versetzt. Vielleicht würde ja ein Kollege aus einer Einwandererfamilie seinen Platz in Fittja einnehmen, und vielleicht würde die Polizei in Huddinge von dem Tausch grenzenlos profitieren.

Die Kinder waren gegangen, und als er mit Cilla darüber sprechen wollte, verabschiedete diese sich auch.

Während er sich fertig machte, um in die Stadt zu fahren, fühlte er sich einsamer als je zuvor. Aber zugleich auch bereit für die Veränderung. Vielleicht spürte er bereits, daß dieser Fall anders sein würde als alle, mit denen er je befaßt gewesen war.

Fremd.

Er nahm die Zeitung vom Tisch und warf einen kurzen Blick auf die Schlagzeile: »Doppelmord an Wirtschaftsspitze. Italienische Mafia in Stockholm?«

Er seufzte und machte sich auf den Weg.

Eine kalte Brise, die sich nicht entscheiden konnte, ob sie den Mächten des Winters oder denen des Frühlings gehorchen sollte, jagte eine Gänsehaut über die Wasseroberfläche. Kleine Wellen schubsten die Jollen ein paar Meter nach vorn. Etwa ein Dutzend kleinere Boote ritten wie unterschiedlich große Punkte auf Neptuns Schultern über den Stora Värtan.

»Eine schreckliche Geschichte«, wiederholte der Mann mit dem Käppi. »Und gleich zwei unserer vornehmsten Mitglieder. Wenn man nicht mal mehr in seinem eigenen Zuhause sicher sein kann, was bleibt einem dann noch? Muß inzwischen jeder anständige Mensch einen Wachdienst engagieren, oder was?«

Hjelm und der Mann standen auf einem der sechs langen, parallel angelegten Stege, die sich vom Ufer bis zu den Wellenbrechern erstreckten, die Viggbyholms Yachthafen einrahmten. Es lagen erst wenige Boote im Wasser, aber an Land herrschte fiebrige Aktivität, die Boote vor der Segelsaison auf Vordermann zu bringen. Leute hantierten herum, und von kreischenden Schleifmaschinen ging der schwere, beißende Geruch von Epoxidharz und Firnis aus.

»Hier hätte also Bernhard Strand-Juléns Boot liegen sollen?« fragte Hjelm und zeigte ins Wasser.

»Ja, und Daggfeldts da drüben, an Steg drei. Es ist noch etwas zu früh, sie ins Wasser zu lassen. Ich muß schon sagen, daß es mir einen Schock versetzt hat, als ich heute morgen die Zeitung aufschlug.«

»Mir auch«, sagte Hjelm.

»Was für Schlagzeilen! Stimmt es, daß ein sizilianischer Mafiaboß dahintersteckt, der die gesamte schwedische Wirtschaftselite ausradieren will? Oder, wie in der anderen Zeitung stand, daß die Baader-Meinhof wiederauferstanden ist? Das klingt doch wirklich unglaublich. Und was macht die Polizei?«

»Das«, sagte Hjelm und ging Richtung Land.

»Na ja, das sollte keine Kritik sein.« Der Mann wand sich ein wenig. »Was ich sagen wollte, war: Was kann die Polizei gegen solche Kräfte ausrichten?«

»Das«, wiederholte Hjelm.

Sie begaben sich zu dem imposanten Klubhaus im Hamnvägen. Der Mann zeigte Hjelm das Büro. Setzte sich hinter den Schreibtisch, war offensichtlich mit den Gedanken woanders. Er nahm einen Brieföffner zur Hand und schlitzte einen Brief auf. Hjelm räusperte sich.

»Entschuldigen Sie«, sagte der Mann und legte Brieföffner und Brief beiseite. »Ich fühle mich nicht besonders gut.«

»Sie kannten die beiden persönlich?«

»Na ja, so, wie man seine Mitglieder halt kennt. Man tauscht sich ein wenig über Boote und Segelflächen aus, plaudert über die Windverhältnisse und die Wetterprognosen. Solche Dinge.«

»Kannten sich die beiden? Haben sie hier im Klub miteinander verkehrt?«

»Das kann ich nicht sagen. Sie waren extrem unterschiedliche Schiffer, daher denke ich, nein. Daggfeldt war ein Familiensegler, ist nie ohne Ninni und die Kinder mit der ›Maxi‹ rausgefahren. Die älteste Tochter, sie dürfte so um die achtzehn, neunzehn sein, fand es wohl schon ein wenig langweilig, wenn ich mich richtig erinnere, und der Junge, der ein paar Jahre jünger ist, war offenbar auch nicht gerade begeistert. Und Ninni wurde schon auf dem Steg seekrank. Trotzdem war sie immer fröhlich und enthusiastisch. Gesund, aber seekrank, sagte Daggfeldt gern und lachte sich kaputt. Es lag ihm ungeheuer viel daran, seine Familie dabeizuhaben. Das waren wahrscheinlich die einzigen Gelegenheiten, wo sie Zeit füreinander hatten. Obwohl es manchmal auch ganz schön heiß herging zwischen den Schären. Wie ich gehört habe.«

Hjelm wunderte sich, wieviel aus so einer kleinen Plauderei über Gewässer und Wetterprognosen rauszuholen war. »Und Strand-Julén?« fragte er, um die Glut noch ein wenig anzufachen.

»Der war ein ganz anderes Kaliber. Ein durch und durch ernsthafter Segler. Er hatte die etwas kleinere Ausführung eines Swan-Bootes, das kam in einem Yachthafen gerade noch unter. Er hatte immer eine professionelle Besatzung, zwei oder drei junge Burschen mit einer Ausrüstung vom Feinsten, jedesmal andere. Nagelneue Kleider der teuersten Marke.«

»Jedesmal andere?«

»Eine andere Besatzung, meine ich. Extrem durchtrainiert. Die verstanden ihr Handwerk, o ja, das waren Typen, wie sie beim Whitbread Round the World Race mitmachen, um ein Beispiel zu nennen. Nur jünger. Sie sahen alle irgendwie gleich aus, wie Schwimmer.«

»In diesem Fall: sehr jung, sehr blond, sehr braungebrannt? Und jedesmal mit völlig neuer Garderobe?«

Der Mann blinzelte ein paarmal und rümpfte aus unerfindlichen Gründen die Nase. Wahrscheinlich über seine eigene Schwatzhaftigkeit. Eine etwas übertriebene Reaktion, wenn es nur das war. Hier ist offenbar noch mehr zu holen, dachte Hjelm. Nur weiter.

»Also gut«, versuchte er es aufs Geratewohl. »Es ist mir völlig schnuppe, ob Bernhard Strand-Julén pädophil war und es aufregend fand, fünfunddreißig kleine Jungs gleichzeitig in die Koje zu locken. Sie wissen nicht zufällig, wie ich an einen dieser Jungs rankomme? Der Mann ist ja inzwischen unangreifbar und steht über allen Gesetzen.«

»Sein Ruf ist nicht unangreifbar ... Urteil über einen Toten und so weiter. Er ist schließlich verheiratet.«

»Schon möglich«, wagte Hjelm einen neuen Vorstoß, »daß Sie sich nicht als Kuppler bei Bernhard und Biancas durch und durch seriösen Segeltouren betätigt haben. Aber wenn ich nicht bald mehr Informationen bekomme, werde ich dafür sorgen, daß die Angelegenheit sehr gründlich untersucht wird. Homosexuelle Kuppelei, möglicherweise mit Minderjährigen, in einem der vornehmsten Yachtklubs des Landes. Wird's bald! Ein Gerücht reicht völlig, das wissen Sie, Herr Lindviken. Bernhard ist nicht mehr, gebt mir Bianca. Wenigstens eine seiner Biancas.«

Der Mann rieb die Fingerknöchel aneinander. Die Dinge hatten eine unangenehm abrupte Wendung genommen. Nutz die Verwirrung aus, dachte Hjelm, irgendwo hinter alldem lauert eine uneingestandene Schuld!

Es klang, als spräche er zu sich selbst: »Zehn Sekunden, dann nehme ich Sie mit ins Polizeipräsidium zu einem ordentlichen Verhör.«

»Mein Gott, ich hab doch gar nichts getan! Ich rede nur nicht über das, was ich sehe, ein großer Teil meiner Arbeit hier besteht darin, nichts zu sehen, nichts zu hören und nichts zu sagen.«

»Im Moment weist alles darauf hin, daß Sie persönlich, Arthur Lindviken, als Hauptdrahtzieher hinter einem Pädophilenring in Viggbyholm stehen. Je mehr Namen und Adressen

Sie in den genannten zehn Sekunden liefern, desto größer die Chance, diesem grauenvollen Verdacht in den Augen der Klubmitglieder zu entgehen. Ganz zu schweigen vom Richter. Noch sieben Sekunden. Fünf Sekunden.«

»Warten Sie!« schrie Arthur Lindviken. »Ich muß es erst noch holen ...«

Er stolperte zu einem Bild, nahm es von der Wand, drehte hektisch an dem surrenden Kombinationsschloß des Tresors, zog einen Karteikasten heraus und durchsuchte das S-Fach. Schließlich fischte er eine Postkarte mit einer in jeder Hinsicht stattlichen Dyonisosstatue heraus. »Strand-Julén« war mit blassem Bleistift darauf geschrieben und darunter mit Kugelschreiber: »Wir gehen jetzt, Du kannst jederzeit anrufen. 641 12 12. PS: Du bist der größte Bock von allen«.

»Die hat er hier im Büro fallen lassen. Ich bewahre Fundsachen auf. Falls jemand danach fragt.«

»Fundsachen im Tresor ... Sie haben nicht zufällig auch eine Fundsache unter D?«

»Daggfeldt? Nein.«

»Schauen Sie noch mal nach.«

Lindviken musterte Hjelm mißtrauisch. »Glauben Sie, ich weiß nicht, was für Sachen ich hier habe?«

Er klappte das D-Fach auf und zeigte es Hjelm. Es war leer.

Hjelm stand auf und wedelte mit der Dyonisoskarte. »Die nehme ich mit. Sie haben ja wohl keine Verwendung mehr dafür. Und behalten Sie die Kartei. Ich komme vielleicht noch mal darauf zurück.«

Als Hjelm draußen am Fenster vorbeiging, saß Lindviken noch immer starr hinter seinem Schreibtisch. Der Karteikasten zitterte auf seinen Knien.

Einen Augenblick lang überlegte Hjelm, ob er ihn zu hart rangenommen hatte. Er war es nicht gewohnt, mit Leuten zu tun zu haben, die nicht zigmal in einem Verhör gesessen hatten, das Gesetzbuch in- und auswendig kannten, alle Tricks und Ausreden draufhatten und die genau wußten, wann sie schweigen und wann sie lügen mußten.

Der Wind hatte ordentlich aufgefrischt. Die Jollen waren wie weggeblasen von der Stora Värtan.

Es war fortgeschrittener Vormittag, als Hjelm seinen unauffälligen Dienst-Mazda vor dem Golfplatz von Kevinge parkte. Für einen gewöhnlichen Wochentag im April waren erstaunlich viele Leute auf dem Platz unterwegs. Er tippte eine fünfstellige Nummer in sein Handy.

»Telefonauskunft«, meldete sich eine Frau.

»08 – 641 12 12, bitte.«

»Einen Augenblick«, sagte die Frau, ließ einige Zeit verstreichen und meldete sich wieder: »Jörgen Lindén, Timmermansgatan 34.«

»Danke.« Hjelm notierte es sich. Davor schrieb er eine Vier. Vielleicht schaffte er das auch noch vor der Besprechung um drei Uhr.

Er stieg aus dem Auto und lief die Treppe zur Rezeption des Golfklubs hinauf. Hinter dem Tresen stand eine junge Frau.

»Hallo«, sagte sie.

»Hallo«, erwiderte Hjelm und zeigte ihr seinen Dienstausweis. »Kriminalpolizei. Es geht um zwei ehemalige Mitglieder Ihres Klubs.«

»Ich glaube, ich weiß, wen Sie meinen.« Die Frau nickte in Richtung des *Svenska Dagbladets* vom Morgen, das auf dem Tresen lag.

Hjelm nickte ebenfalls. »Sie waren doch Mitglieder, oder?«

»Ja. Und soweit ich weiß, haben sie auch ziemlich häufig gespielt. Sie sind immer hier vorbeigekommen und haben sich mit mir unterhalten, bevor sie auf den Platz gingen.«

»Wissen Sie, ob die beiden zusammen gespielt haben? Haben Sie sie jemals zusammen gesehen?«

»Na ja, regelmäßige Spielpartner waren sie eher nicht ... Ich kann mich nicht erinnern, sie direkt zusammen gesehen zu haben. Hinterher saßen sie manchmal mit mehreren Leuten zusammen. Diese Sorte Spieler trifft sich häufig hinterher; dann wird nicht über Golf geredet, sondern über andere Dinge.«

»Was meinen Sie mit ›diese Sorte Spieler‹?«

»Nichtgolfer.«

Hjelm machte eine kurze Pause.

»Sie sind selbst aktive Golferin, stimmt's?«

»Mhm.«

»Und Leute, die hierherkommen, um, ja, um Kontakte zu knüpfen und Kollegen zu treffen, mögen Sie nicht besonders. Obwohl Sie ein eingefleischtes Danderydmädchen sind, haben Sie Probleme mit diesen ›Nichtgolfern‹, weil sie dem Sport das ihm hartnäckig anhängende Image des Reicheleutezeitvertreibs verleihen.«

»Sehr psychoanalytisch«, sagte das eingefleischte Danderydmädchen.

»Wie läuft das? Geht man einfach auf den Platz und spielt, oder muß man sich vorher irgendwie registrieren lassen?«

»Wir haben ein Gästebuch, in das sich alle Spieler eintragen.«

»Darf ich mir das mal ansehen?«

»Sie lehnen mit den Ellbogen darauf. Entschuldigen Sie, es kommen Gäste.«

»Moment«, insistierte Hjelm. »Während ich die letzten Wochen durchgehe, könnten Sie ja vielleicht kurz Ihren Computer befragen, wann Daggfeldt und Strand-Julén Mitglieder wurden.«

»Ich bin gleich für Sie da, gedulden Sie sich noch einen Augenblick«, sagte sie über Hjelms Schulter hinweg zu zwei grauhaarigen Männern in klassischen, karierten Golfpullis. Hjelm belauschte ihr Gespräch, während er das sogenannte Gästebuch durchblätterte.

»Ja, mein Gott«, sagte der Ältere, »es wird viel geredet, wenn der Tag lang ist. Du hast *Svenska Dagbladet* gelesen?«

»Ja, aber sicher. Muß eigentlich jeder rechtschaffene Mann inzwischen eine Wachgesellschaft anheuern? Das waren feine Menschen, glaub es mir, feine Menschen. Alle beide, Daggstedt und Julén-Strand. Hab sie persönlich gekannt. Meinst du, daß die Kommunisten dahinterstecken?«

»Um Himmels willen, woher soll ich das wissen? Aber den Nichtsnutzen ist, bei meiner Seele, nicht zu trauen. Einer verbreitet sich sogar auf der Kulturseite von *Svenska Dagbladet.*«

»Nein, das ist nicht dein Ernst! Infiltration? Ein Pfropfen mitten im Herztrakt? Es geht eindeutig bergab mit Schweden.«

»Wie wahr, wie wahr.«

Hjelm überließ die Herren ihrem Schicksal und nahm einen beschriebenen Zettel von der jungen Frau entgegen, die sich gerade freundlich lächelnd den beiden zuwenden wollte. Hjelm unterbrach sie noch einmal.

»Ich bin noch nicht ganz fertig. Herr D. trat '82 ein«, sagte er kryptisch, um die Aufmerksamkeit der beiden Herren nicht auf sich zu ziehen, »Herr S.-J. '85. Sind die Gästebücher aus dieser Zeit noch vorhanden?«

Die junge Frau entschuldigte sich erneut bei den beiden, die sich ohne weiteres von ihrem blendenden Lächeln vertrösten ließen.

»Ein feines Mädchen«, hörte Hjelm einen der beiden sagen. »Zehnte der europäischen Rangliste, wie ich gehört habe.«

»Können wir ins Büro gehen?« fragte er. »Zehnte der europäischen Rangliste?« platzte er heraus, als sie die Tür hinter sich geschlossen hatten.

Sie lächelte.

»Na ja, die beiden Alten verwechseln mich mit Lotta Neumann. Zehn Jahre mehr oder weniger bedeuten in ihrem Alter nicht viel.«

»Haben Sie die alten Gästebücher noch?«

»Ja, im Archiv. Ich kann sie holen.«

»Gut. Dann hätte ich gern alle Bücher von '82 an. Ich werde sie mitnehmen müssen. Sie bekommen sie später zurück. Und dies hier muß ich auch mitnehmen. Sie werden ein neues anfangen müssen. Sobald wir fertig sind, bringen wir alles zurück. Es dreht sich höchstens um ein paar Tage.«

»Nein, das von draußen kann ich Ihnen nicht mitgeben. Das benutzen wir ja gerade.«

Er seufzte, hatte er doch gehofft, diesmal Machtworte vermeiden zu können.

»Jetzt hören Sie mir mal genau zu. Es geht um einen Doppelmord, zu dem voraussichtlich noch viele hinzukommen werden. Bald wird Ihre gesamte Klientel ausradiert sein. Ich habe solche Befugnisse, daß selbst die beiden alten Knacker da draußen von Polizeistaat sprechen würden, wüßten sie davon. Verstanden?«

Sie trabte davon.

Hjelm war immer wieder verblüfft, wie dicht Alltagssprache und die Sprache der Macht beieinanderlagen. Es reichten schon minimale Veränderungen.

Eine große Kiste mit alten Gästebüchern vor sich herwuchtend, trat er in die plötzlich hervorbrechende Frühlingssonne hinaus. Es war jetzt völlig windstill. Perfektes Golfwetter. Nahm er jedenfalls an.

Das einzige, was darauf hindeutete, daß er bei der richtigen Adresse war, war ein zur Hälfte abgerissenes, vergilbtes, handgeschriebenes Schild neben dem Klingelknopf: »Mimero«. Der Klingelknopf befand sich zwischen zehn anderen in einem niedrigen, eine halbe Treppe unter Straßenniveau liegenden Hauseingang in der Altstadt. Er drückte den Knopf, und gleich darauf dröhnte durch das rostige Gitter der Gegensprechanlage eine Stentorstimme.

»Ja.«

»Ich weiß nicht, ob ich hier richtig bin. Ich suche nach einem Orden, dem Mimerorden.«

»Dies ist der Mimerorden. Was wünschen Sie?«

»Ich bin von der Kriminalpolizei. Es geht um einige Ihrer Mitglieder.«

»Treten Sie ein.«

Der Türöffner summte, und Hjelm drückte die abgegriffene Tür auf. Er mußte sich ducken, um unter dem Türbalken hindurchzukommen. Der Eingangsbereich war eng und schummrig, die Luft muffig und feucht. Das Gewölbe schien seit dem Mittelalter nicht mehr renoviert worden zu sein. Er versuchte noch, sich an die Dunkelheit zu gewöhnen, als schon ein großer, sehniger älterer Herr, eingehüllt in einen merkwürdig hellvioletten Umhang, durch eine Tür auf ihn zukam. Der Mann streckte ihm die Hand entgegen, und hätte Hjelm sich nicht vorher ein wenig in das Wesen von Orden eingelesen, hätte er sich regelrecht bedroht gefühlt und darauf geachtet, daß er seine Kehle nicht entblößte.

»Guten Tag«, rief der Alte mit einem Stimmvolumen, das genausowenig von dieser Welt zu sein schien wie der ganze Mann an sich. »Ich bin David Clöwenhielm, Wächter des Mimerordens.«

»Paul Hjelm«, sagte Paul Hjelm und drückte Clöwenhielms Hand. Wie erwartet hatte er einen festen Handschlag. »Das ist aber nicht gerade wie bei den Freimaurern, wenn der Vergleich gestattet ist.«

»Sie haben die inneren Räume noch nicht gesehen«, verkündete David Clöwenhielm. »Und möglicherweise werden Sie sie auch nie zu sehen bekommen. Das hängt ganz von Ihrem Anliegen ab.«

»Wächter?« hakte Hjelm nach. »Ist das so eine Art Großmeister?«

»Wir vermeiden die gängigen Titel, weil wir nicht riskieren wollen, daß unser Orden als Ableger der Freimaurer verstanden wird. Wissen Sie übrigens, wer Großmeister bei den Freimaurern ist?«

Hjelm schüttelte den Kopf.

»Prinz Bertil«, sagte Clöwenhielm.

»Lebt der noch?« fragte Hjelm.

Clöwenhielm gab ein Donnergrollen von sich, das sich erst nach dem zehnten Nachhall als Lachen identifizieren ließ. Offenbar gab es zwischen den beiden Orden gewisse Animositäten.

»Treten Sie ein, Kommissar.«

»Danke«, antwortete Hjelm und kam gar nicht auf den Gedanken, ihn zu korrigieren. In diesen Zusammenhängen konnte jede höhere Rangstufe von Nutzen sein.

Sie stiegen eine lange, gewundene Treppe hinab. Die massiven Wände tropften vor Feuchtigkeit, und die Decke war so niedrig, daß der lange Clöwenhielm, der vor Hjelm herging, sich doppelt zusammenfalten mußte. Erleuchtet wurde der Gang von ein paar feuchtigkeitsresistenten Fackeln. Sie gelangten schließlich in einen winzigen Raum, an dessen Wänden Wappenschilde hingen. Die hintere Wand war mit einem schweren samtenen Vorhang verkleidet, vor dem ein gewaltiger Schreibtisch aus Eichenholz stand. Auf dem Schreibtisch thronten zwei Käseglocken; auf der beschlagenen, undurchsichtigen Kunststoffoberfläche bildeten sich ständig neue Tropfen und liefen herunter. Clöwenhielm lüftete eine der beiden Käseglocken und schaltete einen kleinen, absolut modernen Laptop ein, der totale Anachronismus. Dann ließ er sich hinter dem Schreibtisch nieder.

»Ich gehe davon aus, daß Sie auf die eine oder andere Weise unsere Mitgliederdatei konsultieren wollen«, dröhnte er. Die Stimme, die oben in der relativen Helligkeit irgendwie fehl am Platze gewirkt hatte, war hier voll in ihrem Element. »Bitte, setzen Sie sich doch, Direktor.«

Wenn das in diesem Tempo weitergeht, bin ich in einer Viertelstunde Polizeipräsident, dachte Hjelm und setzte sich auf einen kleinen Stuhl dem Wächter gegenüber.

»Sie liegen ganz und gar richtig mit Ihrer Vermutung, Wächter«, sagte er einschmeichelnd. »Es geht um zwei Mitglieder Ihres Ordens. Die beiden sind im Abstand weniger Tage ermordet worden.«

Clöwenhielm wirkte nicht direkt erschüttert, möglicherweise ein wenig nachdenklich. Er zupfte den hellvioletten Umhang am Hals zurecht.

»Die Brüder des Mimerordens bekleiden gesellschaftliche Positionen, in denen Gewalttaten normalerweise nicht vorkommen. Wollen Sie damit andeuten, daß der Mimerorden etwas damit zu tun haben könnte?«

»Keineswegs. Wir haken überall dort nach, wo eventuelle Verbindungen zwischen den beiden Opfern zu vermuten sind, in erster Linie, um weiteren Anschlägen zuvorzukommen. Die Mitgliedschaft der beiden in diesem exklusiven Orden ist eine solche Verbindung.«

»Ich verstehe. Um wen handelt es sich?«

»Liest der Wächter keine Tageszeitung?«

»Schon lange nicht mehr«, sagte Clöwenhielm. »Um mich voll und ganz dem Orden widmen zu können, habe ich mich nicht nur vorzeitig pensionieren lassen, sondern mich auch von den Bereichen der Außenwelt verabschiedet, die mir nicht behagen. In einem bestimmten Alter kann man sich so etwas erlauben.«

»Und mit einem gewissen finanziellen Status.«

»Selbstverständlich«, sagte Clöwenhielm neutral.

»Wie viele Mitglieder hat der Mimerorden?«

»Dreiundsechzig«, antwortete Clöwenhielm und fügte hinzu: »Sehr sorgfältig ausgewählt. Nun also nur noch einundsechzig.«

»Kennen Sie jedes Mitglied persönlich?«

»Das, was innerhalb des Ordens stattfindet, hat sehr wenig mit dem Persönlichen zu tun. Wir beschäftigen uns mit dem, was über und hinter dem Persönlichen steht. Außerdem tragen wir in der Regel während der Zeremonien Umhänge und unterschiedliche Asen-Masken. Ich sehe selten Gesichter. Aber damit berühren wir geheimes Terrain.«

»Top top secret, sozusagen.«

»So ist es«, bestätigte Clöwenhielm, ohne sich auch nur den Bruchteil einer Sekunde von der eigentümlichen Wortwahl irritieren zu lassen.

»Eine Sache würde mich als vollkommen Uneingeweihten interessieren«, sagte Hjelm. »Was macht das Ordenswesen in bestimmten Kreisen so attraktiv?«

»Ich könnte jetzt idealisieren und sagen, daß wir alle in dem Willen vereint sind, unser Bewußtsein zu erweitern, neue Wege zu öffnen zu den ungenutzten Bereichen unserer Seele, aber das entspräche nicht ganz der Wahrheit. Ich kann meine Augen nicht vor der Tatsache verschließen, daß durch die Brüder eine Menge Schlacke aus der Welt hereingeschwemmt wird, die ich hinter mir gelassen habe: Prestige, das Gefühl, auserwählt und überlegen zu sein, Kontaktnetze, Distanzierung zu Frauen, oft eine gekünstelte Traditionsverbundenheit; der Mimerorden zum Beispiel läßt sich bis auf den Geijerschen Götizismus Anfang des neunzehnten Jahrhunderts zurückführen, eine Tatsache, von der neunzig Prozent der Mitglieder nicht die leiseste Ahnung haben. Wenn ich den Brüdern die gleiche Reinheit und den gleichen Enthusiasmus abverlangen würde wie mir selbst, säße ich allein hier. Was vielleicht nicht einmal das Schlechteste wäre.« Clöwenhielm seufzte leise, ehe er wieder seinen üblichen dröhnenden Tonfall anschlug: »Nun denn, wie heißen die beiden von uns gegangenen Brüder?«

»Kuno Daggfeldt und Bernhard Strand-Julén.«

Der Wächter des Mimerordens ließ seine Finger über die Tastatur huschen.

»Verstehe«, sagte er zögernd. »Und schon wieder überschreiten wir die magische Grenze der Schweigepflicht.«

»Wollen Sie andeuten, daß Sie da geheime Dinge haben?«

»Wir bewegen uns auf alle Fälle in einem Grenzbereich. Lassen Sie mich nachdenken.«

David Clöwenhielm wurde die Zeit gewährt, die er zum Nachdenken brauchte.

»Nein«, sagte er schließlich. »Die Polizei bei Mordermittlungen zu unterstützen, die zwei unserer Ordensbrüder betreffen, hat Priorität. Kommen Sie hier rüber, Hjelm.«

Hjelm ging um den Schreibtisch herum und sah über Clöwenhielms Schulter auf den Bildschirm.

»Ich lasse die Namen jetzt relativ schnell über den Bildschirm scrollen, damit Sie gar nicht in Versuchung geraten, sich allzu viele davon zu merken. Hin und wieder sehen Sie vor einigen Namen einen Asteriskus aufflimmern, ein Sternchen, auch vor den beiden Namen, die Sie mir genannt haben. Hier haben wir Daggfeldt und hier Strand-Julén. Asteriskus bei beiden. Insgesamt gibt es davon etwa ein Dutzend. Sie können sich wieder setzen, Hjelm.«

Hjelm tat, wie ihm geheißen. Er fühlte sich wie ein Schuljunge. Die Karriereleiter war offensichtlich umgekippt.

»Die Asterisken kennzeichnen die Namen von Männern, die dem Mimerorden nicht mehr angehören.«

»Haben sie ihren Jahresbeitrag nicht bezahlt?«

Wieder ertönte das trommelfelldurchbohrende Lachen.

»Es handelt sich hier um einen Orden, mein Junge, nicht um einen Golfklub. Nein, die Asterisken habe ich aus einem anderen Grund dort hingesetzt. Die Betreffenden haben sich entschlossen, einen Unterorden zum Mimerorden zu gründen, den sogenannten Skidbladnerorden. Vulgär ausgedrückt könnte man sagen, der Orden funktioniert wie eine Tochtergesellschaft, selbständig, aber letztendlich immer der Muttergesellschaft untergeordnet. Man wollte – ohne sich ganz zu lösen – gewisse rituelle Ideen weiterentwickeln, die im Mimerorden, also bei mir, keinen Anklang fanden. Der Gründung des Skidbladnerordens ging kein eigentlicher Streit voraus, das möchte ich noch betonen.«

»Auch keine Kabbeleien auf den Fluren?«

»Hier gibt es weder Flure noch Kabbeleien. Sollte es dennoch wie auch immer geartete Differenzen gegeben haben, sind sie wohl eher auf der persönlichen Ebene anzusiedeln, und diese Ebene interessiert mich, wie gesagt, nicht.«

»Erinnern Sie sich, wer die Abspaltung vor allem betrieben hat?«

»Als man mir das Anliegen vortrug, das dürfte jetzt ungefähr ein halbes Jahr her sein, trugen wir alle Umhänge und Masken. Es war nach einer intensiven Zeremonie. Ich kann nicht sagen, wer das Ganze initiiert hat. Aber ich habe den Vorschlag akzeptiert, schließlich leite ich keine Erziehungsanstalt. Die Satzung schien mir völlig korrekt. Ich habe regelmäßige Berichte verlangt, was die Fortschritte und so weiter betraf; bisher ist dergleichen allerdings noch nicht bei mir eingegangen.«

»Worin besteht der Unterschied zwischen dem Mimerorden und dem Skidbladnerorden? Was sollte da ausgebaut oder weiterentwickelt werden?«

»O nein, so weit locken Sie mich nicht aus den Domänen der Schweigepflicht heraus, Konstapel. Es geht um Details der rituellen Handlungen. Nichts Radikales. Es bestand der Wunsch, gewisse zeremonielle Aspekte weiterzutreiben.«

»Aber eine Liste mit den asteriskenversehenen Namen werden Sie mir doch sicher zur Verfügung stellen?« sagte der gnadenlos Degradierte.

Zwei kurze Bewegungen mit dem Zeigefinger, ein Rascheln unter Käseglocke Nummer zwei, dann lüpfte der Wächter des Mimerordens selbige. Darunter spuckte ein Tintenstrahldrucker im Miniformat zwei DIN-A4-Blätter aus.

»Ich setze voraus, daß Sie im Umgang mit diesen Papieren das gleiche Takt- und Feingefühl an den Tag legen, das sie heute unserem Orden gegenüber gezeigt haben, Herr Hjelm. Ich könnte sehr ungehalten werden, wenn die Medien sie in die Finger bekämen.«

»Ich auch«, sagte Hjelm.

Sie erhoben sich beide und gaben einander die Hand.

»Ich danke Ihnen recht herzlich, Wächter«, sagte Hjelm und fügte hinzu: »Nur noch eine kleine Frage. Was richtet man eigentlich aus in so einem Orden?«

»Ausrichten?« fragte Clöwenhielm überrascht. Dann brach es aus ihm heraus.

Die Druckwellen seines Lachens schoben Hjelm die Treppe hinauf und auf die Stallgränd hinaus.

Aprilwetter, dachte Hjelm, als er durch die Rinnsale auf dem Fenster nach draußen schaute. Launisch wie das Schicksal. Die Leute überquerten die Västerlånggatan mit hochgeklappten Mantel- und Jackenkragen und drückten sich an den Hauswänden entlang, wo sie vergeblich Schutz suchten unter Balkons, die es nicht gab. Der Regen peitschte gegen das große Fenster des Café Gråmunken. Das Licht über dem Tisch glänzte durch Abwesenheit. Hjelm kniff die Augen zusammen und versuchte, die Papiere des Mimerordens zu entziffern. Die Bedienung erschien in einer blendendweißen Schürze und schenkte ihm Kaffee nach. Hjelm nickte zum Dank und ging die Liste weiter durch. Da standen alle privaten und geschäftlichen Anschriften der Brüder des dubiosen Skidbladnerordens. Zwei Adressen lagen in der Altstadt, eine private in der Prästgatan und eine geschäftliche in der Österlånggatan.

Da es erst kurz nach zwölf war, entschied er sich für die Geschäftsadresse, eine Computerfirma. Er konnte nicht warten, bis der Regen nachließ, also stürzte er seinen Kaffee hinunter und stürmte nach draußen, die Västerlånggatan entlang Richtung Järntorget, wo er in die Zwillingsstraße einbog. Er suchte die Hausnummer und drückte den Klingelknopf von ComData. Eine mürrische Sekretärin gewährte ihm widerstrebend Einlaß. Er ging in den zweiten Stock und betrat ein Fünfzimmerbüro. Die Sekretärin war eine Dame mit Haarknoten und Kriegsbemalung. Als er ihr seinen Dienstausweis hinhielt, fielen ein paar Wassertropfen auf ihre ordentlich sortierten Papiere.

»Nehmen Sie das sofort weg«, sagte sie empört.

»Kriminalpolizei. Ich möchte Axel Strandelius sprechen.«

»Der Direktor ist augenblicklich beschäftigt. Sie haben einen Termin, nehme ich an?«

»Ich gebe Ihnen eine halbe Minute Zeit, mich anzumelden. Danach gehe ich auch ohne Termin da rein.«

Das hatte an diesem Tag schon mehrmals funktioniert. Und es funktionierte wieder. Gleich darauf öffnete sich eine Tür, und ein untadelig gekleideter fünfzigjähriger Mann mit typischem Chefaussehen bat ihn wortlos einzutreten.

»Polizei, hat Sara gesagt.« Er setzte sich hinter seinen Schreibtisch. »Womit kann ich dienen?«

»Sind Sie Axel Strandelius?«

»Ja«, sagte der Mann. »Höchstpersönlich.«

»Sind Sie Mitglied eines Ordens, der sich Skidbladnerorden nennt?«

Strandelius sah ihn stumm an.

»Jetzt berühren wir geheime Bereiche«, erklärte er schließlich. Die Wortwahl kam Hjelm irgendwie bekannt vor.

»Ich kenne die Regeln. Das einzig Geheime sind die Rituale. Die Mitgliedschaft an sich ist offiziell.«

»Aber der betreffende Orden ist noch nicht ganz offiziell ...«

»Sie wissen vermutlich, warum ich hier bin. Da drüben liegen *Dagens Nyheter*, hier *Svenska Dagbladet* und *Dagens Industri*. Alle bringen es auf der Titelseite. Es handelt sich hier weder um ein Spiel noch um Polizeischikane, sondern es geht um Leben und Tod. Um Ihr Leben und Ihren Tod. Daggfeldt und Strand-Julén gehörten zu der kleinen Gruppe, die sich vor ungefähr einem halben Jahr vom Mimerorden abgespalten hat. Das bedeutet, daß Sie sich in akuter Gefahr befinden.«

So weit hatte Strandelius offensichtlich noch nicht gedacht. Er schrumpfte buchstäblich einige Zentimeter in seinem Stuhl.

»Mein Gott, der Mimerorden ist wahrlich das Friedlichste, was man sich denken kann. Wer sollte ...«

»Die auffälligste Verbindung zwischen den beiden Männern, die im Abstand von zwei Tagen auf exakt die gleiche Weise getötet wurden, ist der Skidbladnerorden. Immerhin sind sie zwei von insgesamt zwölf Mitgliedern. In meinen Augen ist das eine ganze Menge. Ich möchte, daß Sie mir zwei Fragen beantworten. Erstens: Wer war die treibende Kraft hinter der Abspaltung? Zweitens: Wer hat am härtesten gegen die Abspaltung gewettert?«

Strandelius dachte nach. Er war ein Computermensch. Er strukturierte und analysierte, bevor er genauso numerisch antwortete, wie Hjelm gefragt hatte.

»Erstens: Daggfeldt und Strand-Julén gehörten tatsächlich zu den treibenden Kräften, aber die Idee stammte von Rickard Franzén. Er war wohl der Engagierteste bei der Durchführung. Auf etwa gleicher Ebene wie Daggfeldt und Strand-Julén ist Johannes Norrvik anzusiedeln. Ganz oben Franzén, danach Daggfeldt, Strand-Julén und Norrvik. Wir anderen hielten das Ganze für eine spannende Idee und machten mit. Zweitens: In dieser Frage kann ich nicht viel weiterhelfen. Es gab einen allgemeinen, unterschwelligen Widerstand, von dem der ätherische Clöwenhielm aber nicht das geringste mitbekommen hat. Ich nehme an, daß auch in diesem Punkt Franzén die meisten Schläge eingesteckt hat. Er müßte Ihnen sagen können, wer ihn am härtesten angegangen hat. Wenn, ich sage, *wenn* es das ist, was hinter den Morden steht, dann ist wohl Franzén das wahrscheinlich nächste Opfer.«

»Besser hätte ich es auch nicht auf den Punkt bringen können«, sagte Hjelm und verabschiedete sich.

Der Regen hatte nachgelassen. Heftige Frühlingsböen streuten flüchtige Schaumkronen über die Oberfläche des Saltsjöns.

Aprilwetter, dachte Hjelm.

Er stand vor der roten Ampel am Södermalmstorg und blickte quer über Slussen zum Gondolen hinüber, dem Drehrestaurant, das eher wie ein U-Bahnwagen auf der Streckbank denn wie eine Gondel aussah.

Die hängenden Gärten von Babylon, dachte Paul Hjelm, als die Ampel auf Grün umsprang.

Er bog mit dem Mazda auf die Hornsgatan ab und fuhr unter den neu hochgezogenen Bürohäusern hindurch, die wie Schuhkartons über dem Söderledstunnel schwebten.

Er düste am Hornsgatspuckel auf der rechten und an der Maria Magdalenakirche auf der linken Seite vorbei und hatte schon wieder Rot. Der Wind blies die Leute in merkwürdigen Diagonalen über die Zebrastreifen am Mariatorg. Auf dem Kiesweg vorm Café Tivoli spielten zwei Männer Boule, und Hjelm meinte aus dem Augenwinkel zu sehen, wie die schwere Metallkugel von einem Windstoß erfaßt wurde und den kleinen Schoßhund einer vorbeigehenden Dame im Kreuz traf.

Es wurde Grün. Er wechselte auf die linke Spur und merkte zu spät, daß die Ampel an der nächsten Kreuzung schon auf

Rot umgesprungen war. Mit quietschenden Reifen bog er in die Timmermansgatan ein.

Die Tür hatte ein Codeschloß. Er tippte blindwütig auf die Tasten ein. So stand er zwei Minuten da und gab Hunderte zufälliger Zahlenkombinationen ein. Nichts tat sich. Schließlich trat er einen Schritt zurück und fand sich neben einem Mädchen mit Lederjacke und abstehenden schwarzen Haaren wieder, das ihn mißtrauisch beäugte.

»Polizei«, sagte er.

»Löst ihr so eure Fälle?« fragte sie.

Er schaute ihr lange hinterher, während sie in Richtung Maria Prästgårdsgata davontrabte.

»Ja«, antwortete er mit Verzögerung und begann erneut, wild auf den Tasten herumzudrücken. Mit einem Mal leuchtete das kleine rote Lämpchen auf, und ein leises Klicken ertönte im Türschloß. Die Nadel im Heuhaufen, dachte er, trat ein, fand den Namen auf der Tafel direkt neben dem Eingang und stieg die vier Stockwerke nach oben.

Auf der Briefkastenklappe stand Lindén. Er klingelte. Einmal. Zweimal. Dreimal. Viermal. Nach dem vierten Klingeln war drinnen ein Rumpeln zu hören, und gleich darauf streckte ein strohblonder Bursche um die Achtzehn seinen Kopf zur Tür heraus. Der Reißverschluß des Champion-Trainingsanzugs war nachlässig zugezogen, der Körper nur notdürftig bedeckt; die Haare waren wild zerwuselt.

»Hab ich Sie etwa geweckt?« fragte Paul Hjelm und hielt seinen Dienstausweis hoch. »Sie sind doch Jörgen Lindén?«

Der Junge nickte und versuchte vergeblich, den Ausweis zu fixieren, der vor seinen Augen auf und ab hüpfte.

»Worum geht's?« fragte er mit belegter Stimme.

»Massenmord«, sagte Hjelm und schob sich an ihm vorbei in die Wohnung.

»Was sagen Sie da?« Der Junge folgte ihm, wobei er die Trainingsjacke in die Hose steckte. Auf dem Sofa in einem der beiden Zimmer lag eine zusammengeknüllte Wolldecke, neben dem Sofa ein Haufen Kleider. Das Bett im zweiten Zimmer war pedantisch gemacht. Zwei Seiten ein und derselben Münze, dachte Hjelm klischeehaft und öffnete das Fenster, um aus dem aufgeräumten Hinterhof, wo junge Bäume und ein paar Holzbänke standen, ein wenig Luft hereinzulassen.

»Es ist ein Uhr«, sagte er. »Schlafen Sie immer so lange?«

»Es kommt drauf an. Es ist gestern ein wenig spät geworden.«

»Was arbeiten Sie?«

Lindén faltete die Wolldecke zusammen und setzte sich aufs Sofa.

»Ich bin arbeitslos.«

»Sie lassen es sich aber gutgehen von Ihrem Arbeitslosengeld.«

»Was wollen Sie?«

»Ich nehme an, daß Sie heute noch keine Zeitung gelesen haben?«

»Stimmt.«

»Bernhard Strand-Julén ist ermordet worden.«

Jörgen Lindén war seiner Jugend zum Trotz das im Umgang mit der Polizei routinierteste Gegenüber, dem Hjelm im Laufe des Tages begegnet war. Es gelang ihm, den Ausdruck vager, unschuldiger Verwirrtheit beizubehalten. Sein Blick wurde möglicherweise einen Tick klarer. In seinem Kopf fing es an zu arbeiten.

»Wer?« fragte er.

»Bernhard Strand-Julén, Sie wissen schon.«

»Nein, ich weiß nicht.«

Hjelm zog die Postkarte mit dem höchst virilen Dionysos aus der Tasche seiner Jeansjacke und hielt sie hoch.

»Ordentliche Latte, was?«

Lindén betrachtete die Karte wortlos.

Hjelm fuhr fort: »Ist das Ihr Markenzeichen oder so was? Marketing? Verteilen Sie diese Karten in der U-Bahn?«

Lindén sagte immer noch nichts. Er sah aus dem Fenster, wo der Sturm die tiefhängenden Kumuluswolken regelrecht vorbeipeitschte. Hjelm ließ nicht locker.

»Drehen wir den Spieß einfach mal um, und was entdecken wir da? ›Wir gehen jetzt, Du kannst jederzeit anrufen.‹ Und dann die Nummer von diesem und keinem anderen Telefon.« Hjelm zeigte auf die Halterung des schnurlosen Telefons an der Wand gleich neben dem Fenster. »Und was ist das? Das war noch nicht alles. Ein kurzes PS: ›Du bist der größte Bock von allen‹. Ich bin sicher, daß ein Schriftvergleich mit dem Notizblock da drüben auf dem Telefontischchen interessante Ergebnisse bringen würde.«

Hjelm machte es sich in dem Sessel gegenüber von Lindén bequem.

»Und dann ging der große Bock auf den Troll los, nahm ihn auf die Hörner und schleuderte ihn in hohem Bogen durch die Luft, so weit fort, daß der Troll auf Nimmerwiedersehen verschwand. Danach sprang der Bock zurück auf seine Weide, wo er sich mit den anderen Böcken so fett fraß, daß sie nicht mehr nach Hause gehen konnten. Und wenn sie nicht abgespeckt haben, sind sie heute noch da.«

Jörgen Lindén schwieg beharrlich.

»Volksmärchen. Es ist schon fast zehn Jahre her, daß ich das meinen Kindern vorgelesen habe. Abend für Abend. Es sitzt noch jedes Wort. Welcher Troll ist auf dem Swan-Boot im hohen Bogen durch die Luft geflogen und auf Nimmerwiedersehen verschwunden? Der Armutstroll? Der Abstinenztroll? Grasen Sie immer noch auf der fetten Weide?«

Lindén schloß die Augen.

»Mein Sohn ist nur wenige Jahre jünger als Sie. Ich hoffe jedenfalls, daß er das ist. Sie können mir hier oder auf dem Polizeipräsidium antworten: Was war das für ein Troll, den der große Bock Strand-Julén vertrieben hat?«

»Der Armutstroll jedenfalls nicht«, sagte Lindén angestrengt. »Er wollte keine Wiederholung. Wollte uns nicht wiedersehen. Ich bin ein paar Monate mit der Knete über die Runden gekommen, mehr nicht. Und Drogen sind ausgeschlossen. Ich bin clean.«

»Keine Rave-Partys, kein Ecstasy? Wie letzte Nacht?«

»Das ist was anderes. Davon wird man nicht abhängig.«

»Natürlich nicht.« Hjelm lehnte sich im Sessel zurück. »Wenn Sie als Prostituierter weitermachen, werden Sie recht bald solche Mittelchen brauchen, die abhängig machen. Egal, dafür habe ich im Augenblick keine Zeit. Meine dringlichste Frage ist: Haben Sie jemals einem Direktor namens Kuno Daggfeldt in Danderyd Ihre Dienste angeboten?«

»Man erfährt nicht immer, wie sie heißen ...«

»So sieht er aus«, sagte Hjelm und zeigte ihm das Foto des stattlichen Mannes, der hart darum kämpfte, seine gut fünfzig Jahre mit Würde zu tragen. Nichts hebt die Eitelkeit so deutlich hervor wie der Tod, dachte Hjelm und war sicher, daß er damit im Geiste irgend jemanden zitiert hatte.

»Nein«, sagte Jörgen Lindén. »Den kenne ich nicht.«

»Sind Sie hundertprozentig sicher? Gehen Sie Ihr inneres Register noch einmal durch.«

»Ich erinnere mich an sie, glauben Sie mir. Ich erinnere mich an jeden einzelnen.«

»Eine ganze Herde großer Böcke ... Okay. Der Name Ihres Zuhälters, seine Anschrift?«

»Bitte ...«

»Unter anderen Umständen hätte ich wahrscheinlich versucht, Sie von der Straße wegzuholen, Sie am Nackenfell zu packen wie ein Katzenjunges und zu Ihren Eltern zurückzuschleppen ...«

»Das könnte schwierig werden.«

»... aber die Dinge liegen nun mal etwas anders. Alles, was ich will, ist, soviel wie möglich über Daggfeldt und Strand-Julén herauszufinden. Und darum brauche ich sofort den Namen Ihres verdammten Zuhälters.«

»Wissen Sie, was der mit mir macht, wenn er rauskriegt, daß ich geplaudert habe?«

»Von mir wird er es nicht erfahren, das garantier ich Ihnen.«

»Johan Stecher. Ich weiß nicht, ob er wirklich so heißt, und eine Adresse habe ich auch nicht. Nur eine Telefonnummer.«

Lindén schrieb die Nummer auf einen Zettel und reichte ihn Hjelm.

»Damit zur letzten Frage: Strand-Juléns sexuelle Präferenzen, so detailliert wie möglich.«

Jörgen Lindén sah ihn flehend an und fing an zu weinen.

Sprache der Macht, dachte Paul Hjelm und war nicht sicher, wie er sich fühlte.

Ein Hagelschauer trommelte zehn Sekunden lang gegen die Scheibe, dann war er vorbei. Aprilwetter, dachte Hjelm und nieste laut.

Es war zwei Uhr, als er die Klingel der Nockeby-Villa drückte. Nachdem die Anfangstakte von »An die Freude« das dritte Mal gespielt worden waren, verfluchte er Beethovens Taubheit. Er hatte die Polizeikarte falsch interpretiert und war vom Brommaplan durch die Vororte gekurvt, statt den direkten Weg über den Drottningholmsvägen zum Festlandsbollwerk hinter der Nockebybro zu nehmen. Ärgerlich darüber, daß er sich nur im Süden der Stadt gut auskannte, stand er auf der riesigen Veranda am Grönviksvägen und wartete darauf, daß endlich jemand aufmachte. Hinter der Villa fiel das Gelände zum Mälaren ab, wo er am allerschönsten ist, in der Förde zwischen Kärsön und Nockeby, zwischen Stockholm Stadt und Ekerö. Die Villa war vielleicht nicht einer von Nockebys größten Palästen, verteidigte aber ohne weiteres ihren Platz in dieser westlichen Vorortoase, über die die Aprilsonne ihre launischen Strahlen streichen ließ.

Endlich erschien eine ältere Dame in der Tür. Hjelm nahm an, daß sie die Haushälterin war.

»Kriminalpolizei«, sagte er und hatte das Wort langsam über. »Ich suche Rickard Franzén.«

»Der hält gerade seinen Mittagsschlaf«, sagte die Dame. »Worum geht es?«

»Es ist ziemlich wichtig. Wenn es nicht zuviel Mühe macht, muß ich Sie bitten, ihn zu wecken.«

»Das liegt bei Ihnen«, sagte die Dame kryptisch.

»Wie bitte?«

»Ob es zuviel Mühe macht, mich zu bitten, ihn zu wecken, können nur Sie entscheiden. Möglicherweise haben Sie Ihre indirekte Frage bereits indirekt beantwortet, indem Sie mich indirekt aufgefordert haben, ihn zu wecken.«

Perplex starrte er sie an. Sie bat ihn mit einer einladenden Geste ins Haus.

»Nehmen Sie's nicht zu ernst. Ich werde bis an mein Lebensende Schwedischlehrerin bleiben. Setzen Sie sich doch, ich hole meinen Mann.«

Erstaunlich schwungvoll lief sie die Treppe hinauf.

Er blieb in der riesigen Eingangshalle stehen und ließ sich den Satz noch einmal auf der Zunge zergehen. »Wenn es nicht zuviel Mühe macht, muß ich Sie bitten, ihn zu wecken.« Warum sollte man das nicht sagen können?

Da verpuffte sie, die Überlegenheit der Sprache der Macht.

Nach wenigen Minuten kehrte die Dame zurück, gefolgt von einem ziemlich dickleibigen älteren Herren in Morgenrock und Pantoffeln. Der Mann kam ihm mit ausgestreckter Hand entgegen.

»Rickard Franzén«, stellte er sich vor. »Meine Mittagspause besteht zu neunzig Prozent aus dem Versuch einzuschlafen und zu zehn Prozent aus dem Versuch, zu akzeptieren, daß mir das nicht gelingt. Ich habe also nicht geschlafen. Es fällt mir schwer, mich nach einem harten Arbeitsleben an das Rentnerdasein zu gewöhnen. Wie Sie sicher bereits festgestellt haben, gilt das gleiche für meine Frau.«

»Paul Hjelm«, sagte Paul Hjelm. »Kriminalpolizei.«

»Von der Stockholmer Polizei?«

»Nein, Reichskripo.« Hjelm hatte nicht bedacht, daß sein Gegenüber Richter gewesen war.

»Haben sie eine Spezialeinheit zusammengestellt?«

»Ja.«

»Hab ich es mir doch gedacht. Und ich glaube, ich weiß auch, weshalb Sie gekommen sind. Zügig gearbeitet.«

»Danke. Verraten Sie mir, was Sie glauben?«

»Ich glaube, daß ich ein potentielles drittes Opfer sein könnte. Meine Frau und ich haben heute vormittag darüber diskutiert. Birgitta war der Meinung, ich sollte die Polizei einschalten. Ich war zögerlicher. Und habe meinen Kopf durchgesetzt. Was nicht immer der Fall ist, kann ich Ihnen verraten.«

»Halten Sie es für möglich, daß jemand aus dem Mimerorden dahintersteckt?«

»Darüber wage ich nicht zu spekulieren, aber ich verstehe, daß da in Ihren Augen ein Zusammenhang bestehen könnte.«

Wenn Franzén so kooperativ bleibt, kann ich es noch rechtzeitig schaffen, dachte Hjelm. Er entschied sich für Offenheit anstelle der Machtvariante.

»Um drei haben wir eine Besprechung. Ob ich Sie bitten dürfte, mit ins Polizeipräsidium zu kommen, damit Sie uns einige Fragen über den Skidbladnerorden beantworten und wir umgehend alle nötigen Vorkehrungen für Ihre Bewachung beschließen können?«

Franzén dachte kurz nach.

»Ich verstehe: die Symmetrie. Sie gehen davon aus, daß es nicht nur eine räumliche, sondern auch eine zeitliche Symmetrie gibt, daß der dritte Mord also bereits heute nacht begangen werden soll. Mit zwei Tagen Abstand. Möglicherweise haben Sie recht. Geben Sie mir ein paar Minuten.«

Er ging auf die Toilette. Ein großer Verlust für den schwedischen Richterstand. Rickard Franzén schien ein sehr guter Richter gewesen zu sein.

Birgitta Franzén stellte sich neben Hjelm.

»Schwebt er wirklich in Gefahr?« fragte sie.

»Das kann ich nicht sagen. Durchaus möglich. Sind Sie heute abend zu Hause?«

»Ich gehe selten weg.«

»Und er?«

»Er wollte zu einem früheren Kollegen. Sie treffen sich einmal im Monat.«

Hjelm nickte. »Wird es spät an solchen Abenden?«

Sie lachte leise. »Ziemlich«, sagte sie.

»Ihr Schlafzimmer liegt eine Etage höher?«

»Zwei Etagen.«

»Und das Wohnzimmer ist hier unten?«

»Sie stehen sozusagen bereits darin. Die Halle verengt sich da hinten rechts zu einer Art Korridor, der ins Wohnzimmer führt.«

Hjelm ging zu dem Korridor und weiter ins Wohnzimmer. Ein sehr origineller Grundriß, den ein Mörder eigentlich im voraus kennen mußte, um ihn meistern zu können. An der hinteren Wand vor dem Fenster stand ein Ecksofa. Hjelm ging zurück in die Halle, wo Rickard Franzén bereits fertig angekleidet auf ihn wartete. Er machte einen sehr zielstrebigen, beinahe enthusiastischen Eindruck.

»Haben Sie sich ein Bild vom möglichen Tatort gemacht?« fragte er mit einem Lächeln.

Dann umarmte er seine Frau und ging vor Hjelm her zum Wagen, bereit für ein einmaliges, ersehntes Comeback in der Rechtsmaschinerie.

Die Sonne schien noch immer.

9

Wie bei ihrem ersten Treffen betrat Jan-Olov Hultin den Raum, den Jorge Chavez ironisch »Kampfleitzentrale« nannte, durch jene mysteriöse Tür im Hintergrund. Die Lesebrille mit den halbrunden Gläsern klemmte bereits auf seiner Nase. Er wandte sich an die versammelte A-Gruppe, deren Mitglieder dasaßen und in ihren Unterlagen und Notizbüchern blätterten.

»Heute morgen ist es nun also publik gemacht worden«, sagte Hultin bitter. »Und auch noch in allen Zeitungen gleichzeitig. Irgend jemand hat die Information gestreut. Oder aber es gibt so etwas wie eine selbstverständliche Zusammenarbeit aller Medien untereinander. Wir haben die undichte Stelle noch nicht lokalisieren können. Vielleicht ist es auch einfach unmöglich, eine derartige Sache geheimzuhalten. Ein paar Tage Vorsprung hatten wir immerhin.«

Er trat an die weiße Tafel, schraubte den Verschluß von einem Filzer und machte sich schußbereit. Der Stift war jetzt seine Dienstwaffe.

»In euren A-Hirnen scheint heute morgen ja schon fieberhafte Aktivität geherrscht zu haben. Wollen wir doch mal sehen, was dabei herausgekommen ist. Norlander?«

Viggo Norlander beugte sich über sein dunkelblaues Notizbuch und legte los: »Modus operandi. Vom FBI bis zum Sicherheitsdienst in Liechtenstein habe ich mit allen Kontakt aufgenommen und bin unendlich viele Male kreuz und quer durchs weltweite Telefonnetz geschickt worden. Drei heute aktive Gruppierungen wenden bei ihren Hinrichtungen konsequent Kopfschüsse an: in der Gangsterhochburg Chicago ein Nebenzweig der amerikanischen Mafia, dessen Boß Carponi heißt; ein halbverdorrter Ableger der Rote-Armee-Fraktion, Kommando Hans Kopff; sowie ein kleiner russisch-estnischer Verbrecherklan unter einem Herrn Viktor X, den man als Segment der russischen Mafia bezeichnen könnte, wenn diese Bezeichnung etwas nützt. In sämtlichen Fällen handelt es sich in erster Linie um Hinrichtungen von Verrätern beziehungsweise Spitzeln, und in keinem der Fälle sind zwei, will sagen, exakt zwei Schüsse vorgekommen. Das mit den exakt zwei Kopfschüssen habe ich nicht lokalisieren können. Ich werde weitersuchen.«

»Danke, Viggo«, sagte Hultin. Er hatte eine Ecke der Tafel beschrieben. »Nyberg und die gemeinsamen Feinde?«

Der imposante Gunnar Nyberg schien sich mit dem Stift in der rechten Pranke nicht recht wohl zu fühlen.

»Offensichtlich eine Sackgasse«, hob er mißgestimmt an. »Ich habe keine direkten gemeinsamen Feinde ausfindig machen können. Sie haben zwar beide an der Wirtschaftshochschule studiert, aber Strand-Julén war sieben Jahre älter, Überschneidungen in der Ausbildung, bei denen man nachhaken könnte, gibt es also nicht. Das sind üblicherweise die Abschnitte, in denen man sich Freunde und Feinde fürs Leben macht. Daggfeldt hat vor einigen Jahrzehnten einen Kollegen aus einem Unternehmen katapultiert, das sie gemeinsam unter dem Namen ContoLine gegründet hatten. Der Mann heißt Unkas Storm. Ich habe ihn in einer kleinen Schrottfirma in Bandhagen gefunden, stark alkoholisiert. Er haßt Daggfeldt bis heute aus ganzer Seele und würde gern ›auf seinem Grab tanzen‹, wie er sagte, als er von dem Mord erfuhr. Strand-Julén war ihm hingegen unbekannt. Letzterer hat eine Exfrau, Johanna, die nach der Scheidung 1972 vollkommen mittellos dastand. Ich hab noch nie jemanden erlebt, der so voller Haß war, wobei es sich um einen rein persönlichen Haß handelt. Sie gab ihrer Hoffnung Ausdruck, ich zitiere wieder, ›seine Leber fressen zu können, ehe das Aas eingeäschert wird, obwohl man ihn eigentlich zu Lebzeiten hätte verbrennen sollen, damit er spürt, wie die Flammen sich über sein Fleisch hermachen‹. Ich habe mit den mehr oder weniger trauernden Familien gesprochen und bin zu dem Ergebnis gekommen, daß Daggfeldt trotz allem derjenige ist, dem mehr Tränen nachgeweint werden. Sowohl der siebzehnjährige Sohn Marcus als auch die Tochter Maxi …«

»Maxi?« fiel Hjelm ihm ins Wort.

»Sie ist auf diesen Namen getauft worden«, sagte Nyberg und breitete die Arme aus.

»Entschuldige. Aber Daggfeldts Segelboot heißt Maxi, darum dachte ich … Mach weiter.«

»Die neunzehnjährige Maxi scheint den Vater aufrichtig zu vermissen, auch wenn er sich zu Hause so gut wie unsichtbar gemacht hat. Ehefrau Ninni nimmt das Hinscheiden ihres Gatten gelassen, könnte man sagen. Apropos Segelboot, sie läßt fragen, ob es in Ordnung ist, wenn sie es so schnell wie möglich verkauft. Ich hab ja gesagt. Für Strand-Juléns Witwe, Lilian, gilt das gleiche. In puncto Gelassenheit, meine ich. Sie ist aus der gemeinsamen Wohnung am Strandvägen bereits mehr oder weniger ausgezogen, auch wenn eine Scheidung, Zitat, *out of the question* war; sie hatte gesehen, wie es der ersten Frau, erwähnter Johanna, ergangen ist. Außerdem machte sie gewisse Andeutungen in bezug auf Strand-Juléns sexuelle Neigungen. Ich zitiere: ›Verglichen mit Sankt Bernhard sind die Thailand-Pädophilen die reinsten Engel.‹ Das sollte man vielleicht noch weiterverfolgen.«

»In dem Bereich habe ich mich etwas umgetan«, sagte Hjelm. »Abteilung Freizeitinteressen. Natürlich nur, wenn du fertig bist?«

»Laß mich nur noch abschließend sagen, daß ich seine dreißigjährige Tochter Sylvia aus erster Ehe und Bob, zwanzig, aus zweiter Ehe, noch nicht erreicht habe. Die beiden arbeiten vermutlich im Ausland.«

Hjelm lieferte einen Teil seines Berichts.

»Strand-Juléns Swan-Boot fungierte offenbar als Lustyacht im buchstäblichen Sinn. Ich habe mit einem Besatzungsmitglied der ständig wechselnden Mannschaften von jungen, blonden Knaben gesprochen. Ich weiß nicht, wie empfindlich ihr seid, aber ich habe eine sehr detaillierte Schilderung dessen bekommen, was sich auf dem Boot abgespielt hat.«

»Eine grobe Zusammenfassung reicht aus«, sagte Hultin lakonisch.

»Und grob ging's zu. Strand-Julén schaute zu und gab Befehle, schuf ›Gemälde‹, indem die Besatzungsmitglieder mitten im Akt regungslos stehenbleiben mußten, während er herumging und das lebende Bild betrachtete. Es kam durchaus vor, daß ein Bursche den Penis eines anderen oder ein ähnliches Objekt mehr als eine Viertelstunde im Anus hatte, ohne sich auch nur einen Millimeter rühren zu dürfen. Selbst wurde Strand-Julén nie in anderer Form denn als Dompteur aktiv. In diesem Bereich besteht scheinbar keine Verbindung zu Daggfeldt. Ich werde weitersuchen. Erste Kontakte zu dem Vermittler habe ich bereits aufgenommen.«

»Holm und der Freundeskreis, bitte«, schaltete Moderator Hultin sich ein. Inzwischen war ein ansehnlicher Teil der weißen Tafel mit Notizen gefüllt. Hultins Schrift wurde immer kleiner.

Kerstin Holms klangvolles Südschwedisch perlte in den Raum.

»Nybergs und mein Bereich überschneiden sich an mehreren Stellen: Freunde und Feinde sind in manchen Zusammenhängen nur schwer zu unterscheiden. Selbst auf die Gefahr hin, in Schablonendenken zu verfallen, kann man wohl sagen, daß Menschen auf diesem gesellschaftlichen Niveau sich selten mit jemandem anfreunden, weil sie ihn mögen. Natürlich kann es von Vorteil sein, wenn dem so ist, aber das ist meist nur ein Nebenprodukt, eine Dreingabe zum eigentlichen Effekt. Freunde legt man sich kurz gesagt zu, weil sie einem von Nutzen sein können, prestigemäßig, um einen großen und imposanten Bekanntenkreis vorweisen zu können, geschäftlich, um das Kontaktnetz zu erweitern – das ist das A und O –, und in sexueller Hinsicht, um mit den vermeintlich ausgehungerten Ehefrauen der anderen in Kontakt zu kommen. Mein Eindruck hier ähnelt dem, den ich von Göteborg habe: der mehr oder weniger sanktionierte Partnertausch ist so an der Tagesordnung, daß man durchaus von Inzucht reden kann. Oder findet ihr, daß ich übertreibe?«

»Fahr fort«, sagte Hultin mit unergründlicher Schroffheit.

»Ninni Daggfeldt erwähnte verschiedene ausgefallene, allerdings heterosexuelle Eskapaden ihres Mannes während seiner Reisen innerhalb Schwedens, vor allem aber im Ausland, in Deutschland, Österreich und der Schweiz. Zu Hause scheint er vorrangig monogam gewesen zu sein. Und die Ferien hat er grundsätzlich mit seinen Lieben auf dem berüchtigten Segelboot verbracht; diese Zeit gehörte der Familie und nur der Familie. Die Tochter ist, wie bereits erwähnt, nach dem Bootstyp getauft, den sie seit den frühen Siebzigern fahren. Ungefähr alle drei Jahre haben sie das alte gegen ein größeres eingetauscht. Ninni haßte das, Zitat, ›vermaledeite Boot‹, machte aber gute Miene zum bösen Spiel. Daggfeldt hatte einen Running Gag über sie und das Boot, den er bei jeder Gelegenheit zum besten gab.«

Kerstin Holm blättert in ihrem Notizbuch.

»Gesund, aber seekrank«, sagte Hjelm.

Sie sah ihn forschend an und sprach weiter.

»Genau. Ninni machte gute Miene zum bösen Spiel, war aber, ich zitiere wieder, ›angewidert von der klebrigen Familienintimität auf Bestellung, die zwei Wochen im Jahr durchgehalten wurde, sonst nie‹. Lilian Strand-Julén wird da noch deutlicher: Gunnar hat ja bereits die Sankt-Bernhard-Passage zitiert und ... Paul, stimmt doch, oder? Paul hat mit hinreichender Deutlichkeit Fakten über die Irrfahrten des Swan-Bootes vorgelegt. Man könnte natürlich in Erwägung ziehen, daß die beiden Witwen, die nun frei und für den Rest ihres Lebens finanziell unabhängig sind, zusammen einen Berufskiller engagiert haben, womit die gesamte Serienmordthese hinfällig wäre. Das Problem ist nur, daß sie einander nicht kennen. Sie haben etliche gemeinsame Bekannte, aber direkt können sie sich nicht aneinander erinnern. Behaupten sie. Wir werden das natürlich genauer überprüfen. Eine gewisse Anna-Clara Hummelstrand, Ehefrau von George Hummelstrand, seines Zeichens Vizedirektor bei Nimco Finanz, ist offensichtlich mit beiden enger befreundet. Sie ist heute in aller Frühe nach Nizza abgereist, was von Interesse sein könnte. Möglicherweise hat Frau Hummelstrand eine Art Vermittlerrolle zwischen Ninni und Lilian gespielt. Generell läßt sich sagen, daß es auf beiden Seiten eine Unmenge Motive gibt, aber keine konkreten Verbindungen.«

»Danke«, sagte Hultin und schrieb einen Satz auf der Tafel zu Ende. »Hjelm.«

»Ich würde meinen Bericht gern als letzter abgeben, wenn das in Ordnung ist. Und danach werden wir über die Nachtschicht reden müssen.«

»Heißt das, du hast einen Kandidaten in petto, den wir bereits heute abend unter Personenschutz stellen können?«

»Das wird sich zeigen. Es wäre gut, wenn zunächst die anderen ihre Sachen vortragen. Natürlich nur, wenn Söderstedt und Chavez nicht einen genauso starken Kandidaten haben?«

Die beiden Angesprochenen schüttelten den Kopf. Hultin nickte zögernd.

»Okay«, sagte er. »Söderstedt?«

»Ich habe über die Serienmordthese nachgedacht«, sagte er in klingendem Finnlandschwedisch. »Aus internationaler Sicht haben wir's ziemlich eilig. Zwei identische Morde bedeuten schließlich vorerst nicht mehr als zwei identische Morde.«

»Zweifellos«, unterbrach Hultin ihn. »Aber die Richtlinien, die Abteilungschef Mörner und der Reichskripochef ausgearbeitet haben, betonen vor allen Dingen das protektionistische Moment. Darum behandeln wir diesen Fall als Serienmord, bevor er formell gesehen einer ist. Ganz davon abgesehen, ist es meine feste Überzeugung, daß es sich tatsächlich um Serienmord handelt. Und letztendlich sind es meine Einschätzungen, die die Richtung der Ermittlungen bestimmen.«

Hoppsa, dachte Hjelm. Kriminalkommissar Jan-Olov Hultins erste Machtdemonstration. Aber Söderstedt ließ sich davon nicht beeindrucken.

»Ich dachte nur daran, wie ›in‹ Serienmorde momentan sind. Man läßt sich leicht von den amerikanischen Perversitäten verleiten. Ein Irrer namens Jeffrey L. Dahmer wurde vor kurzem zu lebenslanger Haft verurteilt, weil er siebzehn schwarze Jungs ermordet, zerstückelt und aufgegessen hat. Sein Vater hat einen Bestseller darüber geschrieben, wie es ist, der Vater eines Monsters zu sein. Sowohl Vater als auch Sohn haben sich an der Tat eine goldene Nase verdient. Sympathisanten, unter anderem aus Südafrika, schicken dem Sohn Geld ins Gefängnis, und etliche Zeitschriften in den USA verherrlichen Serien- und Massenmorde. Es handelt sich da natürlich um eine im Verfall begriffene Gesellschaft, in der eine weit verbreitete Frustration den Boden dafür bereitet, daß ein ganzes Volk sich mit der extremen und durch und durch krankhaften Außenseiterrolle identifizieren kann. Der totale Bruch mit allen sozialen Regeln ist derart faszinierend, daß man einem Massenmörder Geld schickt. Sozusagen rückwirkend als Belohnung. Aber in diesen Fällen haben wir durchweg schwache Opfer, deren einziges medientaugliches Merkmal darin besteht, daß sie genau das sind: Opfer. Man kann sich fragen, was für einen Effekt solche Geschichten auf die schwedische Volksseele haben könnten. Es gibt keine isolierten Handlungen.«

Hjelm zuckte zusammen.

»Ich habe schon aus Västerås gehört, daß du gern abschweifst, Söderstedt«, bemerkte Hultin neutral. »Komm zur Sache.«

»Wir dürfen die Perspektive nicht aus den Augen verlieren«, murmelte Söderstedt und blätterte in einem umfangreichen Computerausdruck. »Wie du angekündigt hast, Hultin, handelt es sich um ein ziemliches Chaos. Ich habe bisher nur an der Oberfläche gekratzt. Daggfeldt besaß zwei größere Unternehmen: die DandFinans AG mit vier Tochtergesellschaften und die Importfirma MalackaImport AG. Darüber hinaus war er Teilhaber bei acht kleineren Unternehmen, darunter drei Holdinggesellschaften, und besaß eine beträchtliche Menge an Aktien, vor allem der fünf größten Exportunternehmen. Strand-Juléns Hauptfirma, an der eine Traube von Holdinggesellschaften hängt, heißt schlicht und einfach Strand-Julén Finans AG. Der Konzern läßt sich – wenn das überhaupt möglich ist – noch schlechter eingrenzen als Daggfeldts.«

»Kurze Zwischenfrage«, sagte Hjelm. »Was ist eine Holdinggesellschaft?«

Es war, als beobachte ihn die A-Gruppe mit einem kollektiven Facettenauge.

»Muskeln und kein Hirn«, sagte er entschuldigend.

»Eine Holdinggesellschaft erwirbt und verwaltet Aktien anderer Gesellschaften«, erklärte Söderstedt.

»Mehr passiert da nicht?«

»Nein. Ich bin lediglich auf ein Unternehmen gestoßen, das überhaupt etwas mit Produktion zu tun hat, und zwar Daggfeldts Importfirma, die Konserven aus dem Fernen Osten einführt, die in jeder gut sortierten Lebensmittelabteilung stehen. Aber auch das ist natürlich nur indirekt produktiv. Zwischen den direkten Geschäftstätigkeiten von Daggfeldt und Strand-Julén habe ich keine Verbindungen feststellen können. Beide besaßen Aktien von Electrolux, Volvo und ABB. Da waren sie natürlich nicht die einzigen. Die bisher auffälligste Gemeinsamkeit zwischen beiden ist ein Aktienanteil minderen Umfangs an der kleinen, småländischen Glashütte Hyltefors. Möglicherweise ist da etwas zu finden.«

»Hast du bei der Abteilung für Wirtschaftskriminalität nachgehakt?« fragte Hultin.

»Das hab ich als erstes getan. Beide waren in Steuerverfahren von der Art verwickelt, wie sie sich oft über Jahre hinziehen und irgendwann im Sand verlaufen, weil die Steuergesetze laufend aufgeweicht werden. Daggfeldt war wegen Betrugs angeklagt, nachdem er seinen ersten Partner Unkas Storm ruiniert hatte, wie Nyberg vorhin bereits erwähnte. Er wurde freigesprochen. Soviel dazu.«

»Chavez«, sagte Hultin. »Die Aufsichtsratsposten.«

»Auch ein ziemliches Chaos«, sagte Chavez und verhedderte sich in einem langen Computerausdruck. »Na, vielleicht nicht ganz so. Die Aufsichtsräte mitgerechnet, in denen sie *nicht* gemeinsam gesessen haben, kommt man auf siebzehn. Rechnen wir nur die, in denen sie tatsächlich gleichzeitig gesessen haben, bleiben acht: Sandvik 1978 bis '83, Ericsson 1984 bis '87, SellFinans 1985, Skanska 1986 bis '88, Bosveden 1986 bis '89, Sydbanken 1987 bis '91, MEMAB 1990. In der Zeit vor ihrem Hinscheiden saßen sie nur in einem einzigen Aufsichtsrat zusammen, und zwar, was nicht ohne gewissen Witz ist, bei Fonus, seit 1990.«

»Da wissen die Hinterbliebenen wenigstens, an welches Bestattungsinstitut sie sich wenden können«, konstatierte Södersstedt trocken.

»Aber heißt das automatisch, daß die beiden einander kannten?« warf Viggo Norlander ein.

»Das taten sie«, sagte Hjelm.

»Andererseits«, sagte Chavez, »sitzen ziemlich viele Leute in solchen Aufsichtsräten, und ordentliche Aufsichtsratssitzungen finden nur wenige Male im Jahr statt. Zwei Leute können durchaus im selben Aufsichtsrat sitzen, ohne jemals ein Wort miteinander zu wechseln, möglicherweise sogar, ohne von der Existenz des jeweils anderen zu wissen.«

»Sind die Zeitspannen nicht ziemlich kurz?« fragte Kerstin Holm. »Immer nur ein paar Jahre in jedem Aufsichtsrat?«

»Das sind nur die *gemeinsamen* Zeiten in den Aufsichtsräten«, erläuterte Chavez. »Einzeln haben sie die Posten in der Regel länger innegehabt. Daggfeldt beispielsweise ist bis zu seinem Tod im Aufsichtsrat von Skanska gewesen, während Strand-Julén 1988 dort ausschied. Dafür war er bereits seit 1979 bei Skanska gewesen. In den anderen Fällen verhält es sich ähnlich.«

»Und die Fonus-Spur führt auch nicht weiter?« fragte Norlander.

»In die Kiste, höchstens … Aber natürlich ist es nicht uninteressant, daß sie bis zu ihrem Tod im selben Aufsichtsrat gesessen haben. Daggfeldt acht und Strand-Julén vierzehn Jahre lang.«

»Okay«, unterbrach Hultin, der angefangen hatte, seine Notizen mit Pfeilen zu versehen. »Hjelm ist dran.«

»Im Yachtklub gab es keine Verbindungen, nur einen gewissen Herrn Arthur Lindviken, der einen Karteikasten mit erpressungstauglichen Dingen in seinem Tresor aufbewahrt. Er bekommt wohl das eine oder andere zu sehen in seinem kleinen Yachthafen in Viggbyholm. Unter S habe ich eine standhafte Postkarte entdeckt« – er hielt die Dionysoskarte hoch – »auf die ein Bursche namens Jörgen Lindén nebst seiner Telefonnummer einen reizenden Gruß gekritzelt hat. Er ist übrigens meine Quelle für Strand-Juléns Swan-Eskapaden. Unter D habe ich nichts gefunden.«

»Hast du Lindviken und Lindén festgenommen?« fragte Hultin ruhig. »Die scheinen beide Dreck am Stecken zu haben.«

»Nein«, sagte Hjelm.

»Gut.«

»Im Golfklub konnte ich auch keine direkten Verbindungen entdecken, außer, daß beide regelmäßig dort waren. Ich habe die sogenannten Gästebücher beschlagnahmt, in die die Spieler sich namentlich eintragen, bevor sie auf den Platz gehen. Die muß ich noch durchgehen. Die dritte gemeinsame Freizeitaktivität der beiden Herren war ihre Mitgliedschaft in einem kleinen Orden, dem Mimerorden, der offenbar so eine Art Asen-Rituale abhält. Aber wie jeder weiß, sind diese Rituale absolut top secret.«

Hultin hob die Augenbrauen.

»Ich habe das Kellerlokal des Ordens in der Altstadt besucht, wobei ich natürlich nicht bis ins Allerheiligste vorgedrungen bin. Ordenswächter David Clöwenhielm gab mir gemäß der Devise der meisten Orden – Gehorsam gegenüber der Obrigkeit – wohlwollend Auskunft über einige Leute, die aus dem Mimerorden ausgestiegen sind und eine eigene Gruppe, den Skidbladnerorden, gegründet haben. Skidbladnir war Freyrs Schiff, groß genug, um alle Götter an Bord nehmen zu können, und dennoch so klein, daß man es zusammengefaltet in einen Beutel stecken konnte.«

»Wer zum Teufel ist Mimer?« fragte Chavez.

»Kennst du dich etwa nicht in der altnordischen Mythologie aus!?« frotzelte Hjelm.

»Ich bin eher auf die Mythologie der alten Inkas spezialisiert.«

»Mimer war der Wächter der Quelle der Weisheit unter der Weltesche Yggdrasil. Aus der hat Odin getrunken, um der weiseste der Götter zu werden.«

»Das reicht«, sagte Hultin.

»Von den etwa sechzig Mitgliedern des Mimerordens sind zwölf dem noch nicht konsolidierten Skidbladnerorden beigetreten. Wenn ich es recht verstanden habe, wurde die Abspaltung nicht von allen gern gesehen, man betrachtete sie als Verrat an dem heiligen, lebenslang bindenden Gelöbnis an den Orden. Treibende Kraft hinter der Abspaltung waren vier Personen, einer an der Spitze sozusagen, und drei in direkter Folge; die drei waren Johannes Norrvik, Kuno Daggfeldt und Bernhard Strand-Julén.«

Hjelm schob ein kurze Kunstpause ein, um die Wirkung seiner Worte zu beobachten. Sie blieb aus. Also fuhr er fort: »Der Professor für Handelsrecht Johannes Norrvik befindet sich zur Zeit auf einer akademischen Tournee durch Japan, aber die treibende Kraft hinter der Abspaltung sitzt in diesem Moment in Raum Nummer 304 und schnuppert mißtrauisch an Jorges kolumbianischen Kaffeebohnen. Ich denke, du wirst ihn kennen, Hultin. Es ist der pensionierte Richter des Schwedischen Oberlandesgerichts Rickard Franzén.«

»Aha«, sagte Hultin mit Nachdruck, doch in seinem Gesicht zeigte sich keine Regung.

»Wie sieht's aus? Ist diese Verbindung Grund genug, um den Abend und die Nacht in der Franzén-Villa in Nockeby zu verbringen? Es gibt noch eine weitere Parallele zu den anderen beiden Fällen: Der Exrichter hat heute abend eine Verabredung, von der er erst spät nach Hause kommen wird. Allein.«

Hultin schwieg und strich sich mit einem Finger über den Nasenrücken. »Was meint ihr?« fragte er schließlich in die Runde.

Eine demokratische Attacke, dachte Hjelm, sagte aber: »Ich sehe keine andere Spur von gleicher Dringlichkeit.«

»Ich auch nicht«, stimmte Viggo Norlander zu.

»Ich hätte gern eine plausible Erklärung dafür, warum die unbedeutende Kontroverse einer Ordensgesellschaft der Grund für einen Mord sein soll«, sagte Kerstin Holm. »Das scheint mir doch ein bißchen vage.«

»Normalerweise würde ich auch sagen, daß das nicht ausreicht«, sagte Hultin. »Aber es geht darum, möglichst schon heute abend Maßnahmen zu ergreifen. Söderstedt?«

»Eine unbedeutende Kontroverse in einer Ordensgesellschaft ist nicht immer so unbedeutend, wie sie auf den ersten Blick wirkt. Da steht eine Menge maskulines Prestige auf dem Spiel. In Finnland gibt es mehrere Beispiele von Ordensgesellschaften, die ausgetickt sind. Ich bin für den Besuch in Nockeby.«

Chavez nickte zustimmend. Gunnar Nyberg schwieg und starrte auf die Tischplatte.

»Gunnar?« fragte Hultin.

»Klar«, sagte Nyberg. »Ich hatte nur eigentlich für heute abend schon andere Pläne.«

»Ich werde überprüfen, ob wir dich entbehren können. Wir anderen gehen in jedem Fall hin. Einzeln und inkognito. Kein Wort zu niemandem. Ich will auf keinen Fall die Presse in den Himbeersträuchern um die Franzénsche Villa hocken haben. Wollen wir den hochverehrten Richter hereinrufen?« Hultin nahm den Hörer des Haustelefons ab und tippte 304. »Herr Franzén, kommen Sie bitte in Raum 300.« Dann ging er zu der vollgeschriebenen Tafel und zog einen Vorhang davor. »Das letzte, was einen alten Justitiar im Stich läßt, ist seine Sehkraft«, sagte er.

Die Tür öffnete sich und der leicht fettleibige pensionierte Richter betrat majestätisch den Raum. Er ging direkt auf Hultin zu und schüttelte ihm die Hand.

»Kommissar Hultin«, sagte Rickard Franzén zuvorkommend, »ich hoffe, die Jahre haben unsere gemeinsamen Wunden geheilt.«

»Ich benötige eine Skizze von Ihrem Haus und der näheren Umgebung«, antwortete Hultin knapp. »Und einen kurzen Abriß, wie Sie diesen Abend zu verbringen gedenken. Ändern Sie nichts an Ihren Plänen. Unser Mann wird sie kennen. Kommt man auch von der Rückseite ins Haus?«

Franzén betrachtete ihn eine Weile. Dann zog er einen Federhalter aus der Westentasche, beugte sich vor und begann auf einem leeren Blatt Papier zu zeichnen.

»Das Haus«, erläuterte er, »der Gartenweg, die Straße, die beiden Nachbarhäuser. Bäume, Büsche, der Zaun, das Gartentor. Drinnen die Treppe, Eingangshalle, Flur, Wohnzimmer. Meine Frau schläft in der zweiten Etage. Von der Küche führt eine Tür auf die rückwärtige Veranda. Hier. Auf der Straße parken nie Autos, die sollten Sie also meiden. Ich werde um neunzehn Uhr bei meinem früheren Kollegen Eric Blomgren in Djursholm sein. Den kennen Sie auch, Hultin. Ich fahre immer mit dem Taxi hin und zurück. Bis gegen Mitternacht pflegen wir Schach zu spielen, eine halbe Flasche Remy Martin niederzumachen und alten Erinnerungen nachzuhängen. Ich könnte mir vorstellen, daß es dabei heute unter anderem auch um Sie gehen wird. War das alles?«

»Fürs erste. Wenn ich Sie jetzt bitten dürfte, noch einen Moment in dem Zimmer zu warten, aus dem Sie gerade gekommen sind. Hjelm wird Ihnen dort gleich noch ein paar Fragen stellen. Vielen Dank für Ihre Kooperationsbereitschaft.«

Rickard Franzén lachte laut, als er die Kampfleitzentrale verließ. Alle außer Hultin sahen ihm verdutzt hinterher.

»Na dann«, sagte Hultin ausdruckslos. »Wir begeben uns auf dem Umweg über die benachbarten Grundstücke durch die Hintertür ins Haus, falls er schon irgendwo dort hocken sollte und Nachtwache hält. Zwei Mann überwachen Franzén im Taxi und in Djursholm, für den Fall, daß die Symmetrie gebrochen werden sollte. Chavez und Norlander nehmen den Wagen und anschließend den Drottningholmvägen.«

Die beiden schienen enttäuscht.

Davon unbeirrt, zeigte Hultin Franzéns Skizze und sagte: »Zwei Mann bewachen von der Straße aus die Vorderseite des Hauses, von beiden Seiten. Wie heißt die Straße noch gleich?«

»Grönviksvägen«, sagte Hjelm.

»Grönviksvägen«, wiederholte Hultin. »Das wird eine kalte Angelegenheit. Söderstedt und Holm lauern mit Walkie-Talkie in einem geeigneten Gebüsch.«

Auch diese beiden wirkten enttäuscht.

»Hjelm und ich sind im Haus, um die Frau und die Küchentür und die Fenster im Erdgeschoß zu überwachen. Schaffen wir das allein, oder brauchen wir Nyberg? Ich denke, daß wir Nyberg brauchen. Kannst du deine nächtlichen Pläne eventuell verschieben?«

»Ja, schon gut«, sagte Nyberg bitter. »Ich habe Generalprobe.«

»Singst du im Chor?« fragte Kerstin Holm.

»Woher weißt du das?«

»Ich singe auch. In Göteborg. In was für einem Chor bist du?«

»Nacka Kirchenchor«, antwortete der riesige, schwerfällige Gunnar Nyberg und erschien mit einem Mal in einem ganz anderen Licht.

»Tut mir leid«, sagte Hultin. »Die Generalprobe muß ausfallen. Ich bin sicher, daß du deine Stimme beherrschst. Damit machen wir Schluß. Vielleicht solltet ihr unten im Restaurant etwas essen. Die Operation wird um siebzehn Uhr dreißig eingeleitet, also in knapp einer Stunde. Hjelm bleibt bitte noch einen Moment.«

Hultin sammelte seine Papiere ein, und als sie allein waren, sagte er, ohne Hjelm dabei anzusehen: »Astrein.«

»Die Dinge paßten recht gut zusammen, falls du das meinst.«

»Genau das meine ich«, sagte Hultin und verließ den Raum durch die geheimnisvolle Tür im Hintergrund.

10

Er lag in einer schmierig-braunen Masse. Er versuchte, sich aufzurichten, aber es gelang ihm nicht, versuchte zu kriechen, aber es ging nicht, versuchte zu robben, aber nicht einmal das glückte ihm. Je mehr er sich bewegte und kämpfte, desto tiefer versank sein Körper im Schlamm. Er machte den Mund auf und setzte zu einem Schrei an, da schwappte ihm die braune Masse über die Lippen. Als dann auch noch seine Nase im Schlamm versank, die Nasenlöcher sich mit der breiigen Masse füllten und nur noch die letzten grauenvollen Augenblicke ihn vom Tod durch Ersticken trennten, nahm er den Gestank wahr.

»Scheiß ...«, sagte Nyberg und wurde von einem lauten Nieser unterbrochen.

Hjelm zuckte übertrieben heftig zusammen.

»Versuch, dich wach zu halten«, sagte Hultin.

»Ich hab nicht geschlafen«, verteidigte Hjelm sich.

Nyberg schneuzte sich und setzte noch einmal an. »Scheißwetter«, sagte er vom Flurfenster her. Der Aprilsturm, der vom Mälaren herüberwehte, pfiff besorgniserregend ums Haus. »Ich bin echt froh, daß ich nicht draußen rumstehen muß.«

»Man könnte uns Vetternwirtschaft vorwerfen«, sagte Hjelm. »Im Auto sitzen der Typ von der Stockholmer Kripo und der Kanake aus Sundsvall und frieren sich einen Ast, im Gebüsch hocken der Finne und die Göteborgerin und bibbern. Und drinnen in der warmen Stube sitzen wir drei mit unserer Südstadtvergangenheit und trinken Kaffee.«

»Paranoia ist eine der unter Polizisten am weitesten verbreiteten Berufskrankheiten«, sagte Hultin und kippte Birgitta Franzéns ausgesuchten Espresso in einem Zug hinunter. »Verdammt, ist der stark!«

»Das ist Espresso«, klärte Nyberg ihn auf. »Wird in kleinen Schlucken genossen.«

»Darum auch die kleine Tasse«, fügte Hjelm hinzu.

»Ich hab wirklich andere Sorgen«, brummte Hultin und hielt sein Funksprechgerät ans Ohr. Jeder von ihnen hatte eins um den Hals hängen. »Hallo, ist Einheit eins an ihrem Platz?«

Es knisterte und rauschte, ehe Chavez' Stimme ertönte: »Wir stehen im Gubbkärrsvägen direkt hinter der Kirche. Habt ihr's gemütlich in der guten Stube?«

»Das Taxi ist auf achtzehn Uhr vierzig bestellt«, sagte Hultin kurz. »Was ist mit den Buschleuten? Ich weise noch einmal dringlichst darauf hin, daß ihr die Ohrstöpsel ständig im Ohr haben und alle Geräusche und Bewegungen auf einem absoluten Minimum halten sollt.«

»Ach, Mist«, knackte Söderstedts Stimme. »Wo ich doch grade kopfüber im Birnbaum hänge und meinen berühmten Tarzanschrei ausstoßen wollte.«

»Ist vielleicht sinnvoller als das, was wir hier gerade machen«, bemerkte Holm bibbernd. »Lange halt ich das in diesem verdammten Dornengestrüpp nicht mehr aus, der Wind ist arschkalt.«

»Wenn du vermeiden willst, daß ein Drittel der Truppe wegen Lungenentzündung ausfällt, solltest du dir was überlegen«, ergänzte Söderstedt.

»Ihr habt ja recht; das ist nicht optimal. Also gut: Holm und Söderstedt, ihr kommt einzeln und nacheinander rein, um euch aufzuwärmen. Bei der Gelegenheit könnt ihr gleich an warmen Klamotten überziehen, was im Haus nur aufzutreiben ist.«

Rickard und Birgitta Franzén kamen die Treppe herunter. Er trug einen uralten, aber eleganten Nadelstreifenanzug, komplett mit Weste und Taschenuhr. Er rückte den Schlips zurecht und mußte sich zur Seite neigen, um an Nybergs massiger Erscheinung vorbei einen Blick aus dem Fenster werfen zu können.

»Kein schönes Wetter für eine Überwachung im Freien«, sagte er, als das Taxi vorfuhr. »Sie sollten Ihre Kollegen da draußen zwischendurch ablösen. Drei gestandene Kerle hier drinnen im Warmen und eine Frau da draußen in der Kälte, nicht ganz die feine Art. Geben Sie gut auf meine Frau acht. Sie ist das Wertvollste, was ich habe.«

Die beiden Alten gaben sich einen flüchtigen Kuß, dann zog

Franzén seinen Mantel an und begab sich in den stürmischen Abend hinaus. Seine Frau sah lange hinter ihm her.

»Das Taxi ist zu früh«, sagte Hultin in sein Funksprechgerät. »Jetzt wendet es und fährt los. Schwarzer Mercedes, CDP 443.«

»Schwarzer Mercedes, CDP 443«, wiederholte Chavez.

Hultin ließ das Funksprechgerät los, so daß es wieder an dem Lederriemen vor seiner Brust hing, und wandte sich an Frau Franzén.

»Ab jetzt ist es riskant, sich hier unten im Erdgeschoß aufzuhalten. Ich hoffe, Sie haben in den oberen Etagen alles, was Sie brauchen, und möchte Sie bitten, nur nach unten zu kommen, wenn es sich gar nicht vermeiden läßt.«

Birgitta Franzén musterte ihn, nickte kurz und lief schwungvoll die Treppe hinauf.

Als sie außer Sichtweite war, sagte Hultin: »So leid es mir tut, meine Herren, aber Franzén hat recht. Ihr werdet die beiden ablösen, wenn sie reinkommen.«

Nyberg nieste, seufzte resigniert und klopfte vorsichtig an die Scheibe, gegen die der Wind peitschte. Dann ging er in die Küche, um von dort aus den hinteren Teil des Gartens zu kontrollieren. Trotz des Unwetters hatte er vermutlich einen schönen Blick auf die Abendstimmung über dem Mälaren.

Hjelm begann seine Runde in Franzéns Arbeitszimmer, überprüfte die Fenster und kontrollierte danach die zwei kleineren Räume in derselben Hälfte des Erdgeschosses. Er bemerkte nichts Auffälliges.

Hultin hatte sich ins Wohnzimmer zurückgezogen und saß auf dem Ledersofa, von wo aus er Söderstedt und Hjelm freudig über die bevorstehende Wachablösung informierte.

Diese elende Warterei, dachte Hjelm, als er an Franzéns Schreibtisch stand und abwesend in einem Gesetzbuch blätterte. Das Arbeitszimmer machte den Eindruck, als werde es regelmäßig genutzt. Der Mann weigerte sich wahrscheinlich, mit dem Arbeiten aufzuhören. Vielleicht gab es für ihn außer seiner Arbeit nur ein riesiges schwarzes Loch. Vielleicht wollte er auch aus genau diesem Grund unbedingt den Mimerorden erneuern. Zerstreut blätterte Hjelm in einer Verordnung über zugelassene und nicht zugelassene Gerätschaften beim Beerenpflücken, bis es zu dunkel wurde. Er machte einen Abstecher zu Nyberg in die Küche und ertappte den Kollegen, wie er gerade ein Glas Weißwein zum Mund führte.

»Im Kühlschrank steht eine offene Flasche«, sagte Nyberg und prostete ihm zu. »Die Dame des Hauses hat doch gesagt, daß wir uns wie daheim fühlen sollen.«

»Kompensation für die ausgefallene Generalprobe?« stichelte Hjelm, öffnete den Kühlschrank und warf einen Blick auf das Etikett, ein Moselwein, 1974. Das sagte ihm gar nichts.

»Und nun müssen wir auch noch raus in die Kälte. Ich merk jetzt schon, wie meine Stimmbänder zusammenschrumpeln«, brummte Nyberg.

»Ach ja, wir haben's nicht leicht.«

»Das kann man wohl laut sagen.«

Ein Dialog im Zeichen des Wartens. Unsägliche Banalitäten, die normalerweise keiner von ihnen von sich gegeben hätte. Der Versuch, ein Gespräch zu führen, während man mit den Gedanken ganz woanders war und ständig darauf gefaßt sein mußte, daß plötzlich alles ganz schnell ging. Jeden Augenblick konnte etwas Lebensentscheidendes eintreten. Man mußte entspannt sein und zugleich hochkonzentriert. Ein sonderbarer, zwiespältiger, zehrender Zustand.

»Bist du eigentlich verheiratet?« fragte Hjelm und biß in eine Banane, während er die anderen Kühlschrankfächer inspizierte.

»Entschieden geschieden«, sagte Nyberg. »Und du?«

»Als ich meine Frau das letzte Mal gesehen habe, waren wir jedenfalls noch verheiratet.«

Die Sonne glomm noch einmal kurz auf, bevor sie endgültig hinter der aufgerauhten Oberfläche des Mälaren versank. Die Wolkenschichten schoben sich mit unterschiedlichen Geschwindigkeiten übereinander. Das launische Spiel des Aprilsturms.

Nyberg steckte sich eine Zigarette an und hielt Hjelm die Schachtel hin. Gemeinsam bliesen sie Rauch in die zunehmende Dunkelheit.

»Eigentlich rauche ich gar nicht«, sagte Nyberg.

»Ich auch nicht«, sagte Hjelm und setzte im Schein seiner kleinen Stablampe einen Kaffee auf. Glücklicherweise hatte er neben dem einschüchternden Espressodampfschiff eine ganz gewöhnliche Kaffeemaschine entdeckt.

»So ein Mordstrumm für so kleine Tassen«, murmelte er vor sich hin.

Nyberg reagierte nicht.

Da krächzte es in ihren Funksprechgeräten. Kerstin Holm flüsterte: »Einzelner Mann geht vorbei. Zehn Meter bis zum Gartentor.«

Hjelm stellte die mit Wasser gefüllte Kanne ab und ging in den Flur. Er machte einen Lungenzug und spürte einen leichten Nikotinkick. Durchs Fenster beobachtete er, wie der einzelne Mann am Gartentor vorbei- und weiter Richtung Grönviksvägen ging.

Kurz darauf knisterte Söderstedts funkverzerrte Stimme vor Hjelms Brust: »Er ist gerade an mir vorbeigegangen.«

Hjelm füllte das Wasser in die Kaffeemaschine, legte einen Filter ein, maß das Kaffeepulver ab und drückte den roten Knopf, alles langsam und bedächtig. Keine hektischen Bewegungen. Während er in aller Ruhe weiterrauchte, ging er durch den trichterförmigen Korridor ins Wohnzimmer. Hultin saß in Mörderposition auf dem Ledersofa vor der hinteren Wand. Der Raum war in dumpfes Dunkel getaucht.

»Ich hab Kaffee aufgesetzt.«

»Normalen?«

»Ja.«

»Gut.«

Die Minuten tröpfelten dahin. Mit der Zeit gewöhnten sich Hjelms Augen an die Dunkelheit. Trotzdem verließ er sich, wenn er sich vorwärtsbewegte, mehr auf seinen Tastsinn als auf das Sehvermögen. Er machte sich mit allen Ecken und

Winkeln vertraut, um im Zweifelsfall schnell sein zu können. Im schwachen Schein der Stablampe, deren Glühbirne abgeschirmt war, um im Dunkeln nicht sofort entdeckt zu werden, suchte er alles an dicken Pullovern, Mänteln, Jacken, Handschuhen und Mützen zusammen, was er in den Garderobenschränken auftreiben konnte, und legte es auf den Küchentisch.

Nach eineinhalb Stunden und mehrmaligem blinden Alarm meldete sich Holm: »Ablösung. Ich komme jetzt rein.«

»Ich übernehme«, sagte Hjelm zu Nyberg. Der nickte.

Hjelm war fast fertig angezogen, als Kerstin Holm an die Hintertür klopfte. Sie zitterte am ganzen Leib. Nyberg hielt ihr eine Tasse Kaffee hin, die sie gierig in beide Hände nahm und an die Lippen führte. Als die Wärme sich langsam in ihrem Körper ausbreitete, sagte sie: »Nicht mehr lange, und ich wär steifgefroren gewesen.«

Hjelm legte ihr eine Decke um die Schultern, schob sich den Ohrstöpsel ins Ohr und steckte den Stecker ins Funksprechgerät, setzte sich eine Pudelmütze auf und streifte ein Paar unmöglich violette Handschuhe über, bevor er sich in die stürmische Nacht hinausbegab.

Es war stockfinster. Geduckt rannte er zu dem dornigen Gestrüpp, das Holm als Versteck gewählt hatte. Man konnte genau sehen, wo sie gekauert hatte. Der Busch hatte ein perfektes Guckloch zur Straße.

Während der zwei Stunden, die er dort hockte, kamen ungefähr ein Dutzend Autos und ebenso viele Radfahrer und Fußgänger vorbei, danach merkte er, daß seine Wachsamkeit ernsthaft zu leiden begann. Nachdem er drei weitere einsame Fußgänger gemeldet hatte, die allesamt an dem Gartentor vorbeigegangen waren, bat er um Ablösung.

Kerstin Holm kam ihm entgegen. Sie sah wieder sehr viel frischer aus. Im selben Moment sah er Söderstedts Silhouette durch die andere Gartenhälfte huschen.

Nyberg und er betraten die Küche gleichzeitig. Für die nächsten Minuten waren sie mehr oder weniger außer Gefecht gesetzt, und Hjelm verfluchte denjenigen, der die Idee gehabt hatte, beide Wachen gleichzeitig abzulösen. Die Kaffeemaschine lief. Mit steifen Fingern gossen sie sich das warme Getränk ein und schlürften es gierig. Ganz allmählich kehrte die Wärme in Finger und Zehen zurück und strahlte von dort weiter nach innen. Ist es normalerweise nicht umgekehrt, dachte Hjelm und pellte sich aus seinen sperrigen Hüllen. Er hatte keine Lust, dem Mörder wie ein entlaufenes Mitglied von Amundsens Südpolexpedition gegenüberzutreten.

Dann ging er ins Wohnzimmer. Hultin saß noch immer in derselben Haltung auf dem Sofa. In der Dunkelheit wechselten sie wortlose Blicke, die sagten: Wenn etwas passiert, dann bald. Hjelm ging in die Eingangshalle, stellte sich ans Fenster und starrte in die Dunkelheit hinaus. Es war nicht mehr so windig. Davon hatte er draußen nichts gemerkt.

Er geht die einsame Straße entlang, an der links und rechts vereinzelt ein paar Villen liegen. Er hat die Hände in den Taschen. Die Kassette und die beiden losen Schlüssel in der linken Tasche schlagen aneinander. In der rechten Tasche steckt die Pistole mit dem aufgeschraubten Schalldämpfer. Er ist vollkommen ruhig.

»Ich höre was«, flüstert Kerstin Holm in ihr Funksprechgerät. »Ein einsamer Fußgänger. Männlich. Geht gleich an mir vorbei.«

Er weiß genau, wo er sich befindet. Sein Schritt ist sicher. Hier fängt der Zaun an. Er überquert die Straße. Der Wind fährt ihm ins Gesicht. Er rückt die Tasche über der Schulter zurecht und legt die Hand aufs Gartentor.

Holm meldet sich erneut: »Er ist da. Jetzt öffnet er das Gartentor.«

»Er kommt«, flüstert Söderstedt fast zeitgleich.

Ganz langsam, lautlos, schiebt er das Gartentor auf. Schließt es genauso lautlos hinter sich. Geht auf dem Grasstreifen neben dem Kiesweg auf das Haus zu. Zieht die Schlüssel aus der Tasche und betritt die Stufen zur Eingangstür.

»Er holt den Schlüssel raus«, flüstert Söderstedt. »Steckt ihn ins Schloß. Jetzt.«

Er schiebt den ersten Schlüssel ins Schloß, dreht ihn lautlos herum. Dann den zweiten, genauso lautlos. Mit einer Hand drückt er die Klinke herunter, in der anderen hält er die Pistole.

Die Tür geht auf.

Sie stürzen sich von allen Seiten auf ihn.

Hjelm packt seine Hände und dreht sie auf den Rücken. Nyberg schubst ihn zu Boden und drückt sein Gesicht in den Teppich. Hjelm biegt seine Arme weiter auf den Rücken. Hultin macht Licht und richtet seine Dienstwaffe auf ihn. Das Licht ist grell wie ein erstarrter Blitz. Hjelm hat ihm bereits Handschellen angelegt. Es ist vorbei.

»Was zum Teufel«, grunzt der Mann verdutzt und schreit im nächsten Augenblick laut auf.

Holm und Söderstedt stürmen mit gezogener Dienstwaffe ins Haus. Birgitta Franzén erscheint auf der Treppe und sieht verwirrt auf das Durcheinander.

»Rickard«, flüstert sie.

»Rickard?« sagen die fünf wie aus einem Mund.

»Mama«, preßt der am Boden Liegende mühsam hervor, ehe er das Bewußtsein verliert.

Er tritt ein und zieht die Tür hinter sich ins Schloß. Es ist vollkommen dunkel, vollkommen still in der Villa. Er zieht die Schuhe aus, legt sie in seine Tasche und begibt sich auf direktem Weg ins Wohnzimmer, wo er sich auf das Ledersofa an der hinteren Wand setzt, das Gesicht der Tür zugewandt. Er legt die Pistole vor sich auf den Tisch und wartet.

Er sitzt vollkommen still.

Und wartet auf das Einsetzen der Musik.

11

Dieser Duft von Frauenhaut. Der weiche Flaum, der in der Nase kitzelt. Mehr braucht es nicht.

Er braucht absolut nichts anderes.

Sie knurrt, als er sie berührt. Ihm ist immer noch kalt.

»Hilfe, ein Fremder in meinem Bett«, murmelt sie im Halbschlaf.

»O nein«, sagt er und drückt sich fester an sie. »Da ist eine Fremde in *meinem* Bett.«

Das ist wie eine Beschwörungsformel, die schon tausendmal und öfter gesagt wurde.

Es *ist* eine Beschwörungsformel.

Sesam öffne dich.

Nichts passiert. Soll er? Ihm bleiben nur noch ein paar Stunden Schlaf. Es im Halbschlaf machen. Als würde der Traum selbst in sie eindringen, so hat sie es irgendwann einmal beschrieben. Das ist lange her.

Er wird sofort steif. Obwohl er so müde ist. Es hat einfach Zong gemacht, denkt er träge. Der Rest seines Körpers schläft bereits. Das Blut sammelt sich an einer einzigen Stelle. Und die schläft nicht.

Er wärmt seine Hände in den Achselhöhlen auf, so gut es geht, ehe er sie vorsichtig auf ihre nackte Hüfte legt. Sie reagiert zumindest nicht abweisend. Sie reagiert überhaupt nicht. Sie schläft. In einem letzten Versuch schiebt er die Hand unter ihr T-Shirt und legt sie über die Wölbung ihrer Brust. Fängt ganz vorsichtig an, mit der Fingerspitze um die Warze zu kreiseln. Entweder findet sie das Kitzeln unangenehm und schlägt seine Hand weg, oder sie findet es schön und hält seine Hand fest. Oder sie schläft weiter. Alles ist möglich.

Der Nippel wird hart. Sie bewegt sich schlaftrunken. Hält ihn fest.

Er zieht seine Unterhose so weit runter, daß er seinen Schwanz sanft an ihrer Pobacke reiben kann, während seine Finger weiter um ihre Brustwarze kreiseln und zärtlich daran zupfen. Sein Schwanz streicht sanft über ihre Pobacke bis zum Oberschenkel. Dort ändert er die Richtung und schiebt sich wieder nach oben, genüßlich die Pofalte entlang, in leisen, kreiselnden Bewegungen.

Sie dreht sich auf den Rücken und hebt die Hüfte. Er zieht ihr den Slip aus und saugt ihren Duft ein. Dann zieht er auch seine Unterhose ganz aus, und sie greift mit beiden Händen nach seinen Pobacken, um ihn zu lotsen.

Seine Zunge auf ihren Lippen. Ihre Zunge schiebt sich nach vorn. Sie berühren sich. Er versinkt ganz sachte in ihrer weiten Höhle und läßt sich von ihrer feuchten Wärme umschließen. Eine Minute oder mehr liegen sie völlig reglos da. Erfüllt. Jeder Millimeter Haut steht unter Strom.

Er zieht sich heraus, bis zur Spitze, und bohrt sich in sie hinein, bis zur Spitze.

Nichts ist zu Ende, Hjelm.

Er hat seine Rüstung abgelegt und ist Paul. Einfach nur Paul.

Frühstück. Paul, Cilla und Tova saßen gemeinsam am Küchentisch. Er überflog träge die Morgenzeitung. Tova schlürfte geräuschvoll den letzten Rest Orangensaft in sich hinein und rannte zum Flurspiegel.

»Ach, Scheiße«, jammerte sie. »Ich seh aus wie Pippi Langstrumpf.« Sie riß die Zopfgummis ab, wuschelte sich durchs Haar und fuhrwerkte wild mit einem Kamm in dem Durcheinander herum.

Jetzt sieht sie aus wie ein kleiner Waldschrat, dachte Paul Hjelm. »Du siehst toll aus«, sagte er. »Komm mal her.«

Sie lief zu ihm, nahm ihn kurz in den Arm, rannte wieder zum Spiegel und riß die Umhängetasche vom Haken, als es an der Haustür klingelte. Sie machte auf. Es war Milla, ihre beste Freundin.

»Hi«, sagte sie.
»Hi«, sagte Hjelm.
»Jetzt komm schon«, drängelte Tova. »Wir sind spät dran.«
Die Tür flog hinter den beiden ins Schloß.
Danne kam die Treppe runtergestapft und schaute genervt drein.
»Was machst du denn zu Hause?« fragte er seinen Vater und trat den Rückzug an. Seine Zimmertür vibrierte noch lange, nachdem er sie hinter sich zugeknallt hatte.
Cilla seufzte und fragte mit vollem Mund: »Es war also ein Flop gestern?«
»Ja.«
»Möchtest du darüber reden?«
»Schweigepflicht«, sagte er mit einem amüsierten Blick in ihre Richtung.
»Ach ja«, sagte sie und erwiderte seinen Blick. Es passierte ihm immer häufiger, daß er sein eigenes Mienenspiel in ihrem Gesicht wiedererkannte; wer ursprünglich wen beeinflußt hatte, war nicht mehr zu eruieren.
»Wir waren am falschen Ort, so simpel ist das.«
»Glaubst du, daß zur gleichen Zeit woanders was passiert ist?«
»Davon bin ich überzeugt. Du kannst es garantiert in der Mittagsausgabe lesen. Das Ding kann jede Sekunde klingeln«, sagte er und zeigte auf das Handy, das zwischen Butter und Marmelade auf dem Tisch lag. Er trank seinen Kaffee aus, ging in den Flur und nahm seine Jeansjacke mit dem Schaffellkragen von dem überfüllten Garderobenständer. Die Jacke in der Hand, ging er noch einmal in die Küche und gab Cilla einen Kuß. »Hast du Nachtdienst im Krankenhaus, oder hast du frei?« fragte er.
Sie schüttelte scherzhaft-vorwurfsvoll den Kopf. »Nachtdienst.«
Er schlüpfte in die Jacke, schickte ihr einen Luftkuß und öffnete die Haustür, vor der der Dienst-Mazda parkte. Sie räusperte sich, als er die Tür hinter sich zuziehen wollte, und

hielt das Handy mit nicht zu übersehender Abneigung zwischen Daumen und Zeigefinger hoch. In dem Moment klingelte es. Sie ließ es erschrocken auf den Tisch fallen.

Glucksend drückte er die Annahmetaste und meldete sich. Danach kam während des ganzen Telefonats kein Wort mehr über seine Lippen.

»Genau, wie ich vermutet habe«, sagte er zu Cilla und ließ das Handy in die Jackentasche gleiten.

Sie schickte ihm einen Luftkuß hinterher, als er in einen verfrühten Hochsommertag hinaustrat. Windstille. Kräftige Sonne. Nur im Schatten war zu merken, daß es sich eigentlich um einen zögerlichen Frühlingstag handelte.

Die Liebe, dachte er überrascht. Die Liebe und der Alltag. Der Alltag und die Liebe.

Er ließ den Motor an und fuhr aus Norsborg heraus. Zeit, die Südstadt gegen die Nordstadt einzutauschen.

12

3. April, 9 Uhr 03. Gustav Adolf der IV. wurde am 3. April 1800 in Norrköping zum König von Schweden gekrönt, dachte einer aus der Runde und wich damit von den zunehmend synchron verlaufenden Gedankenbahnen ab. Wobei die Gedanken in diesem Moment ungewöhnlich disparat waren.

Jan-Olov Hultin sah gefaßt aus. Sein Gesicht zeigte keine Spuren des nächtlichen Malheurs. Er setzte sich umständlich die Lesebrille auf und blätterte in einem dicken Ordner.

Hjelm sah sich in der riesigen Küche um. Alle in der A-Gruppe waren mehr oder minder vom gestrigen Tag gezeichnet. Gunnar Nyberg nieste laut und dachte an seinen Chor und seine entzündeten Stimmbänder. Viggo Norlander sah einfach nur griesgrämig aus. Kerstin Holm hatte die gängige Haltung für einen Mikroschlaf eingenommen. Arto Söderstedt befand sich zweifellos auf einem anderen Planeten. Er schaute aus dem Küchenfenster und dachte über mysteriöse Korrespondenzen nach.

Der Tag des ersten Mordes fiel mit dem Tod von Emmanuel Swedenborg in London 1722 zusammen.

Der Gedanke verflüchtigte sich ebenso schnell, wie er aufgetaucht war, und flatterte in den klaren Aprilhimmel.

Die einzig Aktiven in der Villa waren ein Gerichtsmediziner, ein paar Kriminaltechniker und Jorge Chavez, der sich scheinbar vorgenommen hatte, jeden Millimeter des Hauses zu untersuchen. In regelmäßigen Abständen verbannten ihn die Techniker aus dem Wohnzimmer, aber genauso regelmäßig kehrte er wie ein wahnsinniger Verbrecher immer wieder an den Tatort zurück.

Die Schutzmänner von der Polizeidienststelle im Golfvägen, die als erste eingetroffen waren, hatten sich bereits verabschiedet. Die Absperrung vorm Haus bewachten ein paar Assistenten der Reichskripo in Zivil. Erstaunlicherweise hatten die Medien von dem Vorfall noch keinen Wind bekommen. Abgesehen von dem technischen Personal, das im Wohnzimmer wütete, war die A-Gruppe also völlig ungestört.

Bis plötzlich zwei gutgebaute Herren um die Vierzig mit identischen Lederjacken die Küche betraten.

»Sag jetzt nichts«, wandte sich der blondere der beiden an Hultin. »Wir wollen uns nur den Tatort mit eigenen Augen ansehen.«

»Ihr bekommt wie üblich meinen Bericht, sobald er fertig ist«, sagte Hultin trotzdem. Und dann stellte er sie gegen ihren Willen vor: »Gillis Döös und Max Grahn von der Säpo.«

»Sicherheitspolizei«, sagte das Sprachrohr der beiden, bei dem es sich offensichtlich um Döös handelte. »Lassen Sie sich nicht stören.«

Sie verschwanden im Wohnzimmer, wo sie ein leises Gespräch mit dem Gerichtsmediziner und dem Cheftechniker führten. Danach durchsuchten sie alle Ecken und Winkel des Hauses, um genauso plötzlich wieder zu verschwinden, wie sie aufgetaucht waren.

Man hörte das Auto mit quietschenden Reifen anfahren.

»Es könnte sein, daß wir nach diesem Vorfall verstärkt mit ihnen zu tun haben«, sagte Hultin in neutralem Tonfall. Keiner machte sich die Mühe nachzuhaken, was er damit meinte.

Chavez kam in die Küche und setzte sich neben Hjelm. »Es ist genau das gleiche«, sagte er.

»Nicht ganz«, korrigierte Hultin. »Wir müssen abwarten, was die Techniker zu sagen haben. Es ist angeblich eine Kugel zurückgeblieben.«

Sie saßen in der Küche einer großen Djursholmsvilla, gar nicht weit von dem Haus entfernt, in dem der pensionierte Richter Eric Blomgren und der ebenfalls pensionierte Richter Rickard Franzén einen ereignislosen Abend vor dem Schachbrett verbracht und eine Flasche Cognac geleert hatten und vor dem Chavez und Norlander den ganzen Abend in ihrem Dienstwagen gehockt hatten, um Franzén zu überwachen. Eine Tatsache, die die beiden natürlich ärgerte.

Besitzer der Villa war ein Mann namens Nils-Emil Carlberger. Seine Leiche war morgens kurz nach halb neun von seiner Putzfrau im Wohnzimmer entdeckt worden. Sie hatte die Polizei verständigt und war gegangen, bevor die Beamten eingetroffen waren. Niemand wußte, wer sie war und wo sie sich jetzt aufhielt. Mit ziemlicher Sicherheit handelte es sich um eine abgelehnte Asylbewerberin, die untergetaucht war und sich mit schlechtbezahlten Putzarbeiten über Wasser hielt. Zur Familie Carlberger gehörten eine Ehefrau und zwei Söhne, die bereits flügge waren. Sie würden in Kürze informiert werden. Die Ehefrau weilte in ihrem Sommerhaus bei Halmstad, um es für die warme Jahreshälfte herzurichten, die Söhne wohnten in Landvetter respektive Lund. Keiner der beiden wirkte in Nils-Emil Carlbergers Geschäftsimperium mit. Der eine war

Fluglotse, der andere Doktorand der Soziologie. Ehefrau Nancy hatte in einem Unternehmen des Carlberger-Konzerns als Sekretärin gearbeitet, ehe sie sich als Ehefrau zur Ruhe setzte. Sie war nicht die Mutter der beiden Söhne.

Das war in etwa, was sie wußten.

Der bejahrte Gerichtsmediziner betrat die Küche und kratzte sich intensiv im Nacken.

»Aus meiner Sicht ist dieser Fall identisch mit den anderen«, sagte er. »Zwei Schüsse direkt durchs Gehirn. Der Tod scheint augenblicklich eingetreten zu sein. Nach der Obduktion kann ich natürlich mehr Details liefern, aber erwartet keine großartig neuen Erkenntnisse von mir.«

»Das tun wir doch nie, Sigvard«, sagte Hultin beschwichtigend. »Ist Brynolf Svenhagen bald fertig?«

Gerichtsmediziner Sigvard Qvarfordt zuckte mit den Schultern.

»Wenn ihr keine Einwände habt, nehme ich den werten Nils-Emil jetzt mit. Es sei denn, ihr wollt seinen Kopf im Polizeipräsidium an die Wand hängen ...«

Qvarfordts Leichenwitze hatten vor einem Vierteljahrhundert ihren Esprit verloren. Der Mann befand sich seit Jahrzehnten im Leerlauf.

Sie warteten. Hjelm öffnete die Tür zur Veranda. Chavez stellte sich neben ihn.

»Siehst du den Schornstein dahinten, den höchsten von allen?« fragte Chavez und kniff die Augen zusammen. Dazu zeigte er über die beiden weitläufigen Nachbargärten. »Da ist Blomgrens Haus. Da haben wir gestanden und uns in Norlanders Volvo den Arsch abgefroren. Und währenddessen war er hier. Vor unserer Nase ist er herumgeschlichen. Vielleicht hat er uns sogar gesehen und sich eins ins Fäustchen gelacht.«

Hjelm zuckte mit den Schultern.

»Vielleicht hätte man seine Nähe spüren müssen«, murmelte Chavez und hielt das Gesicht in die Sonne. »*Como en casa*«, sagte er genießerisch.

»Wie zu Hause?« fragte Hjelm. »Wo ist das?«

»Rågsved«, sagte Chavez und ging wieder nach drinnen. »*Nací aquí*«, rief er über die Schulter zurück.

In der Küche stand Chefkriminaltechniker Brynolf Svenhagen und konsultierte seinen Notizblock, obwohl die Allgemeinplätze, die er von sich gab, mit Sicherheit nirgendwo notiert waren.

»Wir werden das Haus im Laufe des Tages selbstverständlich gründlich durchforsten. Der Täter scheint, wie in den anderen Fällen auch, keine Spuren hinterlassen zu haben. Mit Ausnahme der Kugel. Eine Kugel hat er rausgezogen, die zweite steckenlassen. Na, daran dürft ihr euch die Zähne ausbeißen. Wir analysieren die Kugel so schnell wie möglich. Ich kann jetzt schon sagen, daß es sich um keine der sechs, sieben gängigsten Marken handelt.«

Damit kehrte er ins Wohnzimmer zurück, wo seine beiden Untergebenen noch immer auf dem Sofa und dem Boden herumkrochen. Währenddessen schwebte unter der Oberaufsicht des Dozenten Qvarfordt die schwarz zugedeckte Bahre durch die Eingangshalle.

Die Stimmung in der Küche war eher schläfrig als resigniert. Sie hatten einen Versuchsballon steigen lassen, und der Versuchsballon war geplatzt. So etwas konnte passieren. Das Dumme war nur, daß die Augenbraue von Rickard Franzén junior ebenfalls geplatzt war – als Nyberg sein Gesicht auf den handgewebten Teppich drückte. Abteilungsleiter Waldemar Mörner hatte daraufhin schnurstracks etwas vom Budget abgezweigt und für die zu erwartende Schadensersatzforderung ein eigenes Konto eingerichtet.

»Also dann, auf ein neues«, sagte Hultin nüchtern. »Eigentlich paßt Direktor Carlberger auch viel besser ins Muster als der unbestechliche Richter. Daß die Morde in irgendeiner Weise mit den Geschäften der Opfer zu tun haben, steht inzwischen ja wohl außer Frage. Hjelm prüft bitte nach, ob Mimer damit aus dem Spiel ist, und verfolgt gegebenenfalls die Spur des Dyonisos weiter. Vergiß die Gästebücher des Golfklubs nicht. Für diejenigen, die auf die Geschäftsspur angesetzt sind, wird die Arbeitsbelastung mit Sicherheit spürbar steigen. Wir werden eine Umverteilung vornehmen müssen. Ich denke an Nyberg. Holm macht weiter mit ihren Nachforschungen auf der privaten, Norlander tut sich auf der internationalen Ebene um. Möglicherweise ist die Andeutung des guten Svenhagen so zu interpretieren, daß die Kugel mit größter Wahrscheinlichkeit ausländischer Herkunft ist. Das wird sich zeigen. Bleibt die Frage, warum er die Kugel in der Wand hat steckenlassen. Ist er gestört worden? Hat er die Spur absichtlich hinterlassen? Und wenn ja: um uns auf eine falsche Fährte zu locken oder mit uns zu spielen oder weil er aus unerfindlichem Grund geschnappt werden *will*? Oder ist ihm schlicht und einfach der erste Fehler unterlaufen? Das halte ich für unwahrscheinlich. Hoffen wir, daß das Labor zügig arbeitet. Verliert das in der Zwischenzeit nicht ganz aus den Augen. Ich fasse jetzt noch einmal kurz die Aufgabenverteilung zusammen: Norlander – die internationale Ebene, Holm – die persönliche, Chavez, Söderstedt, Nyberg – die geschäftliche Ebene und Hjelm – die sexuelle. Sobald Herr Chefkriminaltechniker Brynolf Svenhagen Laut gibt, rufe ich euch zu einer ordentlichen Lagebesprechung zusammen. Noch Fragen?«

Keine.

Jedenfalls keine, die Hultin hätte beantworten können.

Damit überließen sie die prachtvolle Villa der Aufsicht der Kriminaltechniker.

Chefkriminaltechniker Brynolf Svenhagen gab Laut am 3. April um 11 Uhr 22. Um 11 Uhr 51 war die A-Gruppe in dem Raum versammelt, der auf Chavez' Anregung hin jetzt auch offiziell unter dem Namen »Kampfleitzentrale« rangierte. Waldemar Mörner hatte nichts gegen die Namensgebung einzuwenden gehabt. Alle Mitarbeiter hatten sich in ihren Büros aufgehalten, als Hultin sie um 11 Uhr 23 über das Haustelefon verständigte. Alle außer einem.

Hjelm saß zu diesem Zeitpunkt in einem Kellergewölbe in der Altstadt, genauer, in der Stallgränd. Bis dorthin reichte das

Mobilfunknetz nicht. Wächter Clöwenhielm gab gerade den Namen Carlberger, Nils-Emil, in seinen Käseglocken-Laptop ein, allerdings ohne Erfolg. Nils-Emil Carlberger war weder Mitglied des Skidbladnerordens noch des Mimerordens, noch war er es jemals gewesen.

Um 11 Uhr 35 zog Clöwenhielm den schweren Vorhang zur Seite, hinter dem das Allerheiligste des Ordens verborgen lag. Um 11 Uhr 41 verabschiedete sich Paul Hjelm, nachdem er hoch und heilig versprochen hatte, niemals ein Wort über das zu verlieren, was er dort gesehen hatte. Er hielt Wort. Um 11 Uhr 42 trat er in die enge Gasse hinaus, wo ihn Hultins Mitteilung über die anberaumte Besprechung endlich erreichte. Um 11 Uhr 51 betrat er die Kampfleitzentrale mit großem K. Um 13 Uhr 09 lachte er laut über die Bezeichnung, die Chavez ihm ebenfalls lachend ins Ohr flüsterte.

Die Neuigkeit über den Mord an Direktor Nils-Emil Carlberger, dem Boß des Carlberger-Konzerns, war noch immer nicht bis zu den Medien durchgedrungen, wie Jan-Olov Hultin zufrieden mitteilte. Zu seiner großen Erleichterung, von der seine unbewegte Miene nichts verriet, war die undichte Stelle also offenbar nicht in der A-Gruppe zu suchen.

»Wie ich bereits vermutet habe«, sagte Hultin bescheiden, »hat es mit der zurückgelassenen Kugel etwas Besonderes auf sich. Svenhagen hat eine mir unbegreifliche, aber unanfechtbare chemische Analyse des zerquetschten Bleiklumpens vorgenommen und ist auf eine sehr spezielle Zusammensetzung gestoßen. Um zu verkürzen, was als gigantischer Bericht des Kriminallabors bei uns eingehen wird: Es handelt sich um *unreines* Blei in einer einzigartigen Legierung. Genauer gesagt: Die Kugeln sind von saumäßiger Qualität und stammen aus einer zweitklassigen Waffenfabrik in einer Stadt namens Pavlodar im heutigen Kasachstan. Dem Land Vladimir Smirnovs, ihr wißt schon. Svenhagen hat Kontakt zur kriminaltechnischen Computerzentrale von Interpol aufgenommen und folgende Information erhalten: Fragliche Waffenfabrik bekam im

Zusammenhang mit dem Niedergang der Sowjetunion massive Probleme und war gezwungen, ihre Tore zu schließen, als die Marktwirtschaft ihre – ich zitiere Svenhagen – ›unausweichliche natürliche Auswahl‹ traf. Es gab schlicht und einfach keinen Markt mehr für die schlechte Munition der Fabrik. Was allerdings aus dem offensichtlich gigantischen Konkurslager geworden ist, weiß niemand. Interpol verweist eindeutig auf die Mafia.«

Hultin machte eine Pause. Möglicherweise um die Wirkung seiner Worte zu beobachten. Oder einfach um Luft zu holen. Gleich darauf fuhr er fort.

»Die russische Mafia ist eine extrem heterogene Organisation. Wir wissen eigentlich viel zuwenig über sie, erschreckend wenig, wenn man bedenkt, daß sie gewissermaßen bereits die Ostsee überquert hat. In Helsinki beherrscht sie große Teile der Unterwelt, und es gibt unmißverständliche Anzeichen dafür, daß Stockholm als nächster Tummelplatz ins Visier rückt. Der überwiegende Teil der Mafia besteht aus größenwahnsinnigen Irren, die aus dem Wesen der Marktwirtschaft die äußerste Konsequenz gezogen haben. Der Stärkere gewinnt. Aber es gibt durchaus auch kultiviertere Teile, die ihre Fühler nach den ultranationalen Machthabern in Rußland und im Baltikum ausstrecken und enge Kontakte zu Topmafiosi in Italien und den USA pflegen. Das Vorhandensein dieser Art von Munition im Hause des Mannes, der als dritter aus der Riege der schwedischen Spitzenkapitalisten einer Serie von Morden innerhalb weniger Tage zum Opfer gefallen ist, eröffnet uns eine erschreckende Perspektive, die wir sicher nicht als erste erblicken. Ich erinnere nur an den eigenartigen Auftritt der Sicherheitspolizei in der Djursholmsvilla. Und ich nehme stark an, daß der militärische Sicherheitsdienst in den Kellergewölben auf Lindingö und anderswo bereits auf Hochtouren arbeitet.«

Hultin seufzte, trank einen Schluck Tafelwasser und fuhr in leierndem Tonfall fort: »Kombinieren wir nun die Art der Munition mit der Hinrichtungsmethode, haben wir tatsächlich

Grund zur Besorgnis. Norlander hat, wie ihr gestern gehört habt, drei internationale Organisationen ausfindig gemacht, die ihre Opfer konsequent mit Kopfschüssen hinrichten. Bei einer dieser Organisationen handelt es sich um eine kleine russisch-estnische Verbrecherbande unter der Führung eines anonymen Feldherrn, bekannt, unbekannt oder mehr oder weniger bekannt als Viktor X. Wie die Verbindungen dieser Gruppierung zur Mafia aussehen, ist noch nicht ganz klar, das muß genauer überprüft werden. Was wieder zu einer Umverteilung der Arbeitsbereiche führt. Vor unserer Sitzung habe ich Mörner auf dem Flur getroffen. Er hat mir mitgeteilt, daß er im Hinblick auf die mögliche Verbindung zur ehemals sowjetischen Staatsmafia zwei Kräfte aus der Abteilung für Wirtschaftskriminalität angefordert hat, die uns da entlasten sollen, wo wir von nun an verstärkt weitergraben müssen. Darüber hinaus werden wir die Suche – und das ist wichtig – auf eventuelle Geschäftsverbindungen der Opfer mit der russischen Mafia ausdehnen. Ich hoffe diejenigen, die auf der geschäftlichen Ebene ermitteln, zwischendurch für das eine oder andere loseisen zu können. Wir dürfen uns nur nicht zu sehr auf die russische Spur einschießen. Trotzdem möchte ich Nyberg bitten, bevor er ganz in die Wirtschaftsermittlungen einsteigt, sich zwecks Bestandsaufnahme der Viktor-X-Gruppe mit Norlander zusammenzusetzen. Wir arbeiten jetzt also an zwei Fronten, auf der einen Seite an der exsowjetischen, auf der anderen an der schwedischen. Irgendwo werden diese beiden Fronten hoffentlich zusammentreffen, um sich für den letzten Schlag zu formieren.«

»Du bist zuviel mit Mörner zusammen«, sagte Hjelm.

»Absolut«, sagte Hultin.

Es klopfte an der Tür. Ein hochaufgeschossener blonder Mann mit nahezu durchscheinender Haut, kaum älter als dreißig, und eine ebenso junge dunkelhaarige Frau weit unter der Durchschnittsgröße erschienen in der Tür. Ein definitiv ungewöhnliches Paar.

»Wunderbar, tretet ein«, sagte Hultin. »Setzt euch. Wir wollten gerade mit Carlbergers Leben und Lebenswandel beginnen. Darf ich vorstellen, das sind die neuen Mitarbeiter der A-Gruppe, Billy Pettersson und Tanja Florén. Wir haben Zimmer 305 für euch freigeräumt. Habt ihr über die geschäftliche Seite hinaus noch etwas rausgefunden, das wir noch nicht wissen? Kerstin?«

Kerstin Holm schüttelte den Kopf. »Seine Frau und die beiden Söhne treffen demnächst in Stockholm ein. Ich werde sie so schnell wie möglich vernehmen.«

»Freizeit? Hjelm?«

»Wie Daggfeldt und Strand-Julén hat Carlberger Golf gespielt und hatte ein Boot, allerdings ein Motorboot, offenbar eine richtige Luxusyacht, die in einem Hafen von Lidingö liegt, fragt mich nicht, warum ausgerechnet da. Die Golfverbindung ist eindeutig: Wie die anderen beiden war er Mitglied im Stockholmer Golfklub und hat hauptsächlich in Kevinge gespielt. Dem Mimerorden hat er nicht angehört und auch sonst keinem Orden, soweit ich das bisher überblicke.«

»Damit können wir diese Spur wohl ausklammern«, sagte Hultin und teilte die Tafel in Felder auf. Der Ausrutscher vom Vorabend kam nicht vor in dem, was er sagte, und es lag eine unausgesprochene Aufforderung in diesem Schweigen. Er wandte sich an die Neuen: »Söderstedt ist für den unternehmerischen Teil zuständig. Söderstedt?«

Arto Söderstedt räusperte und streckte sich, als wollte er einen Vortrag oder eine Predigt halten. Einen kurzen Augenblick lang dachte Hjelm, daß die schmale, blasse Gestalt alles andere als ein Polizeibeamter niederen Ranges war. Falscher Mann auf der falschen Stelle. Wolf im Schafspelz. Klischees zuckten durch seinen Kopf, als Söderstedt das Wort ergriff.

»Es geht um drei Personen mit jeweils eigenen Unternehmen, bei denen es sich beinahe um Imperien handelt, aber halt doch nicht ganz. Unsere Opfer sind – waren – reich und mächtig, gehörten aber nicht der allgemeinen Promi-Liga an. Die Strukturen ihrer Unternehmen ähneln einander sehr. Eine oder mehrere Firmen im Zentrum, an der Peripherie ein Haufen auf unterschiedliche Weise miteinander verknüpfter Unternehmen. Eine vielleicht nicht ganz unwichtige Tatsache ist die, daß unsere drei Leichen Kapitalisten der neuen Sorte waren, nichtproduzierende Wirtschaftskapitäne, die erst im Laufe der achtziger Jahre den nötigen Bewegungsfreiraum erlangten. Geldschieber, deren Wohlstand niemand anderem als ihnen selbst zugute kam und sich weder in Form von Arbeitsplätzen noch in Form von Steuererträgen niederschlug. Was bis vor wenigen Jahren echten Verbrechern vorbehalten war, Geldwäsche, Geldschieberei, Unterschlagung und Kredite zu Wucherzinsen, sind inzwischen salonfähige Geschäftsfelder. Die Finanzpolitik der Achtziger hat es möglich gemacht, das Geld förmlich aus dem Land herauszuschaufeln. Der plötzliche Wohlstand der Achtziger war eine Luftblase, die uns in ein zutiefst verworrenes Jahrzehnt katapultiert hat. Die Staatsgewalt interpretierte die schwarzen Zahlen falsch, las sie durch die alte Brille des Industrialismus und jubelte. Gejubelt haben auch die Finanzhaie, wenn auch aus ganz anderen Gründen. Sie haben der Staatsfinanz das Mark aus den Knochen gesaugt.«

Söderstedt verstummte. Aller Augen waren nach dieser eigenwilligen Zusammenfassung von Carlbergers Geschäftstätigkeiten verblüfft auf ihn gerichtet.

»Politische Stellungnahmen sollten auf ein Minimum reduziert werden«, sagte Hultin ruhig.

Söderstedt sah sich im Raum um, als ginge ihm jetzt erst auf, wo er sich befand. Hjelm war fast sicher, Rauch aus seinem Hemdkragen aufsteigen zu sehen. Söderstedt holte einmal tief Luft und fuhr fort.

»Zwei Dinge sollte man beachten: Zum einen den allgemeinen Zusammenhang zwischen dem neuen Klima in der Gesellschaft und dem, was ich kürzlich über die Serienmordhausse in den USA gesagt habe, die Heroisierung absoluter Outsider, die das Normsystem endgültig hinter sich gelassen haben, ein System, dessen immer deutlicher werdende Risse den dahinter verborgen liegenden Abgrund bloßlegen, in dem es nur noch um eins geht: Geld. Wir sitzen auf einem Pulverfaß. Das andere ist der spezielle Zusammenhang mit unserem Fall. Stellen wir uns einmal vor, wir haben es mit einem Menschen zu tun, der davon überzeugt ist, das verdammte Ränkespiel durchschaut zu haben, der die Risse in der Mauer entdeckt hat und von dem berauschenden Vakuum auf der anderen Seite angezogen wird. Laßt es mich folgendermaßen ausdrücken: ein Mensch, der glaubt, das wahre Gesicht der unsichtbaren Macht gesehen zu haben, und dessen höchstes Ziel es nun ist, es dem Rest der Welt zu zeigen. Ein zugleich intelligenter und wahnsinniger Mensch, die gefährlichste Kombination, die man sich denken kann. Er hat die Zusammenhänge erkannt, die mehr oder weniger mystischen Kongruenzen, und leitet seinen Enthüllungsfeldzug, was sicher reiner Zufall ist, an Swedenborgs Todestag ein.«

»Um ganz sicherzugehen, daß ich dich richtig verstanden habe«, sagte Hultin, »du glaubst also, daß es sich um politische Morde handelt? Linksterrorismus?«

»Nein, kein Terrorismus. Das kann ich mir nicht vorstellen. Aber politisch schon. Jemand, der auf die eine oder andere Weise betroffen ist, viel nachgedacht und seine Schlußfolgerungen gezogen hat, ziemlich korrekt, was die Analyse betrifft, aber in seinem Handeln völlig daneben. Denken wir doch mal nach. Jetzt haben wir Ende der Neunziger. Wir haben uns von einer Krise erholt, die für viele die bislang schlimmste war. Vielleicht zeigt sich erst jetzt in vollem Umfang, wie es dazu kommen konnte.«

Keiner sagte etwas. Söderstedts Vortrag ergab durchaus Sinn. Die beiden Neuen, Billy Pettersson und Tanja Florén, staunten nicht schlecht, und fragten sich wahrscheinlich, wo sie hier gelandet waren. In einem Vorlesungssaal der Uni? In einer Gesprächsgruppe für Konspirationstheorie? Oder bei einem Polizisten, dessen obstinate Intelligenz bisher jede Beförderung zunichte gemacht hatte?

Hjelm versuchte, den Faden nicht zu verlieren.

»Drei Repräsentanten des neuen Kapitalismus«, faßte er zusammen. »Es gibt unterschiedliche Möglichkeiten. Die Indizien weisen in Richtung Osteuropa. Probleme mit der Mafia bei dem Versuch, sich im Baltikum zu etablieren? Obwohl anscheinend keiner der drei großartig was mit dem Baltikum zu tun hatte. Ein rein politisches Motiv? Irgendeine Form von Rache, persönlicher oder professioneller Natur? Was gibt es sonst noch?«

Schweigen. Offenbar nichts. Hatten sie auch wirklich nichts übersehen? Der schöne alte Krimiklassiker à la Agatha Christie, die Ordensgesellschaft, war in Rauch aufgegangen, dieser Typ von Puzzle-Intrige schien absolut und bedingungslos der Vergangenheit anzugehören. Statt dessen war man mitten in der Gegenwart gelandet: postindustrieller Kapitalismus, osteuropäische Mafia, schwedischer Wirtschaftskollaps in den Neunzigern.

Paul Hjelm favorisierte dennoch nach wie vor die Version mit der Ordensgesellschaft.

»Nehmen wir uns jetzt Carlbergers Unternehmensgruppe vor?« fragte Hultin nüchtern.

Söderstedt schaltete augenblicklich von heftig erregt und überschäumend auf knapp und präzise zusammenfassend um. Hjelm gewann den Eindruck, daß solche jähen Umschwünge tief in Söderstedts Wesen verankert waren. In dem einen Fall gab es eine Antwort, eine Lösung, und die mußte so klar und deutlich wie möglich formuliert werden. Im anderen hatte es keine Antwort gegeben und keine Lösung; dort lag »die Wahrheit« irgendwo in den Lücken zwischen den Worten, in den erschreckenden Zusammenhängen verborgen. Genau so sah die Gesellschaft, die postindustrielle Gesellschaft, in den Augen des beredten finnischen Polizisten aus.

»Der Carlberger-Konzern«, sagte er. »Im Zentrum das Unternehmen Spiran. Um Spiran, in konzentrischen Kreisen, zunehmend schwerer faßbare Tochter- und Tochtertochter- und Tochtertochtertochtergesellschaften. Ich habe in der kurzen Zeit, die mir zur Verfügung stand, einen Berührungspunkt entdeckt, und mit professioneller Unterstützung«, Söderstedt nickte Pettersson und Florén zu, »können sicher noch weitere aufgedeckt werden. Derjenige, den ich gefunden habe, ist Strand-Julén, der Teilhaber in der Alruna Holding AB, einer von Carlbergers Tochtertochtergesellschaften.«

Hier brach Söderstedt seine Ausführungen ab. Es war nicht ganz klar, ob er fertig war. Da er aber ziemlich ausgebrannt aussah, ergriff Hultin das Wort.

»Okay, wir danken Söderstedt für seinen außergewöhnlich inspirierten Beitrag. Chavez?«

»Ich werde mich kurz fassen. In drei Aufsichtsräten, in denen Daggfeldt und Strand-Julén gesessen haben, hat zur selben Zeit auch Carlberger gesessen. Unsere drei Opfer waren 1986 bis '87 gemeinsam bei Ericsson, 1989 bis '91 bei Sydbanken und 1990 bei MEMAB im Aufsichtsrat. Soviel zu den Berührungspunkten unserer Dahingeschiedenen an der Aufsichtsratsfront.«

»Was ist MEMAB?« fragte Kerstin Holm.

»Keine Ahnung«, sagte Chavez.

»Dazu könnte ich was sagen«, schaltete Tanja Florén sich mit tiefer Stimme ein. »Hat einer von euch eine Idee?«

»Ein Unternehmen«, sagte eine sehr erschöpfte, finnlandschwedisch klingende Stimme.

»Genau«, sagte Tanja Florén.

13

Für Paul Hjelm begann ein ganz neuer Arbeitsabschnitt. Er wurde von der Frontlinie in die hinterletzte Reihe abgezogen. Die Ermittlungen erfolgten jetzt hauptsächlich an zwei Flanken: auf den Spuren der russischen Mafia durch Norlander und Nyberg und auf der Geschäftsspur durch Söderstedt, Chavez, Pettersson und Florén. Kerstin Holm führte intensive

Gespräche mit Verwandten und Bekannten der verstorbenen Magnaten und überließ die sekundären Vernehmungen dem Fußvolk bei der Reichskripo und der Stockholmer Polizei.

Hjelm verbrachte seine Zeit mit dem Durchblättern der Gästebücher des Golfklubs. Verbrechen der Vergangenheit, dachte er bitter. Niemand wurde mehr wegen irgendwelcher Intrigen in Ordensgesellschaften oder Golfklubs getötet. Heutzutage brachten einen perverser Sex, Drogen und Geldwäsche ins Grab.

Die Telefonnummer des vermeintlichen Zuhälters, der auf den sympathischen Namen Johan Stecher hörte, war abgemeldet, und mehrere vergebliche Anrufe sowie ein anschließender Besuch in der Timmermansgatan ergaben, daß der Prostituierte Jörgen Lindén sich aus dem Staub gemacht hatte.

Gerichtsmediziner Qvarfordts Obduktion von Nils-Emil Carlberger ergab nichts außer ersten Anzeichen für einen Hirntumor. Svenhagens Kriminaltechniker hatten ebensowenig Glück gehabt; auch diesmal gab es keine einzige Spur. Außer der verflixten Kugel in der Wand.

Hjelm arbeitete sich von hinten nach vorn durch die Gästebücher des Golfklubs. Die Stunden krochen dahin. Er lernte sehr schnell, unter den in ihrer Lesbarkeit stark variierenden Namenszügen Daggfeldts pedantische, Strand-Juléns expansive und Carlbergers nach hinten gelehnte Handschrift zu erkennen. Sie tauchten alle drei recht häufig auf, aber nie zusammen. Hjelm hatte sich bis zum Herbst 1990 vorgearbeitet und war nahezu bereit, sich damit abzufinden, daß die drei Verstorbenen nie miteinander Golf gespielt hatten, als er plötzlich den pedantischen neben dem expansiven Schriftzug entdeckte. Und direkt daneben stand auch der nach hinten gelehnte.

Daggfeldt, Strand-Julén und Carlberger hatten tatsächlich zusammen gegolft, nur die drei, was von gewissem Interesse sein konnte. Von Chavez erfuhr er, daß die Golfrunde unmittelbar nach einer Aufsichtsratssitzung der MEMAB am 7. September 1990 stattgefunden hatte. Es war seltsamerweise die einzige Golfrunde, die die Ordensbrüder Daggfeldt und

Strand-Julén jemals zusammen gespielt hatten. Obwohl sie beide dem inneren Zirkel des abtrünnigen Skidbladnerordens angehörten und seit Ende der Siebziger gemeinsam in acht Aufsichtsräten gesessen hatten und darüber hinaus noch Mitglieder desselben Golfklubs waren, hatten sie nur ein einziges Mal zusammen Golf gespielt, und dann auch noch ausgerechnet mit dem dritten Opfer.

Das war doch in der Tat verdächtig.

»Drei Männer spielen im Herbst 1990 gemeinsam eine Runde Golf. Es ist das einzige Mal, daß sie in dieser Konstellation spielen. Ein paar Jahre später liegen alle drei im Leichenschauhaus, im Laufe einer knappen Woche von ein und demselben Täter ins Jenseits befördert. Was sagt uns das?«

Chavez' Antwort auf Hjelms Frage fiel ziemlich dürftig aus, während er weiter auf die Tastatur einhämmerte.

»Hä?«

»Ich werde es nicht wiederholen. Dein Unterbewußtsein hat genau registriert, was ich gesagt habe.«

Chavez hörte auf zu tippen und drehte sich zu ihm um. Er sollte sich einen Schnäuzer wachsen lassen, dachte Hjelm, überrascht von dem Gedanken, und merkte, wie die alten, längst begrabenen Vorurteile sich wieder meldeten.

»Das sagt uns gar nichts. Höchstens, daß die Verbindungen in der Geschäftswelt unerschöpflich sind.«

»Oder daß wir es mit einem Golfhasser zu tun haben …«

»Da hast du's«, sagte Chavez und tippte weiter. »Des Rätsels Lösung. An einem Herbsttag 1990 treibt sich ein Golfhasser beim Golfplatz in Kevinge rum, sieht drei arrogante Oberklassemacker sich auf einem Green aufplustern und beschließt spontan, diese drei Schweine, genau diese drei, umzubringen. Er wartet ein paar Jahre und schreitet zur Tat.«

»Ein Caddie vielleicht?«

»Das war ein Scherz«, sagte Chavez.

»Ist mir schon klar«, sagte Hjelm. »Aber wenn wir deine Geschichte ein bißchen abändern, klingt sie gleich ganz anders. Die Herren kommen von einer anstrengenden Aufsichtsratssitzung, haben zusammen ein Taxi genommen und sich unterhalten, vielleicht haben sie sich in der Golfbar einen genehmigt, und jetzt geht's ums wahre Business. Sie übertreffen sich gegenseitig. Wo ihr Fuß hintritt, verwelken die Blumen. Sie schießen direkt aus der Hüfte. Vielleicht war der Caddie zu spät oder hat gleich zu Anfang irgendeinen Fehler gemacht, egal was, sie hacken jedenfalls auf ihn ein, triezen ihn oder meinetwegen sie, und behandeln ihn oder sie wie das letzte Arschloch. Möglicherweise kommt es auch zu Zudringlichkeiten. Sie drücken ihn oder sie im Vorbeigehen so tief in den Dreck, daß es ein paar Jahre dauert, bis er oder sie sich von der Schmach erholt hat. Vielleicht war ihr Verhalten eine Art Katalysator für eine Überreaktion auf etwas, das schon lange gegärt hatte. Vielleicht hat der Caddie ja die letzten Jahre in einer Nervenklinik verbracht und ist im Zuge der allgemeinen Einsparungswelle entlassen worden. Endlich hat er sein Leben wieder im Griff und weiß, was und wer seine Paranoia ausgelöst hat. So weit alles klar? Er steht über allem, kennt keinen Zweifel mehr, und dann löscht er sie aus, einen nach dem anderen, ganz einfach, schnell, elegant. Nüchterne Rache.«

»Du hast eine ausgeprägte Phantasie«, sagte Chavez. »Nicht ganz uninteressant.«

»Ich rufe an«, sagte Hjelm und wählte eine Nummer.

»Wenn du richtig lägest, hätte das Morden damit ein Ende. Aber die Theorie erklärt nicht die russische Kugel. Und sie würde die Wirtschaftsspur überflüssig machen.«

»Hallo? Paul Hjelm von der Reichskripo. Mit wem spreche ich, bitte?«

»Axel Widstrand«, antwortete die Telefonstimme. »Sekretär des Stockholmer Golfklubs. Sind Sie derjenige, der unsere Gästebücher mitgenommen hat? Lena hatte eigentlich keine Vollmacht, sie Ihnen auszuhändigen. Brauchen Sie sie noch lange?«

»Ich habe ihr die Vollmacht erteilt. Haben die Spieler eigentlich auch bei einer gewöhnlichen Runde einen Caddie dabei?«

»Ich würde die Bücher gern zurückhaben.«

»Drei Ihrer Mitglieder sind innerhalb einer Woche umgebracht worden, und Sie wollen ihre Bücher zurückhaben. In was für einer Welt leben Sie eigentlich?«

»Oh, oh«, sagte Chavez. »Verstoß gegen die Schweigepflicht.«

Hjelm fischte die Mittagsausgabe des *Aftonbladet* aus der oberen Schreibtischschublade und legte sie auf Chavez' Tastatur. EXTRA. EXTRA. DER MACHTMÖRDER HAT WIEDER ZUGESCHLAGEN. DRITTER WIRTSCHAFTSMAGNAT ERMORDET. MYSTERIÖSE FRAU FAND DIREKTOR NILS-EMIL CARLBERGERS LEICHE.

»Der Machtmörder?« sagte Chavez kopfschüttelnd und zog die Zeitung an einer Ecke von seiner Tastatur, als klebten alte Reste von Erbrochenem daran. »Gerade erst geboren und schon getauft ...«

»Man lernt nie aus«, brummte Hjelm und wandte sich wieder dem Telefongespräch zu.

»Beantworten Sie einfach meine Frage.«

»Caddies?« tönte es aus dem Hörer. »Manchmal.«

»Manchmal?«

»Es ist eher ungewöhnlich, daß bei einer einfachen Freizeitrunde ein Caddie in Anspruch genommen wird. Aber es kommt vor.«

»Wie kommt man an einen Caddie?«

»Im Normalfall stellen wir die Caddies. Man muß sich vorher anmelden.«

»Wenn drei Männer zusammen eine Runde Golf spielen wollen, besorgen Sie ihnen also einen Caddie? Ist das korrekt?«

»Wie gesagt: wenn sie es vorher anmelden. Wir brauchen ein paar Stunden, um das zu regeln. In dem Fall ständen ihnen dann allerdings nicht einer, sondern drei zur Verfügung. Für jeden einer. Ein Caddie schleppt selbstredend nicht die Schläger von drei Spielern.«

Hjelm kam ein abwegiger Gedanke.

»Ist Lena auch Caddie?«

»Lena Hansson? Das war sie mal. Jetzt arbeitet sie an der Rezeption.«

»Hat sie im September 1990 als Caddie gearbeitet?«

Axel Widstrand, Sekretär des Stockholmer Golfklubs, sagte eine Weile lang nichts. Dann hörte Hjelm ein Murmeln, Widstrand schien die Sprechmuschel mit der Hand abzudecken und mit jemand anderem zu reden.

»Ja, das hat sie. Sie hat erst in der letzten Saison damit aufgehört.«

»Wenn sie zufällig gerade auf Ihrem Schoß sitzen sollte, fragen Sie sie doch bitte, ob sie am Nachmittag des siebten September 1990 als Caddie mit Kuno Daggfeldt, Bernhard Strand-Julén und Nils-Emil Carlberger eine Runde auf den Golfplatz gegangen ist.«

»Werden Sie nicht unverschämt!«

»Fragen Sie sie!«

Erneut gedämpftes Gemurmel.

»Nein«, sagte Widstrand.

»Daran erinnert sie sich so auf Anhieb?«

»Sonst noch was?«

»Kann man den Gästebüchern entnehmen, ob jemand einen Caddie geordert hat oder nicht?«

»Nein. Die Spieler tragen sich mit ihrem Namen ein, mehr nicht. War's das?«

»Im Moment, ja«, sagte Hjelm, legte den Hörer auf und schrieb den Namen Lena Hansson in sein Notizbuch.

Für späteren Gebrauch.

Die These vom einsamen, belästigten Caddie hatte sich genauso schnell in Rauch aufgelöst, wie sie entstanden war. Bei einer einfachen Golfrunde waren Caddies eher unüblich, und falls die Herren trotzdem Wert darauf gelegt hatten, wären es drei gewesen, nicht einer. Dennoch unterstrich er Lena Hanssons Namen. Wenn die Morde aufgeklärt waren, würde er noch einmal auf sie zurückkommen.

»Hör dir das an«, sagte Chavez, der in die Abendzeitung vertieft war, die eigentlich eine Mittagsausgabe war. »›Daß es sich um die erste waschechte Terroraktion seit langem in Schweden handelt, dürfte wohl außer Zweifel stehen. Nicht einmal in den Tagen der Rote-Armee-Fraktion haben wir erlebt, daß hochrangige schwedische Geschäftsleute wie am Fließband hingerichtet wurden. Es sieht aus, als stünden wir vor dem grausamsten Verbrechen, das jemals in Schweden stattgefunden hat. Das einzige, was wir mit Sicherheit wissen, ist, daß die Polizei untätig zusieht.‹ Damit sagen sie doch quasi«, sagte Chavez und legte die Zeitung weg, »daß es, nur weil sie nichts erfahren, keine Informationen gibt.«

»Sie haben vergessen, die westdeutsche Botschaft zu erwähnen«, sagte Hjelm.

Jorge Chavez hielt Hjelms Blick fest.

»Paul. Wenn du weiter darauf bestehst, an deinen altmodischen Intrigen herumzubasteln und deine altmodische Detektivarbeit zu machen, wenn du dich weiter weigerst zu akzeptieren, daß wir es hier mit Geldschiebereien im globalen Computernetz und internationalen Profikillern zu tun haben, die vermutlich über dasselbe Netzwerk requiriert wurden, dann mußt du mehr über die Menschen herausbekommen und keine Klischees bemühen. Es geht trotz allem um Individuen.«

»Ein anrührendes Plädoyer. Und wie lautet der Vorschlag, der sich hinter der Sorge um die verlorene Ehre der Herren verbirgt?«

»Du weißt zuwenig über sie. Geh zu Kerstin. Leih dir ihre Bänder aus. Lern sie kennen.«

Chavez wandte sich wieder seinem Bildschirm zu. Hjelm beobachtete ihn noch eine Weile. Er sah den neuen Polizisten, und zum ersten Mal spürte er deutlich die Kluft zwischen sich und ihm, die sicher nichts mit ihrem Hintergrund zu tun hatte, sondern schlicht und einfach eine Kluft zwischen den Generationen war. Chavez: computerisiert, international, rational, vorurteilsfrei, distanziert, enthusiastisch. Wenn es das war, wenn er gerade einen Blick in die Zukunft der Polizei erhascht hatte, dann waren das keine schlechten Aussichten. Möglicherweise fehlte es dieser Zukunft ein wenig an Seele und

Herz, dachte er, machte sich aber im selben Augenblick klar, daß er schon wieder in Klischees dachte. Wie stand es denn um sein eigenes Herz und seine eigene Seele? Er fühlte sich alt. Der, den er da vor sich sah, war schlicht und einfach ein besserer Polizist als er selbst. Mit schwarzen Haaren und einem spanischen Namen.

Befrag dein Herz, Hjelm.

Grundström daraus zu entfernen war Teil seines Auftrags.

Er ging auf den Flur und weiter zur Toilette. Auf seiner Wange blühte ein Pickel. Er drückte daran herum, aber das brachte nichts, außer daß die Haut um den Pickel herum abschuppte. Er befeuchtete den Finger und wischte die Hautschüppchen weg. Danach trat er wieder auf den Flur, ging an seinem Büro vorbei und blieb vor der 303 stehen. Klopfte kurz an und ging hinein.

Gunnar Nyberg saß am Computer und schrieb etwas, ein Mammut im Kampf gegen ein Raumschiff. Der Hüne sah aus, als wäre er auf dem falschen Planeten gelandet.

Kerstin Holm hatte Kopfhörer auf und schrieb an einem kleinen Laptop. Sie schaltete den Walkman aus, der neben dem Laptop lag, und sah Hjelm an. Nyberg ließ sich nicht unterbrechen, er tippte weiter, langsam, zäh, widerwillig – aber hartnäckig. Hjelm hatte das Gefühl, gerade eine seiner grundlegenden Charaktereigenschaften vorgeführt zu bekommen.

»Besuch«, sagte Kerstin Holm. »Was für eine Abwechslung.«

»Was ist denn das?« fragte Hjelm und zeigte auf den Laptop.

»Hast du etwa keinen bekommen?« fragte sie überrascht und sah, wie sein Blick sich verfinsterte. Dann lächelte sie ihn mit sanfter Ironie an. Ihm war bis dahin nie aufgefallen, wie hübsch sie war.

»Das ist mein eigener«, sagte sie. »Der ist schneller.«

Noch weitere drei Sekunden dachte er, daß sie hübsch war: ihr legeres, schwarzes Outfit, das strubbelige braune Haar, die wachen, noch brauneren Augen, die charmanten ersten Falten, das ewig ironische Lächeln, ihr waschechter Göteborger Akzent. Dann schüttelte er den Gedanken ab.

»Ich würde mir gern mal deine Bänder anhören.«

»Denkst du an was Bestimmtes?«

»Nicht direkt. Ich dachte, ich lerne die Person ein bißchen besser kennen und vermeide so Klischees – wenn möglich.«

»Wer weiß«, Kerstin Holm zeigte auf einen hohen Turm aus Kassetten, »vielleicht treffen viele der Klischees ja zu.«

»Was glaubst du?«

»Laß uns hinterher darüber reden«, sagte sie und schob den wackeligen Turm seitwärts über den Schreibtisch.

Die Bänder waren nicht beschriftet. Hjelm griff willkürlich eins heraus und legte es in seinen Walkman ein, den er sich gerade erst zugelegt hatte. Er hörte Kerstin Holms Stimme.

»3. April. Telefongespräch mit Willy Eriksson, getauft auf den Namen William Carlberger, geboren am 14. August 1963. Sie sind also der Sohn von Nils-Emil und Carlotta Carlberger?«

»Ja. Sie heißt inzwischen aber Eriksson, Carla Eriksson. Das ist ihr Mädchenname.«

»Und den haben Sie auch angenommen? Und den Vornamen haben Sie ebenfalls geändert?«

»Ja.«

»Ihr Bruder heißt nach wie vor Carlberger, Andreas Carlberger. Hat das einen Grund?«

»Tja, ich weiß nicht. Ich stehe meiner Mutter eben näher.«

»Sie sind Doktorand der Soziologie in Lund. Sind Sie Marxist?«

Willy Eriksson lachte kollernd. »Wenn dem so wäre, wäre die Frage überflüssig.«

»Bestand ein ideologischer Konflikt zwischen Ihnen und Ihrem Vater?«

»Man könnte ihn ideologisch nennen, obwohl ich finde, daß man mit dem Ideologiebegriff vorsichtig umgehen sollte. Worauf Sie hinauswollen – kürzen wir den Weg doch einfach ab –, ist ja wohl die Frage, ob ich den liebenswerten Nils-Emil gehaßt habe. Die Antwortet lautet: Nein. Kein Haß.«

»Kein Haß, keine Trauer?«

»Genau.«

»Erzählen Sie von ihm. Wie war er? War er der klassische Kapitalist? Rein soziologisch gesehen?«

»Eleganter Schwenk auf meinen Bereich. Touché. Bring ihn zum Sprechen.«

»Lassen Sie das. Wenn Sie den Weg wirklich abkürzen wollen, dann helfen Sie mir. Das Geplänkel verschlingt nur unnötig Zeit.«

»Wenn es so etwas wie einen klassischen Kapitalisten, rein soziologisch gesehen, gibt, dann war er so einer, ja. Ich hatte eine materialistische und strenge Kindheit mit sporadischen Besuchen der autoritären Vaterfigur. Nichts Neues unter der Sonne. Keine Umarmungen, aber auch keine offenkundige Gewalt. Es drehte sich alles ums Geld und um dessen Abglanz, unter den Andreas und ich und unsere Mutter fielen. Andreas mehr als ich und ich etwas mehr als unsere Mutter. Sie war ein wenig zu grau und unansehnlich, um wirklich zu glänzen, sosehr er auch an ihr herumpolierte. Was ihn angeht, kann ich mich beim besten Willen an keine versöhnlichen oder individuellen Züge erinnern, tut mir leid.«

»Mir tut es leid. Hatte er denn gar keine besonderen Interessen, die ein anderes Bild von ihm geben könnten?«

»Glauben Sie mir, ich habe lange danach gesucht. Mit zehn, elf Jahren, im Jahr vor der Scheidung, als zu Hause das reinste Inferno herrschte, habe ich ihn mal gefragt, was eigentlich in seiner Fabrik hergestellt würde. Er hat gelacht und geantwortet: ›Geld.‹ Ich hatte wahrscheinlich gehofft, daß sich hinter der Geldanhäufung irgend etwas Lächerliches und damit Versöhnliches verbarg: Kondome oder Teddybären oder Rückenkratzer oder Nasenbohrer oder weiß der Teufel was. Aber es war natürlich von vorn bis hinten ein Geldkonzern. Und Geld ist nun mal nicht besonders komisch.«

Hjelm hatte genug gehört und spulte ein Stück vor.

Eine rauhe Frauenstimme sagte: »Aber Kuno war ein absoluter Familienmensch.«

Er spulte wieder ein Stück zurück, an den Anfang des Gespräches.

»*Allô*«, sagte eine träge Männerstimme.

»*Madame Hummelstrand, s'il vous plaît*«, sagte Kerstin Holm.

Es knisterte in der Leitung, und aus dem Hintergrund war undeutlich eine aufgebrachte Frauenstimme zu hören: »*Touche pas le téléphone! Jamais plus! Touche seulement moi-même!*«

Schließlich kam sie selbst an den Apparat.

»*Allô!*«

»Spreche ich mit Anna-Clara Hummelstrand, Ehefrau von George Hummelstrand, Geschäftsführer von Nimco Finans?«

»Wer ist da?«

»Kerstin Holm von der Reichskripo in Stockholm. Es geht um die Morde an Kuno Daggfeldt und Bernhard Strand-Julén.«

»Aha. *Une agentinne, n'est-ce-pas?*«

»*C'est peut-être le mot juste, madame*«, entgegnete Holm kühl. »Ich möchte Sie darauf hinweisen, daß unser Gespräch aufgezeichnet wird. Ich beginne: Telefongespräch mit Anna-Clara Hummelstrand in Nizza am 2. April um 17 Uhr 02.«

»Huiiii«, sagte Anna-Clara Hummelstrand. Jetzt war deutlich zu hören, daß sie betrunken war. »*On dit peut-être agentesse ...*«

»Ich melde mich vielleicht besser nach Lützen wieder bei Ihnen«, sagte Holm.

»Nach was?«

»Wenn der Nebel sich verzogen hat.«

»Ha, eine humorvolle Agentin«, alberte Anna-Clara Hummelstrand. »Schießen Sie los, meine Freundin!«

»Also gut, versuchen wir es. Ist es korrekt, daß Sie ein ziemlich enges, freundschaftliches Verhältnis sowohl zu Ninni Daggfeldt als auch zu Lilian Strand-Julén unterhalten?«

»Was heißt eng? Wir tauschen detaillierte Informationen über die Besuche bei unseren Frauenärzten aus. Eine solche Art von Frauenfreundschaft wird ja wohl gemeinhin als eng bezeichnet. *Tout à fait.*«

»Kennen die beiden sich?«

»Ninni und Lilian? Nicht direkt, ich versuche, meine Freundinnen soweit wie möglich auseinanderzuhalten, *à ma honte*. So können sie sich wenigstens nicht gegen einen verbünden. Aber natürlich kennen sie sich einander vom Hörensagen.«

»Und die Gatten?«

»Ach ja, die beiden Süßen hatten es wahrlich nicht leicht, das muß man sagen. Sie hatten ihre kleinen Buhmänner nicht so im Griff wie ich meinen. Lilians Dilemma war allgemein bekannt: St. Bernhard und seine Welpen. Sollte sie ihn sich vom Hals geschafft haben, hätte sie mein vollstes Verständnis. Ausgezogen war sie schon, mit seiner absoluten Billigung, aber Scheidung kam, wie sie zu sagen pflegte, nicht in Frage. Es weiß schließlich jeder, wie es der armen Johanna ergangen ist. Außerdem kam dieses Arrangement St. Bernhard sehr entgegen. Kuno dagegen war ein absoluter Familienmensch. Keine Eskapaden, soviel ich weiß, und was ich nicht weiß, macht mich nicht heiß, *ma petite*. Dafür arbeitete er rücksichtslos viel. Mehr als Bernhard. Da bin ich ganz sicher. Und nie zu Hause.«

»Trotzdem hatte er noch Zeit, Golf zu spielen und Mitglied einer Ordensgesellschaft zu sein.«

»Ach ja, das mit dem Hugin- oder Muminorden, oder wie immer er heißt, ist doch niedlich, oder? George ist auch dabei. Er hat von den entzückenden Ritualen erzählt, wenn sie sich verkleiden, mit Göttermasken und seltsamen Umhängen, und wilde Zechorgien abhalten. Ist lange her, daß er mit mir eine wilde Zechorgie veranstaltet hat, das muß ich schon sagen. Ich muß selbst für mein Vergnügen sorgen. *Pas vrai*, Philippe? Er nickt. Aber ganz im Ernst, ich glaube, die Herren betrachten sowohl das Golfspielen als auch den Orden als Arbeit. Ich bin jedenfalls sicher, daß der gute Ritter George, mein kleiner Drachentöter, es so sieht.«

»Hat George Ihnen gegenüber einmal den Skidbladnerorden erwähnt?«

»Himmel, nein. Das klingt ja schrecklich.«

»Wie haben Sie von Daggfeldts und Strand-Juléns Tod erfahren?«

»Mein Mann hat mich gestern abend angerufen. Er hörte sich ein wenig erschüttert an, mein armer Schatz.«

»Hatte er geschäftlich mit den beiden zu tun?«

»Ich habe mich nie für Georges Geschäfte interessiert. Solange genug Geld auf dem Konto ist, bin ich zufrieden. Furchtbar, nicht wahr? Für eine feministische Vorkämpferin wie Sie, Fräulein Holm, muß ich doch das klassische Haßobjekt sein. Oje, hoppsa, was sehe ich, Philippe bereitet sich auf ganz andere Aktivitäten vor. Haben Sie, Fräulein Holm, schon mal einen prachtvollen, olivbraunen gallischen Spieß sich in einem wunderbar in die Länge gezogenen Moment langsamen, aber stetigen ökonomischen Wachstums von absoluter Schlaffheit zu absoluter Steifheit aufrichten sehen? Ich kann Ihnen versichern, daß dieser Anblick die Fähigkeit, ein vernünftiges Gespräch mit einer schwedischen Polizistin zu führen, spürbar beeinträchtigt. *Mais Philippe! Calmons!*«

Das Gespräch wurde unterbrochen. Hjelm hörte Kerstin Holm seufzen. Nach kurzer Unterbrechung war ihre Stimme wieder zu hören und dazu das Rauschen einer Telefonleitung.

»Fortsetzung, Nizza, 3. April, 10 Uhr 52.«

»*Encore*«, meldete sich eine hörbar ermattete Anna-Clara Hummelstrand.

»Kennen Sie eine Nancy Carlberger?«

»Nancy? Eine wunderbare kleine Stadt in der Lorraine ...«

»Sind Sie wach, Frau Hummelstrand?«

»Fast. Nancy Carlberger? Nils-Emils kleines Mädchen? Ich hab sie ein paarmal getroffen. Nicht mein Fall. Und was ist jetzt schon wieder? Hat Nils-Emil etwa auch die Segel gestrichen?«

»Er wurde letzte Nacht ermordet. Ich muß Sie darauf aufmerksam machen, daß diese Information bis auf weiteres der Schweigepflicht unterliegt.«

»*Mon Dieu!* Langsam kriegt das Ganze ja was von den zehn kleinen Negerlein. Haben Sie die Bediensteten schon vernommen? Den Butler?«

»Tatsache ist, daß wir bisher vergeblich versuchen, die Putzfrau ausfindig zu machen.«

»Das dürfte die kleine Sonya sein. Armes Mädchen. Sie hat die meisten Haushalte in dem Teil von Djursholm. Hat sie ihn etwa gefunden? Sie hat ihn auf gar keinen Fall umgebracht, darauf gebe ich Ihnen mein Wort. Etwas so Zaghaftes wie Sonya ist mir überhaupt noch nicht untergekommen.«

»Putzt sie auch bei Ihnen?«

»Nein, wir haben schon seit Jahren eine andere, ganz reizende Frau, eine Türkin. Iraz. Iraz Effendi. Nein, Sonya ist schwarz. Aus Somalia, glaube ich. Ich bin nicht ganz sicher, ob ihre Papiere alle in Ordnung sind. Das habe ich natürlich nicht offiziell gesagt.«

»Hat sie bei Daggfeldts und Strand-Juléns gearbeitet?«

»Nein, sie hat sich an Djursholm gehalten. Sie wissen sicher, wie schnell sich die Kunde von einer guten, billigen und zuverlässigen Putzhilfe ausbreitet. Versuchen Sie nicht, mir weiszumachen, daß Sie das nicht wissen.«

»Sie kennen nicht zufällig Sonyas vollständigen Namen oder wissen, wo sie wohnt?«

»Nein, aber das müßte Nancy doch wissen. Warum klingeln Sie mich eigentlich so früh aus dem Bett? Ich will doch hoffen, daß George nicht in Gefahr ist … Apropos, ich habe gestern wohl ein wenig dummes Zeug geredet. Ich hoffe, Sie schneiden die Teile raus, die nicht direkt mit der Angelegenheit zu tun haben. George, wissen Sie …«

»Meinen Sie etwa diese Passage? Ich zitiere: ›Haben Sie, Fräulein Holm, schon mal einen prachtvollen, olivbraunen gallischen Spieß sich in einem wunderbar in die Länge gezogenen Moment langsamen, aber stetigen ökonomischen Wachstums von absoluter Schlaffheit zu absoluter Steifheit aufrichten sehen?‹«

»Sie genußsüchtiges Wesen, Sie!« rief Frau Hummelstrand entzückt, und als sie fortfuhr, reichte es Hjelm endgültig: »Haben Sie etwa in Ihrem Büro gesessen und beim Gedanken an Philippes ansehnliches Organ masturbiert? Pfui, schämen Sie sich!«

Während er das Band wechselte, konnte er den Gedanken an eine masturbierende, an Philippes ansehnliches Organ denkende Kerstin Holm nicht ganz verdrängen. Sie war allein in ihrem Büro. Die Nacht hatte sich über das Präsidium gesenkt. Ihre Beine lagen gespreizt um den Laptop, und sie hatte die weich fallende schwarze Hose ein bißchen nach unten gezogen. Ihre Hand bewegte sich ruhig und methodisch hinter dem Slipbündchen auf und ab. Ihre braunen Augen waren verschleiert, als sie sie aufschlug und den Kopf mit einem unterdrückten kehligen Laut in den Nacken warf. Ich bin ein echter Kindskopf, dachte er und ließ die leichte Erektion abklingen, während er der hellen, trotzigen Teenagerstimme zuhörte.

»Was glauben Sie wohl, wie das war? Mini, midi, maxi. Maxi-geil. Klar, es gab noch beklopptere Namen, ich hatte einen Engel in der Klasse, Engel Jakobsson-Flodh, eingefleischte Programmiererin, die eine Luxuswohngemeinschaft in Danderyd gründete, um sich einen Traum zu erfüllen – neben ihrer Computerfirma. Aber wer wird schon nach einem Boot benannt! Man gibt Booten Frauennamen, aber Frauen doch keine Bootsnamen, zum Kuckuck!«

»Haben Sie Ihren Vater dafür gehaßt, daß er Ihnen diesen Namen gegeben hat?«

»Während der Pubertät auf alle Fälle. Inzwischen finde ich den Namen ziemlich cool.«

»Haben Sie das Boot gehaßt?«

»Nein, gegen das Boot hab ich nie was gehabt. Die Ausflüge waren die einzigen Gelegenheiten, zu denen er sich wirklich Zeit genommen hat. Er hat alles getan, damit wir uns wohl fühlten. Okay, Mama hat die ganze Zeit gekotzt, was ziemlich nervig sein konnte, aber dann haben Marre und ich uns einfach verkrümelt und *Ich sehe was, was du nicht siehst* gespielt.«

»Hat er Ihre Mutter geschlagen?«

»Das weiß ich nicht.«

»Das wissen Sie nicht?«

»Nein. Er war furchtbar enttäuscht, wenn er sah, daß all seine Bemühungen bei ihr nicht fruchteten. Die beiden brüllten sich an, und wir haben uns verzogen, in irgendeine Ecke, auf die Insel, vor der wir lagen, unter eine Decke, und haben *Ich sehe was, was du nicht siehst* gespielt.«

»Was für Gefühle löst der Tod Ihres Vaters bei Ihnen aus?«

»Ich hab ziemlich viel geweint ...«

Hjelm spulte vor und dachte darüber nach, wie nahezu unmöglich es war, einen Einblick in das Leben anderer Menschen zu bekommen. Was war es, das das Leben eines Menschen lenkte und für die vielfältigen Verbindungen zwischen Menschen sorgte?

In seiner frühen Jugend hatte er mit einer Frau aus einer Hippie-WG geschlafen, die Ylva Jakobsson-Flodh hieß. In seiner Verwirrung kam ihm der Gedanke, daß Engel seine Tochter sein könnte.

Jedes Ereignis zog seine Kreise wie Ringe auf dem Wasser.

Er legte das nächste Band ein.

Und das nächste. Hörte sich eins nach dem anderen an und staunte über Kerstin Holms Fleiß. Die Stimmen von Sekretärinnen, Angehörigen, Angestellten, Freunden plätscherten in einem nicht enden wollenden Strom vorbei.

Irgendwann sprach ein Mann mit leichtem Göteborg-Akzent.

»Sie sind aus Göteborg, oder? Da kennen Sie doch sicher Landvetter?«

»Einigermaßen«, sagte Kerstin Holm kurz angebunden. »Wie kommt es, daß Willy seinen Nachnamen geändert hat und Sie nicht?«

»Na ja, ich hab nichts gegen den Namen Carlberger. Er hat einen gewissen … Klang. Die Scheidung hat William härter getroffen als mich, er war erst zwölf, ich immerhin schon fünfzehn. Wir sind bei unserer Mutter geblieben und bekamen nach der Scheidung eine radikal andere Erziehung, als uns bis dahin zuteil geworden war. Vom Nobelviertel in den Vorortslum, sozusagen. Glücklicherweise war ich so gut wie fertig mit der Schule. William hatte da mehr auszustehen. Außerdem hat er es irgendwie fertiggebracht, seine persönlichen Probleme zu einem grundsätzlich ideologischen Konflikt zu machen. Projektion nennt man das wohl, eine Art Überlebensstrategie.«

»Wie haben Sie reagiert, als Sie vom Tod Ihres Vaters erfuhren?«

»Ich weiß nicht genau. Mit Sprachlosigkeit. Nicht jeder hat einen Vater, der von der russischen Mafia ins Jenseits befördert wurde.«

»Wie kommen Sie auf die russische Mafia?«

»Das stand im *GT*. Ich hab auf dem Flug hierher die Abendzeitungen gelesen. Im *Aftonbladet* stand was von Rote-Armee-Fraktion. *Expressen* geht von der sizilianischen Mafia aus. Wem darf man glauben?«

Hjelm hielt das Band an und sah dem konzentriert auf die Tastatur hämmernden Chavez eine Weile bei der Arbeit zu. Es dämmerte.

Er entschied, daß das nächste Band das definitiv letzte sein würde.

Kerstin Holms Stimme: »Gespräch mit Rickard Franzén, 12 Uhr 16, am 3. April.«

»Sorgen Sie dafür, daß gut zu hören ist, was ich sage«, forderte der pensionierte Richter Rickard Franzén in barschem Ton, »damit mein Standpunkt absolut klar ist. Es wundert mich, daß Sie es wagen, noch einmal hierherzukommen, meine Schöne, nach dem, was Sie letzte Nacht mit meinem Sohn angestellt haben.«

»Wir bedauern den Vorfall wirklich außerordentlich, aber

Sie hätten uns vielleicht vorher darüber aufklären sollen, daß Sie überhaupt einen Sohn haben, der obendrein Schlüssel zu Ihrem Haus besitzt und mitten in der Nacht mit weißen Kokainringen um die Nasenlöcher angestiefelt kommt.«

»Ich hätte niemals geglaubt …«

»Meine erste Frage. Ein Angehöriger des Mimerordens, der nicht zum Skidbladnerorden gehörte, heißt George Hummelstrand. Kennen Sie ihn?«

»George? Natürlich!«

»Wie stand er zu Ihrer Abspaltung?«

»Nicht direkt positiv. Verfolgen Sie etwa immer noch diese Ordensspur? Trotz Carlberger?«

»Woher wissen Sie das? Darüber ist die Öffentlichkeit noch nicht informiert.«

»Verdammt noch mal, ich habe meine Quellen! Die Ordensspur ist doch mausetot!«

»Erzählen Sie mir von Hummelstrand.«

»Er war zweifellos sehr aufgebracht. Für ihn ist die Satzung des Mimerordens unumstößliches Gesetz. Wir waren Verräter. Er gehörte der kleinen, verbissen-aggressiven Gruppe an, die mich veranlaßt hat, Ihren Verdacht, ich könnte das nächste Opfer sein, nicht einfach zu ignorieren.«

»Mehr Namen.«

»Oskar Bjellerfeldt, Nils-Åke Svärdh, Bengt Klinth, möglicherweise Jakob Ringman.«

»Worum ging es bei der ganzen Sache? Eigentlich?«

»Um Details in den Ritualen. Im höchsten Grade geheim. Besonders für eine Frau.«

»Stimmt es, daß der damalige Kriminalinspektor Jan-Olov Hultin, der zu der Zeit fürs Stockholmer Drogendezernat arbeitete, 1978 Rickard Franzén junior wegen Drogenbesitzes und Dealerei festgenommen hat? Und stimmt es weiter, daß Ihr Sohn, der durch die Beharrlichkeit Hultins in Untersuchungshaft kam und sowohl vom Amtsgericht als auch vom Länsgericht verurteilt wurde, später vom Schwedischen Oberlandesgericht, wo Sie als Richter tätig waren, freigesprochen wurde?«

»Ich habe doch nicht als Richter im Fall meines Sohnes das Urteil gesprochen!«

»Das habe ich auch nicht behauptet. Ist weiterhin wahr, daß Hultin danach nach Huddinge versetzt wurde?«

Es war eine Weile still. Hjelm dachte an aggressives Augenbrauenrunzeln. Dann war Franzéns Stimme wieder zu hören, leiser als zuvor, wie aus dem Hintergrund.

»Ich hätte nicht gedacht, daß Hultin plaudern würde ... Na, der Fall war sonnenklar. Mein Sohn wurde freigesprochen. Aus Mangel an Beweisen.«

»Hultin hat nicht geplaudert. Ich bin den Fall selbst durchgegangen und dabei auf die eine oder andere Unstimmigkeit gestoßen. Seitdem ist Rickard Franzén junior etwa ein dutzendmal festgenommen und wieder freigelassen worden.«

Es raschelte, und dann fiepte es. Der Richter sagte mit hoher, grotesk-verzerrter Stimme: »Sie sollten sich um einen neuen Job bewerben, junge Frau. Ich weiß was Passendes für Sie.«

»Lassen Sie das Tonbandgerät los, Herr Franzén«, erwiderte Kerstin Holm ruhig.

Hjelm klopfte vorsichtig an und trat ein. Nyberg war nicht da. Kerstin Holm hörte immer noch Bänder ab und tippte das Gespräch in ihren Laptop. Es war vollkommen dunkel im Zimmer. Sie schaute hoch und nahm die Kopfhörer ab.

»Und?« fragte sie mit der gleichen Stimme, mit der sie ein paar Stunden zuvor den Richter aufgefordert hatte, das Tonbandgerät loszulassen. Es war schon ziemlich spät.

Hjelm legte den Stapel Kassetten mit einem leichten Kopfschütteln auf ihren Schreibtisch. »Hoffnungslos«, sagte er. »Aber Franzén war ein Glückstreffer.«

»So was Dummes ...«

»Du hast ihn ordentlich eingeschüchtert ...«

»Er hat seinen Sohn all die Jahre mit Geld für Drogen versorgt und ihn so oft aus dem Knast geholt, daß es in den Fluren des Untersuchungsgefängnisses schon ein stehender Witz war. Durch den Seufzergang wird er wohl nicht noch einmal kommen.«

Hjelm setzte sich auf die Schreibtischkante. Der »Seufzergang« war die unterirdische Verbindung zwischen dem Polizeipräsidium und dem Rathaus, durch die seit fast einem Jahrhundert die Gefangenen geneigten Hauptes wanderten.

»Du hast echte Fleißarbeit geleistet«, sagte Hjelm.

»Hat es dir geholfen, das eine oder andere Klischee zu überwinden?«

»Ich hab mich anderen Menschen noch nie so fern gefühlt.«

»Ich glaube, ich weiß, was du meinst. Man stößt ständig auf neue Verästelungen, die man weiterverfolgen könnte, neue Triebe, die aus den Stengeln sprießen. Aber an die Wurzel kommt man nicht ran. Vielleicht besteht der Mensch ja nur aus einem Haufen lockerer Verknüpfungen. Wer weiß?«

»Das ist jedenfalls das, was übrigbleibt …«

Kerstin Holm schaltete ihren Computer aus, reckte sich und sagte in die Dunkelheit: »Du hast einen Pickel auf der Wange.«

»Ich weiß«, antwortete Paul Hjelm.

14

Sie kamen aus dem Keller.

Sie quollen aus einem grauen Kastenwagen und bewegten sich lautlos zu der Tür, die ins Treppenhaus führte. In ihren geschulten Händen ruhten MPs im Miniformat.

Sie öffneten die Tür und schraubten sich einer nach dem anderen die Steinstufen in dem schallisolierten Treppenhaus hinauf. Sie machten nicht das kleinste Geräusch.

In jeder Etage verbarrikadierte der erste Mann die Tür, die zu den Wohnfluren führte. Irgendwo setzte sich der Fahrstuhl in Bewegung.

Vor der siebten Tür blieben sie stehen, warteten, bis auch der letzte angekommen war. Dann riß der Mann die Tür auf, und sie strömten auf den Korridor der siebten Etage.

Sie klingelten an einer Tür, an der »Nilsson« stand.

Niemand öffnete. Es war kein Laut zu hören.

Ein großer Betonzylinder mit zwei Handgriffen an jeder Seite, an dessen vorderem Ende eine dicke Metallplatte befestigt war, wurde nach vorn getragen. Zwei Mann packten die Griffe und rammten den Zylinder auf ein Zeichen hin mit Schwung gegen die Tür.

Das Holz um das Schloß herum zersplitterte krachend.

Sie stürmten in die Wohnung, verteilten sich auf die verschiedenen Zimmer. Es war dunkel, sämtliche Jalousien waren heruntergelassen.

In einem der Betten in der kleinen Zweizimmerwohnung lagen drei kleine farbige Kinder, die von dem Krach geweckt worden waren. Auf am Boden ausgebreiteten Matratzen lagen weitere vier Kinder. Fünf der Kinder weinten.

Sie stürzten in den nächsten Raum. Auf den Betten und Matratzen lagen vier farbige Erwachsene und starrten sie erschrocken an. Ein paar der maskierten Männer blieben mit erhobenen Waffen stehen, der Rest lief weiter in die Küche.

Am Küchentisch saßen ein farbiger Mann und ein weißer Pastor vor ihren Kaffeetassen. Sie starrten wie gebannt auf die winzigen MPs, die auf sie gerichtet waren.

»Was zum Teufel!« sagte der Pastor. Ansonsten hätte man eine Stecknadel fallen hören können.

Zwei gutgebaute Herren um die Vierzig mit identischen Lederjacken betraten die Küche und musterten den Pastor und den Mann kurz, bevor sie ins Schlafzimmer gingen.

»Sonya Shermarke?« fragte der blondere von beiden.

Eine der Frauen auf dem Boden setzte sich auf und sah ihn verängstigt an.

»Durchsucht die Wohnung nach Waffen«, befahl Gillis Döös seinen Leuten.

»Und nach Drogen«, fügte Max Grahn hinzu.

15

Hjelm sah sein Gesicht im verkehrt eingestellten linken Außenspiegel und entdeckte, daß der schuppig-rote Fleck auf seiner Wange größer geworden war. Hautkrebs, dachte er.

Die Sonne breitete links und rechts der Liljeholmbrücke eine dicke Schicht scheinbaren Sommers über den Årstaviken und den Liljeholmsviken. Hjelm kämpfte sich mit dem Dienstwagen die Steigung hinauf. Der Strand von Hornstull und die Schrebergärten von Tantolunden ließen sich von der Sonne bescheinen. Er fragte sich, ob der Minigolfplatz wohl schon geöffnet hatte.

Er gab Vollgas, um den höchsten Punkt hinter sich zu bringen und endlich nach Södermalm zu kommen, und blieb prompt auf der Hornstullkreuzung in einem chaotischen Durcheinander stecken. Ein metallic-glänzender Saab 9000 hatte offenbar die Ampel bei Rosa überfahren und stand jetzt mitten auf der Kreuzung, wo die entgegenkommenden Autos laut hupend einen Bogen um ihn machten.

»Ich hab ja gesagt, daß du auf dem Essingeleden weiterfahren solltest«, bemerkte Gunnar Nyberg, während Hjelm sich auf die Hupe legte.

Er hatte Nyberg vor seiner kleinen Junggesellenwohnung neben der Kirche von Nacka aufgesammelt. Fahrgemeinschaften, dachte er, als er seinen Mazda an dem Saab vorbeilenkte. Das Wort schien schon lange in Vergessenheit geraten zu sein.

»Das hier ist aber die nettere Strecke«, sagte er und fluchte gleich darauf heftig über einen Radfahrer, der sich zwischen den Autos entlangschlängelte.

»Der nettere Stau vielleicht«, konterte Nyberg. »Die können ja ganz unterschiedlich sein.«

Auf der gesamten Länge der Långholmsgatan stand der Verkehr praktisch still; erst auf der Västerbro, die sich über den schmalen Pålsund wölbte, der Södermalm von Långholmen trennte, löste der Stau sich allmählich auf. Sie rollten an dem Platz vorbei, über dem in einem nicht allzulange zurückliegenden Sommer bei einem Schauflug ein JAS-Flugzeug abgestürzt war, wofür hinterher niemand die Verantwortung hatte übernehmen wollen. Hjelm war damals mit der ganzen Familie dagewesen, selbst Danne hatte sich breitschlagen lassen. Sie hatten in der vierten Reihe unten am Södra Mälarstrand gestanden, direkt gegenüber dem Stadshuset, als das Flugzeug plötzlich einen Linksschwenk machte. Sie hatten gesehen, wie der Pilot sich aus dem Cockpit schleuderte und das Flugzeug sich sanft zur Erde neigte, hatten die Rauchwolke aufsteigen sehen und gehört, wie die absolute Todesstille in schockiert-aggressives, aber erleichtertes Geschnatter überging. Ein Todesstoß gegen das Vertrauen, hatte er später gedacht, aber während des eigentlichen Geschehens war er vollständig passiv gewesen, ohne jeden Gedanken. Danne hatte sich nach einer Weile aus dem Klammergriff seines Arms befreit, den er offensichtlich aus uraltem, aber nutzlosem Beschützerinstinkt um die Schultern seines Sohnes gelegt hatte.

»Heftig«, hatte Danne gesagt.

»Herrlich«, sagte Gunnar Nyberg. Sein Blick wanderte zwischen dem Riddarfjärden auf der rechten und dem Mariebergsfjärden auf der linken Seite hin und her.

Hjelm war ganz seiner Meinung. Ein Ausblick für Götter, wie Erik Bruun sich ausgedrückt hätte. Stockholms Wasserflächen glitzerten sanft im Licht der Vormittagssonne. Wolkenloser Himmel, farbenfrohe Fassaden, ein paar blendendweiße Mälar-Ausflugsdampfer, die zwischen gleißenden Sonnenflecken entlangtuckerten. Zwei verfrühte Segler mit regenbogenfarbenen Ballonsegeln. Das Stadshuset, das stolz seine drei goldenen Kronen zur Schau trug. Überall begann es grün zu sprießen, und die Strandpromenade zum Norr Mälarstrand füllte sich langsam wieder mit Stadtspaziergängern.

Sie waren beide nicht böse, als der Verkehr auf dem höchsten Punkt der Brücke völlig zum Erliegen kam.

Das Leben kehrte in die aus dem Winterschlaf erwachende Stadt zurück. Den Tod im Schlepptau, dachte Hjelm melodramatisch.

»Ich soll heute Jagd auf Kleinkriminelle machen«, sagte Nyberg. »Kommst du mit?«

Hjelm schaltete in den Leerlauf und zog die Handbremse an. Er musterte den Hünen neben sich, unter dessen Gewicht der Mazda sich bedenklich nach rechts neigte.

»Informanten?« fragte er.

»Unter anderem. Die Polizeibezirke haben ihre Denunzianten- und sonstigen Lumpenregister durchgekämmt und ein paar Kandidaten ausfindig gemacht.«

»Die über die Mafia Bescheid wissen?«

»Über Morde im allgemeinen und die Russen im besonderen. Kandidaten, wohlgemerkt, keine Hauptverdächtigen. Mit größter Wahrscheinlichkeit zutiefst und absolut sinnlos.«

Der Pfropf im Verkehr löste sich abrupt. Die Västerbro machte eine scharfe Kurve und mit ihr der Mazda, als sie über den Rålambshovspark fuhren. Einige wenige, aus welchen Gründen auch immer arbeitsfreie Wesen verteilten sich wie bunte Flecken auf der nicht besonders grünen Rasenfläche.

»Da ich mit meiner Ordensspur nicht recht auf Gegenliebe stoße«, sagte Hjelm, »könnte es durchaus sein, daß ich mitkomme. Außerdem wäre das eine Gelegenheit, nach einem gewissen Johan Stecher zu fragen.«

Sie kämpften sich durch das Gewirr einander kreuzender Straßen auf dem Fridhemsplan und fuhren in einem leichten Rechtsbogen am Kronobergspark vorbei, die Hantverkargatan entlang bis zur Polhemsgatan. Hjelm parkte einen Block vom Polizeipräsidium entfernt und wanderte neben dem riesigen Nyberg auf die in der Sonne strahlende Stockholmer Version des Tadsch Mahal zu.

Wie eine Eule sah Hultin sie über den Rand seiner Lesebrille an. »Neuigkeiten von oben«, sagte er. »Die Putzfrau, die Carlbergers Tod gemeldet hat, ist gefunden worden. Sie heißt Sonya Shermarke und ist Somalierin mit einem Abschiebungsbescheid. Sie hat sich mit ihrer Familie bei Verwandten in Tensta versteckt, unter dem Schutzmantel der Kirche. Sie hat sich als Putzhilfe in ein paar Villen in Djursholm über Wasser gehalten. Heute am frühen Morgen hat die Einheit einer Parallelabteilung sie ausfindig gemacht und alle Anwesenden in der Wohnung festgenommen, sieben Kinder und sechs Erwachsene, unter ihnen auch ein Pastor aus der Gemeinde Spånga. Sie sitzen jetzt schon seit über drei Stunden eingepfercht in einer Zelle und werden von unseren Kollegen eifrig verhört.«

»Darf man raten, um welche Parallelabteilung es sich handelt?« fragte Söderstedt sarkastisch.

»Darf man nicht«, antwortete Hultin, ohne sich aus der Ruhe bringen zu lassen. »Wie auch immer. Ich habe eben mit Sonya Shermarke geredet. Sie spricht so gut Schwedisch, daß wir uns ohne Dolmetscher unterhalten konnten. Sie kam wie immer gegen halb neun in der Villa an und ging zuerst ins Wohnzimmer, um nachzusehen, was zu machen war, entdeckte Carlberger in einer Blutlache, rief sofort die Polizei und zog sich in ihr Versteck zurück. Die Kollegen sind immer noch damit beschäftigt, aus den Verwandten herauszukitzeln, wo das Depot russischer Waffen versteckt ist.«

Nach einer Mikropause fuhr er fort. »Wir machen jetzt einen sehr, sehr kurzen Durchlauf. In der kommenden Nacht wird aller Wahrscheinlichkeit nach unser viertes Opfer in einer Blutlache in einem Wohnzimmer liegen, wir haben also alle Hände voll zu tun. Vergeßt nicht, daß uns jede Menge Assistenten zur Verfügung stehen, praktisch die gesamte Stockholmer Polizei. Ich muß nicht wiederholen, daß ihr momentan sehr viel mehr Befugnisse habt, als euer Rang es eigentlich vorsieht, trotzdem haltet ihr stur daran fest, euch um jeden Mist selbst zu kümmern. Delegiert soviel wie möglich! Übrigens. Noch halten Mörner und seine Vorgesetzten der Gruppe die Presse vom Leib. Erstens: Hat einer von euch ein mögliches Opfer für kommende Nacht?«

Kein Mucks in der Kampfleitzentrale.

»Also gut. Bei mehr als fünfzig Worten gebe ich das Time-out-Zeichen. Holm?«

»Massenweise Vernehmungen, nichts Gravierendes. Kleinigkeiten, die weiter untersucht werden müssen.«

»Kurz und bündig. Hjelm?«

Hjelm warf einen Blick in seinen Notizblock, in dem eine Reihe Namen standen: Lena Hansson, George Hummelstrand, Oscar Bjellerfeldt, Nils-Åke Svärdh, Bengt Klinth, Jakob Ringman, Johan Stecher, Sonya X. Den letzten Namen strich er durch.

»Nichts.«

»Ein wenig präziser, bitte.«

»Unsere drei Opfer haben zusammen Golf gespielt, nur die drei, genau die drei, im Herbst 1990. Wenn die Mordserie *nicht* fortgesetzt wird, könnte das eine Spur sein. Falls Kerstin nicht vorhat, den Gatten der Witwenfreundin Anna-Clara, Direktor George Hummelstrand, für sich in Anspruch zu nehmen, übernehme ich ihn.«

Kerstin Holm zuckte mit den Schultern. Hjelm versuchte das zu deuten, während er fortfuhr. »Er paßt zur Ordensspur, zusammen mit noch ein paar anderen. Dann wäre da noch Strand-Juléns Zuhälter, Johan Stecher. Ich würde gern Nyberg auf seinem Streifzug durch die Unterwelt begleiten, um ihn ausfindig zu machen. Wie viele Worte?«

»Siebzig ungefähr. Also gut, einverstanden, du begleitest Nyberg. Und Nyberg selbst?«

»Wir haben verschiedene Grauzonenregister gewälzt und über die bereits verurteilten hinaus ein paar potentielle russische Kontaktpersonen gefunden. Ich hab gestern in unterschiedlichen Gefängnissen mit einigen der Verurteilten gesprochen, die allerdings nicht sehr mitteilsam waren. Hjelm und ich nehmen uns heute die Neuen vor. Kneipen, Fitneßcenter, Videoshops und so weiter.«

»Gut. Norlander?«

Der pedantische Viggo Norlander strich sich in aller Gemütsruhe über die Glatze.

»Ich hab in regem Kontakt mit dem Zoll gestanden – wegen Treffern bei postsowjetischer Schmuggelware – und im Prinzip nichts rausbekommen. Die Absender lassen sich in den seltensten Fällen ausfindig machen. Aber ich habe ein paar Adressaten, die ich aufsuchen wollte. Dann habe ich mich mit den Kollegen in Moskau, St. Petersburg und Tallinn über die Mafia im allgemeinen und die russisch-estnische Gruppe um Viktor X im besonderen unterhalten, was nicht ganz einfach war. Aber es deutet alles darauf hin, daß es sich um eine Art Nebenzweig der großen Mafia handelt, der bereits bis hierher reicht. Nach Stockholm. Der Entgegenkommendste war ein Kommissar Kalju Laikmaa aus Tallinn. Wir setzen das Gespräch heute fort, und ich hoffe ...«

Hultin hielt eine Hand hoch und legte die andere waagerecht darüber, so daß sie ein T bildeten.

Norlander verstummte augenblicklich.

»Die Ökonomen?« fragte Hultin.

»Chefökonom Söderstedt«, stellte Söderstedt sich vor. »Ich spreche für Pettersson, Florén und mich. Chavez muß für sich selbst sprechen. Wir haben eine Menge interessanter Dinge entdeckt in dem grauenvollen Unternehmenschaos, das die drei Herren hinterlassen haben. Die Anwaltskammer dürfte sich die Hände reiben: Hier gibt es Arbeit für Jahre. Die Verbrechen, auf die wir an der einen oder anderen Stelle gestoßen sind, können allerdings nicht direkt als Gewaltverbrechen bezeichnet werden. Wir werden darauf zurückkommen, sobald wir mehr wissen. Was wir aber jetzt schon sagen können: Es gibt mehr Berührungspunkte zwischen den Imperien der Herren, als wir zu Anfang angenommen haben.«

Hultin wollte gerade das Time-out-Zeichen geben, als Söderstedt ganz von allein aufhörte. Chavez ergriff die Gelegenheit.

»Es gibt Ende der Achtziger und Anfang der Neunziger drei Aufsichtsräte, in denen die drei Opfer gleichzeitig gesessen haben: Ericsson, Sydbanken, MEMAB. Ich werde überprüfen, wer sonst noch zu besagter Zeit in diesen drei Aufsichtsräten war. Das sind nicht gerade wenige. Im Moment tendiere ich aus rein mathematisch-statistischen Gründen zu MEMAB, weil es der kleinste Aufsichtsrat war beziehungsweise ist, teils aber auch, rein intuitiv, weil Pauls Golfspur mit MEMAB zu tun hat, teils, weil dort eine gewisse Konkurrenz, um nicht zu sagen feindseliges Ringen um die Plätze geherrscht zu haben scheint. Kurz und gut, ich suche nach Feinden in den Aufsichtsräten. Bisher habe ich noch keine konkrete Fährte, aber den einen oder anderen Treffer bei MEMAB gibt es.«

Die beiden letzten Sätze waren hart erkämpft, denn er hatte das von Hultin gebildete T vor Augen.

»Los geht's«, sagte Hultin, nahm die Brille von seiner Riesennase und verließ den Raum durch seine Spezialtür.

Auf dem Weg nach draußen hielt Hjelm Kerstin Holm zurück.

»Ich will dir Ritter George nicht wegschnappen. Es war überflüssig, das auf den Tisch zu bringen. Ich bin einfach zu Mimer-fixiert.«

»Gut«, sagte sie, in jeder Beziehung kurz angebunden, und verschwand in dem Moment in Zimmer 303, als Nyberg herauskam, die Jacke in der Hand, und Hjelm ein Zeichen gab. Wie Dick und Doof stapften sie in den Sommertag hinaus.

Der Tag wurde lang und nervenaufreibend. Hjelm klapperte mit Nyberg die Liste aus dessen Notizbuch ab, das sich schnell mit Häkchen füllte. Hinter den Haken verbargen sich teilweise gut unterrichtete Informanten, teils verdächtige Subjekte mit eventuellen russischen Kontakten, die Zugang zu billigen Spirituosen und Drogen gewährten: lichtscheue Kneipenbesitzer, notorische Dealer, Steroide verschachernde Fitneßschuppenbetreiber, nicht so genau rechnende Kunsthändler, Besitzer illegaler Spielklubs: allesamt der Polizei wohlbekannt, aber unmöglich zu Fall zu bringen.

Der Baß aus dem Nacka-Kirchenchor verwandelte sich vor Hjelms Augen von einer Sekunde auf die andere vom gutmütigen Teddybären zum furiosen Grizzly und wieder zum Teddybären, sobald der Haken im Notizblock gemacht war.

»Wie machst du das bloß?« fragte Hjelm nach Haken Nummer acht. Die Befragung war genauso ergebnislos verlaufen wie die sieben davor.

Gunnar Nyberg lachte. »Alles eine Frage der Zügelung der Hormone«, sagte er. Dann hörte er auf zu lachen und starrte aus dem Autofenster. »1973 war ich Mr. Sweden. Ich war dreiundzwanzig und hab an Pillen in mich reingestopft, was ich nur kriegen konnte, Hauptsache, es erhöhte die Muskelmasse. In meiner Zeit als Polizist in Norrmalm zwischen 1975 und '77 bekam ich drei Anzeigen wegen polizeilicher Brutalität, und es ist mir nur dank entsprechender Hilfe gelungen, mich da rauszuwinden. Die Anzeigen sind sozusagen im bürokratischen Durcheinander untergegangen. 1977, nach dem letzten Fall von Körperverletzung, habe ich mit dem harten Aufbau, das heißt mit dem Doping, aufgehört. Das war absolut pervers, das hab selbst ich eingesehen. Und darüber werde ich auch niemals hinwegkommen. In der Übergangsphase hatte ich mit Ausbrüchen von Jähzorn zu kämpfen, ich hab meine Frau verloren, und mir wurde jegliches Recht auf Umgang mit meinen Kindern abgesprochen. Aber ich hab die Scheiße überwunden. Glaub ich jedenfalls. Ich bin nach wie vor nicht sicher, ob ich nur so tue, als wäre ich wütend, oder ob die Wut zwischendurch das Ruder übernimmt. Ich weiß es nicht. Aber ich bin ziemlich kontrolliert, oder?«

Hjelm sollte Gunnar Nyberg nie wieder soviel auf einmal sagen hören.

»Sehr«, bestätigte er. Nyberg überschritt nie die Grenze. Seine Gewalt war indirekt. Im bloßen Angesicht von hundertfünfzig Kilo potentieller Androhung von Schlägen wurden die meisten Kleinkriminellen ziemlich schnell zahm.

Bis in den Abend hinein kutschierten sie kreuz und quer durch Stockholm und Umgebung. Hjelm fungierte vorrangig als Chauffeur, aber in der Regel gelang es ihm, seine kurze Frage nach Zuhältern in Nybergs Verhöre einzuflechten. Ein paar Minuten vor drei führte Hjelm ein kurzes Gespräch mit Hultin, der beschlossen hatte, das 15-Uhr-Treffen zu überspringen, da es offensichtlich nicht viel Neues gab. Hjelm faßte ihre mageren Ergebnisse zusammen: Der Besitzer eines Fitneßklubs in Bandhagen hatte einen großen Vorrat an Dopingpräparaten gekauft. Von zwei, Zitat, »brutalen Russen«, die sich Peter Ustinov und John Malkovich nannten.

Einer der bekannteren drogensüchtigen Dealer auf dem Sergelstorg hatte eines Tages eine Ladung extrafeines Heroin in Plastiktüten mit russischen Buchstaben bekommen. Mehr war aus ihm nicht herauszukriegen gewesen, weil er plötzlich angefangen hatte, Blut zu kotzen.

Der Inhaber einer kleinen Kellerkneipe auf Söder hatte mehrmals von einem russischen Duo namens Igor und Igor estnischen Wodka erstanden.

Einem selbsternannten Kunsthändler in Järfälla war von einer, Zitat, »russischsprachigen Gangsterliga« eine große Summe für einen Picasso geboten worden, damals noch im Besitz des Finanziers Anders Wall. Er hatte abgelehnt.

Ein amphetamingedopter Videoshopbesitzer mit Privatvertrieb in Norrmalm hatte ihnen gutgelaunt Kinderpornos in russischer Sprache angeboten, obwohl sie ihm ihre Dienstausweise gezeigt hatten. Sie hatten ihn festnehmen lassen, aber sein Schwedisch klang russisch, ohne es zu sein. Mit dreißig beschlagnahmten Kinderpornos war es sicher kein Problem, ihn hinter Gitter zu bringen. Sie würden ihn sich später noch einmal vornehmen.

Das war ihre Ernte um kurz vor drei Uhr am vierten April.

Die Jagd ging bis um sieben weiter. Bis auch der letzte Name auf Nybergs Liste abgehakt war.

Die zweite Hälfte ihrer Jagd auf die russische Mafia verlief frustrierend ergebnislos. Dafür kam in einem sogenannten Gespräch mit einem panischen Dealer, den sie in einem grotesken Marathonlauf vom Tessinpark bis zum Värtahafen verfolgt hatten, heraus, daß der Mann, der unter dem Namen Johan Stecher bekannt war, tatsächlich auf den Namen Johan Stecher getauft worden war und unter anderem eine Telefonsexfirma führte. Die Johan-Stecher-Handelsgesellschaft lag in Bromma und inserierte munter auf den Telesex-Seiten der Abendpresse.

Als sie später auf dem Rückweg über die Liljeholmsbron fuhren, hatte die Stadt bereits ihre Lichter eingeschaltet. Über allem lag eine unheimliche Stille, und beide wußten, daß der andere sie auch spürte, auch wenn sie vielleicht nur in ihren Köpfen existierte. Ihnen war klar, daß sie in dieser Nacht schlecht schlafen würden.

Sie wußten, wann und wie, aber nicht, wer und wo.

In dieser Nacht würde ein weiterer Mensch ermordet werden.

16

Paul Hjelms Aufmerksamkeit wurde während des gesamten Frühstücks von dem Handy absorbiert, das zwischen Käse und Marmelade auf dem Tisch lag. Obgleich er es keine Sekunde aus den Augen ließ, spürte er Cillas spitze Seitenblicke, die er stur zu ignorieren versuchte. Am Ende wurden sie aber so spitz, daß er nicht mehr anders konnte, als seine Frau anzusehen.

»Vielleicht hat ihn noch niemand entdeckt«, sagte er und schielte immer noch nach dem Handy.

Der Blick, mit dem sie ihn ansah, war nicht der übliche Ich-will-auch-ein-bißchen-Aufmerksamkeit-Blick. Diesen Blick hatte er noch nie an ihr gesehen. Ein merkwürdig einsamer Blick, endgültig verlassen. Trostlos. Er verstand nicht, was er sah. Aber es löste das gleiche lähmende Gefühl in ihm aus wie das Abhören von Kerstin Holms Tonbändern. Das unangenehme Gefühl, einen anderen Menschen nicht wirklich erreichen zu können. Niemals. Nicht einmal den Menschen, der einem besonders nahesteht.

Das erdrückende Gefühl absoluter, existentieller Einsamkeit. Nun sah er es also auch bei Cilla.

Paradoxerweise war es just dieses überwältigende Gefühl, das sie für einen kurzen Augenblick vereinte.

Als sie endlich in der Lage waren, darüber zu reden, wußten sie beide, daß das, was sie sagten, weit entfernt war von dem, was sie eigentlich sagen wollten. Dafür gab es keine Worte.

Dort am Küchentisch, an jenem Morgen, teilten sie, ohne sie wirklich teilen zu können, die nahezu mystische Erfahrung, daß Sprache einem Rollen zuweist. Rollen, denen sie nicht entfliehen konnten.

Es war schwer zu sagen, ob diese wenigen Minuten in der Küche sie einander näher brachten oder ob sich da und dort der Abgrund zwischen ihnen auftat. In jedem Fall war etwas Entscheidendes geschehen; sie hatten die vollkommene Einsamkeit des anderen erkannt.

Und vielleicht war dies das bewegendste Opfer in dieser ereignisreichen Woche.

Ansonsten tat sich nichts. Das Handy schwieg während der ganzen Fahrt ins Polizeipräsidium, aber plötzlich war es Hjelm egal. Für die übrigen Mitarbeiter der A-Gruppe verging der Tag in intensivem Warten, das Mordopfer glänzte weiterhin mit Abwesenheit, und Hjelm war weiterhin alles egal. Die Ermittlungen waren durch den Bruch in der Symmetrie lahmgelegt, Hjelms Lähmung hingegen war rein persönlicher Natur. Am Ende des Tages versuchte Hultin hinter seinem Tisch in der Kampfleitzentrale die Situation in der Gruppe zu normalisieren.

»Ja, ja«, sagte er neutral. »Sollte sich nun doch kein Mordopfer in irgendeinem imposanten Wohnzimmer dieser Stadt verstecken, kann das zweierlei bedeuten. Erstens: Der Täter hat aus uns bisher unbekannten Gründen seine Vorgehensweise geändert. Zweitens: Es ist vorbei.«

Paul Hjelm bekam nicht mit, was Hultin sagte. Er blieb auf seinem Platz sitzen, bis alle anderen gegangen waren. Als er mutterseelenallein in der Kampfleitzentrale saß, fragte er sich, was ihn wohl zu Hause erwartete.

Was er zu Hause vorfand, war eine leidlich normale Familienidylle. Die Blicke zwischen ihm und Cilla würden wahrscheinlich nie wieder sein, wie sie einmal gewesen waren, und er fragte sich die ganze Zeit, ob die Normalisierung nicht aufgesetzt war, ob dahinter nicht eine Zeitbombe tickte. Trotzdem verhalf sie ihm nach diesem eigenartig abgründigen Tag wieder zu ein wenig Halt, auch wenn er gar nicht wußte, wie der Boden, auf dem er stand, eigentlich beschaffen war. Sein Interesse für den Fall stieg wieder auf ein normales Niveau.

Am fünften April, eine knappe Woche nach dem ersten Mord, aß Paul Hjelm, der normalerweise ein notorischer Mittagspausenüberspringer war, ausnahmsweise in der Kantine des Polizeipräsidiums zu Mittag. Und ebenso ausnahmsweise war die Kerntruppe an diesem Tag vollzählig: Söderstedt, Chavez, Norlander, Holm, Nyberg. Zu sechst saßen sie um einen der längeren Tische, und hätten sie auch nur leise zur Paranoia geneigt, hätten sie sich von feindlichen Blicken umringt gefühlt.

Sie fühlten sich von feindlichen Blicken umringt.

»Es ist doch folgendermaßen«, konstatierte Söderstedt und strich sich über das nahezu bartlose Kinn. Er hielt seine Gabel hoch, mit der er ein fettklümpchen- und sehnendurchzogenes, soßentriefendes Klopsstück aufgespießt hatte. »Die von der Stockholmer Kripo hassen uns, weil wir ihnen den Fall weggeschnappt haben; die Reichskripo haßt uns, weil Hultin für eine der wichtigsten Ermittlungen in der schwedischen Kriminalgeschichte eine Truppe rangniederer Unbekannter zusammengestellt hat; und alle zusammen hassen sie uns, weil wir von der Norm abweichen. Ein Finne, ein Kanake, eine Göteborgerin, ein Mitglied der fünften Kolonne, ein Fleischberg und ein Medienheld. Holla, holla.«

»Wieso Mitglied der fünften Kolonne?« fragte Viggo Norlander sauer.

»Du hast dich also wiedererkannt?«

»Ich hab die Stockholmer Kripo nicht verraten und werde es auch niemals tun.«

»Du weißt, was man sagt«, sagte Hjelm – mit angeekeltem Gesichtsausdruck, weil er gerade auf ein Fettstück gebissen hatte. »Einmal in der Reichskripo drin, kommt man nie wieder raus. Es sei denn, in der entsprechenden Kiste.«

»Wer erzählt denn so einen Schwachsinn?« fragte Chavez.

»Das weiß ich nicht mehr«, sagte Hjelm und spuckte unauffällig den Fettklumpen in seine Serviette.

Chavez wandte sich an Söderstedt. »Wie geht es mit deiner Wohnung voran, Erbse?«

Erbse? Hjelm ging auf, daß er wohl ziemlich viel verpaßt hatte. Wo zum Teufel nahmen die anderen die Zeit her, über private Dinge zu sprechen?

Er sah sich in der Runde um. Ihr gemeinsames Tun war ausschließlich professioneller Art. Was waren das eigentlich für Menschen, mit denen er seine abartig langen Arbeitstage verbrachte? Gesprächsfetzen von den Tonbändern und von der Unterredung in der Küche in Norsborg zogen wie ein Windhauch durch seinen Kopf: andere Menschen nie wirklich verstehen. Ganz im Hintergrund sah er für den Bruchteil eines Augenblicks Grundström, der sagte: »Befrag dein Herz, Hjelm.«

Er schüttelte das Bild ab.

Wie stand es um ihre Gemeinschaft? Das Arbeitstempo hatte sich etwas verlangsamt, was einem die Möglichkeit gab, in den Mitgliedern der A-Gruppe noch etwas anderes zu sehen als Rädchen im Getriebe.

Jorge Chavez war eine nette Bekanntschaft; sie arbeiteten gut zusammen. Ein extrem professioneller, moderner Polizist, sportlich gekleidet, handfest und vor allen Dingen jung. Mit ein bißchen mehr Zeit hätten sie sicher ein starkes Team werden können. Auch wenn sie privat sehr verschieden waren. Außer, daß Chavez Single und absolut unabhängig und erst vor kurzem aus dem Gästezimmer des Polizeipräsidiums ausgezogen war, wußte Hjelm nichts über ihn. Über die Zeit bei der Sundsvaller Polizei sprach er nie. Er ignorierte jeden Anlauf, ihn darauf anzusprechen. Hjelm hatte das vage Gefühl, daß es eine alptraumhafte Zeit gewesen sein mußte, an die er nicht erinnert werden wollte. Manchmal machte Chavez den Eindruck, als sei er hier im Paradies gelandet.

Und weiter? Gunnar Nyberg, ehemaliger Mr. Sweden, Baß im Kirchenchor von Nacka, war für ihn fast so etwas wie ein Freund geworden. In jedem Fall bildeten sie eine Fahrgemeinschaft. Das Wort gefiel ihm irgendwie. Aber im Grunde genommen kannte er ihn auch nicht wirklich. Geschieden, nachdem er seine Frau in seiner Doping-Phase mißhandelt hatte – so jedenfalls hatte er Nybergs Andeutungen interpretiert. Die Kinder hatte er das letzte Mal gesehen, als sie klein waren. Er lebte mehr oder weniger für seinen Gesang, ansonsten erinnerte seine ganze Erscheinung am ehesten an einen Sack Kartoffeln. Aber auf seine Art war er ein außerordentlich effektiver Polizist. Modell potentielle Androhung von Schlägen.

Viggo Norlander war schwer einzuordnen. Ein Paragraphenreiter alter Schule. Ein Ur-Stockholmer, der Regeln und Verordnungen schätzte und an das Gesetzbuch glaubte wie fromme Menschen an die Bibel. Er trug Anzüge, die vor zwanzig Jahren modern gewesen waren, inzwischen aber nur noch nach Mottenkugeln und Schweiß rochen. Groß und etwas träge. Einer, der nur schwer zu greifen war. Aber vielleicht gab es auch gar nichts zu greifen.

Dann war da noch Kerstin Holm. Er konnte sich ihren Reizen nicht entziehen. In vielerlei Hinsicht war sie das Gegenteil von Cilla. Der dunkle Typ. Dunkle Augen, dunkle Haare. Dunkle Kleider. Unglaublich integer. Unerhört professionell – er dachte an die Finesse, mit der sie die Interviews geführt hatte; das Gespräch mit Anna-Clara Hummelstrand in Frankreich war druckreif. Sie wohnte bei irgendeinem Verwandten in Stockholm und weigerte sich mindestens so strikt wie Chavez, etwas von ihrer Vergangenheit preiszugeben. Soweit er es mitbekommen hatte, war in Göteborg irgend etwas Unangenehmes vorgefallen, worüber nicht gesprochen wurde. Obwohl ihm klar war, daß irgendwann die Sprache darauf kommen würde. Er beobachtete sie verstohlen. Eine phantastische Frau.

Söderstedt. Arto Söderstedt. Ein echtes Unikum. Ein Polizist wie er war Hjelm noch nie untergekommen. Der Weißfinne, wie er sich freimütig selbst nannte, war eine ganz eigene Erscheinung. In Hjelms Kopf hatte sich festgesetzt, daß Söderstedt kein Polizist war; nicht, weil er irgendwie unprofessionell gewesen wäre, ganz im Gegenteil, sondern weil er mehr wie ein Intellektueller und Akademiker daherredete und auftrat und unangefochten mitten in einer Lagebesprechung seine politischen Theorien darlegte. Just in diesem Moment antwortete Söderstedt auf eine Frage, an die Hjelm sich kaum noch erinnern konnte.

»Wohnung würde ich das vielleicht nicht gerade nennen, aber die Lage ist gut. Agnegatan, gleich um die Ecke also. Eine Einzimmerwohnung mit Kochnische. Da muß die Großfamilie wohl in Västerås bleiben. Ich hab nämlich fünf Kinder«, sagte er an Hjelm gewandt.

Hjelms Gefühl, ausgeschlossen zu sein, nahm astronomische Ausmaße an. Er wischte es beiseite.

»Fünf?« platzte er heraus und gab sich Mühe, überzeugend zu klingen. »Ist es so langweilig in Västerås?«

»Klar. Aber zwei sind in Vasa gezeugt.«

»Hast du in Finnland gearbeitet? Wie ist es da?«

»Nein, ich war damals ... noch kein Polizist. Ich hab mich ziemlich spät entschieden, Bulle zu werden. Einige behaupten, ich wär nie einer geworden.«

Hjelm war ein klein wenig stolz auf seine Intuition und versuchte gleichzeitig, die Stimmung in der Runde auszuloten. Vielleicht spielte Söderstedt mit der Bemerkung auf seine Kollegen in Västerås an, vielleicht aber auch auf einen der hier am Tisch Sitzenden. Schwer zu sagen. Hjelm hatte allerdings den vagen Eindruck, daß alle um den Tisch Versammelten sehr wohl wußten, worauf Söderstedt sich bezog. Er hätte sich gar nicht den Kopf zu zerbrechen brauchen.

»Ich hab nur gesagt, daß du ja nicht gleich eine Wahlrede für die Kommunisten zu halten brauchst«, brummte Viggo Norlander. Die Gabel in seiner Hand zitterte leicht.

»Das war ja wohl nicht das einzige, was du gesagt hast«, erwiderte Söderstedt und sah Norlander scharf an.

»Kindsköpfe«, fiel Kerstin Holm ihnen ins Wort.

Norlander warf die Gabel auf sein Tablett und trug es wortlos weg. Sogar in diesem Zustand der Empörung stellte er das Tablett an die dafür vorgesehene Stelle, faltete die Serviette ordentlich zusammen und warf sie in den Abfalleimer. Hjelm sah sich in der Personalkantine um und begegnete an den umliegenden Tischen dem einen oder anderen offen sarkastischen Grinsen, das er entnervt erwiderte.

Ein Außenseiter unter Außenseitern.

Mitten im Auge des Sturms.

Kerstin Holm wandte sich an Söderstedt.

»Jetzt hör endlich auf. Wir haben wahrlich Dringlicheres auszufechten als diese Sandkastenschlacht.«

»Er hat mir eins auf die Fresse gegeben«, nuschelte Söderstedt beleidigt und fügte hinzu: »Und seinen ganzen Ausländerfrust an mir abgelassen.« Dazu strich er sich über das dünne, kreideweiße Haar.

Hjelm prustete los. Er wußte nicht, warum, aber im nächsten Moment steckte er Nyberg an. Holm lächelte ihr ironisches Lächeln und Chavez seins. Die Friedenspfeife machte die Runde.

»Die politischen Aspekte des Falls einfach unter den Teppich zu kehren, hieße sich nur halb mit dem Fall zu beschäftigen«, sagte Söderstedt am Schluß. »Gibt mir vielleicht endlich mal einer recht?«

»Ich bin deiner Meinung«, sagte Chavez. »Aber man kann sich auf unterschiedliche Weise dazu verhalten. Jetzt sag schon, was war in Vasa los?«

»O nein.« Söderstedt lachte. »So intim sind wir noch nicht. Wie sieht es überhaupt mit deiner Bude aus?«

»Das ist nun wirklich keine Wohnung, sondern ein Zimmer bei einer alten Dame an der Kreuzung Bergsgatan-Scheelegatan. Wie zu meiner Zeit als Polizeianwärter.«

»Und wie ist es bei dir, Kerstin?« fragte Söderstedt. »Wo wohnst du?«

»In Brandbergen, bei der zweiten Exfrau meines Exmanns«, sagte sie. »Wir mögen uns. Immerhin tragen wir an einem gemeinsamen und sehr fruchtbaren Haß.«

Es wurde gelacht. Über alles und nichts. Darüber, daß sie einander einen kleinen Schritt nähergekommen waren. Und darüber, daß seit mehreren Tagen niemand mehr ermordet worden war. Über sich selbst und ihre absurde Stellung innerhalb des Polizeipräsidiums.

Nyberg erhob sich, gefolgt von Chavez und Söderstedt. Kerstin Holm trank ihr Leichtbier aus und wollte gerade aufstehen, als Hjelm sagte: »Hast du eigentlich George Hummelstrand erreicht?«

Sie sank zurück auf ihren Stuhl und funkelte ihn an. »Es stinkt mir maßlos, daß du die Hummelstrand-Spur als dein Verdienst verbuchst«, sagte sie.

»Ich hab mich doch schon dafür entschuldigt. Außerdem geht es dabei ja wohl weniger um ein Verdienst. Ich war immer noch auf die Mimer-Spur fixiert. Aber ich entschuldige mich gern noch ein zweites Mal, wenn es das ist, was du willst. Und ein drittes und viertes Mal.«

Die Mundwinkel in dem unverschämt hübschen Gesicht begannen unwillkürlich zu zucken.

»Und auch ein fünftes Mal«, sagte er und empfand fast so etwas wie Glück. »Na und, was ist mit George?«

Das Lächeln erlosch. Ihre dunklen Augen schienen ihn zu durchleuchten. »Bist du glücklich verheiratet?« fragte sie.

»Wie bitte?« fragte er zurück. Cillas deprimierter Blick verdeckte mit einem Mal sein gesamtes Sichtfeld.

»Ich meine, glücklich?« sagte Kerstin ernst. »Richtig glücklich?«

»Warum fragst du das?«

»Ich weiß nicht, wer du bist«, sagte sie unergründlich und ließ ihn allein zurück.

Er blieb sitzen, während das Bild von Cilla allmählich verblaßte.

Zum Schluß war die ganze Welt blaß.

17

Viggo Norlander saß in einer Lagerhalle im Freihafen und wartete.

Warten, dachte er. Warten. Warten, warten, die ganze Zeit warten. Warten, warten, warten, warten.

Mit anderen Worten, er war ziemlich erschöpft.

Er hatte keine Lust mehr auf Samthandschuhe.

Jetzt würden andere Saiten aufgezogen.

Es muß was passieren, dachte er. Er hatte die Nase voll von dieser elenden Schreibtischarbeit und den Telefonaten mit herablassenden Interpolbeamten und widerspenstigen exsowjetischen Polizisten und ausgebrannten Zollbeamten.

Er hatte lange genug gewartet.

Er hatte sich Zugang zu dem kleinen Büro der Lagerhalle verschafft und hockte jetzt schon seit drei Stunden hinter einem Schrank. Es ging auf den Abend zu.

Er war maßlos wütend.

Die Dinge würden ein völlig neues Tempo kriegen.

Er hielt seine Wut am Kochen, indem er an Arto Söderstedt dachte, diesen finnischen Mistkerl, der aus der Pampa kam und alles verachtete, woran er jemals geglaubt hatte.

Er schürte seine Wut, indem er an seinen Namen dachte, Viggo. Was für ein Scheißname, Viggo, der verdammte Wikinger. Das einzige Erbe jenes reiselustigen dänischen Seemanns, der aus unerfindlichen Gründen sein Vater war. Eine schnelle Ejakulation in den Schoß einer ausgehungerten Frau, und weg war er gewesen. Keine Verantwortung. Nicht den Funken Verantwortung. Keinen Deut besser als Söderstedt. Genauso.

Seine Gedanken waren etwas in Unordnung.

Irgendwann in seiner Jugend hatte er nach dem Ursprung seines abartigen Namens gesucht. Der stammte aus dem 13. Jahrhundert, als der große dänische Geschichtsschreiber Saxo Grammaticus das dänische Wort für Kampf, *vig*, latinisiert und einen von König Rolf Krakes Mannen danach benannt hatte.

Viggo, Jan-Olovs Handlanger, dachte Norlander verwirrt, als die Tür aufging und ein Mann mit Pferdeschwanz und Trainingsanzug hereinkam und sich nur wenige Meter von ihm entfernt an den Schreibtisch setzte. Norlander wartete ein paar Sekunden, um sicherzugehen, daß er allein war.

Dann stürzte er aus seinem Versteck und knallte den Kopf des Mannes auf die Schreibtischplatte.

Ein-, zwei-, drei-, viermal.

Danach riß er ihn am Pferdeschwanz hoch, bohrte ihm den Lauf seiner Dienstpistole ins Ohr und fauchte: »So, Strömstedt. Drei Sekunden für deine Kontakte zur russischen Mafia. Ansonsten bist du ein toter Mann. Eins. Zwei …«

»Warte, warte, warte!« schrie der Mann. »Wer zum Teufel bist du?«

»Drei«, sagte Norlander und zog ab.

Es klickte.

»Das nächste Mal ist sie geladen«, sagte Norlander. »Und jetzt ein bißchen plötzlich!«

Der Mann war wie Butter in seinen Händen. Bis in die Tiefen seiner schwarzen Seele erschüttert, dachte Norlander in seinem Adrenalinwahn.

»Vor ein paar Monaten hat der Zoll eine Ladung sechzigprozentigen Estonia-Wodka aus Liviko beschlagnahmt, der an dich adressiert war. Wer hat dir den Wodka geliefert?«

»Ich bin nur Zwischenhändler«, preßte Strömstedt zitternd hervor. »Scheiße, ich hab doch alles erzählt! Ich weiß nichts!«

»Für dich steht einiges auf dem Spiel. Solltest du eine Anzeige wegen polizeilicher Gewaltausübung zusammenbasteln, wird sie im Reißwolf landen. Hast du verstanden? Oberste Priorität. Es geht um die Sicherheit des Landes. Spuck aus, was du weißt. Jetzt. Die Kugel wartet im Lauf.«

»Sag mal, für wen hältst du dich eigentlich? Dirty Harry?«

Norlander nutzte die Gelegenheit, Strömstedts Computerbildschirm zu zerschießen.

»Scheiße!« brüllte der und wand sich. Norlander seinerseits wickelte den Pferdeschwanz einmal mehr um sein Handgelenk, bis er fast die Haarwurzeln nachgeben fühlte.

Strömstedt brüllte wie ein Wahnsinniger. »Igor und Igor!« schrie er. »Das ist alles, was ich weiß! Sie liefern die Sachen persönlich!«

»Deine Mafia-Kontakte heißen also Igor und Igor? Korrekt?«

»Ja doch, ja! Verdammt, das ist alles, was ich weiß!«

»Ich hab meine Hausaufgaben gemacht«, sagte Norlander. »Du sprichst Russisch. Du weißt also, worüber Igor und Igor sich unterhalten haben. Ich brauch mehr Informationen!«

Er senkte die Pistole und zielte auf die Hand des Mannes, die auf der Schreibtischplatte lag.

»Ein wenig mehr, bitte«, sagte er und drückte ab.

Die Kugel schlug zwischen Mittel- und Ringfinger ins Holz ein und hinterließ in der Haut eine Schramme. Strömstedts Schreie wurden panischer.

»Die Gotländer!« brüllte er.

»Weiter«, sagte Norlander und richtete die Pistole auf das Handgelenk des Mannes.

»Die gotländischen Kanakenschmuggler! Die gehören anscheinend auch zu der Bande! Mehr weiß ich nicht, ich schwöre es! Sie haben sich über Gotland unterhalten und wie ungeschickt sich die Kerle da unten angestellt hätten!«

Viggo Norlander zog den Mann an seinem Pferdeschwanz hoch, legte ihm hinter dem Rücken Handschellen an, verfrachtete ihn in den Schrank, hinter dem er so lange gewartet hatte, und schloß ihn ein. Hinter der Tür hagelte es wilde Flüche.

Für Norlander klang es wie Finnlandschwedisch.

Eine Sperre, dachte Norlander, als er mit Vollgas vom Freihafengelände bretterte und übers Handy eine Nachricht von Hultin erhielt, daß er umgehend zum Flughafen nach Arlanda rausfahren solle.

Eine Sperre hatte sich gelöst. Jetzt, verdammt, würde er gefährlich werden.

Viggo Norlander war achtundvierzig Jahre alt, geschieden und kinderlos. Der kahle Fleck auf seinem Schädel hatte vor langer Zeit seine endgültige Form erreicht; nicht so sein Bauch, der langsam, aber sicher an Umfang zunahm. Norlander war nicht fett, aber zu dick.

Sein Sündenregister war absolut leer. Er war Zeit seines Berufslebens ein beispielhafter, wenn auch nicht unbedingt hyperaktiver Polizist gewesen, dessen einzige Leitfäden sein Polizeihandbuch und das Gesetzbuch waren. Er hatte immer an die legitimen Methoden geglaubt und an die langsam mahlenden Mühlen der Gerechtigkeit.

Irgendwann vor langer Zeit hatte sein Leben stagniert und, wie seine Glatze, seine endgültige Form angenommen. Es war ein sehr bewußtes Stagnieren gewesen. Das Regelmäßige lag in seinem Wesen, das Korrekte, das Legitime, das, was es schwarz auf weiß gab. Er hatte immer geglaubt, daß die Menschen im allgemeinen so waren wie er, fleißig arbeiteten, nicht mit den Krankmeldungen mogelten, ohne zu murren ihre Steuern zahlten, dem universellen Regelkanon folgten und sich durchschnittlich fühlten, ohne besondere Höhen und Tiefen.

Alle, für die das nicht zutraf, waren Verbrecher und mußten aus dem Verkehr gezogen werden.

In seiner Welt wußten alle gesetzestreuen Mitbürger intuitiv, was ein Verbrechen war, und selbstverständlich erkannten sie seine Anstrengungen an, die Straßen davon freizuhalten.

Egal, womit die tägliche Arbeit bei der Stockholmer Kripo ihn konfrontierte, es gelang ihm, den klaren Richtlinien in seinem Leben zu folgen. Er war immer recht zufrieden gewesen mit sich als Einzelnem und der Polizei als Ganzem. Die Dinge bewegten sich trotz gelegentlicher Hochs und Tiefs in die richtige Richtung, mit dem richtigen Tempo, also gemächlich: Zuwachs, Fortschritt, Entwicklung. Eine stabile gesellschaftliche Kurssteigerung.

Er war ein ruhiger Mensch.

Er hätte nicht sagen können, an welcher Stelle an diesem Tag der erste Riß sichtbar geworden war, und genausowenig, wo die Mauer schließlich einstürzte.

Nicht einmal unter Folter hätte er eingestanden, daß es einen Riß gab, aus dem einfachen Grund, weil dieser in seiner Vorstellungswelt nicht existierte.

Aber sehr wohl in seinem gegenwärtigen Handeln. Als er im Morgennebel an der Stadtmauer entlang durch Visby lief, hatte er seinen Glauben noch. Einen Rest von Vertrauen aus vergangenen Tagen. Was er getan hatte und noch tun würde, war notwendig. Nicht noch mehr unaufgeklärte Palme-Morde. Rechtssicherheit, dachte er. Vertrauen. Soziale Verantwortung. Daggfeldt, Strand-Julén, Carlberger. Das mußte ein Ende haben. Dafür würde er sorgen.

Er wollte das Wichtigste schützen, das es gab.

Auch wenn er nicht genau wußte, was das war.

Nach einem langen Marsch durchs fast menschenleere Visby, über dem ein beinahe mediterraner Morgensonnenschleier lag, erreichte er das Polizeipräsidium. Es war halb acht Uhr morgens am siebten April.

Er betrat das Gebäude und wurde zum Untersuchungsgefängnis weitergeschickt, wo ihn ein Wachhabender in seinem Alter empfing. Sie erkannten einer im anderen auf den ersten Blick den Polizisten. So sah er aus. Der Polizist mit großem P.

»Norlander«, stellte er sich vor.

»Jönsson«, antwortete Jönsson in einer ganz eigenen Mischung aus Schonisch und Gotländisch. »Vilhelm Jönsson. Wir haben Sie bereits erwartet. Pesjkov steht Ihnen jederzeit zur Verfügung.«

»Ich gehe davon aus, daß Ihnen die Bedeutung der Ermittlungen klar ist. Im Augenblick gibt es nichts Wichtigeres in unserem Land.«

»Ich habe verstanden.«

»Wie sieht es aus? Spricht er Englisch?«

»Glücklicherweise. Ehemaliger Seemann, der auf den Weltmeeren unterwegs war. Ich bin davon ausgegangen, daß die Anwesenheit eines Dolmetschers in diesem Fall nicht erwünscht ist. Ich hoffe, ich habe Ihre Andeutungen richtig interpretiert.«

»Ich sehe, wir haben uns verstanden. Wo ist er?«

»In einem schalldichten Raum, wie vereinbart. Gehen wir?«

Norlander nickte, und Vilhelm Jönsson führte ihn durch ein paar Flure, holte unterwegs zwei Wachleute aus dem Aufenthaltsraum ab und ging weiter in den Keller. Sie blieben vor einer graugestrichenen Eisentür mit Guckloch stehen. Jönsson räusperte sich.

»Wie Sie deutlich gemacht haben, können wir aus Geheimhaltungsgründen nicht an der Vernehmung teilnehmen, aber wir stehen hier draußen. Hier ist ein Alarmgerät. Drücken Sie den Knopf, und wir sind in einer Sekunde da.«

Norlander steckte das kleine Kästchen mit dem roten Druckknopf ein.

»Schauen Sie so wenig wie möglich zu uns herein. Je weniger Sie wissen, desto besser. Auf diese Weise können eventuelle Beschwerden direkt an die Leitung der Reichspolizei gerichtet werden. Das ist das beste.«

Sie schlossen ihm die Tür auf. Ein Tisch, zwei Stühle, gepolsterte Wände. Sonst nichts. Auf einem der beiden Stühle saß ein schmächtiger Mann in Häftlingskluft, spitzes Gesicht, schmaler Bizeps. Sehnige, zähe Seglermuskeln, dachte Norlander und schätzte die mögliche Widerstandskraft ab – die jedenfalls nicht im Körper steckte. Der Mann erhob sich und begrüßte ihn wohlerzogen.

»*How do you do, Sir?*«

»*Very brilliant, please*«, antwortete Norlander, legte Notizblock und Stift auf den Tisch und setzte sich. »*Sit down, thank you.*«

In diesem Stil trieb er die Konversation in holprigem Englisch voran.

»Kommen wir direkt zur Sache, Herr Alexej Pesjkov. In einem heftigen Wintersturm haben Sie und Ihre Besatzung wenige hundert Meter vor der gotländischen Ostküste einhundertzwölf iranische, kurdische und indische Flüchtlinge auf zwei Gummirettungsinseln zu Wasser gelassen, bevor Sie sich mit dem Fischkutter auf den Weg zurück nach Tallinn gemacht haben. Die schwedische Küstenwache konnte Ihr Boot gerade noch stoppen, ehe es die schwedischen Territorialgewässer verließ.«

»*Very straight to the point*«, sagte Pesjkov.

Da Ironie nicht Norlanders Stärke war, fiel seine folgende Imitation von Hultins unterkühlter Art etwas ruppig aus.

»Ich brauche Informationen über die Serie von Morden, die in der vergangenen Woche in Stockholm an schwedischen Geschäftsleuten begangen wurden.«

Alexej Pesjkov klappte buchstäblich das Kinn herunter. Es dauerte eine Weile, bis es ihm gelang, den Mund wieder zu schließen.

»*You must be joking!*«

»*I am not joking!*« sagte Norlander. »Wenn Sie mir nicht die Information liefern, die ich verlange, habe ich die Befugnis, Sie auf der Stelle zu töten. Ich bin speziell für solche Fälle ausgebildet. Verstanden?«

»*I'm not buying this*«, sagte Pesjkov mit einem Blick auf Norlanders Leibesfülle, wenngleich der Ausdruck in seinem Gesicht ob Norlanders absoluter und eiskalter Zielstrebigkeit eher unschlüssig war.

Norlander lud nach: »Wir wissen, daß Sie einem russisch-estnischen Verbrecherclan unter einem gewissen Victor X angehören und daß zwei Alkoholschmuggler, die sich Igor und Igor nennen, ebenfalls zu dieser Gruppe gehören. Korrekt?«

Pesjkov schwieg, aber sein Blick war jetzt hellwach.

»Korrekt?« fragte Norlander ein zweites Mal.

Immer noch Schweigen.

»Dieser Raum ist schallgedämpft. Nichts von dem, was hier drinnen passiert, wird draußen zu hören sein. Meine Befugnisse von allerhöchster Stelle sind unbegrenzt. Ich möchte, daß Sie das wissen und gründlich nachdenken, ehe Sie antworten. Von Ihrer nächsten Antwort hängt Ihre Gesundheit ab.«

Pesjkov schloß die Augen. Er hielt das für einen Traum. Dieser hier war ein völlig anderes Kaliber als die gutmütigen schwedischen Polizisten, mit denen er bisher zu tun gehabt hatte. Vielleicht hatte er das Unerhörte in Norlanders Augen aufblitzen sehen, wie bei einem Menschen, der mit einem Fuß die absolute Grenze überschritten hat und nicht mehr umkehren kann. Vielleicht hatte er dieses Aufblitzen auch früher schon gesehen.

»Das ist ein demokratisches Land«, sagte er vorsichtig.

»Natürlich«, erwiderte Norlander. »Und das wird es auch bleiben. Aber jede Demokratie muß sich hin und wieder mit undemokratischen Mitteln zur Wehr setzen. Jede Art von Verteidigung ist an sich undemokratisch. Das wird bei dieser Gelegenheit sehr deutlich.«

»Ich sitze jetzt seit zwei Monaten hier. Ich weiß absolut nichts von einer Mordserie in Stockholm. Das kann ich beschwören.«

»Victor X? Igor und Igor?« hakte Norlander nach. Ihm war bewußt, daß es wichtig war, den scharfen Ton durchzuhalten.

Alexej Pesjkov überschlug das Risiko. Norlander sah genau, daß er über seinen Tod und eine Möglichkeit nachdachte, ihn so lange wie möglich hinauszuzögern. Er ließ ihm Zeit, nutzte allerdings die Gelegenheit, die Dienstwaffe in seiner Jackentasche zu entsichern. Das Klicken hallte regelrecht von den Wänden wider. Pesjkov holte tief Luft.

»Ich bin all die Jahre des Kommunismus hindurch als Seemann auf internationalen Routen gefahren. Ich habe mich dem KGB und der GRU entzogen, indem ich immer wieder die Identität gewechselt habe. Ich hatte genügend Geld zusammengekratzt, um mir ein eigenes Fischerboot zu kaufen, als das Regime fiel. Ein Jahr lang war ich ein ganz normaler, russischsprechender Fischer aus Tallinn, unterdrückt, aber frei. Wahrscheinlich muß man sagen, daß dieses Jahr unser einziges freies war, danach kamen nämlich andere Mächte ins Spiel. Namenlose Typen setzten sich mit mir in Verbindung. Am Anfang ging es nur um Schutzgelder, damit einem das Boot nicht abfackelte oder explodierte. Das übliche. Aber es wurde rasant schlimmer. Ich erhielt den Befehl … na ja, eben Transporte dieser Art zu machen. Das hier war mein dritter. In der ehemaligen Sowjetunion sitzen Zehntausende verzweifelter Flüchtlinge und warten nur darauf, daß ihnen jemand das Geld aus der Tasche zieht. Ich habe lediglich die Spitze des Eisberges gesehen, Viktor X ist nur ein Name, ein Mythos. Mein Kontaktmann war ein Este namens Jüri Maarja. Er soll zum engen Kreis um Viktor X gehören. Von Igor und Igor habe ich noch nie gehört, aber man muß sich nur klarmachen, wie viele Alkohol- und andere Schmuggler die Gruppe über ganz Nordeuropa verteilt hat.«

Norlander staunte über die Redegewandtheit seines Gegenübers, ließ sich aber nichts anmerken.

»Adressen, Kontakte?« fragte er ruhig.

Pesjkov schüttelte den Kopf.

»Die halten sich nie lange an einem Ort auf.«

Norlander sah Pesjkov lange an. Es war nicht zu erkennen, ob der Mann ein Opfer oder ein Verbrecher oder möglicherweise beides war. Er schlug mit dem Notizbuch auf den Tisch und schob den Stift in die Brusttasche.

»Ich werde jetzt nach Tallinn fahren. Sollte sich herausstellen, daß auch nur das kleinste Detail Ihrer Aussage nicht richtig ist oder daß Sie mir etwas verschwiegen haben, werde ich zurückkommen. Sie wissen, was das bedeutet?«

Pesjkov starrte schweigend auf die Tischplatte.

»Letzte Gelegenheit, noch etwas zu korrigieren oder hinzuzufügen«, sagte Norlander, als er aufstand.

»Das ist alles, was ich weiß«, sagte Pesjkov resigniert.

Viggo Norlander hatte plötzlich die fixe Idee, Alexej Pesjkov zum Abschied die Hand geben zu müssen. Der russisch-estnische Fischer erhob sich mit äußerstem Widerwillen und ergriff seine Hand.

»*How do you do, Sir?*« sagte Norlander.

Pesjkovs Blick würde er nie vergessen.

Tallinn war eine wahnsinnige Stadt, befand Viggo Norlander eine Viertelstunde nach seiner Ankunft.

An dieser Ansicht sollte sich auch im nachhinein nichts ändern.

Es kostete ihn einige Mühe, am Flughafen einen Mietwagen aufzutreiben. Aber am Ende fädelte er sich doch in den chaotischen Nachmittagsverkehr ein und hielt sich an eine englischsprachige Touristenkarte. Er landete in der Altstadt oben auf dem Domberg und irrte durch die Gassen wie durch ein mittelalterliches Labyrinth. Die uralten Mauern mit ihren hohen, eindrucksvollen Geschütztürmen gaben ihm das Gefühl, noch immer in Visby zu sein.

Dabei war die Stadt im Grunde genommen nicht mehr als die Kulisse seiner Zielstrebigkeit. Alle Straßenschilder und

Reklametafeln wiesen eine ihm vollkommen fremde Sprache auf. Er kam sich vor wie in einem Film. Er war ein Fremder, und genau das wollte er. Alles sollte namenlos, kulissenartig bleiben. Seine Aufmerksamkeit sollte durch nichts abgelenkt werden. Ihm war, als würde frisches Blut durch seine Adern gepumpt. Er hatte seine wahre Bestimmung gefunden. Er hatte viel Zeit vertan, ehe er an diesen Punkt gelangt war.

Als er endlich das große, moderne Polizeipräsidium fand, stellte er den Wagen unvorschriftsmäßig ab und ging direkt zum Wachdienst in dem kleinen Empfangsraum, in dem altes sowjetisches Bürokratengrau vergeblich gegen moderne westliche Innenarchitektur ankämpfte. Der Wachhabende war in einer eigenartigen Mixtur entgegenkommend und abweisend zugleich. Unter anderen Umständen hätte das Norlander vielleicht irritiert. Aber jetzt blieb er einfach hartnäckig.

»Kommissar Kalju Laikmaa«, wiederholte er zum dritten Mal in holperndem Englisch, »erwartet mich.«

»Ich kann Ihren Namen in meinen Unterlagen nicht finden«, sagte der junge Wachhabende förmlich. »Tut mir leid«, fügte er zum dritten Mal hinzu.

»Rufen Sie ihn doch wenigstens an«, sagte Norlander beherrscht. Er glaubte, den erfolgreich unterkühlten Ton aus dem Untersuchungsgefängnis in Visby wiedergefunden zu haben.

Jedenfalls tat der Wachhabende am Ende, worum Norlander ihn bat. Er klemmte den Hörer routiniert zwischen Schulter und Kinn und rührte in seiner Kaffeetasse. Als er schließlich etwas sagte, klang es wie Finnisch mit einer Menge falsch plazierter Os. Nachdem er den Hörer aufgelegt hatte, wandte er sich mit höflich unterdrückter Verärgerung an den Besucher.

»Der Kommissar wird gleich kommen und Sie abholen, Herr Norrland.«

»*Please*«, sagte Norlander gut erzogen.

Es dauerte nicht lange, bis in der Eingangshalle das Klingeln eines Fahrstuhls ertönte und ein blonder Mann im knittrigen Kordanzug und mit einer Kassenbrille erschien, wie es sie zu Norlanders Militärdienstzeiten mal gegeben hatte.

»Norlander, nehme ich an«, sagte der Mann und streckte ihm eine Hand entgegen. Norlander schüttelte sie. Der Mann hatte einen festen Griff. »Ich bin Laikmaa.«

Sie fuhren mit dem Fahrstuhl in den vierten Stock.

»Sie hätten anrufen und sagen sollen, daß Sie auf dem Weg hierher sind«, sagte Laikmaa mit einem eleganten amerikanischen Ostküstenakzent. »Dann hätten Sie sich den Ärger ersparen können.«

»Ich wollte so unangemeldet wie möglich sein«, erwiderte Norlander. »Es steht einiges auf dem Spiel.«

»Schon gut«, sagte Laikmaa lakonisch. »Hier sterben Geschäftsleute am laufenden Band. Wir erleben ein völlig neues Klima der Gewalt. Jeder legt die Gesetze der Marktwirtschaft aus, wie es ihm paßt. Das, was in der Sowjetzeit unterdrückt war, bricht jetzt mit enormer Kraft hervor, genau wie wir es erwartet haben. Unser Job war zweifellos leichter – wenn auch kaum angenehmer –, als wir noch Werkzeuge der Unterdrücker waren. Jetzt leben wir mit einem Staat im Staate, der in genau dem gleichen Ausmaß Infiltration betreibt wie vorher der Staat der Staaten. Es sollte mich nicht wundern, wenn Ihre Ankunft in einschlägigen Kreisen längst bekannt ist. Wir müssen bei allem, was wir sagen und preisgeben, sehr vorsichtig sein. Genau wie früher. Die Wände haben Ohren. Treten Sie ein.«

Sie kamen in einen gemütlichen kleinen Raum mit vertrockneten Pflanzen auf dem Fensterbrett. Aus den Fenstern blickte man auf die Altstadt und das Schloß mit dem imposanten Turm, der »Langer Herman« genannt wurde. Für Norlander existierte keine Aussicht. Er nahm auf dem Stuhl vor Laikmaas Schreibtisch Platz.

»Jeder Tag beginnt mit einer elektronischen Durchsuchung meines Büros«, sagte Laikmaa und steckte sich eine Zigarette an. »Um sicherzugehen, daß über Nacht keine Abhöranlagen installiert worden sind. Das schützt natürlich nicht vor Distanzabhörung. In meiner Eigenschaft als Chef der kaum erwähnenswerten Mafiabekämpfung hier im Land bin ich doch sehr interessant. Was nun die Mafia betrifft …«

»… dürfte wohl niemand besser urteilen können als Sie«, ergänzte Norlander knapp.

»Je mehr man weiß, desto deutlicher wird einem, was man alles nicht weiß«, antwortete Laikmaa weise. »Über meinen Schreibtisch wandern alle Formen organisierter Kriminalität, von einfachen Schutzgeld- und Eintreiberbanden bis hin zu Fällen, die in die höchsten Spitzen des Landes reichen. Einziger gemeinsamer Nenner ist der Wunsch, an den neuen Möglichkeiten zu partizipieren. Die einen behaupten, wir hätten jetzt das wahre Gesicht der Marktwirtschaft vor uns, die anderen, wir hätten es mit der logischen Fortsetzung des Staatsterrorismus zu tun. Am auffälligsten ist der Verlust des – vielleicht kann man es Mitgefühl nennen – instinktiven Gespürs für das Wesen der Demokratie. Es geht wie immer nur darum, soviel wie möglich zusammenzuraffen. Auf Kosten anderer. Unabhängig davon, ob der Staat totalitär ist oder gar nicht vorhanden.«

Laikmaa blätterte in den Papierstapeln auf seinem Schreibtisch und erwischte auf unbegreifliche Weise das Blatt, das er suchte.

»Also«, sagte er. »Was unsere bisherigen Telefonate betrifft, habe ich soweit nichts Neues hinzuzufügen. Die Viktor-X-Bande ist ein Zusammenschluß aus Russen und Esten, die hauptsächlich in Tallinn operieren. Seit neuestem strecken sie ihre Fühler auch nach Schweden aus, da der finnische Markt langsam gesättigt ist. Wir wissen nicht genau, wie weit es damit gediehen ist, ob sie bereits ein Kontaktnetz aufgebaut haben oder in welcher Regelmäßigkeit es zu Schmuggelaktivitäten kommt, wir wissen nur, daß es Ambitionen in dieser Richtung gibt. Verräter werden, wie bereits erwähnt, konsequent mit Kopfschüssen hingerichtet; mir sind keine Abweichungen von diesem Muster bekannt, und sie verwenden Munition aus der Waffenfabrik in Pavlodar, Kasachstan, über die wir bereits gesprochen haben. Vielleicht sollte ich erwähnen, daß diese Munition von den meisten Gruppen benutzt wird und daß der schwer einzugrenzende Haufen um Viktor X in Tallinn eine relativ unbedeutende Randerscheinung darstellt. Wir haben es mit sieben oder acht Gangsterligen zu tun, die Tallinn und den östlichen Teil des Landes unter sich aufgeteilt haben und es normalerweise vermeiden, die Grenzen dieser Gebiete zu überschreiten. Über ihre Kontakte zu der größeren, rein russischen Mafia, wissen wir recht wenig. Von Jugoslawien mal abgesehen, steht Estland momentan an der Spitze der europäischen Mordstatistik. Wir haben über hundert Morde pro Jahr. Und Tallinn gehört zu den Städten mit der höchsten Mordrate der Welt. Diese Tatsache sollten Sie immer im Hinterkopf haben, wenn Sie sich auf unsere Straßen wagen.«

»Gehören Sie zum Kommando K?« fragte Norlander.

»Nein, wir sind die Kriminalpolizei. Das Kommando K ist unsere Antiterrorgruppe. Unser verlängerter Arm sozusagen – und die einzige physische Waffe im Kampf gegen das Verbrechen. Die Leute neigen zweifellos dazu, zu weit zu gehen, aber sie sind nun mal unsere einzige wirkliche Waffe. Die eigentlichen Ermittlungen werden allerdings von uns, der normalen Kriminalpolizei, geführt. Das Kommando K ist eine reine Angriffstruppe.«

In der folgenden Pause zog Laikmaa ein weiteres Blatt Papier aus dem Stapel.

»Wir wissen, daß Viktor X bei Schutzgeldaktivitäten um ein schwedisches Medienunternehmen mitmischt, das sich unter anderem mit einer täglich erscheinenden Wirtschaftszeitung in Rußland und im Baltikum zu etablieren versucht. Das Unternehmen läuft international unter dem Namen Grime-Bear Publishing Inc. Ich weiß nicht, wie es in Schweden firmiert, habe mir aber sagen lassen, daß es dort sozusagen das Medienmonopol haben soll. Ist das nicht etwas seltsam in einer Demokratie?«

Norlander hatte nicht die leiseste Ahnung. Er machte einen Vermerk in seinem Notizbüchlein und wechselte abrupt das Thema.

»Ich bin auf eine neue Spur gestoßen. Ein gewisser Jüri Maarja. Er steht hinter den Flüchtlingstransporten nach Gotland.«

»Nicht allein«, sagte Kalju Laikmaa nach kurzem Zögern. Norlander sah, daß er einen wunden Punkt getroffen hatte. Laikmaa schien abzuwägen, wieviel er sagen durfte, und Norlander beschloß, ihm die Sache ein wenig zu erleichtern.

»Die Flüchtlingstransporte an sich sind uns egal. Das ist nun mal, wie es ist. Das einzige, was uns interessiert, ist der mögliche Zusammenhang mit der Mordserie.«

»Und wie sollte so ein Zusammenhang aussehen?« fragte Laikmaa mißtrauisch.

Norlander schwieg und hoffte, unergründlich und nicht unsicher zu wirken. Zum ersten Mal wurde ihm bewußt, wie vage der Zusammenhang eigentlich war.

»Ich verstehe«, sagte Laikmaa, als ihm aufging, daß er keine Antwort auf seine Frage bekommen würde. »Sie behalten Ihre Geheimnisse für sich, und ich verrate Ihnen meine. Sieht so unser Abkommen aus?«

»Ich bin *sorry*«, sagte Norlander. »Es geht um die Sicherheit Schwedens. Und Sie haben ja selbst gesagt, daß wir möglicherweise abgehört werden.«

»Das war ironisch gemeint«, sagte Laikmaa, dem zu dämmern begann, von welcher Art sein Gesprächspartner war. »Also gut. Jüri Maarja spricht Schwedisch, was von gewissem Interesse sein könnte. Er hat etliche Jahre in Schweden gelebt, ohne in einem Polizeiregister aufzutauchen. Soweit wir wissen, gehört er zum engeren Kreis um Viktor X. Außerdem ist uns bekannt, daß er – neben vielen anderen – mit Flüchtlingsschmuggel zu tun hat. Wir haben Anweisungen von oberster Stelle, gegen diese spezielle Art von Schmuggel nicht zu rigide vorzugehen. Die baltischen Staaten platzen bald aus den Nähten vor wartenden Flüchtlingen, die glauben, Schweden sei das Himmelreich. Anscheinend haben sie eine veraltete Karte.«

Norlander sah ihn ungerührt an. Laikmaa schien noch etwas auf dem Herzen zu haben.

»Das ist doch noch nicht alles«, sagte Norlander.

Laikmaa seufzte, sichtlich bemüht, die guten baltisch-skandinavischen Beziehungen nicht aus den Augen zu verlieren, die Abhängigkeit der Esten von der Unterstützung der Schweden, und dachte an die Ausweisung von Balten und das Benehmen schwedischer Firmen im Baltikum.

Norlander entging die Vielschichtigkeit des Seufzers, er hörte nur, was Laikmaa tatsächlich antwortete.

»Ich habe den Tag damit verbracht, vergeblich einen von Maarjas namhafteren Drogendealern zu vernehmen, einen gewissen Arvo Hellat. In ein paar Stunden werden wir ihn aus Mangel an Beweisen wieder auf freien Fuß setzen müssen. Er spricht auch Schwedisch. Kommt aus Nuckö, falls Ihnen das was sagt. Wollen Sie es mit ihm versuchen?«

Norlander erhob sich wortlos. Er war kurz vor dem Ziel.

Laikmaa führte ihn durch über- und unterirdische Flure zum Untersuchungsgefängnis. Von zwei Wachhabenden eskortiert, kamen sie an eine Eisentür, vor der sie stehenblieben.

»Es wird das beste sein, wenn ich dabei bin«, sagte Laikmaa. »Keine Sorge, ich verstehe kein Wort Schwedisch. Aber es würde gegen diverse Vorschriften verstoßen, einen ausländischen Polizisten allein in eine estnische Gefängniszelle zu lassen. Dafür haben Sie doch sicher Verständnis.«

Norlander nickte und hoffte, daß ihm seine Enttäuschung nicht allzu deutlich anzusehen war.

Der Mann in der Zelle war langhaarig und sah finnisch aus. Arto Söderstedts Bild erschien auf Norlanders Netzhaut, und er versuchte nicht, es zu verscheuchen. Arvo Hellat warf den beiden Ordnungshütern einen sarkastischen Blick zu und sagte etwas auf estnisch. Laikmaa antwortete knapp und zeigte auf Norlander, der sich räusperte und einfach drauflos redete. Was für ein befreiendes Gefühl, Schwedisch sprechen zu können. Keine weiteren »Ich bin *sorry*«.

»Sie stehen Jüri Maarja nahe und damit auch Viktor X. Was wissen Sie über die Morde an drei schwedischen Geschäftsleuten in der vergangenen Woche?«

Arvo Hellat machte den Mund auf. Er sah Laikmaa an, der mit den Schultern zuckte und etwas auf estnisch sagte, das »Antworte!« heißen konnte, genausogut aber auch: »Der Mann ist ein Wahnsinniger!«. Und Hellat antwortete in einem ungewöhnlichen estnisch-schwedischen Dialekt mit merkwürdigen Diphthongen und einer eigenwilligen Aussprache der Ts und Gs und Ks. Norlander konnte ihn nur mit Mühe verstehen.

»Ich weiß nicht, wovon Sie reden«, sagte Hellat. »Was sollen die Morde mit mir zu tun haben?«

Eigentlich war Norlander nur zum Beobachten hier. Schaufensterbummel nannte er es im Stillen. Dieser Mann würde ihm dennoch nicht entwischen.

»Der Kommissar versteht kein Wort von unserer Unterhaltung«, sagte Norlander mit einer Kälte, die ihm inzwischen wie von selbst über die Lippen kam. »Hat Viktor X etwas mit den Morden an den schwedischen Geschäftsleuten in Stockholm zu tun? Ich sollte vielleicht erwähnen, daß ich in einem Spezialauftrag hier bin und jede Befugnis habe, Ihnen auf die Sprünge zu helfen.«

Arvo Hellat wirkte noch verblüffter als zuvor. Er sah Norlander forschend an. Dann platzte ein lautes Lachen aus ihm heraus.

»Sie wissen nicht, womit Sie spielen«, sagte er schließlich, immer noch lachend. »Dagegen ist Feuer eiskalt.«

Als Norlander die Zelle verließ, war Hellats Bild auf seiner Netzhaut eingraviert. Laikmaa folgte ihm und musterte ihn forschend, während sie durch die Flure gingen.

»Haben Sie etwas herausbekommen?« fragte er.

»Genug«, antwortete Norlander.

Zurück in Laikmaas Büro setzte sich der Kommissar, um die unterbrochene Diskussion fortzusetzen, Norlander blieb stehen.

»Dann werde ich jetzt wieder nach Hause fliegen.«

Laikmaa machte ein verdutztes Gesicht. »Sie sind doch eben erst gekommen. Es gibt noch einiges zu besprechen.«

»Ich habe genug gehört. Vielen Dank für Ihre Hilfe.«

Auf dem Weg zur Tür blieb er noch einmal stehen.

»Doch, stimmt, da wäre noch was. Igor und Igor – sagt Ihnen das was?«

Kalju Laikmaa starrte ihn wortlos an und schüttelte den Kopf.

Als Norlander die Tür hinter sich schloß, hörte er Laikmaa den Telefonhörer aufnehmen. Er ging zu seinem Mietwagen, warf das Knöllchen einfach auf die Straße und fuhr los.

Nachdem er eine Dreiviertelstunde um das Polizeipräsidium gekreist war, parkte Norlander an einer Stelle, wo Laikmaa ihn durch sein Fenster nicht sehen konnte, er aber den Ausgang des Untersuchungsgefängnisses im Auge hatte; er hatte sich genau gemerkt, wo der lag.

Drei Stunden lang blieb er mit zum Zerreißen gespannten Nerven dort sitzen. Es wurde Abend. Er hatte Hunger. Die nächste Stunde verbrachte er in eher schläfrigem Zustand.

Und dann trat Arvo Hellat aus der Tür. Er schüttelte sein langes Haar in einer femininen Geste nach hinten. Norlander beugte sich über das Steuer. Hellat ging zu einem alten grünen Volvo Amazon, einem Modell, das Norlander in Schweden schon seit Menschengedenken nicht mehr gesehen hatte, und fuhr los.

Als erstes hielt er vor einem griechischen Restaurant in der Altstadt. Er führte ein Telefonat, aß eine große Portion Moussaka und trank ein Bier. Das Ganze dauerte ungefähr eine Stunde. Norlander saß währenddessen frierend und mit knurrendem Magen in seinem Auto. Die Dämmerung verschluckte den letzten Rest Licht über Tallinn.

Endlich kam Hellat aus dem Restaurant und setzte sich in seinen absurden Amazon, der kaum auf eine Topstellung innerhalb der Mafia schließen ließ. Er verließ Tallinn und fuhr in südwestlicher Richtung nach Keila, einer kleinen Stadt. Dort ging er in die Bahnhofsgaststätte, führte ein weiteres Telefongespräch und bestellte noch ein Bier. Norlander konnte ihn die ganze Zeit durchs Fenster beobachten. Schließlich kam er zu seinem Wagen zurück, bog auf die Landstraße ab und fuhr wieder zurück nach Tallinn. Gegen elf erreichte er, Norlanders Miet-Skoda dicht hinter ihm, die estnische Hauptstadt. Er fuhr wieder in die Altstadt, bog in die weniger erleuchteten Viertel ab und parkte vor einem heruntergekommenen, abbruchreifen Haus, das unbewohnt wirkte. Kein Auto weit und breit, keine Menschenseele in den schäbigen Gassen.

Mafialand, dachte Norlander, als er Hellat in dem verfallenen Haus verschwinden sah. Er entsicherte seine Pistole und steckte sie zurück ins Schulterhalfter. Danach zog er die kleinere Pistole aus dem Hosenbund, entsicherte auch sie und schob sie zurück. Zum Schluß vergewisserte er sich, daß das Jagdmesser, das er in einem Gurt ums Schienbein befestigt hatte, für ihn leicht zu erreichen war.

Das Blut jagte wild durch seine Adern.

Viggo Norlanders Augenblick war gekommen.

Viggo Viking.

Er betrat das Haus mit erhobener Dienstpistole. Über sich hörte er Arvo Hellat die morsche Treppe hochlaufen und nach wenigen Schritten hinter einer Tür verschwinden. Plötzlich war es vollkommen still.

Norlander schlich geräuschlos nach oben, die Stufen knarrten nicht ein einziges Mal. In der zweiten Etage gab es drei Türen, eine unmittelbar neben der Treppe, eine am Ende des Flurs und eine fünf Schritte entfernt. Er schlich lautlos zu der letzten. Sie war abgeschlossen.

Viggo Norlander holte tief Luft, trat mit aller Kraft gegen das Türblatt und stürmte mit gezogener Waffe in den Raum.

Acht Mann standen im Licht vor der Wand aufgereiht und richteten ihre Maschinenpistolen auf ihn.

»Lassen Sie Ihre Waffe fallen«, sagte eine estnisch-schwedische Stimme aus dem abgedunkelten Teil des Raums.

Dort stand ein Schreibtisch. Dahinter saßen zwei Männer. Ihre Gesichter waren nicht zu erkennen. Auf dem Schreibtisch saß Hellat und grinste höhnisch. Norlander zielte auf ihn.

»Lassen Sie die Waffe fallen, oder Sie sind tot«, ließ sich die Stimme wieder vernehmen. Das war nicht Hellat. Hellat saß nur da und grinste. »Eine Sekunde«, sagte die Stimme.

Norlander ließ die Waffe fallen.

So überrumpelt hatte er sich noch nie gefühlt.

Hellat kam zu ihm und stellte den Rest seines Waffenarsenals sicher, wobei er leise den Kopf schüttelte. Danach setzte er sich wieder auf den Schreibtisch und baumelte mit den Beinen.

»Es dauert eine Weile, die Truppe zusammenzutrommeln«, sagte die Stimme aus dem Off. Norlander ging auf, daß sie von einem der beiden Männer hinter dem Schreibtisch stammte. »Und ein passendes Lokal zu finden. Deshalb haben wir Arvo auf eine kleine Reise nach Keila geschickt, während wir die nötigen Vorbereitungen getroffen haben. Was glauben Sie eigentlich, was Sie hier treiben? Ist das eine private Vendetta, oder was?«

Norlander rührte sich nicht. Er war wie von einer Eisschicht überzogen.

»Ich möchte Sie dringend auffordern, uns zu erzählen, was Sie hier treiben«, beharrte die Stimme höflich, bewegte sich ins Licht und materialisierte sich zu einem massigen Körper und einem runden, schnurrbärtigen Gesicht mit freundlichem Lächeln.

»Jüri Maarja«, preßte Norlander mit Mühe hervor.

Jüri Maarja stellte sich vor ihn, klopfte ihm leicht auf den Bauch, strich ihm über die Glatze und musterte ihn forschend.

»Interessant«, sagte er. »Interessante Person für eine Vendetta.«

Danach sagte Maarja etwas auf russisch und bekam eine genuschelte Antwort von dem zweiten Mann, der hinter dem Schreibtisch sitzen geblieben war.

»Erzählen Sie alles, was Sie wissen, und alles, was Sie zu wissen glauben«, sagte Maarja, immer noch sehr freundlich. Aber Norlander erkannte die Kälte in der Stimme wieder. Maarja fügte hinzu: »Ich bestehe darauf.«

Norlander schloß die Augen. Die letzte Gelegenheit, heroisch zu sein. Dem Monster direkt in das höfliche Gesicht zu schweigen. Aber die heroische Alternative schien ihm plötzlich nicht mehr so attraktiv.

»In Stockholm werden momentan am laufenden Band schwedische Geschäftsleute hingerichtet«, sagte er heiser. »Sie werden mit Ihrer Munition getötet. Auf die gleiche Weise, in der Sie Verräter ermorden. Viktor X!« rief er dem Schatten hinter dem Schreibtisch zu.

Keine Reaktion.

Jüri Maarja schien aufrichtig überrascht und stieß ein paar russische Silben aus, die durch weitere vom Schreibtisch her ergänzt wurden.

»Es könnte sein, daß Sie soeben Ihr Leben gerettet haben, *Kriminalinspektor Viggo Norlander*«, las er von dem Dienstausweis ab, den er Norlander aus der Tasche gezogen hatte. »Sie werden der Stockholmer Polizei mitteilen, daß wir unschuldig sind. Trotzdem können wir Sie natürlich nicht ungestraft davonkommen lassen. Das entspräche nicht unserem Geschäftsgebaren. Hören Sie mir jetzt ganz genau zu, und prägen Sie sich meine Worte gut ein. Auch wenn wir Ihnen das Ganze noch schriftlich mit auf den Weg geben. Etwas so unerhört Dummes, wie in Schweden schwedische Geschäftsleute umzubringen, würden wir niemals tun. Ist das klar? Wir haben nichts mit der Sache zu tun. Es ist uns extrem wichtig, unsere Anwesenheit in Stockholm so geheim wie nur möglich zu halten.«

Maarja ging zum Schreibtisch, wo ihm der Mann aus dem Schatten einen Zettel und einen Stift reichte. Er verscheuchte Hellat von seinem Platz und begann zu schreiben. Als er endlich fertig war, wandte er sich wieder an Norlander.

»Es wird Zeit, daß wir uns verabschieden. Falls der gute Laikmaa die Idee gehabt haben sollte, einen Mann auf Sie anzusetzen. Obgleich er es besser wissen und sich lieber nicht einmischen sollte. Na, auch er braucht seine Zeit, um das Kommando K zusammenzurufen.«

Danach sagte er etwas auf estnisch, woraufhin die MP-bewaffneten Männer Norlander zu Boden warfen. Er starrte an die Decke, während sie ihm die Arme zur Seite bogen und die Beine auseinanderzerrten. Sein Körper verkrampfte sich.

Da kam der erste grelle Schmerz. Befreiend fast. Er brüllte einfach los. Aus allen möglichen Gründen.

Der zweite Schmerz ließ die beiden folgenden in sich versinken. Er war ein einziges Strahlenbündel aus Schmerzimpulsen.

Scheiße, dachte Norlander verwirrt, was für eine perverse Art zu sterben!

Dann spürte er nur noch, wie er sich auflöste.

18

Die A-Gruppe bekam in ihrer Kampfleitzentrale nichts mit von dem sonnigen Frühlingsmorgen. Dort drinnen war die Stimmung finster.

Hultin kam wie üblich durch die Cheftür herein und warf sein Handy auf den Tisch.

»Falls Norlander sich aus Tallinn meldet«, sagte er, um alle Fragen in der Richtung abzublocken.

Einer rülpste.

Hultin spürte, daß etwas Unseriöses in der Luft lag.

»Also gut. Die Ermittlungen hängen fest. Das sind erfahrene und handverlesene Polizisten wie wir doch gewohnt, oder etwa nicht? Lassen wir uns nicht demoralisieren.«

Der gestrige Tag war in einer Art Katerstimmung vergangen. Ihre Aktivität hatte einen Dämpfer bekommen, sie hatten sich wie in Zeitlupe bewegt.

»Señor Chavez?« leitete Hultin die Runde ein.

Chavez streckte sich.

»Ich arbeite weiter an der MEMAB-Spur. Wenn man das überhaupt eine Spur nennen kann. Aber ich bin ziemlich sicher, daß dort …«

Das Handy klingelte. Hultin ging ran.

»Viggo? Bist du das?«

Ein leises Murmeln ging durch den Raum.

»Wie ist es, in der Maria-Magdalena-Kirche zu singen?« fragte Kerstin Holm.

»Traumhafte Akustik«, sagte Gunnar Nyberg. *»Missa papae Marcelli.«*

»Göttlich«, sagte Holm verträumt.

»Was hast du da eigentlich auf der Wange?« fragte Chavez.

»Einen Pickel«, sagte Hjelm entnervt.

»*Yes*«, sagte Hultin und wedelte heftig mit der freien Hand. Es wurde augenblicklich still in der Kampfleitzentrale. Hultin drehte sich um und starrte gegen die Wand, während er noch einmal »*Yes*« sagte. Danach war er für ein paar Minuten völlig stumm. Obwohl er ihnen den Rücken zuwandte, sahen sie – vielleicht an der Art, wie er sich vornüberbeugte, krümmte –, daß etwas passiert sein mußte. Schließlich beendete er das Gespräch mit einem dritten »*Yes*« und legte das Handy weg. Im selben Moment klickte das kleine Faxgerät auf dem Tisch und begann, ein Blatt Papier auszuspucken. Hultins Miene war konzentriert, aber neutral, während er das Papier hielt, bis die Maschine es endlich freigab. Er las und schloß die Augen.

»Viggo Norlander ist gekreuzigt worden.« Seine Stimme versagte. Eine Sekunde später fuhr er fort: »Die russisch-estnische Mafia hat ihn in einem leerstehenden Haus im schäbigsten Viertel Tallinns an den Fußboden genagelt.«

Sie wechselten Blicke. Die wichtigste Information fehlte noch. Sie wurde im nächsten Moment nachgeliefert.

»Er lebt«, sagte Hultin. »Das war eben Kommissar Kalju Laikmaa von der Tallinner Kriminalpolizei. Norlander hat offensichtlich im Alleingang einen verdammten Feldzug gegen die Mafia gestartet. Laikmaa hat ihn überwachen lassen, weil er so etwas vermutet hatte. Als seine Leute vom sogenannten Kommando K in das Haus eindrangen, lag Viggo bereits eine gute Stunde mit je einem Nagel durch Hände und Füße am Boden. Zu seinem Glück war er bewußtlos. An dem Nagel durch die linke Hand hing diese auf schwedisch abgefaßte Nachricht. Ich lese vor: ›An Kriminalinspektor Viggo Norlanders Chef, Stockholm. Wir gehören zu einer Gruppe, die Ihnen unter dem Namen Viktor X bekannt ist. Mit den Morden an Geschäftsleuten in Stockholm haben wir nichts zu tun. Gewaltverbrechen erledigen wir, wie Sie sehen, innerhalb der Grenzen unseres Landes. Sie bekommen Ihren einsamen Rächer ohne einen einzigen gebrochenen Knochen zurück. Wir nageln nur das Fleisch.‹ Unterzeichnet, Viktor X, und ein PS: ›Wenn Ihre Leute auf diese Weise vorgehen, ist klar, daß der Fall nicht gelöst wird. Trotzdem viel Glück. Es liegt in unserem Interesse, daß Sie den Fall so schnell wie möglich lösen.‹«

»Was hat er sich bloß dabei gedacht?« platzte Chavez heraus.

Kopfschüttelnd sagte Hultin: »Ein paar Anhaltspunkte scheint er trotz allem gefunden zu haben. Er ist noch sehr mitgenommen, läßt aber über Laikmaa ausrichten, daß ein schwedisches Medienunternehmen, das international unter GrimeBear Publishing Inc. firmiert, schwer unter den Schutzgeldforderungen Viktor X' und anderer Gruppen zu leiden hat. Und daß zwei von Viktor X' Alkoholschmugglern, die sich Igor und Igor nennen, in Schweden ihr Unwesen treiben. Versucht, die beiden Herren ausfindig zu machen, und überprüft, was es mit diesem verflixten GrimeBear auf sich hat.«

Hjelm sah Nyberg an. Nyberg sah Hjelm an. Igor und Igor. Auf die beiden waren sie irgendwo gestoßen.

Abschließend sagte Hultin: »Und dann läßt er noch ausrichten, daß er nie wieder Rambo spielen wird.«

Wieder wurden verdutzte Blicke gewechselt.

»Ich wußte gar nicht, daß er überhaupt damit angefangen hatte«, sagte Kerstin Holm und sprach den anderen aus der Seele.

Hjelm und Nyberg fuhren nach Södermalm zu einer Kellerkneipe in der Södermannagatan, genauer, zu der Wohnung, die direkt darüber lag. Sie waren schon einmal dort gewesen. Sie mußten zwölfmal klingeln, ehe ihnen ein verschlafener Mann durch den Türspalt entgegenblinzelte und auf einen Schlag hellwach wurde, als er Gunnar Nyberg sah.

»Laß mich leben«, stammelte er.

Hjelm dachte an Nybergs beeindruckende Sag-was-oder-du-bist-ein-toter-Mann-Technik und an seine tiefe Baßstimme in der *Missa papae Marcelli* in der Maria-Magdalena-Kirche.

»Sei nicht albern, Bert«, sagte Nyberg. »Wir wollen nur ein bißchen mehr Information über Igor und Igor. Was hast du von ihnen gekauft?«

»Das hab ich doch alles schon erzählt«, klang es verzagt durch den Türspalt.

»Dann erzähl es uns noch mal.«

»Sechzigprozentigen Estonia-Wodka aus Liviko. Im Laufe des Winters insgesamt vier Partien zu vier unterschiedlichen Terminen.«

»Wann genau und wieviel?«

»Die erste Lieferung im ... November, glaube ich, die letzte Anfang Februar. Seitdem haben sie nichts mehr von sich hören lassen.«

»Hätten sie das sollen?«

»Sie waren im November da, im Dezember, im Januar und im Februar. Im März nicht. Ich habe jedesmal ein paar Kisten gekauft. Das Zeug geht weg wie warme Semmeln. Wobei man es ordentlich strecken kann, ohne daß es auffällt. Ist inzwischen sozusagen der Lieblingswodka meiner Stammgäste, das mit dem Estnischen hat wohl irgendwie was Geheimnisvolles. Ich hab nichts mehr, und sie haben nichts von sich hören lassen. Leider. War ziemlich günstig.«

»Du kommst jetzt mit ins Präsidium und hilfst uns, ein Phantombild der Gebrüder Igor anzufertigen«, sagte Nyberg.

Das Trio, das kurz darauf von Söder nach Kungsholmen fuhr, sah nicht sehr heroisch aus.

Hultin klopfte ein paarmal auf den Tisch und hielt dann zwei klassische Phantombilder hoch. Das rechte zeigte einen schlanken Mann mit unverkennbar slawischen Zügen und ebenso unverkennbar russischem Schnauzbart. Der Mann auf dem linken Bild war rasiert, rundlich und kräftig, Nyberg nicht ganz unähnlich.

»Das sind zwei von Viktor X' Alkoholschmugglern in Schweden«, leitete Hultin die 15-Uhr-Besprechung ein. »Sie nennen sich Igor und Igor. Die fotografischen Phantombilder waren unbefriedigend, ihr wißt schon, wie damals bei den Palme-Ermittlungen, also haben wir den alten Zeichner aus dem Museum geholt. Die Bilder sind nach den Angaben eines gewissen Herrn Bert Gunnarsson entstanden, Kneipeninhaber auf Söder, der den beiden Ende letzten Jahres und Anfang diesen Jahres mehrmals Schmuggelwodka abgekauft hat. Ich habe die Bilder an Kalju Laikmaa in Tallinn weitergeleitet, der die Männer sofort identifiziert hat. Keiner von beiden heißt Igor. Der Schlanke ist Alexander Brjusov, der Dicke Valerij Trepljov, russische Kleinkriminelle mit Tätigkeitsbereich Estland, jedenfalls bis vor einem halben Jahr; da sind sie offenbar in Viktor X' Auftrag nach Schweden gekommen. Die Tatsache, daß sie im März den Kontakt zu Gunnarsson abgebrochen haben, könnte von Bedeutung sein.«

»Heißt das, wir sollen das Dementi auf Norlanders Stigma ignorieren?« fragte Söderstedt.

»Stigma?« fragte Billy Pettersson.

»Eine Wunde, die an derselben Stelle aufbricht wie beim gekreuzigten Jesus«, erklärte Kerstin Holm.

»Das Dementi darf auf keinen Fall unsere Ermittlungen beeinflussen«, sagte Hultin. »Wir müssen es ignorieren, auch wenn wir es für wahr halten. Versuchen wir also, die beiden

Herren Igor ausfindig zu machen. Sie stellen die einzige konkrete Verbindung zu Viktor X dar.«

Die Zeit bekam eine andere Dimension; es ging ruhiger, langsamer, pedantischer zu. Die Zeichnungen von Igor und Igor wurden in allen Zeitungen veröffentlicht – ohne Resultat –, die Herren Alexander Brjusov und Valerij Trepljov blieben Bilder.

Es gab mehrere Hypothesen – eine davon schien im Moment am plausibelsten zu sein: Daggfeldt und Carlberger waren die eigentlichen Opfer und Strand-Julén die falsche Fährte.

Die Hypothese paßte zu der neu hinzugekommenen Grime-Bear-Spur. Bei dem Medienunternehmen, das sich im Ausland GrimeBear Publishing Inc. nannte, handelte es sich um nichts Geringeres als die mächtige und ahnenreiche Lovisedal AG, die offensichtlich mit der russischen Mafia in Clinch geraten war. Daggfeldt und Carlberger hatten von 1991–93 im Aufsichtsrat der Lovisedal gesessen, nicht aber Strand-Julén, der somit eine mögliche falsche Fährte sein konnte. Es war beispielsweise denkbar, daß Daggfeldt und Carlberger umgebracht worden waren, weil Viktor X dem Konzern wegen seiner strikten Weigerung, in Rußland und im Baltikum Schutzgelder zu zahlen, Druck machen wollte. Das Unternehmen wuchs über die Landesgrenzen hinaus, publizierte bereits eine russischsprachige, täglich erscheinende Wirtschaftszeitung und sondierte nun, wie so viele andere schwedische Unternehmen, das Terrain im Baltikum. Der freie Markt traf auf einen noch freieren Markt, war täglich Drohungen und Zerstörung ausgesetzt und beauftragte private russische Wachgesellschaften, die sich aus alten, in der Sowjetunion trainierten Mafiabekämpfern zusammensetzten. Schwedische Unternehmen finanzierten einen Bürgerkrieg zwischen exsowjetischen Unternehmern und nannten es Unterstützung.

Chavez verfolgte die Lovisedal-Spur parallel zur MEMAB-Spur, das heißt, er sprach mit allen, die zur fraglichen Zeit im Aufsichtsrat gesessen hatten, und versuchte, potentiell Verdächtige einzukreisen. Seine Recherchen ergaben nicht viel. Oft begleitete ihn Hjelm.

Hjelm befand sich in einem regelrechten Vakuum. Seine Gedanken kreisten hauptsächlich um den roten Pickel auf seiner linken Wange, der langsam, aber sicher wuchs. Cilla tat ihn mit einem abschätzigen Lachen ab, dabei maß er inzwischen einen guten Quadratzentimeter, und Hjelm dachte immer häufiger an das eine: Krebs. Bösartiges Melanom. Trotzdem weigerte er sich, etwas dagegen zu unternehmen.

Kerstin Holm hatte seit ihrem merkwürdigen Gespräch in der Kantine kaum ein Wort mit ihm gewechselt. Sie war vorrangig damit beschäftigt, ihre Tonbänder zu sortieren und sie mit den Befragungen von Nachbarn und Angestellten zu koordinieren, die sie bei der Stockholmer Kriminalpolizei in Auftrag gegeben hatte.

George Hummelstrand, entschiedenster Gegner der Abspaltung vom Mimerorden, nahm, entgegen Richter Franzéns Worten, gegenüber dem Skidbladnerorden eine eher ironische Haltung ein. Im großen und ganzen fand er die Geschichte einfach nur albern. Sein Duktus war dem seiner Frau Anna-Clara nicht unähnlich, er baute hier und da anzügliche Gallizismen in das Gespräch ein und machte ständig Andeutungen über seine erotisch leicht abartigen Beziehungen zu anderen Frauen. Er betonte immer wieder, wie frei und französisch seine und Anna-Claras Beziehung sei. Zuerst glaubte Holm, daß er darauf aus war, sie zu verführen, aber am Ende war sie der Überzeugung, daß er impotent war. Erleichtert, aber nicht ohne eine gewisse Faszination, strich sie das Ehepaar Hummelstrand aus ihrem Protokoll.

Söderstedt, Pettersson und Florén verschlossen sich immer mehr in einer eigenen Welt, die aus Optionsmaklern, Scheinfirmen und Pseudogeschäften, verdeckten Dividenden und Neuemissionen bestand. Als Söderstedt in einer Mittagspause unten in der Kantine einen Vortrag über konvertible Schuldscheine hielt, zeigte sich sein offensichtlich gewaltiger Überdruß. Zwischendurch tauchte die Finanzgruppe mit immer wirreren Diagrammen und Übersichtsplänen bei den Durchläufen auf – dagegen erschien Hultins unzusammenhängendes Gekritzel auf dem Whiteboard als ein Wunder an Präzision. Söderstedt war befremdet angesichts der Begeisterung, die die beiden Kollegen von der Wirtschaftsabteilung bei der Bestandsaufnahme des geschäftlichen Treibens der drei Weisen Daggfeldt-Strand-Julén-Carlberger an den Tag legten. Er wollte wieder ein ganz normaler Polizist sein. Oder wenigstens mal wieder in normalen Bahnen denken.

Nyberg wühlte sich wie ein Maulwurf durch die Unterwelt. Trotz seiner raffinierten Methode erzielte er keine Resultate. Er war der erste, der ernsthaft an den Ermittlungen zu zweifeln begann. Entweder vergaloppierten sie sich gerade fundamental, oder sie hatten es mit einem neuen Palme-Mord zu tun. Keiner der Informanten aus der zwielichtigen Welt der Kleingauner, in der die Gerüchteküche unaufhörlich kochte, wußte etwas über eventuelle Täter oder die Taten. Beides schien mit der Unterwelt in ihrer klassischen Bedeutung nichts zu tun zu haben. Sowieso schien die Unterwelt in ihrer klassischen Bedeutung langsam passé zu sein. Die brutale Gewalt fand anderswo statt, vor allem in der Familie, der tatsächlichen Brutstätte des Verbrechens, wo die Erwachsenen ihren Frust abluden. Diebstähle wurden so gut wie ausschließlich von Drogenabhängigen begangen und Raubüberfälle von dubiosen paramilitärischen Organisationen – oft mit rassistischer Prägung –, die auf diese Weise ihre Aktivitäten finanzierten. Und Betrug war im Dienstleistungssektor inzwischen eine Branche von vielen. Die Gauner alter Schule standen abseits, sahen zu und kamen sich wahrscheinlich richtig anständig vor.

Verzweiflung und Frustration gediehen wie nie zuvor in dieser Gesellschaft, in der Horden von Jugendlichen vom Arbeitsmarkt ausgeschlossen wurden, ehe sie auch nur einen Blick darauf geworfen hatten. Nyberg war urlaubsreif.

Was Hultin machte und dachte, war genauso geheimnisumwoben wie seine Tür in der Kampfleitzentrale, die immer abgeschlossen war, wenn einer auf die Idee kam, ihm zu folgen. Als sie ihn darauf ansprachen, lachte er nur.

Eines Abends stahlen sich Chavez und Hjelm zu dem Kunstrasenplatz in Stadshagen, um sich heimlich ein Veteranenspiel zwischen dem SV der Stockholmer Polizei und dem SV Rågsvedsallianz anzusehen.

Hjelm, der sich kopfüber und rund um die Uhr in die Arbeit gestürzt hatte, um die dräuende Krise vor sich herzuschieben, stand plötzlich in einem luftleeren Raum. Er sah in sein unendlich einsames Spiegelbild und verfluchte den wachsenden Pickel auf seiner Wange.

Er versuchte, sich nicht zu fragen, wer dieser Mann war, und dachte doch die ganze Zeit an nichts anderes.

In der zweiten Aprilhälfte legte er plötzlich eine außergewöhnliche Fürsorglichkeit für die Familie an den Tag. Danne fand das ätzend, Tova war hauptsächlich erstaunt, und was Cilla dachte, war nicht rauszukriegen. Das merkwürdige Erlebnis in ihrer Küche klaffte noch immer wie eine offene Wunde zwischen ihnen.

Cilla zog Anfang Mai in das Sommerhaus nach Dalarö, das sie gemietet hatten, und pendelte bis Juni von dort nach Huddinge ins Krankenhaus. Danach begann ihr Urlaub; sie hatte soviel wie möglich für den Sommer zusammengespart. Die Kinder fuhren an den Wochenenden zu ihr raus. Danne hatte offenbar beschlossen, sich im letzten Sommer seiner Kindheit vor der Wirklichkeit zu verkriechen. Paul bekam Anfang Mai ein freies Wochenende bewilligt und verbrachte ein paar ungewöhnlich glückliche, von der Frühlingssonne gesegnete Tage im Kreis seiner Familie.

Sie saßen auf einer Wolldecke an einem einsamen Bootssteg vor einem knallroten Sonnenuntergang mit einer leeren Weinflasche, die neben ihnen hin und her rollte. Hinterher war Cilla schweigsam und irgendwie traurig gewesen. Vollkommen unerreichbar. Die unerträgliche Schönheit des Sonnenuntergangs brannte sich ihnen in die Seele ein. Die tiefrote Schicht über der spiegelblanken Meeresfläche, deren Ränder sich deutlich von der alles umschließenden Schwärze abgrenzten und sich langsam zusammenzogen; eine verdunstende Blutlache über einem Abgrund.

Cilla zitterte, ein heftiges, bodenloses Zittern. Er sah sie lange an, während es immer dunkler wurde. Er versuchte, zu sehen, was sie sah, zu erleben, was sie erlebte. Es ging nicht. Schließlich hatte das Rot sich aufgelöst. Zurück blieb nur das Dunkel. Er versuchte, sie zu überreden, mit ihm zum Haus zurückzugehen, aber er konnte sie nicht erreichen. Am Ende blieb ihm nichts anderes übrig, als sie auf dem Steg zurückzulassen, allein mit ihrer Einsamkeit. Er legte sich ins Bett und tat die ganze Nacht kein Auge zu. Am nächsten Morgen ging er in aller Frühe zum Steg. Da saß sie immer noch, in die Decke gewickelt. Er ging zurück zum Haus, ohne sich bemerkbar zu machen.

Die Zeit vor dem Umzug nach Dalarö war, beruflich gesehen, verhältnismäßig ereignislos gewesen, eine Phase der Kleinarbeit und Konsolidierung. Neben seiner Zusammenarbeit mit Chavez und Nyberg verfolgte er nun zwei frühere Ansätze weiter.

Als erstes wählte er eine 071-Nummer. Eine Frau teilte ihm stöhnend mit, was sie mit seinem Organ machen wollte. Telefonisch befragte er das Handelsregister im Patentamt, aber außer der Postfachnummer in Bromma, die auch in der Anzeige stand, war keine Adresse angegeben. Also fuhr er zum Postamt nach Bromma und wartete. Er suchte sich einen Platz, von dem aus er die Postfächer durchs Fenster beobachten konnte, stand rauchend in der anhaltenden Hitze, die so gar nicht zum Frühling passen wollte, und wartete. Er hatte das Postfach 1414 fast drei Stunden lang nicht aus den Augen gelassen, als ein schmächtiger Mann um die Vierzig einen Schlüssel in das Schloß steckte und es öffnete. Hjelm, inzwischen recht müde, verwarf seinen ursprünglichen Plan, Johan Stecher zu beschatten, um zu überprüfen, ob sich hinter der 071-Nummer tatsächlich ein Bordell verbarg oder nicht. Er ging direkt auf ihn zu und sprach ihn an.

»Stecher?«

Der Mann zögerte keine Sekunde, drängte sich an Hjelm vorbei und wollte losrennen, aber Hjelm fällte ihn, indem er ihm elegant ein Bein stellte. Stecher knallte unmittelbar vor der Schnauze eines fein frisierten Zwergpudels, der vor der Post angebunden war, mit dem Gesicht gegen die Glastür. Der Hund fing sofort panisch an zu jaulen. Hjelm zog den Mann mit der geplatzten Oberlippe hoch.

»Das war wirklich unnötig«, sagte Hjelm, legte ihm Handschellen an und zerrte ihn hinter sich her zum Auto. Er hoffte nur, daß Stecher nicht vorhatte, ihm die Sitze vollzubluten, jetzt, wo er sich gerade an den Wagen gewöhnt hatte.

Jorge Chavez war dabei, als Hjelm Johan Stecher in seinem Büro einem inoffiziellen Verhör unterzog.

»Ich hätte da ein paar Fragen wegen der 071-Anzeigen, die in glücklicheren Zeiten ganze Seiten der Abendzeitungen gefüllt haben«, sagte Hjelm zögerlich. »Warum ist in den Anzeigen eine Adresse angegeben? Laufen Kuppelei und Bordellbetrieb heutzutage über diesen Weg?«

»Das ist gesetzlich vorgeschrieben«, sagte Johan Stecher aufmüpfig und betastete seine verarztete Oberlippe. »Das Gesetz solltet ihr aber kennen. Weshalb bin ich eigentlich hier? Ihr habt kein Recht …«

»Formell sind Sie wegen Widerstands gegen einen Polizisten festgenommen worden.«

»In dem Fall möchte ich von meinem Recht auf einen Anwalt Gebrauch machen.«

»Sie scheinen über Ihre Rechte ja bestens informiert zu sein. Das Problem ist nur, daß im Hintergrund eine viel schwerwiegendere Anklage lauert. Prostitution. Kuppelei mit minderjährigen Jungs.«

Stecher sah ihn baff an.

»Wenn das so ist, verlange ich wirklich einen Anwalt.«

»Dann werden wir dafür sorgen, daß der Staatsanwalt Ihre vorläufige Festnahme veranlaßt, und Sie vor Gericht bringt. Es gäbe allerdings eine Alternative.«

»Moment mal. Ihr habt keine Beweise. Ihr müßt mich gehen lassen.«

»Woher wollen Sie wissen, daß wir keine Beweise haben?«

Stecher schwieg.

Hjelm fuhr ruhig fort: »Heute am frühen Morgen haben wir einen Jungen namens Jörgen Lindén gefaßt, als er gerade in den ersten Zug nach Göteborg steigen wollte. Er hatte eine große Reisetasche bei sich, und es machte den Anschein, als wollte er vor jemandem fliehen, und ich glaube nicht, daß das die Polizei war. Er sitzt in diesem Gebäude in Untersuchungshaft und hat sich vor nicht ganz zehn Minuten bereit erklärt auszusagen. Kriminalinspektor Chavez hat die Vernehmung brillant geführt, wenn auch nicht ganz ohne ... physische Überzeugungskraft.«

Chavez stand auf und goß sich eine Tasse Kaffee ein, damit Stecher sein verdutztes Gesicht nicht sehen konnte. So gewann er ein paar Sekunden, um sich zu sammeln, und konnte sich mit gefaßtem Ausdruck wieder umdrehen. Alle Achtung, dachte er. Reelle Lügen sollten so detailliert wie möglich sein, um auch den letzten zu überzeugen.

Johan Stecher jedenfalls schien überzeugt. Er schwieg und dachte nach. Offenbar war der Gedanke gar nicht so abwegig.

»Wie gesagt«, wiederholte Hjelm, »es gäbe eine Alternative.«

Stecher schwieg immer noch. Er verlangte nicht länger nach einem Anwalt. Hjelm führte seine Attacke zu Ende.

»Schritt eins auf dem Weg zur Freilassung: Erzählen Sie uns alles, was Sie über Bernhard Strand-Julén wissen.«

Johan Stecher räusperte sich und drehte sich ein Stück auf seinem Stuhl.

»Wer garantiert mir, daß ich dann gehen kann?«

»Niemand außer uns weiß, daß Sie hier sind. Es liegt keine formelle Anzeige vor. Sie sind frei, sobald Sie ausgespuckt haben, was wir wissen wollen. Wir haben sehr viel Wichtigeres zu tun, als uns um Ihre Bordelle zu kümmern. Wir werden Sie und Jörgen Lindén gehen lassen, wenn Sie mit uns zusammenarbeiten. Soviel zu Schritt eins.«

»Strand-Julén … Ich hab ihm Jungs besorgt. Die Besatzung für sein Boot, wie er sie immer nannte. Frische, blonde Jungs um die sechzehn mit athletischem Aussehen. Zwei oder drei auf einmal. Jedesmal andere. In der Sommersaison ungefähr jedes zweite Wochenende. Im Winter nie. Da hielt er seinen Winterschlaf.«

»Schritt zwei: Sind Ihre Dienste jemals von Kuno Daggfeldt oder Nils-Emil Carlberger in Anspruch genommen worden?«

»Carlberger«, sagte Stecher mit einem Blick, als hätte er die Frage erwartet. »Er hatte meine Nummer von Strand-Julén bekommen. Vor einem halben Jahr war das. Er klang tierisch nervös und bestellte einen kleinen Jungen. Ich hatte den Eindruck, daß es sein erstes Mal war. Zur Erweiterung des Horizonts, was weiß ich.«

»Wissen Sie, wie es gelaufen ist?«

»Ich hab hinterher mit dem Jungen gesprochen. Er bekam etwas … Stimulierendes fürs zentrale Nervensystem.« Stecher lachte laut. »Carlberger war hilflos, total unerfahren; entweder hundertprozentig hetero oder hundertprozentig impotent. Aber bezahlt hat er anständig.«

»Und das war alles? Nichts zu Daggfeldt?«

»Nein.«

»Und sonst haben Sie nichts über Strand-Julén oder Carlberger zu berichten? Denken Sie noch mal nach.«

Stecher dachte nach und schüttelte den Kopf. »Nein, tut mir leid. Das ist alles.«

Sie ließen ihn gehen.

»Du hättest mich ruhig vorwarnen können«, sagte Chavez und schlürfte an seinem Kaffee.

»Hättest du dann mitgespielt?«

»Nein.«

Sie lachten ein wenig über ihre und die Eigenarten anderer. Dann strich Hjelm Johan Stecher mit einem unsichtbaren Kreuz aus den Ermittlungsunterlagen.

Zwei Stunden später erhielt Hjelm einen seltsamen Anruf von Johan Stecher, der ihm seine Hochachtung aussprach. Er hatte gerade mit Jörgen Lindén gesprochen, der überhaupt nicht kapiert hatte, worum es ging. Stecher lobte Hjelm für die überzeugende Lüge und legte auf. Hjelm stand noch lange da und starrte den Telefonhörer an.

Als Paul Hjelm Mitte Mai zu dem Schluß kam, daß es wohl endgültig bei den drei Opfern bleiben würde, griff er den zweiten alten Ansatz wieder auf. Frühmorgens fuhr er zum Golfplatz nach Kevinge. Es regnete zum ersten Mal in diesem vorgezogenen Sommer. Der Golfplatz war wie ausgestorben, ebenso das Klubhaus.

Mit Ausnahme von Lena Hansson, die ihren Posten an der Rezeption bezogen hatte. Sie erkannte ihn nicht gleich wieder, aber als sie es tat, zog sie genau das Gesicht, das er erwartet hatte. Er fuhr ohne Umschweife schwere Geschütze auf.

»Warum die Lüge, daß Sie am siebten September 1990 nicht Caddie für die drei Toten waren?«

Sie sah ihn mit ziemlich entblößtem Blick an. Eins stand fest, sie hatte auf ihn gewartet. Einen Monat lang.

»Tot waren die nicht. Im Gegenteil. Übertrieben lebendig wäre wohl treffender.«

»Wollen wir uns nicht setzen? Die Gäste scheinen heute durch Abwesenheit zu glänzen.«

»Und dabei ist so ein tolles Licht«, sagte Lena Hansson und klang älter, als sie war.

Sie ging voran in das geschlossene Restaurant und setzte sich an einen der Tische. Hjelm setzte sich zu ihr. Sie fummelte an einem heruntergebrannten Teelicht herum.

»Sie waren drei Caddies, oder?«

»Ja. Sie hatten uns im voraus angefordert. Einen Jungen, Carl-Gustaf von irgendwas, an den Namen kann ich mich nicht mehr genau erinnern, aber ich könnte ihn nachschlagen, meine Freundin Lotta – Lotta Bergström – und mich. Sie hat es am meisten mitgenommen. Ihretwegen hab ich nichts gesagt.«

»Wie meinen Sie das?« Hjelm genehmigte sich eine Zigarette, weniger um des Genusses willen, als um dem Rauchverbotsschild zu trotzen.

»Lotta war … vorher schon aus dem Gleichgewicht. Schwierige Kindheit. Noch schwierigere Jugend. Ich hatte ihr den Job besorgt. Wir waren damals siebzehn und im Gymnasium in derselben Klasse. Ich hab mich irgendwie schuldig gefühlt. Sie … '92 hat sie sich das Leben genommen. Ich weiß nicht einmal, ob das mit dieser Sache zu tun hatte. Wahrscheinlich nicht. Aber ich hab trotzdem das Gefühl, daß alles meine Schuld ist.«

»Was ist passiert?«

»Dieser Carl-Gustaf von und zu konnte es nicht fassen. Er stammte aus einer richtig prächtigen Adelsfamilie, Sie wissen schon, wo noch Anstand und Etikette herrschen, nicht nur bei festlichen Anlässen, sondern als etwas, das auch im Alltag und Geschäftsleben gilt. Anstand, Etikette und eine altmodische Moral stecken solchen Leuten sozusagen in den Knochen. Die meisten Leute von ihnen sind ziemlich unangenehm. Das war Carl-Gustaf auch. Die ersten vier Löcher lachte er noch artig zu allem, was die Herren von sich gaben, aber dann blieb ihm das Lachen im Halse stecken. Die nächsten vier Löcher ließ er sich von Strand-Julén schikanieren, und am neunten Loch stellte er einfach die Golftasche ab und ging. Ich hab ihn nie wieder gesehen. Wäre er ein echter Gentleman gewesen, er hätte uns mitgenommen.«

Carl-Gustaf von und zu, merkte sich Hjelm.

»Und Lotta und Lena harrten aus?« fragte er.

»Siebzehn Jahre, gut erzogen, unsicher: Natürlich sind wir geblieben. Als Carl-Gustaf von und zu weg war, witzelten sie über das Geschwür des erzkonservativen Adels, das um sie herum wucherte. Es gibt so eine Art von neureichem Neid, den ich nur zu gut kenne – auf die, die in den Genen haben, was die anderen ihr Leben lang ersehnt und nur in stilisierter Form erreicht haben. Wenn sie den Adel sehen, sehen sie ihre eigene Affektiertheit. Bei meinem Vater ist es genauso.«

»Etwas präziser, bitte: Was genau ist vorgefallen?«

»Sie hatten vorher im Restaurant schon ziemlich getankt und wirkten, ich weiß nicht, irgendwie gedopt, als hätten sie sich auf der Toilette eine Linie Koks reingezogen.«

»Oder im Taxi auf dem Weg hierher«, sagte Hjelm unprofessionell.

»Jedenfalls ging es mit anzüglichen Sprüchen und Andeutungen auf leidlich hohem Niveau los, so daß wenigstens Carl-Gustaf von und zu noch darüber lachen konnte. Uns war das Ganze hauptsächlich peinlich. Auf dem Golfplatz war so gut wie nichts los, sie konnten also ungestört weitermachen. Strand-Julén hatte es vor allem auf Carl-Gustaf abgesehen, so daß wir eine Weile unsere Ruhe hatten. Die meiste Zeit ging es um die Größe von Carl-Gustafs adligem Organ. Nach seinem Abgang gerieten wir dann in die Schußlinie. Aber richtig. Ich bin nie zuvor in meinem Leben so mies behandelt worden, und das wird mir auch nie wieder passieren. Das versichere ich Ihnen.«

»Was würden Sie machen?«

»Wie meinen Sie das?«

»Sie abknallen?«

Sie lachte laut, grell und ganz und gar unnatürlich.

»Ach ja«, sagte sie schließlich und wischte sich die Tränen ab. »Ich kann nicht behaupten, daß ich sehr betroffen gewesen wäre, als ich hörte, daß sie erschossen worden sind. Alle drei, einer nach dem anderen, ausgerechnet die drei. Das war einfach zu schön, um wahr zu sein. Magisch, wie in einem Märchen. Der unbekannte Rächer. Aber, mein Gott, ich hab noch nie eine Schußwaffe in der Hand gehabt.«

»Gibt es vielleicht in Ihrem Bekanntenkreis jemanden, der sich damit auskennt?«

Sie dachte nach.

»Ich glaube nicht«, sagte sie schließlich ruhig. »Aber in Lottas vielleicht. Das wäre wahrscheinlicher. Ich war einfach nur wütend, verdammt wütend, und diese Wut wird niemals ganz verschwinden, aber ich hab keinen ernsthaften Schaden davongetragen. Sie schon. Sie war vorher bereits angeschlagen, und danach war sie es erst recht.«

»Also, was genau ist vorgefallen?«

»Auf dem zehnten, elften Fairway fingen sie mit dem Gegrapsche an. Kaum hatten wir den Waldrand erreicht, wurden sie aufdringlicher. Sie waren unglaublich aufgedreht – irgendwas müssen die eingeworfen haben – und fingen an, uns ernsthaft an die Wäsche zu gehen. Sie haben es geschafft, Lotta das T-Shirt auszuziehen, und einer von ihnen, Daggfeldt, glaube ich, hat sich auf sie gelegt. Carlberger stand daneben und guckte zu, während Strand-Julén mich festhielt. Doch, so war es. Ich riß mich los, schnappte mir einen Schläger und hieb ihn Daggfeldt direkt in den Nacken. Er rollte von Lotta runter, und ich habe mich erst mal um sie gekümmert, wollte sie trösten. Daggfeldt wälzte sich auf dem Boden, er blutete am Hinterkopf. Die beiden anderen standen da und grübelten wohl, wie das Problem am besten zu lösen war. Auf einen Schlag waren sie stocknüchtern. Entschuldigten sich tausendmal und boten uns Geld, damit wir die Klappe hielten. Und wir haben uns tatsächlich unser Schweigen abkaufen lassen. Für teures Geld. Mehrere tausend Kronen. Außerdem haben wir verlangt, daß wir unsere Jobs behielten. Na ja, Lotta ist kurz danach trotzdem gefeuert worden, und ein paar Wochen später hat sie ihren dritten Selbstmordversuch unternommen. Beim siebten, ein paar Jahre später, hat sie es schließlich geschafft. Ich weiß nicht, ob sie es wirklich wollte. Und ich weiß nicht, welche Rolle diese Sache dabei gespielt hat. Aber ich muß ständig daran denken. Solche Arschlöcher! Ich bin froh, daß sie tot sind.«

»Haben die drei nach dem Vorfall noch öfter hier gespielt?«

»Ja. Wahrscheinlich wären ihnen sonst viel zu wichtige Kontakte verlorengegangen. Aber zusammen haben sie nie mehr gespielt.«

»Als wir uns das letzte Mal unterhielten, haben Sie über Daggfeldt und Strand-Julén gesagt, daß sie Sie bei ihrer Ankunft immer begrüßt und eine Weile mit Ihnen geplaudert haben. Das stimmt nicht, oder?«

»Nein, das war gelogen. Nach dem Vorfall hat mich keiner von denen noch eines Blickes gewürdigt. Sie wirkten leise beunruhigt, als ich am Empfang anfing. Aber im Grunde genommen waren sie überzeugt, mein Schweigen erkauft zu haben.«

»Und, hatten sie das? Haben Sie niemandem davon erzählt? Ihrem Geliebten zum Beispiel, wie heißt er noch gleich, der Sekretär des Golfklubs? Axel Wifstrand?«

»Widstrand. Nein, dem nun ganz sicher nicht. Er hätte es nur ... in den falschen Hals gekriegt.«

»Wäre er gewalttätig geworden?«

»Im Gegenteil. Er wäre wohl eher davon ausgegangen, daß ich lüge. Nein, ich habe niemandem davon erzählt. Sie haben mein Schweigen erkauft, das hat funktioniert. Ob es ihnen allerdings gelungen ist, Lotta zu kaufen, kann ich nicht sagen.«

»Hatte sie einen Freund oder Bruder oder Vater?«

»Wenn ich es richtig verstanden habe, war ihr Vater Bengt-Egil die eigentliche Wurzel ihres Problems. Zum einen hätte sie ihm niemals davon erzählt, zum anderen hätte er sie niemals gerächt. Und einen Freund gab es nicht, das war die andere Wurzel. Aber sie und ihr Bruder hatten ein sehr enges Verhältnis. Gusten und Lotta, unzertrennlich.«

»Glauben Sie, daß er etwas davon wußte?«

»Wir haben uns aus den Augen verloren, als sie ernstlich krank wurde. Ich weiß es nicht. Aber sollte Gusten hinter den Morden stehen, wäre ich ihm sehr dankbar. Ich werde ihn bestimmt im Gefängnis besuchen.«

»Heißt er wirklich Gusten?«

»Leider.«

Hjelm überlegte. Gusten Bergström.

»Könnten wir noch kurz nachschauen, wie Carl-Gustaf von und zu mit Nachnamen heißt? Danach werde ich Sie auch nicht mehr belästigen. Hoffe ich zumindest.«

Lena Hansson stand auf und streckte sich. Er registrierte einen Stolz an ihr, der ihm vorher nicht aufgefallen war. Ein paar Wochen zuvor nur eine mögliche Zeugin, jetzt ein ganzer, vollständiger Mensch.

»Halten Sie Ihre Wut am Leben«, sagte er.

Sie sah ihn zynisch an.

Graf Carl-Gustaf af Silfverbladh war 1992 auf das Familiengut nach Dorset in England gezogen, um, nachdem er sich die Hörner abgestoßen hatte, eine anständige Ausbildung in Oxford zu absolvieren wie schon sein Vater und Großvater vor ihm. Er war seitdem nicht mehr in Schweden gewesen und würde voraussichtlich auch niemals zurückkommen.

Hjelm fragte sich, wie die Engländer wohl seinen Namen aussprachen.

Gusten Bergström war achtundzwanzig, ein paar Jahre älter, als seine Schwester inzwischen gewesen wäre. Er wohnte in der Gamla Brogatan mitten im Zentrum und arbeitete als Computerexperte bei der Schwedischen Bahn, in der Geschäftsstelle für Fernreiseverkehr.

Als Hjelm an seiner Wohnungstür klingelte, sah er, wie der Spion in der Tür sich verdunkelte.

»Polizei!« brüllte er und pochte gegen die Tür.

Der Mann, der öffnete, war dünn wie ein Streichholz. Seine Frisur erinnerte stark an ein Toupé, war aber sicher keins. Er trug eine Brille mit dicken Gläsern und sah aus wie eine Mischung aus jugendlichem Hacker und ältlichem Oberbuchhalter.

Hjelm musterte Gusten Bergström enttäuscht. Daß das kein Mörder war, darauf hätte er sein Leben verwettet.

»Kriminalpolizei«, sagte er und hielt seinen Ausweis hoch.

Gusten Bergström ließ ihn wortlos in die Wohnung treten, die, gelinde gesagt, einen asketischen Eindruck machte. Ein einziges Zimmer, in dem ein Computer lief, völlig kahle Wände. Ehe Bergström das Bild auf dem Bildschirm verdunkeln konnte, hatte Hjelm noch einen Blick auf eine ungeheuer wirklichkeitsgetreue nackte Frau erhascht. War das ein Computerporno?, dachte er und kam sich sehr alt vor.

»Setzen Sie sich doch«, sagte Gusten Bergström höflich.

Hjelm setzte sich auf ein Barockstilsofa und Bergström in den dazu passenden Sessel.

»Ich würde gern mit Ihnen über Ihre Schwester reden«, sagte Hjelm so vorsichtig wie möglich.

Bergström sprang auf und ging zu dem Regal, in dem auch der Computer stand. Er nahm ein goldgerahmtes Foto aus einem der Fächer und reichte es Hjelm. Ein Teenager lächelte ihn breit an. Sie hatte erstaunliche Ähnlichkeit mit ihrem Bruder.

»Das ist an Lottas siebzehntem Geburtstag aufgenommen worden; danach begann es ihr richtig schlechtzugehen«, erklärte Gusten Bergström niedergeschlagen.

»Hübsch«, sagte Hjelm und kam sich schäbig vor. Das Bild war aus der Zeit vor dem Vorfall auf dem Golfplatz.

»Worum geht es?« fragte Bergström und schob die Brille in die Stirn.

»In dem Alter hat sie als Caddie auf dem Golfplatz von Kevinge gearbeitet. Erinnern Sie sich daran?«

Gusten Bergström nickte bedächtig.

»Hat Sie Ihnen je von dem Job erzählt?«

»Nein«, seufzte Bergström. Irgendwas in ihm schien endgültig zerbrochen.

»Gar nichts?«

Zum ersten Mal sah Bergström ihm in die Augen. Beide suchten sie etwas bei dem anderen.

»Worum geht es?« fragte Bergström noch einmal. »Meine Schwester ist seit ein paar Jahren tot. Warum kommen Sie hierher und reden von ihr, als würde sie noch leben? Ich hab mich gerade an den Gedanken gewöhnt, daß sie tot ist. Tot und für immer weg.«

»Im Herbst 1990 hat sie den Job im Golfklub verloren. Können Sie sich daran erinnern?«

»Ich bekomme so seltsame Antworten auf meine Fragen«, sagte Bergström gequält.

»Ich auch«, sagte Hjelm. »Und dabei bin ich es doch, der die Fragen stellt.«

Bergström seufzte tief und fühlte sich wahrscheinlich, als risse ihm jemand den Schorf von seinen Wunden.

»Doch, ich erinnere mich daran. Die Saison war vorbei, der Golfklub machte für den Winter dicht. Sie ging noch zur

Schule, es war also keine Katastrophe, daß ihr der Ferienjob abhanden kam.«

»Und sonst erinnern Sie sich an nichts? Hat sie Ihnen von der Zeit auf dem Golfplatz gar nichts erzählt?«

»Sie hatte den Job durch eine Freundin bekommen, den Namen weiß ich nicht mehr. Ich hab mich in Danderyd nie wohl gefühlt, wenn ich ehrlich sein soll, kannte dort niemanden. Sie wohl auch nicht. Das war keine glückliche Zeit. Überhaupt keine glückliche Zeit.«

»Kurz danach hat sie zum dritten Mal versucht, sich das Leben zu nehmen, nicht wahr?«

»Sie sind wirklich feinfühlig«, sagte Bergström angestrengt. »Ja, hat sie. Mit einer Rasierklinge, zum ersten und einzigen Mal. Gelungen ist es ihr am Ende mit ein paar Alvedon. Wußten Sie, daß eine winzige Menge Alvedon ausreicht, um Leber und Nieren außer Gefecht zu setzen, wenn man es nur mit genügend Alkohol einnimmt? Lotta wußte das. Das waren keine Warnungen oder Schreckschüsse oder Hilferufe. Sie hat siebenmal ernsthaft versucht, sich umzubringen. Es war, als wäre sie eine ... falsche Lieferung gewesen. Als wäre sie nicht dafür bestimmt gewesen, geboren zu werden. Als hätte jemand die Lieferscheine vertauscht.«

»Wissen Sie, woran das lag?«

»Ich weiß es nicht, und ich verstehe es nicht«, sagte Bergström tonlos. »Ich verstehe es nicht, und ich werde es auch niemals verstehen.«

»Haben Sie etwas von den Morden an den drei Geschäftsleuten mitbekommen?«

Bergström hatte sich abgewandt. Es dauerte eine Weile, bis er sich gefaßt hatte.

»Das ließ sich ja kaum vermeiden.«

»Haben Sie die drei umgebracht?«

Gusten Bergström sah ihn verdutzt an. Dann blitzte es eigenartig in seinen Augen, so als hätte jemand seinen verkümmerten Lungen neuen Lebensgeist eingehaucht. Der Geist ist willig, das Fleisch ist schwach, dachte Hjelm blasphemisch.

»Ja«, sagte Bergström und schien zu wachsen. »Ich habe sie ermordet.«

Hjelm betrachtete die von innen leuchtende Gestalt. Plötzlich geschah etwas in Gusten Bergströms tristem Alltag. Sein Gesicht würde auf allen Titelseiten prangen. Er würde zum ersten und letzten Mal in seinem Leben im Mittelpunkt stehen.

»Lassen Sie das«, sagte Paul Hjelm und blies mit dem kurzen Satz den plötzlich erwachten Lebensgeist aus.

Gusten Bergström sank in seinem harten Sessel zusammen. Hjelm goß ein wenig Öl auf die Wogen der Enttäuschung.

»Warum haben Sie Kuno Daggfeldt, Bernhard Strand-Julén und Nils-Emil Carlberger getötet?«

»Warum?« Bergström zog die ohnehin schon hochgezogenen Schultern noch ein Stückchen höher. »Na ja, weil sie ... reich waren ...«

»Sie haben also nicht die leiseste Ahnung, was diese drei Herren Ihrer Schwester am siebten September 1990 angetan haben, einen Monat bevor sie ihren dritten Selbstmordversuch unternahm und zum ersten Mal in Beckomberga eingeliefert wurde?«

»Was zum Teufel wollen Sie damit sagen?« Gusten Bergström fuhr aus dem Sessel hoch und suchte etwas, woran er sich festhalten konnte. Aber es gab nichts. Seine Finger griffen ins Leere.

»Die drei haben an ebenjenem Tag versucht, ihre Schwester, die als Caddie bei ihnen mitlief, zu vergewaltigen.«

Bergströms Hände erstarrten. Er stand reglos in einer Wolke aus Staubkörnern, genau an der Stelle, an der sich die diagonal einfallenden Sonnenstrahlen brachen. Es lag eine makabere Schönheit in seinem Schmerz.

»Hätte ich das gewußt«, sagte er laut und deutlich, »hätte ich sie umgebracht. Aber dann hätten sie nicht mehr so lange gelebt, das garantiere ich Ihnen.«

» Sie wußten also nichts davon?«

»Nein.« Bergström setzte sich, um im nächsten Moment

wieder aufzuspringen. »Jetzt verstehe ich«, sagte er. »Jetzt verstehe ich alles.«

»Was verstehen Sie?«

»Lotta war es. Lotta hat sich selbst gerächt! Sie hat das Reich der Toten für ein paar Tage verlassen. Danach ist sie in die bessere Welt zurückgekehrt.«

Bergström hastete zu dem Regal, zog ein altes abgegriffenes Buch heraus und fuchtelte damit vor Hjelms Gesicht hin und her.

»Wissen Sie, was Erinnyen sind?« fragte er, schien aber keine Antwort zu erwarten. Er hätte auch keine bekommen. »Das sind die entsetzlichsten Wesen der griechischen Mythologie, aber auch die respektabelsten. Der lange Arm der absoluten Gerechtigkeit. Sie jagen ihre Opfer Tag und Nacht, bis sich das Grab vor ihnen auftut. Ich werde Ihnen ein kleines Stückchen daraus vorlesen: ›Im Grunde genommen war die Erinnys ursprünglich nichts anderes als die Seele des Ermordeten oder Verstorbenen, die, wenn es keinen Angehörigen gab, der die Blutrache erfüllen konnte, die Rache selber in die Hand nahm, unerbittlich und unversöhnlich, wie Todesengel in ihrem Zorn nun einmal sind.‹«

Er sah Hjelm auffordernd an, doch der saß nur schweigend da.

»Begreifen Sie denn nicht!« rief Gusten Bergström. »Es gab keinen Rächer, also mußte sie es selber machen. Sie hat auf einen Rächer gewartet, aber es kam keiner. Es stimmt alles! Ausgerechnet die drei, die ihr das angetan haben, sterben ein paar Jahre später kurz nacheinander. Das ist doch wunderbar! Und der Mörder ist die Seele einer Ermordeten! Eine Rachegöttin!«

Für einen Moment ließ Hjelm sich von Bergströms Begeisterung mitreißen. Die Parallelen waren nicht von der Hand zu weisen. Der spurlose Rächer. Der göttliche, postume Rächer aus dem Reich der Toten.

Der Gedanke an eine höchst materielle Kugel aus Kasachstan in der Wand einer Djursholmer Villa holte ihn in die Realität zurück.

»Vielleicht haben die Erinnyen ein Medium gehabt, das den Abzug bedient hat. Wem könnte Ihre Schwester von dem Vorfall auf dem Golfplatz erzählt haben?«

»Es gab nur uns zwei! Verstehen Sie nicht? Nur sie und ich, Lotta und Gusten. Gusten und Lotta.«

»Vater, Mutter, jemand in der Psychiatrie?«

»Unser Vater? Na, ganz bestimmt!« Gusten Bergström lachte. Er hatte eine Schwelle überschritten. »Mutter? Die Stumme, Taube und Blinde? Sicherlich! Jemand aus Beckomberga? Wo jeder in seiner Ecke hockt und sich von morgens bis abends die Geschlechtsteile massiert? Sehr wahrscheinlich! Da haben Sie Ihren kaltblütigen Mörder! Der Beckombergamann! Der Präzisionsmörder aus dem Irrenhaus!«

Hjelm spürte, daß es an der Zeit war, Gusten Bergström mit seinem verrückten Kummer allein zu lassen.

Die nächsten Tage verbrachte Hjelm damit, die Golfspur weiterzuverfolgen. Er fuhr nach Beckomberga und sprach mit dem Personal der psychiatrischen Klinik, um einen eventuellen Freundeskreis Lottas ausfindig zu machen. Es gab keinen. Der einzige Mitarbeiter, der seit Anfang der neunziger Jahre dabei war, ein abgebrühter Pfleger, erinnerte sich an Lotta als ausgeprägte Einzelgängerin. Krankhaft verschlossen, vollkommen introvertiert. Der einzige, dem Lotta Bergström von dem Vorfall erzählt haben konnte, war und blieb ihr Bruder, und dem hatte sie offensichtlich nichts gesagt. Es sei denn, Gusten Bergström war ein genialer Schauspieler. Hjelm richtete seine Aufmerksamkeit auf Lena Hanssons Familie und ihren Freundeskreis, wobei genausowenig herauskam. Sie hatte sich tatsächlich von Daggfeldt und den anderen beiden Burschen ihr Schweigen abkaufen lassen. Die einzige Möglichkeit, die Hjelm nach mehreren Tagen fruchtloser Suche noch einfiel, war, daß Lena Hansson einen Killer engagiert hatte. Er ließ die Spur ruhen.

In dieser Phase erhielt er die Vorladung zu der Verhandlung gegen Dritëro Frakulla. Er konnte nicht behaupten, daß er sich darauf freute. Wenige Wochen nach Frakullas Geiselnahme in der Einwandererbehörde in Hallunda hatte die Flüchtlingspolitik eine plötzliche Kursänderung vorgenommen. Mehrere hundert von der Ausweisung bedrohte Kosovoalbaner hatten plötzlich bleiben dürfen. Unter ihnen Dritëro Frakulla und seine Familie, der nach dem verzweifelten Versuch, seine Familie zu retten, nun abgeschoben werden würde, sobald er seine Gefängnisstrafe abgesessen hatte. Die Aktion, mit der er die Familie vor der Abschiebung hatte bewahren wollen, hatte genau den entgegengesetzten Effekt gehabt. Ironie des Schicksals war in Hjelms Augen noch eine absolute Untertreibung.

Er wurde im Gerichtssaal des Rathauses in den Zeugenstand gerufen und bemühte sich um größtmögliche Sachlichkeit und Klarheit. Es gelang ihm einigermaßen, die Presseleute zu ignorieren, die ihn vor, während und nach der Verhandlung bedrängten, aber Dritëro Frakullas finsterem Blick entkam er nicht. Frakullas Arm steckte immer noch in einer Schlaufe, und von der Anklagebank her schaute er Hjelm unverwandt an. Sein Blick war nicht anklagend, eher gebrochen. Trotzdem gelang es Hjelm nicht, sich von dem Vorwurf freizumachen, der möglicherweise nur in seinem Kopf existierte. Er hatte das Gefühl, daß Frakulla ihn nicht anklagte, weil er auf ihn geschossen hatte, sondern weil er ihn nicht erschossen hatte. Wäre er getötet worden, hätte seine Familie bleiben können, jetzt würden sie ihm in ein paar Jahren in den Kosovo folgen müssen. Frakullas gebrochener Blick war der Auslöser dieses zutiefst unbehaglichen Gefühls, das jedes seiner Worte und jede Antwort, die Hjelm auf die verbindlichen Fragen des Staatsanwalts und die anklagenden Fragen des Verteidigers gab, begleitete und behinderte. Frakullas Pflichtverteidiger war ein blasierter älterer Herr, der punktgenau die richtigen Fragen stellte: Warum hatte er nicht das Eintreffen der Spezialeinheit abgewartet? Warum hatte die Abteilung für interne Ermittlungen den Fall nicht aufgegriffen? Bruun, Hultin und Mörner war es offenbar gelungen, alle Spuren der Vernehmung, die Grundström und Mårtensson mit ihm durchgeführt hatten, zu beseitigen. Aber alle Attacken waren harmlos gegen Frakullas starren Blick.

Als er den Zeugenstand verließ und zwischen den Bankreihen hindurch aus dem Saal ging, sah er den Blick eines kleinen Jungen, der identisch mit dem seines Vaters war.

Es dauerte eine Weile, bis Paul Hjelm die Ermittlung wiederaufnehmen konnte.

Einige Tage später platzte Viggo Norlander mitten in einen Vormittagsdurchlauf in der Kampfleitzentrale. Der eigentlich noch Krankgeschriebene humpelte auf zwei Krücken herein. Sein ohnehin schon ausdrucksloser Blick wirkte noch leerer. Die Hände steckten in Mullbinden. Seine Kollegen begrüßten ihn herzlich. Kerstin Holm lief nach draußen und holte den Blumenstrauß, für den sie gesammelt hatten und den sie ihm am Abend hatten vorbeibringen wollen. Offensichtlich aufrichtig gerührt, setzte Norlander sich auf seinen Platz.

Während der Zeit im Tallinner Krankenhaus und später in Huddinge war er sicher gewesen, daß Hultin ihn von den Ermittlungen ausgeschlossen hatte und daß man ihn womöglich zur Verantwortung ziehen würde. Als er auf seinen Stuhl sank, begriff er, daß ihm verziehen worden war. Ihm fiel kein passenderer Ausdruck ein. Er machte keinen Hehl daraus, daß ihm die Tränen kamen.

Er machte den Eindruck eines gebrochenen Mannes. Die anderen fragten sich, ob er sich je ganz erholen würde. Aber als er den Kopf hob und sie mit rotgeränderten Augen anschaute, sahen sie, daß er Tränen der Rührung und der Freude weinte. Je länger sie sich kannten, desto schwieriger wurde es paradoxerweise, einander zu verstehen.

Im Hinausgehen sah Hjelm aus dem Augenwinkel, wie Söderstedt zu Norlander ging, ihm einen Arm um die Schultern legte und etwas sagte. Worauf Viggo Norlander laut und herzhaft lachte.

Fortschritte hatte es keine gegeben. Inzwischen gingen sie hundertprozentig von der Hypothese aus, daß die Mordserie beendet war und daß die schwedische Wirtschaftswelt mit einem Minus von drei, und nur diesen drei Mitgliedern würde auskommen müssen: Kuno Daggfeldt, Bernhard Strand-Julén und Nils-Emil Carlberger.

Sie irrten sich.

19

Der Rauch hat sich verzogen, der stechende Geruch ist verschwunden. Der Mann hat sich endlich zur Ruhe gelegt.

Diesmal hat es ziemlich lange gedauert.

Es war ein langer Tag.

Jetzt ist Nacht.

Nacht im Wohnzimmer.

Er sitzt zurückgelehnt auf dem Sofa und betrachtet den Mann, während die ersten Klavierklänge den Raum erkunden, Wanderungen die Tastatur hinauf und hinab. Das Saxophon schließt sich dem Klavier an, die gleichen Sprünge, der gleiche Spaziergang.

Als das Saxophon ausbricht und das Klavier im Hintergrund seine verhaltenen Akkorde ausstreut, kommt es ihm fast so vor, als richte der Mann sich auf. Ein paar kurze Trommelwirbel. Und als das Saxophon jenseits der Harmonien zu fiepsen beginnt, ist es, als erhöbe sich der Mann und wende sich dem leeren Raum vor ihm zu. Das Saxophon stößt zu, schlägt um sich, windet sich immer höher hinauf. Aus dem Kopf des Mannes rinnt Blut. Es ist, als ramme er dem leeren Raum vor sich die geballte Faust in den Magen. Als das Klavier verstummt, folgt ein zweiter, härterer Schlag in den leeren Raum.

Es ist eine Pantomime, ein eigenwilliger Totentanz.

Yeah, u-hu. Der erste Tritt. Gegen das Knie.

Das Saxophon wird immer schneller, klettert immer höher hinauf.

Ay. Der zweite Tritt. In den Unterleib.

Eine strenge Choreographie. Jeder Schlag, jeder Tritt exakt an der gleichen Stelle.

Er hat diesen Tanz schon so oft gesehen.

Und mit dem Einsetzen des Applauses kommt der Faustschlag. Gemurmel im Publikum, das Klavier übernimmt die Führung. Genau an dieser Stelle kommt der Schlag. Die Zähne rollen lose unter der Zunge hin und her, und genau an dieser Stelle passiert es. Genau an dieser Stelle.

Das Klavier tastet sich unsicher vor. Dann legt es los, immer freier, immer schöner. Endlich hat er die Schönheit darin erkannt. Der Mann tritt gegen den am Boden liegenden leeren Raum, tritt einmal, zweimal, dreimal, viermal zu. Dazu verhaltene Klavierklänge. Der leere Raum existiert nicht mehr.

Der Baß verstummt. Das Klavier nimmt seine Wanderungen wieder auf. Wie am Anfang.

Als die Tür zur Eingangshalle geöffnet wird, setzt der Mann gerade zum fünften Tritt an.

»Papa?« ruft eine Mädchenstimme.

Der Mann sackt in sich zusammen und liegt reglos am Boden. Genau wie vorher.

Da ist er längst aus dem Raum, aus dem Haus, aus dem Garten.

Er ist so weit weg, daß er den herzzerreißenden Schrei nicht hören muß.

20

Gunnar Nyberg wurde in dem hoffnungsvoll stehengelassenen Doppelbett in seiner Dreizimmerwohnung in Nacka aus dem Schlaf gerissen, Viggo Norlander in dem harten Feldbett in seiner Dreizimmerwohnung in der Banérgatan. Kerstin Holm wurde in Brandberg von der Matratze auf dem Boden der kleinen Wohnung der Exfrau ihres Exmannes geholt. Jorge Chavez schreckte von dem kleinen Klapptisch in der Kochnische seines Pensionszimmers an der Kreuzung Bergsgatan-Scheelegatan hoch, wo er, das halbvolle Weinglas in der Hand, mit dem Gesicht in den Resten des Abendessens eingeschlafen war. Arto Söderstedt erhob sich aus dem Lesesessel in seiner Einzimmerwohnung in der Agnegatan und legte seine Brille weg. Und Paul Hjelm wurde aus dem ungemütlich leeren Doppelbett in dem Reihenhaus in Norsborg geklingelt.

Jan-Olov Hultin war schon länger wach. Er erwartete sie in einer Küche in Rösunda, Saltsjöbaden.

Chavez traf als letzter ein und sah unverschämt frisch aus, eine Nachtblume in der pechschwarzen Mainacht.

»Hast du etwa geduscht?« fragte Hjelm, der einen großen Kaffeepott umklammerte.

»Frag nicht«, antwortete Chavez. »Also, um wen handelt es sich?«

»Hast du schon einen Blick ins Wohnzimmer geworfen?«

»Es sieht aus wie immer. Haben die Techniker schon angefangen?«

»Ich hab euch vor den Technikern angerufen«, sagte Hultin. »Damit ihr den Schauplatz völlig unberührt sehen könnt. Es sind wieder zwei Schüsse in den Kopf, oder?«

Einige nickten.

»Die Kugeln stecken noch in der Wand«, sagte Söderstedt.

Hultin nickte und legte los. »Gut, da kommt einiges auf uns zu. In diesem Fall haben wir es mit einer anderen Sorte ›Spitze der Gesellschaft‹ zu tun. Der Tote heißt Enar Brandberg, war seit der letzten Wahl Reichstagsabgeordneter und vorher Generaldirektor eines kleineren staatlichen Werks.«

»Allmänna Direktionsfonds«, sagte Söderstedt. »Nicht direkt ein staatliches Werk, aber fast. Danach war er Abgeordneter der Volkspartei.«

Hultin schickte ihm einen Seitenblick und nahm den Faden wieder auf.

»Kurz nach ein Uhr kam die Tochter, Helena Brandberg, achtzehn, nach Hause, vor einer Dreiviertelstunde also. Sie hörte Jazz aus dem Wohnzimmer, was ihr sonderbar vorkam, da ihr Vater nie Musik hörte. Sie ging ins Wohnzimmer, sah die flatternden Gardinen und dahinter einen schemenhaften Schatten über den Rasen zur Straße rennen. Etwas verwirrt ging sie zur Stereoanlage und machte die Musik aus. Erst danach entdeckte sie ihren Vater und schrie – so laut, daß die Nachbarn herbeigeeilt kamen, eine Familie Hörnlund, deren Tochter im selben Alter wie Helena und zufällig auch ihre beste Freundin ist. Helena Brandberg steht unter Schock, es war so gut wie nichts aus ihr herauszukriegen. Ich mußte mich hauptsächlich an die Aussagen von Familie Hörnlund halten. Da es keine Mutter mehr gibt, sie ist vor ein paar Jahren an Krebs gestorben, haben die Hörnlunds Helena Brandberg ins Krankenhaus begleitet. Ich war draußen und hab mir den Garten angesehen; scheint so, als gäbe es im Gras eine Menge Spuren.«

»Das Ende der Spurlosigkeit«, sagte Chavez.

»Die Materialisierung der Erinnyen«, sagte Hjelm.

Die anderen sahen ihn an. Söderstedt hob die linke Augenbraue und setzte zu einem Kommentar an, zog es aber doch vor zu schweigen.

»Also gut«, faßte Hultin in gewohnter Manier zusammen, »diesmal stecken beide Kugeln noch in der Wand, und wir haben eine Menge Fußabdrücke. Aber vor allen Dingen haben wir eine Kassette.«

»Eine Kassette?« fragte Holm.

»Ja, die Musik, Jazz. Im Kassettenfach der Stereoanlage steckt ein Band, das ohne jeden Zweifel unserem Mörder gehört. Den Brandbergs gehört es jedenfalls nicht. Weder die Tochter noch der Vater hörten Jazz. Aber als die Tochter nach Hause kam, lief das Band, und aller Wahrscheinlichkeit nach hat der Mörder sich noch in dem Raum aufgehalten. Offensichtlich ist es eine feste Gewohnheit unseres Mannes, sich nach dem Mord aufs Sofa zu setzen und sich ein Jazzstück anzuhören. Dank Helena Brandberg, die das Band angehalten hat, wissen wir sogar, um welches Stück es sich handelt. Und da ein paar Musikfreunde unter uns sind, dachte ich, wir könnten gleich hier versuchen, herauszubekommen, was es mit dem Stück auf sich hat. Nicht zuletzt deswegen habe ich die Techniker erst etwas später informiert. Uns bleiben vielleicht zwanzig Minuten, bis wir aus dem Wohnzimmer geschmissen werden.«

»Mit Jazz kenne ich mich nicht sonderlich aus«, sagte Gunnar Nyberg.

Sie gingen ins Wohnzimmer und stiegen einer nach dem anderen über den Toten hinweg. Hultin zog Gummihandschuhe über und spulte das Band an den Anfang des Stückes zurück.

Bereits nach den ersten drei, vier Klaviertönen sagten zwei Personen im Chor: »Misterioso.«

Kerstin Holm und Jorge Chavez sahen einander erstaunt an. Hultin hielt das Band an.

»Einer nach dem anderen«, sagte er gleichmütig und ignorierte geflissentlich die Absurdität der Tatsache, daß zwei von sechs Mitarbeitern der A-Gruppe Jazzkenner waren.

»Das Stück ist sehr bekannt«, sagte Chavez, nachdem Kerstin Holm ihm zugenickt hatte. »Thelonious Monk Quartet. Monk Klavier, Johnny Griffin Tenorsaxophon, Ahmed Abdul Malik Baß. Wie heißt der Schlagzeuger noch gleich?«

»Roy Haynes«, sagte Kerstin.

»Genau«, sagte Jorge. »Es ist der Titelsong der LP *Misterioso*, auf dem Original das sechste und letzte Stück, wenn mich nicht alles täuscht. Zehn, elf Minuten lang. Atemberaubendes Saxophonsolo von Griffin, Monk in Höchstform. Eine Komposition von Monk. Was gibt es sonst noch zu sagen?«

Kerstin Holm übernahm.

»Die Aufnahme entstand an einem magischen Sommerabend 1958 in dem bekannten New Yorker Jazzklub Five Spot Café. Auf der CD haben sie noch ein paar Titel von einer früheren Aufnahme dazugenommen. Der erste ist auch so ein Standard, *Round Midnight*. Wir können feststellen, ob unser Mann seine Kassette von der CD oder der Originalplatte aufgenommen hat. Bei der CD kommt *Round Midnight* nach *Misterioso*, auf der Platte nichts.«

Sie spulte vor. Nach den letzten Akkorden von Klavier und Saxophon, nach dem Applaus und den Pfiffen kam ein weiteres Stück, entschieden chaotischer, ekstatisch aufbrausend. Eigentlich nicht wie eine Komposition, dachte Hjelm und fühlte sich wie der letzte Kunstbanause. Saxophon und Klavier stachelten sich gegenseitig zu etwas an, das sowohl Geniestreich als auch reines Chaos sein konnte, Hjelm vermochte es nicht zu entscheiden.

»Nein, nein, nein«, sagte Chavez. »Das ist auf keinen Fall *Round Midnight*.«

»Das hab ich noch nie gehört«, bestätigte Holm. »Komisch.«

»Was heißt das?« fragte Hultin.

»Das könnte heißen, daß der Mann im Anschluß an *Misterioso* noch etwas anderes aufgenommen hat«, sagte Chavez zweifelnd.

»Aber Monk ist es auf alle Fälle«, stellte Holm fest. »Diese Art von *blue notes*, das ist eindeutig er. Seine Hände liegen praktisch platt auf der Tastatur.«

»Ich finde, das klingt wie eine direkte Fortsetzung«, warf Hjelm ein und war sicher, von den Experten nur entnervte Seufzer zu ernten. »Es gab keinen richtigen Schnitt zwischen den Stücken.«

»Das stimmt«, pflichtete Chavez dem überraschten Hjelm bei. »Entweder ist unser Mann ein verdammt guter Toningenieur, oder …«

»Oder«, beendete Holm den Satz, »wir haben es mit einer einzigartigen Aufnahme zu tun.«

»Woher wißt ihr soviel darüber?« fragte Hjelm beeindruckt.

»Kennst du nicht das Motto der Jazzmusiker?« fragte Kerstin Holm zurück. »*Those who talk don't know. Those who know don't talk*.«

»Ein Landsmann von mir, ein Chilene also«, sagte Chavez, es war das erste Mal, daß Hjelm ihn sein Herkunftsland nennen hörte, »ist der absolute Experte für seltene Jazzaufnahmen. Er hat einen kleinen Plattenladen in Rinkeby. Wir könnten morgen zu ihm fahren.«

»Gut«, sagte Hultin, »da dies unsere bisher heißeste Spur ist, übernehmt ihr sie zu dritt: Holm, Chavez und Hjelm. Aber wenn der Chilene seinen Teil beigetragen hat, wirst du dich wohl oder übel wieder der Aufsichtsratsspur zuwenden müssen, Jorge. Vermutlich ist dort noch einiges rauszuholen. Es könnte übrigens sein, daß dieser Mord die Geschäftsspur hinfällig werden läßt«, sagte er an Söderstedt gewandt, der alles andere als enttäuscht aussah. »Vielleicht können Pettersson und Florén bald zu ihren Finanzen zurückkehren. Wir werden sehen. Arto, du überprüfst natürlich trotzdem, ob irgendwelche geschäftlichen Verbindungen zwischen den vier Herren bestehen. Obwohl ich glaube, daß wir es diesmal mit einer anderen Art von Opfer zu tun haben. Ansonsten machen wir weiter wie gehabt. Nyberg fischt weiter in den Tiefen der Unterwelt, Norlander, du machst, sobald du wieder auf dem Damm bist, mit der Mafiaspur weiter, als ob nichts gewesen wäre.«

Norlander nickte energisch. Hultin war noch nicht ganz fertig.

»Die wichtigste Frage ist: Warum hat er wieder zugeschlagen? Nach mehr als einem Monat?«

»Was ist mit der Kassette?« fragte Hjelm. »Wir können nicht riskieren, daß die Techniker wochenlang darauf hocken. Und womöglich Infos an die Presse weitergeben.«

Hultin nahm das Band aus dem Kassettenfach. Er hielt es hoch und schien Chancen und Risiken abzuwägen. Schließlich warf er es Kerstin Holm zu.

»Wie ich unseren Mann kenne, hat er keine Fingerabdrücke hinterlassen, und es sieht aus wie ein ganz ordinäres Maxell-Band älteren Datums. Wertlos für die Spurensicherung, oder?«

»So ist es«, sagte Chavez.

»Also gut«, sagte Hultin mit einem leisen Seufzer. »Gebt gut darauf acht.«

21

Misterioso ertönte aus den Lautsprechern, immer wieder, wie die Andeutung einer Lösung.

»Konntet ihr schlafen letzte Nacht?« fragte Jorge Chavez.

Sie saßen in Hjelms Dienst-Mazda. Hjelm fuhr, Kerstin Holm saß neben ihm und spulte immer wieder die Kassette zurück, während Chavez sich zwischen den beiden Sitzen nach vorn schob.

Hjelm und Holm antworteten beide mit einem müden Aufschlag ihrer schweren Lider, die sie aufzuhalten versuchten, obwohl die penetrante Sonne sie blinzeln ließ. Ein unmögliches Unterfangen.

Es war der achtzehnte Mai.

»Monk würde sich im Grabe umdrehen, wenn er wüßte, daß seine wunderbare Musik jemanden zu einer Serie von

Morden veranlaßt hat«, sagte Chavez, ohne allzu bedrückt zu klingen. Sie hatten Witterung aufgenommen. Endlich.

Auch diesmal bekam er keine Antwort von den vorderen Plätzen, was ihn nicht aufhalten konnte.

»Ich hab die Nacht im Polizeipräsidium verbracht und mich durch die Aufsichtsräte gewühlt. Es gibt vier Richtungen, die wir einschlagen können. Die interessanteste und offensichtlichste Spur ist sicher Sydbanken. Da haben 1990 über einen kurzen Zeitraum alle vier Opfer gemeinsam im Aufsichtsrat gesessen. Noch interessanter könnte allerdings sein, daß Enar Brandberg 1991 gleichzeitig mit Daggfeldt und Carlberger im Aufsichtsrat von Lovisedal gesessen hat, wo sie heute Probleme mit Viktor X' Schutzgeldforderungen haben. Hallo, ihr Trantüten, ich meine GrimeBear. Vorausgesetzt, Strand-Julén ist eine falsche Fährte. Für den Fall, daß der Mörder uns mit Brandberg auf eine späte falsche Fährte locken wollte, bleiben uns immer noch Ericsson und MEMAB.«

Keine Reaktion. Aber auch das tat Chavez' Enthusiasmus keinen Abbruch.

»Ich sehe es genau wie Hultin: In einem dieser Aufsichtsräte liegt der Schlüssel unseres Rätsels.«

Hjelm hielt an einer roten Ampel, an der Kreuzung, wo Enköpingsvägen und Ulvsundavägen aufeinanderstießen und später zur E18 wurden. Sie blieben nicht lange auf der Europastraße.

»Bei der OK-Tankstelle mußt du abbiegen«, sagte Chavez. »Rinkebyallé. Wir können am Ende der Straße parken und über den Marktplatz gehen. Ich brauch sowieso noch frischen Knoblauch.«

Hjelm fuhr bis ans Ende der Allee und stellte den Wagen ab. »Bist du gedopt, oder was?« sagte er.

»Die einzige Chance, mich wach zu halten«, antwortete Chavez.

Sie überquerten den belebten Marktplatz, der in der Sommersonne lag. Die Stände bogen sich unter Gemüse und

Früchten in Dimensionen und einer Vielfalt, wie man sie in den normalen Lebensmittelläden nur selten zu sehen bekam. Hjelm dachte an die Schädlingsmittelbelastung von ausländischem Grünzeug im Vergleich zu schwedischem und kam sich plötzlich grau und trostlos vor in dem bunten Gewimmel.

Chavez kaufte einen Zopf frischen Knoblauch und wedelte damit vor Hjelms Gesicht herum. »Aufwachen, Nosferatu!« rief er.

Sie gingen ein paar Häuserblocks weiter hinein ins Herz Rinkebys. Im Souterrain eines der gleichförmigen Wohnblocks versteckte sich ein kleiner Laden, der statt einer Auslage unübersehbar verdreckte Fenster hatte. Der Verkaufsraum war deutlich größer, als von draußen zu erwarten gewesen war, und voll von Leuten. Menschen jeder Hautfarbe wühlten sich durch endlose Reihen von CDs mit Musik aus allen Winkeln der Welt. In der Hip-hop-Ecke hingen ein paar Jungs unterschiedlicher Nationalität, deren sackähnliche Klamotten und umgedrehte Baseballmützen sie einander zum Verwechseln ähnlich sehen ließen. Hinter der Theke saß ein dunkelhäutiger Indianer um die Fünfzig und feilte sich die Fingernägel.

»Alberto!« rief Chavez und umarmte den Indianer, der gigantische Körpermaße annahm, als er aufstand.

»Jorge, Jorge«, sagte der Riesenkerl, nachdem die beiden sich eine halbe Minute umarmt hatten, und schickte einige extrem schnelle spanische Sätze hinterher.

Hjelm verstand nur »Skövde«, worauf Jorge antwortete: *»No, no,* Sundsvall.«

Chavez zeigte auf seine beiden Kollegen, von denen die eine sich gerade in einen Stapel mit gregorianischer Kirchenmusik vertieft hatte, und sagte ein paar Worte in seinem etwas langsameren Spanisch.

Der Indianer lachte laut. Hjelm lächelte Alberto an und stellte im selben Moment fest, daß der eigentümliche Geruch, der ihm beim Betreten des Ladens in die Nase gestiegen war, von ein paar Räucherstäbchen herrührte, die in einem Blumentopf mit einer vertrockneten Pflanze steckten und vor sich hin schwelten.

»Kommt mit ins Allerheiligste«, sagte Alberto in gebrochenem, aber völlig korrektem Schwedisch.

Das Allerheiligste war ein kleiner abgedunkelter Raum mit einer teuren, alles dominierenden Stereoanlage.

»Wißt ihr, daß Jorge einer der herausragendsten schwedisch-chilenischen Jazzbassisten ist?« fragte Alberto aus der Dunkelheit.

»*Esto son chorradas!* Quatsch!« erwiderte Chavez gutgelaunt.

»Doch, das ist wahr«, sagte Alberto laut lachend. »Darf ich die Kassette haben?«

Kerstin Holm betrat den Raum als letzte. Sie hatte nur eine Hand frei, weil sie in der anderen drei CDs hielt, aber am Ende gelang es ihr, die Kassette aus ihrer Handtasche zu fischen.

»Haben Sie keine Bedenken, Ihren Laden unbeaufsichtigt zu lassen?« fragte sie, als sie Alberto die Kassette reichte.

»Mich bestiehlt niemand«, sagte er und schob das Band ins Kassettendeck.

Sie hörten das Ende von *Misterioso*. »Ziemlich schlechte Qualität«, meinte Alberto. »Zwei-, vielleicht dreimal kopiert, schätze ich. Kaum von einer CD. Das typische LP-Knistern fehlt auch. Vermutlich war das Original ein Fünfziger-Jahre-Tonband.«

»Jetzt kommt es«, sagte Chavez, als nach dem Applaus die wilde Improvisation begann. Albertos Gesicht strahlte regelrecht in der Dunkelheit.

»Aaaahhh«, sagte er und ließ einen aufgeregten spanischen Wortschwall folgen.

»Und jetzt das Ganze noch einmal auf schwedisch«, sagte Chavez.

»Entschuldigt, natürlich. Das ist etwas ganz Besonderes. Das habe nicht einmal ich. Wartet, bis ich es mir zu Ende angehört habe.«

Knappe drei Minuten dauerte das Chaos, das sich allerdings zum Ende hin allmählich zu ordnen schien. Als hätten die Musiker ein gemeinsames Gefäß gefunden. Selbst Hjelm spürte, daß es etwas Besonderes war, wie die hingeworfenen Schlenker und Läufe aufeinandertrafen und zusammenfanden, um am Ende miteinander zu verschmelzen.

Alberto räusperte sich und hielt die Kassette an.

»*Misterioso* wurde am siebten August 1958 im Five Spot Café in New York aufgezeichnet, von dem Produzenten und Monk-Fanatiker Orrin Keepnews und dem Tontechniker Ray Fowler. Nach Monks Tod hat Keepnews auf der CD ein paar Nummern dazugenommen, die bei der früheren Riverside-Zusammenstellung verworfen worden waren. Die fehlen hier. Das hier muß was sein, von dessen Existenz ich weiß, das ich aber noch nie gehört habe. Wenn man der Geschichte glauben kann, ist dieser kurze Ausschnitt nur erhalten geblieben, weil Ray Fowler im Suff eingepennt ist, ohne das Tonbandgerät abgestellt zu haben. Das kann aber auch ein Mythos sein. Die Improvisation hat hinterher sogar einen Namen bekommen, *Risky*. Keepnews und Monk wollten sie nicht mit auf der Platte haben, und bei den Complete Riverside Recordings ist sie auch nicht dabei. Die beiden hielten sie für eins jener Stücke, die im Augenblick ihres Entstehens eine gewisse Magie entfalten – und dann sterben. Aber ihr hört ja selbst, daß das nicht stimmt. Irgend jemand muß die Aufnahme aus einem tiefen Keller ausgegraben und kopiert haben.«

»Sie haben von ihrer Existenz gewußt?« hakte Hjelm nach. »Wann haben Sie davon gehört, wo, in welchem Zusammenhang?«

»Mitte der Achtziger bekam ich das Angebot, eine Kopie davon zu kaufen. Von einem amerikanischen Jazzmusiker, der in Schweden lebt. Aber er wollte tausend Dollar dafür haben. Das war nicht drin.«

»Wer war das?« fragte Chavez.

»Du kennst ihn, Jorge. Vor ein paar Jahren hättest du fast mal einen Gig mit ihm gemacht. Jim Barth Richards.«

»Der Tenorsaxophonist?«

»Genau. White Jim. Mit der weißesten Haut, die ich je bei einem Jazzmusiker gesehen habe. Little Johnny Winter. Er ist in Schweden geblieben. Weil's hier die besseren Entzugsanstalten gibt, meinte er, als ich ihn das letzte Mal traf. Er muß etwa alle zwei Monate eine Entgiftungskur machen. Danach legt er wieder los. Ich hab keine Ahnung, ob er gerade irgendwo spielt oder mal wieder in der Klinik ist.«

Sie bedankten sich bei Alberto, nahmen die Kassette wieder an sich und wollten gerade gehen, als seine Stimme aus dem dunklen Raum sie einholte: »Die drei CDs für eine Kopie.«

Kerstin Holm blickte auf ihre Hand, die immer noch die CDs mit den gregorianischen Gesängen umklammerte. Die hatte sie völlig vergessen.

»Wie lange dauert das?« fragte Chavez, gerade als Hjelm zu einem Protest ansetzte.

Alberto lachte und zeigte auf das zweite Kassettenfach. »Schon erledigt«, sagte er mit einem breiten Grinsen.

Jim Barth Richards hatte in der Tat extrem weiße Haut. Sie trafen ihn leidlich nüchtern in einer stilechten Einzimmerwohnung in der Altstadt an. Er war in den Fünfzigern, sein Haar war genauso weiß wie seine Haut. Er lag in Shorts und T-Shirt auf einer Matratze auf dem Boden.

»Du hast doch bestimmt schon von der neuen Jazzschule in den USA gehört«, sagte Chavez, »den Anti-Selbstdestruktivisten. Die Marsalis-Brüder und noch radikalere Typen gehören dazu. Meinst du nicht, daß es langsam an der Zeit wäre, den Outsider-Mythos zu Grabe zu tragen?«

»Traditionalisten!« schnaubte White Jim in amerikanisch klingendem Schwedisch. »Glauben, man könnte Musik schaffen, indem man die verfuckte Geschichte büffelt. Wie in der Klippschule. *Where does their fucking pain come from! Books? Fucking mother's boy! Those who talk don't know, those who know don't talk.*«

Hjelm und Holm wechselten kurze Blicke.

Hjelm begann allmählich zu fürchten, daß sie es sich mit White Jim verscherzen könnten, ehe sie an ihn herangekommen waren. Das Risiko, rausgeschmissen zu werden, wuchs zusehends. Aber statt dessen richtete Jim Barth Richards sich auf der Matratze auf und klopfte mit der Handfläche neben sich.

»*Sit down, for God's sake!*«

Jorge setzte sich, nahm die Jack-Daniels-Flasche, die White Jim von irgendwo hervorgezaubert hatte, und trank einen ordentlichen Schluck.

»Du hättest Musik machen sollen«, sagte White Jim. »Und nicht so einer werden wie die.« Er zeigte auf Holm und Hjelm. »Du nimmst die Sache wirklich ernst.«

»Die beiden wissen mehr über Musik als du«, erwiderte Chavez.

Sie lachten beide, lange. Hjelm begriff nichts mehr.

Kerstin Holm nutzte die Gelegenheit. »Wir wissen, daß Sie vor zehn Jahren versucht haben, eine Aufnahme von Monks, Griffins, Maliks und Haynes kleiner Improvisation *Risky* zu verscherbeln.«

White Jim sah sie verdutzt an. Dann brüllte er los vor lachen. »Ihr habt wirklich einen langen Atem, das muß man euch lassen. Drei Bullen auf einen ehemaligen Saxophonisten wegen solcher *peanuts! I'm deeply honoured, people!*«

»Wir sind nicht hier, um Sie festzunehmen. Wir wollen nur wissen, wer Ihre Kunden waren.«

»Es gibt nicht viele, die so etwas kaufen, *you know*. Als Red Mitchell mich Mitte der Siebziger hierher verschleppte, wußte ich bereits aus Erzählungen, daß ihr ein kleines, aber jazzliebendes Völkchen am Eismeer seid. Also hab ich möglichst viele von den Originaltonbändern, mit denen Griffin mich Anfang der Sechziger versorgt hatte, kopiert. Ich hatte damals einen *great deal* mit Johnny laufen, jung und grün hinter den Ohren und absolut enthusiastisch. Er hatte gesagt, es gäbe noch jede Menge unveröffentlichtes Material aus der Five-Spot-Zeit, *Round Midnight* und *Evidence* und *Risky* zum Beispiel und zig andere Stücke. Die meisten sind inzwischen längst veröffentlicht, weil der Produzent, wie hieß er noch gleich, Keepnews, Zaster brauchte. Aber *Risky* und noch ein paar andere Nummern sind meine Babys. Die sind noch nirgends erschienen. Ja, verdammt, ich hatte damals zehn oder elf Aufnahmen dieser Art aus den Staaten mitgebracht und hab versucht, sie stückweise zu Geld zu machen. Die *Risky*-Aufnahme war eine der letzten, '85, '86 muß das gewesen sein. Da hatte ich schon einen festen Kundenkreis. Fünf Leute, mehr waren nicht bereit, einen Tausender für eine nicht ganz astreine Raubkopie hinzublättern. Immerhin war es fucking illegal. Ich hatte keine Rechte an den Stücken. Ein paar Aufnahmen hab ich für die Rente zurückgelegt.«

»Und was waren das für Leute, die eine Kopie der *Risky*-Aufnahme gekauft haben?« Kerstin Holm ließ nicht locker.

»Seit Anfang der Achtziger waren es immer dieselben. Jazzliebhaber: vielleicht. Liebhaber von Kuriositäten: absolut. Wenn ihr mir versprecht, sie nicht hochgehen zu lassen, bekommt ihr die Adressen. Zwei in Stockholm, zwei in Göteborg, einer in Malmö. Irgendwo muß hier ein kleines, gelbes *fucking notebook* rumfliegen ...«

Sie begannen, Richards' unglaublich chaotische Wohnung zu durchsuchen, und stießen dabei auf die erstaunlichsten Gegenstände: den getrockneten Kopf einer Boa, der in Hjelms Händen zu Staub zerbröselte, Schmutzwäsche, einen Schuhkarton voller Zlotyscheine, weitere Schmutzwäsche, antiquierte finnische Pornozeitschriften mit schwarzen Balken vor den Geschlechtsteilen, noch mehr Schmutzwäsche, ein paar antike Wurfmesser aus Botswana, unglaubliche Mengen an Schmutzwäsche, dreizehn verstreute ungespülte Guinness-Gläser, eine LP ohne Hülle, dafür aber mit Bill Evans' Autogramm quer über die Rillung, und Kneipenrechnungen ohne Ende.

»Warum bewahrst du die Kneipenrechnungen auf?« fragte Chavez und zog das gelbe Notizbuch zwischen ein paar unappetitlich zerfransten Unterhosen hervor.

»Wegen der Steuer«, sagte White Jim und ließ Jack Daniels durch seine Kehle rinnen.

Chavez schrieb die Namen und Adressen auf eine Kneipenrechnung und gab das Notizbuch White Jim zurück, der es in eine Ecke pfefferte, rülpste und im Sitzen einnickte. Gemeinsam legten Chavez und Holm den kreideweißen Körper auf die Matratze und deckten ihn zu.

»Das«, sagte Jorge, als sie in die Sonne hinaustraten, »ist ein wirklich großer Musiker.«

Kerstin Holm nickte.

Hjelm wußte nicht, was er denken sollte.

Chavez kehrte nur widerstrebend ins Polizeipräsidium zurück. Hjelm setzte Holm bei einer von White Jim erwähnten Stockholmer Adressen ab und fuhr selbst weiter zu der abgelegeneren.

Kerstin Holms Adressat war der pensionierte Major Erik Rådholm in der Linnégatan, ein distinguierter älterer Herr, dessen Passion für originelle Jazzaufnahmen ebenso gewaltig wie überraschend war. Er sah aus, wie Holm es später beschrieb, wie ein wahrer Sousa-Bewunderer, also wie einer, für den Rhythmus gleichbedeutend mit Takt ist. Er besaß eine umfangreiche Sammlung von Raubkopien aus den obskursten Klubs von Karelien bis ins Innere Ghanas. Zunächst wollte er nichts einräumen, das in irgendeiner Weise als ungesetzlich hätte ausgelegt werden können, aber mit einer Methode, die Holm perfekt beherrschte, kriegte sie ihn schließlich so weit, daß er ihr nicht ohne Stolz seine beeindruckende, hinter einer schwenkbaren Regalwand verborgene Kollektion zeigte. Er schwor bei »der Ehre seines Vaterlandes«, daß es ihm niemals in den Sinn käme, auch nur eine einzige seiner einzigartigen Aufnahmen zu kopieren. Danach hörte Kerstin Holm sich Major Rådholms Exemplar von Jim Barth Richards' *Risky*-Aufnahme an. Zwei Stunden später, nachdem er ihr noch Live-Aufnahmen von Lester Young in Salzburg und Kenny Clarke im Stadthotel von Hudiksvall vorgespielt hatte, verabschiedete sie sich.

Paul Hjelm fuhr weiter nach Märsta und stattete dem schwerbehinderten Roger Palmberg einen Besuch ab. Palmberg war vor Jahren von einem Zug überrollt worden, nicht ganz unfreiwillig, wie er durch seinen elektronischen Sprechapparat mitteilte. Das einzig Intakte an dem Mann war sein Gehör, und das war dafür um so schärfer. Sie hörten sich White Jims *Risky*-Aufnahme an, und Roger Palmberg erklärte Hjelm jeden Ton, was passierte und wann es passierte und warum. Hjelm hörte gebannt zu. In dem zermalmten Körper steckte der subtilste Zuhörer, dem er jemals begegnet war, nicht nur, wenn es um Musik ging, sondern ganz allgemein. Allein durch seine Aufmerksamkeit brachte er Hjelm dazu, ihm den ganzen Fall zu schildern. Palmberg fand die Kassette als Anhaltspunkt sehr interessant, schwor aber, daß er unschuldig sei. Im Gegenzug versprach Hjelm ihm, daß er ihn informieren werde, sobald der Fall gelöst sei. Palmberg versicherte, daß bisher außer ihm noch niemand seine Aufnahme gehört habe, und räumte unumwunden ein, daß das daran lag, daß ihn nie jemand besuchte. Er war ein absolut einsamer Mensch, der sein Leben dementsprechend eingerichtet hatte. Seine gesamte Aufmerksamkeit galt der Musik. Sie hörten sich ein paar Aufnahmen mit Jim Barth Richards an, die Ende der Sechziger entstanden waren, und allmählich ging Hjelm auf, wem sie da in der heruntergekommenen Einzimmerwohnung in der Altstadt einen Besuch abgestattet hatten. Als er sich schließlich von Roger Palmberg verabschiedete, hatte er das Gefühl, auf der anderen Seite Stockholms einen guten Freund gewonnen zu haben.

22

Paul Hjelm zog das Tempo bewußt an, als er erst einmal Witterung aufgenommen hatte. Keine Zeit, vor dem Spiegel zu stehen und zu prüfen, wie groß der Pickel auf seiner Wange im Laufe der letzten Woche geworden war; keine Zeit, sich wie in einem Vakuum zu fühlen, einem schwarzen Loch mitten in einer lebendigen und nach Veränderung schreienden Umgebung; keine Zeit, sich über die kuriosen Risse in seiner Ehe Gedanken zu machen. Er ergriff die Gelegenheit beim Schopfe. Die Witterung der Kassette war kräftig genug, um alle anderen Düfte zu überlagern.

Hjelm packte die letzten Sachen für die Reise nach Göteborg und Malmö, wo er die übrigen drei Besitzer der Thelonious-Monk-Aufnahme von *Risky* aufsuchen wollte. Hultin hatte Kerstins und seinen Bericht über Rådholm und Palmberg widerspruchslos hingenommen. Sie waren überzeugt davon, daß keiner der beiden der Mörder war und daß tatsächlich keiner der beiden eine Kopie seiner Aufnahme gemacht hatte. Aber noch bestand die geringe Chance, daß einer der übrigen drei Kandidaten der Mörder war.

Die stolze Weigerung des Exmajors, das Tonband zu kopieren, schien für diesen Typus von Jazzfanatiker charakteristisch zu sein. Man konnte also davon ausgehen, daß nicht allzuviele Kopien von Kopien im Umlauf waren.

Auf der anderen Seite der Wand traf Kerstin Holm letzte Vorbereitungen, um Hjelm nach Westschweden zu begleiten. Auch sie hatte diesen typischen konzentrierten Blick angenommen. Alles andere wurde ausgeblendet.

Und da kam der Anruf aus Dalarö.

Hjelm griff nach dem Hörer und meldete sich gehetzt. Chavez beobachtete ihn von der anderen Seite des Schreibtisches und sah, wie der rote Fleck auf Hjelms linker Wange deutlich hervortrat, während der Rest seines Gesichts merklich blasser wurde.

Hjelm sagte während des gesamten Telefonats kein einziges Wort. Er stand einfach nur da und wurde kreidebleich. Der Pickel auf seiner Wange erinnerte Chavez an ein pulsierendes Herz. Als er auflegen wollte, fiel Hjelm zweimal der Hörer aus der Hand.

Jorge wartete.

»Cilla hat mich verlassen«, sagte Paul leise.

Jorge legte seinen Stift auf den Schreibtisch.

»Sie hat aus dem Sommerhaus angerufen. Sie will nicht, daß ich noch einmal hinkomme. Sie braucht Zeit zum Nachdenken.«

Als Kerstin Holm die Tür öffnete, sah sie zwei Männer, die sich umarmten. Sie schob die Tür ganz leise wieder zu.

Im Taxi zum Flughafen stellte sie nur eine Frage. »Wirst du es schaffen?«

Hjelm nickte kraftlos.

Ihr ging durch den Kopf, daß der rote Pickel in seinem blassen Gesicht wie ein Bettlerzinken aussah, ein leicht angeschrägtes liegendes Rechteck.

Sie konnte sich nur nicht erinnern, was es bedeutete.

Auf dem Flug von Arlanda nach Landvetter kehrte ein Hauch von Farbe in Hjelms Gesicht zurück. Der Pickel zeichnete sich nicht mehr ganz so deutlich ab, und als die Konturen sich schließlich ganz auflösten, fiel Kerstin Holm wieder ein, was das Zeichen bedeutete. Die Landstreicher benutzten das liegende Rechteck als Warnung für ihre Kollegen, wenn in einem Haus brutale oder rücksichtslose Menschen wohnten. Aber jetzt war es kaum noch zu sehen.

Hjelms konzentrierter Tunnelblick stellte sich wieder ein, enger als vorher.

Noch vom Flughafen in Landvetter aus rief Hjelm zu Hause an und sprach lange mit Tova darüber, was eigentlich vorgefallen war. Danne war ans Telefon gegangen, hatte ihn aber nur kurz angegiftet und dann den Hörer an Tova weitergereicht. In Dannes Augen war ganz offensichtlich er an allem schuld, so wie er grundsätzlich für alles persönlich verantwortlich gemacht wurde, was schieflief in der pubertären Infernowelt seines Sohnes. Zu Tova hatte Cilla nur gesagt, daß Mama und Papa sich eine Zeitlang nicht sehen wollten, mehr nicht. Tova meinte, daß sie Mutters Stimme kaum wiedererkannt hätte. Hjelm versuchte ihr die Situation zu erklären, so gut es ging – und merkte schnell, daß er irgendwann nur noch Klischees benutzte. Die Sprache verteilt die Rollen, dachte er bitter. Er fragte, ob sie ein paar Tage allein zurechtkommen würden, worauf Tova lachte und sagte, daß sie das schließlich schon täten, seit Cilla sich in den Kopf gesetzt habe, ganz nach Dalarö rauszuziehen und er rund um die Uhr arbeite.

Als sie aufgelegt hatten, ging ihm auf, daß er in diesen Bahnen überhaupt noch nicht gedacht hatte.

Kerstin Holm und er fuhren gemeinsam zu den beiden Tonbandbesitzern. Der erste wohnte nicht weit von Haga, in der Kastellangatan im Stadtteil Olivedal. Leider erwies sich der ehemalige Musiklehrer Egon Hasselgren schnell als falsche Fährte.

Es war später Nachmittag, als er sie in seine elegante Dreizimmerwohnung bat. Die Sonne wärmte noch, und Göteborg lag unter einer seiner lästigen Abgasglocken. Es war drückend, und der korpulente Herr Hasselgren öffnete ihnen im klassischen Breitripp-Unterhemd. Aus den groben Maschen staken graue Härchen. Im Hintergrund spielte Thelonious Monk.

»52nd Street-theme«, bemerkte Kerstin Holm und eroberte damit das Herz des ehemaligen Musiklehrers.

Ja, er hatte von White Jim eine Monk-Aufnahme gekauft, auf der auch *Risky* war. Er hatte damals außergewöhnliche Aufnahmen aus den Jahren 1957 bis ’59 gesucht und deswegen in einer Fachzeitschrift inseriert, die Mitte der Achtziger mit ein paar Nummern herausgekommen war. Und White Jim hatte sich auf seine Anzeige hin gemeldet. Ja, das Band war noch in seinem Besitz. Doch, er hatte es ein paarmal im Unterricht vorgespielt. Nein, den Schülern hatte es nicht gefallen. Doch, ja, er hatte hartnäckig daran festgehalten, in seinem Unterricht Jazz aus den späten Fünfzigern vorzuspielen. Ja, der Bebop aus der Zeit von 1957 bis '59 war die herausragendste künstlerische Neuerung des zwanzigsten Jahrhunderts. Die dürfe man den Schülern nicht vorenthalten. Nein, er hatte das Band nicht vervielfältigt und würde auch nie auf den Gedanken kommen, so etwas zu tun.

Sie bedankten sich höflich und gingen. Als sie sich am Ende der Kastellangatan noch einmal umdrehten und zu seinem Fenster hochschauten, sahen sie, daß der dicke Mann in seinem Rippenhemd ihnen neugierig hinterherblickte.

Der nächste Name entpuppte sich als Kneipe, die es nicht mehr gab. Arnold Schwarzeneggers leerer Blick starrte ihnen aus dem Schaufenster einer Videothek entgegen, an deren Stelle eigentlich das Café Ricardo hätte sein sollen.

»Wie gut kennst du dich in deinem Heimatort aus?«

»Falscher Stadtteil«, sagte Holm.

Sie rief in ihrem alten Polizeirevier in der Färgaregatan an. Ziemlich lange stand sie in der Telefonzelle. Kein Wort von dem, was sie sagte, drang nach draußen. Hjelm spielte abwesend mit dem Handy in seiner Jackentasche. Er sah, wie ihr Gesicht sich aufhellte, wie sie laut – für ihn lautlos – lachte, bedauernd die Mundwinkel runterzog und überhaupt Mienen und Gesten einsetzte, die er noch nie an ihr gesehen hatte. Eine höchst attraktive Pantomime, dachte er und spürte, daß er auch im übertragenden Sinne auf der anderen Seite der Glasscheibe stand.

»Dieser Guido aus dem geschlossenen Café Ricardo, den White Jim uns ohne Nachnamen genannt hat«, sagte sie emotionslos, als sie aus der Telefonzelle kam – er hatte das Gefühl, daß die Emotionslosigkeit ihm persönlich galt –, »heißt mit vollständigem Namen Guido Cassola. Er hat ein neues Lokal eröffnet, mit etwas gehobenerer Klientel und zentraler gelegen. Oben in der Kyrkogatan. Il Barone.«

»Ist das weit von hier?«

»Warst du noch nie in Göteborg?«

»Noch nie.«

»Wir sind jetzt in Majorna. Die Kyrkogatan liegt innerhalb des Wallgrabens. In der City, um es auf stockholmerisch zu sagen. Doch, es ist schon eine Ecke.«

»Zu weit zum Laufen?«

»Nein. Und unterwegs erzähl ich dir ein bißchen was über die Stadt.«

Die Dämmerung brach herein. Trotz des Berufsverkehrs und der grenzüberschreitenden Abgaswerte, derentwegen immer mal wieder die Kindergärten geschlossen blieben, war es ein schöner Spaziergang. Im Laufe einer knappen Stunde erweiterte sich Hjelms Tunnelblick, ohne daß es allzu weh tat. Daß das Kerstin Holms Verdienst war, stand außer Frage. Sie war in ihrem Element, ein hervorragender Führer durch ihre geliebte Stadt. Göteborg gewann zusehends, erschien Hjelm als die gemütlichere Stadt, auch wenn Stockholm eindeutig schöner war. Die Reserviertheit zwischen ihnen löste sich auf, während Kerstin erzählte und Paul Fragen stellte, zur Masthuggskirche, zu Haga und zum Järntorget, zur Feskekörka und dem eigenartigen Gebäudekomplex auf der anderen Seite des Wallgrabens. Sie schlenderten durch den Kungspark, überquerten den Wallgraben auf einer kleinen Brücke, die auf den Kungstorget führte, und waren plötzlich am Ziel. Während des gesamten Spaziergangs hatten sie kein einziges persönliches Wort gewechselt, und trotzdem hatte etwas sehr Persönliches zwischen ihnen stattgefunden.

Sie betraten das Il Barone. Obwohl es erst kurz nach sechs war, war das Lokal voll. In dem italienischen Restaurant war ein Hauch englischer Pub-Stimmung zu spüren. Sie fragten eine Kellnerin, ob Guido Cassola zu sprechen sei, und wurden zu einem Büro im hinteren Teil des Lokals geschickt. Auf ihr Klopfen hin öffnete Cassola selbst.

Er sah aus wie ein waschechter Mafiaboß, war aber sehr freundlich und entgegenkommend. Als sie ihr eigentümliches Anliegen vorgetragen hatten, sagte er: »Ich bin mit Jim Barth

Richards ins Gespräch gekommen, als er Ende der Siebziger hier in Göteborg gespielt hat. Damals hat er mir erzählt, daß er ein paar außergewöhnliche Monk-Aufnahmen hätte. Das war das erste Mal, daß ich was von ihm gekauft habe. Er gab seine Sachen sehr sparsam ab, ich nehme an, nur, wenn er einen finanziellen Engpaß hatte. Insgesamt habe ich vier Aufnahmen von ihm gekauft. Die letzte, nach der Sie suchen, im Sommer '85. Um Mitternacht lege ich hin und wieder Jazz auf, und da nehm ich am liebsten die unbekannten Stücke, um zu sehen, ob irgendeiner meiner Gäste reagiert.«

»Und, hat es schon mal eine Reaktion gegeben?« fragte Holm.

»Auf *Risky* nicht, soweit ich mich erinnere. Aber auf ein paar andere schon.«

»Haben Sie das Band kopiert?«

Guido Cassola dachte nach, wobei er sich unter der Nase kratzte. »Als ich das Café Ricardo noch hatte, waren wir zwei Inhaber. Es gab eine Zwillingskneipe, das Café Tregua, nur ein paar Häuserblocks entfernt. Die beiden Läden sahen exakt identisch aus, als Gag, und dieselbe Musik haben wir auch gespielt. Ich bin mir ziemlich sicher, daß ich Roger aus dem Tregua das Band kopiert habe.«

»Roger?«

»Roger Hackzell. Irgendwann haben wir die Partnerschaft aufgelöst, weil es Probleme in der Zusammenarbeit gab. Ende der Achtziger hat er Göteborg verlassen und irgendwo in Südschweden ein Lokal aufgemacht, in Småland, glaube ich. Die Kneipe heißt Hackat und Malet, er führt sie zusammen mit einem gemeinsamen alten Bekannten, Jari Malinen. In Jönköping, Växjö oder Kalmar.«

»Könnten Sie das Band holen?« sagte Holm und zeigte fragend auf das Telefon. Cassola nickte und verließ das Büro. Holm rief noch einmal ihr ehemaliges Revier, Wachdistrikt 3, an. Diesmal war sie kürzer angebunden. Hjelm bildete sich ein, daß das an seiner Anwesenheit lag. Aber im Moment bildete er sich viel ein.

»Hallo, ich bin's noch mal«, sagte sie. »Ja, ja, ich weiß. Aber was wäre die Reichskripo wohl ohne ihr Fußvolk?« Ein bißchen dick aufgetragen vielleicht. »Doch ... Ja, doch ... Es geht um eine Kneipe in Småland, die Hackat und Malet heißt. Vermutlich in Jönköping, Växjö oder Kalmar. Gut. Nein, ich melde mich wieder. Woher soll ich wissen, wie es ihm geht? Schlecht, hoffentlich. Hör schon auf. Tschüß.«

»Dein Ex ist also auch Bulle?« fragte Hjelm auf gut Glück.

»Die Kehrseite der Inzucht«, sagte sie mit einem schwer zu deutenden Blick.

Guido Cassola kam zurück und spielte ihnen in dem kleinen Kassettenrekorder, der auf seinem Schreibtisch stand, ein Stück vor. Es war die Aufnahme, die sie suchten.

Sie spielen unseren Song, dachte Hjelm und fühlte sich hundselend.

Sie nahmen den Abendflug nach Malmö. Vom Flughafen aus rief Kerstin Holm noch einmal bei ihrem Revier in der Färgaregatan an und bekam die Adresse der Kneipe Hackat und Malet in Växjö.

Hjelm schlief während des kurzen Fluges tief und traumlos. Als Holm ihn weckte, war ihm trotzdem so, als hätte er etwas Wichtiges geträumt.

Trotz der späten Stunde machten sie sich noch auf den Weg zum fünften und letzten Käufer von White Jims Monk-Aufnahme.

Die Unternehmung erwies sich als Schuß in den Ofen. In der dritten Etage des Mietshauses in der Barkgatan in Möllevången, wo Robert Granskog hätte wohnen sollen, gab es kein Schild mit diesem Namen. Sie klingelten an vier Türen, und bei der vierten öffnete eine junge Frau mit kurzen Haaren, die bestätigte, daß ein Robert Granskog in ihrer Wohnung gewohnt hatte – bis kurz vor ihrem Einzug 1992. Granskog war auf nicht sehr schöne Art und Weise in der Wohnung gestorben, weswegen sie sie recht billig bekommen hatte.

Auf dem Weg zurück ins Zentrum diskutierten sie die verschiedenen Möglichkeiten, gegebenenfalls an den Nachlaß des Verstorbenen heranzukommen. Die Aussichten waren mehr als gering. Trotzdem beschlossen sie, sich am nächsten Morgen zu trennen. Holm sollte in Malmö bleiben und versuchen, Robert Granskogs Erben aufzutreiben, und Hjelm würde mit dem Zug weiter nach Växjö fahren. Sie beendeten den Abend in einem gemütlichen französischen Lokal am Stortorget, nicht weit vom Savoy entfernt, in dem abzusteigen sie sich gegönnt hatten.

Hjelm aß ein exquisites, saftiges Bœuf Bourgignon mit ganzen, gebräunten, in Salbeibutter geschwenkten Kartoffeln, Holm ein ebenso saftiges Rindergulasch mit Oliven und knoblauchsattem Kartoffelgratin. Keiner von beiden machte sich Gedanken darüber, ob die Reichspolizeibehörde die zwei Flaschen gehaltvollen, körperreichen Domaine du Vieux Lazaret übernehmen würde.

Am Anfang kreiste ihr Gespräch noch hauptsächlich um die Arbeit. Um Daggfeldt, Strand-Julén und Carlberger. Um Anna-Clara Hummelstrands Art. Um die wenig trauernde Verwandtschaft. Sie überlegten sich Alternativen für den nichtssagenden Namen »A-Gruppe«. Angriffstruppe. Antipathetiker. Danach sprachen sie lange über Norlanders Alleingang in Tallinn, nicht ohne gewissen Galgenhumor, was den am Boden festgenagelten Helden betraf. Sie sprachen über den beigelegten Konflikt zwischen Norlander und Söderstedt, über den Fleischberg Nyberg als Mr. Sweden und Kirchenchorsänger, über den computerbesessenen und qualifizierten Jazzbassisten Chavez und Hultin, den spröden Ermittlungsleiter und hartgesottenen Verteidiger der Veteranenmannschaft der Stockholmer Polizei. Und sie überlegten, was Arto Söderstedt in Finnland passiert sein mochte.

Schließlich wagten sie es, ein wenig persönlicher zu werden. Kerstin erzählte von ihrer Leidenschaft für Musik. Paul erzählte von seinen Kindern; um das Thema Cilla machte er allerdings einen großen Bogen.

Er erzählte von Dritëro Frakulla, von dem Geiseldrama und der Verhandlung, von Grundström und der Abteilung für Interne Ermittlungen und sagte völlig unvermittelt: »Was meintest du eigentlich damit, als du mich neulich gefragt hast, ob ich glücklich verheiratet bin? Also, *richtig glücklich*, wie du es ausgedrückt hast?«

Ihre pechschwarzen Augen sahen ihn über den Rand des Weinglases hinweg unverwandt an. »Ich hatte das Gefühl, daß du das nicht warst.«

»Ich dachte immer, ich wäre es. Einigermaßen jedenfalls.«

»Du hast irgendwas auf die Arbeit, die Ermittlungen projiziert, was dort nichts zu suchen hatte. Ich hätte nicht sagen können, was genau. Das kann ich im übrigen immer noch nicht. Es war jedenfalls deutlicher als bei den anderen; darum hat es mich wohl interessiert. Es kam mir so vor, als würdest du in der Arbeit nach etwas ganz anderem suchen, als würdest du eigentlich gar nicht ermitteln. Vielleicht habe ich mich selbst in dir wiedererkannt ...«

»Mir ist gar nicht aufgefallen, daß du mich so eingehend beobachtet hast.«

Sie lächelte unbestimmt. »Ich beobachte jeden Menschen, mit dem ich zu tun habe, so eingehend. Vielleicht ist das der typische Polizistinnenblick. Nimm es nicht persönlich.«

»Vielleicht möchte ich das aber?«

Sie beugte sich über den Tisch. »Vergiß nicht, daß du im Augenblick ein bißchen durcheinander bist. Dir wird der Boden unter den Füßen weggezogen. Ich will kein ... Ersatz sein.«

Er lehnte sich zurück und inhalierte Zigarettenrauch, kippte den letzten Schluck Wein herunter und starrte an die Decke und durch sie hindurch.

Als sie durch die laue Mainacht zum Östra Hamnkanalen schlenderten, legten sie, ohne weiter darüber nachzudenken, einer den Arm um den anderen. Sie alberten herum und lachten.

»Hast du es gemacht?« fragte er in die entspannte Stimmung hinein.

»Was soll ich gemacht haben?«

»Das, was Anna-Clara Hummelstrand dir im Zusammenhang mit dem olivbraunen gallischen Organ unterstellt hat?«

Sah er Enttäuschung in ihrem Blick?

Es durchrieselte ihn kalt.

Aber sie antwortete, ohne ihn loszulassen.

»Wenn ich erst anfange, zu den erotischen Phantasien schwedischer Millionärsgattinnen zu masturbieren, dann weiß ich, daß es schlimm um mich steht.«

Lachend schlenderten sie weiter in die Norra Vallgatan. Aber statt gleich ins Hotel zu gehen, machten sie noch einen kurzen Abstecher zum Kanal hinunter. Nachdem sie lange ins schmuddelige Wasser geguckt hatten, kehrten sie um, ließen sich ihre Zimmerschlüssel geben und gingen hinauf in den zweiten Stock. Ihre Zimmer lagen direkt nebeneinander. Sie blieben noch ein wenig auf dem Flur stehen und unterhielten sich flüsternd, so als könnten sie sich nicht trennen. Schließlich schob Kerstin Holm den Schlüssel ins Schloß.

»Es ist besser so.« Sie hauchte ihm einen Luftkuß zu und ließ ihn einsam mit seinen Geistern zurück.

Die Erinnyen, dachte er benebelt, als er sein stockdunkles Zimmer betrat, das heimische Gemütlichkeit zu imitieren versuchte. Konnte der Geist einer seelisch getöteten Frau einen jagen, obwohl sie selbst noch am Leben war?

Allerdings wußte er nicht genau, worin seine Schuld bestand.

Er zog seine Jeansjacke und die Hose aus und ließ sich im Hemd aufs Bett fallen. Wie durch einen Dunstschleier sah er sich und Cilla in der Abenddämmerung auf dem Bootssteg in Dalarö miteinander schlafen. Abwesend blickte sie in den roten Sonnenuntergang. Neben ihnen saß Kerstin Holm, die Füße auf dem Schreibtisch, die Beine gespreizt, und sah ihnen beim Liebesakt zu, während ihre Hand sich gleichmäßig in ihrem Slip auf und ab bewegte. Dann stand sie auf und kam zu ihnen auf den Steg. Sie beugte sich über sie und strich sanft mit einer Hand über ihre nackten Körper, während sie sich mit der anderen den Pulli auszog und ein Paar feste kleine Brüste entblößte. Langsam stieg sie aus der schwarzen Hose und setzte sich im Schneidersitz neben sie. Ihre Hände glitten über die Innenseiten ihrer Oberschenkel. Sie streckte den Arm aus und legte Daumen und Zeigefinger wie einen Ring um seinen Schwanz, während er sich in Cilla bewegte. Er zog sich aus Cilla heraus und legte sich auf den Rücken. Cilla umfaßte seinen Schwanz und setzte sich rittlings auf ihn. Während sie ihn ritt, massierte Kerstin zärtlich Cillas Pobacken. Dann legte sie sich neben Paul auf den Steg und küßte ihn mit aufreizenden Zungenbewegungen. Im nächsten Moment saß sie mit gegrätschten Beinen über seinem Gesicht, das eigene Gesicht Cilla zugewandt. Er hörte, wie die beiden einander küßten. Das war die absolute Erfüllung. Alles war Geschlecht.

Plötzlich war sie da. Oder etwa nicht? Er spürte, wie sie ihm das Hemd auszog. Oder tat er das selbst? Er sah sie neben sich im Bett. Sie war nackt und betrachtete seine Erektion. Es war lange her, daß er sich so gefühlt hatte. Sie masturbierte. Hatte sie seinen Wunsch erraten? War das die Erfüllung seiner Wünsche? Seiner oder ihrer? War sie wirklich da? Er legte seine Hände auf ihre Schenkel und drehte sie ein Stück zu sich, so daß er ihr zusehen konnte. Er saß still vor ihr und beobachtete atemlos, wie sie mit sich spielte. Ihr dunkler Blick war verschleiert, als sie schließlich den Kopf mit einem unterdrückten kehligen Laut in den Nacken warf. Nachdem sie eine Weile reglos dagelegen hatte, drehte sie sich zu ihm und nahm seinen Schwanz in den Mund. Es war schmerzhaft schön.

Am nächsten Morgen war er nicht sicher, ob es wirklich passiert war.

23

Nachdem er in Växjö aus dem Zug gestiegen war, setzte er sich erst einmal ins Bahnhofsrestaurant und kaufte sich einen Kaffee, ein Sandwich und einen Stadtplan. Das Frühstück im Savoy hatte er verpaßt. Mindestens zum zehnten Mal las er den Brief, den Kerstin an der Rezeption für ihn hinterlassen hatte, und versuchte ihn zu dechiffrieren.

»Paul. Danke für gestern. Du hast so süß geschlafen, als ich gegangen bin, darum begnüge ich mich mit diesem Brief. Ich mache mich jetzt auf die Suche nach Robert Granskogs Hinterbliebenen, wie abgesprochen. Wir sehen uns in der berüchtigten Kampfleitzentrale. Ich umarme dich, Kerstin.«

Danke für gestern? Du hast geschlafen, als ich gegangen bin? Daraus ging nicht hervor, ob sie in der letzten Nacht überhaupt in seinem Zimmer gewesen war. Das Ganze konnte sich genausogut in seiner überhitzten Phantasie abgespielt haben. Er wußte es einfach nicht.

»Danke für gestern« konnte sich auch auf den Restaurantbesuch beziehen. Und »Du hast so süß geschlafen, als ich gegangen bin« darauf, daß er am Morgen nicht auf ihr Klopfen an der Tür reagiert hatte. Wie sollte sie überhaupt in sein Zimmer gekommen sein? Sie hatte schließlich keinen Schlüssel. Vielleicht hatte er die Tür nicht ganz zugezogen?

Er haßte es, nicht genau zu wissen, was passiert oder womöglich nicht passiert war. Aber genauer betrachtet, hatte es auch etwas sehr Ansprechendes. Es war das erste Mal, daß er freiwillig darauf verzichtete, eine endgültige Antwort finden zu wollen. Er begnügte sich mit dem, was er hatte.

Fürs erste.

Er studierte die Karte und lokalisierte die Straße, in der das Hackat und Malet lag. Es war nicht weit bis dorthin, das Zentrum von Växjö war nicht besonders groß.

In der Kneipe herrschte weitgehend Ruhe, der mittägliche Andrang war mehr oder weniger überstanden. Es ging auf zwei Uhr. Eine Jukebox stand in dem großen Raum, an den Wänden hingen gekreuzte Gewehre, eine Dartscheibe und Werbeschilder verschiedener Biersorten, dazwischen ein paar Andy-Warhol-Plakate. Insgesamt eine ziemlich konventionelle Einrichtung. Der breitschultrige, schnauzbärtige Mann hinter der Theke strahlte eine solche Autorität aus, daß es sich nur um einen der Inhaber handeln konnte.

Es war Roger Hackzell höchstpersönlich.

Hjelm fragte Hackzell ohne Umschweife, ob die Namen Guido Cassola, Café Ricardo und Café Tregua ihm etwas sagten, und bekam drei gebrummelte »Ja« zur Antwort. Danach erkundigte er sich so detailliert wie möglich nach der Kassette und bedauerte, nicht Kerstins und Jorges Sachkenntnis zu haben.

Während Hackzell über die Antwort nachdachte, fragte Hjelm ihn, ob er wohl einen doppelten puren Wodka bekommen könnte. Hackzell sah den Polizisten erstaunt an, goß ihm aber einen Absolut-Wodka in ein Wasserglas.

»Ich geh mal gucken, ob ich die Kassette finde. Ich hab keine Ahnung von Jazz, aber die meisten von Guidos Aufnahmen müßten hier noch irgendwo rumliegen. Wenn Sie sich einen Moment gedulden wollen ...«

Hjelm betrachtete das Wasserglas, schnupperte mißtrauisch am Inhalt. Sobald die letzten Gäste das Lokal verlassen hatten, ging er an einen der Tische, schnappte sich eine leere Mineralwasserflasche und nahm sie mit zur Theke. Dort füllte er den Wodka in die Flasche um, nahm einen benutzten Weinkorken aus einem Körbchen auf der Theke, drückte ihn in die Wasserflasche und ließ diese in seiner Tasche verschwinden. Zwei Sekunden später kam Hackzell zurück.

»Tut mir leid, ich kann das Band nicht finden. Vielleicht ist es beim Umzug verlorengegangen.«

Hjelm nickte, bezahlte den Wodka und trat in den strahlenden Sonnenschein hinaus.

Das nächste Ziel auf Hjelms Liste war der Spirituosenladen. Die Verkäuferin hinter dem Tresen starrte ihn verblüfft an, als er sie fragte: »Kann man Wodkasorten nach dem Geschmack unterscheiden, oder schmecken die alle gleich?«

»Das weiß ich nicht«, sagte die Verkäuferin in breitestem Småländisch.

»Könnten Sie wohl den Chef holen?« fragte Hjelm und zeigte der Frau seinen Dienstausweis. Das war immer noch die einfachste Art, lange Diskussionen zu vermeiden.

Ein ernst dreinblickender Mann mittleren Alters erschien hinter dem Tresen. Er trug einen Anzug. Hjelm wiederholte seine Frage.

»Ganz genau weiß ich das nicht«, sagte der Mann. »Aber Wodka ist die reinste Spirituose, die es gibt. Ich könnte mir denken, daß die einzelnen Sorten sich weniger im Geschmack als im Alkoholgehalt voneinander unterscheiden.«

Hjelm bedankte sich und verließ den Laden. Er spürte seine Müdigkeit bis in die Fingerspitzen und setzte sich auf eine Bank vor dem Spirituosenladen, um für eine Minute die Augen zu schließen.

Roger Hackzell hatte sichtlich nervös reagiert, als Hjelm ihm seinen Dienstausweis gezeigt und die Reichskripo erwähnt hatte. Und als er dann auch noch die Kassette ins Gespräch gebracht hatte, war der Kneipier regelrecht panisch geworden.

Als Hjelm die Augen wieder aufschlug, saß ein verhältnismäßig junger Penner neben ihm auf der Bank, der auf den ersten Blick fast als gut trainierter Bodybuilder hätte durchgehen können. Sein gieriger Blick klebte an Hjelms ausgebeulter Jackentasche.

»Hast du was?« fragte das alkoholisierte Muskelpaket in edelstem Småländisch.

»Ja«, sagte Hjelm. »Eine Frage. Sie sind doch sicher Experte. Kann man Wodkasorten nach dem Geschmack unterscheiden, oder schmecken sie alle gleich?«

»Wenn ich ‘ne kleine Flasche intus habe, kann ich mich auf

den Geschmack konzentrieren«, sagte der junge Säufer gewieft. »Sie haben einen Alkoholkenner vor sich.«

»Wenn ich Ihnen eine kleine Flasche kaufe …«

»… stehe ich Ihnen mit Vergnügen für weitere Geschmacksproben zur Verfügung.«

In dem Gefühl, es hier nicht mit einem gewöhnlichen Saufbruder zu tun zu haben, ging Hjelm ein zweites Mal in den Laden und kaufte eine kleine Flasche Explorer. Der Bodybuilder leerte sie in weniger als sechs Minuten und hatte danach einen erstaunlich klaren Blick.

»Na, was ist jetzt mit der Geschmacksprobe?« fragte er und stellte die leere Explorerflasche auf den Boden.

Hjelm zog die Mineralwasserflasche aus der Jackentasche und entkorkte sie. Der Steroid-Säufer schnupperte daran, schüttelte die Flasche, nahm einen Schluck und behielt ihn im Mund wie ein perfekter Weinkenner.

»Verdünnt«, sagte er. »Aber immer noch durchschnittliche Umdrehungszahl.«

»Das ist also ein ursprünglich stärkerer Wodka, der verdünnt wurde?«

»Ja doch«, sagte der Mann und nahm einen zweiten Schluck. »Besser als Explorer, so viel steht fest.«

»Er kommt aus einer Absolut-Flasche …«

»O nein, Absolut ist das nun wirklich nicht. Dieser hat mehr Biß. Das ist auf keinen Fall schwedischer Wodka. Finnischer auch nicht. Und ganz sicher nicht dieser amerikanische Verschnitt, Smirnoff. Nee, das ist Oststaatenwodka mit einem Hauch Chemiefabrik. Wahrscheinlich sechzigprozentig. Und, wie gesagt, verdünnt.«

»Wissen Sie, wovon Sie reden, oder denken Sie sich irgendwelchen Nonsens aus, bis die Flasche leer ist?«

Der kräftige Alkoholiker zeigte sich in seiner Ehre gekränkt.

»Vergessens Sie's«, sagte er eingeschnappt.

»Können Sie mir noch mehr über den Wodka sagen?«

»Nein. Russischer oder litauischer oder estnischer Sechzigprozentiger. Und ein guter Anteil an Wasser.«

Hjelm bedankte sich, nicht unbeeindruckt, und ging auf direktem Weg zur Polizeidienststelle. Er mußte ziemlich lange warten, bis jemand Zeit für ihn hatte. Der Mann, der ihn abholte, stellte sich als Kriminalinspektor Jonas Zorn vor und war bestimmt nicht viel älter als zwanzig. Strohblond, gute Figur, provinziell.

Und ein absoluter Computercrack, wie sich später herausstellte.

»Reichskripo«, sagte Zorn träumerisch, als sie in seinem Büro saßen. »Sie sind nicht zufällig wegen der Machtmorde hier?«

»Wegen was?«

»Wegen der Machtmorde. So nennt doch die Reichspolizeibehörde selbst die Morde an den vier hohen Tieren in Stockholm.«

»Oh, Mist«, sagte Hjelm.

»Heute ist ein Artikel über die Pressekonferenz mit Abteilungsleiter Waldemar Mörner und Polizeiinspektor Algot Nylin in der Zeitung.«

»Wer zum Teufel ist Algot Nylin?« platzte Hjelm heraus und begriff, daß der Medienrummel und die Machtspiele um die Ermittlungen der A-Gruppe vollständig an ihm vorbeigegangen waren. Er tat nur seine Arbeit. Man mußte den Oberen allerdings zugute halten, das ihnen das Kunststück gelungen war, die Existenz der A-Gruppe fast anderthalb Monate lang vor den Medien geheimzuhalten.

»Und, geht es um diese Vorfälle?« Zorn ließ nicht locker. »Bei dem Vorfall in der Bank in Algotsmåla haben wir das letzte Mal mit der Reichskripo zu tun gehabt. Sind Sie wegen der Machtmorde hier?«

»Ich bin nicht befugt, darüber Auskunft zu geben«, sagte Hjelm und hoffte, der administrativ-autoritäre Ton möge helfen.

Das tat er. Zorn nahm Haltung an.

»Wissen Sie etwas über die beiden Inhaber der Kneipe Hackat und Malet?« fragte Hjelm. »Roger Hackzell und Jari Malinen?«

»Ganz spontan würde ich sagen, daß sie sauber sind«, sagte Jonas Zorn nachdenklich. »Ich kann mich jedenfalls an keine besonderen Vorfälle erinnern.«

Vorfälle – einer seiner Lieblingsausdrücke, dachte Hjelm und ließ sich durch eine bessere Welt treiben, während Zorn mit flinken Fingern seinen Computer konsultierte. In dieser besseren Welt gab es blonde und dunkle Frauen, die ständig ihre Gesichter tauschten.

»Wußte ich's doch, die beiden sind sauber«, sagte Jonas Zorn nicht ohne einen Anflug von Selbstgefälligkeit. »Keine besonderen Vorkommnisse. Jedenfalls nicht, seit sie hier in Växjö sind.«

»Und wie sieht es davor aus?« fragte Hjelm, ohne die Gesichter aus den Augen zu verlieren.

»Na ja, das zu überprüfen würde ziemlich lange dauern …«

»Muß ich Sie nochmals an die Prioritäten erinnern?« sagte Hjelm, obwohl er Zorn noch gar nicht an irgendwelche Prioritäten erinnert hatte.

Zorn sah ihn beeindruckt an und begann, energisch auf der Tastatur herumzuklappern. Dann saß er eine Weile nur da und wartete, wobei er die ganze Zeit den Eindruck machte, als wollte er etwas sagen. Hjelm dagegen glitt in seine Tagträumereien.

»Nein«, sagte Zorn. »Nichts. Die beiden sind sauber. Obwohl, bei Malinen gibt es einen Verweis. Nach Finnland. Ob da eventuell was vorgefallen ist?«

»Läßt sich das rauskriegen?«

Zorns Gesicht hellte sich auf. Ein hohes Tier von der Reichskripo war auf seine Computerkenntnisse aufmerksam geworden.

Das hohe Tier von der Reichskripo gähnte ausgiebig.

»Ich könnte versuchen, mich ins nordische Computer-Verbundsregister einzuloggen«, sagte Zorn voller Enthusiasmus. »Es gibt nicht viele, die wissen, wie man das macht«, fügte er hinzu.

Hjelm hatte das Gefühl, an dieser Stelle eigentlich etwas Aufmunterndes sagen zu müssen, aber ihm fiel nichts ein.

Zorn hackte auf die Tastatur ein. Während der hohe Kollege aus Stockholm mit den Gedanken ganz woanders war, befand er sich definitiv in seinem Element.

»Malinen, Jari, geboren am 13.6.52. Sieh einer an, da haben wir einen Vorfall: Schmuggel. Wollen wir doch mal schauen. 1979, in Vasa, Finnland. Verurteilt wegen Warenschmuggels. Ich schau mal, ob ich noch mehr Details rausbekomme.«

»Große Klasse«, sagte Hjelm.

»Da haben wir doch etwas, das wie ein Verhandlungsprotokoll aussieht. Malinen wurde am zwölften Februar 1979 verurteilt, zusammen mit einem gewissen Vladimir Ragin: Alkoholschmuggel aus dem damaligen Leningrad. Beide bekamen achtzehn Monate offenen Vollzug. Malinen ist nach zwölf Monaten entlassen worden, Ragin mußte die volle Zeit absitzen. Danach folgt nur noch die Liste der Anwesenden. Richter: K. Lahtinen, Schöffen: L. Hälminen, R. Lindfors, B. Palo, Verteidiger: A. Söderstedt, Staatsanwalt: N. Niskanpää, H. Viljanen, Zeugen der Verteidigung: ...«

»Wie bitte?« sagte Hjelm, der plötzlich hellwach war. »Wie hieß der Verteidiger?«

»A. Söderstedt«, wiederholte Zorn.

»Können Sie mehr über ihn herausbekommen?«

»Vielleicht werden wir ja im Register der Anwaltskammer fündig«, sagte Zorn. Er erinnerte an einen vierzehnjährigen Hacker, der soeben den Code des Pentagon geknackt hat.

Erneut gespanntes Warten. Dann das erlösende Pling.

»Arto Söderstedt, 12.1.53, Jurastudium an der Universität Åbo 1972 bis '75, eine normalerweise fünf Jahre dauernde Ausbildung in drei Jahren absolviert, nicht schlecht. Unmittelbar nach dem Examen 1975, mit 22 Jahren, in Vasas renommiertester Anwaltskanzlei Koivonen & Krantz eingestiegen. Mit 27 Jahren Teilhaber der Kanzlei. 1980 hieß die Kanzlei dann sogar ein paar Monate lang Koivonen, Krantz & Söderstedt, Ende 1980 allerdings wieder Koivonen & Krantz. Nach 1980 taucht Söderstedt in keinem Anwaltsregister mehr auf.«

Hjelm lachte ausgiebig. Wie klein der Norden doch war!

Zorn musterte ihn skeptisch. War dieser Mann tatsächlich, wofür er sich ausgab? Der Held von Hallunda? Der große Ermittler in Sachen Machtmorde?

»Okay«, sagte Hjelm. Genau das hatte er für heute gebraucht. »Ich werde Sie unseren Chefs empfehlen. Sie haben wirklich ein Händchen für Computer. Ich bin Ihnen sehr dankbar.«

Kriminalinspektor Jonas Zorn stand am Fenster und verfolgte, wie Hjelm erneut Kurs auf das Hackat und Malet nahm. Er strahlte förmlich vor unverwirklichten Ambitionen.

In einem Schaufenster in der Fußgängerzone, die quer durchs Zentrum von Växjö führte, hing ein Spiegel. Hjelm blieb stehen. Der rote, schuppende Pickel war noch größer geworden. Inzwischen bedeckte er fast die ganze Wange. Hjelm fand, daß er wie ein Fragezeichen aussah.

Das Hackat und Malet hatte geschlossen, aber Roger Hackzell stand hinter der Theke und polierte die Gläser, wie es sich für einen ordentlichen Barkeeper gehörte. Hjelm klopfte leise an die Scheibe. Hackzell schien zu Eis zu erstarren, nur mit Mühe gelang es ihm, zur Tür zu schlittern und aufzuschließen.

»Einen doppelten Wodka bitte«, sagte Hjelm und trat ein.

Hackzell starrte ihn entgeistert an, ging dann aber hinter die Theke und schenkte ihm zum zweiten Mal an diesem Tag etwas aus der Absolut-Flasche in ein Wasserglas. Hjelm schnupperte an der klaren Flüssigkeit.

»Nein«, sagte er. »Das ist kein Absolut-Wodka von Vin & Sprit. Ich tippe, daß das verlängerter sechzigprozentiger Estonia aus der Fabrik Liviko in Estland ist.«

Hackzell entgleisten die Gesichtzüge, als Hjelm zum vernichtenden Schlag ausholte.

»Sie sind nicht vorbestraft und im großen und ganzen wahrscheinlich soweit sauber. Darum reagieren Sie auch so heftig. Malinen mit seinem Sündenregister wäre wahrscheinlich viel cooler gewesen. Ich habe es weder auf Sie noch auf Malinen abgesehen. Antworten Sie einfach auf meine Fragen, wenn Sie die Lizenz für Ihren Laden behalten und nicht in den Knast wandern wollen. Denken Sie gründlich nach, ehe Sie antworten, denn wie Sie mitbekommen haben, weiß ich mehr, als Sie dachten, und wenn mir bei dem, was Sie sagen, auch nur die kleinste Lüge unterkommen sollte, verhafte ich Sie und nehme Sie zu einem ordentlichen Verhör mit nach Stockholm. Ist das klar?«

Hackzell nickte stumm.

»Woher kommt der Wodka?«

»Von Lieferanten, die ab und zu hier vorbeischauen. Russen. Sie nennen sich Igor und Igor.«

Eine eigentümliche Ruhe machte sich in Hjelm breit. Er hatte einen Treffer gelandet.

»Was wissen Sie sonst noch über die beiden?«

»Nichts. Sie tauchen einfach auf. Aus Sicherheitsgründen haben sie keine festgelegten Routen oder Liefertermine.«

»Haben Sie die Phantombilder von Alexander Brjusov und Valerij Trepljov nicht in den Zeitungen gesehen? Sie waren überall abgedruckt.«

Roger Hackzell blinzelte verdutzt.

»Die waren das? Da war aber nicht viel Ähnlichkeit.«

»Aber in den Artikeln war eindeutig von Igor und Igor die Rede.«

»Ich hab nichts davon gelesen, nur die Bilder gesehen. Da ging es doch um die Machtmorde in Stockholm. Damit haben die beiden ja wohl nichts zu tun. Ich bin jedenfalls nicht darauf gekommen, daß es da eine Verbindung geben könnte. Ich schwöre.«

»Schon gut. Aber nun verstehen Sie hoffentlich, wie wichtig die Sache ist. Und Sie stecken mit drin. Es gibt sicher Polizisten, die Sie allein für die Verbindung zu Igor und Igor hinter Gitter bringen würden. Verstehen Sie?«

»Gottverdammte Scheiße«, sagte Roger Hackzell.

»Kommen wir zum Wesentlichen. Die Kassette.«

»Ach, *fuck!*« platzte Hackzell mit wild funkelndem Blick heraus. »Verdammter Mist! Als sie das letzte Mal hier waren, haben sie ein paar von meinen älteren Aufnahmen mitgenommen. Kleine Extravergütung, meinten sie. Das sind harte Typen. Es paßt mir überhaupt nicht, daß Jari uns in ihre verfluchten Mafiageschäfte reingezogen hat, und das hab ich ihm auch gesagt. Haben die das gemacht? Würde mich nicht wundern.«

»Und Sie wissen nicht doch zufällig was über die schwedischen, russischen oder baltischen Kontakte der beiden?«

»Für mich sind das brutale Kerle, die einmal im Monat aufkreuzen und einen mehr oder weniger zwingen, Alkohol zu kaufen. Das ist alles, was ich weiß. Ehrlich.«

»Wann waren sie das letzte Mal hier?«

»Das ist, Gott sei Dank, schon einige Zeit her. Im Februar. Ich hatte schon gehofft, wir wären sie ein für allemal los, aber dann tauchten sie doch auf …«

»Und die Tonbänder haben sie im Februar mitgenommen?«

»Ja.« Hackzell blätterte aufgebracht in einem Buch, das er aus einer Schublade genommen hatte. »Am fünfzehnten Februar war das. Frühmorgens.«

»Wo hält Jari Malinen sich zur Zeit auf?«

»In Finnland. Seine Mutter ist gerade gestorben.«

Hjelm nahm die Kassette aus der Tasche und hielt sie Hackzell hin. »Ist es diese hier?«

Hackzell sah sie sich eingehend an.

»Sieht so aus. Guido hat 1987 und '88 eine ganze Reihe kopiert. Ein Maxell-Band war's auf alle Fälle.«

»Gut. Wo ist der Kassettenrecorder? Ich möchte, daß Sie sich ein bestimmtes Stück anhören und mir sagen, ob Sie damit irgend etwas Besonderes verknüpfen. Egal was. Möglicherweise etwas, das hier in der Kneipe passiert ist. Beruhigen Sie sich erst mal. Hören Sie zu, und denken Sie nach.«

Die ersten Akkorde von *Misterioso* erklangen. Hackzell versuchte sichtlich, sich auf die Musik zu konzentrieren, aber er schien wie paralysiert; seine Welt war dabei, in tausend Stücke zu zerfallen. Hjelm beobachtete ihn sehr genau und versuchte, ihn sich als eiskalten Mörder in den Wohnzimmern der Wirtschaftsbonzen vorzustellen. Es war unmöglich.

Zehn Minuten *Misterioso* verstrichen. Hackzell konnte keine Sekunde stillstehen. Als das Stück zu Ende war und in die wilde Improvisation überging, schaltete Hjelm den Recorder aus.

»Nein. Ich weiß nicht. Ich kenne mich mit Jazz nicht aus. Manchmal wollen die Gäste was hören, und dann lege ich was auf. Ich kann da ein Stück nicht vom anderen unterscheiden, für mich klingt das alles gleich.«

»Erinnern Sie sich möglicherweise an jemanden, der unbedingt Jazz hören wollte?«

Hjelm wußte nicht genau, worauf er mit seinen Fragen hinauswollte. Igor und Igor waren eingekreist. Die Kassette, die kasachische Munition, Viktor X, die Drohung an den Lovisedal-Konzern.

»Nicht direkt, nein«, sagte Hackzell und wirkte völlig hilflos. »Ich brauch ein bißchen Bedenkzeit.«

»Okay, ich schlage folgendes vor: Wenn Sie eine Leerkassette haben, machen wir eine Kopie von *Misterioso*, so heißt das erste Stück, und dann können Sie in Ruhe darüber nachdenken. Ich brauche eine Liste der Leute, die sich speziell dieses Stück oder Jazz ganz allgemein gewünscht haben. Sie dürfen Växjö unter keinen Umständen verlassen. Sollten Sie es dennoch versuchen, werden wir augenblicklich eine landesweite Fahndung einleiten. Das wäre das endgültige Aus für Ihr Lokal. Und Sie landen hinter Gittern. Alles klar?«

Roger Hackzell nickte kraftlos, und Hjelm machte sich daran, das Band zu kopieren. Danach nahm er den nächsten Zug nach Stockholm und genoß es, mal wieder mit sich selbst zufrieden sein zu können.

24

Jari Malinen wurde wenig respektvoll von der Beerdigung seiner Mutter weggeholt. Die finnische Polizei war mitten in die Andacht in der Kapelle hineingeplatzt und hatte ihn festgenommen. Die Nacht hatte er in einer kleinen Zelle in Helsinki verbracht. Er hatte alles gesagt, was er wußte.

Er war Ende der Siebziger mit der russischen Mafia in Kontakt gekommen, und dann war ihm ein sogenannter Steuerirrtum unterlaufen, für den er einige Zeit im Knast gesessen hatte. Nach seiner Freilassung war er nach Schweden gegangen, unter anderem, um der Mafia zu entkommen. Er hatte nämlich einen Russen mit reingerissen, einen gewissen Vladimir Ragin, und hielt es immerhin für möglich, daß der Klan ihn dafür zur Verantwortung ziehen würde.

Er ging nach Göteborg, lieh sich Geld und kaufte eine kleine Kneipe. So kam er in Kontakt mit den Kollegen Guido Cassola und Roger Hackzell. Cassola und Hackzell gerieten kurz darauf aneinander und beendeten ihre Zusammenarbeit. Nun tat Hackzell sich mit Malinen zusammen, und Ende der Achtziger eröffneten sie das Hackat und Malet in Växjö.

Die Mafia, inzwischen russisch-estnisch, frischte den Kontakt zu Malinen auf, und Malinen, der immer noch um sein Leben bangte, tat alles, was sie von ihm verlangten. Er und der Russe waren bei der Verhandlung in Vasa von einem hervorragenden jungen Karriereanwalt verteidigt worden, der Name war ihm entfallen, und sehr viel glimpflicher davongekommen, als Malinen es in einem Rechtsstaat für möglich gehalten hätte. Aber die Angst saß ihm im Nacken, und dann waren eben irgendwann Igor und Igor mit ihrem estnischen Wodka aufgetaucht. Das war alles.

Hjelm beobachtete Söderstedt, während Norlander seinen Bericht lieferte. Der Finne – kreideweiß – starrte die ganze Zeit auf die Tischplatte.

»Hjelm hat wirklich außerordentliche Arbeit geleistet in Växjö«, schloß Norlander.

Viggo Norlander war wie ausgewechselt. Geläutert irgendwie. Die Krücken waren ausrangiert, die Hände von den Mullbinden befreit. Die Wunden waren weitgehend verheilt, die Narben glänzten schwach rosa wie kleine Blüten in der Mitte seiner behaarten Handrücken. Seine Hände bewegten sich mit einer neuen Leichtigkeit. Geläutert und neu geboren, dachte Hjelm.

Stigmatisiert, geläutert und neu geboren.

Kerstin Holm hatte in Malmö keinen Erfolg gehabt. Der verstorbene Robert Granskog, White Jims fünfter Kunde, hatte keine Erben, womit das Schicksal der *Misterioso*-Kassette im dunkeln blieb. Wahrscheinlich waren Granskogs Hinterlassenschaften irgendwann entsorgt worden.

Hjelm und Holm wechselten des öfteren unsichere Blicke.

Hultin räusperte sich lautstark und fügte dem immer grotesker werdenden und labyrinthischen Muster auf dem Whiteboard noch einen weiteren Pfeil hinzu, der nach Växjö verwies.

»Besteht Einigkeit darüber, daß wir das Hauptaugenmerk jetzt auf Lovisedal richten?« fragte er und erntete zustimmendes Gemurmel. »Gut. Dort hätten wir eine mögliche Verbindung zwischen Täter und Opfern, mal abgesehen von Strand-Julén. Daggfeldt, Carlberger und Brandberg saßen also eine Zeitlang zusammen im Aufsichtsrat von Lovisedal. Stellen wir uns folgendes Szenario vor: Der Lovisedal-Konzern versucht sich mit einer Zeitung in Tallinn zu etablieren, wie in St. Petersburg bereits mit Erfolg geschehen, wird von Viktor X angemahnt, weigert sich, den sogenannten Schutz zu akzeptieren, erhält Drohungen, weigert sich weiterhin und erhält die nächste, handfestere Warnung, indem die Handlanger Igor und Igor alias Alexander Brjusov und Valerij Trepljov anfangen, ihre Aufsichtsratsmitglieder hinzurichten. Nach drei Morden, zwei gezielten – Daggfeldt und Carlberger – und einem Ablenkungsmord – Strand-Julén –, machen sie eine Pause, um zu sehen, wie Lovisedal reagiert. Lovisedal hält hartnäckig an seiner Weigerung fest. Also schreiten Igor und Igor, auf direkten Befehl von Viktor X, erneut zur Tat. Enar Brandberg ist möglicherweise nur das erste Opfer in einer neuen Serie. Klingt das plausibel?«

»Es wird schwer sein, etwas Plausibleres zu finden«, sagte Gunnar Nyberg.

»Außer Strand-Julén gäbe es noch ein zweites Aber«, meldete sich Jorge Chavez zu Wort. »Daggfeldt, Carlberger und Brandberg saßen nur über einen verhältnismäßig kurzen Zeitraum gemeinsam im Aufsichtsrat von Lovisedal, nämlich 1991. Daggfeldt war von 1989 bis 1993 dabei, Carlberger von 1991 bis zu seinem Tod und Brandberg bis 1991, als er Reichstagsabgeordneter wurde. Das einzige gemeinsame Jahr war also 1991. Und zum Zeitpunkt der Morde saß nur noch Carlberger im Aufsichtsrat. Einer von vieren.«

»Die Pointe ist wahrscheinlich, daß Lovisedal 1991 begonnen hat, estnisches Terrain zu sondieren«, sagte Hultin. »Die haben es auf den damals amtierenden Aufsichtsrat abgesehen. Vielleicht wollen sie ein Zeichen setzen: Im Jahr 1991 habt ihr den Fehler eures Lebens begangen, indem ihr euch ein Stück von einem bereits verteilten Kuchen genommen habt. Das ist die plausibelste Erklärung, die wir momentan haben.«

»Es gibt noch ein Aber«, gab Viggo Norlander zu bedenken. »Jüri Maarja und Viktor X haben mich einzig und allein aus einem Grund am Leben gelassen: damit ich ihre Unschuld beweisen kann. Ihr habt den Brief ja gelesen.«

»Der beweist leider gar nichts«, sagte Hultin.

»Ich hab die Verblüffung in Maarjas Gesicht gesehen, als ich sie beschuldigte. Die war absolut echt.«

»Dein Jüri Maarja ist ein Flüchtlingsschmuggler. Schon möglich, daß er verblüfft war, aber war Viktor X auch verblüfft? Du hast sein Gesicht zu keinem Zeitpunkt gesehen – wenn der Typ hinter dem Schreibtisch überhaupt Viktor X war. Igor und Igor handeln möglicherweise auf direkte Anweisung von Viktor X, ohne Mittelsmänner. Die Möglichkeit müssen wir in jedem Fall in Betracht ziehen.«

Viggo Norlander nickte, wenn auch wenig überzeugt.

»Chavez hat eine Liste mit den restlichen Mitgliedern des Lovisedal-Aufsichtsrates von 1991«, fuhr Hultin fort. »Wie viele von ihnen leben noch?«

»Von den sieben Personen auf der Liste sind sechs noch am Leben. Einer ist bereits gestorben.«

»Sechs Personen. Wir müssen unbedingt ein wachsames Auge auf diese sechs haben. Das sind die wahrscheinlichsten Opfer.« Hultin warf einen Blick in seine Unterlagen. »Ich übernehme den damaligen und heutigen Aufsichtsratsvorsitzenden Jacob Lidner. Die übrigen fünf müßt ihr unter euch aufteilen. Setzt sie ruhig unter Druck, kriegt raus, ob sie etwas wissen, ob sie Angst haben, ob sie Personenschutz wünschen – den sie so oder so kriegen, ob sie wollen oder nicht. Ab sofort werden die Aufsichtsratsmitglieder von Lovisedal rund um die Uhr bewacht. Und die landesweite Fahndung nach Igor und Igor dürfte auch auf dem Weg sein. Aller Wahrscheinlichkeit nach sind die beiden unsere Machtmörder. Also los, packen wir's an.«

Hultin verließ den Raum durch seine inzwischen berühmte Tür, während die anderen A-Gruppen-Leute die Aufsichtsratsmitglieder untereinander aufteilten. Der ursprüngliche Rhythmus, nach dem jede zweite Nacht ein Mord geschah, war offensichtlich hinfällig – sonst hätte es bereits in der Nacht zuvor, vom neunzehnten auf den zwanzigsten Mai, als Hjelm im Gästezimmer des Polizeipräsidiums vergeblich auf den Schlaf gewartet hatte, eine neue Leiche geben müssen. Die einzige Konstante, die blieb, war die Nacht als Tatzeit, sie hatten also vermutlich genügend Luft für ihre Gespräche mit den Aufsichtsratsmitgliedern. Sie mußten das nächste Opfer finden, ehe es zu spät war.

»Ich frage mich, ob die Auswahl Methode hat«, sagte Söderstedt. »Strand-Julén mal außer acht gelassen, haben wir die Reihenfolge Daggfeldt, Carlberger, Brandberg. D-C-B. Gibt es in dem Aufsichtsrat jemanden, dessen Name mit A anfängt?«

Auf der Liste stand niemand.

Beim Aufteilen stellten sie fest, daß einer von ihnen leer ausging. Da aber alle beteiligt sein wollten, einigten sie sich darauf, daß Söderstedt und Hjelm gemeinsam zu einem Aufsichtsratsmitglied fuhren.

Hjelm ging mit in Söderstedts und Norlanders Büro. Er hatte seine Jeansjacke dabei und war aufbruchbereit. Norlander stürzte sich voller Elan auf seinen ersten richtigen Auftrag seit Tallinn, wenn er auch auf seinen verletzten Füßen noch ein wenig hinkte.

Als Söderstedt die Hand nach dem Kleiderhaken ausstreckte, an dem sein Lumberjack hing, schob Hjelm kurz entschlossen die Tür zu.

»Ich würde dich gern was fragen«, sagte er und sah A. Söderstedt, ehemals finnischer Topanwalt, im Februar 1979 Jari Malinens von der Mafia beauftragter Verteidiger, an. »Warum ausgerechnet Polizist?«

Arto Söderstedt hielt seinem Blick stand und nahm die Jacke vom Haken. »Was meinst du?« fragte er, ohne wirklich zu fragen, und schlüpfte langsam in die Jacke.

»Und warum Schweden?«

Söderstedt gab seinen Widerstand auf und ließ sich schwer auf einen Stuhl fallen.

»Warum Schweden, ist einfach zu beantworten: In Finnland hatte ich meinen Stempel weg, mein Name war allseits bekannt. Ich war der junge Karriereanwalt, der die Mitbürger mit den dicksten Brieftaschen aus den schlimmsten Klemmen rettete. In Finnland hätte ich kein Bein mehr auf den Boden bekommen.«

Er machte eine kurze Pause, in der er Hjelm ansah. Hjelm hatte den mageren Finnen noch nie zuvor so ernst erlebt. Söderstedt schnitt eine Grimasse und fuhr fort.

»Warum Polizist, ist schwieriger zu beantworten. 1980 war ich 27 Jahre alt und gerade Teilhaber der Kanzlei geworden. Koivonen, Krantz & Söderstedt. Wahnsinn. Alles, was ich mir in meinem kurzen, zielstrebigen Leben vorgenommen hatte,

hatte ich erreicht. Und dann wurde mir der Fall eines richtig üblen Verbrechers übertragen. Das an sich war nichts Neues, solche Leute verteidigte ich ständig. Aber mit dem Kerl hatte ich mich übernommen. Hinter der respektablen Fassade dieses Mandanten liefen die widerwärtigsten Geschäfte ab, die man sich vorstellen kann: eine Art Frischfleisch-Sklavenhandel, unbeschreiblich. In das abgeriegelte Finnland, in das fast keine Einwanderer kamen, ergoß sich plötzlich ein reißender Strom drogenabhängiger Asiatinnen, die auf Auktionen versteigert wurden. Natürlich habe ich ihn rausgehauen, so daß er weiter seinen Geschäften nachgehen konnte. Aber in mir drin ist was zerbrochen. Dieser korrekte Mensch mit seiner tadellosen Fassade und seiner maßlosen Verachtung für Menschenleben eröffnete mir einen Ausblick auf meine Zukunft. Die ganze Scheiße brach über mir zusammen. Ich hab mich mit meiner Familie nach Schweden abgesetzt, hab die schwedische Staatsbürgerschaft angenommen und bin sozusagen untergetaucht. Es folgten ein paar lausige Jahre, ehe ich mich entschied, Polizist zu werden, wahrscheinlich, weil ich mir einbildete, das System von innen heraus verändern zu können; das System, das ich in seiner Ganzheit gesehen zu haben glaubte. Aber wie wir wissen, lassen sich die Dinge nicht von innen heraus verändern. In Stockholm galt ich schnell als unbequemer Bulle, ich bin dann nach Västerås versetzt worden und dort hängengeblieben. Man könnte fast sagen, daß ich ein zweites Mal abgetaucht bin, die Polizeiarbeit wurde zur Routine, ich habe mir eine große Familie zugelegt und alles gelesen, was ich in die Hände bekam, statt großartig viel Kraft in meinen Job zu investieren. Auf irgendeine Weise hat Hultin mich ausgegraben, frag mich nicht, wie. Mehr gibt es dazu nicht zu sagen.«

Söderstedt erhob sich. Ob erleichtert oder beschwert, war nicht zu erkennen.

Er hatte vor Hjelms Augen eine vollständige Wandlung durchgemacht. Von dem finnischen Clown war nichts mehr übrig. Da stand ein Mann, der die Konsequenzen aus einer moralischen Entscheidung gezogen hatte, der auf ein Millioneneinkommen verzichtet und seinen Idealen Land, Sprache und Leben geopfert hatte. Alle Achtung, dachte Hjelm.

»Wer als letzter am Auto ist, ist ein Frosch ohne Beine«, rief Söderstedt und rannte los.

Jacob Lidner, Aufsichtsratsvorsitzender von Lovisedal, hielt sich am sonnigen Vormittag des zwanzigsten Mai in seinem Haus auf Lidingö auf. Jan-Olov Hultin parkte seinen Volvo Turbo vor der prächtigen Villa und drückte die Klingel, deren schriller Klang mit Verzögerung durch sämtliche Zimmer der Villa bis in den Garten weitergeleitet wurde. Gleich darauf bog Lidner um die Hausecke. Ein imposanter älterer Herr mit majestätischem Blick, bekleidet mit einem weißen Morgenmantel, auf dem ein Monogramm prangte. Seine Silbermähne war zerzaust, als wäre er gerade der Badewanne entstiegen. Als er näher kam, stellte Hultin fest, daß er nach Chlor roch.

»Hören Sie endlich auf, mich zu belästigen«, fuhr er Hultin an. »Ich habe genug von euch Schmierfinken. Ich bin ein ganz gewöhnlicher Pensionär, der in aller Ruhe auf seinen Tod wartet. Liegen Sie mir nicht weiter wegen der Turbulenzen im Aufsichtsrat in den Ohren. Ich weiß, daß ihr euch um jeden Preis Zugang zum Aufsichtsrat verschaffen wollt, aber bei mir habt ihr keine Chance.«

Endlich eine Atempause.

»Sehe ich etwa aus wie ein Journalist?« fragte Hultin und setzte seine halbrunde Lesebrille auf.

»Und ob«, sagte Lidner und musterte ihn mit gewissem Interesse. »Aber Sie sind keiner, stimmt's?«

»Darf ich mich vorstellen: Kommissar Jan-Olov Hultin. Ich leite die Ermittlungen in dem Fall, der in den Medien als ›die Machtmorde‹ bezeichnet wird.«

»Aha«, sagte Lidner. »Die A-Gruppe.«

Hultin war kurz aus dem Gleichgewicht gebracht, was er aber geschickt verbarg.

»Das sind eigentlich Informationen, zu denen die Medien keinen Zugang haben …«

Jacob Lidner lachte leise.

»Meine Güte, Herr Polizeidirektor, Sie werden doch wohl am besten wissen, daß man so etwas unmöglich geheimhalten kann. Schließlich sind unsere Kreise bedroht.«

»Und nicht nur Ihre Kreise im allgemeinen«, sagte Hultin in dem Versuch, wieder die Kontrolle zu gewinnen. »Sondern ganz speziell der Lovisedal-Aufsichtsrat von 1991.«

Lidner ließ erneut sein leises Lachen hören.

»Wie kommen Sie darauf? Direktor Strand-Julén war zwar ein guter Freund von mir, aber er hat zu keinem Zeitpunkt etwas mit dem Konzern zu tun gehabt. Suchen Sie lieber im Aufsichtsrat der Sydbank weiter, da haben 1990 für kurze Zeit alle vier gesessen.«

Lidners Kenntnis des Ermittlungsstandes war erstaunlich.

Hultin beherrschte sich gewohnheitsgemäß und schlug zu: »Die Sydbank hat meines Wissens nicht solchen engen Kontakt zur russisch-estnischen Mafia wie Lovisedal. Ich gehe doch recht in der Annahme, daß Sie die Zusammenarbeit mit der Mafia noch immer verweigern?«

»Selbstverständlich«, antwortete Lidner knapp. »Aber die Gangster geben keine Ruhe. Wenn Sie allerdings andeuten wollen, daß die Mafia hinter den Morden steckt, sind Sie wirklich auf dem Holzweg.«

»Woher wollen Sie das wissen?«

»Nicht zuletzt wegen des Zwischenfalls mit Ihrem Privatdetektiv in Tallinn.«

Hultin war kurz davor, die Nerven zu verlieren.

»Ich wüßte gern, wie Sie zu derartigen Einsichten in den Stand der Ermittlungen kommen, Herr Lidnér«, sagte er so neutral wie möglich.

Die falsche Betonung eines Namens konnte den gleichen Effekt haben wie der Gebrauch eines verkehrten Titels, aber Lidner ließ sich nichts anmerken.

»Es steht Ihnen genauso frei, das zu fragen, wie es mir freisteht, darauf nicht zu antworten«, erwiderte er.

Hultin gab auf.

»Wir werden einige Leute und Beamte der Stockholmer Polizei zum Personenschutz abstellen. Ich hoffe, Sie werden die Anwesenheit der Kollegen in den nächsten Tagen tolerieren.«

»Das Geld der Steuerzahler könnte bedeutend sinnvoller genutzt werden«, sagte Jacob Lidner und machte auf dem Absatz kehrt.

Hultin brauchte lange, bis er ebenfalls dazu in der Lage war.

25

Eine nahezu ereignislose Woche verging. Und dann geschah etwas, das eine entscheidende Wendung hätte herbeiführen können.

Bei einer routinemäßigen Razzia ließ die Stockholmer Kriminalpolizei in der City einen schwarzen Spielklub hochgehen. Obgleich er sich einen zeitgemäßen Ziegenbart und eine Brille mit Horngestell zugelegt und den Kopf komplett rasiert hatte, erkannte ein aufmerksamer Polizist namens Åkesson einen der Spieler wieder.

Dieser Spieler war kein Geringerer als Alexander Brjusov, die schlankere Hälfte von Igor und Igor.

Er saß stumm in einer der Arrestzellen, während die Kollegen der A-Gruppe wie neugierige Schüler einer nach dem anderen durch das Guckloch schauten.

Hultin wandte sich an den Beamten, der Brjusov erkannt hatte. Åkesson sah ziemlich übernächtigt aus und wollte möglichst schnell nach Hause.

»Kein einziges Wort?«

Åkesson schüttelte den Kopf. »Ich hab die ganze Nacht versucht, was aus ihm rauszukriegen, aber er spielt taubstumm.«

»Na gut«, sagte Hultin. »Trotzdem, hervorragende Arbeit, Åkesson. Jetzt fahren Sie erst mal nach Hause und schlafen sich richtig aus.«

Åkesson schlurfte davon. Man konnte nur hoffen, daß er nicht vorhatte, mit dem Auto nach Hause zu fahren.

Die A-Gruppe stand unentschlossen auf dem Flur des Untersuchungsgefängnisses. Der Wachhabende betrachtete sie mit wohlwollender Nachsicht.

»Söderstedt und ich werden zu ihm reingehen«, sagte Hultin und gab dem Wachhabenden ein Zeichen, die Stahltür aufzuschließen. »Dann seid ihr an der Reihe«, fügte er hinzu und verschwand in der Zelle.

Söderstedt machte eine entschuldigende Geste und folgte ihm.

Keiner der auf dem Flur Zurückgebliebenen wollte gehen. Sie wechselten sich an dem Guckloch ab. Die Nachsicht des Wachhabenden wurde auf eine harte Probe gestellt.

Hultin und Söderstedt setzten sich Alexander Brjusov gegenüber. Er hatte nicht viel Ähnlichkeit mit dem Fahndungsbild.

Söderstedt übernahm die Vernehmung. Er stellte jede Frage zweimal, erst auf schwedisch, dann auf russisch. Das Gespräch verlief insgesamt allerdings ziemlich einseitig. Mit seinen ersten Worten verlangte Brjusov einen Anwalt. Die Forderung wurde mit vagen Hinweisen auf die Sicherheit des Landes abgewiesen; eine absolut zuverlässige Methode. Die übrigen Fragen, inklusive der zu der Monk-Aufnahme, beantwortete Brjusov mit einem ironischen Lächeln. Nur einmal sagte er unvermittelt zu Söderstedt: »Ich erkenne Sie wieder.«

Ansonsten blieb er stumm. Zumindest bis folgende Frage kam: »Wo ist Valerij Trepljov?«

Da lachte Alexander Brjusov laut und sagte in astreinem Schwedisch: »Das, meine Herren, ist eine tiefreligiöse Frage.«

Danach sagte er nichts mehr.

Der leitende Staatsanwalt hatte keinen leichten Stand bei den Verhandlungen zur Verhängung der Untersuchungshaft.

Nicht genug mit dem an sich schon überwältigenden Mangel an Beweisen; als der auch noch in Form der elaborierten Sarkasmen des Topanwalts Reynold Rangsmyhr vorgetragen wurde, nahm die Angelegenheit geradezu lächerliche Züge an.

Die Leute der A-Gruppe, die im Zuschauerraum saßen, waren weniger mit der Frage beschäftigt, ob das halbierte Igor-Duo auf freien Fuß gesetzt werden würde, als damit, wie es kam, daß der möglicherweise beste, aber definitiv teuerste Anwalt Stockholms als Verteidiger für einen russischen Alkoholschmuggler auftrat.

Sie wurden Zeugen eines erbitterten Ringkampfes, der, wie erwartet, damit endete, daß der Richter sowohl die Staatsanwaltschaft als auch die polizeilichen Behörden aufs schärfste dafür tadelte, Zeit und Ressourcen des Rechtssystems angesichts dieses im voraus abzusehenden Urteils unnötig in Anspruch genommen zu haben. Zu allem Überfluß gelang es dem freigelassenen Alexander Brjusov, noch im Rathaus unterzutauchen. Niemand sah ihn zu irgendeinem Zeitpunkt das Gebäude verlassen.

»Was ist eigentlich passiert?« erdreistete sich Gunnar Nyberg bei der Nachmittagszusammenkunft in der Kampfleitzentrale zu fragen. Durch den Dunstschleier der Enttäuschung, der noch immer über den Häuptern der A-Gruppe hing, sahen sie verschwommen den, wenn auch nicht vernichteten, so doch schwer angeschlagenen Hultin an seinem Tisch sitzen. Er drehte unablässig eine abgebrochene Bleistiftspitze zwischen den Fingern und sagte bitter: »Die Frage ist ganz einfach: Hat Viktor X tatsächlich die nötigen Ressourcen und Kontakte innerhalb des schwedischen Rechtswesens, um Brjusov so locker rauszuhauen? Und was steht uns noch bevor?«

Die Kollegen der A-Gruppe bemühten sich, die Stockholmer Polizei zu entlasten, wo es nur ging, und übernahmen die nächtliche Überwachung der Aufsichtsratsmitglieder des Lovisedal-Konzerns von 1991 größtenteils selbst.

Hjelm hatte eine Nacht bei einem Mann mit Namen Bertilsson verbracht und eine andere bei einem Mann namens Schrödenius. Dazwischen hatte er sogar ein paar Nächte in Norsborg geschlafen.

Er hatte keinerlei Kontakt mit Cilla in ihrem Dalarö-Häuschen. Ihm blieb nichts anderes übrig, als das Rätsel um ihr Benehmen fürs erste ungelöst zu lassen. Es wäre äußerst falsch, sich jetzt aufzudrängen. Er hatte ihre Einsamkeit gesehen.

Danne und Tova lebten ihr eigenes Leben, Danne hauptsächlich in seinem Zimmer, Tova die meiste Zeit bei ihrer Freundin Milla, deren Eltern Hjelm zwar zugesagt hatten, sich um sie zu kümmern, ihn aber gleichzeitig, so kam es ihm jedenfalls vor, mit vorwurfsvollen Blicken bedachten. Er füllte die Tiefkühltruhe auf und fragte sich, wem hier eigentlich was vorgeworfen werden konnte.

Tova meinte, der Pickel auf seiner Wange sähe aus wie ein astrologisches Zeichen, doch dummerweise fiel ihr nicht ein, welches. Erst am nächsten Morgen, als er schon halb aus der Tür war, sagte sie, es sei das Zeichen für Pluto, ein P mit einem waagerechten Strich unter dem senkrechten Balken. Als er wissen wollte, was das Zeichen bedeutete, antwortete sie gutgelaunt, daß sie keine Ahnung habe.

»Kommst du zur Schulabschlußfeier?« fragte sie im gleichen Atemzug. »Mama kommt auch.«

»Ich werd's versuchen«, sagte er und spürte den Stich.

Auf der Fahrt in die Stadt dachte er darüber nach, was Tova wohl mit Pluto verband: einen niedlichen Disney-Hund, den sonnenfernsten Planeten unseres Sonnensystems oder einen archaischen Herrscher der Unterwelt?

Als er das Büro betrat, hatte Chavez den Computer noch nicht eingeschaltet. Das war ungewöhnlich. Er saß mit einer Kaffeemühle auf den Knien auf seinem Stuhl und mahlte Kaffee.

»Bald ist Juni«, sagte er träge.

»Hattest du Pläne für den Sommer, die jetzt auf Eis liegen?« fragte Hjelm und setzte sich.

»Schön wär's.« Chavez schaute zu dem kleinen Bürofenster, in dessen oberer rechter Ecke ein Stück blauer Himmel zu sehen war. Plötzlich fiel ihm etwas ein. »Ach ja«, sagte er und strengte seine noch nicht ganz dienstwilligen Hirnzellen an. »Da hat irgendein Typ angerufen. Er wollte sich noch mal melden.«

»Wer?«

»Keine Ahnung. Hab vergessen zu fragen.«

Hjelm verkniff sich einen Kommentar. »Wie hat er sich angehört?«

»Wie ein Göteborger, glaube ich.«

»Ah«, sagte Hjelm hoffnungsvoll. Er gab eine lange Nummer ein und wartete.

»Hackzell?« brüllte er in den Hörer. »Hjelm hier.«

»Mir ist was eingefallen.« Roger Hackzells Stimme aus dem Hackat und Malet in Växjö war vor lauter Rauschen kaum zu verstehen. »Vor ein paar Jahren ist was passiert, als ich die Jazzmusik gespielt habe.«

»Rühren Sie sich nicht von der Stelle«, sagte Hjelm, schon halb auf dem Flur. »Ich komme.« Chavez rief er zu: »Sag Hultin, daß Kerstin und ich in Växjö sind. Wir melden uns.«

»Warte!« brüllte Chavez hinter ihm her.

Hjelm rannte zum Raum 303 und riß die Tür auf. Gunnar Nyberg und Kerstin Holm sangen gerade etwas, das wie ein gregorianisches Kirchenlied klang. Er starrte die beiden verdutzt an. Sie sangen weiter, als hätten sie ihn gar nicht bemerkt. Gleich darauf stand Chavez auch in der Tür und starrte genauso erstaunt auf das sich ihm bietende Schauspiel. Als die Sänger fertig waren, applaudierten Hjelm und Chavez heftig.

»Ich glaube, wir haben mit der Kassette einen Treffer gelandet. In Växjö. Kommst du mit?«

Kerstin Holm sah ihn wortlos an und zog ihre kurze, schwarze Lederjacke über.

»Habt ihr noch einen Platz für mich?« fragte Chavez.

Zu dritt flogen sie nach Växjö. Daß Jorge dabei war, machte jedes intimere Gespräch zwischen Paul und Kerstin unmöglich. Was keinem von beiden ungelegen kam. Wieder dieser konzentrierte Tunnelblick.

Roger Hackzell stand hinter der Theke. Das Hackat und Malet hatte gerade für die ersten Mittagsgäste geöffnet. Es war kurz nach elf.

Hackzell führte sie in sein Büro und überließ die Gäste einer einsamen Kellnerin. Aus den Lautsprechern im Büro schallte *Misterioso*. Hackzell schaltete den Kassettenrecorder, der auf Repeat eingestellt war, aus.

»Also«, begann er, während er sie mit einer einladenden Geste aufforderte, sich auf das Sofa zu setzen. »Tagelang ließ mich das Gefühl nicht los, daß es mit diesem Stück irgend etwas auf sich hat. Ich habe es mir immer wieder angehört. Wie ein Besessener. Und plötzlich ist es mir wieder eingefallen. Es war vor ein paar Jahren, ziemlich spät nachts. Wir hatten uns seit einem knappen Jahr in der Stadt gehalten und waren die einzige Kneipe, die bis um drei Uhr nachts geöffnet hatte. Ab und zu gab's Ärger, weil sich natürlich alle Nachtschwärmer hier trafen. Später haben sie uns die Zeiten beschränkt, jetzt schließen wir schon um Mitternacht. In der Nacht jedenfalls war ziemlich wenig los, zwei Typen waren noch da, und ich wollte eigentlich dichtmachten. Aber einer der beiden, Anton, ein Schrank von einem Kerl, wollte unbedingt noch mal die Jazzmusik hören, die ich kurz vorher gespielt hatte. Er rastete fast aus, als ich sagte, daß ich schließen wollte, bekam einen richtig wilden Blick. Also legte ich noch mal Jazz auf. Ich bin ziemlich sicher, daß es genau dieses Stück war. Da brüllte Anton plötzlich los, stürzte sich auf den anderen Typ und verpaßte ihm einen Schlag nach dem anderen. Jetzt erinnere ich mich wieder ganz deutlich. Es war furchtbar, er schrie immer das gleiche, die ganze Zeit, ich weiß nicht mehr, was, es war so undeutlich, er war voll wie zehn nackte Neger, und ich hatte einen Heidenschiß. Zuerst ein paar Schläge in den Magen, dann ein Tritt gegen die Kniescheibe und einer in den Schritt und dann einer direkt auf die Fresse, daß die Zähne nur so flogen. Der Typ ging zu Boden, aber Anton bearbeitete ihn weiter mit Tritten. Der Kerl am Boden war die ganze Zeit bei Bewußtsein und guckte Anton nur verwundert an. Als Anton zu einem richtig brutalen Tritt ausholte, hab ich losgebrüllt, was Anton zumindest vom Zutreten abgehalten hat. Statt dessen schnappte er sich eine Flasche, schleuderte sie gegen die Wand und machte sich davon. Ich hab dem Typ erst mal auf die Beine geholfen, er war völlig durch die Mangel gedreht und spuckte einen Zahn nach dem anderen aus. Der eine Arm hing schief im Gelenk, und er hatte höllische Schmerzen im Magen und im Unterleib. Ich wollte die Polizei und einen Krankenwagen rufen, aber er sagte: ›Nein. Er hatte vollkommen recht.‹ Das meinte der Kerl tatsächlich von dem Wahnsinnigen, der ihn da eben fast totgeschlagen hatte. Okay, dachte ich, soll mir recht sein, wenn wir die Polizei außen vor halten können, sonst ist nämlich die Nachtlizenz flöten. Ich half ihm, den schlimmsten Blutfluß zu stillen, und dann ging er einfach. Das war alles.«

»Das reicht ja wohl«, sagte Hjelm. »Wer ist dieser Anton?«

»Anton Rudström. Er war kurz vorher mit seinem Fitneßschuppen, den er erst ein Jahr zuvor eröffnet hatte, Konkurs gegangen. Er hatte dafür einen Kredit aufgenommen, ohne irgendwelche Sicherheiten oder Bürgen, und konnte ihn nicht zurückzahlen. Sie wissen ja, wie das Ende der Achtziger war. Als Anton hier ausgerastet ist, hatte er gerade seine Trinkerkarriere begonnen. Inzwischen ist er Vollblutalkoholiker, einer der Penner, die vorm Spritladen rumhängen.«

»Dabei sieht er immer noch wie ein Bodybuilder aus«, sagte Hjelm und dachte über das Spiel der Zufälle nach.

Roger Hackzell, Kerstin Holm und Jorge Chavez sahen ihn fragend an.

»Stimmt«, sagte Hackzell. »Er sieht aus, als würde er immer noch trainieren.«

»Und der andere?« mischte Chavez sich ein. »Das Opfer? Wer war das?«

»Keine Ahnung. Ich habe ihn weder davor noch danach jemals gesehen. Ich glaube nicht, daß er hier aus der Stadt kam. Aber ein verteufelt guter Dartspieler war er, daran erinnere ich mich. Hat mehrere Stunden einfach nur Präzision geübt.«

Eine Rosita-Flasche machte die Runde. Er war der Jüngste und Größte auf der Bank.

»Ich dachte, Sie trinken nur Wodka«, sagte Hjelm.

Anton Rudström erkannte ihn augenblicklich wieder.

»Sieh einer an«, sagte er jovial. »Der Stockholmer mit der Kostprobe. Meine Herren, hier seht ihr den Mann vor euch, der mir eine kleine Flasche Wodka spendiert hat, damit ich noch mehr Wodka trinke.«

»Irre, ich dachte, das hättste dir nur ausgedacht«, nuschelte ein zahnloser älterer Mann und streckte Hjelm die Hand entgegen. »Ich stehe Ihnen jederzeit für eine Kostprobe zur Verfügung.«

»Heute keine Kostprobe«, sagte Hjelm und hielt seinen Dienstausweis hoch. »Macht euch woanders nützlich.«

Rudström wollte sich ebenfalls woanders nützlich machen, was ihm jedoch verwehrt wurde.

»Ich würde gern ein paar Details über die Schlägerei in der Kneipe Hackat und Malet hören. Frühjahr 1991«, sagte Hjelm und setzte sich neben ihn auf die Bank.

Chavez und Holm blieben stehen. Sie fühlten sich nicht besonders respekteinflößend neben dem riesigen Rudström.

»Davon weiß ich nichts«, antwortete er mürrisch.

»Wir sind nicht hier, um Sie deswegen festzunehmen. Es gab ja noch nicht mal eine Anzeige. Versuchen Sie einfach, so präzise wie möglich auf meine Fragen zu antworten, dann ist noch mehr als eine kleine Flasche Wodka drin, versprochen. Als erstes möchte ich wissen, warum Sie ausgerechnet *Misterioso* von Thelonious Monk hören wollten, als Sie den Mann nach Strich und Faden zusammengeschlagen haben?«

Anton Rudström dachte nach. Er mußte durch mehrere Kubikmeter Ethanol tauchen, ehe er das andere Ufer erreichte.

»Ich kann mich ganz vage daran erinnern, daß ich fast einen Menschen totgeschlagen hätte. Danach ist es endgültig den Bach runtergegangen mit mir.«

»Sie hatten ein Fitneßstudio?« wagte Hjelm sich vor.

»Das Apollo«, kam es wie aus der Pistole geschossen. »Apollo Fitneß. Scheiße.«

»Erzählen Sie.«

»Ähm, ja. Mal sehen ... Ich hatte jahrelang bei Carlos trainiert und am Ende sogar einen Job bei ihm. Und dann, eines Tages, kam ich mitten in der Stadt an einem schönen, leerstehenden Laden vorbei, klar, ein bißchen teuer, war davor 'ne Boutique gewesen oder so. Na ja, jedenfalls hatte ich die spontane Eingebung, zur nächsten Bank zu gehen und zu fragen, ob ich einen Kredit kriegen würde, um da ein Fitneßstudio zu eröffnen. Das war eigentlich nur 'ne Schnapsidee, ich hatte keine Sicherheiten und nix. Aber eine halbe Stunde später kam ich mit einem Riesenkredit in der Tasche aus der Bank. So lief das damals; man brauchte bloß hinzugehen und sich was zu leihen. Ich hab die edelsten Geräte angeschafft, die es gab, und ein richtiges Prachtstudio aufgebaut. Es war eigentlich von Anfang an klar, daß sich so was im kleinen Växjö nicht rentieren würde. Es dauerte vielleicht ein halbes Jahr, bis ich Konkurs anmelden mußte und mit Schulden in Millionenhöhe dastand, ohne richtig zu wissen, wie es dazu kommen konnte. Einfach weg.«

»In dieser Zeit haben Sie eines Nachts im Hackat und Malet gesessen«, half Hjelm ihm sich zu erinnern. »Sie waren mit dem Wirt und einem anderen Mann allein in der Kneipe. Es war kurz vorm Zapfenstreich. Mitten in der Nacht. Erinnern Sie sich?«

»Vage«, sagte Rudström. »Scheiße, ich brauch dringend was zu trinken.«

»Nachher kriegen Sie soviel zu trinken, wie Sie wollen, aber jetzt versuchen Sie, sich zu konzentrieren.«

Anton Rudström tauchte erneut ab.

»Er stand in der Ecke und spielte Dart. Meinen Sie den Abend? Ich kann mich nicht erinnern.«

»Ja, genau den Abend meine ich. Weiter.«

»Ja ... Er war schon da und warf seine dämlichen Pfeile, als ich kam. Es war voll in der Kneipe, und er stand in seiner Ecke und warf Pfeile, stundenlang. Mit der Zeit ging er mir immer mehr auf den Senkel.«

»Warum?«

»Irgend jemand hatte an dem Abend was gesagt ... Was war das noch, das hat mich jedenfalls auf ihn aufmerksam gemacht. Er war ansonsten eher unauffällig, bilde ich mir ein ... Also, jemand hat gesagt, daß er ... daß er ...«

Rudström war kurz davor, ihnen zu entgleiten. Chavez reagierte als erster.

»Hat er was Bestimmtes gesagt oder getan?« fragte er schnell. »Hat er genervt? Oder hatte es was mit seiner Art zu tun? Seinem Beruf? War er Ausländer?«

»Stimmt, es war was mit seinem Beruf«, sagte Rudström und sah Chavez erstaunt an. »Er war was, das mich unendlich wütend gemacht hat, und je mehr Biere ich intus hatte, desto wütender wurde ich. Ich hab ihm die Schuld an all der Scheiße gegeben, die über mir ausgeschüttet worden war.«

»Warum ausgerechnet ihm?« wollte Hjelm wissen.

»Er war Banker«, sagte Rudström deutlich. »Das war es. Irgend jemand hatte gesagt, daß er in einer Bank arbeitete. Am Ende sind mir alle Sicherungen durchgebrannt.«

»Banker hier in der Stadt?«

»Nein, in irgendeinem Kaff, glaube ich. Ich weiß es nicht mehr. Er kam jedenfalls nicht aus Växjö, da bin ich mir ziemlich sicher. Ich hab keine Ahnung, wer er war. Aber beim Dart war er verdammt gut. Ich hoffe, er hat keinen ernsthaften Schaden davongetragen ...«

»Wir befürchten, daß er einen verflixten Schaden davongetragen hat«, sagte Hjelm. »Aber anders, als Sie denken.«

Er drückte Rudström zwei Hunderter in die Hand. Der Bodybuilder war völlig in Erinnerungen versunken, die er ein für allemal weggesoffen zu haben glaubte.

»O Scheiße, hab ich den Kerl vertrimmt«, sagte er, und Tränen liefen ihm übers Gesicht. »Scheiße.«

Chavez und Hjelm wollten schon aufbrechen, als Kerstin Holm sich vor ihn hockte.

»Ich muß Sie noch was fragen, Anton«, sagte sie. »Warum wollten Sie unbedingt *Misterioso* hören, als Sie ihn verprügelt haben?«

Er sah ihr in die Augen. »Das war so ein geniales Stück«, sagte er. »Obwohl ich inzwischen vergessen hab, wie es klingt.«

Sie strich ihm sanft über den Arm. »Er offensichtlich nicht«, sagte sie.

Am Nachmittag saßen sie auf der Terrasse des McDonald's in der breiten Fußgängerzone von Växjö.

»Misterioso«, sagte Kerstin, »ist ein typisch Monksches Wortspiel. Auf den ersten Blick nicht sichtbar, verbirgt sich hinter dem Wort *mystery*, Mysterium, *mist*, Nebel. Trotzdem ist es da und beeinflußt einen, zieht sich durch das ganze Stück. Das Mysterium ist unmittelbarer, diffus zwar, aber trotzdem fast körperlich greifbar. Der Nebel ist schwerer zu erkennen. Aber er ist es, in dem wir uns verirren.«

Hjelm hatte sich auch verirrt. Er war sicher, daß er etwas übersehen hatte, daß sich etwas an ihm vorbeigemogelt hatte, das zu einem früheren Zeitpunkt körperlich greifbar gewesen war. Es war etwas, das jemand gesagt hatte. Das Gefühl trieb ihn fast in den Wahnsinn.

»Ist es dir wieder eingefallen?« fragte Chavez und biß in seinen Cheeseburger.

»Es liegt direkt unter der Oberfläche«, sagte Hjelm. Bank, dachte Hjelm und wühlte in seiner Erinnerung.

»Was machen wir, wenn es dir nicht einfällt?« fragte Chavez. »Alle Bankangestellten aus Småland in einer langen Reihe aufstellen und von Mr. Schwer Alkoholisiert begutachten lassen?«

»Er muß doch wegen der ausgeschlagenen Zähne und des gebrochenen Arms in Behandlung gewesen sein«, sagte Holm.

»Das kommt mir immer noch alles recht weit hergeholt vor«, schmatzte Chavez. »Jedenfalls nicht ausreichend, um es Hultin zu präsentieren. Noch nicht. Er wurde zu Hackzells *Misterioso*-Aufnahme mißhandelt – aber von der Mißhandlung bis zum Besitz der Kassette ist es ein großer Schritt.«

»Es gibt einen Zusammenhang«, sagte Hjelm verbissen.

»Okay«, sagte Chavez. »Hat dein Zusammenhang mit Igor und Igor zu tun? Muß er ja fast. Die Kassette ist das einzige Verbindungsglied zwischen der Mißhandlung im Frühjahr '91 in einer Kneipe in Växjö und den Pistolenkugeln aus der Exsowjetunion in den Stockholmer Oberklassewänden. Und der Weg der Kassette von der Kneipe in die Villa in Saltsjöbaden entspricht dem von Igor und Igor. Sie haben Hackzell die Kassette am fünfzehnten Februar als kleine Zugabe zu der Bezahlung für den estnischen Wodka abgenommen.«

Hjelm schüttelte den Kopf. Das war alles so verworren. Misterioso.

»Betrachten wir das Ganze doch mal aus der Perspektive des mißhandelten Bankbeamten«, schlug Kerstin Holm vor. »Laut Hackzell hat er unmittelbar nach der Mißhandlung – während er noch seine Zähne ausspuckte – gesagt: ›Er hatte vollkommen recht.‹ Über den Täter! Das ist doch merkwürdig, oder? Die Jahre vergehen, die Wunden heilen, aber das Mißtrauen wächst, die Einsicht, die Verwirrung, die Ohnmacht …«

»Zorn!« rief Hjelm und sprang auf.

»Ja, der auch«, sagte Holm mit einem überraschten Blick auf Hjelm.

»Nein, nein, Zorn. Jonas Zorn, Polizist aus Växjö. Er hat was von einem Vorfall in einer Bank gesagt. Ich hab vor lauter Vorfällen nicht genau hingehört. Albertsboda oder so ähnlich. Scheiße, wie spät ist es?«

»Halb vier«, sagte Chavez. »Was ist los mit dir?«

»Wir müssen sofort ins Polizeipräsidium«, rief Hjelm und eilte davon.

Kriminalinspektor Jonas Zorn nahm dreimal nacheinander stramme Haltung an, einmal für jeden Kollegen des Reichskripo-Machtmordteams, der sein Büro betrat.

»Entspannen Sie sich«, sagte Hjelm. »Und setzen Sie sich.«

Zorn gehorchte. Auf Befehl entspannt, saß er auf seinem Stuhl wie ein Kartoffelsack.

»Bei meinem letzten Besuch haben Sie was von einem früheren Kontakt mit der Reichskripo erwähnt. Es ging um einen Vorfall in einer Bank irgendwo …«

»Genau«, sagte Zorn hoffnungsvoll. »Der Vorfall in der Bank in Algotsmåla. Aber das wissen Sie natürlich. Die Reichskripo hatte einen Mann hier runtergeschickt. Er hat keinen Namen genannt, aus Geheimhaltungsgründen, wie er meinte. Zu den Medien ist auch nichts durchgesickert. Darauf bin ich mächtig stolz – daß es hier keine undichten Stellen gibt. Selbst das Bankpersonal hat dichtgehalten. Reiner Selbsterhaltungstrieb, nehme ich an.«

»Erzählen Sie einfach alles, woran Sie sich erinnern.«

Zorn machte einen leicht desorientierten Eindruck, wenn er sich nicht an seinem Computer festhalten konnte.

»Ja, also, dann wollen wir doch mal sehen. Es war Anfang des Jahres, am fünfzehnten Februar. Als die Angestellten morgens in die Bank kamen und den Tresor öffneten, fanden sie dort einen Toten. Darüber hinaus fehlte ein Batzen Geld. Wir haben sofort Stockholm eingeschaltet. Das Ganze war ziemlich mysteriös. Kurz darauf ist euer Mann gekommen und hat sich um die Ermittlung gekümmert. Das war alles.«

»Unser Mann …«, sagte Chavez.

»Fünfzehnter Februar …«, sagte Holm.

»Erzählen Sie, was Sie über den Toten wissen«, sagte Hjelm.

»Ich war als erster Polizist am Tatort und habe auch gleich Stockholm informiert. Ich habe es als meine Pflicht angesehen, das Personal und die Kollegen, die später dazustießen, so lange dazubehalten, bis Ihr Mann eintraf. Er hatte äußerst lobende Worte für mein Verhalten, und er erlegte den anwesenden

Beamten und Angestellten absolute Schweigepflicht auf. Ich war natürlich auch der erste, der die Leiche gründlich untersucht hat. Es handelte sich um einen großen, stämmigen Mann. Eine Stichwaffe, möglicherweise ein Stilett, war durch den Augapfel ins Hirn gedrungen. Kein schöner Anblick.« Zorn wirkte eher aufgeregt als unangenehm berührt. »Aber das wissen Sie sicher alles«, sagte er.

»Okay«, sagte Hjelm. »Sorgen Sie doch bitte dafür, daß die Angestellten, die bei dem Vorfall anwesend waren, sich in der Bank in Algotsboda versammeln, und sagen Sie Ihnen, daß wir uns auf direktem Weg dorthin begeben.«

»Algotsmåla«, sagte Zorn und rief in der Bankfiliale an.

Jonas Zorn fuhr sie persönlich im Einsatzwagen die fünfzig Kilometer nach Algotsmåla. Die Sonne näherte sich allmählich dem Horizont.

Zorn war Feuer und Flamme und versuchte ihnen zu entlocken, in was für einem Fall sie gerade ermittelten. Aber es war nichts aus ihnen herauszukriegen. Sie sahen nur einen langen, engen Tunnel vor sich. Den Tunnel, der sie zu dem Serienmörder führen würde.

Zorn pochte schroff gegen die geschlossene Eingangstür. Eine verschüchterte Frau mittleren Alters kam und machte ihnen auf. Außer ihr befand sich nur noch ein älterer Herr im Nadelstreifenanzug in der winzigen Bankfiliale.

»Darf ich vorstellen: Bankdirektor Albert Josephson und die Kassiererin Lisbet Heed«, sagte Zorn.

Das Trio musterte die beiden mit leichter Skepsis.

»Ist das das ganze Personal?« fragte Chavez.

Lisbet Heed brachte ein paar Tassen frisch aufgebrühten Kaffee.

Josephson räusperte sich und ergriff mit dünner, näselnder Stimme das Wort.

»Im Februar dieses Jahres mußten wir infolge der allgemeinen Einsparungen einen Teil unserer Mitarbeiter entlassen und kürzere Öffnungszeiten einführen. Das sind wohl die

Spätfolgen der unglückseligen Jahre Ende der Achtziger und Anfang der Neunziger.«

»Die breite Basis der Angestellten durfte den Preis zahlen für die mißglückten Spekulationen und das absurde Kreditgebaren irgendwelcher hohen Tiere, die mit einem millionenstarken Rettungsboot das sinkende Schiff verließen«, sagte Hjelm und kam sich vor wie ein zweiter Söderstedt.

»Eine nicht ganz abwegige Sichtweise«, sagte Josephson ungerührt. »Tatsache ist, daß dieser«, er sah Zorn an, »Vorfall sich an dem Tag ereignete, an dem die neuen Öffnungszeiten in Kraft traten. Und von dem an wir nur noch mit halber Besetzung weiterarbeiteten. Ich habe den Tresorraum selbst aufgeschlossen und den … Geblendeten gefunden.«

Der Geblendete, dache Hjelm.

»Da drüben ist der Tresorraum«, sagte Josephson.

Einer nach dem anderen betraten sie den kleinen Raum. Es gab nichts zu sehen.

»Hier haben sie ihn also gefunden; und der Raum war abgeschlossen?« fragte Hjelm.

»Sie können sich meinen Schock vorstellen.« Josephson wirkte nicht sonderlich schockiert.

»Können Sie sich erinnern, wie der … Geblendete aussah?« fragte Hjelm.

»Groß«, sagte Josephson. »Riesig sozusagen.«

»Ein richtiger Stier«, meldete Lisbet Heed sich überraschend zu Wort.

»Vom Matador erledigt«, steuerte noch überraschender Chavez bei.

Kerstin Holm suchte in ihrer Handtasche nach den Zeichnungen von Igor und Igor. Jetzt kam der entscheidende Moment.

»War es einer von diesen beiden Männern?« fragte sie.

Hjelm erkannte ihre Stimme nicht recht wieder.

»Jetzt weiß ich, warum mir die Bilder so bekannt vorkamen!« rief Lisbet Heed. »Die waren doch tagelang in den Zeitungen zu sehen!«

Jonas Zorn stand reglos im Raum. Welch ein Versäumnis seinerseits! Adieu, Reichskripo.

»Ich wußte doch, daß ich das Gesicht schon mal irgendwo gesehen hatte!« fuhr sie fort. »Ich hab an alles mögliche gedacht, aber nicht an den Tresorraum. Wahrscheinlich weil ich alles dafür getan habe, diesen furchtbaren Anblick zu verdrängen.«

»Doch, das ist er, eindeutig«, bestätigte Josephson und zeigte auf Valerij Trepljovs Bild. »Auch wenn sein Gesicht natürlich etwas entstellt war.«

»Zorn?« sagte Holm gehässig und hielt dem bleichen Inspektor das Bild unter die Nase. Der nickte nur stumm. Adieu, Kommissarlehrgang.

Hjelm, Holm und Chavez sahen einander vielsagend an. Trotzdem fehlte noch etwas Entscheidendes. Hjelm begab sich in den hinteren Bürotrakt, der durch eine Zwischenwand vom Schalterraum getrennt war.

Dort blieb er stehen. Und winkte Holm und Chavez zu sich.

Wortlos sahen sie auf die Dartscheibe an der Wand.

Zorn, Josephson und Heed waren ihnen gefolgt.

»Ach, die hängt immer noch da«, sagte Lisbet Heed. »Ich hab es noch nicht übers Herz gebracht, sie abzunehmen.«

Chavez war derjenige, der die Frage stellte: »Wer ist am fünfzehnten Februar entlassen worden?«

»Mia Lindström«, antwortete Heed.

»Und Göran Andersson«, fügte Josephson hinzu.

Göran Andersson, dachten die drei gleichzeitig.

»Hat Andersson Dart gespielt?« fragte Chavez.

»Ja«, sagte Lisbet Heed. »Er war sehr gut. Er hat jeden Morgen mit einem bestimmten Spiel angefangen, wie hieß das noch gleich?«

»Fünfhunderteins«, sagte Josephson. »Man fängt mit fünfhunderteins Punkten an und zählt rückwärts bis Null.«

»Was ist nach seiner Entlassung aus Göran Andersson geworden?« fragte Hjelm. »Wohnt er noch hier?«

»Nein«, sagte Lisbet Heed mit besorgtem Blick. »Nein, er hat Hals über Kopf seine Freundin verlassen und ist verschwunden. Ich glaube, nicht mal Lena weiß, wo er abgeblieben ist.«

»Lena?«

»Lena Lundberg. Sie haben in einem kleinen Häuschen am anderen Ende von Algotsmåla gelebt. Jetzt wohnt sie allein dort. Und schwanger ist sie auch noch, die Arme. Göran weiß wahrscheinlich noch nicht einmal, daß er Vater wird.«

»Können Sie sich erinnern, ob Andersson im Frühjahr 1991 einen Unfall hatte?«

»Ja«, sagte Josephson. »Er war damals einige Wochen krankgeschrieben. Irgendwas war mit seinen Zähnen …«

»Ich glaube, er brauchte eine Brücke oder so was«, ergänzte Lisbet Heed. »Er ist in der Zeit kaum rausgegangen und hat nie richtig erzählt, was eigentlich passiert war. Aber ich habe ihn einmal mit eingegipstem Arm gesehen. Bestimmt hatte er einen Autounfall.«

»Noch was«, sagte Holm. »Hat Göran Andersson seine Bankschlüssel abgegeben?«

»Ich glaube, dazu ist es vor seinem Verschwinden nicht mehr gekommen.« Zum ersten Mal klang Bankdirektor Albert Josephson eine Spur unsicher.

Die drei A-Gruppen-Mitglieder tauschten erneut Blicke. Die Mosaiksteinchen fielen an ihren Platz, die losen Fäden kamen zusammen.

Göran Andersson.

Dem war nicht viel hinzuzufügen.

Hjelm wandte sich an Zorn.

»Gibt es einen Polizeizeichner in Växjö?«

»Es gibt einen Künstler, den wir für solche Zwecke beauftragen«, sagte der immer noch sehr blasse Zorn.

»Sie drei werden uns helfen, eine Zeichnung von dem Kollegen von der Reichskripo anzufertigen, der den Fall damals übernommen hat. Seien Sie sehr gründlich. Aber vorher fahren Sie uns bitte noch zu Lena Lundberg.«

Es war nicht weit bis zum anderen Ende von Algotsmåla. Aber Zeit genug für die drei von der A-Gruppe, um in dem überladenen Polizeiwagen im stillen die Informationen zu einem stimmigen Bild zusammenzubauen.

Der Bankbeamte Göran Andersson aus Algotsmåla wurde im Frühjahr 1991 in einer Kneipe in Växjö brutal zusammengeschlagen – als Folge des grotesken Darlehengebarens der schwedischen Banken in den späten achtziger und frühen neunziger Jahren, einer Darlehenspolitik, die nicht nur die Bankenkrise und damit die allgemeine schwedische Wirtschaftskrise ausgelöst, sondern auch jede Menge persönlicher Konkurse verursacht hatte. Von einem dieser Konkurse war Anton Rudström betroffen, der beim Anblick eines Bankbeamten Amok lief und ihn aufs gröbste mißhandelte. Es war ein Zufall, daß es Göran Andersson traf. Andersson ahnte wohl zu diesem Zeitpunkt bereits, daß das Verhalten der Banken fragwürdig war, denn er gab Rudström recht, nachdem der ihn zusammengeschlagen hatte. Trotzdem arbeitete er weiter in der Bank, möglicherweise aus Loyalität, vielleicht aber auch, weil er schlicht und einfach keine Aussichten auf einen anderen Job hatte. Als er aufgrund ebenjener unsauberen Bankgeschäfte auch noch seine Arbeit verlor, brannte ihm eine Sicherung durch. Obgleich gekündigt, begab er sich am nächsten Morgen wie gewohnt kurz vor der Öffnungszeit in die Bankfiliale. Mit Hilfe des nicht abgegebenen Schlüsselbundes verschaffte er sich Zutritt durch den Personaleingang, um die Bank auszurauben. Das sollte seine Rache werden. Aus noch unbekannten Gründen schloß er die Eingangstür zur gewohnten Zeit auf, obgleich die Öffnungszeiten verschoben waren und obgleich er entlassen war und vorhatte, die Bank auszurauben. Aus alter Gewohnheit vielleicht. Vielleicht auch abgelenkt von dem Dartspiel, das er aus ebenso alter Gewohnheit spielte. Fünfhunderteins. Und dann wurde er, mitten in seinem Raub, selbst beraubt. Ein brutaler russischer Mafiatyp namens Valerij Trepljov platzte mitten in den geplanten Raub und das Dartspiel. Eine groteske Situation. Für Göran Andersson geriet die Welt aus den Fugen. Auf der anderen Seite des Tresens stand ein Mann von der gleichen hünenhaften Statur wie jener Kerl, der ihn einige Jahre zuvor verprügelt hatte. Vielleicht hatte er den Dartpfeil schon in der Hand. Jedenfalls warf er ihn mit unfehlbarer Präzision genau in Valerij Trepljovs Auge. Jetzt hatte er einen Menschen umgebracht, wenn auch in Notwehr. Und er befand sich mit der Leiche in der ehemaligen Bankfiliale, die er eigentlich hatte ausrauben wollen. Er schleppte die Leiche in den Tresorraum und schloß ab. Möglicherweise in totaler Verwirrung nahm er Trepljovs Pistole an sich und leerte dessen Taschen aus, in denen sich außer Munition aus jener berühmt-berüchtigten Fabrik in Kasachstan auch eine Kassette fand. Er nahm das Geld, schloß die Eingangstür wieder ab und verließ die Bank auf demselben Weg, auf dem er sie betreten hatte, also durch den Personaleingang. Vor der Bank stand ein Lieferwagen mit estnischem Wodka, der darauf wartete, ausgeliefert zu werden. In dem Lieferwagen wartete Trepljovs Kompagnon, der zweite Igor, alias Alexander Brjusov, vergebens auf seinen Partner. Vielleicht folgte er ihm nach einer Weile, fand aber nur verschlossene Türen und einen leeren Schalterraum vor. Ein Mysterium. Zu dem Zeitpunkt hatte Göran Andersson bereits den Personalparkplatz auf der Rückseite verlassen. Vielleicht schob er die Kassette in die Autoanlage und bekam genau das Jazzstück zu hören, zu dem er ein paar Jahre zuvor so brutal geschunden worden war: unergründliches Spiel der Zufälle. Dahinter konnte nur eine höhere Macht stecken. Der merkwürdige Russe, der in seine Bank gestiefelt kam, als er selbst gerade radikal mit allem gebrochen hatte, was ihm bis dahin wichtig gewesen war, hatte ihn nicht nur mit einer Waffe ausgerüstet, sondern auch mit der nötigen Motivation in Form dieser Kassette. Das war einfach zuviel. In dem Moment verwandelte er sich in das Werkzeug einer höheren Macht, eines sozialen Rachefeldzugs, seiner eigenen und Anton Rudströms Rache. Er beschloß, sich den Aufsichtsrat irgendeiner Bank aus dem Jahr 1990 vorzunehmen, dem Jahr, in dem Anton Rudström so fahrlässig ein Riesendarlehen gewährt worden war; jenes Darlehen, in dessen Folge Andersson im Frühjahr 1991 im Hackat und Malet eine schreckliche Mißhandlung erfahren hatte. Seine Wahl fiel zufällig auf die Sydbanken, hätte aber genausogut jede andere schwedische Handelsbank treffen können. Aller Wahrscheinlichkeit nach begab Göran Andersson sich noch am fünfzehnten Februar nach Stockholm, unmittelbar nach dem Vorfall in der Bankfiliale in Algotsmåla, brachte einen Monat mit der Planung der ersten drei Morde zu und trat seine Karriere als Racheengel in der Nacht vom neunundzwanzigsten auf den dreißigsten März an. Nach den ersten drei Morden zog er sich in seinen Bau zurück, um die nächste Serie zu planen. In der sie sich momentan befanden. Göran Andersson war sehr zielstrebig, sehr konsequent, sehr geschädigt und sehr gefährlich. Er war jenseits von Gut und Böse.

Das Mysterium war gelöst. Aber der Nebel war noch da.

Misterioso.

Sie hielten vor einem kleinen Haus am Rand des Ortes, das still und friedlich in der Sonne lag. Die A-Gruppen-Mitglieder stiegen aus, der Polizeiwagen setzte seinen Weg fort.

Keiner von ihnen wollte als erster hineingehen zu der Frau, die das Kind des Machtmörders erwartete.

26

Die Unterseite der von feinen Rissen durchzogenen Decke aus Kumuluswolken leuchtete tieforange im Licht der untergehenden Frühsommersonne. Unendliche Mengen frisch gezupfter Wolkenbäusche tauchten die glatte Wasserfläche von Lilla Värtan und ganz Lidingö in ein magisches Dämmerlicht. Es schien, als wollte der Himmel sie mit übermenschlicher

Kraft nach unten pressen. Gunnar Nyberg, der in seinem Dienstwagen über die Lidingöbrücke fuhr, dachte, daß er noch nie einen solchen Sonnenuntergang erlebt hatte.

Ein Moment zum Sterben, dachte er und versuchte, den Gedanken schnell wieder abzuschütteln.

Er war auf dem Weg zur Villa des Aufsichtsratsvorsitzenden Jacob Lidner in Mölna auf der Südspitze Lidingös, wo Arto Söderstedt Nachtwache schob und von seinem Platz im Wohnzimmer aus auf das Wasser schaute.

Gunnar Nyberg war momentan »arbeitslos« und hatte sich aus einem akuten Bedürfnis nach menschlicher Nähe heraus spontan entschlossen, Söderstedt bei seiner Nachtwache Gesellschaft zu leisten. Der Einsamkeitsschub hatte ihn ohne jede Vorwarnung überfallen und ihn in den unsäglich kitschigen Vorsommerabend hinausgetrieben. Die Schönheit auf der Lidingöbrücke raubte ihm fast den Atem.

Hinter der Brücke bog Nyberg rechts ab und folgte dem Södra Kungsvägen bis nach Mölna. Als er die Konturen von Lidners palastähnlicher Villa erblickte, hielt er an und parkte in gebührender Entfernung zur Auffahrt. Es war jetzt fast dunkel. Die kuriosen Wolkenformationen schimmerten nur noch schwach und würden in der knappen Minute, die er für den Weg bis zur Villa brauchte, vollständig verschwinden.

Er erreichte die Hecke, die den Garten umgab. Mitten in der getrimmten Vegetation tauchte das Gartentor auf. Es war angelehnt. Er schob es auf und trat in den Garten.

Im linken Augenwinkel nahm er eine vage Bewegung wahr, und bevor der Schmerz kam, hörte er den dumpfen Knall, den er augenblicklich als Schuß aus einer Pistole mit Schalldämpfer identifizierte.

Er warf seinen enormen Körper der Länge nach auf den Kiesweg und riß die Dienstwaffe aus dem Halfter. Die nächste Kugel pfiff unmittelbar über seinen Kopf hinweg.

In dem Moment passierte etwas mit Gunnar Nyberg.

Er erhob sich brüllend, trampelte wie ein Wildgewordener umher und feuerte einen Schuß nach dem anderen auf die Stelle ab, wo er wenige Sekunden zuvor die Bewegung wahrgenommen hatte.

Gleich darauf hörte er weiter unten an der Straße ein Auto anfahren und näher kommen. Er warf die leer geschossene Pistole weg, stürzte immer noch brüllend wie eine Dampfwalze durch die dichte Hecke und erreichte die Straße in dem Augenblick, als das Auto vorbeifuhr.

Gunnar Nyberg rammte es wie ein professioneller Hockeyspieler.

Er warf seinen wutentbrannten Riesenkörper gegen die Fahrerseite des durchstartenden Wagens, wurde hochgeschleudert und landete mit dem Gesicht auf dem Asphalt. Der Schmerz setzte im selben Moment ein, als er das Auto zehn Meter weiter gegen einen Laternenmast fahren sah. Sein Gesichtsfeld schrumpfte drastisch.

Er sah Arto Söderstedt mit gezogener Waffe auf das Auto zurennen, die Tür aufreißen, den Fahrer herauszerren und quer über die Straße schleppen. Das letzte, was er erkennen konnte, bevor alles in einem Flammenmeer unterging, war Alexander Brjusovs blutüberströmtes Gesicht.

Zeit zum Sterben, dachte Gunnar Nyberg und löste sich auf.

27

Er vermißt die Musik.

Das ist das einzige, was er denkt.

Jetzt müßten die sensiblen Finger ihre unsichere Wanderung beginnen.

Eine Sekunde lang bildet er sich ein, sie zu hören. Er sitzt reglos auf dem Sofa.

Hier müßte das Saxophon einsetzen.

Die Leiche führt keinen Todestanz auf, sie liegt mit zwei Löchern im Kopf am Boden. Ein Stück totes Fleisch, sonst nichts.

Noch eine Leiche im Gepäck.

Freudlos vollführt er seine mentale Verbeugung.

Aus der Kunst ist ein Handwerk geworden, aus der Mission Exekution. Geblieben ist die gnadenlos zwingende Liste.

Ich vermisse die Musik, denkt er, nimmt die Pistole vom Tisch und verläßt das Haus über die Terrasse.

In der Wand stecken zwei Kugeln aus Kasachstan.

28

Es war Nacht. Sie saßen in Hjelms Hotelzimmer im Zentrum von Växjö. Jeder von ihnen hatte ein Foto von Göran Andersson vor sich, drei Bilder, die sie von Lena Lundberg bekommen hatten. Kerstin Holm lag, auf den Ellbogen gestützt, auf dem Bett, vor ihr ein aus dem Sommer 1992 stammendes Gruppenbild von den Angestellten der Bank in Algotsmåla. Sie standen vor der Bankfiliale und lächelten einladend. Es war ein Werbefoto. Vorn standen Lisbet Heed und eine junge Frau, bei der es sich um Mia Lindström handelte, in der hinteren Reihe Albert Josephson und Göran Andersson. Göran Andersson trug einen eleganten Anzug und war groß, blauäugig und strohblond. Er lächelte strahlend, seine Hand lag auf Lisbet Heeds Schulter. Der Zahnarzt hatte ganze Arbeit geleistet. Ansonsten war er eher unauffällig. Einer von hundert ähnlich aussehenden Bankbeamten in Schweden.

»Er hat seine Arbeit immer perfekt gemacht«, hatte Lena Lundberg in ausgeprägtem, breitem Småländisch gesagt und von ihrer Kaffeetasse aufgeblickt. »Geradezu pedantisch, könnte man sagen. Kein einziger Fehltag, außer nach dem Unfall. Ein echter Gewinn für die Bank.«

Hinter ihr an der Wand hing ein kleines gerahmtes Stickbild, das mit schnörkeligen Buchstaben verkündete: »Mein Heim ist meine Burg«.

Lena Lundberg hatte die Hände über ihrem Bauch gefaltet, dessen sanfte Rundung nicht mehr zu übersehen war.

»Könnte man sagen, daß er für seinen Beruf gelebt hat?« hatte Holm gefragt. »Daß er persönlich engagiert war?«

»Ja, ich glaube schon. Er hat für die Bank gelebt. Und für mich«, hatte sie leise hinzugefügt. »Und für das Kind hätte er auch gelebt.«

»Das kann er immer noch«, hatte Kerstin Holm gesagt, ohne von ihren Worten überzeugt zu sein.

Jorge Chavez saß zu ihren Füßen auf der Bettkante. Er hielt das Foto eines äußerst konzentrierten Göran Andersson mit einem Dartpfeil in der Hand. Andersson setzte zum Wurf an. In seinem Blick lag eine unerhörte, eiskalte Zielstrebigkeit. »3/12/1993« stand in dünner Bleistiftschrift auf der Rückseite.

An der Wand gegenüber der Stickerei hing eine Dartscheibe mit drei Pfeilen. Chavez war mit wenigen Schritten dort und zog einen Pfeil heraus. Fasziniert betrachtete er den seltsam geformten Pfeilrumpf mit der ungewöhnlich langen Spitze.

»Sehen Dartpfeile immer so aus?« fragte er.

Lena Lundberg sah ihn mit ihren grünen Augen tieftraurig an. Sie brauchte eine Weile, bis sie auf das neue Thema umgeschaltet hatte.

»Er ließ sich Sonderanfertigungen aus einem Laden in Stockholm schicken. ›Bogen und Pfeile‹ heißt er, soviel ich weiß. Irgendwo in der Altstadt. Ein Dartpfeil darf dreißig Zentimeter lang sein, hat er mir erzählt, die eine Hälfte Spitze und Rumpf, die andere Hälfte Flights. Er hat so lange experimentiert, bis er den für ihn passenden Schwerpunkt gefunden hatte. Das waren diese Pfeile mit der langen Spitze. Die sehen wirklich komisch aus.«

»War er Mitglied in einem Dartklub?« fragte Chavez und wog den Pfeil in der Hand, um den Schwerpunkt zu lokalisieren.

»Ja, in einem Klub in der Stadt. Also in Växjö. Dort war er auch an dem Abend, als er so übel zugerichtet wurde. Er hatte irgendeinen Rekord gebrochen und wollte noch nicht nach Hause, als der Klub schloß. Also ist er in diese andere Kneipe gegangen und hat ein bißchen Präzisionstraining gemacht. Normalerweise geht er nicht in Kneipen.«

»Haben Sie manchmal mit ihm gespielt?« fragte Chavez weiter und warf den Pfeil auf die Scheibe. Er prallte ab, fiel auf den Boden und blieb im Parkett stecken. »Entschuldigung«, sagte Chavez, zog den Pfeil heraus und begutachtete das kleine Loch im Holzfußboden.

Es war kaum zu sehen.

»Wir haben ab und zu mal zusammen gespielt«, sagte Lena Lundberg, ohne Chavez' linkischen Versuchen Beachtung zu schenken. »Aus Spaß. Obwohl es selten Spaß machte. Er gab mir immer einen Vorsprung, den er am Ende jedesmal einholte. Er konnte nicht verlieren. Bei dem Spiel zählt man von Fünfhunderteins rückwärts bis Null. Mit dem letzten Wurf, der ein Double sein muß, muß man exakt null Punkte erreichen, nicht drüber und nicht drunter.«

Paul Hjelm saß im Hotelsessel und ließ das dritte Foto auf sich wirken. Es war das aktuellste Bild von Göran Andersson, aufgenommen ein paar Wochen vor dem Vorfall in der Bank. Er hatte einen Arm um Lenas Schulten gelegt und lachte in die Kamera. Sie standen im Schnee vor dem Haus und hatten gerade eine Schneelaterne gebaut, in der ein Teelicht brannte. Seine Wangen waren gerötet, und er sah glücklich aus. Trotzdem lag etwas Zurückhaltendes in seinen tiefblauen Augen.

Hjelm kannte diesen Blick nur zu gut.

Die Scheu eines stillen Kindes.

»Und er weiß noch nichts von Ihrer Schwangerschaft?« hatte Hjelm gefragt.

»Ich hatte mir eigentlich vorgenommen, es ihm zu erzählen. Aber nach seiner Kündigung war er irgendwie nicht er selbst. Sie kam per Post, aus Stockholm, in einem gewöhnlichen braunen Umschlag. Nicht einmal sein hiesiger Chef, Albert Josephson, wußte davon. Als er den Umschlag geöffnet hatte, konnte ich richtig zusehen, wie etwas in seinem Blick erlosch. Vielleicht habe ich da schon gewußt, daß ich ihn verloren hatte.«

»Haben Sie seit seinem Verschwinden Kontakt zu ihm gehabt?«

»Am Morgen des fünfzehnten Februar ...«, sagte Lena, als blättere sie in einem inneren Kalender. »Nein, kein Kontakt. Ich weiß nicht, wo er ist und was er macht.«

Sie sah Hjelm so unvermittelt in die Augen, daß er ihrem Blick ausweichen mußte.

»Was hat er eigentlich getan?«

»Wahrscheinlich nichts«, hatte Hjelm gelogen und sich elend gefühlt.

Jorge Chavez stand auf, streckte sich und sammelte die Fotos ein. Er zögerte einen kurzen Moment. »Sollten wir Hultin nicht doch informieren?«

»Laß sie noch eine Nacht bei den Lovisedalern sitzen«, sagte Hjelm erschöpft. »Dann wissen wir jedenfalls, daß dort nichts passiert.«

»Außerdem sollten wir wohl noch das Phantombild unseres werten Kollegen abwarten«, sagte Kerstin Holm und gähnte.

»Der die komplette Ermittlung aufgehalten hat«, ergänzte Chavez empört. »Wißt ihr was? Mir reicht es. Das ist eine gute Ausbeute für heute, wenn auch mit leicht bitterem Nachgeschmack ...«

Er legte die Fotos auf Hjelms Nachtschrank und verließ mit einem gigantischen Gähnen den Raum.

Kerstin lag noch immer auf dem Bett – müde und unerhört ... erotisch, dachte Hjelm. Er war nach wie vor unsicher, ob die Szene im Hotel sich tatsächlich abgespielt hatte oder nicht.

»Kennst du dich mit Astrologie aus?« fragte er unvermittelt.

»Wie kommst du darauf, weil ich eine Frau bin, oder was?« fragte sie zurück.

Er lachte. »Wahrscheinlich, ja.«

Sie blickte ihn zweifelnd an, setzte sich auf die Bettkante und schüttelte das schwarze Haar in den Nacken. »Ein bißchen kenne ich mich tatsächlich aus.«

»Heute morgen meinte meine Tochter, daß der Pickel auf meiner Wange aussieht wie das astrologische Zeichen für Pluto. Aber sie wußte nicht, was es bedeutet.«

Kerstin Holm stand auf.

»Der Gedanke ist mir noch gar nicht gekommen«, sagte sie und legte eine Hand auf seine Wange. »Vielleicht hat deine Tochter recht. Neulich dachte ich, daß er aussieht wie ein Bettlerzinken.«

»Du hast dir über meinen Pickel Gedanken gemacht?« fragte er und schloß die Augen.

»Pluto«, sagte sie und nahm die Hand weg, »kann vieles bedeuten. Unter anderem Willensstärke. Aber auch Rücksichtslosigkeit.«

»Ah ja.«

»Warte, das ist noch nicht alles. Zu Plutos Register gehört auch noch die Fähigkeit des Individuums, sich vollkommen zu verwandeln. Und Katharsis, die sittliche, innere Reinigung.«

»Das ist ja Wahnsinn«, sagte Hjelm, die Augen noch immer geschlossen. »Aber sieht es auch wirklich wie das Plutozeichen aus? Was meinst du?«

Er fühlte wieder das sanfte Streicheln auf der Wange. Und öffnete die Augen nicht.

»Ich finde, es sieht so aus, als ob du eine Erektion hättest«, sagte sie.

»Tut mir leid«, sagte er, ohne daß es ihm im mindesten leid getan hätte. »Und der Pickel?«

»Ist in der allgemeinen Gesichtsröte verschwunden.«

Nun schlug er die Augen auf. Sie saß auf der Bettkante und sah ihn mit ihren dunklen Augen an.

»Die einzige Möglichkeit, ihn wegzukriegen«, sagte er und setzte sich zurecht. »Ich muß dich noch mal wegen Malmö fragen. Ist das wirklich passiert?«

Sie lachte leise. »Die männliche Entmystifizierung«, sagte sie. »Du erträgst die Unsicherheit nicht, stimmt's?«

»Der Nebel ist trotzdem noch da, glaub mir.«

Sie lehnte sich zurück, streckte sich auf dem Bett aus und verschränkte die Hände hinter dem Nacken.

»Ich habe deinen Wunsch interpretiert«, sagte sie. »Deine Frage nach Anna-Clara Hummelstrands gallischem Liebhaber ... Ich habe angenommen, daß du dir mich masturbierend vorgestellt hast, daß du vielleicht eine gewisse Vorliebe für masturbierende Frauen hast.«

»Mein Gott«, sagte er – mitten ins Bull's Eye getroffen. »Aber wie bist du in mein Zimmer gekommen?«

»Du weißt genau, daß du die Tür offengelassen hast.«

»Dann ist mein Wunsch wirklich in Erfüllung gegangen? Und was ist mit dir? Du schienst nicht direkt zu leiden?«

»Der Genuß des anderen kann einem doch durchaus selbst Genuß bereiten. Solange man nicht zu etwas gezwungen wird, das man nicht will. Solange man als Mensch respektiert wird.« Etwas heiser fügte sie hinzu: »Und? Hast du meinen Wunsch interpretiert?«

Er schloß die Augen, dachte nach. Momentaufnahmen von ihr flimmerten durch seinen Kopf, Sätze, Worte. Er suchte aufgeregt nach Anhaltspunkten, Andeutungen, Blicken, landete aber immer wieder bei dem Bild von ihr mit den Füßen auf dem Schreibtisch und der Hand im Slip.

Er fühlt sich wie ein pubertierender Junge.

»Gib mir einen Tip«, sagte er. Seine Stimme kam ihm piepsig vor.

»Zieh deine Klamotten aus«, sagte sie knapp.

Er tat, was sie verlangte. Verwirrt und nackt stand er da, die Hände vor dem Geschlecht übereinandergelegt.

»Nimm die Hände weg, und leg sie auf deinen Kopf«, sagte sie. Sie lag immer noch angezogen und mit im Nacken verschränkten Händen auf dem Bett.

Er stand mitten im Zimmer. Sein Schwanz stand schräg nach oben, vorwärtsstrebend, ohne anzukommen. Ohne jemals anzukommen.

»Komm her und stell dich ans Fußende.«

Die Hände auf dem Kopf, trat er ans Fußende des Bettes. Sein Schwanz schwang bei jedem Schritt auf und ab. Er stützte sich mit den Kniescheiben an der Bettkante ab, sein Schwanz schwebte über dem Bett. Sie richtete sich auf und krabbelte zu ihm. Betrachtete ihn eingehend, berührte ihn aber nicht.

»Es gibt eine Geißel«, sagte sie, ohne den Blick von seinem Glied zu wenden, »die die meisten Frauen auf die eine oder andere Art erfahren haben. Ich bin mit fünfzehn vergewaltigt worden und danach immer und immer wieder von meinem lieben Mann, dem Polizisten, wovon er hinterher natürlich nichts wissen wollte.«

Seine Erektion erschlaffte schlagartig.

»Leg dich neben mich«, fordert sie ihn auf.

Und er legte sich neben sie und schloß die Augen. Sie strich ganz sanft über seine Wange. Er ließ es geschehen.

»Kannst du mir verzeihen?« fragte sie wie ein kleines Mädchen.

Er nickte; seine Augen waren immer noch geschlossen. Er fühlte sich wie ein kleiner Junge.

»Jetzt sieht der Pickel aus wie ein Kreuz.«

Er lächelte und verstand.

Und verstand gar nichts.

Aber er fühlte sich wohl dabei.

29

Sie saßen im Hotelrestaurant beim Frühstück, als Chavez' Handy klingelte. Er meldete sich, hörte zu und wurde blaß. Diese Art von Telefongespräch hatte Hjelm schon mal erlebt.

Ein neuer Mord.

War es ihnen als grobes Dienstvergehen anzukreiden, daß sie es unterlassen hatten, Hultin umgehend Göran Anderssons Namen und sein Bild durchzugeben?

Hätte Hultin es in der kurzen Zeit schaffen können, die Bewachung der Lovisedaler auf die Sydbank-Aufsichtsratsmitglieder umzudirigieren, wenn sie ihm das Ganze schon im Verdachtsstadium mitgeteilt hätten?

Er sah Kerstin an und wußte, daß sie den gleichen Gedanken hatte wie er.

Hatte ihr Wunsch, sich zunächst vollständige Klarheit zu verschaffen und dann eine perfekte Lösung zu liefern, einen Menschen das Leben gekostet?

Der Gedanke war furchtbar.

Aber damit nicht genug.

»Gunnar Nyberg ist gestern abend schwer verletzt worden«, sagte Chavez mit gedämpfter Stimme, nachdem er das Gespräch beendet hatte. »Im Zusammenhang mit der Bewachung der Lovisedalleute.«

Noch ein Stein, der das Herz beschwerte.

»Oh, Scheiße«, sagte Kerstin Holm und zerquetschte das Brot mit Leberpastete in ihrer Hand.

»Wie schwer?« fragte Hjelm.

»Das war nicht richtig aus ihm rauszubekommen. Ich hab Hultin noch nie so wütend erlebt. Lebensbedrohlich jedenfalls nicht. Es ist offenbar vor dem Haus von Jacob Lidner auf Lidingö passiert. Nyberg war auf dem Weg nach drinnen, als auf ihn geschossen wurde. Er hat sich wieder aufgerappelt und ist Amok gelaufen – ist durch eine dichte Hecke gesprungen und hat das vorbeirasende Auto des Schützen mit seinem bloßen Körper gerammt.«

Hjelm konnte ein leicht hysterisches Lachen nicht unterdrücken. »Das klingt wirklich nach Nyberg.«

»Die Aktion hatte Erfolg. Der Schütze ist gegen den nächsten Laternenmast gefahren. Söderstedt konnte ihn gerade noch aus der Karre ziehen, ehe sie in Flammen aufging.«

»Gehen moderne Autos noch in Flammen auf?« fragte Hjelm benommen.

»Ihr ratet nie, wer der Schütze war«, sagte Chavez.

»Bitte kein Ratespiel«, sagte Holm.

»Der hinterbliebene Igor. Alexander Brjusov.«

»Verdammt noch mal!« rief Hjelm. »Was hatte der denn da zu suchen?«

»Und einen neuen Mord hat's auch gegeben, oder?« fragte Holm beherrscht.

Chavez nickte.

»Diesmal in Göteborg. Ein Mitglied des Sydbank-Aufsichtsrates von 1990. Ulf Axelsson hieß er. Ein hohes Tier bei Volvo.«

Sie saßen still um den Tisch. Am Ende brach Chavez das Schweigen.

»Am schrecklichsten ist die Vorstellung, daß ein Anruf von uns wahrscheinlich sowohl Nyberg als auch Axelsson gerettet hätte …«

Erneutes Schweigen.

»Obwohl wir das niemals mit Sicherheit wissen werden …«

Jonas Zorn sah etwas erholter aus. Er hatte sich zusammengenommen und geholfen, ein sehr detailliertes Bild des angeblichen Kollegen von der Reichskripo anzufertigen, der im Februar die Ermittlung zur Ermordung Valerij Trepljovs in dem verschlossenen Tresorraum übernommen und unter den Teppich gekehrt hatte.

Das Ergebnis lag vor ihnen auf Zorns Schreibtisch. Alle drei erkannten das Gesicht wieder.

Zuletzt hatten sie es in der Küche von Nils-Emil Carlberger gesehen.

Das war Max Grahn.

Von der Sicherheitspolizei.

30

Jan-Olov Hultin stürmte durch die Korridore des Polizeipräsidiums. Er hatte zwei Anliegen, und in keinem der beiden Fälle würde er ein Blatt vor den Mund nehmen. Seine zwei verbliebenen A-Männer, Söderstedt und Norlander, folgten ihm. Wie der Sheriff und die zwei Revolverhelden marschierten sie durch das ausgetrocknete Flußbett die Bergsgatan entlang, die Hände auf den Revolverkolben ruhend, im Hintergrund das Rasseln von Klapperschlangen.

Jacob Lidner, Aufsichtsratsvorsitzender des Lovisedal-Konzerns, saß in einem abgelegenen Vernehmungszimmer. Er sprang auf, als das Trio hereinrauschte.

»Was zum Kuckuck fällt dem Kriminalinspektor ein, mich gegen meinen Willen und mitten im Frühstück abzuholen und in diese verdammte Gefängniszelle zu sperren? Sind Sie sich im klaren darüber, wen Sie vor sich haben?«

»Setzen Sie sich, und halten Sie den Mund«, sagte Hultin und setzte sich.

Jacob Lidner schnappte nach Luft. »Was unterstehen Sie sich …«, preßte er zwischen hektischen Atemzügen hervor.

»Jetzt setzen Sie sich endlich hin!« brüllte Hultin ihn an. Das hier war sein Revier.

Lidner sank auf seinen Stuhl.

»Als Sie behaupteten, daß Lovisedal allen Versuchen der russischen Mafia, das Unternehmen unter Druck zu setzen, standgehalten hat, entsprach das nicht ganz der Wahrheit, oder?«

»Doch. Wir haben keine Schutzgeldforderungen akzeptiert«, sagte Lidner erhobenen Hauptes.

Hultin holte tief Luft, beherrschte sich aber. »Was hatte dann, verflucht noch mal, der russische Mafioso Alexander Brjusov gestern abend vor Ihrer Villa verloren?«

»Davon weiß ich nichts«, behauptete Lidner.

»Er hat auf einen meiner Männer geschossen!«

»Das tut mir wirklich leid, aber damit habe ich nichts zu tun. Ich bin dankbar für den Personenschutz, den Sie mir gewähren. Offensichtlich hatte er es auf mich abgesehen. Dann haben Sie jetzt ja Ihren Mafiamörder.«

Hultin starrte Lidner mit tiefem und innigem Widerwillen an. Söderstedt und Norlander tauschten überraschte Blicke. Lidner sah ein wenig eingeschüchtert aus, blieb aber bei seiner eingeübten Verteidigungshaltung.

»Lassen Sie mich kurz darlegen, was passiert ist«, preßte Hultin zwischen zusammengebissenen Zähnen hervor. »Sie haben unsere Theorie gelten lassen, daß der Aufsichtsrat von Lovisedal in der Risikozone liegen könnte, obgleich Sie genau wußten, daß die russische Mafia schuldlos war; aus dem einfachen Grund, weil Sie eng mit ihr verbandelt sind. Sie haben meinen Männern nicht zugetraut, daß sie Sie bewachen könnten, und orderten eine zusätzliche Lebensversicherung in Gestalt eines beschützenden Mafiamitglieds in Ihrem Garten. Brjusov stand in Ihrer Schuld, weil Sie den Staranwalt Reynold Rangsmyhr für seine Verteidigung bezahlt und hinterher dafür gesorgt haben, daß Brjusov noch im Rathaus untertauchen konnte. Er hielt sich im Garten auf und hatte den Befehl, auf alles zu schießen, was auch nur im entferntesten verdächtig war, und hinterher die Spuren zu verwischen. Er wußte, daß Söderstedt im Haus war, und als dann ein zweiter, ein Riese von Mann, der eine gewisse Ähnlichkeit mit seinem verstorbenen Kollegen Valerij Trepljov hatte, den Garten betrat, eröffnete er, dem Befehl gehorchend, das Feuer. Glücklicherweise, falls man es so ausdrücken kann, war es Gunnar Nyberg, auf den er geschossen hat, da reichte ein Schuß zum Töten nicht aus. Die Kugel ging direkt durch den Hals, was Nyberg nicht daran hinderte, Brjusov aufzuhalten. Begreifen Sie, was ich sage? Ihr verfluchter, illegaler, amateurhafter Beschützer hätte beinahe einen meiner hochprofessionellen Männer umgebracht!«

Lidner sah Hultin eine geraume Weile an. Dann lachte er ihm mitten ins Gesicht.

Das hätte er nicht tun sollen.

Aus der ersten Reihe bekamen Norlander und Söderstedt nun ein Schauspiel geboten, das Hjelm und Chavez vor Neid erblassen ließ, als sie davon erfuhren.

Einen echten Hultinschen Augenbrauen-Knockout.

Hultin visierte Jacob Lidners buschig-weiße Augenbraue an und stieß seinen Kopf mit aller Kraft gegen Lidners, worauf dessen linke Braue augenblicklich platzte. Lidner glotzte benommen auf das Blut, das vor ihm auf die Tischplatte tropfte.

»Mein Gott«, sagte er nur.

»Begreifen Sie endlich, daß Brjusov ausgesagt hat!« brüllte Hultin. »Glauben Sie vielleicht, ich sitze hier und vertue meine Zeit mit Ihnen, weil ich eine soziale Ader habe? Oder um mein Kontaktnetz zu erweitern? Der gute Igor hat alles über Ihre und die engen Kontakte des Lovisedal-Konzerns zu dem Ableger der russisch-estnischen Mafia unter Viktor X erzählt. Er rechnet damit, als Kronzeuge geladen zu werden, was voraussichtlich auch der Fall sein wird. Ihre verdammte Trickserei hätte mich um ein Haar einen von Schwedens besten Polizisten gekostet!«

Lidner hielt schützend eine Hand vor die geschwollene Augenbraue. Plötzlich war er wie ausgewechselt.

»Zwei Polizisten waren nicht vorgesehen«, sagte er leise. »Es war immer nur einer da.«

Hultin stand auf.

»Man wird Sie jetzt auf direktem Weg ins Untersuchungsgefängnis bringen«, sagte er, die Türklinke bereits in der Hand. »Sie werden vorläufig festgenommen – wegen versuchten Mordes an einem Polizisten, aber die folgende Anklageschrift wird noch einige Punkte zusätzlich beinhalten. Ich muß Ihnen sicher nicht raten, sich einen Anwalt zu besorgen.«

Draußen auf dem Flur gestattete sich Jan-Olov Hultin ein Händereiben, ehe das Trio sich auf den Weg in entlegenere Bereiche des Polizeipräsidiums machte. Hultin besaß eine Karte und den nötigen Code, um sich Zugang zu den schummrig beleuchteten Fluren zu verschaffen. Irgendwann blieb er stehen und riß eine Bürotür auf. Zwei gutgebaute Männer in den Vierzigern mit identischen Lederjacken blickten erschrocken von ihren Computern auf. Im Bruchteil einer Sekunde hatten sie mit Schalldämpfern versehene Riesenpistolen aus ihren Ärmeln gezaubert und zielten damit auf Hultin, Söderstedt und Norlander.

»Schöne Demonstration«, sagte Hultin, ohne mit der Wimper zu zucken.

»Du hast in diesem Bereich nichts verloren, Hultin«, erwiderte Gillis Döös schroff. »Verschwinde, bevor wir die Wachen rufen.«

»Keiner von uns verschwindet, solange wir nicht von euch erfahren haben, was zum Teufel mit der Ermittlung passiert ist, die unser guter Max Grahn unter den Teppich gekehrt hat. Darf ich euch auf die Sprünge helfen: Es geht um den ermordeten Valerij Trepljov, aufgefunden im abgeschlossenen Tresorraum einer Bank in Algotsmåla, Småland.«

Gillis Döös und Max Grahn sahen einander kurz an.

»Streng geheim«, sagte Döös mit veränderter Stimme.

»Seit wann habt ihr das Recht, euch als Leute von der Reichskripo auszugeben? Und was ist mit der Abmachung, Informationen auszutauschen? Begreift ihr eigentlich, wie sehr ihr die Auflösung dieses Falles mit eurer verfluchten Geheimhaltung und euren grotesken Einmischungsversuchen verzögert habt? Ist euch klar, wie viele eurer werten Geschäftsleute völlig unnötig gestorben sind? Und daß ihr beide sie indirekt auf dem Gewissen habt?«

Max Grahn räusperte sich. Er schien eine Nuance blasser als vorher.

»Wir hatten Igor und Igor längst auf dem Kieker, als sie für diesen Fall noch überhaupt nicht aktuell waren. Als dieser übereifrige Växjö-Kommissar bei uns anrief, haben wir den Fall sofort übernommen; uns war augenblicklich klar, daß das in dem Tresorraum Trepljov sein mußte. In dem Teil Smålands hatten die beiden Igors sozusagen einen festen Kundenkreis. Und es zeigte sich, daß da ein verdammt umfangreiches Infiltrationsmanöver im Gange war.«

»Und ihr habt ruhig zugeguckt, wie wir uns durch den kompletten Sumpf der Russenmafia gekämpft haben, ohne uns den kleinsten Tip zu geben?«

»Wir haben konsequent zwei Richtungen verfolgt«, sagte Gillis Döös. »Erstens: die Mafiaspur. Zweitens: die Somaliaspur. Beide Ermittlungen sind top secret. Es geht um die Sicherheit des Landes.«

»Was zum Henker ist die Somaliaspur?« fragte Hultin entgeistert.

»Himmel noch mal, Sonya Shermarke, natürlich!« blaffte Döös ihn an. »Die Putze, die ihr völlig ignoriert habt. Die, wie es heißt, Direktor Carlbergers Leiche ›gefunden‹ hat. Wie sich herausstellte, hat sie sich mit einer Gruppe potentieller somalischer Terroristen illegal im Land aufgehalten. Sie hat sich als Putzfrau ausgegeben und sich so Zugang zu etlichen bedeutenden Familien auf Djursholm verschafft. Wir verhören sie und ihre Komplizen jetzt seit über einem Monat. Bald haben wir sie soweit.«

»Ach ja, ich erinnere mich«, sagte Hultin mit einem höhnischen Grinsen. »Stimmt ja. Sieben somalische Kinder, deren fünf Eltern und ein Pfarrer aus Spånga. Die Elitetruppe! Völlig verschreckte Asylbewerber, die in einer kleinen Wohnung in Tensta zusammengepfercht sind, wo die schwedische Kirche ihnen Unterschlupf gewährt. Ein toller Fang. Sieben Kinder. Habt ihr die auch über einen Monat in euren Kellergewölben verhört?«

»Weißt du, wozu ein Terrorist heutzutage kleine Kinder benutzt?« fragte Gillis Döös todernst.

»Nehmen wir Rücksicht auf mein wachsendes Magengeschwür – wechseln wir das Thema«, sagte Hultin und sah mit einem Mal fast versöhnlich aus. »Was haben eure Ermittlungen über den geblendeten Trepljov ergeben?«

»Das war eine typische Abrechnung in der Unterwelt«, sagte Grahn. »Da wollte jemand die Domänen von Igor und Igor übernehmen. Die Mafiafraktionen aus der ehemaligen Sowjetunion führen inzwischen einen mehr oder weniger offenen Kampf um die Positionen in der schwedischen Unterwelt.«

»Und wo ist der Zusammenhang mit den Machtmorden?« erkundigte Hultin sich freundlich.

»Wir untersuchen gerade, welche Verbindungen es zwischen den Somaliern und den Russen gibt. Vermutlich haben wir es mit einer Konspiration auf altem kommunistischen Nährboden zu tun.«

Hultin streckte den Rücken und blickte immer noch recht freundlich drein. Söderstedt und Norlander fürchteten in einem Raum wie diesem ein wenig die Nebenwirkungen eines gut gezielten Augenbrauennickers. Aber Hultin teilte seine Kopfnuß diesmal nur im übertragenen Sinne aus.

»Ihr wißt seit gut einem Monat, daß Igor und Igor ein wichtiger Punkt in unserer Ermittlung sind, zumindest hätten euch spätestens die Fahndungsbilder in der Zeitung auffallen müssen. Ihr habt absichtlich und grob fahrlässig den, wie der Reichspolizeichef es erst gestern wieder im Fernsehen genannt hat, wichtigsten Ermittlungen seit dem Palme-Mord Informationen vorenthalten und seid außerdem unter dem Deckmantel der Reichskripo vorgegangen, und das ausgerechnet für eine höchst regelwidrige und hochgradig illegale Verdunklungsaktion. Das sind nicht einfach nur Dienstvergehen, das ist kriminell. Ich werde mich jetzt auf direktem Weg zum Reichspolizeichef begeben und ihn über eure Gesetzesverstöße unterrichten. Stellt euch darauf ein, daß ihr spätestens heute nachmittag eure Dienstausweise abgeben könnt. Packt schon mal eure Sachen.«

»Willst du uns drohen?« fragte Gillis Döös und erhob sich.

»Ich würde es eher als ein Versprechen sehen«, erwiderte Hultin und lächelte zuvorkommend.

31

Gunnar Nyberg wurde über eine Magensonde ernährt. Gerade liefen unerhörte Mengen Suppe durch den Schlauch, der aus einer dicken Bandage ragte, die vom Schädel bis zum Hals reichte. Viel mehr als die Augen war nicht zu sehen, und die strahlten vor Glück.

»Ich konnte Nyberg gerade die erfreuliche Nachricht überbringen, daß er bald ganz wiederhergestellt sein wird«, erklärte der Arzt den Besuchern. »Die Kugel hat die Halsschlagader und den Kehlkopf um einen knappen Zentimeter verfehlt, dafür aber den oberen Teil der Speiseröhre durchschlagen, direkt unterhalb des Zäpfchens. Singen wird er bald wieder können, aber bis er wieder normal essen kann, wird es noch eine Weile dauern. Außerdem sind das linke Jochbein und der linke Oberkieferknochen gebrochen. Er hat eine ordentliche Gehirnerschütterung, jede Menge Abschürfungen im Gesicht sowie Quetsch- und Brandwunden. Soviel zu den Körperpartien schulteraufwärts. Ansonsten hat er vier Rippenbrüche, eine Fraktur im rechten Arm sowie haufenweise leichtere Fleisch- und Brandwunden am ganzen Körper. Aber gemessen daran«, fügte der Arzt hinzu, ehe er sie allein ließ, »macht er einen richtig frischen Eindruck.«

Nyberg hatte sich eine schwarze Schiefertafel organisiert, über die er sich, krakelig mit der linken Hand schreibend, mit seiner Umwelt verständigte.

»Igor?« schrieb er als erstes.

Hjelm nickte.

»Alexander Brjusov. Dein waghalsiges Autoramm-Manöver hat die Verbindungen zwischen Viktor X und Lovisedal ans Licht gebracht, umfangreiche Verbindungen. Brjusov wird vermutlich als Kronzeuge aussagen.«

Nyberg schrieb: »Nicht unser Mann oder?«

Gemeinsam entzifferten sie das Gekritzel.

»Nein«, antwortete Chavez. » Unser Mann ist ein gewöhnlicher schwedischer Bankangestellter namens Göran Andersson.«

Hier und da war unter den dicken Bandagen ein leichtes Zucken zu erahnen, das vielleicht als ein Lachen interpretiert werden konnte.

»Es wird landesweit nach ihm gefahndet. Vielleicht schaffst du es ja noch zurück, ehe wir ihn schnappen«, sagte Hjelm aufmunternd.

Nyberg schüttelte energisch den bandagierten Kopf. Die Schläuche, die ihn mit dem Maschinenpark verbanden, von dem er umstellt war, spannten sich bedenklich. Ein Apparat gab ein hektisches Piepsen von sich. Nyberg schrieb: »Nein, in ein paar Tagen habt ihr ihn«, wischte alles aus und kritzelte eine neue Mitteilung: »Missa.«

»Hä?« Hjelm verstand nicht.

»Aha«, sagte Kerstin Holm, die am Fußende stand. Sie zog einen Stuhl ans Bett, setzte sich neben Nyberg und nahm seine linke Hand, den einzigen unbandagierten Körperteil. Und dann begann sie zu singen, mit absolut reiner und glasklarer Stimme. Die führende Altpartie aus Palestrinas *Missa papae Marcelli.*

Nyberg schloß die Augen. Und Hjelm und Chavez lauschten andächtig.

Als sie wieder ins Polizeipräsidium kamen, fand Hjelm ein Fax auf seinem Schreibtisch. Sein Chef Hultin wartete bereits in der Kampfleitzentrale, darum warf er nur einen flüchtigen Blick auf das Blatt. Draußen auf dem Flur begriff er, worum es ging. Der Absender war Kriminalkommissar Erik Bruun, Polizeibehörde Huddinge. Er machte kehrt und ging zurück zu seinem Schreibtisch.

Bruun schrieb: »Ich denke, es ist besser, wenn du es nicht erst durch die Presse erfährst. Dritëro Frakulla hat heute nacht in seiner Zelle Selbstmord begangen. Damit ist garantiert, daß seine Familie bleiben kann. Versuch, dich davon nicht bei deiner Arbeit beeinträchtigen zu lassen. Du hast nur deinen Job gemacht. Sei herzlich gegrüßt, Bruun.«

Heute nacht, dachte Hjelm, das Fax noch in der Hand. Eine seltsame Nacht. Gunnar Nyberg auf Lidingö angeschossen, Ulf Axelsson in Göteborg ermordet, Dritëro Frakulla in Norrköping von eigener Hand getötet und Göran Andersson in Algotsmåla identifiziert. Und alles war vage miteinander verbunden. Schweden ist ein kleines Land, dachte er – und zugleich, daß er eigentlich etwas ganz anderes hätte denken sollen.

Er hielt das Fax immer noch fest, als er die Kampfleitzentrale betrat. Die A-Gruppe war versammelt. Er traf Hultin zum ersten Mal, seit er aus Växjö zurück war.

»Ihr habt außerordentliche Arbeit geleistet in Växjö«, sagte Hultin und sah ihn forschend an.

Tolle Arbeit, dachte Hjelm und sah sich einen Augenblick lang bis zur Nasenspitze in der Scheiße stehen und nur Luft bekommen, weil er auf Dritëro Frakullas Leiche stand. Dann schüttelte er das Bild ab, legte das Fax weg und setzte sich.

»So außerordentlich, daß ich sogar bereit bin, die Zeitspanne zu ignorieren, die verstrichen ist, bis ihr mir den Namen durchgegeben habt.«

Ein Lob kam bei Hultin selten allein.

»Also gut. Der Personenschutz wurde vom Lovisedal-Aufsichtsrat von 1991 abgezogen. Wir bewachen jetzt den

Aufsichtsrat der Sydbanken aus dem Jahr 1990. Daggfeldt, Strand-Julén, Carlberger, Brandberg und Axelsson sind tot. Ungünstigerweise saßen in dem Aufsichtsrat noch zwölf weitere Personen. Davon leben heute acht in Stockholm, zwei in Malmö, einer in Örebro und einer in Halmstadt. Wir haben bis jetzt neun lokalisieren können und unter Bewachung gestellt. Einer hält sich im Ausland auf, und zwei haben wir noch nicht ausfindig gemacht. Die beiden sind aus Stockholm, ein gewisser Lars-Erik Hedman und ein Alf Ruben Winge. Die Suche nach ihnen hat absolute Priorität. Heute morgen wurde eine Suchmeldung nach Göran Anderssons grünem Saab 900 rausgegeben, und inzwischen wissen wir, daß der Wagen seit fast einem Monat ohne Nummernschilder und mit abgefeilter Motornummer bei der Polizei in Nynäshamn steht. Die Techniker nehmen ihn gerade auseinander, aber im ersten Zwischenbericht stand, wie kaum anders zu erwarten war, daß es wohl keine Spuren geben wird. Nach Andersson wird landesweit gefahndet, das neueste Foto von ihm ist an alle Polizeidienststellen und Grenzposten gegangen. An höherer Stelle wird diskutiert, ob wir das Bild freigeben und den großen Detektiv Öffentlichkeit einschalten sollen.«

»Das wäre ein fataler Fehler, wenn ihr mich fragt«, meldete Söderstedt sich zu Wort. »Solange er nicht weiß, daß wir ihn kennen, wird er sich einigermaßen in Sicherheit wiegen.«

»Ganz deiner Meinung«, sagte Hultin. »Jetzt müssen nur noch Mörner und die anderen Herren davon überzeugt werden.«

»Gib dein Bestes«, sagte Söderstedt. »Du verfügst doch über die eine oder andere Geheimwaffe.«

Hultin sah ihn streng an und fuhr fort: »Die Prioritätenliste sieht folgendermaßen aus. Erstens: Hedman und Winge ausfindig machen. Zweitens: Alle potentiellen Stockholmkontakte Anderssons überprüfen, um herauszufinden, wo er sich seit Februar aufgehalten haben könnte. Da gäbe es zum einen den Dart-Shop in der Altstadt, aber es muß auch noch andere Kontakte geben, den Dartverband, oder was weiß ich. Drittens: Schickt diesen Typen aus Växjö, Zorn, zu Lena Lundberg, damit er sie ein wenig unter Druck setzt. Viertens: Zeigt Anderssons Foto in der Unterwelt rum.«

Hultin machte eine Pause, um seine Unterlagen zu befragen.

»Wir gehen wie folgt vor: Da Nyberg fehlt, begleitet Chavez die Stockholmer Kripo in die Unterwelt. Holm begibt sich zurück nach Växjö und begleitet Zorn, um mehr über Anderssons Freundeskreis und seine Kontakte in Stockholm herauszufinden. Norlander kümmert sich um den Dart-Shop und den Dartverband und überprüft danach, wie es mit Hotels, Zimmer- und Wohnungsvermietungen um den fünfzehnten Februar herum aussieht. Nimm dir dazu an Fußvolk, was du brauchst. Hjelm und Söderstedt machen sich auf die Suche nach Hedman und Winge. Und denkt dran, daß euch das gesamte Polizeikorps zur Verfügung steht. Vermeidet wie üblich jeden Kontakt mit Presse und Sicherheitspolizei. Wir haben heute den zwanzigsten Mai, es ist zwölf Uhr. Heute auf den Tag vor zwei Monaten hat Göran Andersson seine Mordserie begonnen. Laßt uns dafür sorgen, daß es bei fünf Opfern bleibt und daß der Fall sich nicht länger als zwei Monate hinzieht.«

Kerstin Holm fuhr zurück nach Växjö und begleitete, wie Hultin es ausgedrückt hatte, Jonas Zorn. Er sah ein wenig nervös aus, als sie sein Büro betrat. Er hatte gehofft, daß seine Unterlassungssünden im Fall Trepljov bald nur noch Erinnerung sein würden. Und nun mußte er noch einen weiteren Tag in dem Schatten verbringen, den sie über ihn warfen. Holm fand schnell heraus, daß Göran Anderssons Bekanntenkreis sich im Prinzip auf den Dartklub beschränkte. Er war zwar der große Star des Klubs, aber niemand erhob den Anspruch, direkt mit ihm befreundet gewesen zu sein. Von Kontakten in Stockholm wußte keiner. Holm und Zorn fuhren noch einmal bei Lena Lundberg vorbei, ohne sie jedoch unter Druck zu setzen. In ihren Augen war es allzu offensichtlich, daß sie nichts wußte.

Chavez' Ausflüge in die Unterwelt waren von keinerlei Erfolg gekrönt. Niemand erkannte Göran Anderssons Gesicht wieder, was auch nicht zu erwarten gewesen war. Chavez war fest davon überzeugt, den beschissensten Job von allen erwischt zu haben.

Der gleichen Meinung war Viggo Norlander. Der Verkäufer in dem Dart-Shop mußte erst in seinen Unterlagen unter Andersson nachschlagen, ehe er sich an die Pfeile mit den extrem langen Spitzen erinnerte. Das war dann auch schon so ziemlich alles, was er an Information beitragen konnte. Andersson hatte seine Pfeile immer auf dem Postweg bestellt. Im Dartverband war er völlig unbekannt, aber immerhin fanden sie seinen Namen auf ein paar lokalen, småländischen Ergebnislisten, immer ganz oben. Sie wunderten sich, daß er nie außerhalb von Småland an Wettkämpfen teilgenommen hatte, obgleich er mehrere Male Spieler aus der Nationalmannschaft besiegt hatte. Im weiteren Verlauf des Tages klapperte Norlander, unterstützt von einem ganzen Stab Reichskripoassistenten und Stockholmer Polizisten, sämtliche Hotels ab und studierte die Mietanzeigen in den Tageszeitungen und dem Gelben Blatt vom fünfzehnten Februar und den Tagen danach. Die Hotelabfrage war ergebnislos, aber ein paar Vermietern kam die vage telefonische Beschreibung von Göran Andersson bekannt vor. Bei der anschließenden Konfrontation mit dem Foto zeigte sich dann allerdings, daß sie sich einer wie der andere geirrt hatten. Norlander und seine Mannen setzten die Suche unbeirrt fort.

Das Fußvolk der Stockholmer Polizei suchte auf direkte Anordnung von Hultin hin die Arbeitsplätze der Stockholmer Mordopfer und ihr privates Umfeld auf. Sie zeigten das Bild Kollegen, Verwandten, Bekannten und Nachbarn. In Göteborg verfuhr die Polizei genauso mit Ulf Axelsson. Niemand hatte Göran Andersson je gesehen.

Währenddessen mühten Söderstedt und Hjelm sich ab, die beiden noch nicht lokalisierten Mitglieder des Sydbanken-Aufsichtsrates von 1990 zu finden.

Arto Söderstedt stattete Alf Ruben Winges Firma Urbo-Invest und seiner Wohnung in Östermalm einen Besuch ab. Niemand schien wegen seiner Abwesenheit besorgt zu sein. Es war offensichtlich seine Art, hin und wieder für ein paar Tage von der Bildfläche zu verschwinden und danach genauso plötzlich wieder aufzutauchen. Seine finanziellen Ressourcen erlaubten ihm solche Extravaganzen, wie ein aalglatter Mitarbeiter sich ausdrückte. Danach machte Söderstedt einen Umweg über die Schären, an Winges imposantem Sommerdomizil vorbei, das allerdings rundum verriegelt war. Viel weiter kam er nicht.

Paul Hjelm begab sich auf die Suche nach dem gleichfalls verschollenen Lars-Erik Hedman. Der hatte von 1986 bis 1990 als Gewerkschaftssprecher der Zentralorganisation der Angestellten und Beamten im Aufsichtsrat von Sydbanken gesessen. Als führender Unterhändler der Organisation hatte er sich für den Vorsitz beworben. Damals war er verheiratet gewesen, hatte zwei Kinder und eine gediegene Wohnung in Vasastan. Inzwischen lebte er allein in einer Zweizimmerwohnung in Bandhagen, war aus der Zentralorganisation ausgeschlossen und aller Aufsichtsratsämter enthoben worden. Um den Dezenniumswechsel herum war es ihm ein paar Jahre lang gelungen, seinen schweren Alkoholismus mit seiner Arbeit in Einklang zu bringen. Aber nach einigen peinlichen Auftritten in halböffentlichen Zusammenhängen hatte die Geduld des Verbundes ein Ende gehabt, und Hedman war in die Wüste geschickt worden. Über das Sozialamt in Bandhagen bekam Hjelm heraus, daß Hedman meist auf einer Parkbank vor dem Spirituosenladen anzutreffen war; von dort führte er ihn unsanft in seine verdreckte Wohnung, wo er auf die Polizisten wartete, die das zweifelhafte Vergnügen hatten, Lars-Erik Hedmans Gesundheit zu schützen. Ein unmögliches Unterfangen.

Hjelm fuhr mit der Gewißheit ins Präsidium zurück, daß der Fall sich schon wieder festgefahren hatte. Der Gedanke war ihm zuwider. Noch so ein erbärmlicher Monat. Der ganze

Sommer im Eimer. Während Göran Andersson mit erhobenem Dartpfeil unsichtbar durch die Straßen streifte.

Er saß in seinem Büro und starrte blind durch das kleine Fenster auf die kahle Wand, als das Telefon klingelte und die Zeit ein anderes Tempo bekam.

»Hjelm«, antwortete er.

»Endlich«, sagte eine ruhige Stimme, deren Akzent Hjelm intuitiv den Aufnahmeknopf drücken ließ. Småländisch. »Es war gar nicht so einfach, zu Ihnen durchzukommen. Nerviges Personal in der Telefonvermittlung. Paul Hjelm, der Held von Botkyrka. Sie haben fast so viele Schlagzeilen wie ich.«

»Göran Andersson«, sagte Hjelm.

»Ehe Sie jetzt versuchen, mich über das Telefongespräch zu orten, lassen Sie mich Ihnen einen Tip geben, wie man so etwas umgehen kann. Man braucht nur ein Handy zu klauen.«

»Entschuldigen Sie«, sagte Hjelm eine Spur waghalsig, »aber es widerspricht dem Bild, das wir von Ihnen haben, daß Sie anrufen und herumprahlen. Das paßt nicht ins psychologische Profil.«

»Wenn Sie ein passendes gefunden haben, melden Sie sich doch bitte bei mir«, sagte Göran Andersson. »Nein, ich rufe nicht an, um herumzuprahlen. Ich rufe an, um Ihnen zu sagen, daß Sie meine Verlobte in Ruhe lassen sollen. Ansonsten muß ich noch mehr vom psychologischen Profil abweichen und Sie auch noch ausschalten.«

»Das würden Sie niemals tun«, platzte Hjelm unvorsichtig heraus.

»Warum nicht?« sagte Andersson und klang interessiert.

»Helena Brandberg, Enar Brandbergs Tochter. Sie hätten sie ohne weiteres erschießen können, um die Kassette zu retten. Aber Sie haben sich entschieden, zu fliehen und die Kassette in unsere Hände fallen zu lassen.«

»Haben Sie mich über das Band identifiziert?« fragte Göran Andersson erstaunt. »Das kann nicht ganz einfach gewesen sein.«

»Nicht ganz«, sagte Hjelm. »Was haben Sie geglaubt?«

»Über den Bankräuber in dem Tresor, natürlich. Ich hab die ganze Zeit damit gerechnet, daß es herauskommt und daß ihr mich jagen würdet. Als sich dann aber nichts tat, hab ich losgelegt. Bis er plötzlich auf den Phantombildern in der Zeitung auftauchte. Als ob er lebte. Wie kam das?«

Warum nicht aufrichtig sein? dachte Hjelm.

»Die Sicherheitspolizei hat die Ermittlungen mit Rücksicht auf die Sicherheit des Landes unter Verschluß gehalten.«

Göran Andersson lachte laut. Hjelm hätte sich beinahe anstecken lassen.

»Das war ja wohl eher kontraproduktiv«, bemerkte Andersson nach einer Weile.

»Geben Sie auf, und stellen Sie sich«, sagte Hjelm mit ruhiger Stimme. »Sie haben ihren Unwillen über das Verhalten der Banken deutlich zum Ausdruck gebracht und ein Zeichen gesetzt. Hören Sie auf damit. Sie wissen doch sicher, daß jedes einzelne Aufsichtsratsmitglied von uns bewacht wird.«

»Nicht ganz … Außerdem geht es nicht darum, ein Zeichen zu setzen. So viele Zufälle auf einmal – da ging es um mehr. Schicksal. Die Grenze zwischen Zufall und Schicksal ist haarfein, und hat man sie erst einmal überschritten, gibt es kein Zurück mehr.«

»Wie meinen Sie das?«

»Lesen Sie keine Zeitung?« fragte Göran Andersson verdutzt.

»Nicht sehr oft«, gab Hjelm zu.

»Ich bin ein Volksheld, verdammt noch mal! Haben Sie die Leserbriefe nicht gelesen? Einen Kater zu haben, ohne auch nur ein Fest von weitem gesehen zu haben, ist kein Vergnügen. Aber genau das ist der Seelenzustand Schwedens. Jeder, der irgendwas zu sagen hat, will uns einreden, daß wir an einem Fest teilgenommen haben, für das wir jetzt den Preis zahlen müssen. Was für ein Fest? Was ich jetzt mache, das ist ein Fest, das retroaktive Fest des Volkes! Lesen Sie die Leserbriefe, hören Sie sich an, was die Leute auf der Straße sagen! Das tue ich, und das sollten Sie auch tun. Aber Sie befinden sich in einem geschlossenen Raum und glauben, daß der Fall dort gelöst werden kann. Alle Gespräche auf den Straßen kreisen um diese Sache. Man sieht, wer Angst hat und wer jubelt.«

»Versuchen Sie nicht, mir weiszumachen, daß Sie in politischer Mission unterwegs sind!«

»Ich bin in den Tagen des Wahns auf einem einzigen Fest gewesen«, sagte Andersson ein wenig ruhiger. »Im Hackat und Malet in Växjö, am dreiundzwanzigsten März 1991. Da hab ich erlebt, wie der Ausverkauf aussieht.«

»Sie sind kein Revolutionär der breiten Masse«, beharrte Hjelm. »Das biegen Sie sich nachträglich so hin.«

»Natürlich«, sagte Andersson nüchtern. »Ich habe immer bürgerlich gewählt.«

Ein merkwürdiges Gespräch, dachte Hjelm. Das war nicht der kaltblütige Serienmörder, der stundenlang in dunklen Wohnzimmern saß, seinen Opfern zwei Kugeln durch den Schädel jagte und hinterher Jazz hörte. Das Mysterium zerfiel in tausend Teile, der Mythos zerbröckelte zwischen seinen Fingern. Misterioso, dachte er. Vielleicht hatten die Morde ihn auf eine perverse Weise geheilt. Vielleicht war es auch nur eine Tagversion von Göran Andersson, mit der er – relativ – vernünftig sprach. Vielleicht sah die nächtliche Version ganz anders aus.

Menschen, dachte Hjelm und sagte: »Eine rein sachliche Frage. Wie sind Sie in die Häuser gekommen?«

»Wenn man einem Menschen lange genug folgt, kommt man früher oder später an seine Schlüssel«, sagte Andersson gleichgültig. »Man macht einen Abdruck in einen Tonklumpen und feilt sich selber einen Schlüssel zurecht. Das ist nicht schwieriger, als einen Dartpfeil zu feilen. Danach macht man sich mit den Gewohnheiten desjenigen vertraut und braucht ihn nur noch zu erwarten.«

»Sind Sie Ihrem nächsten Opfer lange genug gefolgt?«

Stille. Hjelm fürchtete schon, Andersson könne aufgelegt haben.

»Lange genug«, sagte Andersson schließlich. »Unser Gespräch zieht sich viel zu sehr in die Länge. Ich habe eigentlich nur angerufen, um Ihnen zu sagen, daß Sie meine Verlobte in Ruhe lassen sollen, da ich mich ansonsten gezwungen sehe, Sie auch zu töten.«

Die Frage mahlte schon die ganze Zeit in Hjelms Kopf. War es taktisch klug, sie zu stellen, oder nicht? Wie würde Göran Andersson reagieren? Nach diesem unheimlichen Gespräch war er noch unsicherer geworden. Unheimlich fand er die scheinbare Normalität. Am Ende stellte er die Frage, möglicherweise gegen besseres Wissen.

»Wenn Sie mit Lena Kontakt hatten, wissen Sie ja bestimmt, daß sie Ihr Kind erwartet? Wie stellen Sie sich die Zukunft dieses Kindes vor?«

Es wurde still.

Nach zehn Sekunden war ein leises Klicken zu hören, und die Verbindung war unterbrochen. Hjelm legte den Hörer auf, hielt die Aufnahme an, nahm das Band aus dem Gerät und ging zu Hultin.

»Ich hab gerade mit ihm gesprochen«, sagte er.

Hultin blickte von seinen Unterlagen auf und musterte ihn durch die halben Gläser seiner Lesebrille.

»Mit wem?«

»Mit Göran Andersson«, sagte Hjelm und wedelte mit der Kassette.

Ohne eine Miene zu verziehen, wies Hultin auf den Kassettenrecorder.

Sie hörten sich das Gespräch zusammen an. An einigen Stellen fand Hjelm sich unnötig passiv, an anderen Stellen völlig unüberlegt. Aber im großen und ganzen war es einfach ein langes und erstaunliches Telefongespräch zwischen einem Serienmörder und einem Polizisten.

»Ich verstehe deine Zurückhaltung«, sagte Hultin, als die Aufnahme endete. »Aber du hättest vielleicht etwas härter rangehen sollen, um ihm ein paar Hinweise zu entlocken. Soweit ich es sehe, gibt es drei. Erstens: Auch wenn man das abschließende Schweigen so deutet, daß er nichts von der Schwangerschaft wußte, hat er wahrscheinlich Kontakt zu seiner Verlobten gehabt. Sie hat ihm ihren Zustand wohl einfach verschwiegen. Es ist wenig wahrscheinlich, daß der erste Kontakt der beiden nach dreieinhalb Monaten ausgerechnet an dem Tag stattfindet, nachdem ihr ihn entlarvt habt. Holm soll Lena Lundberg ordentlich in die Zange nehmen. Sie weiß mehr, als sie zugibt. Zweitens: Andersson antwortet mit ›Nicht ganz‹, als du ihm mitteilst, daß wir alle Aufsichtsratsmitglieder bewachen. Das könnte bedeuten, daß Alf Ruben Winge sein nächstes Ziel ist; er ist der einzige, den wir noch nicht lokalisiert haben. Wir müssen alle Hebel in Bewegung setzen, um ihn zu finden. Drittens: Als du ihn fragst, ob er seinem nächsten Opfer lange genug gefolgt ist, antwortet er: ›Lange genug.‹ Das kann bedeuten, daß er schon heute nacht erneut zuschlägt. Obgleich er erst vorige Nacht in Göteborg aktiv war. Gut, das ist nicht viel Zeit, aber genügend Zeit, um zu handeln. Also: Anderssons Aufenthaltsort in Stockholm kriegen wir vermutlich über Lena Lundberg heraus, das nächste Opfer wird vermutlich Alf Ruben Winge sein, und der Mord soll aller Voraussicht nach heute nacht stattfinden. Ich rufe Holm an, du informierst Söderstedt wegen Winge. Nimm mein Handy.«

Hjelm stand einen Moment einfach da und versuchte, sich zu orientieren. Hultin war in Kampfbereitschaft. Sein Gespräch mit Kerstin Holm war fast zu Ende, als Hjelm endlich das Handy nahm und Söderstedts Nummer wählte.

»Arto. Winge ist der nächste, vermutlich heute nacht. Was hast du rausbekommen? Wo bist du überhaupt?«

»Hier«, sagte Söderstedt melodramatisch und stieß die Tür zu Hultins Büro auf. Er schaltete das Handy aus. »Ich war an meinem Schreibtisch. Was hat sich bei euch getan?«

»Holm ist schon auf dem Weg zu Lena Lundberg«, sagte Hultin, unbeeindruckt von dem effektvollen Entree. Erst danach wandte er sich an Söderstedt. »Wen hast du über Winge befragt?«

Söderstedt schaltete blitzschnell um.

»Seine Ehefrau Camilla im Narvavägen, eine Sekretärin und eine Büroangestellte in seiner Firma UrboInvest in der Sturegatan, Lisa Hägeblad und Wilma Hammar, seine zwei Mitarbeiter in der Firma, Johannes Lund und Vilgot Öfverman, sowie einen Nachbarn des verrammelten Sommerhauses auf Värmdö, Oberst Michel Sköld.«

»Wie hart hast du sie rangenommen?«

»Nicht sehr hart.«

»Gab es die leiseste Andeutung, daß einer von ihnen mehr weiß, als er oder sie gesagt hat? Denk genau nach.«

»Bis auf eine gewisse Bitterkeit bei seiner Frau … Vielleicht ein allgemeines Gefühl von Geheimniskrämerei in der Firma …«

»Gut. Wißt ihr, ob Chavez und Norlander schon wieder zurück sind?«

»Die beiden sind noch unterwegs«, sagte Söderstedt.

»Dann kümmern wir uns selbst darum«, sagte Hultin, stand auf und zog sein Jackett an. »Es ist jetzt … halb sechs. Wenn wir Glück haben, sitzt noch jemand bei UrboInvest, wir rufen von unterwegs an. Jeder fährt in seinem Wagen. Arto übernimmt die Ehefrau, Paul und ich fahren in die Firma. Wenn dort niemand mehr ist, müssen wir die Leute woanders suchen. Und wir halten einander über jedes Resultat, positiv oder negativ, via Handy auf dem laufenden. Bitte keine Funkgeräte. Ich versuche, Viggo und Jorge zu erreichen, und warte auf Kerstins Anruf aus Algotsmåla. Alles klar?«

»Keine Verstärkung?« fragte Söderstedt.

»Das hat noch Zeit«, antwortete Hultin.

Auf der Treppe wären sie fast mit Niklas Grundström von der Abteilung für Interne Ermittlungen zusammengestoßen. Sein Blick begegnete Hjelms, und Hjelm blieb automatisch eine Sekunde stehen.

»Na, Schäfchen im trockenen, Hjelm?« fragte Grundström leise.

»Oder auch nicht«, sagte Hjelm ebenso leise.

»Vielleicht solltest du mal bei Döös und Grahn vorbeischauen. Die zwei können deine Unterstützung wirklich brauchen.«

Grundström sah ihnen hinterher, als sie die Treppe hinunterrannten und zu ihren Autos hasteten. Dann ging er weiter, um zwei Säpo-Männer zu entlassen.

Bis Östermalm fuhren sie, so schnell es ging, hintereinander her durch den Berufsverkehr.

»Vilgot Öfverman ist noch bei UrboInvest«, teilte Hjelm übers Handy mit. »Er wartet auf uns. Die übrigen sind schon nach Hause gegangen. Ich habe die Adresse einer der Sekretärinnen bekommen, Wilma Hammar, in der Artillerigatan. Die anderen beiden wohnen außerhalb der Stadt. Soll ich sie übernehmen?«

»Ja«, sagte Hultin.

Die drei Autos fuhren in gleicher Formation bis Humlegården weiter. Kurz vor der Kreuzung Sturegatan-Karlavägen meldete Hultin, daß Kerstin Holm jetzt bei Lena Lundberg sei.

»Sie meldet sich so schnell wie möglich wieder. Kein Kontakt zu Jorge. Viggo guckt sich in Ösmo eine Wohnung an. Kein Kommentar. Er kommt, so schnell er kann.«

Söderstedt und Hjelm bogen nach links auf den Karlavägen ab, während Hultin noch ein Stück weiter auf der Sturegatan blieb. Ein paar Häuserblocks weiter bog Hjelm in die Artillerigatan ein, während Söderstedt weiter zum Karlaplan und Narvavägen fuhr. Hjelm klingelte bei Hammar und wurde von einer freundlichen Männerstimme hereingebeten. In der dritten Etage nahm ihn ein Pfeife rauchender, robuster Mann um die Fünfzig in Empfang.

»Kriminalpolizei«, stellte Hjelm sich vor und wedelte dem Mann mit dem Dienstausweis vor der Nase herum. »Ich suche Wilma Hammar. Es ist sehr wichtig.«

»Kommen Sie rein«, sagte der Mann und rief: »Wilma! Polizei!«

Wilma Hammar kam aus der Küche und trocknete sich die Hände an einem Geschirrhandtuch ab. Sie war klein und wie ihr Mann um die Fünfzig.

»Entschuldigen Sie bitte die Störung«, sagte Hjelm gereizt. »Ich denke, Sie wissen, worum es geht. Wir glauben, daß Ihr Chef, Alf Ruben Winge, in Lebensgefahr schwebt, und mein Kollege hat bei seinem Besuch heute nachmittag den Eindruck gehabt, daß nicht die ganze Wahrheit über seine Abwesenheit gesagt wurde.«

Wilma Hammar schüttelte den Kopf – sie machte einen grundloyalen Eindruck.

»Er ist immer mal wieder ein paar Tage im Monat verschwunden. Das hab ich dem anderen Polizisten auch schon gesagt. Ich mische mich nicht in seine Angelegenheiten.«

»Quartalssäufer, wenn Sie mich fragen«, sagte der Mann und sog an seiner Pfeife.

»Rolf!« sagte Wilma.

»Haben Sie etwas von den Machtmorden mitbekommen ...«, setzte Paul Hjelm an, doch da klingelte das Handy.

»Diesmal war die Ehefrau gesprächiger«, sagte Söderstedt. »Sie hat ordentlich einen im Kahn. Es gibt eine Geliebte, ich wiederhole: Es gibt eine Geliebte. Aber die Ehefrau weiß nicht, wer es ist. Sie hat allerdings ihr Interesse bekundet, der Schlampe die Brustwarzen abzubeißen, wenn wir sie finden sollten.«

»Danke«, sagte Hjelm und beendete das Gespräch.

»Wollen Sie damit sagen ... daß Alf Ruben ...«, stammelte Wilma Hammar erschrocken.

»Das nächste Opfer ist, ja«, beendete Hjelm den Satz. »Versuchen Sie nicht, ihn aus falsch verstandener Loyalität zu schützen. Das könnte ihn das Leben kosten. Wir wissen, daß es eine Geliebte gibt. Können Sie mir sagen, wer sie ist?«

Wilma Hammar griff sich an die Stirn.

»Jede Sekunde zählt«, sagte Hjelm.

»Ja, ich habe verstanden«, murmelte sie. »Aber ich weiß nicht, wer sie ist. Ich habe sie in der Firma ein paarmal am Telefon gehabt. Sie hat einen finnischen Akzent, das ist alles, was ich weiß. Aber Lisa weiß bestimmt mehr.«

»Die Sekretärin?«

Sie nickte. »Lisa Hägerblad.«

»Sie wohnt in … wo war das noch gleich … Råsunda? Haben Sie ihre Adresse und Telefonnummer?«

Wilma Hammar schlug in ihrem Adressbuch nach und schrieb Adresse und Telefonnummer auf einen gelben Zettel, den Hjelm an sein Handy klebte.

»Danke«, sagte er und verabschiedete sich.

Auf dem Weg nach unten wählte er die Nummer auf dem Zettel. Er ließ es zehnmal klingeln, dann gab er auf.

Wenig später meldete sich Hultin.

»Ich sitze hier mit dem Zunftmeister von UrboInvest, Vilgot Öfverman. Nachdem ich ihn ein bißchen in die Mangel genommen habe, ist er mit einem Vornamen und dem Aussehen der Geliebten rausgerückt. Mehr weiß er nicht, dafür lege ich meine Hand ins Feuer. Sie ist ziemlich klein, aschblond mit Pagenschnitt und heißt Anja.«

»Ich kann beisteuern, daß sie vermutlich Finnin oder Finnland-Schwedin ist«, sagte Hjelm.

Hultin unterbrach das Gespräch. Hjelm setzte sich ins Auto und wartete ungeduldig. Söderstedt kam und parkte seinen Volvo vor Hjelms Wagen. Da klingelte es. Beide meldeten sich gleichzeitig.

»Also gut, Konferenzschaltung«, sagte Hultin. »Ich habe Kerstin an der Strippe, wie es früher so schön hieß.«

»Hallo«, meldete Kerstin sich aus Algotsmåla. »Ich habe soeben ein intensives Gespräch mit Lena Lundberg geführt. Sie hat im Lauf des letzten Vierteljahres tatsächlich ab und zu Kontakt zu Andersson gehabt. Hat mich wirklich an der Nase herumgeführt. Angeblich hat er aber nur gesagt, daß er etwas sehr Wichtiges zu erledigen hätte. Danach würde er nach Hause zurückkommen, und alles würde so sein wie vorher. Sie hat, wie ihr vermutet habt, nicht den Mut gehabt, ihm von der Schwangerschaft zu erzählen.«

»Komm zur Sache«, sagte Hultin schroff.

»Ich muß ein wenig ausholen. Lenas Bruder lebt in Stockholm. Als er die beiden das letzte Mal in Algotsmåla besucht hat, kurz vor dem Vorfall in der Bank, erzählte er aus irgendeinem Anlaß von der Schwester eines Arbeitskollegen, die länger geschäftlich in den USA zu tun hat und es sich leisten kann, ihre Stockholmer Wohnung während der ganzen Zeit leerstehen zu lassen. Das war jedenfalls das einzige, was Lena einfiel. Sie konnte sich nicht erinnern, wie die Frau heißt, aber die Wohnung muß irgendwo in Fittja sein. Durch ein Telefonat mit ihrem Bruder hat sie den Namen am Ende doch noch rausbekommen: Anna Williamsson. Um den Rest müßt ihr euch kümmern.«

»Gut gemacht«, sagte Hultin.

»Wie geht es ihr?« fragte Hjelm.

»Sie fängt langsam an, die Zusammenhänge zu begreifen. Es geht ihr nicht gut.«

»Bis später«, sagte er.

»Paß auf, daß du nicht erschossen wirst«, gab sie zurück und legte auf.

»Seid ihr noch dran?« fragte Hultin. »Dann legt auf. Ich kümmere mich um die Adresse.«

Sie warteten weiter in ihren Wagen.

Hjelms Telefon klingelte, Söderstedts nicht. Somit war es nicht Hultin.

»Endlich«, sagte Chavez. »Mein Handy war geklaut, du glaubst es nicht. Ich hab es gerade eben von einem Fixer wiederbekommen. Was ist passiert?«

»Es wird ernst«, sagte Hjelm. »Wo steckst du?«

»Sergels torg. Ich hab einen ätzenden Tag hinter mir, hätte niemals gedacht, daß die Unterwelt … so groß ist.«

»Leg auf, ich ruf dich gleich wieder an. Hultin sucht gerade eine Adresse raus. Von Göran Andersson.«

»Shit«, sagte Chavez und legte auf.

Unmittelbar danach klingelte es wieder. Hjelm sah Söderstedt gleichzeitig mit ihm den Hörer ans Ohr legen.

»Hallo«, sagte Hultin. »Anna Williamssons Wohnung befindet sich im Fittjavägen elf, vierter Stock.«

Hjelm lachte auf.

»Was ist?« fragte Hultin gereizt.

»Wie der Zufall so spielt«, sagte Hjelm und ließ den Motor an. »Das ist direkt neben meiner alten Dienststelle.«

Sie fuhren im Konvoi zum Sergels torg, wo sie Chavez aufsammelten. Er sprang in Hjelms Mazda und bekam eine grobe Zusammenfassung geliefert.

»Wie klang er?« fragte er, als sie auf den Essingeleden einbogen.

»Unangenehm scharfsinnig und distanziert«, sagte Hjelm. »Als ginge es gar nicht um ihn.«

Hjelm versuchte, die Ereignisse chronologisch zu ordnen. Wenn die Spur stimmte, hatte Göran Andersson seine Taten in unmittelbarer Nachbarschaft des Polizeipräsidiums von Fittja geplant. Möglicherweise waren sie sich sogar im Laufe des Februars und März mehrmals über den Weg gelaufen. Er überlegte, ob er womöglich von seinem Dienstzimmer aus in die Wohnung hätte gucken können. Dann hatte Andersson sich nach Danderyd aufgemacht, um seinen ersten Mord zu begehen, in der Nacht bevor Hjelm sich seinerseits in die Ausländerbehörde begeben hatte, um die Geiseln zu befreien. Und während Hjelm von Grundström und Mårtensson über dem offenen Feuer gebraten worden war, hatte Andersson seinen zweiten Mord im Strandvägen begangen.

Was hatte er gesagt? *So viele Zufälle auf einmal – da ging es um mehr. Schicksal. Die Grenze zwischen Zufall und Schicksal ist haarfein, und hat man sie erst einmal überschritten, gibt es kein Zurück mehr.*

Paul Hjelm hatte das Gefühl, geradewegs auf diese Grenze zuzufahren.

Sie parkten auf den reservierten Plätzen der Huddinger Polizei, aber keiner von ihnen kam auf den Gedanken, im Präsidium Unterstützung anzufordern. Sie betraten das Nachbarhaus, liefen in den vierten Stock und sammelten sich vor der Tür, auf der der Name Williamsson stand. Es war absolut ruhig im ganzen Haus.

Hultin klingelte. Niemand öffnete. In der Wohnung war kein Geräusch zu hören. Hultin klingelte noch einmal. Und noch einmal. Sie warteten noch einen kurzen Moment, dann trat Hjelm die Tür ein.

Sie stürmten mit erhobenen Pistolen hinein. Die kleine Zweizimmerwohnung war leer. Das Bett im Schlafzimmer war gemacht, am Kopfende waren ein paar Kuscheltiere drapiert. An den Wänden hingen Poster wie in einem Mädchenzimmer. Chavez bückte sich und schaute unterm Bett nach. Er zog eine zusammengerollte Matratze darunter hervor – wie eine Roulade mit der Wolldecke als Füllung. Außerdem lag dort eine Reisetasche, made in Russia. In der Reisetasche befanden sich ungefähr ein Dutzend Bündel mit Fünfhundertkronenscheinen.

Das Wohnzimmer wirkte genauso unbewohnt. Hjelm fiel auf, daß eins der Poster mit idyllischen Motiven einen leichten Knick hatte. Es war schwer, sich vorzustellen, daß hier über drei Monate jemand Fremdes gewohnt hatte.

Auf dem Herd stand ein sauberer Topf, der Boden allerdings war feucht. Unter der Platte des Küchentisches war eine Schublade angebracht. Hultin zog sie auf.

Als erstes fiel die bunte Schlüsselsammlung auf, alle ungeschliffen und ohne Bärte. Dann lag da eine Schachtel, die mit kyrillischen Buchstaben beschriftet war. Hultin streifte Plastikhandschuhe über, ehe er sie öffnete. In der Schachtel waren 9-Millimeter-Patronen aus Kasachstan aufgereiht. Es fehlten deutlich weniger als die Hälfte.

Unter der Patronenschachtel lag eine maschinengeschriebene Liste mit siebzehn Namen. Hultin zog sie vorsichtig aus der Schublade und schnaubte bestätigend. Kuno Daggfeldt – Haken; Bernhard Strand-Julén – Haken; Nils-Emil Carlberger – Haken; Enar Brandberg – Haken, Ulf Axelsson – Haken.

Der letzte Haken stand hinter Alf Ruben Winge.

Hjelm ging ins Wohnzimmer und nahm das Poster mit dem Knick von der Wand. Dahinter hing eine Dartscheibe. Wo waren die Pfeile?

Sie durchsuchten alle Schränke und Kommoden. Nichts sonst zeugte von Göran Anderssons beinahe dreimonatigem Aufenthalt in der Wohnung. Eine aufgerollte Matratze, eine russische Reisetasche mit Fünfhundertkronenscheinen, ein feuchter Topf, eine Sammlung von Schlüsselrohlingen, eine Schachtel Patronen aus Kasachstan, eine Dartscheibe und eine Liquidierungsliste. Darüber hinaus ließ nichts darauf schließen, daß er sich hier aufgehalten hatte.

Hjelm rief seine ehemaligen Kollegen aus dem benachbarten Polizeipräsidium an und gab Anweisung, die Wohnung zu versiegeln, rund um die Uhr zu bewachen und von den Technikern untersuchen zu lassen.

Als sie in die Frühsommersonne hinaustraten, erinnerten ein paar kühle Windstöße sie daran, daß der Abend nahte. Es ging auf acht Uhr zu. Wieder standen sie ganz am Anfang.

Hjelm und Chavez klingelten noch einmal die Sekretärin Lisa Hägerblad an, und diesmal nahm sie sogar ab. Sie wollte nicht antworten, als Hjelm sie nach Winges Aufenthaltsort fragte. Ehe er ihr klarmachen konnte, wie wichtig die Frage war, hatte sie schon wieder aufgelegt. Seufzend machten Hjelm und Chavez sich auf den Weg nach Råsunda, um persönlich mit ihr zu sprechen.

Hultin und Söderstedt fuhren nach Stora Essingen, wo Winges jüngerer Mitarbeiter Johannes Lund eine ansehnliche Villa mit ansehnlichem Ausblick auf den Mälaren bewohnte. Bei ihm war immer nur der Anrufbeantworter angesprungen. Sie hatten keine Nachricht nach dem Piepston hinterlassen.

Da es nach Stora Essingen bedeutend näher war als nach Råsunda, erreichten Hultin und Söderstedt ihr Ziel als erste. Ein Mann in blauem Overall ging über die steil zum Wasser hin abfallende Rasenfläche und versprühte aus einem Gerät auf Rädern, das wie ein wenig zweckmäßiger Rasenmäher aussah, Dünger. Aus dem Halsausschnitt seines Overalls ragten ein weißer Hemdkragen und ein schwarzer Krawattenknoten. In der Tasche des Overalls steckte ein Handy.

»Sieh an, sieh an«, sagte der Mann, als er Söderstedt erblickte. Er stellte das Düngegerät ab und hängte den Sprühkopf ein. »Sind Sie noch nicht zufrieden …«

»Warum gehen Sie nicht ans Telefon?« fragte Hultin schroff.

»Der Festanschluß ist nur für die allgemeinen Gespräche und ist direkt mit dem Anrufbeantworter gekoppelt. Hier«, sagte er und klopfte auf das Handy in seiner Tasche, »gehen nur die wirklich wichtigen Gespräche ein.« Offenbar faßte er ihr sekundenlanges Schweigen als Begriffsstutzigkeit auf, denn er fügte erklärend hinzu: »Die B-Gespräche werden aufgezeichnet und von meiner Frau bearbeitet, die A-Gespräche gehen direkt zu mir.«

»Schauen Sie zum Himmel«, sagte Söderstedt, und Johannes Lund schaute zum Himmel. »Es ist jetzt halb neun, und die Sonne ist noch nicht untergegangen. In wenigen Stunden wird sie verschwunden sein. Und dann wird auch Alf Ruben Winge nicht mehr sein. Verstehen Sie? In ein paar Stunden wird Ihr Chef umgebracht werden, von dem Serienmörder, der bereits fünf Persönlichkeiten aus Ihren Kreisen auf dem Gewissen hat.«

Johannes Lund sah sie überrascht an.

»Die Machtmorde? Du meine Güte. Und ich habe ihn immer als eher *unwichtigen* Menschen wahrgenommen. Das gibt ihm ja fast ein wenig … Größe.«

»Erzählen Sie uns alles, was Sie über sein gelegentliches Untertauchen wissen«, sagte Hultin.

»Wie ich bereits sagte, ich weiß nichts«, erklärte Lund und blickte sinnierend in den Himmel über Essingen. »Er ist mir gegenüber extrem mißtrauisch. Er weiß genau, daß ich der eindeutig Fähigere von uns beiden bin und daß ich verdammt viel mehr einfahre als er selbst. Er braucht mich, aber er haßt mich dafür. Ungefähr so. Haßt mich, braucht mich aber. Wie Sie wollen. Und es würde ihm nicht im Traum einfallen, mir irgendwelche persönlichen Dinge anzuvertrauen.«

»Hat er Freunde, mit denen er solche vertraulichen Dinge besprechen würde?« hakte Hultin nach.

Johannes Lund lachte. »Mein Gott! Wir sind Geschäftsleute!«

»Ist Ihnen nie eine kleine blonde Finnin mit Pagenkopf begegnet, die Anja heißt?« fragte Söderstedt.

»Nein, noch nie«, sagte Lund und sah ihm in die Augen. »Tut mir leid.«

Hultins Handy klingelte. Es war Chavez.

»Wir sind jetzt bei Linda Hägerblad im Råsundavägen. Habt ihr was für uns, ehe wir zu ihr reingehen?«

»Nein, nichts«, sagte Hultin. »Leider.«

Chavez beendete das Gespräch und schob das Handy in seine Jackentasche.

Sie klingelten, und kurz darauf öffnete eine hübsche blonde Frau die Tür und sah sie genervt an.

»Polizei, nehme ich an?« sagte Lisa Hägerblad. »Ich dachte, ich hätte bereits gesagt …«

»Wir haben verdammt wenig Zeit«, sagte Hjelm und drängte sich an ihr vorbei durch die Tür.

Lisa Hägerblads Wohnung war riesig, drei große Zimmer mit hoher Decke. Die Möbel waren Ende der Achtziger hochmodern gewesen, schwarz und weiß, Stahlrohr, schiefe Winkel, asymmetrisch, ein Hauch neureicher Kühle. In dieser Wohnung schien die Zeit seit den fetten Jahren stillgestanden zu haben.

»Sie sind Alf Ruben Winges persönliche Sekretärin«, sagte Chavez. »Natürlich wissen Sie sehr viel mehr, als Sie gesagt haben. Wir haben vollstes Verständnis dafür, daß Sie vor den Kollegen im Büro nicht mehr preisgeben konnten. Aber es verhält sich nun einmal so, daß Direktor Winges Leben auf dem Spiel steht, sehr direkt und sehr konkret. In ein paar Stunden wird er ermordet werden.«

»Oh!« sagte die Sekretärin – offenbar ihre Art, äußerste Schockiertheit zum Ausdruck zu bringen. »Davon hat der weißhaarige Polizist ja gar nichts gesagt.«

»Weil der weißhaarige Polizist zu dem Zeitpunkt noch nichts davon wußte«, sagte Chavez. »Aber der Schwarzhaarige weiß es.«

»Sagen Sie es schon«, drängte Hjelm sie. »Sie hat einen finnischen Akzent, heißt Anja, ist blond, hat einen Pagenschnitt und ist diejenige, mit der Alf Ruben Winge sich ein paarmal im Monat in ein Liebesnest zurückzieht. Wer ist sie?«

»Das weiß ich nicht«, sagte Lisa Hägerblad. »Es stimmt alles, was Sie sagen. Ich habe sie oft am Telefon, stelle sie aber immer gleich zu Alf Ruben durch. Ich habe kein einziges Treffen der beiden organisiert, ansonsten ist das immer meine Aufgabe. Haben Sie denn noch nicht mit Johannes Lund gesprochen?«

»Johannes Lund aus Essingen? Er weiß nichts«, sagte Chavez.

Lisa Hägerblad lachte.

»Ja, ja«, sagte sie. »Da ich Alf Ruben Johannes als Chef bei weitem vorziehe, kann ich es Ihnen auch erzählen. Alf Ruben Winge und Johannes Lund sind wie Vater und Sohn. Alf Ruben hat Johannes bereits als seinen Nachfolger ausersehen und ihm testamentarisch die Firma überschrieben. Wenn Alf Ruben stirbt, übernimmt Johannes die Firma, was für uns mit Sicherheit heißen wird, daß wir unsere Plätze für jüngere Kräfte werden räumen müssen.«

»Wissen Sie, ob Lund Anja schon begegnet ist?«

»Davon bin ich überzeugt. Sie haben oft Geschäftsessen mit Anhang, wobei es sich nicht um den – sozusagen – legitimen Anhang handelt.«

Chavez rief sofort bei Hultin an.

»Ja?«

»Wo seid ihr?«

»Auf dem Weg zu seiner Ehefrau in den Narvavägen, um den Bekanntenkreis noch mal zu überprüfen. Im Augenblick sind wir im« – Rauschen im Hörer – »Tunnel unter Fredhäll. Kannst du mich verstehen?«

»Schlecht. Dreht bei der nächsten Gelegenheit um, und fahrt zurück zu Lund. Er erbt UrboInvest, ich wiederhole: Johannes Lund erbt UrboInvest, wenn Alf Ruben Winge stirbt. Er schweigt sich aus gutem Grund über Anja aus. Mit allergrößter Wahrscheinlichkeit kennt er sie.«

»Okay«, sagte Hultin. »Ich denke, das Wichtigste habe ich verstanden. Wir begeben uns auf direktem Weg zurück nach Stora Essingen.«

Hultin legte in dem Moment auf, als das Auto aus dem Tunnel herausfuhr. Sie bogen nach Fredhäll ab, machten einen Bogen und fuhren durch den Fredhällstunnel, über die Fredhällsbrücke und Lilla Essingen zurück. Unten vor den Felsen planschten ein paar waghalsige Schwimmer im Wasser, während die untergehende Sonne die Wellen rot zu färben begann.

Sie hatten kein Auge für die Schönheit des Mälaren. Söderstedt hatte alle Mühe, sich nicht von dem wie irre rasenden Hultin abhängen zu lassen. Er fragte sich – nicht ohne gewisse Hoffnung –, ob Hultin wieder seinen steinharten Schädel zum Einsatz bringen würde.

Lund saß unten am Wasser und rauchte. Der Overall lag über der Lehne der Hollywoodschaukel, die sich sanft bewegte. Die Rauchwolken, die sich um den kräftigen Nacken herum sammelten und verflüchtigten, verliehen ihm einen Ausdruck von Selbstzufriedenheit.

Hultin griff nach der Rückenlehne, als die Schaukel nach hinten schwang, und riß heftig daran, worauf Johannes Lund vornüber ins Gras fiel und sich an den Ellbogen seines weißen Hemdes grüne Flecken holte. Als er die beiden Polizisten erkannte, erhob er sich langsam. Sein Blick hatte sich verändert. Er war bereit, sein Erbe mit Händen und Füßen zu verteidigen.

»Schnell, wenn ich bitten darf«, sagte Hultin. »Wer ist Anja?«

»Wie ich bereits gesagt habe, ich weiß nicht …«

»Wenn Winge stirbt, werden Sie wegen Beihilfe zum Mord angeklagt. Das ist Ihre letzte Gelegenheit, freiwillig etwas zu sagen, danach nehmen wir Sie fest und bringen Sie ins Polizeipräsidium.«

»Sie werden nicht durchkommen mit Ihrer Anklage«, erwiderte Lund ruhig. Er begutachtete seine Ellbogen und sog an seinem Zigarillo. »Ich weiß schlicht und einfach nicht, wer diese Anja ist. Und sollte sie mir wider Erwarten doch einmal begegnet sein, ist sie mir jedenfalls nicht vorgestellt worden.«

»Sind Sie sicher, daß Ihnen die komplizierte Variante lieber ist?« fragte Hultin ruhig.

»Warum nicht?« gab Lund zurück. »Nehmen Sie mich nur mit ins Polizeipräsidium. In weniger als einer Stunde bin ich doch wieder auf freiem Fuß. Und in der Zwischenzeit wird der gute Alf Ruben Winge zu Tode kommen. Das hat nichts mit mir zu tun.«

»Sie haben mich mißverstanden«, sagte Hultin und stieß seinen Schädel gegen Lunds rechte Augenbraue. »Ins Polizeipräsidium zu fahren wäre die einfachere Variante gewesen. Jetzt kommt der schwierige Teil.«

Johannes Lund starrte verwundert auf die blutige Hand, mit der er sich an die Stirn gefaßt hatte.

»Mein Gott noch mal«, sagte er. »Meine Frau und meine Kinder beobachten uns vom Fenster aus.«

»Und sie werden eine richtige Gruselshow zu sehen bekommen, wenn Sie nicht ganz schnell ausspucken, was Sie über Anja wissen.«

»Ich dachte, gewalttätige Polizisten wären etwas, worüber man nur in der Zeitung liest«, sagte Lund, ehe er die nächste Kostprobe zu schmecken bekam.

Er krümmte sich auf dem Boden und schnappte nach Luft.

Hultin beugte sich über ihn und sagte sehr leise: »Es steht ein bißchen zuviel auf dem Spiel für die Behandlung mit Glacéhandschuhen. Wir haben die einmalige Chance, in wenigen Stunden den grausamsten Serienmörder der letzten Jahrzehnte zu greifen. Wenn wir die nicht nutzen, geht er uns endgültig durch die Lappen. Ausgerechnet heute wissen wir, wer sein nächstes Opfer sein wird. Das Glück werden wir nie wieder haben. Wie Sie sicher verstehen, können wir nicht zulassen, daß Sie den Mörder mit ihren Karriereplänen unterstützen. Ich nehme an, daß Sie in ihm ein vom Himmel gefallenes Werkzeug für Ihre Machtübernahme bei UrboInvest sehen. Und ich kann Sie sogar verstehen. Aber wenn Sie nicht augenblicklich mit dem rausrücken, was Sie über Anja wissen, kann ich nicht länger für Ihre Gesundheit garantieren. So einfach ist das.«

»Sie hat einen finnischen Nachnamen«, prustete Lund. »Parkkila, Parikka, Parliika oder so ähnlich. Und sie wohnt in Söder. Das ist alles, was ich weiß.«

»Haben sie ihr Liebesnest bei ihr zu Hause?«

»Das weiß ich beim besten Willen nicht, ich schwöre!«

»Keine Gruppensexorgien, an denen Sie und Ihre zufälligen Bekanntschaften teilgenommen haben?« lud Hultin nach.

»Verdammt!« stöhnte Lund.

»Ist sie eine Prostituierte? Ein Callgirl?«

»Nein. Das glaube ich nicht. Sie wirkt nicht so. Sie ist eine ganz andere Sorte. Ziemlich schüchtern.«

»Ich danke Ihnen für Ihr Entgegenkommen«, sagte Hultin und richtete sich auf. »Sollte sich herausstellen, daß Sie uns belogen oder Informationen zurückgehalten haben, werden wir wiederkommen, um dieses Gespräch noch ein wenig fortzusetzen. Möchten Sie noch etwas hinzufügen oder korrigieren?«

»Möge die Bullenhölle groß genug für Sie beide sein.«

»Da wird es schon ziemlich voll sein«, sagte Hultin und wandte sich zum Gehen.

»Parkkila, Parikka, Parliika«, sagte er zu Söderstedt, während sie zu ihren Wagen gingen. »Was ist am wahrscheinlichsten?«

»Parkkila und Parikka sind Namen«, sagte Söderstedt. »Parliika wohl eher nicht.«

»Such nach einer Anja Parkkila oder Anja Parikka in Söder«, sagte Hultin. »Und dann nach allen anderen Parkkilas beziehungsweise Parikkas in Stockholm und Umgebung.«

Söderstedt rief die Auskunft an. Es gab eine Anja Parikka in der Bondegatan in Söder, aber keine Anja Parkkila. Darüber hinaus gab es sechs weitere Parikkas in einem überschaubaren Radius, drei 08- und zwei 018-Vorwahlen sowie eine 0175-Vorwahl. Söderstedt schrieb konzentriert mit.

»Was ist 0175 für ein Ort?« fragte er.

»Hallstavik-Rimbo«, sagte die Frau am anderen Ende der Leitung und nannte ihm die Adresse in Rimbo.

Söderstedt bedankte sich, beendete das Gespräch und wählte Anja Parikkas Nummer in der Bondegatan. Keine Antwort.

»Anja Parikka«, informierte er Hultin, der vor seinem Wagen wartete. »Bondegatan 53. Es nimmt niemand ab.«

»Ich fahre hin«, sagte Hultin und sprang hinters Steuer. »Wie viele Parikkas gibt es sonst noch?« rief er durch das offene Fenster, während er rückwärts von Johannes Lunds Grundstück rollte.

»Sechs Parikkas. Drei in Stockholm und Umgebung, zwei in Uppsala und einer in Hallstavik-Rimbo.«

»Überprüf, ob die Stockholmer miteinander verwandt sind. Und setz Chavez und Hjelm auf die übrigen an. Sie sind ja schon im Norden.«

Hultin fuhr los; Söderstedt rief Chavez an.

»Sie heißt Anja Parikka, ein A, ein R, ein I, zwei K. Wohnt in Söder. Ist vermutlich ausgeflogen. Hultin ist auf dem Weg zu ihr. Wo seid ihr?«

»In der Warteschleife vorm Fußballstadion in Råsunda. Blau-Weiß ist richtig abserviert worden. An unserem Auto ziehen gerade lauter potentielle Festnahmen vorbei.«

Söderstedt gab ihnen die beiden 018er-Nummern und die 0175-Nummer durch. »Überprüft, ob sie mit Anja verwandt sind. Wenn's gar nicht anders geht, müßt ihr hinfahren.«

»Wo ist 0175?«

»Rimbo«, sagte Söderstedt. »Ich hab die Adressen. Ruft mich an, wenn sie Schwierigkeiten machen.«

Dann legte er auf und begann mit der Überprüfung der drei Nummern, die mit der Vorwahl 08 anfingen. Zwei in Skärholmen, das war nicht weit weg, eine weiter draußen in Hässelby.

Die Skärholmer waren Brüder, wie sich herausstellte, relativ frisch aus Tammerfors hergezogen, und kannten keine Anja Parikka.

»Doch, eine Tante unseres Vaters in Österbotten heißt so«, sagte einer der Brüder auf finnisch. »Sie ist dreiundneunzig, taub, blind, aber verdammt munter. Ist es vielleicht die, die Sie suchen?«

Söderstedt verabschiedete sich und rief in Hässelby an. Irene Parikka in Hässelby Villastad war Anjas ältere Schwester.

»Wie alt ist sie?« fragte Söderstedt auf schwedisch.

»Zwanzig«, sagte Irene Parikka. »Sie studiert Betriebswirtschaft. Jesus, ist ihr was passiert?«

»Noch nicht, aber es besteht das Risiko. Wir müssen sie unbedingt finden. Wissen Sie etwas von einem älteren Geliebten?«

»Zwischen Anja und mir liegen fünfzehn Jahre. Wir haben nicht viel Kontakt. Über ihr Liebesleben weiß ich jedenfalls nichts. Außer, daß es zwischendurch ziemlich chaotisch war.«

»Und Sie wissen auch nicht, wo sie sich eventuell mit einem Geliebten treffen würde?«

»Geliebter, Geliebter! Was ist das eigentlich für ein bescheuertes Wort?«

»Genau darum geht es aber. Bleiben Sie bitte ruhig, und denken Sie nach.«

»Ich kenne nur ihre Einzimmerwohnung in Söder.«

»Gibt es noch mehr Geschwister, oder leben Ihre Eltern vielleicht auch in Schweden?«

»Mein älterer Bruder ist kurz vor Anjas Geburt gestorben. Aber unsere Eltern leben noch, auch wenn sie langsam ein bißchen senil werden. Sie wohnen in Rimbo.«

Söderstedt gab ihr seine Handynummer, falls ihr noch etwas einfiel, bedankte sich bei ihr und registrierte unruhig, daß ihm die Zeit durch die Finger rann. Rimbo war über fünfzig Kilometer von Stockholm entfernt. Er rief Chavez an.

»Wie läuft es?«

»Kein Ergebnis in Uppsala. Unter der ersten Nummer hat niemand geantwortet, unter der zweiten hatten wir ein leicht wirres Gespräch mit einem älteren Herrn namens Arnor Parikka. Ein Isländer, der nach Finnland ausgewandert ist, dort einen finnischen Namen angenommen hat und dann weiter nach Schweden gezogen ist. Behauptete anfangs, Anjas Vater zu sein. Später hat er dann aber erzählt, er sei im finnischen Winterkrieg von den Russen kastriert worden. Ich wollte gerade in Rimbo anrufen.«

»Sei möglichst seriös. Das sind Anjas Eltern. Möglicherweise solltet ihr dort vorbeifahren.«

»Satan«, fluchte Chavez. »*Tempus fugit.*«

»Und wir mit ihr«, sagte Söderstedt.

Er saß immer noch auf Stora Essingen in seinem Auto und beobachte das endgültige Verschwinden des Lichts – mit dem auch seine Ideen dahinschwanden. Es gab nichts mehr zu tun für ihn. Vollkommen passiv saß er da, die Hände auf dem Steuer, und hatte das Gefühl einzufrieren. Die Zeit floß dahin, ohne daß er eingreifen konnte. Zuviel Zeit.

Es war nach neun Uhr abends am neunundzwanzigsten Mai. Mit größter Wahrscheinlichkeit saß Göran Andersson bereits irgendwo und wartete auf Alf Ruben Winge.

Das Handy klingelte. Es rauschte und knisterte in der Leitung, als Hultin sich meldete.

»Anjas Wohnung in der Bondegatan steht leer. Ich hab die Tür aufgestemmt. Keine Spuren. Die Nachbarn wissen nichts. Viggo ist hier bei mir. Wir haben ein Adreßbuch gefunden. Winge steht nicht drin, aber jede Menge anderer Namen und Adressen, wohl hauptsächlich Freunde von der Universität. Wir fangen jetzt mit der Telefoniererei an. Weißt du, wie es bei Hjelm und Chavez läuft?«

»Nein«, war alles, was Söderstedt herausbrachte. Der Prozeß des Erstarrens setzte sich fort. Ein schreckliches Gefühl von Machtlosigkeit rann durch seine Adern, ehe alles zu Eis gefror. Es klingelte wieder. Als er sich endlich aufraffen konnte zu antworten, hörte er Chavez' Stimme, die seiner frappierend ähnlich klang. »Wir können die Eltern in Rimbo nicht erreichen.«

Das war alles. Er begriff, daß auch er vor Ohnmacht erstarrte. Göran Andersson war auf dem besten Weg, ihnen durch die Lappen zu gehen. Die Frustration war unerträglich.

Und wieder klingelte es. Söderstedt bekam kaum noch einen Ton heraus.

»Hallo?« sagte eine Frauenstimme mit leichter Verzögerung. »Hier ist noch mal Irene Parikka. Anjas Schwester.«

Hoffnung, vielleicht gab es noch eine Chance.

»Ja?« sagte er erwartungsvoll.

»Mir ist noch was eingefallen«, hob Irene Parikka zögernd an. »Vielleicht ist es auch völlig bedeutungslos.«

Söderstedt wartete geduldig.

»Meine Eltern haben ein Gartenhäuschen, wo Anja, glaube ich, manchmal hinfährt. Ganz oben in Tantolunden.«

»Haben Sie eine genaue Adresse?« fragte Söderstedt.

»Nein, tut mir leid«, sagte Irene Parikka. »Aber ich bin mir ziemlich sicher, daß die Gartenkolonie Södra Tantolunden heißt. Mehr kann ich nicht sagen.«

Söderstedt bedankte sich bei ihr, überschwenglich, so jedenfalls kam es ihm vor, und rief Hultin an.

»Ich glaube, wir haben ihn«, sagte er ruhig. »Ein Gartenhäuschen in Tantolunden. Schrebergartenkolonie Södra Tantolunden. Die Laube gehört Parikkas Eltern.«

Es war still am anderen Ende der Leitung. Die Sache kam in Gang.

»Fahr zum Stadshuset«, sagte Hultin schließlich.

Ohne nachzufragen, tat Söderstedt, was Hultin verlangte. Die Stadt war wie leergefegt.

Als er die Hantverkargatan hinunterfuhr, meldete sich Hultin: »An alle!« Er schrie fast. »Wir haben eine Gartenlaube in Tanto eingekreist. Sammelstelle am Ende der Lignagatan, das ist die letzte Querstraße auf der Hornsgatan genau vor Hornstull. Das erledigen wir selbst. Alle begeben sich unmittelbar dorthin. Außer Arto. Ich rufe dich sofort an.«

Hjelm und Chavez, die auf etwas verlorenem Posten vor dem Fußballstadion in Råsunda gestanden hatten, sprangen in den Wagen. Hjelm trat das Gaspedal durch, und Chavez' Oberkörper wurde gegen die Rückenlehne gepreßt.

Sie waren als erste da. Es herrschte absolute Stille. Die Grünanlage lag in der Dunkelheit wie ein Stück schwedische Landschaft mitten in der Großstadt. Hier und da flackerte Licht in einer der Gartenlauben oben am Hang.

Dort irgendwo war Göran Andersson.

Sie blieben im Auto sitzen. Kein Wort, keine Bewegung. Hjelm rauchte eine Zigarette. Chavez schien es nicht zu merken.

Ein Taxi rollte neben den Mazda und hielt an. Einen kurzen, panischen Augenblick lang glaubte Paul Hjelm, das sei Andersson, der komme, um ihn zu kassieren, wie er es am Telefon angedroht hatte. Aber aus dem Taxi stieg Kerstin Holm. Sie setzte sich zu ihnen in den Wagen.

»Ich komme direkt aus Arlanda«, sagte sie leise. »Hat es Sinn, euch um eine Zusammenfassung zu bitten?«

»Anja Parikkas Eltern haben hier oben eine Gartenlaube«, sagte Hjelm und spürte Kerstins Hand auf der Schulter. Er streichelte sie kurz.

Ein Volvo Turbo bog dröhnend in die kurze Sackgasse ein. Hultin und Norlander sprangen heraus und schoben sich zu Kerstin auf die Rückbank des Mazda. Langsam wurde es eng.

»Arto kommt gleich mit einer Karte«, sagte Hultin mit einem kurzen Nicken in Kerstins Richtung. »Schön, daß du zurück bist. Ich habe im Stadshuset jemanden von der Grundbuchabteilung erwischt. Arto trifft sich hoffentlich gerade mit ihm im Stadshus-Keller. Halten wir die Daumen.«

»Und wir holen keine Scharfschützen oder ähnliches dazu?« fragte Hjelm hoffnungsvoll.

»Nein«, antwortete Hultin knapp. Ein Nein, in dem viel mitschwang.

Es dauerte eine Weile, bis Söderstedts Wagen in die Lignagatan gerumpelt kam. Triumphierend hielt er die Karte über den Kopf, als er aus dem Auto stieg. Die anderen gingen ihm entgegen. Hultin nahm die Karte an sich und studierte sie lange und ausführlich.

»Sammeln!« sagte er schließlich, und sie drängten sich um die Karte. »Hier ist Parikkas Gartenlaube«, sagte er und zeigte den Punkt. »Seht ihr's alle? Sie liegt auf der anderen Seite dieses schmalen Weges ganz oben am Hang. Wir könnten versuchen, uns vorsichtig diesseits des Weges zu dieser Hütte hier zu schleichen; erstens liegt sie unserer genau gegenüber und zweitens ist sie am nächsten dran. Die Tür weist in diese Richtung, also weg von Parikkas Hütte. Das wäre Punkt eins auf der Karte. Einer von euch geht vor und überprüft, ob sich in der ›Hütte‹ jemand aufhält. Es gibt in unmittelbarer Nähe noch zwei weitere Häuschen, die als mögliche Beobachtungsposten in Frage kommen, beide auf der anderen Seite der Parikka-Laube. Ihr begebt euch bitte von hinten über die Hügelkuppe dorthin. Hier. Eins der Häuschen liegt schräg oberhalb der Parikka-Laube, hier, Punkt zwei, das andere gleich unterhalb, an dem Hang, der in Richtung Hornstullstrand abfällt, hier, Punkt drei. Mit diesen drei Punkten haben wir die Parikka-Laube so eingekreist, daß niemand ungesehen rein- oder rauskommt. Punkt eins deckt die gesamte Vorderseite bis zum Weg ab. Punkt drei den abfallenden Hang und ein Stück der Rückseite. Auf Punkt eins setzen wir unsere Vorhut. Ihr wird eine zweite Person hinterhergeschickt, weil das unser wichtigster Beobachtungsposten ist. Danach je ein Mann zu Punkt zwei und drei. Alles klar? Unmittelbar am Fuß des Hangs richten wir einen Sammelplatz ein, von dem wir ausschwärmen. Norlander und ich bleiben dort und koordinieren.«

Es war nicht zu erkennen, ob Norlander erleichtert oder enttäuscht war. Als wollte er sich seines Wohlwollens versichern, schob Hultin hinterher: »Viggo übernimmt die wichtigste Rolle von allen. Er ist euer unmittelbarer Feuerschutz. Also, wer von euch kann leise und schnell ein Schloß knacken?«

Die A-Gruppen-Kollegen tauschten kurze Blicke.

»Das übernehme ich«, sagte Chavez.

»Gut«, sagte Hultin, »du machst also die Vorhut. Hjelm folgt dir in kurzem Abstand. Sobald wir den Sammelplatz erreichen, gehst du los. Am Anfang ist es eine ziemliche Kletterpartie, aber zum Ende hin wird die Steigung sanfter. Die erste

Laube, an der du vorbeikommst, ist von der Sammelstelle aus zu sehen, diese hier.« Hultin zeigte auf die Karte und zeichnete die Strecke mit orangefarbenen Linien nach, die in der Dunkelheit schwach leuchteten. »Du gehst an der Laube vorbei und auch an den drei folgenden, hier. Wenn du die vierte Hütte passiert hast, müßtest du den Weg sehen. Dann liegt Punkt eins direkt vor deiner Nase. Du erkennst es auch daran, daß der Weg unmittelbar hinter Punkt eins eine Kurve macht. Das gleiche gilt für dich.«

»Eine Frage noch«, sagte Hjelm. »Wissen wir, ob die drei Punkte zur Zeit unbewohnt sind?«

Hultin sah ihn an. »Nein«, sagte er. »Wir können es nur hoffen und von der Wahrscheinlichkeit ausgehen. Die meisten Leute sind nur tagsüber hier und arbeiten in ihren Gärten. Wenn sich trotzdem jemand in den Lauben aufhält, müssen wir unseren Plan ändern.«

»Deine Strecke führt durch zig Parzellen. Was ist, wenn jemand in seiner Laube sitzt und Radau schlägt, weil wir durch seine preisgekrönten Tulpen latschen?«

»Natürlich bewegt ihr euch vorsichtig und lautlos vorwärts«, sagte Hultin und hielt Hjelms Blick fest. Hatte er noch irgend etwas übersehen? »Haltet soviel Abstand zu den Lauben wie möglich. Eine Evakuierung ist nicht drin. Das würde Andersson sicher merken. Punkt zwei: Kerstin, Punkt drei: Arto. Ihr macht euch gleichzeitig mit Hjelm auf den Weg, sobald Jorge von Punkt eins aus das Startzeichen gibt. Ihr schlagt allerdings erst einmal einen ziemlich weiten Bogen nach links, bevor ihr den Hang hochgeht. Hier lang. Dann stoßt ihr bald auf einen etwas breiteren Weg, hier, und folgt ihm. Wenn der breitere Weg auf den schmaleren stößt, hier, fangt ihr an zu zählen; eins, zwei, drei, vier, fünf, sechs, sieben, acht, neun Häuschen. Beim neunten biegt Kerstin scharf ab. Die dritte Laube geradeaus ist die Nummer zwei. Die Tür liegt hangaufwärts und dürfte von der Parikka-Laube aus nicht einzusehen sein. Arto geht weiter an vier Lauben vorbei, bis der Weg steil nach unten abfällt. Nachdem

Kerstin abgebogen ist, biegst du bei der vierten Laube ebenfalls ab. Und dann ist es auch die dritte Laube geradeaus. Die Tür liegt etwas ungünstiger, möglicherweise ist sie von Parikkas Laube aus zu sehen. Es braucht viel Geschick, im Dunkeln ein Schloß zu knacken, ohne gehört oder gesehen zu werden.«

Hultin hielt kurz inne. Dann gab er den anderen ein Zeichen, daß sie ihm folgen sollten, und lief den Hang hinunter in die Grünanlage.

»Das hier ist unser Sammelplatz«, flüsterte er, faltete die Karte auseinander und verteilte Ministablampen und Funksprechgeräte, die er aus einer Schultertasche gezaubert hatte. »Behaltet die Ohrstöpsel drin. Laßt euer Handy an, als Absicherung, aber benutzt es wirklich nur im äußersten Notfall. Die Klingelzeichen sind garantiert zu hören. Auch die Stablampen sind nur für den absoluten Notfall. Jorge, Kerstin und Arto, habt ihr Einbruchsets? Ich gebe euch sonst welche aus meiner Akut-Tasche.«

Sie ließen sich jeder ein Einbruchset aushändigen.

»Also gut, los geht's!« sagte Hultin.

Jorge kämpfte sich die Steigung hoch und war im nächsten Augenblick nicht mehr zu sehen. Sie warteten fünf unerträglich lange Minuten. Dann hörten sie alle Chavez' Stimme in ihren Ohren.

»Okay«, flüsterte er kurzatmig. »Punkt eins ist eingenommen. Gott sei Dank ist alles leer. Paul, die zweite Laube, an der du vorbeimußt, ist bewohnt. Auf der Terrasse sitzt ein Mann und guckt über den Årstaviken. Versuch, auf der Rückseite vorbeizukommen. Sonst ist alles leer. In der Parikka-Laube sind schwarze Rolleaus runtergelassen. Es ist aber trotzdem zu sehen, daß sich da jemand aufhält. Die Lichter brennen. Göran Andersson ist hier. Ich wiederhole: Unser Mann ist hier.«

»Ich schicke jetzt den Rest der Truppe. Unternimm nichts, solange sie nicht an ihren Plätzen sind. Das wär's erst mal«, sagte Hultin.

Holm und Söderstedt liefen nach links, Hjelm geradeaus den Hang hinauf in Chavez' Fußspuren. Der Mann in der zweiten Hütte saß nicht mehr auf seiner Terrasse. Er stocherte zwischen seinen Rosenbüschen in der Erde herum, mitten in der Nacht. Hjelm ging hinter einem Busch in Deckung und wartete drei Minuten, die ihm wie drei Stunden vorkamen. Der Mann war eine schwarze Silhouette vor noch schwärzerem Hintergrund. Sanft strich er wieder und wieder über seine hübschen Rosen. Hjelm hörte über den Ohrstöpsel, daß Kerstin ihren Platz erreicht hatte, wenig später auch Arto. Ihre Lauben waren ebenfalls leer. Er hörte förmlich ihr gespanntes Warten und konnte doch nichts unternehmen. Endlich hatte der Mann genug von seiner nächtlichen Rosenpflege und kehrte auf die Terrasse zurück. Er rülpste laut, als Hjelm hinter seinem Rücken vorbeihuschte und Chavez erreichte, der ihn mit großen Augen ansah.

»Warum hast du so lange gebraucht?« fragte er.

»Der Alte hatte plötzlich die fixe Idee, seine Rosen streicheln zu müssen. Ich hab nur wenige Meter von ihm entfernt hinter einem Busch gehockt. Ist was passiert?« fragte er und teilte den anderen via Funksprechgerät mit, daß er an seinem Platz war.

»Nein«, sagte Chavez im selben Moment, als Hultin sich einschaltete.

»Gut. Sieht einer von euch irgendwo eine Lücke oder einen Spalt in den Rolleaus?«

»Punkt eins«, sagte Chavez. »Nach dieser Seite keine Lücke.«

»Punkt zwei«, sagte Holm. »Hier auch nicht. Ich sehe die Parikka-Laube leider etwas schlechter, als ich gehofft hatte. Genaugenommen sehe ich nur den oberen Teil eines Fensters mit vorgezogenem Rolleau.«

»Punkt drei«, sagte Söderstedt. »Ich sehe seitwärts vom Rolleau einen Lichtstreifen, mehr nicht. Kann keine Bewegungen ausmachen. Ich melde mich, sobald ich was sehe.«

Hjelm drehte sich zu Chavez um, der nur als Silhouette zu erkennen war. »Warum hast du behauptet, daß er hier ist?« flüsterte er.

»Ich könnte schwören, daß ich da drüben eine Bewegung gesehen habe«, flüsterte Chavez zurück. »Und Arto hat bestätigt, daß Licht brennt. Doch, verdammt, er ist hier.«

Die kleine Gartenlaube auf der anderen Seite des Weges lag vollständig im Dunkeln. Nichts deutete auf die Anwesenheit eines lebenden Wesens hin.

Es war stockfinster und bitterkalt. Der Mond war nur eine dünne Sichel, die so gut wie kein Licht abgab. Vereinzelt glommen hier und da ein paar Sterne. Man konnte meinen, weit draußen auf dem Lande zu sein.

Jeder für sich bibberten sie in ihren dunklen Lauben.

Sie warteten. Hultin unten am Fuß des Hügels überlegte. Es gab keinen konkreten Plan, so viel stand fest. Der Plan nahm erst in seiner Ausführung Gestalt an.

»Sollen wir Kontakt aufnehmen?« fragte Hjelm.

Es dauerte eine Weile, bis er eine Antwort bekam.

»Wir können davon ausgehen, daß wir es mit einer Geiselnahme zu tun haben«, sagte Hultin nachdenklich. »Wahrscheinlich befindet er sich in der Laube und hat Alf Ruben Winge und Anja Parikka in seiner Gewalt. Eine allzu abrupte Kontaktaufnahme könnte die Geiseln gefährden.«

»Warum sollte er mit einem Mal Geiseln nehmen?«

»Aus genau dem Grund, den du in dem Telefonat mit ihm angesprochen hast. Winge ist vermutlich in Anjas Begleitung gekommen. Andersson hat Helena Brandberg leben lassen, obwohl ihn das seine Kassette gekostet hat. Er will Anja nicht umbringen. Er hat seine Liste, und die wird er Punkt für Punkt abarbeiten. Und nun hockt er da drinnen mit einem Menschen, der auf seiner Liste steht, und einem zweiten, der definitiv nicht auf seiner Liste steht, und weiß nicht recht, was er machen soll.«

Danach war es wieder eine Weile still. Ein kalter Wind fuhr durch das Gras.

»Es gäbe eine Alternative«, sagte Hjelm schließlich über die Funksprechanlage.

»Welche?« fragte Hultin.

»Daß er wartet.«

»Worauf?«

»Auf mich«, sagte Paul Hjelm.

Das leise Rauschen des nächtlichen Verkehrs im Hintergrund mischte sich in die Stille und wurde ein Teil von ihr. Der leise Ruf einer Eule ertönte. Und unterstrich die Stille noch mehr.

Chavez rührte sich. Er hatte seine Pistole gezogen.

Die Zeit stand still.

Da knackte es in den Ohrstöpseln.

»Ich habe etwas gesehen«, meldete Söderstedt. »Ich habe durch den Spalt neben dem Rolleau eine Pistole gesehen. Er geht da drinnen hin und her.«

Die Zeit zog sich zusammen. Ein dumpfer Schlag mit jeder Sekunde, die durch ihre Hirne tickte.

Hultins Schweigen.

Die Entscheidung.

Die Parikka-Laube lag friedlich und still in der Dunkelheit. Dennoch tat sich etwas dort drinnen, nicht sichtbar, aber spürbar.

Hjelms Handy klingelte.

Die Stille verstärkte das normalerweise leise Läuten und machte es unerträglich.

Er ging ran, so schnell es ihm überhaupt möglich war.

»Na, wunderbar«, sagte Göran Andersson. »Jetzt weiß ich wenigstens, daß Sie in der Hütte gegenüber sind. Ich habe Sie schon erwartet.«

Hjelm bekam keinen Laut heraus. Er räusperte sich und erkannte seine eigene Stimme kaum wieder, als er fragte: »Leben sie?«

»In dem einen Fall ist das eine reine Frage der Definition«, sagte Göran Andersson. »Das Mädchen hat Angst, aber sie lebt. Der andere sah bereits tot aus, als er hier ankam.«

Es wurde wieder still. Chavez hielt sein Funksprechgerät so nahe wie möglich an das Handy, damit die anderen das Gespräch verfolgen konnten.

»Was haben Sie jetzt vor?« fragte Hjelm.

»Was ich vorhabe?« wiederholte Andersson. »Was haben *Sie* denn vor?«

Hjelm holte tief Luft. »Ich komme rüber«, sagte er.

Jetzt war es an Andersson zu schweigen.

»Tun Sie das«, sagte er schließlich. »Aber diesmal bitte keine Waffe im Hosenbund. Und keine aktivierten Funksprechgeräte.« Damit unterbrach er die Verbindung.

»Jan-Olov?« fragte Hjelm in Chavez' Funksprechgerät.

»Du mußt nicht gehen«, sagte Hultin.

»Doch«, erwiderte Hjelm und gab Chavez seine Dienstwaffe. Danach legte er seine Jacke, das Funksprechgerät und sein Handy auf den Bretterboden der Laube.

Jorge sah ihn besorgt an, legte ihm eine Hand auf den Arm und flüsterte: »Veranstalte ein paar Sekunden Lärm, wenn du reingehst, damit ich Gelegenheit habe, zum linken Fenster zu gelangen. Ich warte draußen.«

Hjelm nickte, und dann traten sie gemeinsam in die Nacht hinaus. Jorge blieb hinter der Laube stehen, während Hjelm um die Hütte herumging.

Im T-Shirt und mit auf dem Kopf verschränkten Händen kreuzte er den schmalen Weg zwischen den Grundstücken. Die wenigen Meter kamen ihm vor wie eine Unendlichkeit. Er wunderte sich, daß er nicht fror.

Einen Augenblick lang sah er sich wieder die Treppe zur Ausländerbehörde in Hallunda hinaufgehen.

Die Tür öffnete sich einen Spaltbreit. Außer einem grellen Licht war nichts zu sehen.

Er stieg die paar Stufen zu der kleinen Terrasse hinauf und sah, als er auf die Tür zuging, am Türstock eine kleine Windharfe hängen. Als er durch den Türspalt schlüpfte, sorgte er dafür, daß er wie zufällig mit dem Kopf dagegenstieß. Während das Geläute der Windharfe langsam verklang, meinte Hjelm aus dem Augenwinkel Chavez über den Weg huschen zu sehen.

Das eigentlich eher funzelige Licht der Deckenlampe blendete seine an die Dunkelheit gewöhnten Augen vollständig. Es dauerte eine Weile, ehe er etwas erkennen konnte.

Rechts von ihm, in der hinteren Ecke des Raums, befanden sich zwei Menschen mit zugeklebten Mündern am Boden. Anja Parikkas strahlendblaue Augen über dem Klebestreifen waren weit aufgerissen, Alf Ruben Winges waren geschlossen. Sie saß, er lag zusammengerollt daneben. Ihre Körper berührten sich nicht.

An der linken Wand stand ein ungemachtes Bett.

Das Liebesnest, dachte Hjelm unwillkürlich.

Göran Andersson saß gleich links neben der Tür auf einem Stuhl. Er sah genauso aus wie auf den Fotografien und lächelte Hjelm beinahe schüchtern an. In der Hand hielt er Valerij Trepljovs Schalldämpferpistole und zielte damit aus zwei Meter Entfernung auf Hjelms Brustkorb.

»Schließen Sie die Tür«, sagte er. »Gehen Sie da rüber, und setzen Sie sich aufs Bett.«

Hjelm tat, was Andersson sagte.

»Ja, ja, ja«, sagte Andersson, wobei er die ganze Zeit auf Hjelm zielte. »Und zwischen den friedlichen Lauben tummeln sich jetzt die Scharfschützen, nehme ich an?«

Hjelm antwortete nicht. Er wußte nicht, was er sagen sollte.

»Erinnern Sie sich, was ich tun wollte, falls Sie Lena weiter belästigen?« fragte Andersson mit einem schiefen Grinsen. »Ich hab gerade mit ihr gesprochen. Von hier aus. Es ging ihr gar nicht gut.«

»Das ist ja wohl kaum unsere Schuld«, warf Hjelm vorsichtig ein.

»Meine Frage war, ob Sie sich erinnern, was ich tun wollte«, sagte Andersson gereizt.

»Ich erinnere mich.«

»Und trotzdem kommen Sie hierher?«

»Sie sind kein Mörder.«

Göran Andersson lachte laut, aber beherrscht. »Eine merkwürdige Beschreibung eines Mannes, der mit einer Waffe auf Sie zielt, mit der er vorher fünf Menschen getötet hat.«

»Wachen Sie auf!« sagte Hjelm. »Sie wollen doch auch, daß das Ganze ein Ende hat.«

»Ach ja?« sagte Andersson ruhig.

»Ich weiß nicht genau, wann es angefangen hat. Es gibt mehrere mögliche Zeitpunkte. Wissen Sie es?«

»Nein.«

»Die ersten beiden Morde waren die perfekten Verbrechen. Nicht die geringste Spur. Dann plötzlich, in Carlbergers Wohnzimmer, als Sie wie üblich die wunderbare Musik hören und mit der Pinzette die Kugeln aus der Wand ziehen wollen, geschieht etwas. Sie lassen eine Kugel stecken. War das der Moment, in dem Sie ins Grübeln gekommen sind?«

»Reden Sie weiter«, sagte Göran Andersson, ohne eine Miene zu verziehen.

»Dann haben Sie eine lange Pause gemacht, die uns zu einer Reihe von Fehlschlüssen verleitet hat. An der Stelle hätten Sie aufhören und zu Ihrer schwangeren Frau zurückkehren können.«

»Sie glauben doch selbst nicht, was Sie da sagen?«

»Eigentlich nicht«, sagte Hjelm. »Wer einmal einen Menschen erschossen hat, wird nie mehr derselbe sein wie vorher. Glauben Sie mir, ich weiß, wovon ich spreche. Aber es gibt trotzdem noch eine Möglichkeit für Sie. Wenn Sie jetzt die Waffe auf den Boden legen, können Sie Ihr Kind aufwachsen sehen.«

»Lassen Sie die Sprüche. Erzählen Sie lieber weiter.«

»Okay. Es hat eine Weile gedauert, die ersten drei Morde so elegant zu planen. Die Opfer mußten spät nach Hause kommen und allein sein, und die Morde sollten möglichst schnell hintereinander geschehen. Zufällig lagen jeweils zwei Tage zwischen einem und dem nächsten. Danach haben Sie den Rest geplant. Obwohl ich mich frage, ob Sie wirklich so lange für die Planung gebraucht haben, immerhin lagen anderthalb Monate zwischen der Nacht vom zweiten auf den dritten April und der Nacht vom siebzehnten auf den achtzehnten Mai. Was haben Sie in dieser Zeit tatsächlich gemacht? Sind Ihnen Zweifel gekommen?«

»Ich hab vor allen Dingen zugehört. Wie ich bereits am Telefon sagte. Ich bin in öffentlichen Verkehrsmitteln durch die

Gegend gefahren, hab mich in U-Bahnen, Busse und Pendelzüge gesetzt, überall, wo Leute waren, die sich unterhielten, hab ich mich danebengesetzt und ihren Theorien und Ideen und Gefühlen gelauscht. Vielleicht stimmt es, daß ich gezögert habe. Aber die Reaktionen der Leute haben mich dazu bewegt weiterzumachen.«

»Nur eine kurze Frage«, sagte Hjelm. »Warum die zwei Kopfschüsse? Warum diese … Symmetrie?«

»Sie waren doch in der Wohnung in Fittja«, sagte Andersson müde. »Haben Sie die Patronen nicht gezählt? Siebzehn Aufsichtsratsmitglieder, vierunddreißig Kugeln. Es hat alles gestimmt, zu jeder Zeit. Verstehen Sie, wie die Dinge zusammenpaßten? Der Kerl in der Bank hat mir nicht nur die Waffe gegeben, sondern auch die Kassette mit der Musik, zu der ich mißhandelt worden war, und zwei Patronen für jedes Aufsichtsratsmitglied. Es stimmte exakt. Und zwei Schüsse in den Kopf sind am sichersten, wenn man nur zwei Patronen zur Verfügung hat. So einfach ist das.«

»Was ist mit der Kassette, die Sie zurückgelassen haben? Sie hätten es doch sicher geschafft, sie mitzunehmen, auch ohne die Tochter zu töten? Aber Sie haben sie zurückgelassen. Warum? Und was geschah danach? Wurde es unerträglich ohne die Musik? Waren Sie gezwungen, in ihr eigenes Herz zu schauen? Und später das Telefongespräch mit mir, in das Sie sehr bewußt Anhaltspunkte eingestreut haben. Und nun das hier. Sie haben sich einen Überblick über Winges Gewohnheiten verschafft, Sie wußten, daß er mit Anja herkommen würde. Und Sie wußten, daß Sie Anja nicht würden töten können. Sie haben, wie schon die Male davor, hier gesessen und Ihr Opfer erwartet. Vielleicht waren die beiden gerade ausgeflogen aus ihrem Liebesnest, in ein Lokal gegangen, was Sie genutzt haben, um sich einzuschleichen. Aber das hier ist nicht ein Wohnzimmer, wie Sie es gewohnt sind. Sie wußten ganz genau, daß Winge nicht allein kommen würde. Sie haben sich bewußt für genau diese Situation entschieden. Sie wollten mich hierherlocken. Warum ausgerechnet mich? Und warum ausgerechnet in dieser Situation?«

Göran Andersson sah Hjelm an. Erst jetzt bemerkte Hjelm, wie unerhört müde er war. Müde von allem.

»Es gibt viele Gründe«, sagte Andersson. »All die seltsamen Verknüpfungen, die mich in diese Situation gebracht haben. Diese Häufung von Zufällen, die ich für das Schicksal gehalten habe. Vielleicht tue ich das immer noch. Aber mit der Musik ist auch das Mysterium verschwunden. Und da waren Sie, ausgerechnet Sie, Paul Hjelm, der Nagel an meinem Sarg. Die leerstehende Wohnung, von der ich zufällig gehört hatte, lag, wie sich zeigte, unmittelbar neben dem Polizeipräsidium von Fittja. Okay, das war ganz natürlich, es paßte in das übermächtige Muster. Dann das Geiseldrama, das genau mit meinem ersten Mord zusammenfiel und mir die ganze Medienaufmerksamkeit stahl. Es fügte sich alles zusammen. Aber als sich dann herausstellte, daß ausgerechnet Sie in meinem Haus in Algotsmåla gewesen waren und mit Lena gesprochen hatten und daß ausgerechnet Sie mir auf den Fersen waren, da wurde mir klar, daß unsere Schicksale miteinander verknüpft sind. Ich weiß, daß Sie wegen des Geiseldramas fast Ihren Job verloren hätten. Ich weiß, daß Sie, genau wie ich, ein paar Monate vorher, beim Blick in den Spiegel kein Spiegelbild gesehen haben. Ich weiß, daß Sie sich gefühlt haben, als würde sich der Boden unter Ihnen auftun. Ich weiß, daß Sie völlig in der Luft gehangen und die Polizeileitung zur Hölle gewünscht haben, weil die sich nicht hinter Sie stellten, sondern irgendwo hoch oben über Ihrem Kopf schwebten. Vielleicht haben Sie sogar gedacht, daß Sie die ganze Bande am liebsten umbringen würden. Begreifen Sie, wie ähnlich wir einander sind? Wir sind ganz gewöhnliche Schweden, denen die Zeit davongelaufen ist. Nichts von alldem, woran wir geglaubt haben, existiert noch. Es hat sich alles verändert, und wir konnten nicht mithalten bei dem neuen Tempo, Paul. Wir waren auf eine statische Welt eingestellt; mit der Muttermilch haben wir die Gewißheit eingesogen, daß immer alles so bleiben würde, wie es war. Wir sind die Blätter, die überschrieben werden, weil man meint, daß sie leer sind. Und wahrscheinlich sind wir das sogar. Leer.«

Göran Andersson stand auf.

»Wenn Sie das nächste Mal in den Spiegel schauen, werden Sie mich sehen, Paul. Ich werde in Ihnen weiterleben.«

Paul Hjelm saß stumm auf der Bettkante. Es gab nichts, was er hätte sagen können.

»Wenn Sie mich jetzt bitte entschuldigen würden«, sagte Göran Andersson. »Ich habe noch eine Dartrunde zu Ende zu bringen.«

Er nahm ein Maßband und einen Dartpfeil aus der Tasche, legte den Pfeil auf den Tisch und kroch, die Waffe ununterbrochen auf Hjelm gerichtet, zu den beiden Gestalten in der Ecke. Dort maß er von Alf Ruben Winges schlaffem, massigen Körper einen bestimmten Abstand ab, legte das Band als Markierung auf den Boden und kehrte zu dem Stuhl zurück. Er setzte sich, hob den Dartpfeil auf und wog ihn in der Hand.

»Sie wissen, wie Fünfhunderteins gespielt wird«, sagte er. »Man zählt von Fünfhunderteins rückwärts bis Null. Damals in der Bank hatte ich gerade das Bull's Eye getroffen und nur noch den abschließenden Wurf vor mir. Der fehlt mir immer noch. Und ich habe noch nie ein Spiel ohne Abschluß gelassen. Wissen Sie, was Abschluß bedeutet?«

Hjelm antwortete nicht. Er konnte Andersson nur anstarren. Der hob den Pfeil vors Gesicht.

»Man muß die passende Zahl in einem Double treffen, so daß das Spiel genau mit Null ausgeht. Das werde ich jetzt tun. Aber normalerweise zieht ein Spiel sich nicht über vier Monate hin.«

Er stand auf und stellte sich hinter der Markierung auf.

»Exakt zweihundertsiebenunddreißig Zentimeter. Die gleiche Entfernung habe ich auch in den Wohnzimmern eingehalten.«

Er hob den Pfeil und sah zu Hjelm herüber. Hjelm starrte ihn an. Anja Parikkas Blick war panisch. Winge, der inzwischen die Augen aufgeschlagen hatte, fixierte den Pfeil mit Entsetzen.

»Das ist derselbe Pfeil, den ich dem Kerl am fünfzehnten Februar in Algotsmåla aus dem Auge gezogen habe«, sagte er. »Jetzt kommt der Abschluß.«

Er hob den Pfeil erneut, zielte und warf ihn auf die Rettungsringe um Alf Ruben Winges Bauch. Der Pfeil blieb in seinem Fett stecken. Winge riß die Augen auf, aber durch den Klebestreifen drang kein Laut.

»Double ring«, konstatierte Göran Andersson. »Abschluß. Das Spiel ist vorbei. Eine ungewöhnlich lange Partie.« Er drehte sich zu Hjelm um und ging ein Stück vom Bett entfernt in die Hocke. »Wenn ich spiele, bin ich äußerst konzentriert«, sagte er aufgeräumt. »Sobald das Spiel zu Ende ist, bin ich wieder der Alte. Die Spannung läßt nach, ich kann den Alltag mit klarem Verstand angehen.«

Hjelm bekam immer noch keinen Laut über die Lippen.

»Und mein Verstand sagt mir, daß es jetzt Zeit ist zu sterben. Ich möchte, daß Sie meinen Körper auffangen, wenn er fällt.«

Er schob sich den Schalldämpfer in den Mund. Hjelm konnte sich nicht rühren.

»Abschluß«, sagte Göran Andersson undeutlich.

Und dann kam der Schuß.

Der Knall war lauter, als er hätte sein dürfen.

Andersson fiel über Hjelm, Hjelm fing ihn auf. Einen Moment lang glaubte er, das Blut, das über ihn lief, stamme von ihm selbst.

Er blickte zu dem Fenster über Anja und Winge. Überall im Raum verteilt lagen Glassplitter. Das Rolleau war zerfetzt. Jorge Chavez steckte seinen schwarzhaarigen Schädel herein.

»Schulterschuß«, sagte er.

»Aah«, stöhnte Göran Andersson.

32

Sogar Gunnar Nyberg war da. Er saß mit einem Verband um den Kopf auf seinem Platz und hatte was von einer Mumie aus einem alten Gruselfilm. Eigentlich hatte er hier noch nichts verloren.

Aber jetzt saßen sie doch alle zusammen. Es war an der Zeit, sich zu verabschieden und in die Polizeidienststellen von Huddinge, Sundsvall, Göteborg, Västerås, Stockholm und Nacka zurückzukehren. Übermorgen war der 1. Juni. Der Sommer war gerettet.

Die Stimmung in der Kampfleitzentrale war irgendwie unentschlossen. Keiner sagte etwas.

Jan-Olov Hultin kam durch seine mysteriöse Spezialtür – und ließ sie offenstehen. Dahinter befand sich eine ordinäre Toilette.

Das Mysterium war gelöst, der Nebel blieb.

Hultin knallte eine dicke Mappe auf den Tisch, setzte sich und schob sich die Lesebrille auf die Nase.

»So, so«, sagte er. »An dieser Stelle wäre wohl eine kurze Zusammenfassung der Ereignisse von letzter Nacht ganz angebracht. Göran Anderssons verhältnismäßig geringfügige Schulterwunde wird im Krankenhaus behandelt. Dort befindet sich auch Alf Ruben Winge mit einer ebenso geringfügigen Wunde am Dickdarm. Anja Parikka hat es, nicht ganz überraschend, am schlimmsten erwischt. Sie wurde mit einem schweren Schock in die Intensivstation eingeliefert. Wir können nur hoffen, daß sie sich von der Sache erholt. Wie sieht es mit euch aus? Paul?«

»Geht so«, sagte Hjelm erschöpft. »Der Geiselexperte ist wieder fit.«

»Gut«, sagte Hultin. »Jorge, erzähl, was passiert ist.«

»Eigentlich nichts Außergewöhnliches«, sagte Chavez. »Ich war an dem Fenster links von der Tür, wie mit Paul abgesprochen. Aber da gab es absolut keinen Spalt und keine Lücke, also habe ich mich ganz langsam weiter zu dem Fenster geschlichen, in dem Arto einen Spalt gesehen hatte. Ich kam ziemlich genau in dem Augenblick dort an, als Andersson sich vor Hjelm hockte. Ich hab nach bekanntem Muster auf seine Schulter geschossen.«

»Sehr gegen die Vorschriften«, sagte Hultin, ohne eine Miene zu verziehen. Dann stand er auf, ging zur Tafel und ergänzte die Aufzeichnungen durch ein paar letzte Pfeile. Es war ein gewaltiges Diagramm, das er da geschaffen hatte, ein komplexes, asymmetrisches Muster. Jeder Name, jeder Platz, jedes Ereignis dieses langen, verworrenen Falles war dort verzeichnet.

Hultin stand eine Weile da und betrachtete schweigend sein Werk.

»Die Schönheit der Abstraktion«, sagte er schließlich und kehrte zu seinem Platz zurück. »Und der Schmutz der konkreten Polizeiarbeit.«

Dann wandte er sich wieder dem Konkreten zu.

»Na«, sagte er. »Am Ende haben wir ja doch noch so etwas wie eine Symmetrie. Jorges Schuß fiel eindeutig vor zwölf Uhr, damit hat der Fall exakt zwei Monate gedauert.«

»Der Fall wurde damit am neunundzwanzigsten Mai abgeschlossen, am Jahrestag des Einzugs der Türken in Konstantinopel 1453, dem Beginn einer neuen Epoche«, sagte Söderstedt zu aller Erstaunen. Sie starrten ihn an, bis er entschuldigend mit den Schultern zuckte.

»Na gut«, sagte Hultin in neutralem Ton. »Ich hätte da noch eine kurze Frage an unsere Kollegen von auswärts: Würdet ihr gern nach Hause fahren?«

Er bekam keine Antwort.

»Dann tut das. Und genießt den Sommer. Danach kommt ihr wieder hierher. Wenn ihr wollt. Wie Mörner und der Reichspolizeipräsident und einige andere, die sich in eurem Ruhm sonnen wollen, sicher bald verkünden werden, soll die A-Gruppe eine dauerhafte Einrichtung werden, allerdings nicht unter diesem lächerlichen Namen.«

Die Kollegen der ehemaligen A-Gruppe guckten verdutzt aus der Wäsche.

»Es geht um folgendes«, hob Hultin an, rückte die Lesebrille zurecht, überflog einen Notizzettel und schüttelte den Kopf. »Ich wollte euch an dieser Stelle eigentlich Mörners Mitteilung vorlesen, aber die kann man nicht lesen. Ich fasse sie also in eigenen Worten zusammen: Die A-Gruppe war ein Versuch der Reichspolizeibehörde, die Idiotien, die es bei der Palme-Ermittlung gab – zu große, ständig wechselnde und ressourcen- und energieverschwendende Ermittlungsgruppen – nicht noch einmal zu begehen. Wir wollten eine kleine, fest zusammengeschweißte Kerntruppe, die bereit ist, sich die Seele aus dem Leib zu arbeiten, mit weitreichenden Befugnissen, und die die eigene Aufmerksamkeit ganz auf das Wesentliche konzentriert. So gesehen, kann das Experiment, ich zitiere widerwillig, ›zu diesem Zeitpunkt und unter Berücksichtigung des Kontextes, der der perfekten Auflösung erwähnten Falles zugrunde lag, als außerordentlich zufriedenstellend betrachtet werden‹. Mörner ist mit anderen Worten nicht unglücklich. Die A-Gruppe soll als eine kleine, dauerhafte Einheit der Reichskripo bestehen bleiben, die sich auf die besonders schweren Fälle konzentriert. Im Moment sieht es so aus, als würde es dabei um ›Gewaltverbrechen auf internationaler Ebene‹ gehen. Was haltet ihr davon?«

»Meinst du, ihr könntet eine geeignete Stadtwohnung für eine wilde, finnlandschwedische Familie mit fünf Kindern auftreiben?« fragte Söderstedt. »Ich hab es so über, im Garten rumzuwühlen.«

»Dafür wird ohnehin kaum noch Zeit bleiben«, sagte Hultin. »Darf ich das als ein Söderstedtsches Ja interpretieren?«

»Ich muß das natürlich erst im Familienrat besprechen«, wiegelte Söderstedt ab.

»Selbstverständlich«, sagte Hultin. »Ihr habt zwei arbeitsfreie Monate Zeit, euch mit euren Familien oder wem auch immer zu verständigen. Wir treffen uns am vierten August wieder hier. Bis dahin habt ihr frei. Allerdings müßt ihr für den Staatsanwalt erreichbar sein, der mit dem Verfahren im Fall Göran Andersson befaßt ist. Jorges lebensrettender Einsatz kostet den Staat einige Millionen.«

Chavez schnitt eine Grimasse.

»Lehnt einer von euch von vornherein jede weitere Zusammenarbeit mit der Reichskripo ab? Ihr wißt, was ein weiser Mann gesagt hat: Einmal drin, kommt man nicht mehr raus. Außer in der dafür eigens vorgesehenen Kiste. Mit dem Stempel der Reichskripo.«

Hjelm lächelte. Natürlich lehnte keiner von vornherein eine Fortsetzung ihrer Zusammenarbeit ab.

»Na dann«, sagte Hultin und schob seine Unterlagen zusammen. »Dann wünsch ich euch einen schönen Sommer – wenn wir ihn nicht schon verpaßt haben.«

Sie erhoben sich unentschlossen und verließen die Kampfleitzentrale. Hjelm blieb, mehr oder weniger bewegungsunfähig, einfach sitzen. Hultin nahm den Lappen, um seine komplizierte Graphik zu einem Fleck im Stoff werden zu lassen.

Er zögerte ein wenig und sagte, ohne sich umzudrehen: »Vielleicht solltest du dir diesen Lageplan einprägen und mit ihm die Schwedenkarte in deinem Atlas ersetzen.«

Hjelm betrachtete das unüberschaubare Wirrwarr an Pfeilen, Kästchen und Lettern. Dort war alles zusammengefaßt. Eine wahnwitzige und zugleich logische Karte eines Landes, das psychisch gesehen in Trümmern lag. Eine unwahrscheinliche Konstellation von in Todeszuckungen liegenden Körperteilen. Ein durch Geld vergiftetes Nervensystem. Ein entsetzliches Diagramm geistigen Verfalls.

So dachte Paul Hjelm und mußte über sich selbst lachen.

Hultin zog die Augenbrauen hoch. »Die Zeit ist uns davongelaufen, Paul«, sagte er.

»Schon möglich«, antwortete Hjelm. »Obwohl ich mir da gar nicht mehr so sicher bin.«

Während des darauffolgenden Schweigens gaben sie dem Muster Zeit, sich wie ein Raster über ihre Netzhaut zu legen.

Als Hultin das Diagramm schließlich zu einem kleinen blauen Fleck auf seinem Lappen zusammenwischte, hatte es sich ihnen eingeprägt.

»Danke für die gute Führung«, sagte Hjelm und reichte Hultin die Hand.

Hultin ergriff sie mit einem bitteren Zug um den Mund. »Du bist manchmal ein wenig schwülstig, Paul«, sagte er. »Aber mit der Zeit könntest du ein durchaus passabler Polizist werden.«

Damit wandte Hultin sich seiner heimlichen Tür zu. Hjelm folgte ihm mit dem Blick. Kurz bevor er die Tür hinter sich zuzog, sagte Hultin: »Inkontinenz.«

Hjelm schaute lange auf die geschlossene Tür und dachte an Fußball. Knallharter Verteidiger mit Windeln.

Schließlich raffte er sich auf und klapperte die einzelnen Büros ab.

Im ersten saßen Söderstedt und Norlander friedlich vereint und plauderten miteinander. Die alten Antipathien waren, wenn auch nicht ganz beseitigt, so doch erfolgreich verdrängt.

»Ich düse ab«, sagte Hjelm. »Einen schönen Sommer.«

»Gehe hin in Frieden«, sagte Viggo Norlander und hielt seine stigmatisierten Handflächen hoch.

»Mach doch mal einen Abstecher nach Västerås«, sagte Arto Söderstedt. »Wir stehen im Telefonbuch.«

»Warum nicht?« erwiderte Hjelm und hob zum Abschied die Hand.

Die nächste Bürotür flog auf, und gleich darauf kam Gunnar Nyberg im Rollstuhl auf den Flur gefahren. Ein grotesker Anblick, diese Riesenmumie, die die Armlehnen des Rollstuhls auseinanderzubiegen schien.

»Lachen erlaubt«, sagte er mit krächzender Mumienstimme.

Hjelm nahm ihn beim Wort.

Nyberg krächzte weiter, während er den Flur entlangrollte. »Der Fahrdienst wartet unten auf mich.«

»Reiß dich zusammen, und ramm ihn nicht!« rief Hjelm ihm nach.

Nyberg zeigte ihm hinter dem Rücken mit der gesunden Hand den Finger.

Hjelm klopfte an und ging zu Kerstin hinein. Sie legte gerade den Hörer auf.

»Das war Lena Lundberg«, sagte sie verhalten. »Sie hat gefragt, ob sie raufkommen dürfte.«

»Was hast du gesagt?«

»Daß sie kommen soll.« Sie zuckte mit den Schultern. »Vielleicht kann einer der anderen ihr so was wie eine Erklärung liefern. Ich kann es nicht.«

»Wird sie das Kind behalten?«

»Ich denke … Wie erzählt man eigentlich seinem Kind, daß der Vater ein Serienmörder ist?«

»Vielleicht kann er das sogar selbst tun …«

»Wenn er so lange lebt«, sagte Kerstin und begann zerstreut, ihre Schreibtischschublade auszuräumen. »Vergiß nicht, daß er einen russischen Mafioso umgebracht hat.«

»Nein«, sagte Hjelm. »Das werde ich nicht vergessen.« Er beobachtete ihre kleine Serie von Übersprungshandlungen und stellte fest, daß er sie ganz reizend fand. »Und was machen wir jetzt?« fragte er schließlich.

Sie sah ihn an. Er spürte sich von ihrem wunderbar dunklen Blick festgehalten.

»Ich weiß es nicht«, sagte sie. »Was denkst du?«

»Ich weiß es auch nicht. Ich habe vergessen, wie der Alltag schmeckt. Bei allem, was wir getan haben, waren wir in einem exaltierten Zustand. Wie wird es werden zwischen uns, wenn wir aus diesem geschlossenen Raum herauskommen? Ich weiß es nicht. Es wird anders sein, und wir werden andere Menschen sein. Mein Leben steckt momentan in einer unentschiedenen Phase.«

Ihr Blick ruhte unverwandt auf ihm. »Ist das ein Nein?«

Er zuckte mit den Schultern. »Eher ein Vielleicht. Vielleicht werde ich dich ganz fürchterlich brauchen. Ich hab das Gefühl, es wird so sein.«

»Okay«, sagte sie. »Ich muß jetzt auf alle Fälle erst einmal nach Göteborg und eine Menge Sachen erledigen. Ich ruf dich an, wenn ich zurückkomme.«

»Ruf mich schon vorher an«, sagte er.

Sie küßten sich. Es fiel ihnen nicht leicht, sich zu trennen.

Sie strich über seine Wange. »Heute sieht der Pickel aus wie ein Herz.«

Er ging zu seinem Büro. Als er die Tür aufmachte, schlug ihm der herbe Duft von frisch gemahlenem, frisch gebrühtem kolumbianischen Kaffee entgegen.

»Hast du noch Zeit für eine letzte Tasse?« fragte Chavez.

»Was soll das heißen: letzte?« fragte Hjelm zurück und ließ sich auf seinen Stuhl fallen. »Ich hab eine Kaffeemühle und säckeweise Bohnen gekauft.«

»Kanakenkaffee«, sagte Chavez.

»Aber klar doch«, sagte Hjelm.

Sie lachten. Über alles und nichts.

Hjelm erledigte noch ein paar Kleinigkeiten, ehe er den Dienstwagen zurückgab. Er fuhr zum Waldfriedhof und nahm, im Regen und hinter ein paar Baumstämmen verborgen, an Dritëro Frakullas Beerdigung teil. Die Witwe weinte laut und heftig, und er fühlte sich wie ein Schwein. Ihre kleinen, schwarzgekleideten Kinder hingen ihr am Rockzipfel. Ein ganzes Wohnviertel ebenso schwarz gekleideter Kosovoalbaner folgte Frakulla durch den strömenden Regen zu seiner letzten Ruhestätte.

Hjelm in seinem Versteck fragte sich in einem Anflug von Pathos, wie viele Leute wohl zu seiner Beerdigung kommen würden. Vielleicht würde Cilla sich ja für eine halbe Stunde aus ihrer Krise losreißen, dachte er kindisch.

Göran Andersson lebte, Dritëro Frakulla war tot. Ein paar Sekunden dachte er über Gerechtigkeit nach. Dann fuhr er nach Märsta.

Roger Palmberg öffnete die Tür mit Hilfe eines ferngesteuerten Mechanismus'. Wie er in seinem Rollstuhl saß, sah er aus wie ein Haufen amateurhaft zusammengesetzter Körperteile. Aber hinter seinem schiefen Äußeren war ein Lächeln zu erahnen.

»Haben Sie es geschafft?« fragte die elektronische Sprechvorrichtung.

»Wir haben es geschafft«, antwortete Paul Hjelm und erzählte ihm die ganze Geschichte von A bis Z. Das dauerte ein paar Stunden. Palmberg hörte aufmerksam zu und warf nur hier und da eine spitzfindige Frage ein, wenn er eine Lücke im Gedankengang oder eine zu nachlässig zusammengefaßte Passage bemerkte. Davon gab es mehrere.

»Das ist ja unglaublich«, sagte die elektronische Stimme, als Hjelm geendet hatte. »Man könnte meinen, Sie hätten sich das Ganze nur ausgedacht.«

»Ich hab mein Herz befragt«, erwiderte Hjelm und lachte.

Später hörten sie sich Thelonious Monk an, wobei Palmberg ihn immer wieder auf neue Aspekte von *Misterioso* aufmerksam machte.

Nach dem Besuch bei Palmberg fuhr Hjelm zurück ins Polizeipräsidium, gab seinen Dienstwagen ab und fuhr mit der U-Bahn nach Norsborg. Auf dem Bahnsteig an der T-Centralen brüllten ihm von jedem kleinen Zeitungskasten die Schlagzeilen entgegen.

»MACHTMÖRDER GEFASST. EINWANDERERPOLIZIST HELD IM NÄCHTLICHEN GEISELDRAMA.«

Er lachte mitten im hektischen Berufsverkehr. Vertauschte Rollen, dachte er und stieg in die Bahn. Setzte sich in die Nähe einer kleinen Gruppe, Arbeitskollegen, wie es schien, um zu hören, ob sie sich über die Morde unterhielten.

Aber sie unterhielten sich über ihre Arbeit in einer kleinen Lieferfirma, wer was mit dem Chef gemacht hatte, über Lohnerhöhungen und ausgebliebene Lohnerhöhungen und über Leute, die sich bei verschiedenen Gelegenheiten danebenbenommen hatten. Aber dann streiften sie doch noch kurz die Auflösung der Machtmorde. Sie waren enttäuscht, hatten sich ein internationales Komplott vorgestellt – und dann war es nur ein småländischer Bankhansel, der durchgeknallt war. Sie waren überzeugt, daß die Polizisten sich geirrt hatten. Irgendwo da draußen lauerte die wahre Konspiration.

Vielleicht, dachte Paul Hjelm und döste ein.

33

Es war spätabends. Hjelm starrte aus dem Reihenhausfenster in Norsborg. Es goß immer noch in Strömen. Der Frühsommer schien sich von der schwedischen Klimakarte gänzlich verabschiedet zu haben. Es war noch nicht einmal Juni, aber trotzdem fast schon herbstlich.

Trotzdem wollten die Kinder am Wochenende nach Dalarö fahren. Zu Cilla. Er selbst wußte nicht, wo er hin sollte. Die Einsamkeit nagte an ihm.

Zu Hause zu sein und nichts zu tun war völlig ungewohnt für ihn. Und zu Hause zu sein ohne Cilla und ihre vertrauten Geräusche war doppelt ungewohnt. Zwei Monate lang hatte er in einem geschlossenen Raum gelebt, und jetzt fiel es ihm schwer, wieder aus diesem Raum herauszufinden. Er war sich nicht sicher, ob ihm das jemals hundertprozentig gelingen würde. Er vermißte Kerstin. Und er vermißte Cilla.

Er trank ein Starkbier und versuchte an die vor ihm liegende Zeit wie an einen langen Urlaub zu denken. Dann wieder kam es ihm vor, als wäre da nur ein großes schwarzes Loch. Von hundertfünfzigprozentiger Aktivität zu hundertfünfzigprozentiger Passivität innerhalb eines knappen Tages. Die Umstellung war nicht leicht zu verkraften.

Aber vielleicht mußte der Urlaub nicht notgedrungen so passiv werden wie seine Urlaube sonst. Vielleicht fiel ihm ja etwas ein, womit er sich beschäftigen konnte. Außerdem fing er gerade erst an, sich verlassen zu fühlen. Auch das brauchte seinen Platz.

Er trank den letzten Schluck Bier aus der Dose und ging auf die Toilette. Da stand er im Stockfinstern und pinkelte, lange und ausgiebig. Und während der Uringestank aus der Kloschüssel aufstieg, wurden um ihn her die Konturen des Badezimmers sichtbar. Er sah sich selbst im Spiegel, ein schwach leuchtendes Band um einen dunklen Fleck. Wie ein Helm, dachte er. Ein Schutzhelm.

Er wartete, während sein Gesicht sich aus der Dunkelheit herausschälte. Er fürchtete sich vor dem Anblick, aber das, was er schließlich zu sehen bekam, waren keine Erinnyen, waren nicht Göran Anderssons Züge, sondern ein neutrales Gesicht, gerade Nase, schmale Lippen, dunkelblondes, kurzgeschnittenes Haar, T-Shirt. Ein paar graue Haarsträhnen. Und ein roter Pickel auf der Wange. Der Helm war verschwunden.

Er strich vorsichtig über den Pickel. Früher hatte er beim Anblick seines Spiegelbildes oft gedacht: keine besonderen Kennzeichen, überhaupt keine Kennzeichen. Jetzt hatte er zumindest eins. Zum ersten Mal dachte er nicht mit Haß an den Defekt im Gesicht, im Gegenteil. Ein besonderes Merkmal, dachte er.

Einen Augenblick lang erkannte er auch das Herz. Auf jeden Fall sah er sich selbst im Spiegel und nicht Göran Andersson. Und einen Moment lang gefiel ihm sogar, was er sah.

Er schloß die Augen und erblickte die große Dunkelheit.

Zwei Monate lang aufgestaute Müdigkeit kam von innen her auf ihn zugerollt. Und zum ersten Mal seit zwei Monaten ließ er sie zu. Er dachte an Göran Andersson, an die dünne Grenze zwischen ihnen und daran, wie leicht es war, diese Grenze zu überschreiten und nie mehr zurückzukönnen. Seine Gedanken bewegten sich tief in der großen, allumfassenden Dunkelheit. Er selbst war noch nicht angekommen, nicht richtig.

Da klingelte es an der Tür, ein kurzes, zurückhaltendes Signal.

Er wußte augenblicklich, wer es war.

Sie stand im Regen, als er aufmachte. Ihr Blick war der gleiche wie damals in der Küche. Und auf dem Steg. Verlassen. Unendlich einsam. Aber trotzdem viel stärker als seiner.

Wortlos ließ er sie eintreten. Auch sie sagte kein Wort. Sie zitterte. Er führte sie zum Sofa und schenkte ihr ein Glas Whisky ein. Ihre Hand zitterte, als sie es an die Lippen führte. Er betrachtete ihr ausdrucksstarkes Gesicht in dem schwachen Licht. Spürte das leichte Flackern der Flamme, die im Begriff war zu erlöschen. Ein kleines, schwaches Lebenslicht. Er richtete ihr auf dem Sofa das Bett und ging selbst nach oben ins Schlafzimmer. Alles andere mußte warten. Endlich gab es wieder ein Morgen.

Er legte den Walkman auf den Nachtschrank, schob die Kassette hinein, kroch in das ungemachte Bett und dachte für den Bruchteil einer Sekunde an die Millionen Milben, die es mit ihm teilten. Jeder Mensch ist eine Welt für sich, dachte er schläfrig, steckte sich die Ohrstöpsel in die Ohren und drückte den Play-Knopf.

Als die Finger des Klavierspielers ihre Wanderung über die Tastatur begannen, rauf und runter, vor und zurück, kam sie ins Zimmer. Sie kroch zu ihm unter die Decke, und er legte seinen Arm um sie. Sie sahen einander an. Ihre Welten waren hoffnungslos verschieden. Er spürte ihren Atem auf seiner Brust und hörte, wie das Saxophon sich zu dem Klavier gesellte. Das Mysterium war gelöst, aber der Nebel war noch da.

Misterioso.

Die gemeinsame Wanderung ging zu Ende. Das Saxophon riß sich los.

Diese Musik ist so reich, dachte er bis weit in den Schlaf hinein. Er spürte, daß eine Welt an ihm vorbeigeglitten war.

Das Licht erlosch.

Er hatte den Nullpunkt erreicht.

Jetzt stand nur noch der Abschluß aus.

Böses Blut

SERIE PIPER

1

Wortloser Schmerz, dachte er. Jetzt weiß ich, was das ist.

Lernen fürs Leben, dachte er, und das Gelächter, das sein Galgenhumor ihm eingab, war ebenso wortlos. Lernen für den Tod, dachte er, und statt des Gelächters noch ein stummer Schrei.

Als der Schmerz zu einem neuen Angriff ausholte, wußte er mit einer Art kristallener Klarheit, daß er sein letztes Lachen gelacht hatte.

Der Schmerz wurde nicht mehr schlimmer. Mit einem Gefühl, das er noch als eine Mischung von Erleichterung und Entsetzen ausmachen konnte, spürte er, daß die Intensität ihren Höhepunkt erreicht hatte, und begriff, welcher Prozeß jetzt einsetzte.

Die Talfahrt.

Die Schmerzkurve stieg nicht mehr, sie flachte ab, und dahinter ahnte er den steilen Absturz, der unerbittlich wie eine Rutschbahn ins Nichts führte. Oder – und er sträubte sich gegen den Gedanken – zu Gott.

Die Poren seines Körpers waren weit offen, kleine aufgesperrte Münder, die das große *Warum* brüllten, das er selbst nicht brüllen konnte.

Und dann kamen die Bilder, er hatte gewußt, daß sie kommen würden. Sie hatten schon eingesetzt, als der Schmerz sich in Dimensionen steigerte, die er sich in seiner wildesten Phantasie nicht hätte ausmalen können. Er war verwundert über diese Möglichkeiten, die all die Jahre in ihm verborgen gelegen hatten.

Das gab es also.

Der Mensch trug also ein solches Intensitätspotential in sich.

Während sein ganzes Wesen in immer neuen Kaskaden explodierte, schien der Schmerz sich von den Fingern, dem Geschlecht, dem Hals zu einem Punkt außerhalb seines Körpers zu verlagern. Es wurde irgendwie ein allgemeiner Schmerz, der sich über den Körper erhob und seine – ja, er mußte dieses Wort denken –, seine Seele okkupierte, und bei alledem versuchte er, klar zu denken. Doch da kamen die Bilder.

Zuerst hatte er gekämpft, um den Kontakt mit der Außenwelt zu behalten, und die Außenwelt war da nichts anderes als gigantische Flugzeugrümpfe, die vor der kleinen Fensterluke vorüberschossen – dann und wann glitt auch die schweigende Henkersgestalt mit ihren todbringenden Werkzeugen vorüber. Allmählich vermischten sich die brüllenden Flugzeuge mit den Bildern, und jetzt begannen auch die Flugzeuge sich in schreiende Höllengeister zu verwandeln.

Er hatte keine Kontrolle über die Bilder, wie sie kamen, ihre Reihenfolge, die Struktur. Er sah das unvergeßliche Interieur des Entbindungssaals seines Sohns, aber er selbst war nicht da, sondern hörte sich, während sein Sohn geboren wurde, wie er sich draußen auf der Toilette erbrach. Aber jetzt war er da, und es war schön, geruchsfrei, lautlos. Das Leben ging in Reinheit weiter. Er begrüßte Menschen, die er als große Autoren erkannte. Er glitt durch ahnenreiche Korridore. Er sah, wie er und seine Frau sich liebten, und ihr Gesichtsausdruck war von einer Seligkeit, wie er ihn an ihr noch nie gesehen hatte. Er stand an einem Rednerpult, die Leute applaudierten wild. Neue Korridore, Begegnungen, Sitzungen. Er war im Fernsehen, und bewundernde Blicke flogen ihm zu. Er sah sich mit glühender Leidenschaft schreiben, sah sich Buch auf Buch lesen, Papierstapel auf Papierstapel. Aber wenn die Schmerzpausen kamen und der Flugzeuglärm ihn zurückholte, merkte er, daß er nur sich selbst sah, lesend und schreibend, nie das, was er las und schrieb. Während der kurzen Atempausen fragte er sich, was das bedeutete.

Jetzt begann die Talfahrt, er spürte es deutlich. Wenn die Stiche kamen, erreichten sie ihn nicht mehr. Er entfloh seinem Quälgeist, er würde siegen. Er war sogar in der Lage, ihn anzuspucken, und die einzige Antwort war ein Knirschen und eine leichte Steigerung des Schmerzes. Aus der Dunkelheit kam ein brüllender Drache, und der wurde zu einem Flugzeug, das einen Schleier über einem Fußballfeld zurückließ, auf dem sein Sohn unruhige Blicke zur Seitenlinie warf. Er winkte ihm zu, aber sein Sohn sah ihn nicht, er winkte wilder, schrie lauter, aber sein Sohn sah nur noch resignierter aus, bis er aus Verwirrung oder aus Protest ein Eigentor schoß. Dann die junge Frau am Bücherregal, die bewundernden Blicke. Sie gehen die große Straße entlang, eifrig ihre generationsübergreifende Liebe demonstrierend. Auf der anderen Seite zwei völlig reglose Gestalten, seine Frau und sein Sohn, und er sieht sie, bleibt stehen und gibt ihr einen langen Kuß. Er joggt, trainiert. Die kleine Nadel dringt in die Kopfhaut ein, wieder und wieder, und endlich ist die üppige Mähne wieder am Platz. Sein Mobiltelefon klingelt während der Debatte auf der Buchmesse, neuer Sohn, die Champagnerkorken knallen, und als er nach Hause kommt, sind sie fort. Und wieder liest er, und in einem letzten Bewußtseinsschub denkt er, daß etwas von all dem, was er gelesen und geschrieben hat, vorüberfliegen sollte, doch das einzige, was er sieht, ist er selbst, lesend und schreibend, und in einer letzten glänzenden Klarheit, die ihm das Gefühl eingibt, in Aufrichtigkeit zu sterben, erkennt er, daß nichts von dem, was er gelesen und geschrieben hat, irgend etwas bedeutet. Er hätte ebensogut etwas ganz anderes tun können.

Er denkt an die Drohungen. »Niemand wird deine Schreie hören können.« Daran, daß er die Drohungen nicht ernst nahm. Weil er vermutete ... Ein letzter Schmerzschub löscht den letzten Gedankengang aus.

Dann beginnt das Ende. Der Schmerz verebbt. Die Bilder sind jetzt schnell. Als wäre es eilig.

Er geht im Demonstrationszug, der Polizist hebt den Schlagstock über ihm. Er steht im Sommergarten, das Pferd kommt immer rascher auf ihn zu. Eine kleine Blindschleiche gleitet in seine Gummistiefel und windet sich zwischen seinen Zehen. Der Vater schaut zerstreut auf seine Zeichnung der riesigen Schlange. Die Wolken ziehen über der Kante des Verdecks vorbei, und er meint eine Katze zu sehen, die sich da oben bewegt. Süße Milch spritzt über sein Gesicht. Der dicke hellgrüne Strang weist den Weg, und er treibt durch dunkle, fleischige Kanäle.

Dann treibt er nicht mehr.

Irgendwo denkt es: »Was für eine schäbige Art zu sterben.«

2

Paul Hjelm war davon überzeugt, daß es reglose Vormittage gab. Und er war sich ganz sicher, daß dieser Spätsommermorgen ein solcher war. Kein Blatt regte sich in den verkümmerten Grünanlagen des Innenhofs. Und auch in dem Büro, aus dessen Fenster er hinausstarrte, bewegte sich kein Staubkorn. Außerdem waren unterhalb seiner Schädeldecke nur äußerst wenige Gehirnzellen in Bewegung. Mit anderen Worten: Es war ein unbeweglicher Morgen im Polizeipräsidium auf Kungsholmen in Stockholm.

Leider war es auch ein unbewegliches Jahr gewesen. Paul Hjelm gehörte dem Polizeikommando an, das im Vorjahr mit der Ermittlung der sogenannten Machtmorde befaßt gewesen war, als ein Serienmörder zielbewußt die Elite des schwedischen Wirtschaftslebens auszuradieren begann. Weil die Ermittlung ein Erfolg war, wurde die Gruppe in eine ständige Spezialeinheit beim Reichskriminalamt aufgenommen, als eine Kapazitätsreserve für »Gewaltverbrechen von internationalem Charakter«, wie die offizielle Formulierung lautete. In der Praxis handelte es sich darum, mit der neuen Form von Kriminalität Schritt zu halten, die die Grenzen Schwedens noch nicht ernstlich erreicht hatte.

Da lag auch das Problem. Das Land war im Laufe des letzten Jahres nicht von weiteren ausgeprägten »Gewaltverbrechen von internationalem Charakter« heimgesucht worden, und deshalb richtete sich immer mehr interne Kritik gegen die Existenz der A-Gruppe. Eigentlich hieß sie nicht A-Gruppe, das war nur der Name, auf den man sich in leichter Panik geeinigt hatte, als die Gruppe vor eineinhalb Jahren von heute auf morgen gebildet worden war. Aus formalen und aus Gründen der Existenzberechtigung hieß die Gruppe jetzt »Spezialeinheit beim Reichskriminalamt für Gewaltverbrechen von internationalem Charakter«, und weil die Bezeichnung unmöglich auszusprechen war, ohne daß man anfing zu lachen, benutzte man inoffiziell weiter den Namen A-Gruppe, der an und für sich nicht weniger komisch war, aber zumindest einen gewissen emotionalen Wert hatte. Und man war jetzt auf dem besten Weg, zu den Annalen gelegt zu werden. Relativ beschäftigungslose öffentlich Bedienstete entsprachen kaum der Tonart der Zeit, und die Gruppe wurde ganz allmählich aufgelöst; sie wurde mit diversem Kleinkram behelligt, und ihre Mitglieder wurden hierhin und dahin ausgeliehen. Obwohl ihr formaler Chef Waldemar Mörner, Abteilungsleiter bei der Reichspolizeiführung, wie ein Verrückter schuftete, schien die Saga der A-Gruppe bald zu Ende zu sein.

Was sie brauchten, war ein robuster Serienmörder. Von robustem internationalem Charakter.

Paul Hjelm starrte unbeweglich in den unbeweglichen Morgen, sah ein kleines Blatt, eins der wenigen gelben, zittern und auf den tristen Beton des Innenhofs fallen. Als sei es die Vorwarnung eines Orkans, zuckte er zusammen, und das Zucken brachte ihn wieder zu sich. Er ging hinüber zu einem abblätternden Rasierspiegel an der Wand des anonymen Büroraums und betrachtete das Mal auf seiner Wange.

Während der Jagd nach dem Machtmörder hatte sich auf seiner Backe ein rotes Mal gezeigt, und ein Mensch, der ihm sehr nahestand, hatte gesagt, das Mal sehe aus wie ein Herz. Das war lange her. Sie stand ihm nicht mehr nahe, und die, die es jetzt tat, fand das Mal vor allem eklig.

Er blickte mit einer Mischung von Wehmut und Unwirklichkeitsgefühl auf die Machtmordzeit zurück. Es war eine seltsame Zeit gewesen, ein verrücktes Durcheinander von beruflichem Erfolg und persönlicher Katastrophe. Und von Erneuerung, quälend, wie Erneuerung immer quälend ist.

Seine Frau Cilla hatte ihn verlassen. Er blieb mitten in einer der wichtigsten Mordermittlungen Schwedens allein mit den Kindern im Reihenhaus in Norsborg zurück. Die Kinder blieben sich selbst überlassen, während er immer tiefer in den Fall hineingesogen wurde und bei einer Kollegin zweifelhaften erotischen Trost fand. Es fiel ihm noch immer schwer, das, was wirklich zwischen ihnen gewesen war, von dem zu unterscheiden, was er sich eingebildet hatte.

Doch mit der Lösung des Falles wechselte der Zug des Lebens wieder zurück auf das Gleis des Gewohnten, wie es ihm in lyrischen Augenblicken zu formulieren gefiel, und ein Wagen nach dem anderen wurde von den Nebengleisen heruntergezogen und wieder aufs Hauptgleis geschoben, bis der alte Zug Hjelm wieder er selbst war. Cilla kehrte zurück, das Familienleben normalisierte sich, die A-Gruppe, und nicht zuletzt er selbst, wurde zu Helden erklärt, die Gruppe wurde zur dauerhaften Einrichtung, er wurde befördert, und ein paar seiner Kollegen wurden enge Freunde, die Kollegin suchte sich einen neuen Mann, die Ruhe kehrte zurück, und alles war Friede, Freude, Eierkuchen.

Die Frage war nur, ob er nicht am Ende eine Überdosis Friede, Freude, Eierkuchen bekam, denn eines Tages, nach dem knappen halben Jahr, das es gedauert hatte, den Machtmordsack zuzuknüpfen und ein Urteil zu ermöglichen, sah er in einer abrupten Zoombewegung die Hauptbahn sich in eine Modelleisenbahn verwandeln, und was er für freie Höhen und endlos weite Himmel gehalten hatte, waren im besten Fall der zementierte Fußboden, die Wände und die Decke eines Hobbyraums, und das rasche Dahingleiten des Zuges war nichts anderes als ein ständiges Fahren im Kreis.

Hatte man erst einmal angefangen, die Existenz der A-Gruppe in Frage zu stellen, fand sich schnell eine ganze Serie von anderen Dingen, die man in Frage stellen konnte. Es kam ihm immer mehr so vor, als sei die Rückkehr in die alten Bahnen nur deren *Inszenierung.* Als sei das Ganze nur eine Attrappe, ein Gebäude ohne Fundament, das der geringste Windstoß umblasen könnte.

Hjelm betrachtete sich im Spiegel: gut vierzig, dunkelblondes schwedisches Standardhaar mit immer höher werdender Stirn, generell wenig auffälliges Äußeres. Nur das Mal, von dem er gerade einen kleinen Hautfetzen abzog und das er mit Hautcreme einrieb, bevor er ans Fenster zurückkehrte. Der Morgen war noch immer unbeweglich. Das kleine gelbe Blatt lag noch an der Stelle, wo es gelandet war. Kein Windstoß hatte den Innenhof des Polizeipräsidiums aufgesucht, während er sich abgewandt hatte.

Was sie brauchten, war ein robuster Serienmörder. Von robustem internationalem Charakter. Dachte Paul Hjelm und glitt wieder in seine Orgie von Selbstmitleid ab.

Zwar war Cilla zurückgekehrt. Zwar war er selbst zurückgekehrt. Doch nicht ein einziges Mal hatten sie sich darüber unterhalten, was sie eigentlich während der Trennung getan und empfunden hatten. Zunächst hatte er das als ein Zeichen gegenseitigen Vertrauens gewertet, aber dann regte sich der Verdacht, daß es sich um eine Kluft handelte, die sie nie überwinden könnten, es sei denn mit künstlichen Hilfsmitteln. Und was war eigentlich mit den Kindern? Danne war jetzt sechzehn, Tova bald vierzehn, und manchmal, wenn er ihre flüchtigen Seitenblicke auffing, fragte er sich, ob alles Vertrauenskapital aufgebraucht war. Hatte der wunderliche Sommer vor einem Jahr Spuren hinterlassen, die das Dasein von Menschen noch weit über seinen eigenen Tod hinaus verzerren würden? Der Gedanke machte ihn schwindeln.

Auch das Verhältnis zu Kerstin Holm, der Kollegin, schien in eine neue Phase getreten zu sein. Mehrmals am Tag liefen sie sich über den Weg, und jede Begegnung kam ihm angestrengter vor als die letzte. Hinter den Blicken, die sie wechselten, verbargen sich Abgründe, an die auch nicht gerührt worden war, doch es schien immer offensichtlicher, daß dies nicht so bleiben konnte. Nicht einmal das gute Verhältnis zu Jan-Olov Hultin, seinem Chef, und zu den Kollegen Gunnar Nyberg und Jorge Chavez schien unverändert geblieben zu sein. Er sah die kleine Modellbahn in seinem geschlossenen Zimmer unentwegt im Kreis fahren.

Und schließlich der grauenvolle Gedanke, daß das einzige, was sich eigentlich verändert hatte, er selbst war. Denn bei ihm war wirklich manches anders geworden. Er stellte fest, daß er Musik hörte, von der er sich früher ferngehalten hatte, und er verschlang Bücher, deren Existenz ihm bis dahin verborgen geblieben war. Er warf einen Blick zum Schreibtisch, auf dem ein tragbarer CD-Spieler und ein zerlesenes Taschenbuch die Rücken aneinander rieben. Auf der CD war etwas so Mystisches wie John Coltranes *Meditations*, eine der letzten Aufnahmen des Saxophonmeisters, eine merkwürdige Mischung von wilder Improvisation und stiller Andacht, und das Buch war Kafkas *Amerika*, der in Schweden am wenigsten beachtete Roman des Autors, doch auf eine gewisse Art und Weise der kurioseste. Die Ereigniskette, die einsetzt, als der junge Karl im Hafen von New York an Land gehen will, merkt, daß er seinen Schirm vergessen hat, und noch einmal zum Dampfer zurückkehrt, würde Paul Hjelm nie vergessen. Er war davon überzeugt, daß es solche Szenen waren, die sich in einem abspulen, wenn man im Begriff war zu sterben.

Manchmal lastete er das Bild der Modelleisenbahn den Büchern und der Musik an. Vielleicht wäre er glücklicher, wenn er auch weiterhin freie Weiten und lange Geraden um sich her sähe.

Sein Blick kehrte zum Innenhof zurück. Das kleine gelbe Blatt lag noch da. Alles war unbeweglich.

Dann plötzlich, ohne Vorwarnung, wurde das Blatt hochgehoben wie von einem spiralförmigen Wirbelwind, weitere Blätter wurden losgerissen, gelbe wie grüne, und führten einen wilden und bunten Tanz zwischen den Fassaden des Polizeipräsidiums auf. Der Tanz hörte ebenso abrupt auf, der einsame Wirbelwind zog unsichtbar weiter, und alles, was zurückblieb, war ein Laubhäufchen auf dem traurigen Zement.

Die Tür wurde aufgerissen. Jorge Chavez kam herein. Die Anwesenheit dieses dreißigjährigen Energiebündels als Banknachbar bewirkte immer, daß Hjelm sich ein Jahrzehnt älter fühlte. Allerdings war er in der Regel bereit, sich damit abzufinden; Chavez war inzwischen einer seiner besten Freunde. Er war vom Polizeibezirk Sundsvall, wo er sich als einziger Kanakenbulle von Norrland bezeichnet hatte, zur A-Gruppe gestoßen. Aber eigentlich war er Stockholmer, Sohn chilenischer Flüchtlinge aus Rågsved. Hjelm konnte sich nie ganz erklären, wie Chavez die Aufnahmeprüfung an der Polizeihochschule geschafft hatte; er war im Höchstfall eins siebzig groß. Anderseits war er einer der cleversten Polizisten im ganzen Land – jedenfalls der energischste, den Hjelm je getroffen hatte. Und er war ein Jazzbassist der Extraklasse.

Die kompakte kleine Gestalt glitt lautlos an ihre Seite des doppelten Schreibtischs, nahm das Achselhalfter vom Stuhl, legte es an, kontrollierte die Dienstwaffe und zog das sommerleichte Leinenjackett darüber. »Irgendwas ist los«, sagte er kurz. »Auf den Fluren tanzt der Bär.«

Hjelm begann ein wenig zögernd, Chavez' Bewegungsschema zu kopieren. »Tanzt der Bär, wieso?«

»Schwer zu sagen. Aber in weniger als einer halben Minute wird Hultins Stimme zu hören sein, da kannst du sicher sein. Kleine Wette gefällig?«

Paul Hjelm schüttelte den Kopf. Er betrachtete die CD und das Buch auf seinem Schreibtisch, warf einen Blick auf den Laubhaufen im Innenhof, schüttelte seine Lethargie ab und nahm Platz in der Lok. Die Zeit nahm eine neue Gestalt an.

Eine Stimme sprach kurz und bündig aus dem Haustelefon; sie gehörte dem operativen Chef der A-Gruppe, Kriminalkommissar Jan-Olov Hultin: »Alles zu mir. Besprechung. Sofort.«

Hjelm zog die Lederjacke über das Achselhalfter und war ganz da, hundertprozentig zur Stelle. Gemeinsam hasteten die beiden den Gang hinunter zu dem Raum, der einst zur »Kampfleitzentrale« erklärt worden war und diesen Namen vielleicht – dachte Hjelm hoffnungsvoll – bald wieder bekommen würde. Auf dem Weg den Korridor hinunter flog eine Tür auf, Chavez genau in die Visage. Viggo Norlander tauchte auf, ohne dem Vorfall die geringste Beachtung zu schenken. Vom peniblen Paragraphenreiter der Gruppe hatte Norlander sich inzwischen zu ihrem *bad boy* gewandelt, die abgetragenen Bürokratenanzüge waren nach den Machtmorden durch trendige Polohemden und Lederklamotten ersetzt worden und der leichte Fettwanst durch ein veritables Waschbrett.

Der Rest der Gruppe war bereits zur Stelle, als Norlander und Hjelm hereinstürmten. Chavez traf kurz danach mit einem Taschentuch vor der Nase ein. Kommissar Jan-Olov Hultin warf ihm vom Katheder ganz vorn in dem anonymen kleinen Vorlesungssaal, in dem er gelangweilt wie ein von der Pensionierungsbehörde vergessener Mittelstufenlehrer saß und vor sich hin brütete, einen skeptischen Blick zu. Die Miniaturbrille saß ihm wie ein vollkommen natürlicher kleiner Auswuchs auf der Riesennase. Keine neu entfachte Glut funkelte in seinen Augen, möglicherweise glomm es ein wenig in den Augenwinkeln. Er räusperte sich.

Der Kern der Truppe war am Platz, alle hatten sich wie üblich früh eingefunden, um früh wieder gehen zu können, keiner war ausgeliehen, keiner zu einer bizarren Strafe irgendwohin abkommandiert. Und das war immerhin etwas. Gunnar Nyberg, Arto Söderstedt und Kerstin Holm saßen schon ganz vorn. Nyberg und Söderstedt gehörten zur gleichen Generation wie Norlander, waren also einige Jahre älter als Hjelm und viele Jahre älter als Chavez, Kerstin Holm lag irgendwo dazwischen. Sie war die einzige Frau in der Gruppe, eine kleine dunkle Göteborgerin mit reichlich Haaren auf den Zähnen; sie war der dritte Zacken in dem Gehirntrio, das sie, wie es allgemein hieß, zusammen mit Hjelm und Chavez bildete. Andererseits hatte sie etwas Wichtiges mit dem gediegensten Kraftpaket der Gruppe gemeinsam, ihrem Zimmergenossen Gunnar Nyberg: beide sangen im Chor und schämten sich nicht, in ihrem Zimmer bei A-cappella-Übungen ertappt zu werden. Nyberg hatte eine schillernde Vergangenheit als brutaler, steroidgewohnter Bodybuilder; nunmehr war er ein furchtsamer Mann in mittleren Jahren, ein schön singender, schlampig gekleideter Fleischberg, der jedoch bei Bedarf die alten Takte aktivieren konnte. Das hatte er in der Machtmordzeit bewiesen, als er sich mit einer Kugel im Hals einen beschleunigenden Wagen vorgenommen und außer Gefecht gesetzt hatte. Söderstedt wiederum war der Ausgefallenste in der ganzen Gruppe, ein echt finnischer, kreideweißer ehemaliger Topanwalt, den sein Gewissen eingeholt hatte; er arbeitete immer ein bißchen für sich, auf ganz eigenen, sonderbaren Spuren abseits der ausgetretenen Wege.

Norlander, Chavez und Hjelm schoben sich in die Reihe hinter dem Trio.

Hultin erhob seine wie gewöhnlich ausdruckslose Stimme: »Ein schwedischer Bürger ist in den USA ermordet worden. Aber nicht irgend*wer*, nicht irgend*wo* und nicht von irgend*wem.* Ein einigermaßen bekannter schwedischer Literaturkritiker ist vor ein paar Stunden auf dem Flughafen von Newark bei New York umgebracht worden. Er wurde auf bestialische Weise von einem fleißigen Serienmörder gefoltert, dessen Glanzzeit ein paar Jahrzehnte zurückliegt. Soweit haben wir mit der Sache nichts zu tun.«

Es war an der Zeit für eine von Hultins Kunstpausen, und was folgte, war eine solche. Er ging weiter: »Unser kleines Dilemma besteht darin, daß dieser robuste Serienmörder von robustem internationalem Charakter auf dem Weg hierher ist.«

Wieder eine Portion Schweigen, vielleicht ein bißchen gespannter. »Die Information des FBI läuft darauf hinaus, daß der Mörder den Platz des Literaturkritikers in der Maschine eingenommen hat. In diesem Augenblick befindet er sich auf dem Flug SK 904, der in knapp einer Stunde, also um 8 Uhr 10, in Arlanda landet. An Bord der Maschine befinden sich insgesamt einhundertdreiundsechzig Passagiere, und die New Yorker Polizei hat entschieden, das Bordpersonal nicht von dem Sachverhalt in Kenntnis zu setzen. Zum gegenwärtigen Zeitpunkt schweben wir vollständig im Ungewissen, was die Identität des Mörders betrifft, was an und für sich nicht so erstaunlich ist, wenn man bedenkt, daß er das FBI seit zwanzig Jahren an der Nase herumführt. Man hofft jedoch anscheinend, den Namen, unter dem der Mann reist, vor der Landung der Maschine herauszufinden. Ich habe eine offene Telefonverbindung zu einem *Special Agent* namens Larner in New York, und wir brauchen also zwei parallele Pläne. Für den ersten gilt: Wir bekommen den Namen rechtzeitig, es besteht die Gefahr, daß es zu einem Handgemenge kommt. Für den zweiten gilt: Wir bekommen den Namen nicht rechtzeitig, was bedeutet, daß wir versuchen müssen, unter den einhundertdreiundsechzig Passagieren einen gerissenen Serienmörder zu erkennen, dessen einzige bekannte Merkmale sind: weiß, männlich, wahrscheinlich älter als fünfundvierzig.«

Hultin stand auf und zog den Reißverschluß seiner alten Sportjacke über den Pistolenkolben im Achselhalfter. Er beugte sich vor. »Die Sache ist eigentlich ganz einfach«, sagte er ruhig. »Wenn es schiefgeht, hat Schweden seinen ersten echten amerikanischen Serienmörder importiert. Laßt uns das vermeiden.«

Er stiefelte davon zu dem wartenden Hubschrauber und gab noch die folgende Weisheit von sich: »Die Welt schrumpft, meine Damen und Herren. Die Welt schrumpft.«

3

Die unermeßliche, unersetzliche Stille, die sich immer einstellte, kam in rhythmischen Wellen von Wohlgefühl. Er wußte, daß er nie aufhören würde.

Draußen erstreckte sich die unendliche Leere, die Erde war nichts als eine belanglose Ausnahme. Ein göttlicher Fliegenschiß auf dem weißen Blatt der großen Perfektion, ein Lapsus im Protokoll, der die uneingeschränkte Göttlichkeit der Gottheit zunichte gemacht haben dürfte.

Eine dünne Plexiglasscheibe trennte ihn von dem saugenden Vakuum des Nichts, an dem der Frieden ihn teilhaben ließ. Er kopulierte damit in göttlich schwingenden Bewegungen.

Die Bilder wurden von der Wolkenschaukel der Stille vertrieben. Sie waren jetzt weit weg. Er konnte sogar an sie denken. Und keinen Moment verschwand das friedvolle Lächeln von seinen Lippen.

Er konnte sogar an den Spaziergang in den Keller hinunter denken. Der bestand jetzt nicht aus Bildern – dann mußte er wegbeschworen werden, mit Opferrauch ausgeräuchert werden –, sondern er war eine Erzählung, eine logisch zusammenhängende Struktur. Und obwohl er wußte, daß diese bald wieder verlorengehen und erneut nach seinem Opferrauch rufen würde, vermochte er ihre jähe, glasklare Vollendung zu genießen.

Er war auf dem Weg.

Er war auf dem Weg die Treppe hinunter, von der er nicht wußte, daß sie existierte, hinunter in den Keller, von dem er nicht wußte, daß er existierte. Die Geheimtür im Kleiderschrank. Die unvergeßliche süßlich-staubige Luft auf der Treppe. Die lautlosen Zementstufen, die zahllos zu sein schienen. Das feuchtkalte Geländer.

Die ganz und gar selbstverständliche Folgerichtigkeit der Initiation. Wenn der Blick gehoben werden und ein Schritt den anderen ablösen konnte auf dem Weg hinunter ins Urdunkel, war die Logik unbestreitbar. Er war erwählt worden.

Ein Kreis mußte geschlossen werden. Das war es, was jetzt getan werden mußte. Dann konnte er ernstlich anfangen.

Die Treppe führte weiter. Jede Spur von Licht verschwand. Er tastete sich voran, Schritt für Schritt.

Er genehmigte sich eine Pause, während die Stille ihn dem befreienden Schlaf entgegenwiegte. Er folgte dem makelbehafteten Schwingen des makelbehafteten Flugzeugflügels hinaus zu dem perfekten Schwingen der Ewigkeit.

Ein anderes Licht wurde sichtbar, ein völlig anderes Licht, und es begleitete ihn die letzten Treppenstufen hinab. Wie ein Ikonenrahmen um ein Dunkel, das heller war als irgendein Licht, schoß das Licht von jenseits der Tür hervor. Eine Glorie, die den Weg wies. Ein goldener Rahmen um ein zukünftiges Kunstwerk.

Das jetzt vollendet werden sollte.

Er schob die Tür des tausendjährigen Reiches einen Spalt weit auf.

Vor dem Fenster glitten der Große Bär und der Kleine Bär zusammen zu einem Noch Größeren Bär.

»Tonight we can offer you the special SAS Swedish-American long drink for a long night's flight, sir«, hörte er eine weiche, singende Frauenstimme sagen.

Doch da schlief er schon.

4

Um 7 Uhr 23 am Mittwoch, dem 3. September, hob die A-Gruppe von der Hubschrauberplattform des Polizeipräsidiums ab. Die Sieben wurden zu einer Einheit zusammengepackt, die es eigentlich nicht mehr gab. Einen kurzen Moment kam es Paul Hjelm so vor, als imitierten sie eine verschwundene Einheit, doch das Gefühl verflog schnell, und er konzentrierte sich auf seine Aufgabe. Wie alle anderen.

Er saß eingeklemmt zwischen Gunnar Nybergs leicht hechelndem Riesenkörper und Arto Söderstedts um so dürrerem Gerippe. Ihm gegenüber wurde Kerstin Holms kleiner dunkler Körper zwischen den nunmehr äußerst durchtrainierten Muskeln des Mittvierzigers Viggo Norlander und Jorge Chavez' jugendlich unberührter Kompaktheit zusammengepreßt. Zwischen den beiden Reihen hockte Jan-Olov Hultin mit einer derart imponierenden Menge von Papieren, wie man sie binnen einer so kurzen Frist eigentlich gar nicht hätte zusammenraffen können, und in einer Stellung, wie sie für einen Mann in den Sechzigern nicht hätte möglich sein sollen, auch wenn er immer noch ein beinharter Innenverteidiger in der Betriebself war.

Er zirkelte die Brille auf seine Monumentalnase, und der Motorenlärm übertönte die Ausdruckslosigkeit seines Tonfalls ein wenig: »Die Sache wird knifflig. Die Arlanda-Polizei und die Kollegen aus Märsta sind bereits vor Ort. Horden von schwerbewaffneten Polizisten sind schon vor einiger Zeit durch die Ankunftshalle gestürmt und haben die Touristen bedroht und eingeschüchtert. Ich glaube, jetzt habe ich die wieder wegbekommen. Wir haben es mit einem Mann zu tun, der vor nichts zurückschreckt, soviel habe ich verstanden, eine gut programmierte Mordmaschine, und wenn er Verdacht schöpft, laufen wir Gefahr, daß es ein Blutbad, ein Geiseldrama und ein allgemeines *worst case scenario* gibt. Wir müssen also mit größter Vorsicht agieren.«

Hultin blätterte in flatternden Papieren. »In der Maschine sind über einhundertfünfzig Menschen, und wir können sie nicht einfach in einen alten Flugzeughangar treiben und jeden einzelnen kontrollieren. Dabei würden wir wahrscheinlich einige von ihnen umbringen. Also gilt: sorgfältige Paßkontrolle, unter unserer Überwachung natürlich, extreme Wachsamkeit bei allein reisenden Herren mittleren Alters – von denen es auf einem typischen Business-class-Flug einige geben dürfte. Außerdem hat der Zoll uns so was wie Computerkameras zur Verfügung gestellt, mit denen der Paßkontrolleur sämtliche Paßbilder unauffällig fotografieren kann. Der Paßkontrolleur wird jedoch nicht allein an seinem Schalter sitzen, sondern im Hintergrund werdet ihr sein. In der Praxis seid ihr von außen unsichtbar. Ich habe die Anzahl der Paßschalter auf zwei reduzieren können, was einige Störungen beim Ablauf verursachen dürfte; der Clou ist der, daß dadurch der Strom überschaubar wird. In diesen beiden Schaltern sitzen Kerstin und Viggo. Ich empfehle Sorgfalt, Aufmerksamkeit und Vorsicht. Handelt nur bei äußerst starken Verdachtsmomenten, ansonsten gilt Funkkontakt. Auf der an und für sich kritischen Passage durch die Transithalle vom Gate zur Paßkontrolle, einer geraden Strecke zwischen Läden und Restaurants, sollte das Risiko geringer sein, weil es dort keinen Ausgang gibt. Ich habe die Märsta-Kollegen in der Transithalle unter Artos Kommando gestellt. Du, Arto, gehst also zu dem fraglichen Gate, wo eine Gruppe Märsta-Ermittler wartet. Achte besonders darauf, daß sie unbemerkt bleiben. Ihr habt darauf zu achten, daß sich niemand auf dem Weg zur Paßkontrolle absetzt. Verteile die Leute auf Toiletten, Läden und alle zugänglichen Räume; es sind nicht so viele. Wir anderen sind in der Ankunftshalle und davor verteilt, denn sollte etwas passieren, dann da, dafür spricht alles. Artos Job besteht eigentlich nur darin, die ganze Herde zu den Paßkontrollen zu treiben. Schafhirt.«

»Kommen gleichzeitig andere Maschinen an?« fragte Arto Söderstedt in seinem klingenden, fast übertriebenen Finnlandschwedisch und blickte unschlüssig hinab auf die Flußfurche der E4, der sie wie ein mit Helium gefüllter Donauschleppkahn folgten. »Schwarze Schafe«, fügte er beinah lautlos hinzu. Hjelm hörte ihn und bedachte ihn mit einem giftigen Seitenblick.

Hultin tauchte von neuem in das windgepeitsche Papiermeer ein. »Keine weiteren Landungen in unmittelbarer zeitlicher Nähe, nein.«

»Und die Jungs mit den Maschinenpistolen?« sagte Nyberg.

»Stehen jederzeit zur Verfügung. Aber nur bei Bedarf.«

»Säpo?« fragte Söderstedt.

Arto Söderstedt sagte gern Säpo. Der Tätigkeitsbereich der Gruppe tangierte mit unfehlbarer Präzision den der Sicherheitspolizei, was zu ständigen Überlappungen, Tabuverletzungen und Konflikten führte. Alle hatten die Machtmordalbernheiten noch in frischer Erinnerung, als die Säpo die Ermittlung auf schändliche Weise sabotiert hatte.

»Sie werden wohl da sein«, nickte Hultin mit einem rein visuellen Seufzer. »Aber weil wir nie besonders viel erfahren, agieren wir so, als wären sie nicht da. Nun ja. Wie ihr wißt, gibt es nur einen Ausgang aus der Ankunftshalle, der sich durch die Zollabfertigung gabelt, wie ein T, kurz vor dem Haupteingang. Wir brauchen unmittelbar davor einen Mann auf jeder Seite: Gunnar, Jorge. Paul und ich versuchen irgendwo bei der Gepäckausgabe nicht nach Polizei auszusehen, zwecks Überblick über die Ankunftshalle. Es wird also eine Art Vierphasenkontrolle: zuerst das Gate, Arto mit Mannen, dann die Paßkontrolle, Kerstin und Viggo, dann die Ankunftshalle, Paul und ich, und schließlich der Ausgang, Gunnar und Jorge. Alles klar?«

»Die Struktur ist glasklar«, sagte Hjelm. »Fragt sich nur, wie sie sich bei der Konfrontation mit Hunderten verkaterter Passagiere mit Jetlag bewährt.«

Hultin überging die Bemerkung, ohne mit der Wimper zu zucken. Er fuhr fort: »Alles steht und fällt also damit, daß wir schnell von Plan A auf Plan B umschalten können. Wenn wir den Namen, unter dem unser Mann fliegt, erfahren, *bevor* die Passagiere die Paßkontrolle erreichen, müssen wir unsere Aufmerksamkeit ganz auf diesen einen Mann konzentrieren. Dann muß er an Ort und Stelle gefaßt werden, vorausgesetzt natürlich, er hat nicht oben im Flugzeug die Identität gewechselt. Ist das klar? Dann kommt auf Viggo und Kerstin in den Schaltern eine radikal gestiegene Verantwortung zu. Das ist Plan B – aber noch gilt Plan A: daß wir nicht die geringste Ahnung haben, wer zum Teufel der Kerl ist. Wir haben jetzt ... 7 Uhr 34, und jeden Augenblick« – sein Mobiltelefon dudelte mit einem kindischen Micky-Maus-Signal, das Hultin mit einem raschen Handgriff verstummen ließ – »wird *special agent* Larner sich melden. Ja.«

Er nahm das Gespräch an und wandte sich ab. Die E4 glitt jetzt zwischen abgasgedüngten Äckern dahin, die von vereinzelten tapfer kämpfenden Traktoren geziert wurden. Es war ein glasklarer Spätsommertag, durchwirkt von schwer beschreibbaren Einfärbungen der Vorwarnung von Herbst. Der Sommer ist zu Ende, dachte Hjelm schicksalsschwer. Herbst über Schweden, fuhr seine innere Stimme mit pathetischem Beben fort.

Ein äußerst häßlicher Gebäudekomplex türmte sich jenseits der Äcker in der Ferne auf.

»Arlandastad, nicht wahr?« rief Kerstin Holm.

»Unverkennbar«, erwiderte Arto Söderstedt.

»Noch ungefähr fünf Minuten«, sagte Gunnar Nyberg.

»But why?« rief Hultin plötzlich. Dann hörte er eine Weile zu und drückte das Gespräch aus.

»Nein«, sagte er. »Sie kriegen den Namen nicht heraus. Es hat den Anschein, als habe der Mörder im Namen des ermordeten Schweden den Platz abbestellt und kurz danach den freien Platz für sich selbst gebucht, natürlich unter einem falschen Namen. Dennoch ist das der Name, an den wir uns halten müssen, und ich begreife nicht, warum es so verdammt schwer sein soll, den zuletzt gebuchten Namen des Flugs herauszufinden. Bis auf weiteres gilt also Plan A.«

Der Hubschrauber schwenkte von der E4 fort über die Arlandawälder. Er traf vierundzwanzig Minuten vor Flug SK 904 aus New York auf dem Internationalen Flughafen Arlanda ein, und fünf Minuten später hatten sich sämtliche Mitglieder der A-Gruppe auf ihre vorgesehenen Plätze begeben.

Chavez war innerhalb der Türen des Haupteingangs schnell auf seinem Posten. Er pflügte durch eine noch nicht allzu abschreckende Ansammlung ankommender und abreisender Touristen hindurch und ließ sich auf einer Bank neben einem Coca-Cola-Automaten nieder, von der aus er seinen ganzen Verantwortungsbereich, die hintere Hälfte des Ausgangs von der Paßabfertigung an, gut im Blick hatte. Der Falkenblick war eingeschaltet. Das Ambitionsniveau lag wie gewöhnlich unmittelbar oberhalb der Maximalmarke.

Eine halbe Minute nach ihm traf Gunnar Nyberg ein, ein bißchen stärker mitgenommen von der Hubschraubertour. Er ließ sich an einem Cafétisch nieder und wandte das von kaltem und heißem Schweiß bedeckte Gesicht Chavez und gleichzeitig der anderen Hälfte des Ausgangs zu. In einem spürbaren Bedürfnis nach Extraenergie bestellte er eine Dose eines Sportgetränks von einer Marke, die er aus seiner aktiven Bodybuilderzeit kannte, schüttete den halben Liter, ohne abzusetzen, in sich hinein und konstatierte, daß das Getränk heutzutage aus dem zubereitet wurde, was aus den eingesammelten vergessenen Trainingsklamotten sämtlicher Sporthallen des Globus herausgewrungen wurde. Möglicherweise stellte es die Flüssigkeitsbalance wieder her, sicher aber stellte es die Übelkeitsbalance wieder her.

Zwischen den beiden trat danach ein nicht sonderlich schwer zu identifizierendes Quintett gegen den Strom in die Zollpassage ein. Hultin blieb stehen und wechselte einige Worte mit dem sichtlich nervösen Zollpersonal, bevor er sich den übrigen vieren in der Ankunftshalle anschloß. Er stellte sich ans Ende einer gewundenen Schlange vor dem Wechselschalter, mit gutem Überblick über die ganze Halle. Der Rest der Gruppe ging weiter in Richtung Paßkontrolle, bis Hjelm zurückblieb und sich dabei ertappte, wie er auf ein stillstehendes Gepäcktransportband glotzte. Selten hat wohl ein Polizist so sehr nach Polizist ausgesehen, und je mehr er sich anstrengte, nicht wie ein Polizist auszusehen, desto typischer wirkte er. Als er das Blaulicht auf der Kopfhaut kreisen fühlte, gab er das Spiel verloren, und sofort gelang es ihm besser. Er setzte sich auf eine Bank und blätterte in einer Broschüre, deren Inhalt ihm bis an sein Lebensende unbekannt bleiben würde.

An der Paßkontrolle wurden die Kollegen von einem höheren Beamten in Empfang genommen, der Norlander und Holm in je einen Paßabfertigungsschalter schleuste, wo sie auf einem unbequemen Schemel hinter dem Paßbeamten landeten. Ihre Anwesenheit konnte von draußen nur mit größter Mühe bemerkt werden, und falls das der Fall sein sollte, würde sie dennoch nicht ganz abwegig erscheinen. Sie lehnten sich in Erwartung des Ansturms noch einmal zurück.

Dann war nur noch einer übrig. Arto Söderstedt drängte sich durch die Paßkontrolle und lief auf der Rolltreppe Slalom zwischen zerstreuten Nachzüglern hinauf in die Transithalle. Er brauchte die Monitore nicht zu konsultieren, um das richtige Gate zu identifizieren. Eine Ansammlung wie gewöhnlich leicht erkennbarer Herren brachte es fertig, nachhaltig vor dem Gate Nummer 10 zu sitzen und Polizei zu blinken. Söderstedt sammelte die Märsta-Kollegen zusammen und wies ihnen ihre Positionen an. Ein kurzer Rundblick ließ erkennen, daß die Toiletten die einzig wirklich abgetrennten Nebenräume waren. Er setzte pro Toilette einen Polizisten an und sorgte dafür, daß alle Personalräume und ähnliches ordentlich verrammelt wurden. Blieben noch die Tax-free-Läden, Bars und Cafés. Er bekam einen Polizisten namens Adolfsson zu fassen, dem das Kunststück gelang, an der Bar vollkommen deplaziert auszusehen.

Die Transithalle war noch verhältnismäßig menschenleer. Söderstedt nahm vor Gate 10 Platz und wartete. Verstreute Nachzügler von früheren Flügen schlenderten umher.

Eine geringfügige Veränderung des Zustands der Dinge veranlaßte Arto Söderstedt, den widerwärtigen kleinen Ohrhörer in den Gehörgang zu pfriemeln; er hatte immer das Gefühl, daß er tief in den Gehirnwindungen verschwand. Hinter der Bezeichnung »SK 904, New York« auf dem Ankunftsmonitor blinkte jetzt das schicksalsschwangere Wort »Landed«. Söderstedt wandte den Blick nach rechts zu dem großen Panoramafenster und sah den Rumpf des Flugzeugs vorüberrollen.

Er drückt auf einen Knopf auf der Innenseite seines Gürtels, räusperte sich und sagte: »Der Geier ist gelandet.«

Er stand auf, rückte den Schlips zurecht, warf die Tasche über die Schulter und wartete mit geschlossenen Augen. Kinder wuselten zwischen seinen Beinen umher, Eltern schrien, mal herzzerreißend, mal nur grell. Routinierte Uniformträger hielten mit gut eingeübtem Lächeln die Passagiere der Touristenklasse auf Abstand.

Er verhielt sich vollkommen still. Ganz und gar unauffällig. Er zog keine Blicke auf sich. Das hatte er nie getan.

Die Schlange kam jedoch ziemlich schnell in Bewegung. Der Pfropfen löste sich, und er schritt langsam durch den Flugzeugrumpf, dröhnte über die metallenen Meter der Verbindungsbrücke und drang durch den aufwärts führenden schwankenden Gang ein.

Er kam auf festen Boden. Er war da.

Jetzt würde der Kreis sich schließen.

Jetzt konnte er ernstlich anfangen.

Es war interessant zu beobachten, wie viele Gesichter das Gehirn speichern konnte, bevor sie allmählich ineinander verschwammen. Söderstedt fand, daß die Grenze schon bei fünfzig verlief. Am Ende war der Strom der Passagiere aus New York nur noch eine anonyme graue Masse. In der Mehrzahl ohne Zweifel allein reisende männliche Weiße mittleren Alters.

Er konnte keine Zeichen von Abweichungen erkennen. Die Herde bewegte sich ziemlich einheitlich durch die Transithalle. Manche glitten in die Toiletten, kamen aber bald wieder heraus, andere machten einen kurzen Abstecher in die Läden, wieder andere kauften belegte Brote in der Cafeteria, auf daß ihnen an der Kasse der Appetit verginge. Manche blieben an der Bar hängen und versuchten verwundert, mit dem wachspuppengleichen Adolfsson zu plaudern, der im Begriff zu sein schien, aus den Latschen zu kippen.

Eine Touristenattraktion, dachte Söderstedt.

Die ersten Reisenden aus New York näherten sich der Treppe, die zur Paßabfertigung führte.

»Jetzt kommen sie«, sagte er vor sich hin in die Luft und fand, daß er damit der einzige Abweichende war.

Die Worte hallten in Kerstin Holms Gehörgängen wie die Friedenserklärung des Zweiten Weltkriegs. Sie hatte in ihrem Innern schon das Abschiedsgesuch stilistisch geglättet, das von dem heimlich furzenden Paßkontrolleur in der Gaskammer der Schalterkabine diktiert worden war. Das war nicht der Sinn ihrer Anwesenheit. Doch dann blickten die ersten amerikanischen Riechorgane durch die halbmatte Glasscheibe herein und vertrieben alle Geruchsempfindungen. Der Paßkontrolleur führte elegant jeden Paß in eine Kameravorrichtung, die an einen Computer angeschlossen war, und fotografierte ihn unauffällig. Foto und Name wurden unmittelbar gespeichert. Zumindest würden sie ein Bild des Fluggastes haben.

Gesicht auf Gesicht huschte vorbei. Hinter jedem Lächeln und jedem Gähnen versuchte sie, sich einen gewissenlosen Mörder vorzustellen. Es gelang ihm nicht so recht. Ein beharrliches Zucken im Augenwinkel eines Mannes, der nur äußerst widerwillig seine Ray Ban abnahm, zog beinah Hultins Aufmerksamkeit auf sich. Ansonsten begann es äußerst ruhig.

Viggo Norlanders Dasein in der Schalterkabine sah ein wenig anders aus. Er war der einzige in der A-Gruppe, der ein wunderbares Jahr hinter sich hatte. Nach dem Tiefpunkt während der Machtmordzeit, als er Amok gelaufen und von der Mafia in Estland gekreuzigt worden war, hatte sein bleiernes

Junggesellenleben eine neue Dimension angenommen. Er hatte angefangen zu trainieren, sich einer Haaroperation unterzogen und sich wieder dem schönen Geschlecht zugewandt; die stigmatisierten Hände waren dabei ein Vorteil gewesen. Da er, im Unterschied zu Kerstin Holm, bei einer jungen Paßkontrolleurin gelandet war, begann er, ihr hemmungslos den Hof zu machen. In dieser Kabine war sie diejenige, die ihre Anzeige wegen sexueller Belästigung bereits klar formuliert hatte, als die Amerikaner eintrafen.

Norlander vergaß sie für eine Sekunde. Er war sofort in höchster Alarmbereitschaft. Adrenalinprall sah er in jedem Reisenden einen Serienmörder, und als er Hultin seinen dritten Verdächtigen meldete, einen kohlschwarzen achtzehnjährigen Rauschgiftsüchtigen, bekam er einen so kräftigen Rüffel, daß er auf heftige Weise mit seiner Vergangenheit konfrontiert wurde und von da an gewissenhafter in seiner Einschätzung wurde, wie er es für sich selbst formulierte.

Er hatte einige Minuten in zerknirschtem Schweigen dagesessen, als ein Mann um die Fünfundvierzig mit selbstsicherem Lächeln der Kontrolleurin seinen Paß reichte, die diesen galant zusammen mit dem Namen Robert E. Norton fotografierte. Da fiel der Blick des Mannes über die Schulter der Paßbeamtin auf Norlander. Das Lächeln verblaßte abrupt, er begann heftig mit den Augen zu zwinkern und unkontrollierte Blicke nach den Seiten zu werfen. Dann schnappte er sich seinen Paß und nahm Reißaus.

»Ich hab ihn«, keuchte Norlander in das unsichtbare Miniaturfunkgerät. »Er haut ab«, fuhr er etwas widersprüchlich fort, stieß die Tür auf und schoß hinter Robert E. Norton her, quer durch die Ankunftshalle. Norton raste wie ein Besessener, und seine Tasche schlug heftig auf seinen Rücken. Norlander lief wie ein noch Besessenerer. Er stieß Damen um, die ihm in den Weg kamen, trampelte auf Kinderfüße, zerschmetterte zollfreie Flaschen. Norton blieb stehen und blickte sich in wilder Verzweiflung um. Hjelm erhob sich von seiner Bank, warf die ungelesene Broschüre fort und stürzte auf Norton zu. Der Anblick der beiden heranstürmenden Polizeibeamten mit offenbar zweifelhafter Vergangenheit war zuviel für den Amerikaner, der anfing, die Tasche über dem Kopf zu schwingen, sich zur Seite warf und zu einem der stillstehenden Gepäcktransportbänder stürzte. Mit einem Tigersprung schoß er durch die Plastikstreifen, die vor der Öffnung des Transportbands hingen. Seinem Tigersprung folgte auf der Stelle der von Norlander. Hjelm machte keinen Tigersprung, sondern schob vorsichtig die Plastikstreifen zur Seite. Im Gepäckraum sah er, wie Norlander Norton zwischen verstreuten Haufen von Gepäck verfolgte. Er kletterte hinein. Norton begann, Koffer nach Norlander zu werfen, der dumpf knurrte, sich auf ihn stürzte, einen Koffer auf die Nase bekam und zurücktaumelte. Norton riß sich los und lief zurück. Während Norlander sich auf zittrigen Beinen erhob, kam Norton immer näher auf Hjelm zu, der vorsichtig hereinkletterte und wartete. Norton lief ihm direkt in die Arme, begann wieder seine Tasche zu schwingen und landete einen Volltreffer. Hjelm wurde zurückgeworfen, hatte aber das Gefühl, sich in der Luft umzudrehen, und war über ihm. Norlander warf sich ins Getümmel, drehte Nortons Arme weiter als physiologisch sinnvoll nach hinten und setzte sich rittlings über ihn, die Knie in seinem Nacken. Die eine Hand an den blutenden Mund haltend, riß Hjelm die Tasche an sich und leerte sie auf den Fußboden. Ein kleines Päckchen Haschisch fiel heraus.

Im selben Moment erklang Hultins Stimme in Hjelms und Norlanders Ohren: »Ich habe jetzt den Namen vom FBI bekommen. Unmittelbar von Plan A auf Plan B umschalten. Unser Mann reist unter dem Namen Edwin Reynolds. Ich wiederhole: Edwin Reynolds. Falls der Mann, der gerade so unauffällig durch die Ankunftshalle gejagt wurde, *nicht* Reynolds heißt und nichts mit dem Fall zu tun zu haben scheint, laßt ihn auf der Stelle laufen, und kehrt an eure Posten zurück. Vielleicht können wir noch etwas retten.«

Sie ließen Robert E. Norton sofort los. Die Arlanda-Polizei kam und übernahm ihn. Durch eine Nebentür gelangten sie zurück in die Ankunftshalle und kehrten zu Norlanders Schalter zurück.

Hjelm übernahm. Er donnerte die Kontrolleurin an: »Schnell, verdammt: Edwin Reynolds. Ist der durch?«

Mit ein paar raschen Tastengriffen bekam sie die Antwort: »Nein. Randolph. Robertson. Nichts dazwischen.«

Norlander sank auf seinen Schemel. Hjelm sank auf den Boden. Sie zogen die Tür zu, atmeten tief durch, leckten ihre Wunden. Vielleicht war noch Hoffnung. Erst knapp die Hälfte der Passagiere war durch. Wenn er sich nicht unter denen befand, die Norlander niedergetrampelt hatte, war er noch da drinnen.

So argumentierten die beiden Helden der Schalterkabine und vergaßen in den Testosteronnebeln das Östrogen produzierende Element der Gruppe.

Kerstin Holms Stimme erklang in allen Gehörgängen: »Vor elf Minuten hat ein Edwin Andrew Reynolds unseren Schalter passiert. Unter den allerersten.«

Für ein paar endlose Sekunden war es still. Dann kam Hultins Stimme: »Okay. Macht die Paßkontrollen dicht. Laßt niemanden mehr raus. Verlangt von allen, die ihr in dem verdammten Arlanda seht, den Ausweis. Natürlich diskret. Offiziell jagen wir Drogenschmuggler. Wir setzen jetzt alle verfügbaren Kräfte ein. Los jetzt. Ich sorge für Straßensperren. Kerstin, hast du ein Bild von ihm? Wie sieht er aus?«

»Das, was ich habe, ist sehr schlecht. Möglicherweise ist er blond. Tut mir leid. Miserables Foto.«

»Und weder du noch der Paßbeamte erinnert euch an irgendwas?«

»Nein, leider. Aber in elf Minuten kann er ziemlich weit gekommen sein.«

»Okay. Macht jetzt.«

Irgendwo in sich schien Norlander dennoch aufzuatmen. Sein Mißgriff war nicht ausschlaggebend gewesen. Während Hjelm aufstand, fand er, daß Norlanders Seufzer der Erleichterung beinah verbrecherisch war.

Sie kamen zur gleichen Zeit aus der Kabine wie Kerstin Holm aus ihrer. Ihre intensiv forschenden Blicke vereinigten sich.

Überall standen sie, die weißen Männer mittleren Alters. Sie mußten warten. Die Kollegen von der bewaffneten Truppe quollen aus den Hohlräumen des Flughafens wie Würmer aus einer Leiche und sorgten dafür, daß jeder da stehenblieb, wo er stand.

Hjelm lief durch den Zoll. Aus dem Augenwinkel sah er, wie Gunnar Nyberg von Pässen einer Traube weißer Männer mittleren Alters überhäuft wurde. Sein ausgebeultes Lumberjack war aufgeknöpft.

Hjelm gelangte ins Freie. Sein Blick erfaßte die überfüllten Gehsteige. Ein Flughafenbus wand sich um die Kehre. Die Taxis schwärmten aus. Ein Überblick war unmöglich.

Er sprintete den Gehsteig entlang. An die zehn potentielle Serienmörder betrachteten seine mittelmäßigen Laufschritte. Sie wiesen sich aus, ohne zu prostestieren. Während er ihre Pässe überflog, war der Verdacht zu einem fertigen Gedanken geworden. Er konnte formuliert werden.

Er hielt inne, um für einen Moment einen vergeblichen Überblick zu gewinnen. Plötzlich stand Hultin neben ihm. Beide lasen ihre eigenen Gedanken im Blick des anderen.

Hjelm formulierte sie. Es war nicht zu vermeiden. »Er ist draußen.«

Hultin hielt Hjelms Blick noch einen kurzen Moment fest. Seinem inoffiziellen Nicken widersprach der barsche Tonfall: »Jetzt gehen wir rein und machen weiter. Steh nicht hier rum und sau die Gegend ein.«

Hultin verschwand. Hjelm blieb noch eine Weile stehen und saute die Gegend ein.

Er befingerte seine Lippen und wunderte sich über das Blut. Dann hob er das Gesicht zum sich verdunkelnden Himmel und hielt es den ersten kühlen Regentropfen entgegen.

Der Herbst war nach Schweden gekommen.

5

Es wurde Nachmittag, bevor es sich lohnte, wieder in der »Kampfleitzentrale« – mit Anführungszeichen, die immer weniger ironisch geworden waren, je länger die Machtmordermittlung dauerte – zusammenzukommen. Die eine oder andere heimliche Hoffnung auf einen vergleichbaren Verlauf zog durch die etwas abgestandene Luft. Im übrigen herrschte eine Art kontrollierter Angst; es bestand kein Zweifel am Ernst der Lage.

Jan-Olov Hultin kam von der Toilette, den Blick in Papiere vertieft, die aussahen, als habe er sie soeben benutzt, aber vergessen, sie mit fortzuspülen.

Er setzte sich in seinem gut eingesessenen Armlehnenstuhl zurecht und ließ seiner Darlegung eine innere Schnelldisposition vorangehen, so daß es zu einer zehnsekündigen Verzögerung kam: »Das Resultat des Arlanda-Debakels ist niederschmetternd. Das einzig Konkrete, was dabei herausgekommen ist, sind drei Anzeigen gegen die Polizei. Zwei betreffen Viggo.«

Norlanders Gesichtsausdruck war eine gelungene Verbindung von Beschämung und Stolz.

»Die erste stammt von der Paßbeamtin«, fuhr Hultin fort, ohne aufzublicken. »Sie fand, deine Annäherungsversuche gingen entschieden zu weit, gibt sich aber zufrieden, sagt sie, wenn ich dir einen Rüffel erteile. Hätten wir nicht Dringenderes zu tun, würde ich mich damit nicht zufriedengeben. Idiot. Die zweite Anzeige betrifft ein kleines Mädchen, das du bei der Jagd auf den kräftig drogenschmuggelnden Robert E. Norton umgerannt hast. Mangelndes Fingerspitzengefühl im Umgang mit dem zarten Geschlecht, kann man vielleicht sagen. Doppelidiot. Die dritte Anzeige ist ein bißchen schwer zu deuten. Einer der Märsta-Polizisten ist wegen, ich zitiere, ›Volltrunkenheit‹ an der Bar der Transithalle angezeigt worden.«

Arto Söderstedt lachte schallend und abrupt. »Entschuldigung«, sagte er nach einer Weile. »Er heißt Adolfsson.«

Weil eine weitergehende Erklärung ausblieb, fuhr Hultin ungerührt fort: »Dann zum Wesentlichen. Ein Edwin Andrew Reynolds existiert nicht. Der Paß war natürlich gefälscht. Und trotz der eifrigen Bemühungen unserer Computertechniker ist das Paßfoto nicht besser geworden.

Er drehte den Monitor auf dem Schreibtisch um und rief die Vergrößerung eines vollkommen dunklen Gesichts auf. Konturen waren vorhanden, vielleicht würde eine Gesichtsform erkennbar sein, vielleicht war er blond. Im übrigen vollkommen anonym.

»Wir wissen nicht einmal, ob er sein eigenes Foto benutzt hat; man akzeptiert ja zehn Jahre alte Bilder, und eigentlich ist es überhaupt kein Problem, ein Foto mit einer nur annähernden Ähnlichkeit einzureichen. Auf jeden Fall ist der Clou mit der Fotoanordnung des Zolls ein Reinfall. Alle Bilder sehen ungefähr gleich aus. Man schiebt es auf die neue Technik und darauf, daß man nicht genug Zeit zur Vorbereitung hatte. Und so weiter. Natürlich sind Hotels, die Bahn, Flughäfen, Fährhäfen, Misthaufen et cetera informiert worden. Ich glaube kaum, daß wir von der Seite mit irgendwas rechnen können, aber natürlich suchen wir weiter. Ein Plus ist, daß die Medien noch nichts wissen, obwohl in Arlanda die Fernsehkameras schnell zur Stelle waren. Ihr dürftet das Ergebnis heute abend sehen. Unser verehrter Chef Mörner erschien und gab eine Erklärung ab, was jedenfalls für eine gewisse Art Qualitätsfernsehen bürgt. Jemand Fragen?«

»Was war eigentlich mit den Straßensperren?« fragte Gunnar Nyberg.

»Das einzige, was wir bewirkt haben, war ein mehrstündiges totales Verkehrschaos auf der E4. Der Verkehr von Arlanda in alle Richtungen ist ganz einfach zu dicht. Außerdem hat es verdammt lange gedauert, sie aufzustellen. Nur ein richtig blutiger Amateur wäre da ins Netz gegangen. Wir versuchen natürlich, alle Taxi- und Busfahrer zu identifizieren, die zum aktuellen Zeitpunkt von Arlanda losgefahren sind, aber wie ihr wißt, hat die Neuregelung den Taxiverkehr in Stockholm vollständig unkontrollierbar gemacht, so daß wir uns in diesem Punkt wohl geschlagen geben müssen. Sonst noch was?«

»Keine Frage eigentlich«, sagte Kerstin Holm. »Nur zur Information. Der Computeraufzeichnung zufolge hat unser Mann als achtzehnter meinen Paßschalter passiert. Ich habe versucht, meine Eindrücke zu ordnen, und mit dem Paßbeamten gesprochen, aber keiner von uns beiden hat irgendeine Erinnerung. Vielleicht kommt ja allmählich noch etwas.«

Hultin nickte und fuhr mit geheimnistuerischer Betonung fort: »Ich habe sicherheitshalber veranlaßt, daß *sämtliche polizeilich gemeldeten Todesfälle* ab sofort direkt an uns weitergeleitet werden, ebenso jeder Verdacht von Verbrechen an Amerikanern in Schweden; wo auch nur der geringste Verdacht besteht, daß etwas faul ist, müssen unsere Gehirne sofort schalten, und wir müssen uns fragen: Kann dies etwas mit unserem Serienmörder zu tun haben? Es ist jetzt *unser* Fall, auch offiziell, und es ist unser *einziger*, und die *ganze* Gruppe ist dabei, und es ist das *toppeste top secret,* und niemand in eurer Umgebung darf auch nur den geringsten Wind kriegen von dem Wort amerikanisch-bestialischer-Serienmörder-in-Schweden-auf-freiem-Fuß. Wo ihr geht und steht, müßt ihr euch fragen: Kann der Serienmörder mit der Verspätung dieses Busses zu tun haben? Hat er irgendwelche Verbindung zu diesem Fahrradunfall oder den spastischen Zuckungen jenes Mannes oder dem lauter werdenden Schnarchen eurer besseren Hälfte? Volle Fixierung also!«

Sie verstanden. Es war so deutlich wie ausführlich. Hultin fuhr fort: »Ich habe in ziemlich intensivem Kontakt mit Stellen in den USA gestanden. *Special agent* Larner hat uns einen detaillierten Bericht über den Ablauf des gestrigen Abends und ein knappes Täterprofil zukommen lassen. Mit Hinsicht auf das Arlanda-Ergebnis werden in den nächsten Tagen weitere Informationen eingehen. So sieht es im Augenblick in großen Zügen aus. Der schwedische Literaturkritiker Lars-

Erik Hassel wurde kurz vor Mitternacht schwedischer Zeit in einer Besenkammer auf dem Flugplatz von Newark bei New York zu Tode gefoltert. Er wurde erst nach einigen Stunden gefunden. Er hatte kein Flugticket bei sich, aber ein Flug nach Arlanda am gleichen Abend war in seinem Terminkalender eingetragen. Es war also wahrscheinlich, daß der Mörder sein Ticket an sich genommen hat, aber weil man ja nur unter dem Namen einchecken kann, der auf dem Flugschein steht, haben sie aufs Geratewohl bei SAS nachgefragt, ob Hassels Flugschein storniert worden ist. Warum sonst seinen Flugschein stehlen? Brieftasche und Terminkalender und alles andere waren ja noch da. Und sie hatten Glück, erreichten eine Angestellte vom Ticketschalter, die sich an eine telefonische Abbestellung erinnerte, auf die kurz danach eine späte Buchung erfolgte. Aber dies geschah ja zur New Yorker Nachtzeit, und um den Namen des zuletzt eingebuchten Passagiers herauszufinden, brauchten sie einen Computerexperten, der exakte Buchungszeiten feststellen konnte. Schließlich gelang es ihnen, einen solchen aus den Armen seiner Liebsten zu reißen, und er grub den Namen aus, woraufhin dieser an uns weitergeschickt wurde. Elf Minuten zu spät.«

Hultin machte eine Pause, damit die zur Zeit leicht überlasteten Gehirne der A-Gruppe die Information einsinken lassen konnten.

»Dies stellt uns vor gewisse Probleme. Das wahrscheinliche Szenario ist, daß der Mörder Hassel umbrachte, in seinem Namen anrief und seinen Flug stornierte, wieder anrief und den eben stornierten Flug unter seinem eigenen falschen Namen buchte. Was sagt uns das?«

Weil alle begriffen, daß dies eine rhetorische Frage war, machte auch keiner Anstalten, sie zu beantworten.

Hultin komplizierte die Gesetze der Rhetorik noch um einiges, indem er selbst mit einer weiteren Frage antwortete:

»Die grundlegende Frage ist natürlich: Warum Schweden? Was haben wir Schlimmes getan, um das zu verdienen? Nehmen wir einmal folgendes an: Berüchtigter Serienmörder befindet sich auf dem Flugplatz. Er will aus dem Land fliehen; daher der mitgenommene falsche Paß. Vielleicht spürt er den hechelnden Atem des FBI im Nacken. Doch in der Erregung steigert sich sein Bedürfnis zu töten akut. Er wartet an einer günstigen Stelle, bis ein geeignetes Opfer in seine Nähe kommt. Er begeht die Tat, findet das Flugticket und kommt zu der Erkenntnis, daß es sich um einen günstigen Fluchtort handelt; die Maschine startet ja bald. Aber als er buchen will, zeigt es sich, daß die Maschine ausgebucht ist. Er weiß jedoch definitiv, daß ein Platz frei ist. Er betrachtet das Flugticket, findet den Namen Lars-Erik Hassel sowie eine Buchungsnummer, ruft an und storniert das Ticket, wodurch ein Platz frei wird. Was ist falsch an diesem Bild?«

»Finde fünf Fehler«, sagte Hjelm. Keiner lachte.

»Es ist tatsächlich möglich, fünf zu finden«, sagte Chavez mit einer unbeabsichtigten, doch wenig karrierefördernden Spitze gegen Hultin, der natürlich keine Miene verzog. »Das Entscheidende an deinem Szenario, Jan-Olov, ist ja der Zufall. Wenn es sich wirklich so verhält, daß er erst nach dem Mord auf die Idee kommt, ausgerechnet nach Schweden zu fliegen, kann man sich natürlich fragen, ob er sich tatsächlich solche Mühe machen würde, in ein vollkommen beliebiges Land zu kommen. Der Verkehr nach Newark und von dort weg geht ja ununterbrochen. Warum nicht ebensogut Düsseldorf fünf Minuten später oder Cagliari acht Minuten später?«

»Cagliari?« fragte Nyberg.

»Auf Sardinien«, sagte Hjelm hilfsbereit.

»War doch nur ein Beispiel«, sagte Chavez ungeduldig. »Der Clou ist doch der, daß es ganz und gar nicht den Anschein hat, Schweden sei zufällig gewählt worden. Und das kommt mir noch eine Spur unangenehmer vor.«

»Und dann kann man sich ja fragen«, fügte Kerstin Holm hinzu, »ob er wirklich das Risiko eingehen wollte, erst zum Schalter zu gehen und ein Nein zu hören, ein paar Minuten später aber zum Schalter zurückzukehren, um jetzt ein Ja zu bekommen. Ein Mann, der fast zwanzig Jahre lang das FBI an der Nase herumgeführt hat, würde kaum das Risiko eingehen aufzufallen, und schon gar nicht mit einer Leiche im Kielwasser, die jeden Augenblick entdeckt werden kann.«

Hultin wirkte ein wenig angeschlagen von zwei dermaßen scharfsinnigen Einwänden gegen sein Szenario. Er betrachtete seine Kontrahenten und konterte: »Andererseits gab es in dem, was er tatsächlich tat, ein offensichtliches Risikomoment. Hätte man den Computerexperten elf Minuten früher erwischt, hätten wir ihn geschnappt. Es war alles andere als ein idiotensicherer Plan.«

»Trotzdem sieht es meiner Meinung nach klar danach aus, daß Schweden sein Ziel ist, schon als er zum Flughafen kommt«, hielt Chavez fest. »Aber als er dort ist, zeigt es sich, daß die Maschine ausgebucht ist. Da nimmt sein Plan Form an. Warum nicht das Angenehme mit dem Nützlichen verbinden? Irgendwie macht er einen allein reisenden Passagier nach Arlanda ausfindig, ermordet ihn auf seine übliche genußvolle Art und Weise und nimmt dessen Platz ein, obwohl das ein gewisses, wenn auch begrenztes Risiko beinhaltet. Das Risiko, entdeckt zu werden, steigert ja andererseits den Genuß des Serienmörders.«

»Und worauf läßt das schließen?« fragte Hultin pädagogisch.

»Daß der Wunsch, nach Schweden zu kommen, so stark war, daß er ein Risiko in Kauf nahm, auf das er sich im Normalfall vermutlich nicht eingelassen hätte. Und wenn das so ist, hat er hier ein ganz klares Ziel.«

»Eiskalte Planung in Kombination mit Impulsivität und Genußsucht. Keine ganz leicht zu knackende Nuß ...«

»Gibt es irgendwelche Hinweise auf Schweden in seinem Profil?« wollte Arto Söderstedt mit vorbildlicher Präzision wissen.

»Dem FBI zufolge nicht«, sagte Hultin und blätterte. »Daß er die USA verläßt, paßt überhaupt ziemlich schlecht ins Profil. Die Geschichte sieht folgendermaßen aus: Es begann vor zwanzig Jahren in Kentucky, wo Opfer gefunden wurden, die auf dieselbe grausige Art und Weise umgebracht worden waren. Die Welle breitete sich in den Mittleren Westen aus. In den Medien kam die Sache ganz groß raus, und bald lief der unbekannte Täter unter dem Namen The Kentucky Killer. Im heutigen tief besorgniserregenden Serienmörderkult ist er eine Legende, und er soll viele Nachwuchstäter inspiriert haben. Binnen vier Jahren schaffte er eine Serie von achtzehn Morden, bevor er abrupt aufhörte. Vor gut einem Jahr setzte eine neue Serie mit genau der gleichen Vorgehensweise ein, diesmal in den nordöstlichen USA. Hassel wurde in dieser neuen Serie sein sechstes Opfer, insgesamt das vierundzwanzigste. Das vierundzwanzigste bekannte Opfer, sollte man vielleicht hinzufügen.«

»Eine Pause von ... fast fünfzehn Jahren«, dachte Kerstin Holm laut. »Ist es wirklich dieselbe Person und nicht ein ... wie sagt man gleich?«

»Trittbrettfahrer«, sagte Hjelm.

»Das FBI hat dies ausgeschlossen. Es fanden sich Details in der Vorgehensweise, die niemals öffentlich bekannt geworden waren und die nur ein paar Verantwortliche im FBI kennen. Entweder hat er seine Opfer während der fünfzehn Jahre gut versteckt, oder er hat aufgehört, sich vielleicht zur Ruhe gesetzt, bevor die Mordgier aufs neue die Oberhand gewann. Das ist jedenfalls das Szenario des FBI. Deshalb wurde nach einem Weißen mittleren Alters gefahndet. Die Wahrscheinlichkeit besagt, daß er kaum jünger als fünfundzwanzig war, als er anfing, und demnach jetzt kaum unter fünfundvierzig sein dürfte.«

»Und ›weiß‹ beruht auch auf einer derartigen Wahrscheinlichkeit, nehme ich an?« sagte der kreideweiße Söderstedt.

»Fast alle Serienmörder sind Weiße«, sagte Kerstin Holm. »Ein äußerst lebhaft diskutiertes Phänomen. Vielleicht ist es eine Art ererbter Kompensation für eine vielhundertjährige Herrschaft, die im Begriff ist verlorenzugehen.«

»Faschismus nach dem Zufallsprinzip«, entfuhr es Hjelm.

Einige dumpfe Sekunden lang brütete die A-Gruppe über die Bedeutung dieses Begriffs nach. Sogar Hultin sah nachdenklich aus.

»Wer waren eigentlich die Opfer?« fragte Chavez schließlich.

Hultins erneutes Blättern ließ Hjelm über die Vorteile des Internets und verschlüsselte E-Mails nachdenken, was er nicht allzuoft tat. Das war Jorges und Kerstins Domäne. Sie waren es auch, die am irritiertesten aussahen, als die Information ausblieb.

»Sehen wir mal nach«, sagte Hultin nach einer etwas zu langen Pause.

Chavez konnte ein leichtes Stöhnen nicht unterdrücken, was ihm einen Blick einbrachte, der leicht gegen ein weiteres Minuszeichen auf der Beförderungsliste eingetauscht werden konnte.

»Die Opfer weisen eine große Streuung auf«, sagte der weise Häuptling schließlich. »Vierundzwanzig Personen unterschiedlicher Herkunft. Fünf Ausländer, Hassel eingerechnet. Hauptsächlich weiße Männer mittleren Alters, aha, was ein aufgeweckter, feministisch gebildeter Polizist leicht als indirekten Selbsthaß interpretieren könnte.«

»Wenn es nicht mit der Tatsache kollidierte, daß er noch nicht in mittleren Jahren war, als er anfing zu morden«, konterte Kerstin Holm forsch. Die Eiseskälte in Hultins langem Blick hätte töten können. »Ziemlich viele der Opfer sind nie identifiziert worden«, fuhr er schließlich fort. »Obwohl die Liste verschwundener Personen in den USA ein Wälzer von Bibelformat ist, scheint mir das ein unproportional hoher Anteil zu sein, zehn von vierundzwanzig.«

»Ist *das* etwas, was sich geändert hat?« fragte Söderstedt wach.

Wieder ein Hultinblick. Dann blätterte er frenetisch und wurde fündig. »Alle sechs Opfer in der zweiten Serie sind identifiziert worden. Das bedeutet, daß zehn von achtzehn in der ersten Serie unidentifiziert geblieben sind. Die Mehrzahl.

Vielleicht kann man daraus irgendeine Schlußfolgerung ableiten. Ich selbst sehe mich dazu im Augenblick allerdings nicht in der Lage.«

»Hat vielleicht die Vorgehensweise an sich die Identifikation erschwert?« fragte Hjelm.

Es war zu merken, daß die Denkapparate geschärft waren wie angespitzte Bleistifte. Viele hatten lange auf genau diesen Augenblick gewartet. Der in dieser Erwartung enthaltene Grad von Zynismus wurde von der Gruppe geschlossen ignoriert.

»Nein«, antwortete Hultin. »Die Grausamkeit besteht nicht in herausgerissenen Zähnen oder abgeschnittenen Fingerspitzen.«

»Worin besteht sie denn dann?« fragte Nyberg.

»Warte«, sagte Chavez und sah auf seinen übervollen Notizblock. »Wir sind noch nicht richtig fertig. Wer waren also die identifizierten Opfer? Hat er es auf eine bestimmte Gesellschaftsschicht abgesehen?«

Hultin schwang wieder seine mentale Machete durch den Papierdschungel. Während er suchte, sagte er: »Viele der Fragen, die ihr jetzt so raushaut, werden von dem vollständigen FBI-Bericht beantwortet, den *Special Agent* Larner im Laufe des Nachmittags herüberfaxen wird, aber okay, wir können ebensogut den Ereignissen ein bißchen vorauseilen ...«

Dann fand er, was er suchte. »Die acht identifizierten Opfer in der ersten Runde sind ziemlich gut ausgebildete Leute. Deutliches Faible für Akademiker, dem Anschein nach. Die sechs anderen in der Runde sind eher gemischt. Vielleicht ist er Demokrat geworden.«

»Nun komm endlich mal zum Geschlecht«, sagte Kerstin Holm ruppig.

Ein Moment verblüfften Schweigens entstand im männlichen Auditorium.

Dann verstand Hultin. »Eine einzige Frau in der ersten Serie, eine von achtzehn. Zwei von sechs in der zweiten.«

»Immerhin gibt es gewisse Unterschiede«, faßte Holm zusammen.

»Wie gesagt«, fuhr Hultin fort. »Er ist vielleicht auch aus der Geschlechterperspektive Demokrat geworden. Warten wir ab, was Larner zu diesem Punkt zu sagen hat. Er hat den Fall von Anfang an verfolgt. Die Vorgehensweise trug dazu bei, daß man gegen Ende der siebziger Jahre einen Kreis von wenn nicht *verdächtigen,* so doch *möglichen* Tätern ins Auge faßte. Sie wies, wie sich zeigte, gewisse Ähnlichkeiten mit einer Foltermethode aus dem Vietnamkrieg auf, ob ihr es glaubt oder nicht. Eine spezielle und ausgesprochen inoffizielle amerikanische Einheit in Vietnam bediente sich dieser Methode, um gefangene Vietcong zum Reden zu bringen, ohne daß sie schrien. Eine dem Dschungel angepaßte geräuschlose Foltermethode. Weil die Existenz der Einheit von offizieller Seite abgestritten und als ein weiterer Vietnammythos abgetan wurde, war es für Larner extrem schwierig, Namen in Erfahrung zu bringen. Er hat angedeutet, daß er vielen hohen und empfindlichen Tieren auf die Zehen getreten ist, und vermutlich machte er sich unmöglich und versaute sich obendrein noch die Beförderung. Aber langsam und beharrlich kreiste er die Einheit ein, die unter dem wenig angenehmen Namen Commando Cool lief, und identifizierte die Mitglieder. Vor allem kristallisierte sich einer heraus, den man fast als Verdächtigen bezeichnen könnte, der Anführer der Einheit, ein Wayne Jennings eben aus Kentucky. Es gab nie irgendeinen Beweis, aber Larner hängte sich an Jennings und folgte ihm, wohin er auch ging. Und dann geschah etwas, was nicht hätte geschehen sollen. Jennings hatte es satt, vom FBI beschattet zu werden, versuchte bei einer Verfolgungsjagd zu entkommen und stieß frontal mit einem entgegenkommenden Fahrzeug zusammen. Larner war selbst am Unglücksort und sah ihn verbrennen.«

»Und gingen die Morde danach weiter?« fragte Chavez.

»Leider. Es kamen noch zwei weitere Morde dicht hintereinander, bevor es aufhörte, und Larner wurde vorgeworfen, einen Unschuldigen in den Tod getrieben zu haben. Es kam zu einem Prozeß. Er wurde zwar freigesprochen, begann aber in der Hierarchie nach unten zu sinken. Und es machte die Sache nicht viel besser, daß er nach fünfzehn Jahren des Kraxelns bei Gegenwind erkennen mußte, daß der Mörder wieder angefangen hatte. Seit einem guten Jahr ist Larner wieder da, wo er angefangen hat: auf der Suche nach dem Kentuckymörder, der ihn an der Nase herumführt. Ich beneide ihn nicht.«

»Das solltest du aber«, entgegnete Söderstedt. »Jetzt fällt er nicht mehr unter Larners Verantwortung, sondern unter deine. Larner ist frei, du nicht.« Söderstedt machte eine Pause und fuhr dann maliziös fort: »Du übernimmst einen Fall praktisch bei Null, den das FBI mit Mitteln, die dem schwedischen Bruttosozialprodukt entsprechen, zwanzig Jahre lang untersucht hat.«

Hultin betrachtete ihn neutral.

»Was war denn eigentlich so speziell mit dem Modus operandi des Commando Cool?« versuchte Nyberg von neuem. »Wie starb denn dieser Literaturkritiker?«

Hultin wandte sich ihm mit einer Miene zu, die möglicherweise als unterdrückte Erleichterung gedeutet werden konnte. »Der Clou ist der, daß es zwei verschiedene Dinge sind«, sagte er. »Der Serienmörder bedient sich einer, nennen wir es persönlichen, Variante der Methode des Commando Cool. Die ganze Methode baut auf einem einzigen Spezialinstrument auf: einer eigens angefertigten mikromechanischen Zange, die in geschlossenem Zustand am ehesten einer furchteinflößenden Kanüle gleicht. Einer Pferdespritze. Sie wird von der Seite in den Hals eingeführt. Mit Hilfe kleiner Regulierdrähte lassen sich im Innern der Luftröhre minimale Greifhaken ausfahren, die sich um die Stimmbänder legen und bewirken, daß kein Laut über die Lippen des Opfers dringt. Er oder sie wird vollständig zum Schweigen gebracht. Auch in bedrängter Lage im Dschungel, mit Vietcong in allen Büschen ringsumher, kann man sich einer kleinen erfrischenden Folter mit konventionellen Methoden widmen, am besten gegen Nägel und Geschlecht gerichtet, wo kleine, stumme Bewegungen den größten Schmerz verursachen. Und dann läßt man die Greifhaken um die Stimmbänder eine Ahnung lockerer, so daß ein Flüstern möglich ist. Und jetzt kann das Opfer sein Geheimnis verraten, leise, leise. Zu diesem Zweck entwickelte das Commando Cool eine Zwillingszange, die nach dem gleichen Prinzip funktioniert, aber diese zweite ist auf zentrale Nervenstränge im Nacken ausgerichtet, an denen man von innen ein wenig zieht und zerrt, wodurch unerträgliche Schmerzen in den Kopf und in den ganzen Körper schießen. Die beiden Löcher im Hals mit den entsprechenden inneren Verletzungen sind bei sämtlichen vierundzwanzig Opfern des Kentuckymörders gefunden worden, außerdem spezifische Folterverletzungen an Geschlechtsteilen und Fingern. Larner hält sich ein wenig bedeckt, was die unterschiedliche Vorgehensweise unseres Freundes und der Spezialeinheit betrifft, aber anscheinend hat es mit der Konstruktion der beiden Spezialzangen zu tun. Es ist, als seien die Zangen in einem fast industriellen Weiterentwicklungsprozeß für ihren makabren Zweck noch perfekter gemacht worden.«

Hultin schwieg und blickte auf sein Pult. »Ich möchte, daß ihr jetzt einen Augenblick innehaltet und nicht ganz betriebsblind werdet«, sagte er ernst. »Lars-Erik Hassel starb wahrscheinlich einen der schrecklichsten Tode, die man sterben kann. Ich wünsche mir, daß ihr euch wirklich klarmacht, was wir hier vor uns haben. Es gleicht nichts von alldem, womit wir in unserem Leben bisher zu tun hatten. Es gibt nicht den Schatten einer Ähnlichkeit mit unserem guten alten Machtmörder. Die eiskalte Gleichgültigkeit gegenüber dem Leben anderer und der perverse Genuß angesichts ihres Leidens sind kaum vorstellbar. Wir haben es mit einem schwer gestörten Menschen von der Art zu tun, wie sie das amerikanische System am laufenden Band zu produzieren scheint und die zu exportieren sie lieber hätten unterlassen sollen. Aber jetzt ist er hier. Und eigentlich ist das einzige, was wir tun können, zu warten, bis er wieder anfängt. Es kann lange dauern, es kann morgen sein. Aber geschehen wird es, und wir müssen bereit sein.«

Hultin stand auf, um auf die Toilette zu gehen. Dafür, daß er an Inkontinenz litt, hatte er erstaunlich lange durchgehalten. Zu der sich nur langsam auflösenden Gruppe sagte er noch: »Sobald ich Ray Larners Material kriege, bekommt ihr Kopien. Der Ausgang dieses Falles hängt auch davon ab, wie fleißig ihr darin studiert.«

Er nickte ihnen zu und wandte sich seiner privaten Spezialtür zu. Jorge Chavez hielt ihn mit der Frage auf: »Wie alt ist Edwin Reynolds laut seinem Paß?«

Hultin schnitt eine steife Grimasse, grub mit zusammengeklemmten Beinen in seinem Papierstapel und fand eine Kopie des abfotografierten Passes. »Zweiunddreißig.«

Chavez nickte. »Der Paß war zwar gefälscht«, sagte er, »aber warum sollte er sich dafür entscheiden, fünfzehn Jahre jünger zu erscheinen, als er plausiblerweise sein muß?«

»Das Risikomoment vielleicht«, sagte Hultin wider besseres Wissen und stürmte davon, fliegende Blätter hinter sich zurücklassend.

Chavez und Hjelm sahen sich an. Hjelm zuckte mit den Schultern. »Er kann doch einen fertigen gefälschten Paß gekauft oder geklaut haben.«

»Möglicherweise«, sagte Chavez.

Aber keiner wurde das Gefühl los, daß etwas nicht stimmte. Grundsätzlich nicht stimmte.

6

Eigentlich gab es nichts zu tun.

Zwar lag eine mikroskopisch kleine Möglichkeit vor, daß alles auf Zufällen beruhte, daß der Kentuckymörder nicht auf dem Flughafen war, um zu fliehen, sondern nur, um ein neues Opfer zu suchen, daß der arme Lars-Erik Hassel selbst den

Heimflug abbestellt und seinen Flugschein fortgeworfen hatte und daß anschließend noch eine letzte Buchung von einem vollkommen unbeteiligten Mann mit einem falschen Paß vorgenommen wurde. Die Kombination des Ganzen war jedoch zu starker Tobak. Es herrschte kein Zweifel daran, daß der Kentuckymörder nach Schweden gekommen war. Die Frage war nur, warum.

Der ausführlichere Bericht des FBI-Agenten Ray Larner war eingetroffen. Die Maschine war planmäßig um 18 Uhr 20 Ortszeit von Newark gestartet. Um 18 Uhr 03 hatte ein Mann, der sich Lars-Erik Hassel nannte, angerufen und seinen Flug abbestellt, und um 18 Uhr 08 gelang es einem Edwin Reynolds, den frei gewordenen Platz zu ergattern; er wartete also fünf riskante Minuten, um kein Aufsehen zu erregen. Gegen Mitternacht hatte eine Reinigungskraft in einer Besenkammer die makabre Entdeckung gemacht – knapp zwei Stunden vor der Landung. Ein Kommissar Hayden von der Flughafenpolizei erkannte die zwei kleinen Löcher im Hals des Opfers, nahm Kontakt mit dem Hauptbüro des FBI in Manhattan auf, das sich seinerseits an den Kentuckymörder-Spezialisten Ray Larner wandte, und erhielt die Bestätigung, daß es sich um The Famous Kentucky Killer handelte. Nach einer Durchsuchung der Hinterlassenschaft des Opfers war Hayden gerissen genug, die wichtige Schlußfolgerung zu ziehen, daß der Mörder wahrscheinlich den Platz des Opfers nach Stockholm Arlanda eingenommen hatte. Nach einer Weile erhielt er vom Nachtpersonal am SAS-Schalter auch die mündliche Bestätigung, daß ein Flug zu spät storniert worden war, um umgebucht werden zu können, wobei sich die übernächtigte Schalterangestellte auch daran erinnerte, daß noch eine späte Buchung vorgenommen worden war. Sie kam jedoch nur an die Passagierliste, nicht an die spezifischere Information, wann jeder Fluggast gebucht hatte. Während das FBI fieberhaft nach einem Zuständigen für die Computerdaten suchte, nahm Hayden Kontakt mit dem Reichskriminalamt in Stockholm auf und landete via Reichskriminalchef bei Kommissar Jan-Olov Hultin. Das war um

7 Uhr 09 schwedischer Zeit. Hayden faxte geistesgegenwärtig alles Material, das er hatte, herüber, und dieses wurde Teil des Papierhaufens, den Hultin zu dem schnellen Durchgang vor dem Hubschrauberflug nach Arlanda mitgebracht hatte.

Nichts im frisch eingetroffenen, gewissenhaften Bericht des FBI-Agenten Ray Larner zeigte irgendwelche Abweichungen vom bisher Gesagten und auch keine denkbaren Verbindungen nach Schweden. Also gab es eigentlich nichts zu tun. Außer auf das erste Opfer zu warten. Und das war unerträglich.

Deshalb widmete man sich der mentalen Vorbereitung auf die Aktivität, die kommen würde. So vertrieb man sich den Rest des Nachmittags mit kleinen Aufträgen, die nicht nur die Illusion von sinnvoller Beschäftigung vermittelten, das Gefühl, etwas zu *tun*, sondern auch eine Betätigung in Abgeschiedenheit. Jeder schien den Zustand der Dinge ganz für sich verdauen zu müssen.

Hultin sammelte weiter Material des FBI und ordnete es. Kerstin Holm fuhr noch einmal nach Arlanda, um zu sehen, ob jemand vom Personal eine plötzliche Erinnerung oder einen Geistesblitz gehabt hatte, irgend etwas. Das Kabinenpersonal des Flugs SK 904 sollte einer Auskunft zufolge auch anwesend sein, und sie bereitete sich auf ihre Spezialität vor, Gespräche, Interviews, Verhöre. Nyberg tat, was er üblicherweise tat: Er begab sich in die Stockholmer Unterwelt, um das Terrain zu sondieren. Söderstedt schloß sich in sein Zimmer ein und telefonierte mit sämtlichen Stellen, von denen irgendwie zu hoffen war, daß sie Reynolds, der sicher nicht mehr Reynolds hieß, beherbergten. Chavez stürzte sich in die Welt des Internets; was er dort zu finden hoffte, blieb Uneingeweihten ein Rätsel. Norlander wurde Hultins Aussage zufolge damit beauftragt, alle Toiletten des Polizeipräsidiums mit einer elektrischen Zahnbürste zu schrubben, was in der noblen Kunst der Bestrafung als ein technischer Fortschritt betrachtet werden mußte.

Hjelm entfernte sich in eigenem Auftrag. Für ebenso gering wie die Wahrscheinlichkeit, daß der Kentuckymörder trotz allem in den USA geblieben war, schätzte er die Wahrscheinlichkeit ein, daß das Vorleben des Literaturkritikers Lars-Erik Hassel etwas mit dem Fall zu tun hatte. Gleichwohl begab er sich in das große Zeitungshaus, das Hassels Arbeitsplatz gewesen war.

Er genehmigte sich einen Spaziergang dorthin – eine kleine Gewohnheit, zu deren Entstehen die relative Beschäftigungslosigkeit des vergangenen Jahres Anlaß gegeben hatte. Über Kungsholms Torg ging er hinunter nach Norr Mälarstrand. Das Regenwetter von Arlanda hatte sich offenbar andere Opfer als Stockholm gesucht; er konnte nicht umhin zu denken, daß es nur seine Zeit abwartete, daß es hinter den Kulissen lauerte, bereit, die Stadt in Herbst zu hüllen. Doch noch schien die Sonne, wenn auch bleicher mit jedem Tag, der verging. Jenseits von Riddarfjärden streckte sich eine enorme Katze aus und schnurrte genüßlich im weißen Strahlenbad der Spätsommersonne; der Kopf von Marieberg schleckte mit der Zunge von Söderleden das Wasser des Mälaren, der schwere Körper von Skinnarviken wand sich lüstern und streckte sich hinab zu den eleganten Hinterpfoten von Långholmen, wo der Västerbroschwanz den Weg nach Marieberg und zu den Zeitungshäusern wies.

Das einzige, was Hjelm über Hassel wußte, war, daß er Literaturkritiker war. Dann und wann hatte er seinen Namen im Feuilleton der großen Tageszeitung gesehen; ansonsten war er für ihn ein unbeschriebenes Blatt.

Er wanderte Norr Mälarstrand entlang und durch den Rålambshofspark hinauf, wo die Völkerballspieler hartnäckig mit nacktem Oberkörper spielten, obwohl ihre Gänsehaut aus zwanzig Metern Entfernung zu erkennen war. Wie lautete noch die alte Bauernweisheit? Den Sommer einschwitzen, den Winter einfrieren?

Die Dame in der Anmeldung erklärte ihm mit einer gut einstudierten Miene des Bedauerns, daß die Aufzüge im Augenblick außer Funktion seien, und er fand sich unversehens in die Lage versetzt, den Winter einzuschwitzen. Oben in der Feuilletonredaktion herrschte eine bedrückte, aber erregte Stimmung. Hjelm bat darum, mit einem der Verantwortlichen sprechen zu dürfen, und wurde für die Zeit des Wartens auf den vielbeschäftigten Chefredakteur mit einem Stapel mehr oder weniger veralteter Nummern der Kulturbeilage der Zeitung ausgestattet. Er las das Feuilleton sorgfältiger als seit langem und fand sogar einige Artikel von Hassel. Er widmete eine gute halbe Stunde der Erweiterung seiner Bildung, bevor der Chef der Feuilletonredaktion ihn in sein Büro bat, in dem die Bücherstapel zu wachsen schienen, während man zusah.

Der Feuilletonchef strich sich unablässig über seinen graumelierten Bart, streckte die Hand aus und sagte forsch: »Möller. Tut mir leid, daß Sie warten mußten. Vielleicht können Sie sich vorstellen, was hier los ist.«

»Hjelm«, sagte Hjelm, hob einen Papierstapel von einem Stuhl und setzte sich.

»Hjelm«, sagte Möller und sank hinter seinen überfüllten Schreibtisch. »Aha.«

Mehr als das kam nicht, aber Hjelm erkannte, daß der Zahn der Zeit die alten Epitheta Hallundaheld und Machtmorddito nicht so leicht zernagte. Wie alle alten Helden wurde er Tag und Nacht mit seinem mangelnden Heroismus konfrontiert. »Mein Beileid«, sagte er kurz.

Möller schüttelte den Kopf. »Es ist ein bißchen schwer zu verstehen, das kann ich nicht abstreiten«, sagte er. »Was ist eigentlich passiert? Die Information, die wir bekommen haben, war gelinde gesagt kurzgefaßt. Was sollen wir im Nachruf schreiben? Wir können jedenfalls nicht das alte ›nach langem Leiden‹ aus dem Ärmel ziehen, das habe ich jedenfalls begriffen ...«

»Er wurde ermordet«, sagte Hjelm unbarmherzig. »Auf dem Flugplatz.«

Möller schüttelte wieder den Kopf. »Auf dem Flugplatz ... Pech noch dazu ... Ich dachte, New York wäre jetzt sicher geworden. Das Modell New York. ›Zero tolerance‹, ›community policing‹, und wie es alles heißt. Das war doch verdammt noch mal der Grund, warum er da war!«

»Was war der Grund?«

»Er sollte eine kulturelle Betrachtung des neuen, friedlichen Geists von New York liefern. Ich nehme an, daß man das die Ironie des Schicksals nennen kann.«

»Hatte er schon etwas geschrieben?«

»Nein. Er sammelte Eindrücke. Er war eine Woche da und sollte die Woche nach seiner Rückkehr an dem Artikel schreiben.«

»Die Reise ist also von der Zeitung bezahlt worden?«

»Selbstredend«, sagte Möller gekränkt.

»War Lars-Erik Hassel fest angestellt?«

»Ja. Er gehörte seit fast zwanzig Jahren der Redaktion an.«

»Also ein Mann des Modernismus«, entfuhr es Hjelm.

Möller starrte ihn mit leerem Blick an. »Dieses Wort benutzen wir hier nicht gern. Es ist durch allerlei Mißbrauch entwertet.«

Hjelm betrachtete ihn eine Weile. Er hatte plötzlich das Gefühl, daß er ein wenig wider den Stachel löcken mußte: »Der Artikel über das neue, friedliche New York aus kultureller Sicht dürfte also ein halbes Monatsgehalt gekostet haben, sagen wir fünfzehntausend mit Steuern und Abgaben, plus Reise und Aufenthalt, noch mal zwanzigtausend. Zusammen an die fünfzigtausend Kronen.«

Möllers Gesicht verfinsterte sich. Er zuckte die Schultern. »So darf man nicht rechnen. Manche Artikel kosten mehr, andere weniger. Worauf wollen Sie hinaus?«

»Hatte er irgendwelche Kontakte in New York? Freunde? Feinde?«

»Meines Wissens nicht, nein.«

»Hatten Sie oder ein anderer Redaktionskollege während der letzten Woche Kontakt mit ihm?«

»Ja. Ich habe einmal mit ihm gesprochen. Er war gerade in der Metropolitan gewesen und sehr angetan.«

»Und der Besuch in der Metropolitan sollte mit in den Fünfzigtausendkronenartikel?«

Hjelm spürte, daß er aufhören mußte, wenn er Möller nicht total verärgern wollte. Er versuchte, den Tonfall zu wechseln:

»Wir werden mit seiner Familie reden müssen. Wie sahen seine familiären Verhältnisse aus?«

Möller gab einen tiefen Seufzer von sich und schaute auf die Uhr.

Ein jüngerer glatzköpfiger Mann kam hereingestürmt und wedelte mit einem Papier. »Entschuldigung, daß ich störe«, keuchte er. »Die Zeit drängt. Lars-Eriks Nachruf ist fast fertig, aber was machen wir mit der Todesursache? Irgendwas müssen wir doch schreiben.«

Möller machte eine Geste zu Hjelm hinüber und fragte: »Was können wir schreiben?«

»Daß er ermordet wurde.«

Der junge Mann starrte ihn an. »Mehr nicht?« sagte er schließlich.

»Das reicht doch«, sagte Hjelm.

Der Mann stürzte wieder davon. Durch die Scheiben der Bürotür sah Hjelm ihn zu seinem Computer zurückkehren und mit der lockeren Hand eines professionellen Schlachters auf die Tasten einhauen.

»Nachrufe zu schreiben fällt den jungen Leuten nicht leicht«, sagte Möller müde. »Wenn einer unerwartet stirbt, muß man bei Null anfangen. Das erfordert große Mühe.«

»Und wenn jemand *erwartet* stirbt?« fragte Hjelm.

»Wir haben Nachrufe vorbereitet.«

Hjelm traute seinen Ohren nicht. »Sie haben Nachrufe für lebende Menschen vorbereitet? Ist das Ihr Ernst?«

Möller seufzte schwer. »Man merkt, daß Sie nicht viel von Redaktionsarbeit verstehen. Wollen wir das hier irgendwann hinter uns bringen? Wo waren wir?«

»Die Familienverhältnisse«, sagte Hjelm.

»Lars-Erik lebte seit einigen Jahren allein. Er hat zwei Ehen hinter sich und einen Sohn aus jeder Ehe. Ich werde Ihnen die Adressen geben.«

Möller blätterte in einem großen Adreßbuch, kritzelte ein paar Hieroglyphen auf einen Zettel und reichte ihn Hjelm.

»Danke. Wie war er als Autor?«

Möller schwieg und überlegte. »Er war einer der führenden Literaturkritiker im Lande. Sein Urteil konnte ein schriftstellerisches Werk aufwerten oder vernichten. Sein Name unter einem Text gab diesem immer einen gewissen ... Nimbus. Ein großartiger und vielseitiger Kritiker, der sich nicht scheute, klare Worte zu sagen. Und außerdem ein unterschätzter Autor.«

»Er schrieb auch Bücher?«

»In letzter Zeit nicht mehr, aber es gibt ein paar Perlen aus den siebziger Jahren.«

»Ich habe eben draußen ein paar alte Feuilletons durchgeblättert und auch einige seiner Texte gefunden. Er schien nicht viel für Literatur übrig zu haben ...«

Möller massierte sich den Bart und blickte aus dem Fenster auf den hellblauen Himmel. »Die Literatur von heute ist unter aller Kritik«, sagte er schließlich. »Buchstäblich unter. Die jungen Autoren haben ihre Berufung ganz und gar mißverstanden. Wir schreiben überhaupt nicht mehr viel über Literatur.«

»Nein, ich habe gesehen, daß Sie Gesellschaftsreportagen und Filmfestivals und Interviews mit Rockgruppen und offizielle Preisverleihungen und Konflikte innerhalb verschiedener bürokratischer Verbände bevorzugen.«

Möller beugte sich über den Schreibtisch und bohrte seinen Blick in Hjelms. »Und was sind Sie? Kritiker?«

»Nur ein bißchen verwundert.« Hjelm blätterte in seinen Notizen. »Ich fand einen Artikel, in dem ein Kritiker schreibt, daß Kritiker viel zu viele Bücher lesen und lieber joggen sollten.«

»Das Leben besteht aus mehr als Büchern.«

»Das ist doch eine Binsenweisheit. Wenn ich behaupten wollte, dadurch ein besserer Polizist zu werden, daß ich mich weniger mit polizeilicher Arbeit beschäftige, wäre das ein Dienstvergehen. Dann stand in einem Artikel, die Schriftsteller heutzutage grübelten viel zuviel über den Sinn des Lebens nach. Ich dachte, das sei des Pudels Kern.«

»Man merkt, daß Sie sich in der Branche sehr wenig auskennen«, murmelte Möller und starrte aus dem Fenster.

»Sie selbst schreiben, die Jungen seien eine Bande bleichgesichtiger, orientierungsloser Nabelbeschauer, und hier sind ein paar Zitate aus Lars-Erik Hassels Texten: ›Es fragt sich, ob aus der Literatur noch viel mehr herauszuholen ist‹, ›Dichtung und bildende Kunst scheinen ausgedient zu haben‹, ›Die große Gesellschaftsschilderung, auf die wir alle gewartet haben, kam nie, das ist die Tragik der Literatur‹, ›Dichtung scheint nichts anderes zu sein als ein Spiel‹, ›Die Literatur ist lange unsere am meisten überschätzte Kunstform gewesen‹.«

Als von Möller keine Reaktion erfolgte, beugte sich Hjelm seinerseits über den Schreibtisch. »Verhält es sich nicht so, daß einer von Schwedens einflußreichsten Literaturkritikern Literatur überhaupt nicht mochte?«

Möllers Blick war zwischen den nicht vorhandenen Wolken hängengeblieben. Er war völlig abwesend. Seine Müdigkeit wirkte monumental. Sie erstreckte sich direkt ins nächste Leben hinein.

Weil er nicht mehr viel hinzuzufügen hatte und weil es unwahrscheinlich war, daß Möller im Laufe der nächsten halben Stunde einen Mucks von sich geben würde, beschloß Hjelm, diesen menschlichen Katastrophenort zu verlassen, trat hinaus in den Redaktionsraum und schob die Tür zu dem versteinerten Ressortchef zu. Er trat zu dem jungen Mann mit dem hingehauenen Nachruf. Der hatte aufgehört, die Tastatur zu malträtieren, und ging gerade noch einmal den Text am Bildschirm durch.

»Ist er fertig?« fragte Hjelm.

Der Mann zuckte zusammen, als sei er von einem Dumdumgeschoß in zwei Stücke gerissen worden. »Oh, Entschuldigung«, hechelte er, nachdem er sich wieder gefaßt hatte. »Ich war ganz absorbiert. Ja, er ist fertig. So fertig, wie er unter den gegebenen Umständen sein kann.«

»Kann ich einen Ausdruck bekommen?«

»Er erscheint morgen in der Zeitung.«

»Ich hätte ihn gern jetzt, wenn es geht.«

Der Mann betrachtete ihn erstaunt. »Selbstverständlich«, sagte er und drückte auf eine Taste. Ein Laserdrucker begann Seiten auszustoßen. »Es ist immer schön, wenn man gelesen wird.«

Hjelm überflog den Text, der mit Erik Bertilsson signiert war.

»Nach allen Regeln des Genres«, sagte Bertilsson, was Hjelm veranlaßte, den Blick von den Seiten zu heben und Bertilsson in Großaufnahme zu betrachten.

»Eher als nach denen der Wahrheit?« sagte er.

Erik Bertilsson zeigte die einem routinierten Verhörleiter wohlbekannte Jetzt-hab-ich-mich-verplappert-Miene und sagte nichts.

»Was war Hassel eigentlich für ein Autor?« fragte Hjelm. »Ich habe da ein paar ziemlich sonderbare Texte gesehen.«

»Lesen Sie den Nachruf«, sagte Bertilsson verkniffen. »Da steht alles, was ich zu sagen habe.«

Hjelm blickte sich in der Redaktion um. Hier und da liefen kleine Grüppchen von Redaktionsmitgliedern umher. Niemand schien von ihm und Bertilsson Notiz zu nehmen.

»Jetzt hören Sie mal genau zu, Bertilsson«, sagte er scharf. »Ich versuche lediglich, mir ein zutreffendes Bild von einem Mordopfer zu machen. Jede Information, die dazu führen kann, daß der Mörder gefaßt wird, ist von größter Bedeutung. Was Sie sagen, bleibt sozusagen unter uns, innerhalb der Ermittlung. Es geht nicht darum, jemanden öffentlich anzuschwärzen.«

»Ich begleite Sie ins Treppenhaus«, seufzte Bertilsson und erhob sich widerwillig.

Sie kamen ins Treppenhaus. Es war menschenleer.

Bertilsson wand sich wie im Fegefeuer. Nach einer Weile faßte er einen Entschluß, gebot seiner Qual Einhalt und warf den Ballast ab, eine kompakte Masse von Frustration: »Diesen Nachruf zu schreiben war ein Auftrag, nicht meine freie Entscheidung«, sagte er mit einem Blick über die Schulter. »Und ich habe mich noch nie so sehr als Heuchler gefühlt. Hassel gehörte dem inneren Kreis um Möller an. Sie geben den Ton an, ganz einfach, eine Generationsclique, die glaubt, sie hätte die gleichen Wertmaßstäbe wie in den goldenen sechziger Jahren, die aber eigentlich diametral entgegengesetzt sind. Mit extremem Irrwitz versuchen sie, *die Zeichen der Zeit* einzukreisen, und folgen begeistert dem oberflächlichsten Trend, aber gleichzeitig sind sie nicht im geringsten bereit, Außenstehende in den Kreis einzulassen. Hassel war ein Machtmensch. Er durfte über die Bücher schreiben, über die er schreiben wollte, und suchte sich immer Sachen aus, die er nicht verstand, nur um die Autoren runtermachen zu können. Seine ganze ästhetische Überzeugung stammt aus den Sechzigern und fußt auf dem Grundsatz, daß Literatur *per definitionem* Betrug ist. Er hat in den Siebzigern eine theoretische maoistische Kampfschrift und ein paar Dokumentarromane verfaßt, aber danach hat sein gesamtes Wirken darin bestanden, Läuse aus der Fahne zu schütteln. Es geht auf keine Kuhhaut, wie viele Hoffnungsträger der jungen Literatur er persönlich abgeschossen hat.«

Hjelm schreckte vor der nahezu therapeutischen Beredsamkeit zurück. Er versuchte das Gleis zu wechseln. »Und privat?«

»Nachdem er jahrelang seine Frau betrogen hatte, verließ er sie wegen eines jungen Dings, dem er mit seiner sogenannten Bildung imponierte. Er machte ihr sofort ein Kind – und haute ab nach Göteborg, als die Geburt bevorstand, um auf der Buchmesse rumzuvögeln. Als er zurückkam, war sie ihrerseits mit dem neugeborenen Sohn abgehauen. Seitdem hat er den größten Teil seiner Zeit damit verbracht, kleine Mädchen aufzureißen, die von ihm fasziniert waren, weil sie nicht wußten, daß seine Bildung ebenso transplantiert war wie sein Haar. Seine Erfolge bei Redaktionsfeiern und Verlagsfesten sind legendär; als Außenstehender kann man sich so etwas überhaupt nicht vorstellen.«

Hjelm zwinkerte verwundert. Er starrte auf den Nachruf und verglich Bertilssons mündliche Version von Lars-Erik Hassels Wirken mit seiner schriftlichen. Ein geradezu schwefeldampfender, infernalischer Abgrund tat sich dazwischen auf. »Vielleicht hätten Sie es nicht übernehmen sollen, das hier zu schreiben«, sagte er und wedelte mit den Seiten.

Erik Bertilsson zuckte die Schultern. »Es gibt solche und solche Aufträge. Zu manchen sagt man einfach nicht nein, wenn man auch nur den Hauch einer Karrieremöglichkeit behalten will. Und das will ich.«

»Aber es muß doch Kritiker mit einem einigermaßen intakten Rückgrat geben?«

Ein neues Schulterzucken von Bertilsson. »Das sind die, die kein Geld verdienen. Sie haben ja keine Ahnung, was das für eine harte Branche ist. Entweder man ist drin, oder man ist draußen. Dazwischen gibt es nichts.«

Hjelm hätte viel mehr sagen können. Er tat es nicht. Stattdessen betrachtete er Bertilsson eine Weile. Er dachte an die umwälzenden Bücher, die er im vergangenen Jahr gelesen hatte, und versuchte, irgendeinen Zusammenhang zu den beiden Repräsentanten des Kulturlebens herzustellen, die er heute kennengelernt hatte.

Es gelang ihm nicht.

Er bedankte sich und ließ Bertilsson im menschenleeren Treppenhaus allein zurück. Der Mann bewegte sich nicht vom Fleck.

7

Ein langer Tag ging seinem Ende zu. Hjelm rutschte auf einer Bananenschale in die U-Bahn, und zwar ganz buchstäblich. Nach einem grazilen Ballettschritt landete er mit dem Hintern auf seinem linken Handgelenk, stieß unwillkürlich einen

Fluch der deftigeren Sorte aus und fand sich während der gesamten Fahrt nach Norsborg vom vernichtenden Blick einer alten Dame aufgespießt.

Schon hinter Mariatorget gelang es ihm, sie zu ignorieren. John Coltranes hypnotische Saxophonnebel führten ihn in eine andere Welt – oder eher, wie er lieber dachte, tiefer in diese. Eine verbale Störung glitt durch sein rein klangliches Universum: Vielleicht war Lars-Erik Hassels Charakter trotz allem ein nicht zu vernachlässigender Faktor. Auch wenn man Bertilssons Version nicht als uneingeschränkt gültig ansehen konnte, hatte Hassel sicher eine ganze Reihe von Leichen im Keller, von denen man sich vorstellen konnte, daß sie als Racheengel wiederauferstanden waren. Erinnyen, dachte er und erinnerte sich an einen früheren Fall. Dies auf welche Art auch immer mit dem Kentuckymörder zu verbinden war natürlich unsinnig, doch er ließ die Tür angelehnt, und aus Erfahrung wußte er, daß die Lösung sich meistens nach und nach durch die nicht geschlossenen Türen heranschlich.

Gegen sechs Uhr hatten sie den Tag mit einer letzten gemeinsamen Besprechung abgeschlossen. Norlander fehlte – vielleicht war er vom Toilettenscheuern entnervt –, alle anderen waren da. Keiner konnte etwas Neues anbieten. Hultin hatte einen ganzen Wälzer über den Kentuckymörder zusammengetragen, den er zum Schmökern mit nach Hause nehmen wollte. Nyberg hatte in der Unterwelt sein Pulver natürlich vergeblich verschossen, keiner wußte etwas; Chavez erklärte, daß er früh am nächsten Morgen eventuelle Neuigkeiten aus der Internetwelt mitteilen würde; Söderstedt hatte Massen von Amerikanern in Hotels und Jugendherbergen, auf Finnlandfähren und Inlandflügen ausfindig gemacht, die in Frage kamen, er aktivierte in ganz Schweden eine wahre Armada von Fußvolk, doch das Ergebnis war gleich Null. Am interessantesten war Kerstin Holms Nachmittag verlaufen, vielleicht gerade deshalb, weil sie *nichts* herausgefunden hatte.

Keiner aus der vielköpfigen Kabinenbesatzung konnte den Namen Edwin Reynolds irgendwie unterbringen, und keiner hatte auch nur den geringsten Anflug eines retrospektiven Verdachts. Vielleicht konnte man den banalen Schluß ziehen, daß er ganz einfach nicht auffiel. Ein Jedermann, wie so viele Serienmörder. Man hätte vermuten können, daß ein Mann, der eine knappe Stunde zuvor einen bestialischen Foltermord begangen hat, irgendwie auffallen müßte, vielleicht nicht durch wild aufgerissene Augen, blutige Kleidung und ein tropfendes Beil, aber doch irgendwie auffallen. Doch es gab keinerlei derartige Erinnerungen. Darin war immerhin eine gewisse Information enthalten.

Hjelm hatte die umfangreiche Ernte des Nachmittags zu einem Resümee komprimiert, mit dem er zufrieden war: »Es herrschen geteilte Meinungen über Lars-Erik Hassels Qualitäten.«

In Skärholmen glitt er aus den musikalischen Nebeln heraus, öffnete die Augen und wandte den Blick zur Nebenbank. Der eisige Blick der Dame nagelte ihn immer noch fest, als sei er der Antichrist. Er erlaubte sich, sie zu ignorieren, wandte den Blick ab und wollte eben wieder die Augen schließen, als er Cilla auf der Bank ihm gegenüber sah.

»Wer paßt auf die Kinder auf?« entfuhr es ihm. Er biß sich viel zu spät auf die Zunge und schrie vor Schmerz auf.

Cilla betrachtete ihn distanziert. »Hej erst mal«, sagte sie.

»Entschuldigung«, sagte er, beugte sich vor und gab ihr einen Kuß. »Ich war ein bißchen abwesend.«

Sie zeigte mit gefurchtem Gesicht auf ihre Ohren. Er riß die Stöpsel heraus.

»Du schreist«, sagte sie.

»Tut mir leid«, sagte er und fühlte sich wie ein Stück soziales Treibgut.

»Die Kinder sind sechzehn und fast vierzehn Jahre alt, vielleicht erinnerst du dich. Sie passen auf sich selber auf.«

Er schüttelte den Kopf und konnte mitlachen. »Ich habe mir auf die Zunge gebissen«, sagte er.

»Viel zu spät«, sagte sie.

Das Eis war gebrochen. Einer der kleinen Momente, in denen einer die Gedanken des anderen lesen konnte und die beiderseitigen Defekte nicht zählten. In denen die guten Aspekte der Macht der Gewohnheit für einen Augenblick über die schlechten siegten.

»Hej«, fing er noch einmal an und legte die Hand auf ihre.

»Hej selbst«, sagte sie.

»Wo bist du gewesen?«

»Ich habe bei IKEA einen neuen Duschvorhang gekauft. Der alte war verschimmelt. Hast du die schwarzen Flecken nicht gesehen?«

»Ich dachte, du hättest ihn mit Schnupftabak beworfen.«

Sie lächelte. Früher hatte sie über seine albernen Scherze schallend gelacht. Inzwischen lächelte sie. Er wußte nicht recht, was das bedeutete. Daß er nicht mehr so witzig war oder daß sie sich einbildete, kaffeebraune Zähne zu haben?

Oder war es das, was man Reife nannte?

Er fand immer noch, daß sie schön war. Der etwas zerzauste Pagenschnitt ihres blonden Haars, die Jahre, die sich auf die richtige Art und Weise um die Augen niedergeschlagen hatten statt um die Taille, ihre Fähigkeit, sich sexy zu kleiden, um es rundheraus zu sagen. Und dann ihr Blick, mit dem sie alles durchschaute, viel zu selten eingeschaltet in der letzten Zeit.

Er liebte es, durchschaut zu werden; es war eine späte Einsicht in seinem Leben, doch so war es. Durchschaut zu werden bedeutet, ein zweites Mal gesehen zu werden, und das wiederfuhr einem nicht so oft. *Because first impressions last*, er haßte dieses Echo eines Reklamefilms in seinem Innern.

»Es hat sich was getan auf der Arbeit«, erklärte sie.

»Darüber müssen wir später reden«, sagte er und freute sich.

»Was ist mit deiner Lippe passiert?«

»Das kannst du im Fernsehen sehen.«

Sie plauderten bis nach Norsborg. Es gelang ihm, das Gespräch über die Arbeit in ihre Richtung zu lenken. Sie war Krankenschwester in einer Reha-Abteilung in Huddinge und brachte immer einen Korb voller tragikomischer Geschichten mit nach Hause. Diesmal handelte es von einem hirngeschädigten Patienten, der in die Handtasche einer Kollegin uriniert hatte; sie hatte es erst gemerkt, als sie an der U-Bahn-Sperre ihre Monatskarte aus der Tasche nehmen wollte.

Als sie eng umschlungen durch die Randbezirke des allgemein bekannten Hochhausghettos wanderten, das zu einer Zeit, die ihm sehr weit zurückzuliegen schien, sein Arbeitsplatz war, und die Sonne freigebig ihre während des Tages zurückgehaltenen Strahlenansätze ausstreute, und die Luft noch etwas gespeicherte Sommerwärme barg, und die Wespen auf diese dumpfe, todessehnsüchtige Art und Weise summten, da entschied Paul Hjelm für sich, daß so die Liebe aussah, wenn man in die mittleren Jahre eintrat. Und es könnte schlechter sein.

Sie kamen nach Hause. Danne lümmelte auf der Couch und guckte MTV. Ein Lehrbuch in Gemeinschaftskunde lag mit geknickten Seiten aufgeschlagen auf dem Tisch. Er trank irgendein grünes Zeug aus der Flasche. »Es ist nach sieben«, sagte er vorwurfsvoll.

»Ich habe doch gesagt, daß das Essen im Kühlschrank steht«, sagte Cilla und begann, einen Duschvorhang mit ägyptischen Hieroglyphen in Gold vor einem tiefgrünen Hintergrund auszupacken.

»Wir *haben* gegessen«, sagte Danne, ohne den Blick vom Fernsehschirm zu wenden. »Was war das für eine Scheißpampe?«

»Mexikanische Scheißpampe«, sagte Cilla ungerührt und hielt den Duschvorhang hoch. Offenbar sollte der Ehemann sein Urteil abgeben.

»Was steht da?« fragte er.

Sie schnitt eine Grimasse und trug den Duschvorhang ins Badezimmer.

Er machte sich ein Bier auf und rief: »Vielleicht sind es ägyptische Pornogeschichten!«

Danne starrte ihn vom Sofa aus an.

Nach einer Weile kam sie mit dem alten Duschvorhang zurück und enthüllte die schrecklichen Schimmelkonzentrationen, zwei kleine schwarze Flecken unten in einer Ecke. »Was sagt das über diesen Haushalt?« fragte sie rhetorisch und befingerte angeekelt die Flecken.

»Daß wir duschen.«

Sie seufzte, knüllte den Vorhang zusammen und stopfte ihn in einen schon überquellenden Mülleimer. Dann holte sie die Reste der mexikanischen Scheißpampe heraus, schob die Plastikschale in die Mikrowelle, setzte sich vors Fernsehen und schaltete auf einen anderen Kanal um. Ohne ein Wort nahm Danne die Fernbedienung und schaltete zurück.

Während Hjelm sich das Bier eingoß, kam es ihm in den Sinn, daß er die Szene schon gesehen hatte. Dreitausenvierhundertsechsundachtzigmal.

»Wieviel Uhr ist es?« fragte er.

»Neunzehn, null sechs und dreizehn«, sagte Cilla, die gekontert hatte, indem sie den Teletextknopf gedrückt hatte, so daß ein dunkler Buchstabenvorhang vor der MTV-Szene niederging.

»In knapp vier Minuten geht der Gong«, ließ sich die Stimme des Hausherrn vernehmen. »Ich will ABC sehen.«

Der Kampf auf dem Sofa ging lautlos weiter. Noch war es ein Spiel. Er hoffte, daß es dabei bliebe.

Die Mikrowelle klingelte. Tova kam die Treppe herunter und stöhnte, als sie das Schauspiel auf dem Sofa sah.

»Hej«, sagte Hjelm zu seiner fast vierzehnjährigen Tochter.

»Hej«, sagte sie überraschenderweise. »Ihr seid aber spät.«

»Hör auf«, sagte er.

Er füllte die mexikanische Scheißpampe auf zwei Teller, grub zwei Löffel aus, goß zwei Bier ein und schaffte es tatsächlich, alles zum Sofa im Wohnzimmer zu balancieren.

»Ist das nicht ein Schulbuch?« sagte er zu seinem Sohn, der gerade die Tasche an sich brachte, in der Cilla die Fernbedienung versteckt hatte.

»Hör auf«, äffte Danne ihn nach, riß die Fernbedienung an sich und schaltete zurück auf MTV. Es lief Reklame, und er gab nach. Die Vaterhand schnappte die Fernbedienung, schaltete aufs Zweite und stellte den Ton lauter.

Es waren noch ein, zwei Minuten bis zu den Lokalnachrichten. Hjelm konnte noch fragen: »Was macht die Schule?«

Der Sohn hatte gerade mit der gymnasialen Oberstufe begonnen, und Paul Hjelm hatte einige Stunden an den Versuch verschwendet, sich mit dem neuen Oberstufensystem vertraut zu machen. Danne besuchte jedenfalls etwas, was unter der Bezeichnung Gesellschaftswissenschaftlicher Zweig lief, und seine Hausaufgaben wirkten wesentlich einfacher als der Unterrichtsplan.

»Gut«, sagte Danne.

Die Einleitungsmelodie der Lokalnachrichten erklang.

»Jetzt erlebt ihr große Fernsehkunst«, sagte Paul Hjelm. Der Rest der Familie betrachtete ihn skeptisch.

Es kam als erstes. Die Sprecherin berichtete erregt von einem großen Drogenzugriff auf Arlanda am Vormittag – und von einem dramatischen Überfall auf einen hochrangigen Polizeibeamten vor laufender ABC-Kamera. Empfindsame Zuschauer wurden gewarnt.

Hjelms Spannung stieg.

Dann erschien Waldemar Mörner auf dem Bildschirm, Abteilungsleiter bei der Reichspolizeiverwaltung und formeller Chef der A-Gruppe.

Sein wohlfrisiertes Haar war makellos, dennoch hechelte er, als habe er persönlich Verbrecher kreuz und quer durch den Flughafen Arlanda gejagt. Wahrscheinlich war er eben erst aus dem Hubschrauber gesprungen, ohne eine Ahnung zu haben, was passiert war, möglicherweise hatte er im Hubschrauber auf der Stelle gejoggt. Weder sein Hecheln noch seine Unwissenheit hinderten ihn daran, selbstsicher und handlungskräftig auszusehen. Auch nicht daran, hemmungslos zu lügen.

»Waldemar Mörner, Abteilungsleiter bei der Reichspolizeiführung«, sagte der Reporter einleitend. »Was ist heute in Arlanda geschehen?«

»Die Reichskriminalpolizei hat aufgrund von Hinweisen unserer amerikanischen Kollegen, daß heute eine große Partie Drogen aus den USA in Arlanda eintreffen sollte, agiert. Weiter kann ich auf die eigentliche Aktion nicht eingehen.«

»Sind Festnahmen erfolgt?«

»Mindestens ein amerikanischer Staatsangehöriger ist wegen Drogenschmuggels festgenommen worden, ja. Wir rechnen in Bälde mit weiteren Festnahmen.«

Am Bildrand wurde ein Mann in Handschellen vorbeigeführt. Hjelm erkannte den berüchtigten Drogenschmuggler Robert E. Norton. Obwohl Norton zwischen vier schwerbewaffneten Arlanda-Polizisten eingekeilt war, gelang es ihm, Mörner einen Tritt in den Hintern zu versetzen, worauf dieser mit einem schrillen Aufschrei zu Boden ging. Im Fallen griff er nach dem Mikrophon, so daß der Reporter ebenfalls zu Boden stürzte. Das Mikrophonkabel wiederum mußte sich um die Beine des Kameramanns geschlungen haben, denn auch der fiel der Länge nach hin. Hinter dem langgezogenen Bild von Arlandas Deckenpartie konnte man den Kameramann jammern, den Reporter stöhnen und Mörner verbale Kanonaden abfeuern hören: »Himmelherrgottsakramentverdammtearschgeigen.«

Erst an dieser Stelle machte der Produzent einen Schnitt; man konnte sich leicht sein sadistisches Lächeln vorstellen.

Dennoch kam es für die Dame im Studio zu früh. Als die Kamera auf sie schwenkte, rief sie in Panik: »Soll ich das hier wirklich lesen?«

Als sie merkte, daß sie schon auf Sendung war, gelang es ihr, sich zu fassen. Sie kämpfte grandios, um sich das Lachen zu verbeißen, während sie las: »Zum Glück wurde beim Angriff des Drogenkuriers niemand ernstlich verletzt. Unser Reporter allerdings zog sich gewisse orale Schäden zu, als das Mikrophon, das in seinen Mund gedrückt worden war, entfernt wurde.«

Auf dem Sofa in Norsborg brauchte niemand ernst zu bleiben. Als die Lachsalven verebbten und Paul Danne die Fernbedienung zurückreichte, begegnete er Cillas Blick. Während sie sich die Tränen abwischte und ihr Gesicht wiederherstellte, war ihr Blick ernst. Sie begriff, daß etwas im Gang war, das sah er.

Sie gingen früh zu Bett, beide hatten einen langen Arbeitstag hinter sich. Danne durfte sitzen bleiben und weiter MTV gucken; dies war kein Abend, an dem sie noch in der Lage waren, richtig verantwortungsvolle Eltern zu sein. Die Erfahrung sagte ihnen, daß er wahrscheinlich beim Fernsehen seine Hausaufgaben machte. Keiner von ihnen konnte es ganz fassen, wie der Begriff Simultankapazität so schnell aufgewertet worden war.

»Was ist denn bei euch los?« fragte Cilla mit einem letzten aufglühenden Funken von Aufmerksamkeit, bevor der Schlaf die Oberhand gewann.

»Bis jetzt ist nichts passiert«, sagte Paul, während er ein paar Bücher auf den Nachttisch packte. »Aber die Gefahr besteht.«

»Und die Wunde an deiner Lippe?« fragte sie schon beinah tonlos.

»Der Fernsehstar«, prustete er. »Der Mörner in den Arsch getreten hat.«

»Geht es wirklich um Drogen?«

»Nein«, seufzte er. »Das hier tötet schneller.«

Sie war schon fast jenseits der Schlafgrenze. »Waffen?« fragte sie.

»Nicht direkt. Aber es ist besser, ich sage nicht mehr. Allerdings fürchte ich, daß uns einige Überstunden bevorstehen. Ein Glück, daß der Sommer zu Ende geht.«

Da schlief sie schon.

Er streichelte ihre Wange. Dann wandte er sich dem Bücherstapel auf seinem Nachttisch zu. Auf dem Heimweg von Marieberg war er in der Bibliothek am Fridhemsplan gewesen und hatte in dem neuen Online-Katalog nach Hassel, Lars-

Erik, gesucht. Er bekam die maoistische Kampfschrift von 1971 und zwei Teile der etwas späteren Serie von Dokumentarromanen.

Die Kampfschrift war unlesbar. Nicht aus ideologischen Gründen, sondern weil sie die totale Vertrautheit mit der Terminologie des dialektischen Materialismus voraussetzte. Er begriff ganz einfach kein Wort. Dies hatte also ein Mann geschrieben, der später schwedische Autoren mit Vorwürfen überschüttete, sie seien elitär.

Die Dokumentarromane waren statt dessen zutiefst pädagogisch. Die Handlung kreiste um ein Gut in Västmanland zur Zeit der Jahrhundertwende. Schritt für Schritt folgte man Klasse für Klasse, angefangen beim Gutsbesitzer mit seiner ererbten Brutalität hinter der Fassade von piekfeinem Oberklassengehabe bis zum heroischen Kampf der unterdrückten Häusler um ihr täglich Brot. Hjelm hatte das vage Gefühl, daß ihm das Konzept geläufig war. Das Problem lag darin, daß alles überideologisiert war. Die Gestaltung trat völlig hinter der Botschaft zurück. Hier sollte die ungebildete Masse wirklich politisch geschult werden. Es war wie eine mittelalterliche Exempelsammlung, ein unverhülltes Unterrichtsbuch der wahren Lehre. Die Zensur durch den Schlaf griff unerbittlich ein.

Der Tag, an dem einer von Schwedens letzten Schutzwällen fiel, endete mit einer weiteren Gewalttätigkeit gegen die Polizei. Gerade als die Wanduhr unten im Wohnzimmer zwölf schlug, vollführte Lars-Erik Hassel einen posthumen Angriff auf Paul Hjelm, der davon erwachte, daß die rechte Ecke von *Der Parasit der Gesellschaft* seine linke Augenbraue aufschlug.

Der Schwedenbesuch des Kentuckymörders ging seinem zweiten Tag entgegen.

8

Arto Söderstedt wohnte mit seiner Frau und fünf Kindern in der Innenstadt und fand es wunderbar. Außerdem war er überzeugt davon, daß die Kinder es wunderbar fanden, vom Dreijährigen bis zum Dreizehnjährigen. Jedesmal, wenn er sie in der Kindertagesstätte oder in der Schule ablieferte, fand er sich von Selbstquälern umringt, die sicher waren, daß der größte Traum ihrer Kinder ein eigener Rasen zum Rumtoben war. Er dachte viel über die psychosozialen Mechanismen nach, die dafür verantwortlich waren, daß die Mehrzahl der Innenstadteltern ein konstant schlechtes Gewissen hatte.

Bei den Vororteltern, denen er begegnete, war es anders. Alle strengten sich aufs äußerste an, die Umwelt davon zu überzeugen, daß sie das Paradies auf Erden gefunden hatten. Eine nähere Untersuchung ergab in der Regel, daß das Paradies aus drei Dingen bestand; erstens, daß man die Kinder nach draußen lassen konnte, ohne sich ständig in ihrer Nähe aufhalten zu müssen; zweitens, daß es keine Parkprobleme gab; drittens, daß man grillen konnte.

Die spannungsgeladene Konfrontation zwischen dem zunichte gemachten Gewissen und dem aufgeblähten Selbstgefühl hatte häufig einen weiteren Umzug nach Norden, Süden oder Westen zur Folge.

Söderstedt hatte das Gras auf beiden Seiten des Zauns gesehen. Als die A-Gruppe zur Dauereinrichtung gemacht wurde, zog die Familie aus einer Eigenheimsiedlung in Västerås in die Bondegata nach Södermalm. Persönlich vermißte er weder den erzwungenen Kontakt mit Nachbarn, mit denen er nichts gemeinsam hatte, noch die Selbstgefälligkeit des wettbewerbsorientierten Besitzens oder die Fixierung auf das Auto, die enormen Abstände zu allem, die schlechten Verbindungen, die Grillfeste, das stille Vegetieren, die künstliche Naturnähe, die voraussagbaren Diskussionen über den Gartenschlauch, den Rasen und die Blumenbeete, die mehr Zeit verschlangen als Wasser, die geschichts- und phantasielose Architektur, die leeren Straßen, die totale Abwesenheit von Kultur. Und was die Kinder anbetraf, hatte er eine kleine Liste mit Argumenten erstellt, die Innenstadteltern benutzen konnten, wenn sie von aggressiven Vorortbewohnern in die Ecke gedrängt und wegen Kindesmißhandlung angeklagt wurden. Die Bilder der Kindheit folgen einem Menschen durchs ganze Leben, und wenn diese Bilder eher aus Spielparks, Schotterplätzen und öden Straßen bestehen als aus variierenden Hausfassaden, Kirchtürmen und Menschen, ist dies ein gewichtiger Grund. Die Wahrscheinlichkeit einer guten Ausbildung ist höher, die Zahl der Museums- und Theaterbesuche ist bedeutend größer, das Angebot an Aktivitäten ist enorm, die Begegnungen mit Menschen jeder Art sind unzählbar. Überhaupt werden Aufmerksamkeit und Wachsamkeit auf eine Weise trainiert, wie sie außerhalb der Stadt keine Entsprechung hat.

Was ihm jetzt, da er durch erwähnte Stadt wanderte, plötzlich aufging, war die Tatsache, daß der ganze Gedankengang von einem tief verwurzelten schlechten Gewissen diktiert wurde.

Was waren das eigentlich für soziale Stereotypen, die das Bild des Glücks bestimmten?

Auf jeden Fall nicht die Fünfzimmerwohnung in der Bondegata, in der sein Siebenpersonenhaushalt zweifellos eine Spur beengt lebte. Die Frage war, ob das wirklich eine so große Rolle spielte.

Weil Anja heute die Kinder fuhr, erlaubte er sich, zu Fuß von Söder nach Kungsholmen zu gehen; sein Gefühl sagte ihm, daß es wohl für lange Zeit das letzte Mal war, daß er sich diesen Luxus gestatten konnte. Als er an diesem schönen Spätsommermorgen das Polizeipräsidium betrat, schlug er denn auch direkt den Weg zur Dienstwagenausgabe ein und ließ sich die Schlüssel für einen robusten Audi aushändigen. Er steckte sie ein und betrat den Aufzug.

Arto Söderstedt sah sich im Spiegel des Aufzugs. Wieder ein Sommer ohne Hautkrebs, dachte er und suchte nach Holz, an das er klopfen konnte. Er hatte eine Haut, wie sie nur Finnen und Engländer haben können, dachte er mit einem Vorurteil der freundlichen Art, jene durch und durch weiße Haut, die in der Sonne nie etwas anderes werden kann als rot. Es war der vierte September, und er hatte es gerade geschafft, den entscheidenden Schritt von Lichtschutzfaktor 15, der Babyvariante, zu Lichtschutzfaktor 12 zu tun.

Eigentlich mochte er den Herbst am liebsten.

Allerdings vielleicht nicht gerade diesen Herbst.

Schon im Zusammenhang mit den Machtmorden hatte er sich in die Literatur über Serienmörder eingelesen und wie üblich hier und da eine Reihe von Vorträgen gehalten. Seitdem hatte er sie rationiert. Er fürchtete, daß die Zeit der Rationierung jetzt vorbei wäre. Schwedens letzter Schutzwall war zusammengebrochen, und das Gewaltverbrechen von internationalem Charakter, um eine gut bekannte Quelle zu zitieren, war angekommen. Es würde kaum eine Einzelerscheinung bleiben.

Tatsache war, daß er den Kentuckymörder kannte. Er hatte etwas über ihn gelesen und erinnerte sich schwach. Einer der ersten in der langen Serie.

Seine Vorgehensweise war irgendwie ungewöhnlich, etwas daran stimmte nicht mit dem Bild von Serienmördern überein. Diese grauenhaften Zangen ... Er konnte nicht mit dem Finger darauf zeigen, doch irgend etwas stimmte nicht. Er mußte direkt mit Ray Larner vom FBI sprechen, aber ihm war noch nicht ganz klar, wie er das an Hultin vorbei tun konnte. Hultin war zwar der beste Chef, unter dem er je gearbeitet hatte, doch ihm fehlten die Einsichten, die er selbst, Söderstedt, in bezug auf die Grauzonen der Rechtsmaschinerie hatte. Söderstedt war einst Strafverteidiger gewesen, einer der führenden Finnlands, und hatte das Schlimmste vom Schlimmsten in den höheren Kreisen verteidigt. Dann hatte sein Gewissen stop gesagt; er sprang ab, floh nach Schweden, besuchte als leicht überaltertes Semester die Polizeihochschule und ließ sich als Polizeibeamter in Västerås nieder. Ihm war die Idee gekommen, daß die Rolle des Verteidigers als des stellvertretenden Verbrechers im vorliegenden Fall zur Anwendung kommen konnte. Irgendeine Art von Identifikation war notwendig, wenn man Serienmörder fassen wollte, das wußte er.

Er war so versunken in seine Gedanken über Innenstadteltern und Serienmörder, daß er gar nicht merkte, daß er sich verspätet hatte. Das passierte ihm normalerweise nicht. Er war also gelinde gesagt überrascht, als er die Tür zur »Kampfleitzentrale« öffnete und nicht nur alle schon versammelt fand, sondern auch Waldemar Mörner höchstpersönlich an Hultins Katheder sitzen und mit den Fingern trommeln sah.

Weil er keine Chance gehabt hatte, sich auf diese Konfrontation vorzubereiten, bekam er spontan einen Lachanfall. Das war weniger gelungen. Mörner sah unverschämt fit aus, vollkommen unberührt von den Ereignissen in Arlanda, aber Söderstedts Lachanfall veranlaßte ihn dazu, am Rand einen kleinen Haken zu machen, der nicht mehr zu tilgen sein würde. Eine kurze, aber tödliche Sekunde lang zog er die eine Augenbraue hoch. Dann war er wieder wie immer. »Ich hoffe, es wird nicht zur Gewohnheit, zu spät zu kommen, Söderstedt«, sagte er bissig. »Wir stehen vor einer Herausforderung von einer Art, wie wir sie hierzulande in moderner Zeit auch nicht im entferntesten erlebt haben. Aber *tempus fugit,* und wir mit ihr. Lassen wir uns durch die vier Anzeigen von Arlanda nicht in der Arbeit stören, sondern versuchen wir weiterzukommen in unserer umfangreichen Ermittlung.«

»Vier?« sagte Norlander.

»Inzwischen, ja«, erwiderte Hultin neutral.

Mörner hörte sie nicht, sondern fuhr mit glühendem Pathos fort: »Nach aufwendiger Arbeit in den oberen Etagen habe ich sichergestellt, daß der Fall in euren bewährten Händen gelandet ist, und ich hoffe inständig, daß ihr euch des in euch gesetzten Vertrauens würdig erweist. Da Kraftansammlung vonnöten ist, empfehle ich erweiterte Horizonte und breit gestreute Blicke. Euer Aktienkapital ist grundsolide verankert in den Visionen der Führungsgruppe, und die Zukunft ist strahlend. Das Licht am Ende des Tunnels wird sichtbar. Eurer schweren Mühe harrt eine ehrliche Belohnung. Ergreift den Tag, nutzt den Augenblick, verstreut euren Charme. Gebt Gas jetzt, meine Herren. Und meine Dame, natürlich. Das Wohl Schwedens ruht in euren Wiegen.«

Mit diesen Weisheitssprüchen stürmte Mörner, den Blick starr auf die Uhr gerichtet, zur Tür hinaus.

Es war vollkommen still. Jede sprachliche Äußerung schien blockiert. Nach dieser Rede würde kein Wort mehr unschuldig sein. Jedes einzelne konnte zu einer gegen das Herz der schwedischen Sprache gerichteten Mordwaffe werden.

»Bei solchen Freunden braucht man keine Feinde«, sagte Hultin ausdruckslos, womit er freilich zu einem Sprichwort Zuflucht nahm, um den Sprachzustand wieder zu normalisieren. Er fuhr fort: »Ich habe die Nacht mit dem Kentuckymörder verbracht.«

»Dann dürfte er ja leicht zu lokalisieren sein«, meinte Söderstedt, der sich noch nicht richtig gefaßt hatte.

Hultin ignorierte ihn souverän: »Eine Zusammenfassung ist auf eure Zimmer verteilt worden. Das Material ist enorm umfangreich, und irgendwo darin verbirgt sich die Schwedenverbindung. Meine Durchsicht hat eigentlich nichts Neues erbracht, aber wenn ihr Zeit übrig habt, könnt ihr wohl die Details studieren. Ich befürchte jedoch, daß er erst aktiv werden muß, damit wir Spuren bekommen, mit denen sich etwas anfangen läßt.«

»Wenn er nun hergekommen ist, um in Pension zu gehen«, sagte Nyberg, dessen Sehnsucht nach der Pensionierung inzwischen immer spürbarer wurde. »Dann sitzen wir hier und drehen Däumchen bis zu *unserer* Pensionierung.«

Der Gedanke hatte für Gunnar Nyberg nichts wirklich Abschreckendes. Bei der Jagd auf den Machtmörder war er von einer Kugel in den Hals getroffen worden. Es hatte nicht viel gefehlt, und der fleißige Kirchenchorsänger hätte seinen letzten Ton gesungen. Nach halbjähriger Rekonvaleszenz war er zurückgekehrt in den Kirchenchor von Nacka; sein Baß war tiefer geworden, hatte mehr Volumen bekommen, und er sang jetzt jubelnd, nicht so sehr über Gottes Güte – wenngleich auch die in seinen Gedanken mitspielen mochte – als vielmehr über die Tatsache, daß er überhaupt noch eine Stimme hatte. Die Stimmbandzange des Kentuckymörders war für Nyberg identisch mit der Teufelsgabel. Er lief Gefahr, sich in einer Weise persönlich zu engagieren, wie er es normalerweise in Erwartung seiner Pensionierung sorgsamst vermied. Das Problem war, daß bis dahin noch zwanzig Jahre vergehen mußten.

»Er ist mit frischem Blut an den Händen hergekommen«, erwiderte Hultin. »Ich glaube nicht, daß man auf diese Art und Weise seine Laufbahn beendet. Er hätte sehr wohl ganz unbemerkt ins Land schlüpfen können, doch die Sucht gewann die Oberhand. Nein, irgendein Ziel hat er ...«

»Genau darüber habe ich nachgedacht«, sagte das zweite Kirchenchormitglied, Kerstin Holm. Sie trug Schwarz wie immer, unter anderem einen kleinen schwarzen Lederrock von der Art, auf die Hjelm nicht umhin konnte zu reagieren. Er wurde plötzlich um ein gutes Jahr zurückgeworfen. Der gestrige häusliche Friede schien die verbotenen Türen geöffnet zu haben, und er fragte sich auf einmal, wie es ihr eigentlich ging, wer der neue Mann war, was sie jetzt im nachhinein so über *ihn* dachte. Ihr Verhältnis war intensiv gewesen, aber unwirklich. Haßte sie ihn? Manchmal glaubte er das. Hatte wirklich er sie verlassen, oder sie ihn? Alles lag noch immer im Nebel. Misterioso, dachte er.

Was sie dann sagte, rief ihn abrupt in die Wirklichkeit zurück.

»Bei Serienmorden geht es ja darum, gesehen zu werden«, meinte sie nachsinnend. Ihren Diskussionsbeiträgen lag immer eine etwas abweichende Argumentationsweise zugrunde. Weiblich, vielleicht. »Die Opfer sollen ihren Henker sehen, nach Möglichkeit lange, und die Öffentlichkeit soll die Opfer sehen, und dadurch den Mörder. Man mordet nicht in Serie und versteckt dann die Opfer. Das wäre etwas anderes. Wie bei Thomas Quick. Wie verhält es sich eigentlich damit? Hat unser Mann jemals ein Opfer versteckt?«

Hultin blätterte wieder. »Auf den ersten Blick hat es nicht den Anschein, aber wenn du glaubst, daß es wichtig ist, mußt du die Sache genauer untersuchen.«

»Ich glaube, daß jeder von uns das vage Gefühl hat, daß hier etwas nicht ganz stimmt. Nicht viel, aber ein wenig. Er ist bestialisch blutdürstig, macht aber fünfzehn Jahre lang Pause. Er nimmt einen falschen Paß mit zum Flughafen, hat aber keinen Platz gebucht. Er ermordet Hassel in der abendlichen Rushhour auf einem der größten Flughäfen der Welt, ohne eine Spur zu hinterlassen, aber er versteckt die Leiche nicht. Er hat alle Attribute eines klassischen Serienmörders, agiert aber gleichzeitig mit der Professionalität eines klinischen Berufskillers. Will er wirklich gesehen werden? Oder hat er uns vielleicht *erzählt*, wohin er wollte? Können wir auch eine Mitteilung darüber finden, *warum* er hierherwollte? Wir haben ja schon darüber diskutiert, aber diese Kombination kommt mir nicht nur gefährlich, sondern auch falsch vor. Irgendwie.«

Dieses Irgendwie hätten sie wohl alle unterschreiben können.

»Hat es trotz allem mit Hassel als Person zu tun?« wagte Hjelm zu fragen. »Ich habe mir seine maoistischen Schriften aus den Siebzigern angesehen, und mit denen ist nicht zu spaßen.«

Er pulte an seiner verpflasterten Augenbraue und fuhr fort: »Spielen wir doch statt dessen mal den Gedanken durch, daß der Kentuckymörder ein KGB-Mann ist und daß die amerikanische Welle der Serienmorde eine Folge von sowjetischem Import ist. Deshalb die vielen nicht identifizierten Opfer. Verfügte Hassel über irgendwelche Informationen aus den guten alten Siebzigern, die nicht an den Tag kommen durften? War er nur einer in einer Serie von Sicherheitsrisiken oder Verrätern oder Doppelagenten? Vielleicht kann man ein bißchen inoffiziell mal bei Larner auf den Busch klopfen, ob der Gedanke bei ihnen schon aufgetaucht ist.«

»Das könnte«, übernahm Kerstin Holm eifrig, »die lange Pause erklären; er – oder sie, wenn es ein ganzer Kader war – wurde ganz einfach kurz nach Breschnjews Tod am Anfang der achtziger Jahre nach Hause geholt. Das KGB hat damals tatsächlich seine Aktivitäten eingeschränkt, das paßt ganz gut. Dann, fünfzehn Jahre später, beginnt sich in Rußland Unzufriedenheit auszubreiten, die Kommunisten sind wieder auf dem Vormarsch, Agenten werden aus dem Gefrierschrank geholt, und unser Freund wird wieder in die USA zurückgeschickt und macht sich von neuem an die Arbeit.«

»Er hat seine amerikanische Liste abgearbeitet und fängt mit der schwedischen an«, führte Hjelm den ansprechenden Staffellauf weiter. »Er wägt mit professioneller Präzision die Risiken ab: Wie kann ich den zukünftigen Opfern am besten mitteilen, daß ich komme, ohne selbst gefaßt zu werden? Denn offenbar handelt es sich darum, *gesehen zu werden*, wenn auch auf eine etwas andere Weise, als wir uns gedacht haben. Es geht darum, von denen gesehen zu werden, die bestraft werden sollen. Er befindet sich auf einem Kreuzzug, seine Absicht ist es, alle Verräter in Angst und Schrecken zu versetzen. Sie sollen wissen, daß der Staat nicht tot ist, daß es unmöglich ist, vor dem Sowjetstaat zu fliehen, daß er als Staat im Staate in denkbar wünschenswertem Wohlbefinden weiterlebt.«

»Auf der anderen Seite«, ergänzte Holm, »ist er sich dessen bewußt, daß die Mitteilung in erster Linie die Polizei erreicht. Er wartet also jetzt darauf, daß die üblichen Lecks entstehen und alles herauskommt, oder umgekehrt, er hat es auf die Polizei abgesehen, und in dem Fall auf eine sehr kleine Gruppe von Polizisten: genau die nämlich, von denen er schon weiß, daß sie den Fall übernehmen werden.«

»Falls es sich so verhält«, fuhr Hjelm fort, »daß einer aus der A-Gruppe hier oder noch höheren Orts eine Vergangenheit hat, die der von Lars-Erik Hassel gleicht, so sollte er sich in acht nehmen.«

»Und vortreten«, sagte Kerstin Holm.

»Aus dem Kleiderschrank herauskommen«, sagte Hjelm.

Sie schwiegen. Plötzlich hatte man nicht nur den Schritt in die große internationale Politik und die Fortsetzung des Kalten Krieges getan, sondern auch die A-Gruppe persönlich in den Fall hineingezogen. Konnte es tatsächlich so verzwickt sein? Hatte der Kentuckymörder es auf einen von ihnen abgesehen?

»Was wissen wir über Mörners Hintergrund?« fragte Hjelm boshaft.

Aus den ungläubig schweifenden Blicken fing er Kerstins auf. Es war das erstemal seit langem, daß sie zufriedene Blicke austauschten; sie bargen viel und sie verbargen viel. Sie lächelte ein verschmitztes und einnehmendes Lächeln.

Das tat Hultin nicht. »Mörner ist kaum ein Sicherheitsrisiko, außer für sich selbst«, sagte er bissig. »Gibt es sonst jemanden, der das Gefühl hat, er sollte aus dem Kleiderschrank herauskommen?«

Keiner hatte das Gefühl.

Hultin fuhr mit seidenweicher Stimme fort: »Spekulationen in allen Ehren, aber diese hier verdient den Paranoiapreis des Jahres. Aus der banalen Tatsache, daß die Leiche gefunden wurde, bevor die Maschine hier landete, leitet ihr die elegante Schlußfolgerung ab, daß die ganze Serienmordwelle in den USA auf sowjetische Infiltration zurückgeht, daß sämtliche vierundzwanzig Opfer, die ihr mitnichten genauer untersucht habt, sowjetische Verräter waren, daß dies alles dem FBI nicht aufgegangen ist und daß ein euch nahestehender Kollege KGB-Kontakte gehabt hat. Allerhand, was ihr da zusammengebracht habt.«

»Aber hat es nicht immerhin Spaß gemacht?« fragte Hjelm ebenso seidenweich.

Hultin ignorierte den Einwurf und hob die Stimme: »Wenn dies auf irgendeine Weise mit Machtspielen in der großen Politik zu tun hat, dann sind wir ein sehr kleines Steinchen im Spiel. Weder ich noch Larner haben diese Gefahr übersehen. Aber auch dann sieht es kaum so aus, wie ihr es beschreibt. Dann würden wir nicht mehr davon sehen als die Konturen.«

»Aber richtig ist jedenfalls«, sagte Kerstin Holm, »daß uns sehr viel verborgen bleibt.«

»Wir können ja so verfahren«, sagte Hultin versöhnlich, »daß du, Kerstin, dir die amerikanischen Opfer besonders vornimmst; eine eingehende Analyse, wer sie eigentlich waren, was das FBI über sie sagt und ob es irgendeine Verbindung zwischen ihnen gibt, außerdem zwischen ihnen und dem Schritt herüber nach Schweden. Sieh nach, ob du aus deiner Perspektive etwas finden kannst, was dem FBI mit seiner Perspektive entgangen sein kann. Eine harte Nuß, aber du hast selbst Schuld.«

Hultin raffte seine Papiere zusammen und wirkte einen Moment lang ebenso durcheinander wie diese. Dann riß er sich zusammen: »Eigentlich sollte diese Besprechung Jorge vorbehalten sein, der die ganze Nacht im Internet gesurft ist.«

Chavez saß in einer Ecke und sah vollkommen erledigt aus. Für jemanden, der viel Zeit im Internet mit all seinen virtuellen Querverbindungen verbrachte, war die Paranoia immer eine Verlockung, und es hatte den Anschein, als gelte dies jetzt auch für ihn. Doch er war auch sehr, sehr müde.

»Ja«, sagte er. »Ich weiß nicht, ob wir jetzt noch soviel mehr hören können. Ich habe auf jeden Fall mehrere Stunden mit etwas gechattet, was gut versteckt im Netz liegt, nämlich FASK, Fans of American Serial Killers, einer lichtscheuen Organisation, bei der sich einzuloggen nicht ganz einfach und, wie ich gestehen muß, auch nicht eben billig war. Der Kentuckymörder läuft dort ganz einfach unter der Bezeichnung K und ist für die Wahnsinnigen im FASK ein großer Held. Sie wußten, daß K wieder getötet hat, aber soweit ich beurteilen konnte, nicht, daß er nach Schweden gegangen ist, was wohl darauf schließen läßt, daß ihre Kontakte sich zum Glück nicht auf eine sonderlich hohe Ebene erstrecken.«

»Ich hoffe, du hast nicht allzu viele Spuren hinterlassen, die hierherführen«, sagte Hultin, dessen Kenntnisse, was den Ringelreigen des Webs anbelangte, sich in Grenzen hielten.

»Ich war gut getarnt«, sagte Chavez lakonisch. »Sie hatten auf jeden Fall eine ganze Menge Theorien über K, die zu kennen nützlich sein kann. Die meisten waren Hirngespinste wie Kerstins und Pauls, aber es gab auch andere, besonnenere. Auch die gehen davon aus, daß es sich um eine Art Profi handelt. Ein paar glauben, es handele sich um einen hohen Militär. Hinter der Vietnameinheit Commando Cool steckte anscheinend ein geheimer Befehlshaber, der auf die eine oder andere Weise direkt dem Präsidenten unterstellt war. Seine Identität ist nicht bekannt, er war der einzige, den Larner nicht zu fassen bekam, aber in diesen Kreisen läuft er unter dem Namen Balls; sie haben offenbar nie den *Rosaroten Panther* gesehen. Das Gerücht besagt, dieser Balls habe die berüchtigte Stimmbandzange selbst erfunden und später eine zentrale Position im Pentagon bekleidet. Larners Verdächtigter, der mit dem Countrysänger-Namen, der sich totgefahren hat ...«

»Wayne Jennings«, sagte Hultin.

»Danke. Er war FASK zufolge nur Balls' Handlanger. Die wirklich wichtigen Operationen in Vietnam wurden unter Balls' persönlicher Leitung durchgeführt. Wiederum laut FASK. Sie sind auch davon überzeugt, daß Balls K ist. Er ist vermutlich jetzt General. Dem Fanklub der Serienmörder zufolge hörte er auf zu morden, als er nach Washington versetzt wurde und Vietnam ihm nicht mehr im Blut saß, und fing wieder an, als er pensioniert wurde. Die Argumentation ist ziemlich kohärent, finde ich.«

»Aber es ist ja kaum dein Balls, der hergekommen ist«, sagte Hultin. »Er ist mit dem Paß eines Zweiunddreißigjährigen gereist.«

Chavez nickte mit soviel Eifer, wie seine Müdigkeit zuließ. »Genau. Das relativiert die Argumentation des FBI ein wenig. Die ganze Theorie, daß der Kentuckymörder nach Schweden gekommen ist, steht eigentlich auf ziemlich schwachen Füßen. Es war unter den gegebenen Umständen eine spontan gezogene Schlußfolgerung, sie beruht aber auf dem banalen Umstand, daß Hassel kein Flugticket bei sich hatte. Dann wurde die schnelle These zu einem Axiom. Wir wissen nicht einmal, *wann* Hassel ermordet wurde. Er kann durchaus auf dem Flughafen einen Rappel gekriegt haben, ihm ist noch was eingefallen, was er tun mußte, und er beschließt, noch eine Nacht zu bleiben. Vielleicht war er selbst es, der angerufen und seinen Flug abbestellt hat. Dann warf er das Ticket weg. Vielleicht blieb er noch eine Weile und trank ein paar Schnäpse. Und auf dem Weg zum Klo wird er überfallen und ermordet. In der Zwischenzeit ist ein jüngerer Verbrecher mit falschem Paß am Flughafen angekommen, vielleicht auf der Flucht vor irgendwelchen Buchmachern, die nicht gut auf ihn zu sprechen sind, oder etwas in der Art, und nimmt den erstbesten Flug nach Europa, für den noch ein Platz zu kriegen ist. Die Maschine nach Stockholm hebt in zwölf Minuten ab, und die nimmt er. Wenn es so wäre, hätte der Kentuckymörder das Land nie verlassen. Klingt das unsinnig?«

Hultin blickte sich im Raum um. Weil keiner den Mund aufmachte, mußte er selbst die Einwände formulieren. Und er tat es mit Nachdruck: »Abgesehen davon, daß es zu viele Zufälle sind, klingt es reichlich bizarr, daß Hassel zum Flughafen gefahren sein sollte, es sich anders überlegt, sich nicht darum schert, eine Stunde vor Abflug einzuchecken, wie es Vorschrift ist, mindestens eine halbe Stunde wartet und dann anruft und den Platz abbestellt, statt einfach zum Schalter zu gehen.«

»Für mich hört es sich nach klassischem Alkoholikerverhalten an«, sagte Gunnar Nyberg. »Er kam vielleicht zu spät an, irrte umher, entdeckte, daß er das Einchecken verpaßt hatte, glaubte, damit auch die Maschine verpaßt zu haben, und rief den Schalter an, um nicht mit der offenen Verachtung des Bodenpersonals konfrontiert zu werden. Dann ließ er sich am Flughafen weiter vollaufen und fing Streit mit der falschen Person an. So würde Jorges Theorie besser funktionieren.«

»Das Problem ist«, sagte Hultin trocken, »daß die Obduktion keinen nennenswerten Alkoholgehalt im Blut ergeben hat. Und keine Drogen. Das könnte man wissen, wenn man die Anordnung befolgt und Larners Bericht gelesen hätte.«

»Was war mit seinem Gepäck?« fragte Nyberg, wie um die These von der mangelhaften Belesenheit zu bekräftigen.

»Das wurde neben ihm gefunden, was das Bild von der Kaltschnäuzigkeit des Mörders bestätigt. Er schaffte Hassel nicht nur mitten im Menschengewimmel von Newark geräuschlos in eine Besenkammer; er bekam sogar noch das Gepäck mit hinein.«

Er seufzte und resümierte: »Versuchen wir jetzt, eiskalt und logisch zu sein. Die Stornierung kam siebzehn Minuten vor dem Abflug. Das Personal ging selbstverständlich davon aus, daß es Hassel selbst war, der anrief, und daß er von außerhalb anrief. Wenn es so war, daß er von außerhalb anrief und stornierte, warum hätte er dann zum Flughafen fahren sollen? Denn das tat er offenbar: Einerseits ergibt die Tatortuntersuchung, daß die Besenkammer aller Wahrscheinlichkeit nach der Tatort war, andererseits wäre es unmöglich gewesen, eine Leiche durch eine belebte Flughafenhalle zu transportieren. Okay? Also bleiben zwei Möglichkeiten: Zum einen, daß er selbst vom Flugplatz aus anruft, was jedoch in sich absurd ist, weil er dann nämlich erstens die Maschine noch bekommen hätte – das schaffte ja der fünf Minuten später kommende Reynolds –, oder zweitens einen Rappel gekriegt und es sich im letzten Moment anders überlegt haben müßte, und warum dann überhaupt anrufen – wenn man nüchtern war? Warum dann nicht einfach umkehren und ein Taxi nach Manhattan nehmen? Und zum anderen, daß jemand anders unter seinem Namen anrief – und wenn jemand anders anrief, dann hatte dieser Jemand einen triftigen Grund, das zu tun, und der triftigste Grund scheint im Augenblick der zu sein, daß er um jeden Preis mit der Maschine nach Stockholm fliegen wollte. Haydens intuitive Hypothese dürfte als Arbeitshypothese immer noch gültig sein, wenn auch nicht als Axiom.«

»Okay«, sagte Chavez und schien in der Rundenpause Ammoniak geschnüffelt zu haben. »Es war sowieso nicht meine Hauptthese. Die baut statt dessen auf Balls. Wenn unser Mann nun ein pensionierter General ist, so sollte es für ihn kein größeres Problem sein, falsche Spuren zu legen; massenweise ehrgeizige zweiunddreißigjährige Offiziere dürften ihm als nicht allzu gewissenhafte Stellvertreter zur Verfügung stehen. Aus irgendeinem Grund hatte Balls jetzt das Gefühl, daß es Zeit war, das FBI abzuschütteln; vielleicht ging ihm langsam Larners Beharrlichkeit auf die Nerven. Und was tut man da, um das FBI auf die sicherste Art und Weise außer Gefecht zu setzen? Man verläßt das Land. Das FBI ist nicht der CIA, das Betätigungsfeld des FBI ist sehr klar abgesteckt: innerhalb der Grenzen der USA. Wenn man also sorgfältig ein Land auswählt, in dem die Mittel der Polizei knapp bemessen sind, die Prioritäten nicht begreifbar, die Chefposten auf merkwürdige Weise besetzt und wo es kurz gesagt wahrscheinlich ist, daß die Polizei schlampt, wenn man danach einen Bürger dieses Landes ermordet, sein Rückflugticket klaut und dafür sorgt, daß der Stellvertreter anzudeuten vermag, daß man in besagtem Land angekommen ist, dann kommt das FBI zu dem Schluß, daß man ihm durch die Lappen gegangen ist. Genau wie Paul und Kerstin bin ich der Meinung, daß die etwas kuriose Flugplatzsequenz eine Mitteilung enthalten kann, doch eher, daß diese sich an das FBI richtet statt an Schweden, und der gesamte Schwedenteil dieses Falles kann sehr wohl ein Bluff sein. Ich bezweifle, daß er hier ist. Sein Stellvertreter kam her, tauschte den Paß aus und flog zurück, ohne Arlanda verlassen zu haben, und zu Hause wartete ein pensionierter, aber alles andere als machtloser General, der dafür sorgte, daß man ein Stück auf der Karriereleiter kletterte.«

Die A-Gruppe sah erschöpft aus. Das Risiko eines Ausfalls war offensichtlich. So viele Hypothesen waren während der letzten Stunde durch die Luft gewirbelt, daß sie umgehend ausgetauscht werden mußte.

Viggo Norlander, der einzige, der die ganze Zeit schweigend dagesessen hatte, in einem mentalen Narrengewand nach seinem eigenen kleinen Flugplatzauftritt, durfte zusammenfassen: »Wir treten mit anderen Worten auf der Stelle.«

»Genau«, sagte Hultin gutmütig.

9

Der Tag verging.

Der Tag darauf verging.

Noch eine Reihe von Tagen verging.

Nichts geschah. Nicht einmal die Presse schaltete die Schlagzeilensirenen ein. Die Gruppe konnte ungestört in aller Ruhe agieren, was auf eine Weise die Untätigkeit noch frustrierender machte. Es gab ganz einfach nichts zu tun. Nicht einmal hartnäckige Reporter waren zu verscheuchen, was immerhin eine Art bittersüße Genugtuung beinhaltet hätte.

Die polizeilich gemeldeten Todesfälle tröpfelten herein, desgleichen alle Fälle, in denen Amerikaner krimineller Handlungen verdächtigt wurden. Nichts davon wirkte besonders vielversprechend. Wenn der Kentuckymörder sich nicht abrupt an schwedische Verhältnisse angepaßt und angefangen hatte, heimlich Senildemente abzumurksen, womit gerade jemand in einem Pflegeheim in Sandviken angefangen zu haben schien, dann verhielt er sich ruhig. Oder wenn er nicht zwölf Jahre alt war und eine Schwangere zu Boden getreten hatte, so daß ihre gebrochenen Rippen auf offener Straße den Embryo ausstießen, in einem tragbaren Reisekleiderschrank einen Sexualmord an einer zweiundsechzigjährigen Prostituierten beging, ein Einjähriges ins Gefrierfach steckte, sich mit Nasenspray das Leben nahm, Schwefelsäure mit Selbstgebranntem verwechselte oder den Nachbarn mit einer so ausgefallenen Tatwaffe wie einer frisch geschliffenen Harke angriff. Offiziell war Nyberg zuständig für die skurrileren Todesfälle, inoffiziell waren sie ihnen allesamt vollkommen egal. Nyberg hielt sich lieber an die Unterwelt, wo er ganz ungestört kleine Gauner der alten Garde terrorisieren konnte.

Das Verhältnis zur eventuellen Kriminalität auf Besuch weilender Amerikaner war in etwa das gleiche. Hier hielt Norlander die nicht existenten Fäden in der Hand; er fand, daß es ungewöhnlich lange dauerte, bis die mentale Narrenkappe sich abnutzte. Ein Mann, der unklug genug war, sich Reynold Edwins zu nennen, zog Norlanders Aufmerksamkeit auf sich, eher aufgrund seines Namens als wegen seiner Aktivität, die darin bestand, in Grundschulen in Malmö herumzugehen und Mädchen für Pornofilme aufzureißen. Drei amerikanische Geschäftsleute kauften sexuelle Dienste in einem Pornoklub in Göteborg und bestanden entschieden darauf, nicht illegal gehandelt zu haben. Ein nicht identifizierter Amerikaner hatte an einem Mister-Minit-Stand auf Gärdet einen Schlüssel illegal nachfertigen lassen; der Besitzer rief verspätet die Polizei an, was zur Folge hatte, daß er selbst eine Anzeige erhielt. Ein anderer nicht identifizierter Amerikaner war dabei beobachtet worden, wie er auf Narvavägen Haschisch verkaufte; vermutlich hatte er einen schlechten Stadtplan. Ein dritter entblößte sich treuherzig im Park Tantolunden und wurde von einer Frauenfußballmannschaft aufs gröbste mißhandelt. Ein vierter bezahlte ein Folkeboot mit Tausendern, die in einem miserablen Farb-Xerox kopiert worden waren; leider war der alte Bootseigner so betrunken gewesen, daß es vierundzwanzig Stunden dauerte, bis er es merkte, und da hatte der Amerikaner schon das unwahrscheinliche Kunststück fertiggebracht, das Folkeboot in ein Schaufenster in Vaxholm zu fahren.

So ging es weiter. Alles uninteressant.

Chavez wurde immer virtueller, Söderstedt fuhr persönlich in seinem Audi herum und überprüfte Amerikaner, die in Schlössern und Hundehütten abgestiegen waren, und Hultin saß in langen, chaotischen Krisensitzungen mit Mörner und dem Reichspolizeichef; er machte sich einen Spaß daraus, sich vorzustellen, welche Knüppel der junge Kommunist Mörner dem KGB zwischen die Beine geworfen haben mochte.

Kerstin Holm arbeitete intensiv mit dem FBI-Material, aber die Beschreibungen der Opfer aus den siebziger Jahren waren bedenklich verblaßt, und die KGB-Hypothese kühlte spürbar ab. Mit gewissem Interesse registrierte sie, daß Hjelm ein wenig häufiger als üblich in ihrem Zimmer war. Sie argumentierten hin und her, kamen aber nicht weiter, als sie in einer einzigen assoziativen Minute gewesen waren, in der sie sich gegenseitig zu einer gemeinsamen Hypothese verstiegen hatten, an die eigentlich niemand glaubte. In Ermangelung des virtuellen Zimmergenossen wandte Hjelm sich an Kerstin, und er wunderte sich ein wenig darüber, daß ausgerechnet die Tatsache, daß es ihm und Cilla besserging als seit langem, ihn dazu veranlaßte, sich Kerstin wieder zu nähern. Er wollte sie so vieles fragen, aber es wurden nur indirekte Andeutungen. Beispielsweise als er das Band von den Interviews mit Lars-Erik Hassels beiden Exfrauen abspielte. Zuerst die erste Exfrau:

»Sie waren also während der politischeren Periode zusammen, nicht wahr?«

»Politisch ... ja ...«

»Er engagierte sich doch stark für die Schwachen in der Gesellschaft ...«

»Ja ... ich weiß nicht ...«

»Ein starkes, echtes Engagement.«

»Ja ... doch ... naja ... Worauf wollen Sie hinaus?«

»Und dann das literarische Engagement. Unglaublich stark.«

»Sind Sie jetzt ironisch?«

Eine Katastrophe, und er kassierte auch einen frostigen Seitenblick von Kerstin. Dann spulte er das Band vor zu der zweiten Exfrau, dem jungen Mädchen, das Hassel verlassen hatte, bevor er seinen zweiten Sohn hatte sehen können.

»Hat er seinen Sohn seitdem sehen können?«

»Ja ... doch ... naja ...«

»Hat er ihn überhaupt je gesehen?«

»Das kann man vielleicht nicht sagen. Ich bin nicht hundertprozentig sicher, ob er wußte, daß er existierte.«

Vorspulen, dann zurück zur ersten.

»Hatte er Feinde?«

»Naja, Feinde und Feinde. Man kann nicht Kritiker sein, ohne sich den Haß anderer Leute zuzuziehen. Ist doch klar.«

»Denken Sie an jemand Bestimmtes?«

»Durch die Jahre sind es so zwei, drei gewesen. Und jetzt in der letzten Zeit bekam er anscheinend von einem dieser Idioten einen ununterbrochenen Strom von Haß-E-Mails.«

»Haß-E-Mails?«

»Haßbriefe per E-Mail.«

»Woher wissen Sie das? Haben Sie sich immer noch getroffen?«

»Laban hat es erzählt. Sie treffen sich einmal im Monat.«

»Ihr Sohn?«

»Ja. Irgendein Verrückter schickt ihm E-Mails. Mehr weiß ich auch nicht.«

Und wieder vorspulen bis zu dem jungen Mädchen.

»Wie alt ist Ihr Sohn jetzt?«

»Sechs. Er heißt Conny.«

»Warum haben Sie Hassel verlassen? Es ging ja so schnell. Er hat ja nicht einmal seinen Sohn sehen können.«

»Er hatte nicht den geringsten Wunsch, ihn zu sehen. Die Fruchtblase platzte, während er packte, um zur Buchmesse nach Göteborg zu fahren. Er bestellte zwei Taxis, eins nach Arlanda für sich selbst, eins zum Krankenhaus für mich. Galant, nicht wahr? Dann bumste er wie ein Verrückter da unten herum, während sein Sohn geboren wurde. Vielleicht hat er es noch geschafft, einen weiteren zu zeugen, bevor der andere draußen war. Ständig ein Braten im Rohr.«

»Woher wissen Sie das? Daß er in Göteborg ... sexuell so aktiv war?«

»Eine Kollegin von ihm rief mich an. Eine Frau. Ich weiß nicht mehr, wie sie heißt.«

»Sie rief Sie an? Auf der Entbindungsstation? Um Ihnen zu erzählen, daß Ihr Mann herumbumste? Wie geschmackvoll.«

»Ja. Nein, nicht – geschmackvoll.«

»Fanden Sie das nicht ein bißchen sonderbar?«

»Schon. Aber teils hörte sie sich überzeugend an, teils war mir klar, als er abfuhr, daß es aus war zwischen uns. Er fand, daß ein Kind reichte. Conny war ein Betriebsunfall. Aber ich wollte nicht abtreiben.«

»Und Sie können sich wirklich nicht erinnern, wie diese Kollegin heißt?«

»Ich bin mir ziemlich sicher, daß ihr Vorname Elisabeth ist. Mehr weiß ich nicht. Bengtsson? Berntsson? Baklava? Biskopsnäsa?«

Erneutes Spulen. Kerstin betrachtete Hjelms Vor- und Zurückspulen mit hochgezogenen Augenbrauen.

»Wissen Sie, ob diese E-Mails noch auf seinem Rechner sind?«

»Nein. Ich weiß nur, daß Laban sagte, es gehe Lars-Erik schlecht deswegen. Ich kann mir das zwar nicht gut vorstellen, aber das hat er gesagt.«

»Wie alt ist Laban?«

»Dreiundzwanzig.«

»Wohnt er zu Hause?«

»Er hat eine Wohnung in Kungsklippan, wenn Sie meine Aussage verifizieren wollen oder wie das nun heißt. Laban Jeremias Hassel.«

»Und was arbeitet er?«

»Lachen Sie jetzt nicht. (Pause.) Er studiert Literaturwissenschaft.«

Hjelm drückte wieder auf Stop und wollte gerade weiterspulen, als Kerstin auf *seine* Stoptaste drückte; es schien dringend notwendig zu sein.

»Das reicht jetzt«, sagte sie.

Er starrte sie befremdet an, wie aus einer anderen Welt. Widerwillig machte er Schluß und fand sich in dieser wieder ein. Er sank auf den Stuhl ihr gegenüber und blickte sich im Zimmer um. Es war das Büro, das Kerstin mit Gunnar Nyberg teilte. Das Chorsängerzimmer. Ein stilles, aber kühles Herbstlicht fiel durch die ständig halb geöffneten Fenster herein. Hier saßen sie zuweilen und übten Tonleitern und gaben Einsingstücke a cappella zum besten, er mit dem charakterfesten Baß, sie mit dem verschleierten Alt. Hjelm dachte im Vergleich an sein eigenes Büro, in dem Chavez die ganze Zeit im Internet surfte und die Konversation sich gegenwärtig hauptsächlich um Fußball drehte. Er kam sich geistlos vor. Er brauchte eine Dosis John Coltrane. Und vielleicht sollte er es wagen, sich Kafka wieder zuzuwenden, obwohl der Kurswert der Literatur während der letzten Tage drastisch gesunken war.

Was er jedoch am nötigsten hatte, war, Kerstin etwas zu sagen.

Er fragte sich, was.

»Kannst du es nicht einfach zusammenfassen?« fragte sie.

Er betrachtete sie. Sie wich ihm nicht aus. Keiner von beiden verstand den Blick des andern.

»Drei Dinge«, sagte er professionell. »Erstens den dreiundzwanzigjährigen Sohn Laban Hassel, den Literaturstudenten besuchen. Zweitens mehr über die Kollegin Elisabeth Biskopsnäsa herausfinden, die in der Entbindungsstation angerufen und geklatscht hat. Drittens nachsehen, ob die E-Mails mit den Drohungen noch auf dem Rechner sind, zu Hause oder in der Redaktion.«

»Bist du überhaupt bei Hassel zu Hause gewesen?«

»Nur kurz. Jedenfalls keine direkten KGB-Signale, die wie die Vampire umherflattern. Geschmackvolle große Kungsholmswohnung mit leicht jugendlichem Touch. Und Trainingsgeräten. Willst du gucken?«

Sie schüttelte den Kopf. »Ich hab da eine Sache, die ich nachprüfen muß. Versuch, Jorge mit raus in die Sonne zu locken.«

Er nickte, zögerte einen Moment in der Tür und warf einen raschen Blick auf das Tonbandgerät. Dann ließ er es bei ihr.

Sie betrachtete es eine Weile. Dann blickte sie auf die geschlossene Tür und wieder auf das Tonbandgerät.

Sie spulte zu einem Punkt in der Mitte zwischen den Stellen, zwischen denen Hjelm sich so frenetisch hin und her geworfen hatte. Nach einer Weile sagte er zu der Exfrau:

»Wer ist Ihr neuer Mann?«

»Das hat doch wohl mit dieser Sache nichts zu tun.«

»Ich möchte nur wissen, was Sie anstelle von Hassel bekommen haben. Was Sie statt seiner gesucht haben. Die Unterschiede. Das kann einiges über ihn sagen.«

»Ich lebe mit einem Mann aus der Reisebranche. Wir kommen gut miteinander zurecht. Er arbeitet hart, aber die Arbeit läßt er im Büro, und wenn wir zu Hause sind, hat er Zeit für mich. Wir führen eine normale Beziehung. Ist das die Antwort, die Sie wollten?«

»Ich glaube, ja«, sagte Paul Hjelm.

Kerstin Holm betrachtete die geschlossene Tür.

Lange.

Hjelm lockte Chavez wirklich mit hinaus in die Sonne. Er ergriff die Gelegenheit beim Schopf, als Chavez über rapide zunehmenden Arschschweiß klagte, und die beiden ehemaligen Machtmordhelden überließen das Präsidium beständigeren Medaillengewinnern wie Waldemar Mörner. Es war nicht herausgekommen, was mit der Anzeige des ABC-Reporters passiert war, der sich, Zitat, »massive Lippenschäden« zugezogen hatte, als Mörner ihm das Mikrophon in den Mund drückte. Wahrscheinlich war die Anzeige entschieden leichter verdaulich gewesen.

Auf den Straßen bot ein weiterer strahlend klarer Spätsommernachmittag seine kostenlosen Dienste an. Der Herbst war nach Arlanda gekommen, zögerte aber noch, sich hinunter nach Stockholm zu bewegen. Die etwas schlappe Symbolik konnte kaum jemandem entgehen.

Chavez konnte sich noch immer mit dem alten Leinenjackett begnügen, dessen graue Tarnfarbe nicht vollends in der Lage war, von der Reinigungsbedürftigkeit abzulenken. Er streckte seinen kompakten kleinen Latino-Körper, als sie die Kungsholmsgata entlangspazierten und die Scheelegata überquerten.

»Das Internet«, sagte er träumerisch. »Unendliche Möglichkeiten. Und unendlich viel Scheiße.«

»Wie das Leben«, sagte Hjelm philosophisch.

Sie bogen in die Pipersgata ein, kämpften sich die Steigung hinauf und enterten die steilen Treppen nach Kungsklippan, wo die Häuserreihen einander mit ihrer Aussicht über Stockholm zu überbieten versuchten; einige starrten aufs Rathaus und hinüber zum Polizeipräsidium – das waren kaum die attraktivsten –, andere warfen lüsterne Blicke an Kungsholms Kirche hinab auf Norr Mälarstrand und Riddarfjärden, wieder andere blickten ein wenig verächtlich hinüber zum Häusergedränge der City und weiter hinauf nach Östermalm. In einem der letzteren wohnte Lars-Erik Hassels Sohn aus erster Ehe.

Sie klingelten. Nach einer Weile offenbarte sich ein blonder Jüngling mit einem schütteren kleinen Kinnbart, ärmellosem T-Shirt und sackartigen Hosen.

»Die Bullen«, sagte er ausdruckslos.

»Ja, aber hallo«, sagten die Bullen im Chor über die Polizeiausweise hinweg. »Darf man eintreten?«

»Eine Weigerung wäre wohl so sinnvoll, wie sich selbst in den Fuß zu schießen«, sagte Hassel junior und ließ die beiden Exheroen vorbei.

Es war eine kleine Einzimmerwohnung mit Kochnische. Ein zerfranstes marineblaues Rollo hielt die Spätsommersonne auf Distanz. Ein Computerbildschirm warf ein bläuliches Flimmern über die Wände in der Nähe des Schreibtischs; ansonsten war die Wohnung finster.

Chavez zog an der Schnur, und das Rollo sauste mit einem Jaulen in die Höhe, das stark an das von Mörner produzierte erinnerte, als Robert E. Norton ihn in den Hintern trat. »Das wird nicht besonders häufig hochgelassen«, schlußfolgerte Chavez. »Bei einer solchen Aussicht sollten Sie vielleicht gelegentlich rausschauen.«

Vor dem Fenster stürzte die Kungsklippa hinunter zu dem Übergang von Insel zu Festland.

»Waren Sie bei der Arbeit?« fragte Hjelm. »Ihre Mutter sagte uns, daß Sie Literatur studieren.«

Laban Jeremias Hassel blinzelte gegen die augenscheinlich gewaltig irritierende Sonne an und lächelte stubenhockerblaß: »Ironie des Schicksals ...«

»Inwiefern?« fragte Hjelm und hob eine umgedrehte Kaffeetasse von der Miniaturspüle. Das hätte er nicht tun sollen. Die Schimmeldämpfe ließen ihn zurückprallen.

»Mein Vater war einer von Schwedens führenden Literaturkritikern«, sagte Laban Jeremias und nahm Hjelms Pantomime ungerührt zur Kenntnis. »Die Ironie ist, daß alle glauben, ich sei mit dem literarischen Silberlöffel im Mund geboren worden. Aber mein Literaturinteresse ist im Gegenteil ein Protest gegen meinen Vater. Ich weiß nicht, ob das nachvollziehbar ist«, fügte er leise hinzu und setzte sich auf ein zerfasertes violettes Sofa im Stil der sechziger Jahre.

Die Möblierung in der kleinen Wohnung war überhaupt schäbig. Es war deutlich, daß hier ein Mensch ohne größeres Interesse für die Außenwelt wohnte.

»Ich glaube, ich verstehe«, sagte Hjelm, auch wenn es ihm nicht ganz gelang, Labans trendiges Äußeres mit dem inneren Chaos in Übereinstimmung zu bringen, das ihn zu beherrschen schien. »Ihre Auffassung von Literatur steht der Ihres Vaters diametral entgegen.«

»Er hat nie begriffen, wie wichtig es ist, sich zu entwikkeln«, murmelte Laban Hassel und starrte auf einen Birkenholztisch, der einen durch und durch morschen Eindruck machte. »Für meinen Vater war und blieb die Literatur ein bürgerliches Dekadenzphänomen. Also brauchte man nichts darüber zu lernen. Nur sie klein zu machen. Und das ging so weiter, selbst nachdem er der bürgerlichste aller Bürger geworden war.«

»Er mochte Literatur nicht«, nickte Hjelm.

Laban hob für einen kurzen Moment den Blick und betrachtete Hjelm mit einer gewissen Verwunderung. Dann sank sein Blick wieder auf den Tisch. »*Ich* tue es«, flüsterte er. »Ohne sie wäre ich tot.«

»Ihre Kindheit war nicht glücklich«, fuhr Hjelm im selben

wohlausgewogenen, ruhigen, sicheren Tonfall fort. Dem Tonfall eines Vaters, dachte er.

Oder eines halbgaren Psychologen.

»Er ist so früh verschwunden«, sagte Laban und zeigte mit aller Deutlichkeit, daß die Situation ihm nicht neu war. Zahlreiche Therapiestunden schienen hinter ihm zu liegen. Er fing noch einmal an: »Er ist so früh verschwunden. Hat uns verlassen. Deshalb wurde er für mich ein Held, ein persönlicher Mythos eines großen, berühmten, unerreichbaren Denkers, und in dem Maße, in dem ich selbst anfing, Bücher zu lesen, ganz ohne sein Zutun, wurde er immer interessanter. Ich beschloß, mit dem Lesen seiner Bücher zu warten, bis ich mich reif dafür fühlte. Dann würde ich sie lesen, und alles würde offenbar werden.«

»Und wurde es das?«

»Ja. Allerdings in genau entgegengesetzter Weise, als ich es mir gedacht hatte. Sein kultureller Firnis blätterte ab.«

»Und dennoch hielten Sie bis zuletzt den Kontakt aufrecht?«

Laban zuckte mit den Schultern und fiel in Trance. Dann kam es schließlich: »Ich wartete und wartete, daß er etwas Wichtiges enthüllte, etwas Entscheidendes aus der Vergangenheit. Doch es kam nie. Es gelang ihm immer, einen Rauh-aber-herzlich-Ton zwischen uns aufrechtzuerhalten. Es war, als würde man den Umkleideraum des AIK betreten. Eine widerwärtige Kumpelhaftigkeit. Keine Risse in der Mauer. Darauf wartete ich vergeblich. Vielleicht kamen sie im Moment seines Todes ...«

»Wenn ich Sie richtig verstehe, war Ihr Kontakt also ausgesprochen oberflächlich.«

»Gelinde gesagt.«

»Und trotzdem vertraute er Ihnen an, daß er Drohungen per E-Mail bekam ...«

Laban Hassel stutzte, ohne den Blick von dem morschen Tisch zu heben. Er wirkte immer kaputter. Schließlich sagte er kurz und bündig: »Ja.«

»Erzählen Sie alles, was Sie wissen.«

»Nur das, was er gesagt hat, daß ihn jemand terrorisierte.«

»Warum?«

»Ich weiß nicht. Das war alles. Er ließ nur einmal im Vorbeigehen eine Bemerkung fallen.«

»Und trotzdem fanden Sie es wert, Ihrer Mutter davon zu erzählen?«

Laban sah ihn zum erstenmal richtig ernsthaft an. Ein Blick, mit dem nicht zu spaßen war. Ein bodenloser Abgrund von einer Kraft, mit der nur sehr wenige Dreiundzwanzigjährige in Berührung gekommen waren, tat sich auf. Es war ein Blick, der den arbeitslosen, aber kampfbereiten Kriminalen in Hjelm in Tätigkeit versetzte.

»Meine Mutter und ich haben ein sehr gutes Verhältnis«, war alles, was Laban sagte.

Hjelm machte sich nicht die Mühe, weiter zu bohren. Er brauchte einen neuen Einfallswinkel, bevor er wiederkam. Denn wiederkommen würde er.

Sie dankten und gingen.

Im Treppenhaus sagte Chavez: »Wozu zum Teufel wolltest du mich dabeihaben?«

»Kerstin fand, daß du raus in die Sonne müßtest«, sagte Hjelm dreist.

»Nicht gerade viel Sonne da drinnen ...«

»Nein, ehrlich gesagt, brauchte ich eine Testperson, jemanden ohne die geringste vorgefaßte Meinung über Lars-Erik Hassel. Und?«

Sie stiegen die Treppe zur Pipersgata hinunter. Die Sonne verhedderte sich in ein paar hartnäckigen Wolkenfetzen, so daß die nördliche Hälfte des Rathauses im Schatten lag. Eine sonderbare optische Doppelbelichtung entstand.

»Rechts oder links?« fragte Chavez.

»Links«, sagte Hjelm. »Wir wollen nach Marieberg.«

Sie gingen schweigend die Pipersgata hinunter. Unten bei der Hantverkargata bogen sie nach rechts ab, wanderten an Kungsholms Torg vorbei und blieben an der Bushaltestelle stehen.

»Also«, griff Chavez den Faden wieder auf. »Ich frage mich, wie es mit Labans Literaturstudium steht.«

»Prüf es nach«, sagte Hjelm knapp.

Der Bus war fast in Marieberg angekommen, bis es Chavez gelungen war, an der Vermittlung von Stockholms Universität vorbei Kontakt zum Literaturwissenschaftlichen Institut zu bekommen, dessen telefonische Sprechzeiten von der asymmetischen Sorte waren. Hjelm verfolgte das Schauspiel ein wenig aus der Distanz, wie ein Regisseur, der insgeheim über die Anstrengungen des Schauspielers lächelt. Sie waren jeder an einer anderen Stelle des vollbesetzten Busses eingekeilt, Hjelm im hinteren Gang, Chavez in der Mitte, über einen Kinderwagen gebeugt, der ihm in den Unterleib stieß. Jedesmal, wenn er halbwegs schreiend in sein Handy sprach, schrie das Baby im Wagen mit dreifacher Lautstärke zurück, begleitet von den eskalierenden säuerlichen Bemerkungen der ebenfalls eingeklemmten Mutter. Als Chavez am Västerbroplan aus dem Bus stieg, hatte er eine vage Ahnung davon, was die Hölle war.

»Und?« fragte Hjelm.

»Monster!« fauchte Chavez.

»Es ist eine harte Branche«, sagte Hjelm.

»Laban Hassel hat sich vor drei Jahren für den Grundkurs in Literaturwissenschaft eingeschrieben. Seminararbeiten sind nicht registriert. Keine anderen Seminare.«

Hjelm nickte. Sie waren aus ganz verschiedenen Richtungen zum gleichen Ergebnis gekommen. Ihre Synchronität gefiel ihm.

Diesmal war der Aufzug in Betrieb. Sie betraten die Feuilletonredaktion mit zielstrebigem Schritt. Wenn alles funktionierte, wäre das Problem vor ihrer Abendbesprechung gelöst.

Erik Bertilsson stand über ein Faxgerät gebeugt, das nicht wollte, wie es sollte. Hjelm räusperte sich zwei Zentimeter von der rotgesprenkelten Glatze entfernt. Bertilsson fuhr zusammen und machte ein Gesicht, als habe er ein Gespenst gesehen. Was, wie Hjelm sich eingestand, nicht besonders weit von der Wahrheit entfernt war.

»Wir benötigen ein bißchen Hilfe«, sagte er neutral und spürte, daß der Vorwurf des Epigonentums ihm im Nacken saß. »Können Sie uns Zugang zu Hassels E-Mailbox verschaffen? Vorausgesetzt, sie ist noch da.«

Bertilsson starrte den Mann an, dem er die Enttäuschungen seines Lebens vorgejammert und den wiederzusehen er nicht erwartet hatte. Er bewegte sich nicht vom Fleck. Schließlich brachte er heraus: »Ich kenne sein Paßwort nicht.«

»Gibt es jemanden hier, der es kennt?«

Bertilsson rührte sich nicht. Irgendwo glitt der Schatten eines Gedankens durch sein diffuses Bewußtsein. Er ließ die beiden stehen und schlurfte zu einem Computer, der etwa zehn Meter entfernt in dem großen Redaktionsraum stand. Er wechselte ein paar Worte mit einer etwas fülligen Frau von gut fünfzig Jahren. Ihr langes offenes Haar war rabenschwarz, die Brille mit Tigerstreifen oval, das großblumige Sommerkleid eng anliegend. Sie schickte dem Heldenduo einen frostigen Blick, bevor sie sich wieder ihrem Computer zuwandte.

Bertilsson kam zurück. Er tippte ein Paßwort ein; Chavez betrachtete aufmerksam das Keyboardkonzert.

Er kam nicht hinein. *Access denied*. Er versetzte dem Monitor in einem unerwarteten Zornesausbruch einen Stoß und ging mit wesentlich erhöhter Schrittfrequenz zu der Dame zurück. Ein kurzes Palaver entspann sich in Form einer Pantomime. Die Frau hob die Arme und zog die Mundwinkel nach unten, so daß ihre massive Gestalt Verständnislosigkeit ausdrückte. Dann wurde sie von einem Erinnerungsblitz erleuchtet, tippte mit dem Finger in die Luft und stieß einen Laut aus. Bertilsson kam zurück. Ohne ein Wort zu sagen, tippte er die elektronische Hinterlassenschaft des Verschiedenen hervor.

»Jetzt können Sie uns allein lassen«, sagte Hjelm unberührt. »Verlassen Sie aber bitte nicht die Redaktion, wir müssen gleich noch ein wenig mit Ihnen sprechen.«

Chavez fühlte sich vor dem Bildschirm sofort in seinem Element. Zu einer Vorführung seiner Professionalität kam es jedoch nicht. Er grub ein wenig im Eingangs- und Ausgangskorb und konsultierte »Gelöschte Mitteilungen«, fand aber nur leere Seiten. »Nichts mehr da«, sagte er.

»Okay«, sagte Hjelm und winkte Bertilsson heran, der wie ein Hund ankam, dem Treue eingebleut worden ist.

»Warum sind alle Mails auf Hassels Rechner gelöscht?« fragte Hjelm.

Bertilsson betrachtete lieber den Bildschirm als Hjelm. Er zuckte mit den Schultern. »Er hat sie wohl selbst gelöscht.«

»Es hat nicht vielleicht jemand aufgeräumt?«

»Davon weiß ich jedenfalls nichts. Entweder müßte die Mailbox mit sämtlichen Adressen entfernt worden sein, oder alles müßte dasein. Und das ist wohl alles. Es war vielleicht seine Gewohnheit, immer alles zu löschen. Was weiß ich?«

»Es gibt keine Abkürzungen?« fragte Hjelm Chavez. »Und keine Möglichkeit, denjenigen, der sie entfernt hat, zu finden?«

»Von hier aus nicht«, sagte Chavez. »Netzwerkpapierkörbe sind nicht leicht zu handhaben.«

Weil Chavez in Zungen redete, mußte Hjelm wie ein innig Gläubiger akzeptieren, ohne zu verstehen.

Statt dessen wandte er sich wieder an Bertilsson. »Wer ist die Kollegin Elisabeth B und noch was? Ist sie noch in der Redaktion?«

»Alle sind noch da«, sagte Bertilsson und betonte: »*Alle sind immer da.*« Dann riß er sich zusammen: »Sie meinen Elisabeth Berntsson, nehme ich an.«

»Wahrscheinlich«, sagte Hjelm. »Ist sie hier?«

»Es ist die, mit der ich eben gesprochen habe.«

Hjelm warf einen Blick zu der schwarzhaarigen Dame hinüber, die schrieb, als ginge es um ihr Leben.

»Wie war das Verhältnis zwischen ihr und Hassel?«

Bertilsson warf einen ängstlichen Blick in die Runde, einen Blick, der die Neugier eines jeden wachen Menschen angestachelt hätte. Möller saß hinter seiner Glastür und schaute aus dem Fenster. Es sah aus, als habe er sich seit Hjelms letztem Besuch nicht von der Stelle gerührt.

»Das sollten Sie vielleicht sie selbst fragen«, sagte Bertilsson bestimmt. »Ich habe schon mehr als genug gesagt.«

Sie verließen ihn und gingen hinüber zu der schreibenden Frau. Sie blickte von ihrem Computer auf.

»Elisabeth Berntsson?« fragte Hjelm. »Wir kommen von der Polizei.«

Sie betrachtete sie über ihre Brillenränder. »Und Sie heißen?« fragte sie routiniert mit einer ein wenig heiseren Raucherstimme.

»Ich bin der erste Kriminalinspektor Paul Hjelm, dies hier ist Kriminalinspektor Jorge Chavez. Vom Reichskriminalamt.«

»Aha«, sagte sie und erkannte ein paar Namen aus den Zeitungsschlagzeilen. »Das bedeutet also, daß hinter Lars-Eriks Tod mehr steckt, als wir erfahren ...«

»Können wir uns irgendwo in Ruhe unterhalten?«

Sie hob die eine Augenbraue, stand auf und steuerte auf eine Glastür zu. Sie folgten ihr in einen leeren Büroraum. Er wirkte wie eine Kopie von Möllers Büro.

»Nehmen Sie Platz«, sagte sie und setzte sich selbst hinter den Schreibtisch.

Sie fanden zwei Stühle, die aus der Papierhalde aufragten, und setzten sich.

Hjelm ging sofort aufs Ganze: »Warum riefen Sie während der Buchmesse 1992 in der Entbindungsstation von Danderyds Krankenhaus an, um der Mutter von Lars-Erik Hassels neugeborenem Sohn mitzuteilen, daß ihr Mann zum Zeitpunkt der Geburt des Sohns in Göteborg sich heftigen sexuellen Umgangs befleißigte?«

Ihr hätte die Kinnlade herunterfallen sollen. Doch die blieb ebenso fest wie ihr Blick. »*In medias res*, nicht schlecht«, sagte sie forsch. »Sehr wirkungsvoll.«

»Das hätte es sein sollen«, entgegnete Hjelm. »Aber offenbar hatten Sie die Frage erwartet.«

»Weil Sie die sind, die Sie sind, konnte ich mir denken, daß Sie es herausbekommen würden«, sagte sie. Wäre ihr Tonfall ein anderer gewesen, hätte man es für ein Kompliment halten können.

»Was war es? Rache?« fragte Hjelm knapp.

Elisabeth Berntsson nahm ihre Brille ab, klappte sie zusammen und legte sie vor sich auf den Schreibtisch. »Nein«, sagte sie. »Ich war betrunken.«

»Vielleicht war das der Auslöser. Kaum die Ursache.«

»Vielleicht, vielleicht nicht.«

Hjelm wechselte die Spur: »Warum haben Sie Hassels sämtliche E-Mails gelöscht?«

Chavez rückte ein: »Es war nicht besonders schwer, das herauszufinden.«

Hjelm gab ihm einen Blick, von dem er hoffte, er würde nicht allzuleicht als dankbar zu deuten sein.

Elisabeth Berntsson schien jedoch ihre Gedanken woanders zu haben. Hinter der kargen Konzentration ihres geläuterten Gesichts tobte ein innerer Kampf. Am Ende sagte sie: »Der heftige Umgang, den Sie erwähnten, spielte sich hauptsächlich mit mir ab. Larsi brauchte was Solideres als diese Zwanzigjährige. Praktisch war es schon aus; alles, was ich tat, war, den Prozeß ein wenig zu beschleunigen. Katalysator«, fügte sie leicht sardonisch hinzu.

»Und dann? Waren es danach Sie beide in Ewigkeit, Amen?«

Elisabeth Berntsson schnaubte nur kurz. »Keiner von uns beiden war besonders an in Ewigkeit, Amen, interessiert. Wir waren wohl beide gebrannte Kinder, was die Nachteile des Zusammenlebens angeht. Und hatten beide zuviel Geschmack an den Alternativen gefunden. One-night-Stands sind ja wirklich nicht zu verachten. Ich selbst führe ein sehr soziales Leben und will mich frei bewegen können. Und Larsis Geschmack tendierte wohl mehr in die Richtung ... der jüngeren Altersklassen. Für mich war er ein kultivierter Liebhaber und so etwas wie ein fester Punkt im Leben. Ein Programmpunkt, vielleicht ... Gleiche Zeit, gleicher Kanal. Und da meine ich wirklich Kanal.«

Hjelm sah sie an und faßte einen schnellen Entschluß: »Hat er Sie die Drohbriefe lesen lassen?«

»Ich wurde es leid. Es war immer dasselbe, Variation auf Variation. Eine beinah unwahrscheinliche Hartnäckigkeit. Fixierung. Jemand hatte einen Sündenbock gefunden, dem er sämtliche Frustrationen seines Lebens aufbürden konnte.«

»Er?«

»Alles deutete darauf hin. Eine männliche Sprache, wenn man so sagen will.«

»Wie viele Mails waren es denn?«

»Im ersten halben Jahr waren es nur vereinzelte Schauer. Im letzten Monat verdichtete es sich zu einer wahren Sturzflut.«

»Es ist also ungefähr ein halbes Jahr lang gegangen?«

»Ungefähr.«

»Wie reagierte Hassel?«

»Zuerst war er ziemlich aufgewühlt. Als er merkte, daß es sich mehr um eine therapeutische Betätigung handelte, wurde er eher nachdenklich. Als dächte er über seine Handlungen nach, und wofür er eigentlich gestraft wurde. Aber dann, als es anfing, sich zu überschlagen, bekam er es wieder mit der Angst zu tun und beschloß, eine Zeitlang das Feld zu räumen. So wurde die New-York-Idee geboren.«

Hjelm unterließ es, die Kosten der Flucht zu kommentieren. Statt dessen sagte er: »Können Sie die Inhalte der Briefe ein bißchen näher beschreiben?«

»Sehr eingehende Beschreibungen von Larsis Bosheit und vor allem davon, was mit seinem Körper passieren würde. Nichts darüber, was er eigentlich getan hatte. Das hat ihn beunruhigt, glaube ich: daß die Quelle so diffus war.«

»Können Sie sich vorstellen, wer es war?«

Sie hielt inne und befingerte ihre Brille, drehte sie in verschiedenen Winkeln auf dem Schreibtisch. »Es muß ein Autor gewesen sein«, sagte sie schließlich.

»Warum?«

»Sie haben doch gelesen, was Larsi schrieb.«

»Woher wissen Sie das?«

»Das hat Möller erzählt. Also wissen Sie, daß er kein Blatt vor den Mund nahm, wenn ihm etwas nicht gefiel. Das war sein besonderes Merkmal als Kritiker. Darauf gründete sich sein landesweiter Ruf. Und damit verletzt man. Und manche Verletzten stehen nie wieder auf. Böses Blut kehrt wieder.«

Hjelm dachte über die etwas seltsame Schlußwendung nach. War das ein Zitat?

»Schrieb der Verfasser der Drohbriefe wie ein Autor?«

»Ein gefallener Autor. Ja.«

Hjelm kratzte sich zerstreut an seinem Mal, obwohl er seine Wange in Gesellschaft sonst nicht anrührte. Ein kleines Stückchen Haut segelte hinunter auf sein Hosenbein. Elisabeth Berntsson betrachtete es, ohne eine Miene zu verziehen.

Er warf Chavez einen vielsagenden Blick zu und sagte: »Dann wären wir wieder am Ausgangspunkt angelangt: Warum haben Sie all seine E-Mails gelöscht?«

»Ich habe sie nicht gelöscht.«

Hjelm seufzte und wandte sich Chavez zu. Er hatte genügend Zeit gehabt, sich eine Geschichte auszudenken. Die Frage war nur, ob er mitgedacht hatte; sie hatten ja wenig Spielpraxis gehabt.

Chavez hatte. Er sagte ausdruckslos:

»Um 15 Uhr 37 sind wir in die Redaktion gekommen. Um 15 Uhr 40 fragte Bertilsson Sie nach Hassels Paßwort. Um 15 Uhr 41 gab er es ein. Es war falsch. Er ging zu Ihnen zurück, um 15 Uhr 43 kamen Sie auf das richtige Paßwort. Um 15 Uhr 44 hatten wir seine Mailbox geöffnet. Da war alles gelöscht. Ich fand den Zeitpunkt des Löschens: 15 Uhr 42, zwei Minuten nachdem Sie von unserem Anliegen erfahren und uns vorsätzlich ein falsches Paßwort gegeben hatten.«

Chavez hatte seine Hausaufgaben gemacht und seinen Lehrmeister mit Siebenmeilenstiefeln überholt: Wenn du lügst, dann lüge detailliert.

Elisabeth Berntsson schwieg. Sie starrte auf den Schreibtisch. Hjelm beugte sich zu ihr vor. »Wenn Sie sie nicht selbst geschrieben haben, warum sie dann löschen? Um Larsis Ruf zu retten? Kaum. Wo befanden Sie sich in der Nacht zwischen dem zweiten und dritten September?«

»Jedenfalls nicht in New York«, sagte sie still.

»Haben Sie ihn all die Jahre gehaßt? Woher nahmen Sie die Zeit, all diese Haßbriefe zu schreiben? Oder verfaßten Sie sie in Ihrer Arbeitszeit?«

Elisabeth Berntsson hob langsam ihre Brille auf, klappte die Bügel auseinander und setzte sie auf die distinguierte Nase. Sie schloß einen Moment die Augen und begegnete schließlich Hjelms Blick. Es war ein anderer Blick als der, den er vorher gesehen hatte. Ein ganz anderer.

»Ich glaube, man kann wohl sagen, daß ich ihn liebte. Die Haßbriefe brachten mich fast um.«

»Also heuerten Sie einen Berufsmörder an, um dem Elend ein Ende zu machen?«

»Natürlich nicht.«

»Aber er hat erzählt, wen er im Verdacht hatte, nicht wahr? Und Sie löschten alles, um seinen Mörder zu decken. Ein etwas sonderbares Verhalten gegegenüber dem geliebten Verschiedenen, nicht wahr?«

Ihr Blick war jetzt entschlossen, nicht selbstsicher entschlossen, sondern entschlossen um jeden Preis. Sie würde nichts mehr sagen.

Und damit sagte sie mehr, als Worte hätten sagen können. »Das ist meine Privatsache«, war alles, was sie herausbrachte. Dann brach sie zusammen. Vollkommen unerwartet für alle Anwesenden, sie selbst eingeschlossen, brach die verdrängte Trauer sich Bahn, in langen, ansteigenden und fallenden Wellen.

Als sie aufstanden, fuhr es Hjelm durch den Kopf, daß er sie mochte. Er hätte gern tröstend einen Arm um sie gelegt, doch er wußte, daß der Trost, den er ihr bieten konnte, nicht weit reichen würde. Ihre Trauer war von entschieden tieferer Art.

Sie ließen sie allein mit ihrem Schmerz.

Im Aufzug sagte Chavez: »Pyrrhussieg, heißt das nicht so? Noch ein solcher Sieg, und ich bin verloren.«

Hjelm schwieg. Er redete sich ein, daß er den nächsten Schritt plante. Doch eigentlich weinte er.

Böses Blut kehrt wieder.

Sie nahmen ein Taxi zur Pilgata. Im Wagen sagten sie jeder nur einen Satz: »Ein Glück, daß sie nicht über die Uhrzeiten nachgedacht hat«, sagte Chavez. »Ich hatte mich um mindestens fünf Minuten geirrt.«

»Ich glaube nicht, daß sie vorhatte, uns ohne ein Bekenntnis wieder gehen zu lassen«, sagte Hjelm, fügte aber hinzu: »Du hast dich souverän geschlagen.«

Er brauchte Chavez nicht zu sagen, wohin sie unterwegs waren. Im Treppenhaus des stattlichen Gebäudes in der Pilgata zwischen Fridhemsplan und Kungsholms Torg sagte er nur: »Du weißt das Paßwort doch noch?«

Chavez nickte, und sie langten im obersten Stock an. Hjelm holte ein Schlüsselbund heraus und schloß die drei Schlösser in der Tür mit dem Namen Hassel auf. Sie kamen in einen Gymnastikraum; die ganze enorme Halle war zu einem Trainingssaal umgestaltet.

In einem früheren Leben war Lars-Erik Hassel vermutlich Alchemist auf der Jagd nach dem Jungbrunnen gewesen.

Sie gingen an der modernen Variante von Glaskolben und Keramikgefäßen vorbei und erreichten das Herz der Modernität, den Computer, der auf einem altehrwürdigen Schreibtisch mitten im Wohnzimmer stand. Chavez schaltete ihn ein und machte es sich in dem grandiosen Sitzmöbel bequem, das als Bürostuhl fungierte.

»Glaubst du, er hat ein persönliches Paßwort?« fragte Hjelm und beugte sich über den sitzenden Hacker.

»Kaum bei sich zu Hause«, meinte Chavez. »Sonst haben wir ein Problem.«

Sie hatten. Auf dem Bildschirm blinkte ein höhnisches »Enter password«.

»Wir versuchen es mal mit demselben«, sagte Chavez und tippte langsam die Großbuchstaben L-A-B-A-N ein.

Das höhnische Blinken verlor sich. Sie waren drin.

»Komisch, daß Vater und Sohn so nah beieinander wohnen«, sagte Chavez, während der Rechner gemächlich seine Menüs aufbaute.

Hjelm schaute aus dem Fenster auf das schöne alte Landgerichtsgebäude, das im Schatten der Wolken zu frösteln schien. Hätte das Fenster einen etwas anderen Winkel gehabt, hätte man direkt hinauf nach Kungsklippan sehen können.

Es war, als ob im Laufe einer einzigen Stunde der Herbst gekommen wäre. Schwere Wolken wälzten sich an einem immer niedrigeren Himmel heran. Der Wind pfiff durch den eleganten Garten des Landgerichts und riß gelbe wie grüne Blätter von den Bäumen. Ein paar Regentropfen zerplatzten an der Fensterscheibe.

Während Chavez begann, auf die Tasten einzuhämmern, sah Hjelm sich zum erstenmal wirklich in Lars-Erik Hassels Wohnung um. Es war nicht nur eine bürgerliche Wohnung der Jahrhundertwende; es hatte auch den Anschein, als habe Hassel sie in ursprünglichem Zustand wiederherstellen wollen.

Im Wohnzimmer schien jedes Detail auf eine Art biedermeierliche Ästhetik abgestimmt zu sein. Es fiel Hjelm schwer, diesen beinah ironisch übertriebenen bürgerlichen Geschmack mit dem literaturfressenden Kritiker zu verbinden.

»Sieh mal einer an«, sagte Chavez nach einer Weile. »Wir brauchen nicht mal im Papierkorb zu wühlen. Er hat einen Ordner, der ›Haß‹ heißt.«

»Ich hätte es mir fast denken können«, sagte Hjelm und trat näher. »Sind sie da?«

Eine gigantische Liste entrollte sich auf dem Bildschirm. Ganz unten links in der Ecke stand ›126 Objekte‹, und die 126 Dateien waren mit Ziffern bezeichnet.

»Jahr, Datum, Uhrzeit«, sagte Chavez. »Vollständige Registrierung.«

»Laß mal die erste sehen.«

Es war eine kurze, aber kernige Mitteilung. »Du bösartiger Teufel. Dein Körper wird an acht verschiedenen Stellen in Schweden wiedergefunden werden, und niemand wird wissen, daß der Kopf zu dem Bein gehört, der Arm zu dem Schwanz. Und sie werden es auch nicht. Bis bald. Sieh nicht über die Schulter.«

»Von Ende Januar«, sagte Chavez. »Die letzte ist vom 25. August.«

»Dem Tag, an dem Hassel in die USA flog«, nickte Hjelm.

»Danach hat er sie ja nicht mehr gespeichert. Wenn weitere E-Mails kamen, als Hassel in den USA war – und es ist ja ziemlich wichtig, ob der Briefschreiber weitermachte, während er fort war –, dann sind sie von Elisabeth Berntsson gelöscht worden. Wenn der Verfasser der Drohbriefe der Mörder ist oder den Mörder angeheuert hat, dann müßte er eingesehen haben, daß dies die letzte Drohung war.«

»Sehen wir sie uns an.«

Der Schreiber hatte ohne Zweifel in den vergangenen Monaten seinen Stil entwickelt. Die allerletzte E-Mail lautete: »Jetzt hast Du wieder versucht, die Adresse zu wechseln. Das hat keinen Sinn. Ich sehe Dich, ich sehe Dich immer, ich werde Dich immer sehen. Ich weiß, daß Du nach New York willst, Du boshafter Teufel. Glaubst Du, dort bist Du sicher? Glaubst Du nicht, daß ich Dich dort erreichen kann? Der Tod ist Dir auf den Fersen. Du wirst in allen Bundesstaaten wiederzufinden sein, Dein Schwanz tiefgefroren in Alaska, der Enddarm verfault von Scheiße in den Sümpfen Floridas. Ich werde Dir die Zunge abschneiden und die Stimmbänder herausreißen. Niemand wird Deine Schreie hören können. Was Du getan hast, kann nie ungeschehen gemacht werden. Ich bewache Dich. Genieße die Metropolitan. Ich werde dort sein, in der Reihe hinter Dir. Sieh nicht über die Schulter.«

Hjelm und Chavez sahen sich an und fanden ihre eigenen Reflexionen reflektiert. New York, Metropolitan: verblüffende Detailkenntnis, aber dennoch ziemlich leicht zugängliche Information. Die Stimmbänder herausreißen, und »Niemand wird Deine Schreie hören können«: Die Dinge steigerten sich.

Woher wußte der Schreiber des Drohbriefs eine Woche vorher, daß Lars-Erik Hassels Stimmbänder außer Funktion gesetzt werden würden und demzufolge niemand seine Schreie hören könnte?

»War da nicht jemand, der vermutete, es handele sich nicht um den Kentuckymörder?« sagte Chavez selbstgefällig.

»Geh ein bißchen zurück«, war alles, was Hjelm sagte. Der Blickwinkel war bedenklich geschrumpft.

Eine zufällige Auswahl aus dem 126 Dateien starken Ordner »Haß« flimmerte vorbei: »Du bösartiger Teufel. Du bürgerlichster aller Bürger. Deine widerwärtigen Überreste sollen in kleinen Silberdosen verfaulen und dann nach und nach an Deine verworfenen Geliebten verteilt werden, die gezwungen werden, mit Deinen abgestorbenen Organen zu masturbieren.«

»Du hast versucht, die Adresse zu wechseln. Tu das nicht. Es ist sinnlos. Eines Tages wird die Quelle all des Kots, den Du produzierst, bloßgelegt. Das defekte Verdauungssystem Deiner verrotteten Seele wird für jedermann sichtbar sein. Deine Gedärme werden um den Glaspenis auf Sergels Torg gewickelt werden. Alles wird offenbar werden. Die Gedärme haben den einzigen Geist enthalten, über den Du verfügt hast. Sieh nicht über Deine Schulter.«

»Ich werde Deinem kleinen Sohn die Kehle durchschneiden. Er heißt Conny und ist sechs Jahre alt. Ich weiß, wo er wohnt. Ich habe ihren Türkode. Ich weiß, in welche Schule er geht. Ich werde in die durchgeschnittene Kehle ficken, und sie werden Dich rufen, um Deinen Sohn zu identifizieren, aber weil Du ihn nie gesehen hast, wirst Du ihn nicht erkennen. Du wirst seinen Kopf wie seinen Rumpf verleugnen. Das ist früher schon geschehen. Dein ganzer kultureller Firnis wird bloßgelegt werden.«

»Es gibt Risse in Deiner morschen Mauer. Im Augenblick des Todes wirst Du sie spüren. Sie werden Dich überwältigen, wenn ich Dich zu Tode foltere.«

Sie hatten genug gelesen. Wieder sahen sie sich an.

»Gibt es hier Disketten?« fragte Hjelm.

Chavez nickte und speicherte den gesamten »Haß«-Ordner.

»Was meinst du?« fragte Hjelm.

»Die Wortwahl kommt mir bekannt vor«, sagte Chavez, steckte die Diskette ein und fuhr fort: »Wie würde das Szenario aussehen? War der Schreiber persönlich so gut mit den Gewohnheiten des Kentuckymörders vertraut, daß es ihm möglich war, sie perfekt zu kopieren? Und wenn ja, woher kamen die Informationen?«

»Können sie nicht von deinen Fans of American Serial Killers stammen? Er scheint ja mit Computern umgehen zu können.«

»So daß er herausfand, wann exakt der Rückflug gebucht war, und am Flughafen wartete? Der Rest war Zufall.«

»Oder umgekehrt: perfekt geplant. Genau genommen, könnte Edwin Reynolds tatsächlich Laban Jeremias Hassel gewesen sein.«

Chavez schwieg eine Weile und sortierte seine Eindrücke. Hjelm meinte sehen zu können, wie sein Blickfeld schrumpfte.

Chavez faßte zusammen: »Er kommt mit der Maschine vorher direkt aus Schweden, schlägt zu und fliegt mit falschem Paß zurück. Es wäre durchaus möglich. Obwohl er natürlich genausogut einen Profi angeheuert haben kann ...«

Sie verfielen gemeinsam in Schweigen und prüften das Szenario.

»Gehen wir?« fragte Hjelm schließlich.

Chavez nickte.

Sie gingen an den schicksalsschweren Häuserblocks entlang, via Hantverkargatan, quer über Kungsholms Torg und die Pipersgata hinauf; es war, als würde sich ein Kreis schließen. Oder als schnürten sie einen Sack zu. Der Regen peitschte von der Seite heran. Sie bogen an der Treppe ab, kletterten zur Kungsklippa hinauf und betraten das Haus.

Vor der Tür nahm Chavez die Pistole heraus und sagte: »Sie kann ihn gewarnt haben.«

Hjelm überlegte eine Sekunde. Dann zog auch er seine Dienstwaffe und klingelte.

Laban Hassel öffnete sofort. Er starrte ausdruckslos in die Pistolenmündungen und sagte leise: »Macht euch nicht lächerlich.«

Das Szenario fiel zusammen wie ein Kartenhaus. Entweder war Laban Hassel unglaublich durchtrieben oder vollkommen ungefährlich.

Sie folgten ihm ins Dunkel; das Rollo war wieder unten, der Monitor verbreitete sein träges Licht. Chavez ließ das Rollo zum zweitenmal hochschnappen; es gab keine Sonne mehr, die betäuben konnte – Laban blinzelte kaum, als das blasse Licht in seine Augen fiel. Es war, als sei er jenseits aller irdischen Reaktionen.

Er setzte sich und starrte auf den morschen Tisch. Alles war bekannt. Alles war verändert. Sie blieben stehen und behielten ihre Dienstwaffen in der Hand.

Er ließ sich ohne Proteste abtasten. »Elisabeth Berntsson von der Zeitung hat angerufen«, sagte er tonlos. »Sie meinte, ich sollte fliehen.«

»Sieh nicht über die Schulter«, sagte Hjelm, setzte sich und steckte die Waffe ins Achselhalfter.

Laban Hassel lächelte schief. »Schlagend, nicht wahr?«

»Haben Sie ihn getötet?« fragte Hjelm direkt.

Laban hob eine Sekunde den Blick, starrte Hjelm intensiv in die Augen und sagte: »Das ist eine sehr, sehr gute Frage.«

»Gibt es nicht auch eine sehr, sehr gute Antwort?«

Aber jetzt sagte Laban nichts mehr. Er starrte nur noch auf seinen Tisch und kniff die Lippen zusammen.

Hjelm setzte von neuem an. »Was passierte im Januar?«

Absolutes Schweigen.

Neuer Versuch. »Wir wissen, daß Sie sich vor drei Jahren an der Uni eingeschrieben und keinen einzigen Kurs zu Ende gebracht haben. Vielleicht konnten Sie sich noch eine Weile mit Mogelei das Studiendarlehen sichern. Aber die zwei folgenden Jahre: Wovon haben Sie da gelebt?«

»KAS«, sagte Laban Hassel. »Bedeutet wohl Aktive Arbeitslosenunterstützung. Dann war damit Schluß.«

»Im Januar dieses Jahres«, sagte Hjelm.

Hassel sah ihn an. »Können Sie den Grad an Erniedrigung nachvollziehen, wenn man einen Antrag auf Sozialhilfe stellt?

Können Sie verstehen, wie es ist, wenn einem offenes Mißtrauen entgegenschlägt und wenn ihre Verhältnisse minutiös untersucht werden? Können Sie verstehen, wie man sich fühlt, wenn sie zu dem Ergebnis kommen, daß man einen zu angesehenen und zu wohlhabenden Vater hat, als daß Sozialhilfe für einen in Frage kommen könnte? Nicht genug damit, daß er wie ein erdrückender Schatten über meinem ganzen Leben gelegen hat – jetzt sorgte er auch noch dafür, daß ich nicht einmal Geld bekam, um zu überleben.«

»Das hat Ihren Haß noch verstärkt ...«

»Die erste Drohung war spontan. Ich hab mir einfach am Computer Luft gemacht. Dann kam ich auf die Idee, diesen Erguß als E-Mail zu schicken. Dann wurde es eine fixe Idee.«

»Warum drohten Sie damit, Ihrem Halbbruder Conny etwas anzutun?«

Laban Hassels Miene konnte nur als der Ausdruck schieren Selbstekels gedeutet werden. »Das ist das einzige, was ich bereue ...«

»Einem Sechsjährigen den Hals durchzuschneiden und in die abgeschnittene Kehle zu ficken?«

»Hören Sie auf. Ich habe nicht dem Jungen gedroht, nur meinem Vater.«

»Sind Sie Conny einmal begegnet?«

»Ich treffe ihn manchmal. Wir sind Kumpel. Sogar seine Mutter, Ingela, scheint mich zu mögen. Wir sind fast gleich alt. Wissen Sie, wann ich sie das erstemal gesehen habe?«

»Nein.«

»Ich war wohl vierzehn, fünfzehn. Ich ging mit meiner Mutter die Hamngata entlang. Und als sei es nicht schon schlimm genug, in dem Alter mit seiner Mutter spazierengehen zu müssen, sahen wir meinen Vater auf der anderen Straßenseite. Zusammen mit Ingela. Wir merkten, daß er uns gesehen hatte, aber statt zu versuchen, die Siebzehnjährige an seiner Seite zu verbergen, fing er an, mit ihr herumzuknutschen. Es war eine Exklusivvorstellung für Mama und mich.«

»War das vor der Scheidung?«

»Ja. Die Verhältnisse zu Hause waren zwar die Hölle, aber wir waren immer noch eine Familie, nach außen. Aber das jetzt ließ jede Illusion platzen.«

»Auf welche Weise die Hölle?«

»Es gibt eine allgemeine Meinung, nach der es viel schlimmer für Kinder ist, wenn die Eltern sich streiten, als wenn sie die Klappe halten und heucheln. Aber das ist die schlimmste Form von Heuchelei, denn Kinder durchschauen es immer. Bei uns zu Hause herrschte ein eisiges, höllisches Schweigen. Die Hölle war nicht heiß, sondern kalt. Der absolute Nullpunkt. Ich ging mit Frostschäden durch die Polarlandschaft der Kindheit. Und außerdem war er nie da, egal, was, Fußballspiele, zu denen er versprochen hatte zu kommen, aber nie auftauchte, immer das gleiche. Und dann nach Hause zu kommen, nur um die ganze verdammte Wohnung zu vereisen.«

»Sie haben literarisches Talent«, sagte Hjelm, »das hört man. Warum das in Haßbriefen an den Alten vergeuden?«

»Ich glaube, es war Exorzismus«, sagte Laban nachdenklich. »Ich mußte den Teufel aus dem Blut vertreiben. Den Kälteteufel. Eigentlich hätte ich es ebensogut bleiben lassen können, ihm den Scheiß zu schicken.«

»Es hätte ein Roman werden können.«

Laban sah Hjelm in die Augen und blinzelte intensiv. Vielleicht begann so etwas wie ein Kontakt zwischen ihnen zu entstehen. »Vielleicht«, sagte er. »Andererseits wollte ich sehen, wie er reagierte. Ich wollte sehen, ob ihm etwas anzumerken war, wenn wir uns trafen. Vielleicht war da auch eine Art eitler Hoffnung, er würde sich seinem Sohn anvertrauen. Hätte er auch nur ein einziges Mal angedeutet, daß er bedroht würde, hätte ich sofort aufgehört, das weiß ich. Aber nichts. Kein Anzeichen von etwas. Der gleiche schlappe Jargon wie immer, jedesmal, wenn wir uns trafen. Ich glaube nicht einmal, daß er auf den Gedanken kam, das Böse, dessen die Briefe ihn anklagten, könnte mit seiner Vaterrolle zu tun haben.«

»Da bin ich mir nicht so sicher«, sagte Chavez vom Fenster. »Wissen Sie, was sein Paßwort für den Computer war?«

Laban Hassel schaute wortlos über die Schulter.

»Laban«, sagte Chavez. »L-A-B-A-N.«

»Warum, was glauben Sie, hat Elisabeth Berntsson Sie angerufen?« fragte Hjelm. »Sie war bereit, die Schuld auf sich zu nehmen, um Sie herauszuhalten. Warum hat sie Sie dann verdächtigt?«

»Und warum, was glauben Sie, hat Ihr Vater alle Ihre E-Mails in einem Ordner mit dem Namen ›Haß‹ gespeichert?« fragte Chavez. »Jede einzelne der Dateien, die wir uns angesehen haben, war mindestens zehnmal aufgerufen worden.«

»*Sie* warteten darauf, daß *er* den ersten Schritt tat. *Er* wartete darauf, daß *Sie* es täten«, sagte Hjelm.

Laban sah aus, als sei er wieder ganz in sich selbst versunken und verschwunden. Er durfte nicht ganz verschwinden. Hjelm packte zu: »Was geschah vor einem Monat? Warum fingen Sie plötzlich an, E-Mails am laufenden Band auszustoßen?«

Laban hob langsam den Blick; es sah nach einer enormen physischen Anstrengung aus. Sein Blick blieb an Hjelms hängen, erstaunlich stabil. »Da war ich Ingela nahegekommen. Sie erzählte von Conny, von der Geburt, daß er ihn nicht einmal hatte sehen wollen.«

»Nahegekommen? Wie nahe?« fragte Chavez.

»Ich beschloß, ihn richtig zu ermorden.«

Hjelm und Chavez waren mucksmäuschenstill. Hjelm versuchte fieberhaft, die richtige Frage zu formulieren. Es wurde: »Und sie überschütteten ihn mit Drohbriefen in der Absicht, ihn zu ermorden?«

»Ja.«

»Und im letzten lassen Sie ihn wissen, daß Sie seine Pläne in New York kennen und daß Sie ihm auf eine Art und Weise das Leben nehmen wollen, bei der er seinen Schmerz nicht hinausbrüllen kann? Wissen Sie, wie er starb?«

»Er wurde ermordet ...«

»Aber genauer?«

»Nein.«

»Er wurde mit abgeklemmten Stimmbändern zu Tode gefoltert, so daß niemand seine Schreie hören konnte. Wann sind Sie nach New York geflogen?«

»Ich habe ihn nicht ...«

»Wann? Waren Sie da und warteten auf ihn, oder kamen Sie gerade rechtzeitig zum Start seiner Maschine?«

»Ich ...«

»Woher kannten Sie die Vorgehensweise des Kentuckymörders?«

»Woher hatten Sie den Edwin-Reynolds-Paß?«

»Wie haben Sie sich in Arlanda an der Polizei vorbeigedrückt?«

Laban Hassel starrte nur in das Kreuzfeuer.

Hjelm beugte sich vor und betonte: »Wo befanden Sie sich in der Nacht vom zweiten auf den dritten September?«

»In der Hölle«, sagte Laban Hassel fast unhörbar.

»Da hätten Sie Ihren Vater treffen müssen«, sagte Chavez. »Näher, als er zu dem Zeitpunkt der Hölle war, kommt ihr wohl kein lebender Mensch.«

Die verhörtechnische Dramaturgie besagte, daß Laban jetzt entweder zusammenbrechen oder vollständig dichtmachen würde. Aber es kam ein Zwischending. Seine Lippen bewegten sich so gut wie gar nicht, und er sprach mit einer seltsam leiernden Stimme hinunter auf den Tisch. »Es ist unbegreiflich. Ich war beinah entschlossen, den Schritt zu tun, und da stirbt er. Da ermordet ihn ein anderer. Es war der reine Wahnsinn. Oder eher die reine Logik. Göttliche Gerechtigkeit. Ein so starker Wille, daß er sich materialisierte. Es konnte kein Zufall sein. Es mußte Schicksal sein. Ein Schicksal, das ebenso grotesk ist wie das Leben. Eine Mitteilung von höherem Ort. Und erst jetzt, erst jetzt, wo alles unwiderruflich ist, verstehe ich, daß ich ihn nie getötet hätte. Und daß ich es nicht einmal wollte. Im Gegenteil. Ich wollte ihn nur strafen. Ich wollte mit ihm reden. Ich wollte ihn dazu bringen, eine kleine Andeutung von Reue zu zeigen.«

Es war eine Weile still. Dann wiederholte Hjelm: »Wo befanden Sie sich in der Nacht vom zweiten auf den dritten September?«

»Ich war in Skärmarbrink«, flüsterte Laban. »Bei Ingela und Conny.«

Und Chavez seinerseits wiederholte: »Was geschah vor einem Monat? Wie nahe kamen Sie Ingela?«

»Sehr nahe«, sagte Laban ruhig. »Zu nahe. Nicht genug damit, daß ich mit der Mutter meines Bruders schlief, nicht genug damit, daß sie mit dem Sohn des verhaßten Vaters ihres Sohns schlief und daß diese Einsichten uns schwer zu schaffen machten, sondern wir wurden auch noch mit einer gemeinsamen Handlung konfrontiert, einer schrecklichen Handlung mit der gleichen Wurzel, und das war es, was mich dazu brachte, mich zu entscheiden. Das brachte mich dazu, immer mehr Briefe zu schicken.«

»Und was für eine Handlung war das?«

Laban Hassel ließ den Kopf weit nach hinten in den Nacken fallen und starrte an die Decke. Der kleine Ziegenbart wippte, als er sagte: »Daß wir uns beide hatten sterilisieren lassen.«

Hjelm betrachtete Chavez.

Chavez betrachtete Hjelm.

»Warum?« fragten sie im Chor.

Laban stand auf, trat ans Fenster und öffnete es.

Die Dämmerung war angebrochen. Regenschauer fegten kreuz und quer über die Stadt und liehen hier und da ein wenig Straßenlicht. Ein Hauch von Herbst zog durch sein Haar und wehte durch das muffige Zimmer.

»Böses Blut kehrt wieder«, sagte Laban Hassel.

10

Es ist soweit.

Er ist auf dem Weg.

Jetzt fängt es an.

Er bewegt sich lautlos durch die leere Hütte. Die Tasche hängt über seiner Schulter. Sie klappert leicht in der Dunkelheit.

Er hält einen Moment am Fenster neben der Außentür inne. Ein schwaches, ziehendes, hohles Jaulen entsteht, wenn der Herbstwind durch das kreisrunde Loch neben dem Schloß pfeift.

Er hebt den Blick von dem Loch in der Glasscheibe und empfängt den nächtlichen Herbststurm, der schwere Regengüsse hier und dort über die pechschwarze Landschaft niedergehen läßt. Als er auf die Veranda hinaustritt und der Regen seine Wangen peitscht, fühlt er einen anderen Wind. Einen trockenen, wüstentrockenen Wind. Er weht vom Cumberland Plateau herab und pfeift durch das eiskalte Haus.

Durch die Nacht sieht er den Schatten im Kleiderschrank als ein dunkleres Dunkel. Er geht ihm nach.

Er wandert durch den Regen. Den Regen gibt es nicht. Alles, was es gibt, ist ein Ziel: Ein dunkleres Dunkel.

Er setzt sich in den beigefarbenen Saab und fährt davon. Die Wege sind eher Pfade. Er weicht sorgfältig den flußgleichen Sturzbächen aus und balanciert auf den Rändern der Regenwasserströme, bis die ersten Lichter der Zivilisation den dichten Regenvorhang kolorieren und er die Treppe hinter der Geheimtür entdeckt, an der er mit einem Jackenärmel hängengeblieben ist. Er tut den ersten Schritt, den zweiten. Das Licht verschwindet, der süßstaubige Duft kommt, der schwer in dem Wagen liegt, der gerade auf die große Landstraße biegt. Vereinzelte Autolichter ziehen vorbei. Erleuchtete Hausfassaden beginnen sich um ihn zu formieren. Das Dunkel bekommt Nuancen, er *fühlt* nicht nur die eiskalt feuchte Geländerstange, er *sieht* sie auch, sieht sie wie ein vages Band, das hinabstürzt zu dem Abgrund wie die ewigen schlangengleichen Begleiter der sandknirschenden Treppenstufen, und der Wolkenkratzer erhebt sich merkwürdig einsam bei der Einfahrt zur Stadt. Er sieht ihn ein Stück zu seiner Linken und folgt der Straße mit dem grünen Mittelstreifen. Er kennt keinen Namen, kennt nur den Weg, kennt die Anzahl der Schritte, kennt die exakte Anzahl der Schritte hinunter zu der von Licht umrahmten Tür, die jetzt schon fast zu erkennen ist, ein kleines Glimmen ganz unten. Er fühlt genau, wann jede Bewegung des Steuers kommen muß, und dann umkurvt er das Stadion mit dem alten Glockenturm und ist ganz nah. Wieder Wald, er balanciert am Rande der Zivilisation: auf der einen Seite Häuserkomplexe, auf der anderen Wald, nächtlicher Urwald, durch den er sich kämpft, bis die Konturen der Tür sichtbar werden. Wie ein Ikonenrahmen um ein helleres Dunkel als irgendein Licht schießt das Licht von jenseits der Tür hervor. Eine Glorie, die den Weg weist.

Er fährt nach rechts. Spärlich beleuchtete Schiffskonturen illuminieren schwach die Reihen von menschenleeren Büros und Lagerhallen. Sonst nichts.

Er stellt den Wagen auf einen leeren Parkplatz und geht mit gleichmäßigen, festen Schritten zum Wasser hinunter. Der Regen wird hin und her geworfen; das tangiert ihn nicht mehr. Er sieht jetzt, daß dort eine Tür ist, das Licht kommt dort heraus. Man hört keinen Ton. Noch ein paar Schritte. Irgend etwas dahinter klirrt. Der Schlüssel schlägt mit einem leichten Klirren an das Schloß. Er dreht ihn herum, zieht die schwere Tür auf, schließt sie hinter sich und öffnet die Tasche. Er legt genau hinter der Tür ein Handtuch auf den Fußboden und läßt das Wasser von sich abtropfen. Dann wechselt er die Schuhe, stopft das nasse Handtuch und die nassen Schuhe in die Tasche, nimmt eine Taschenlampe heraus und steigt als das hintere spitze Ende eines einsamen Lichtkegels die Treppe hinunter. Vor der Tür, die von ihrer strahlenden

Glorie eingefaßt ist, hält er an. Hier bleibt er stehen. Er kann nicht atmen.

Er leuchtet mit der Taschenlampe den Kellerraum aus. Nichts hat sich verändert. Das Gerümpel in der einen Ecke, das Lager sorgfältig gestapelter Kartons in der anderen und ein Stück entfernt die leere Fläche, der stets sauber geschrubbte Zementfußboden mit dem Abflußloch und dem schweren gußeisernen Stuhl. Er zwängt sich hinter die letzte Reihe Kartons, läßt sich mit dem Rücken gegen die kalte Steinwand gelehnt nieder, löscht die Taschenlampe und wartet.

Er steht vor der Tür. Dahinter flammt es. Er bleibt stehen. Er wartet.

Er verliert den Kontakt zur Zeit. Minuten vergehen – oder Sekunden oder Stunden. Die Augen gewöhnen sich ans Dunkel. Das feuchte Kellerlokal tritt langsam hervor. Die Tür hebt sich jetzt deutlich ab, zehn Meter entfernt oberhalb der Treppe. Sein Blick weicht nicht von ihr.

Die Zeit vergeht. Alles ist still. Er wartet.

Dann wird ein Schlüssel ins Schloß gesteckt. Zwei Männer treten ein, ein älterer und ein jüngerer. Er kann ihre Gesichtszüge nicht ausmachen. Sie sprechen leise, aber intensiv in der fremden Sprache, während sie die Treppe heruntergehen.

Plötzlich geschieht etwas. Es geht so schnell. Der ältere Mann drückt dem jüngeren etwas gegen den Hals. Der sinkt auf der Stelle in sich zusammen. Der ältere schleppt ihn zu dem schweren gußeisernen Stuhl, zieht ein paar Lederriemen aus der Tasche und bindet die Beine des Mannes, seine Arme und den Körper fest. Dann beugt er sich von neuem zur Tasche hinunter.

Da stößt er die Tür auf, und alles wird offenbart. Das Licht ergießt sich nach draußen. Er betritt das tausendjährige Reich.

Der ältere Mann holt eine große Pferdespritze aus der Tasche und führt sie mit geübter Hand von der Seite in den Hals des Bewußtlosen ein. Er stellt einige kleine Rädchen an der Oberseite des Mechanismus ein.

Er zuckt hinter seinen Kartons zusammen; beinah hätte er sie umgeworfen.

Dann legt der ältere Mann eine Serie von chirurgischen Instrumenten der Reihe nach auf den Zementfußboden, säuberlich. Ganz links liegt noch ein großes Ding, das aussieht wie eine Kanüle.

Schließlich beginnt er, den Bewußtlosen auf die Wangen zu schlagen, härter und härter, bis er auffährt. Der Kopf stabilisiert sich. Es zuckt heftig in dem festgebundenen Körper, aber der Stuhl steht vollkommen still. Kein Laut ist zu hören.

Der ältere Mann sagt ein paar tonlose Worte und beugt sich zu der anderen Pferdespritze. Als er sich zur Seite neigt, um am exakt richtigen Punkt zu injizieren, fällt von irgendwo ein schwaches Licht herein und beleuchtet sein Gesicht. Eine Sekunde lang ist es vollkommen deutlich.

Da zuckt er wirklich zusammen. Ein Karton fällt.

Der ältere Mann erstarrt. Dann legt er die Kanüle auf den Fußboden und setzt sich in Bewegung. Er kommt schnell näher.

Es ist soweit, denkt er und tritt aus seinem Versteck heraus.

11

Der Minibus imitierte den Gleitflug einer Fledermaus durch die regnerische Nacht. Der Dunkeldurchblick war eingeschaltet, die Raumerfassung vollendet.

Obwohl man bei Fledermäusen vielleicht nicht von Gleitflug sprechen kann.

Und hatten sie wirklich den Dunkeldurchblick?

Er wünschte, er hätte den letzten Whisky nicht getrunken.

»Verdammt, wo sind wir?«

»Scheiße, jetzt ist Matte da vorn zusammengeklappt.«

»Leck mich am Arsch, ist das nicht der Schiefe Turm? Bist du nach Spanien gefahren, du Sack?«

»Italien! Italien! Oh, ich sehne mich nach Italien, wo die Zitronen ...«

»Schnauze!«

»Das ist der Gasbehälter. Das einzige, was hier schief ist, ist dein Gehirn.«

»Das schiefe Hirn von Skarpnäck.«

»Der schiefe Minibus im Freihafen. Diese Kurventechnik!«

»Verdammt, Matte! Wo fährst du hin?«

Er blickte über die Schulter.

Hinter ihm war ein wüstes Durcheinander. Der ganze morgige Tag würde damit vergehen, den Saustall, den sie hinterließen, auszumisten. Flaschen und Bandyschläger in wilder Mischung, und die nebelhaften Gestalten schienen sich in einer tristen homoerotischen Laokoongruppe umeinanderzuschlingen.

»Gärdet«, sagte er. »Da wohnst du, Steffe. Falls du dich erinnerst.«

»Aber du bist ja um ganz Gärdet herumgefahren, verdammich. Wir hätten dich nicht fahren lassen sollen.«

»Der Mann, der sechsmal die Ausfahrt verpennte.«

»Jetzt reiß dich zusammen. Wir wissen, daß du aus Nynäshamn bist, aber irgendwann bist du wohl schon mal in Stockholm gewesen.«

»Oder hast davon gehört.«

»Der König wohnt da. Weißt du vielleicht schon.«

»Wohnt er wirklich im Schloß? Oder ist es Drottningholm? Kleine Testfrage.«

»Was'n jetzt, verdammt. Willste ihm Fanpost schicken?«

»Lieber König, kannst du einem schmachtenden Junggesellen mit Verwurzelung in der Arbeiterklasse von Säffle eine Locke von Victorias Schamhaar schicken?«

»Rechts jetzt. Rechts, Trottel!«

»Arschgeige!«

Er hatte es satt und bog aus reinem Daffke nach links ab. Ein allgemeines Gebrüll erhob sich hinter ihm.

»Du bist ja krank!«

»Saftsack!«

»Wichser!«

Der Minibus glitt in einen schmalen dunklen Weg, der sich in vier teilte, er nahm einfach einen davon, und es war, als könnten sie jeden Augenblick von einem plötzlich auftauchenden Eisenzaun und einem finsteren Latinomacho von Grenzposten mit Zigarre im Mundwinkel gestoppt werden.

Das geschah nicht. Statt dessen tauchte etwa fünfzig Meter vor ihnen ein dunkler alter Volvo Kombi auf. Aus dem Auspuff kam Qualm. Der Wagen nahm die ganze Breite des Wegs ein.

Er bremste, bis der Bus fast stand. Als sie noch dreißig Meter entfernt waren, sah er neben dem Wagen einen Mann. Er war in heftiger Bewegung. Der Kopf war mit einer Maske bedeckt. Er schleuderte etwas in den Rückraum, warf sich hinters Steuer und gab Gas, so daß der Wagen davonschoß. Als der Qualm sich verzogen hatte, sah er, daß etwas auf dem Boden liegengeblieben war. Ein großes Paket mit besorgniserregenden Konturen.

Drei der verhältnismäßig nüchternen Kumpel beugten sich zu ihm vor.

»Was ist das, verdammt?«

»Einbruch?«

»Scheiße, verdammte! Wo hast du uns da reingeritten, Matte? Komm, wir verduften.«

Er ließ den Bus langsam an das in eine Wolldecke eingewickelte Paket heranrollen. Das Scheinwerferlicht belebte den Regen, der die Wolldecke peitschte.

Er hielt den Bus an und stieg aus, ins Unwetter. Sie kamen nach.

Er bückte sich und schlug die Wolldecke zurück.

Ein Gesicht starrte ihn an. Kreideweiß, mit erstaunten Zügen unter dem gebrochenen Blick. Der Regen schlug auf die

Augäpfel. Die Lider machten keine Anstalten, den Schlägen Widerstand zu leisten.

Sie schraken zurück und starrten stumm auf das weiße Gesicht, das aus der durchnäßten Decke ragte und im Dunkel leuchtete.

»Scheiße!« flüsterte einer.

»Wir hauen ab«, flüsterte ein anderer.

»Wir können ihn nicht einfach hier liegenlassen«, sagte er.

Einer packte ihn am Revers und zog sein Gesicht dicht an sein eigenes heran: »Doch. Wir können. Hörst du, Matte? Das hier geht uns nichts an.«

»Du hast getrunken«, sagte ein anderer nüchtern. »Denk an die Konsequenzen.«

Sie gingen zum Minibus zurück. Die Stimmung war jetzt umgeschlagen.

Er blieb noch einen Moment stehen und betrachtete die Leiche mit widerwilliger Faszination. Es war das erstemal, daß er einen Toten sah.

Er setzte sich wieder hinters Steuer. Der Bus war jetzt triefnaß vom Regen, der sich in den Polstern festsetzen und sie schimmeln lassen würde. Aber daran dachte er nicht, als er den Zündschlüssel umdrehte.

12

Gunnar Nyberg hatte eine Dreizimmerwohnung in Nacka, nur einen Häuserblock von der Kirche entfernt, in der er sich viel lieber befand, laut singend. Als vor einigen Nächten sein Bett zusammengekracht war, hatte er das als ein Omen betrachtet. Er erwachte davon, daß zwei mikroskopisch kleine

Zangen in seinem Hals steckten. Sie schnürten ihm die Stimmbänder ab, er würde nie wieder singen können. Es dauerte lange, sie herauszubekommen, nicht aus dem Hals, sondern aus seinem Kopf. Er blieb in den Trümmern des Bettes liegen und ließ die Zangen verblassen. Um ihn herum ragten zerbrochene Bretter auf. Langsam ging ihm auf, welches Glück er gehabt hatte. Er fing an zu lachen. Es dauerte ein paar Minuten, bis er ein Ende finden konnte.

Der Vorfall zog zwei konkrete Handlungen nach sich. Zum einen begann er eine Schlankheitskur; er sah zwar ein, daß dies kaum der richtige Zeitpunkt war, während der Kentuckymörder draußen vor dem Fenster wütete, doch das Bedürfnis war immer dringender geworden, und der Kollaps seines Bettes war der Tropfen. Zum zweiten kaufte er ein neues Bett, eine Spezialanfertigung für Übergewichtige; man mußte der Wahrheit ins Auge sehen, fand er: Und sich überwinden.

In dieser Spezialkonstruktion für Übergewichtige wurde soeben ein klassischer Junggesellentraum von eindeutig willigen jungen Frauen durch ein häßliches Klingeln unterbrochen. Es war lange her, daß er nächtliche Anrufe erhalten hatte, und er brauchte einige Zeit, bis er begriff, was es war. Sein erster Gedanke, nachdem ihm klarwurde, daß es das Telefon war, galt seltsamerweise seiner Exfrau. War Gunilla etwas zugestoßen? Als er die typische hallende Polizistenstimme im Hörer vernahm, kam ihm zu Bewußtsein, daß er vermutlich der letzte war, der in einem solchen Fall benachrichtigt würde.

»Ist da jemand?« fragte die Polzistenstimme zum zweitenmal.

Nyberg bekam Leben in seine Stimme. Er hatte das Gefühl, daß sie sich anhörte wie eine Dreschmaschine. »Hier Nyberg.«

»Polizei Stockholm«, sagte die Stimme. »Wir haben hier eine Anweisung, in der es heißt, daß ›verdächtige Todesfälle‹ direkt dir gemeldet werden müssen. Ist das korrekt?«

»Ich weiß nicht richtig, was das bedeutet, aber es ist korrekt, ja.«

»Wir haben einen Mord im Freihafen, der als verdächtig einzustufen sein dürfte.«

Nyberg reagierte direkt. »Hat das Opfer zwei Löcher im Hals?«

»Bist du wach?« fragte die Polizistenstimme mißtrauisch. »Vampire gibt es nur im Traum.«

»Antworte einfach auf meine Frage.«

»Darüber ist mir nichts bekannt«, sagte die Stimme steif.

Nyberg ließ sich eine genaue Wegbeschreibung geben, legte den Hörer auf, schüttelte sich wach, zog seine wie gewöhnlich schlotternden Kleider an, steckte Wagen- und Wohnungsschlüssel ein, stürzte – wie er selbst fand – die Treppen hinunter und fuhr in seinem alten Renault los.

Auf den regengepeitschen Straßen hatte er freie Fahrt. Er versuchte an den Kentuckymörder zu denken, an die kleine Zange, die mit einem raschen Handgriff einen Menschen seines einzigartigsten äußeren Merkmals, der Stimme, beraubte, und an die Serie von gleichgearteten amerikanischen Vorfällen, aber es gelang ihm nicht richtig. Das Erwachen hatte ihm genau das aufgezwungen, was er am liebsten verdrängen wollte.

In den frühen siebziger Jahren war Gunnar Nyberg Mister Sweden gewesen, ein international gehandelter Bodybuilder, bei der Polizei von Norrmalm tätig und gleichzeitig mit gewissen Kontakten zu dem, was später die Baseballbande genannt wurde, die brutalsten Bullen in der Geschichte des schwedischen Polizeiwesens. Aber da war er schon nach Nacka gezogen und hatte den Steroiden abgeschworen. Und seine Familie verloren.

Er war ein richtiger Scheißkerl gewesen. Wenn er daran dachte, mußte er immer die Augen schließen, und das ging richtig gut draußen auf dem leeren Värmdöleden.

Alles, was in seinem Innern vorüberwirbelte, wenn er nur für eine Sekunde die Augen schloß ... All diese Mißhandlungen, all diese schon im voraus verlorene Geduld, all diese steroidbedingten extremen Zornausbrüche.

Seit einem Jahr besuchte er oft Schulen und hielt Vorträge. Er war selbst ein frühes Opfer der Nebenwirkungen anaboler Steroide, und in seinem Beruf sah er täglich, wie der Mißbrauch draußen in der Stadt zunahm; er konnte einen Steroidanwender auf Anhieb wittern. Der Pastor hatte ihn gefragt, ob er sich nicht vorstellen könnte, Aufklärungsarbeit zu leisten, und äußerst widerwillig war er zum ersten Gymnasium gegangen. Aber sie hatten zugehört; obwohl der größte Teil seiner Muskelmasse sich in jenes Fett verwandelt hatte, unter dem sein Bett zusammengebrochen war, war er noch immer eine imponierende Erscheinung. Er machte kein Aufhebens, zeigte erschreckende Bilder, die er in einem ironisch-sachlichen Tonfall kommentierte, und möglicherweise gab es irgendwo irgend jemanden, der sich dank seiner Warnung enthielt.

Aber der Büßerschleier war so dünn; er zerriß wieder. Hinter seinen Lidern erschienen Szenen, von denen er schon wußte, daß sie kommen würden – und sie kamen immer wieder. Wie er zum letztenmal seine Frau mißhandelte, Gunillas eher geplatzte als gerissene Augenbraue, die angsterfüllten Blicke von Tommy und Tanja, Blicke, die sich unauslöschlich in seinem Hirn festsetzten. Er wußte, daß diese Bilder noch da waren, in Uddevalla, wohin die Familie gezogen war, um möglichst weit von ihm fortzukommen. Er hatte sie mehr als fünfzehn Jahre nicht getroffen, nicht ein einziges Mal. Wäre er seinen Kindern auf der Straße begegnet, hätte er sie nicht erkannt. Sein Leben umschloß ein riesiges Vakuum.

Er war gezwungen anzuhalten.

Ich singe für euch! schrie er vollkommen stumm, als drückte eine Zange seine Stimmbänder ab. Versteht ihr nicht, daß ich für euch singe!

Doch niemand hörte ihn. Niemand in der ganzen Welt hörte ihn.

Er glitt langsam wieder auf die Fahrbahn hinaus, nahm die langgezogene Kurve bei Danviksklippan und fuhr im klatschenden, peitschenden Regen über die Danvikstull Brücke.

Dann war er da. Er wußte nicht, wie es zugegangen war; die letzten Kilometer waren wie weggeblasen, hineingeblasen in das große Vakuum.

Ein Stück weit entfernt im Freihafengelände sah er das vertraute Blaulicht durch die wehenden Regenschleier steigen. Er folgte dem Zeichen, fuhr langsam auf kleinen Wegen ins Innere und hielt bei den rot-weißen Bändern. Das Blaulicht schwirrte unablässig durch die Luft.

Drei Polizeiautos waren da, ein Krankenwagen. Und Jan-Olov Hultin.

Er stand inmitten der Ansammlung patschnasser Beamter unter einem Schirm und brachte es fertig, selbst bei diesem Wetter und in dieser Situation ein Bündel Papiere durchzublättern.

Nyberg glitt mit unter den Schirm, aber drei Viertel seines Körpers fanden keinen Platz. »Was haben wir?« fragte er.

Hultin betrachtete ihn ausdruckslos über die Eulenbrille hinweg. »Guck's dir selbst an.«

»Löcher im Hals?«

Hultin schwieg. Dann schüttelte er den Kopf. Nyberg seufzte schwer.

Er trat an ein Wolldeckenpaket mitten auf dem schmalen Weg. Ein weißes Gesicht mit toten Augen, die zum nachtschwarzen Himmel hinaufstarrten. Der Regen hämmerte unablässig auf die Regenbogenhaut.

Nyberg beugte sich nieder und erbarmte sich der Augen des Mannes. Er erlaubte sich, die Lider zu schließen, und betrachtete in hockender Stellung die Leiche.

Es war ein Mann um die Fünfundzwanzig. Ein junger Bursche.

Es könnte Tommy sein, dachte er.

Dann erschauerte er von einer plötzlichen Einsicht. Vielleicht *war* es sein Sohn. Er hätte nicht einmal eine Chance, ihn zu erkennen.

Nyberg schüttelte das bedrückende Gefühl ab; eine riesige Bulldogge im strömenden Regen.

Er sah den entblößten Hals an. Keine Wundmale. Aber mitten in der Herzgegend, mit perfektem Trefferbild, vier Einschüsse. Sehr wenig Blut war ausgetreten. Der Tod mußte auf der Stelle eingetreten sein.

Er richtete stöhnend seinen massigen Körper auf und ging zurück zu Hultin, dessen Papiere unter dem Schirm knochentrocken blieben.

»Hat das wirklich was mit uns zu tun?« fragte Nyberg.

Hultin zuckte die Schultern. »Es ist bislang das Vielversprechendste. Es gibt gewisse Details.«

Nyberg wartete ruhig auf die Fortsetzung. Es hatte keinen Sinn mehr zu versuchen, mit unter Hultins Schirm zu kriechen; der letzte trockene Fleck an seinem Körper war verschwunden.

»Um 3 Uhr 12 rief ein Wachmann der Firma LinkCoop die Polizei an und meldete einen Einbruch in den Räumen der Firma. Da war die Polizei schon auf dem Weg. Kurz vorher, um 3 Uhr 07, hatte die Notrufzentrale nämlich einen anonymen Anruf von einem Mann aus einer Telefonzelle am Sureplan bekommen. Willst du es hören?«

Nyberg nickte. Hultin beugte sich in eins der leeren Polizeiautos und schob eine Kassette ins Radio.

Zuerst nur ein Surren. Dann kam eine gehetzte Männerstimme: »Die Polizei bitte.«

Stille und wieder Surren, dann eine Frau:

»Polizei.«

»Im Freihafen liegt eine Leiche«, stieß die gehetzte Stimme hervor.

»Wo genau?«

»Ich weiß nicht, wie der Weg heißt. Ein schmaler Weg, ein Stück weit drinnen, nicht weit vom Wasser.«

»Wie heißen Sie, und von wo rufen Sie an?«

»Ist doch nebensächlich. Ein Kerl mit einer Maske vorm Gesicht war gerade dabei, ein genau solches Paket in den Wagen zu wuchten. Wir überraschten ihn. Er raste in hohem Tempo davon.«

»Wagentyp, polizeiliches Kennzeichen?«

Dann nur ein Knacken und Stille. Hultin ließ die Kassette herausspringen und steckte sie in die Innentasche.

»Und das war alles?« fragte Nyberg.

Hultin nickte. »Vielleicht handelt es sich um einen Doppelmord. Und vielleicht läßt die Maske auf eine gewisse Form von Profitum schließen.«

»Es ist trotzdem noch ein ganzes Stück weit weg von unserem Mann«, sagte Nyberg und wechselte die Spur: »Ist der Wachmann hier?«

Hultin nickte und machte eine Geste. Sie drängten sich durch das Gewimmel von Polizisten. Die Sanitäter legten gerade die Leiche auf eine Bahre; aus dem Augenwinkel sah Nyberg, daß sie stocksteif war.

Sie gingen um ein paar Ecken und gelangten zu einem Wachhäuschen vor einer langgestreckten Lagerhalle, die der Firma LinkCoop gehörte; ein reichlich bizarres Logo blinkte lustvoll vierfarbig über dem Eingang, im grellen Kontrast zu dem schwachen Licht, das durch den Regen aus dem Wachhäuschen drang.

Sie traten ein. Ein uniformierter Wachmann saß mit nicht weniger als drei ebenfalls uniformierten Polizisten zusammen und hielt Brotzeit.

»Das ist mal ein gut bewachter Wachmann«, sagte Nyberg.

»Raus in den Regen«, sagte Hultin neutral.

Die drei Beamten zogen mit zwischen die Beine geklemmten Schwänzen ab. Der Wachmann erhob sich schnell und nahm eine stramme Haltung an. Es war ein junger Mann, er sah aus wie Zwanzig, hatte einen fast kahlrasierten Schädel und original aufgepumpte Muskelmasse. Der Duft von Steroiden schlug mit Macht an Nybergs fingerspitzenfeines Geruchsorgan. Wie der Wachmann in Habtachtstellung dort stand, kam ihm der Typus nur zu bekannt vor: Hintergrund bei der Küstenwache oder den Gebirgsjägern, gediegene Hierarchieschulung, saftige Einnahme von Dopingpräparaten, möglicherweise eine Reihe abgelehnter Bewerbungen für die Offiziers- oder Polizeiausbildung, eine nicht ganz und gar tolerante Einstellung zu Einwanderern, Homosexuellen, Sozialhilfeempfängern, Rauchern, Zivilisten, Frauen, Kindern, Menschen ...

Gunnar Nyberg mußte sich zusammenreißen, um nicht ebenfalls in eine Form der Stereotypisierung zu verfallen.

Sie verspritzten Regenwasser in der Miniwachstube. Der Wachmann verbrachte wahrscheinlich seine Nächte hier in Gesellschaft einer reichen Auswahl von Männermagazinen, dachte Nyberg und versank immer tiefer im Stereotypensumpf. Er hätte am liebsten eine CD mit Schnittkes *Requiem* und die Zeitschrift *Modern Art Forum* in der hastig zugeschobenen Schreibtischschublade erkannt; leider war es das Logo des *Playboy,* das unter den routinierten Händen des Wachmanns vorbeihuschte.

Hultin blätterte in seinen knochentrockenen Papieren und wurde fündig. »Benny Lundberg?«

»Hier«, sagte Benny Lundberg schneidig.

»Setzen Sie sich.«

Der Wachmann befolgte den Befehl und nahm an seinem abgenutzten Schreibtisch vor einer Serie von acht Monitoren Platz, die alle nachtschwarze Interieurs von Lagerhallen zeigten. Sie zogen sich jeder einen Schemel heran, beide gut angewärmt von einem Polizistenhintern, und setzten sich. Der Regen trommelte heftig gegen das kleine Schalterhäuschen.

»Was war los?« fragte Hultin kurz.

»Ich bin die übliche Dreiuhrrunde gegangen, entdeckte eine aufgebrochene Tür an einer unserer Lagerhallen, ging hinein, fand, daß in der Halle Unordnung herrschte, und rief die Polizei an.«

»End of story«, sagte Nyberg.

»Yes«, sagte Benny Lundberg ernst.

»Ist etwas gestohlen worden?« fragte Hultin.

»Darauf kann ich Ihnen keine Antwort geben. Aber die Kartons lagen total durcheinander.«

»Was für Kartons?« fragte Nyberg nicht sonderlich interessiert.

»Computerzubehör. LinkCoop ist ein Import-Export-Unternehmen in der Computerbranche.« Es klang, als rezitierte Benny Lundberg etwas Auswendiggelerntes.

»Können wir die Halle mal sehen?« fragte Hultin ebenso desinteressiert.

Der Wachmann führte sie durch den Regen zu der langgestreckten LinkCoop-Halle. Am Eingang mit dem absurd blinkenden Logo wandten sie sich nach links und kamen zu einer Tür in einer ganzen Reihe gleichartiger Türen auf einer an der Halle entlangführenden Laderampe. Das weiß-rote Polizeiband aus Plastik war dort oben bereits angebracht. Sie suchten eine Treppe. Es war keine in der Nähe, deshalb mußten sie sich hochhieven; es war ein bißchen mühsam. Im Innern hinter der aufgebrochenen Tür standen die drei Beamten, die kurz zuvor im Wachhäuschen gesessen und gegessen hatten. Möglicherweise hätten sie darauf kommen können, daß die Vorgesetzten auf dem Weg hierher waren.

»Mit dem Regen habt ihr's nicht so, Jungs«, bemerkte Nyberg und blickte sich um. Es war ein klassischer Lagerraum, Kartons unterschiedlicher Größe waren in ordentlich gekennzeichneten Regalen gestapelt. Jetzt allerdings lagen viele auf dem Boden. Aus einigen schauten etwas mitgenommene Computerzubehörteile hervor. Sehr wenig schien gestohlen zu sein.

»Sie hatten vielleicht anderes im Sinn«, sagte Nyberg laut.

Hultin warf ihm einen ausdruckslosen Blick zu und wandte sich an Benny Lundberg: »Sah es genau so aus, als Sie hereinkamen?«

Lundberg nickte und warf unter einer nicht vorhandenen Haarsträhne einen Blick auf die drei Unglücksbrüder, die in Ermangelung eines Befehls ein bißchen ratlos an der Tür standen.

Hultin und Nyberg sahen sich pflichtschuldigst in dem großen Raum um, bevor sie sich bei Benny Lundberg bedankten und wieder in das nächtliche Herbstsauwetter zurückkehrten.

»Zwei Ereignisse, die gar nichts miteinander zu tun haben?« sagte Nyberg.

»Wohl kaum«, erwiderte Hultin.

»Streit um die Verteilung der Beute zwischen Einbrechern?«

»Wohl kaum«, meinte Hultin wenig variationsreich.

»Um sieben nach drei ruft unser anonymer Informant wegen der Leiche an, fünf Minuten später ruft das Steroidstereotyp Benny wegen des Einbruchs an, und jetzt ist es vier Uhr, sechs Minuten und zehn Sekunden, piep. Wo ist der Zusammenhang?«

»Du mußt morgen mit LinkCoop sprechen.«

»Heute«, berichtigte Nyberg und überlegte, wie sinnvoll es war, nach Hause zu fahren und noch zwei Stunden zu schlafen.

»Du siehst aus, als könntest du die zwei Stunden brauchen«, sagte Hultin telepathisch.

Selbst wirkte er durch und durch bedürfnislos, als er sich trockenen Fußes durch den Regen zu seinem Turbovolvo bewegte.

13

Zwar wäre es eine Lüge gewesen zu behaupten, es seien Fortschritte gemacht worden, dennoch hatte sich während der Nacht etwas verändert. Die Stimmung in der »Kampfleitzentrale« war, wenn nicht verwandelt, so doch auf jeden Fall ein wenig gestiegen.

Arto Söderstedt hatte sich die Freiheit genommen, den Dienstwagen dazu zu benutzen, fünf Kinder in verschiedene Tagesstätten und Schulen zu kutschieren; die Extrakilometer durch Södermalm würden in keinem Bericht auftauchen. Paul

Hjelm hatte noch keinen Dienstwagen in Anspruch genommen; er bestand darauf, so lange wie irgend möglich ungestört vom Stoßzeitverkehr in der U-Bahn nach Norsborg zu sitzen und Musik zu hören. Jorge Chavez dagegen blieb auf dem Weg von seinem Junggesellenappartment in Rågsved, wohin er zurückgekehrt war, nachdem er zunächst ein Zimmer in der Stadt gemietet hatte, im Stau stecken. Jeden Morgen war er auf die gleiche kindliche Art und Weise verblüfft über das Ausmaß der Staus; es war, als nähme das Auto einen immer zentraleren Platz im Leben der Menschen ein, als ersetzten die deutlichen Grenzen des Metalls die immer diffuseren Grenzen der Identitäten. Jeden Morgen faßte er den Vorsatz, am nächsten Tag den alten BMW zu Hause zu lassen; jeden Morgen wurde er seinem Vorsatz untreu, um statt dessen einen neuen zu fassen. Es wurde eine vollständig wirkungslose Zauberformel. Gunnar Nyberg war nach Hause gefahren, hatte sich angezogen auf das Bett für Übergewichtige gelegt, war eingeschlafen wie ein mit dem Knüppel erschlagener Seehund – und zwei Stunden später aufgewacht wie ein zermatschter Seehund. Als sei ein aggressiver Norweger beim Seehundknüppeln ausgerastet und hätte weitergeknüppelt, bis nur noch ein drei Quadratmeter großes Hacksteak übrig war. Schließlich war er es satt, die Phantasien über seine Ähnlichkeit mit süßen weißen Seehundbabys weiterzuspinnen, und schloß sich den Sauertöpfen im Stau auf Värmdöleden an, wobei er fand, daß sein Recht, sauertöpfisch zu sein, das der anderen Stausteher bei weitem übertraf. Viggo Norlander hatte der langen Arbeitszeit getrotzt und war um drei Uhr in der Nacht noch ins King Creole gegangen, um die letzte Chance, etwas aufzureißen, wahrzunehmen. Es war ihm zwar gelungen, aber irgendwo in seinem Innern begann er den Sinn darin einzusehen, die fragliche Dame ein klein wenig kennenzulernen, bevor man dem Akt seinen Lauf ließ; die Dame dieser Nacht hatte nämlich, wie sich zeigte, nur eine Zielsetzung, und zwar die, schwanger zu werden; unmittelbar nach vollbrachter Tat zerrte sie sich ihre Kleider über, stürzte befruchtet und froh zur

Tür hinaus, dem Klimakterium eine lange Nase drehend, und ließ einen Kriminalinspektor mit heruntergefallener Kinnlade im Bett zurück. Und der brauchte eine halbe Stunde, um sie wiederzufinden. Im morgendlichen Bus von Östermalm verlor er sich in tranceartige Phantasien über den unbekannten erfolgreichen Sohn, der den alten Junggesellenbullen im Altenpflegeheim besuchte. Kerstin Holms Weg von ihrer neuen Zweizimmerwohnung irgendwo in Vasastan verlief in geheimnisvollen Bahnen; vielleicht hielt sie als gebranntes Kind nach einigen havarierten Verhältnissen mit Kollegen einen immer größeren Abstand zwischen Privatleben und Arbeit. Doch das war nichts gegen Jan-Olov Hultin, den Mann ohne Privatleben. Das Gerücht wollte wissen, daß er mit Frau und ohne die ausgeflogenen Kinder in einem Häuschen nördlich der Stadt wohnte und daß er mit verblüffender Brutalität in der Altherrenmannschaft der Stockholmer Polizei Fußball spielte. Mehr als das war nicht herauszubekommen. Er *war* seine Arbeit. Er war wie ein Gott – schiere Anwesenheit, schiere Wirkung. Wie eine durch die selektiven Augen eines ewigen Fünfjährigen betrachtete Vatergestalt.

Und tatsächlich befand er sich bereits vor Ort, als sie aus all diesen Richtungen und mit all diesen Erfahrungen in die »Kampfleitzentrale« kamen und nacheinander die gestiegene Stimmung wahrnahmen.

Draußen wütete der Regen weiter. Weil dies immer eine gewisse abkühlende Wirkung auf die Kriminalität hatte, würden auf jeden Fall weniger falsche Spuren gelegt werden.

Einleitungsweise wurde die falsche Fährte Laban Hassel abgehandelt. In Hjelms und Chavez' Kurzfassung war die abgrundtiefe Tragik herausgefiltert: Vaterfixierter Sohn bedroht den abwesenden Vater, um Zuwendung zu bekommen, und flüchtet sich in ein halbinzestuöses Verhältnis mit der Mutter seines Halbbruders, wobei beide entdecken, daß sie ihre Fortpflanzungsfähigkeit außer Kraft gesetzt haben und daß der Vater fast so ermordet wird, wie die Drohungen es beschrieben haben.

Sie fühlten sich, als trügen sie dem Programmchef eines kommerziellen Fernsehkanals die Synopsis einer Seifenoper vor.

Der Programmchef erwiderte mit grimmiger Ablehnungsstimme: »Und er hat es nicht getan?«

»Nein«, sagten die beiden im Chor. Hjelm fügte hinzu: »Aber die Tür kann angelehnt bleiben.«

»Okay. Gunnar?«

Nyberg nahm sich mürrisch und lakonisch der nächtlichen Vorkommnisse im Freihafen an.

Als er geendet hatte, sagte Söderstedt abwiegelnd: »Das hört sich ungefähr so vielversprechend an wie der Flitzer in Tantolunden.«

Als alle ihn anstarrten, verdeutlichte er: »Der Prügel bezogen hat von der Damenfußballmannschaft.«

»Wir lassen auf jeden Fall auch diese Tür angelehnt«, sagte Hultin und setzte den Schlußpunkt.

Trotz der eher schludrigen Referate und der schwerfälligen Rückmeldung blieb die Stimmung in ihrer Zwischenhochlage. Irgendwo im Gesagten lag das Potential für eine Fortsetzung.

»Wer war der Mann?« fragte Chavez. »Die Leiche im Freihafen.«

»Nicht identifiziert«, sagte Hultin. »Die Fingerabdrücke haben nichts ergeben. Ein klassischer John Doe, wie die Amerikaner ihre unbekannten Leichen nennen. Um die fünfundzwanzig Jahre alt, mittelblond, sonst nichts. Auch die Obduktion hat nichts gebracht. Vier Schüsse ins Herz kann man wohl als triftige Todesursache bezeichnen. Im übrigen war er gesund und fit.«

»Gesund und fit lag er auf dem Obduktionstisch«, sagte Söderstedt und rechnete kalt damit, ignoriert zu werden. Was zutraf.

»Wir suchen den Freihafen nach einem Wagen ab, den er eventuell zurückgelassen hat«, fuhr Hultin fort. »Gunnar geht zu dieser Firma, LinkCoop, um mit ihnen über den Einbruch zu diskutieren. Wir schicken die Fingerabdrücke zur Überprüfung an Interpol, und es werden ein paar Angehörige von verschwundenen Personen kommen und die Leiche ansehen. Viggo geht zum Pathologen und nimmt Zeugenaussagen auf. Ansonsten machen wir weiter wie bisher.«

Weiterzumachen wie bisher bedeutete in der Praxis, weiter zu warten. Angesichts dieser Voraussetzungen war es bemerkenswert, daß alle mit frischer Hoffnung aufbrachen. Keiner konnte dafür eine andere Erklärung geben als Witterung, und dieses Gefühl für Witterung war eigentlich das einzige, was sie gemeinsam hatten; es war die Eigenschaft, die den Ausschlag gegeben hatte, als Hultin sie einst handverlesen hatte.

Selbst Viggo Norlander, dessen Aufgabe wieder einmal als die Deppenaufgabe angesehen werden konnte, fühlte sich neu motiviert – und das war nicht allein mit der beharrlichen Überzeugung zu erklären, daß seine Gene gerade weitertransportiert wurden. Zwar würde er gezwungen sein, den Rest des Tages mit mehr oder weniger verzweifelten Angehörigen zu verbringen, die ihre Lieben wahrscheinlich nie wiederfinden würden, aber auch er geriet in den Sog der ein wenig diffusen Atmosphäre von Hoffnung.

Er sauste im Büro vorbei, um seine trendgerechte, doch leicht senil wirkende Lederjacke zu holen. Bis zu dem Augenblick, in dem er von der russischen Mafia in Tallinn an den Fußboden genagelt worden war, hatte er bei der Arbeit stets einen anständigen Beamtenanzug getragen und war überhaupt ein anständiger Polizeibeamter mit Vertrauen ins System, in die Befehlshierarchie und in die Gesellschaftsordnung gewesen. Er war in einer anderen Ordnung erzogen worden als der, in der er jetzt tätig war, das war in der Machtmordzeit immer klarer geworden, und es war diese Einsicht, die allmählich zu der verzweifelten Maßnahme geführt hatte, die gesamte Ordnung, in die er sein Vertrauen gesetzt hatte, zu ignorieren und sich auf eigene Faust nach Estland zu begeben, um den Fall zu lösen. Die Stigmatisierung, die man ihm dort zugefügt hatte, sollte nie wieder von seinen Extremitäten verschwinden. Die robusten Hammerschläge hatten mit Nachdruck einen Schlußpunkt unter die Ära des Vertrauens in seinem Dasein gesetzt. Nie mehr würde er sich auf jemand anderen verlassen als sich selbst. Und auch auf sich selbst würde er sich nie mehr richtig verlassen. Statt dessen nahm er seine Zuflucht zu dem Geschlecht, das ihn nie ernsthaft interessiert hatte; die Wampe verschwand, die Glatze verschwand, die Beamtenanzüge verschwanden. Er tauschte sie gegen Polohemden und die Lederjacke, die zu holen er ins Zimmer gesaust war.

Sein Zimmergenosse, der einstige Antagonist Arto Söderstedt, hatte sich schon vor dem Computer niedergelassen, doch sein Blick war weit draußen im herbstlichen Schmuddelwetter. Sie waren inzwischen gute Freunde, nicht zuletzt weil sie nicht das geringste gemeinsam hatten und fanden, daß dies ein außerordentlicher Grund für Freundschaft war. Ein bekräftigendes kleines Nicken genügte, während Norlander die Lederjacke an sich riß; dann machte er sich auf den Weg durch die Korridore hinunter zur Garage, in der sein Dienstvolvo geparkt war. Er setzte sich hinters Steuer und gelangte hinaus in die Bergsgata, die eher dem Torne Älv kurz nach der Schneeschmelze glich. Ein Herbstfluß wälzte sich hinunter zur Scheelegata; Viggo Norlander kämpfte sich indessen gegen den Strom zum Fridhemsplan hinauf, um von da weiter zum Karolinenkrankenhaus zu fahren.

In einem Monat würde er fünfzig werden. Vor fast dreißig Jahren war er einige unglaublich trostlose Jahre verheiratet gewesen; seitdem hatte der Umgang mit dem anderen Geschlecht brachgelegen, um jetzt mit fünfzig in einer gewaltigen Torschlußpanik in Form von wahllosen One-night-Stands aufzuflackern. Bis zur vergangenen Nacht hatte er geglaubt, daß es sich um verdrängte Geilheit handelte; jetzt begann er zu ahnen, daß es die biologische Uhr war, die er ticken hörte. Eine endlose Reihe von Vorvätern erstreckte sich von ihm selbst rückwärts bis zu Adam höchstpersönlich, und alle klopften dem Nachfolger auf die Schulter, und das Klopfen schwoll an zu einem fordernden biologischen Tick-tack-tick-tack, und die Vorfahren erhoben im Chor ihre Donnerstimme: »Laß es hier nicht aufhören. Laß die Familie nicht aussterben. Werde nicht der Letzte.« Und obwohl er sich in seinem bisherigen Leben dem Gedanken, Vater zu sein, nicht einmal angenähert hatte, wurde dieser jetzt ganz und gar dominierend: Er würde Vater werden, er wollte Vater werden, er *mußte* Vater werden. Und alles nur wegen dieser sonderbaren, fast gleichaltrigen Frau, die wie eine Frühlingsbrise in seine verschachtelte Junggesellenwohnung in der Banérgata wehte, sich befruchten ließ und wieder verschwand, hinaus in den herbstlichen Regen. Alles in einer Viertelstunde. Jetzt trug sie sein Leben in sich. Davon war er überzeugt. Je mehr er darüber nachdachte, um so überzeugter wurde er, daß er es ihr schon da angesehen hatte.

Außerdem war das Arrangement ideal. Seine Gene würden weiterleben, das Klopfen der Ahnenreihe würde verstummen – und das, ohne daß er die Mühsal der Vaterschaft auf sich zu nehmen brauchte. Höchstens im Altenpflegeheim würde er von seinem Nobelpreissohn aufgesucht werden, der plötzlich erkannt hatte, woher seine außergewöhnliche Begabung stammte, und all seine Intelligenz und einen großen Teil seines enormen Kapitals investiert hatte, um seinen Vater ausfindig zu machen, bevor dieser starb, und vor ihm auf die Knie zu fallen und ihm für alles zu danken.

Ein hupender Laster warf ihn brutal zurück in die Wirklichkeit, genauer gesagt, auf die richtige Fahrbahnseite, und das exakt im richtigen Moment, um das Abbiegen zur Pathologie des Karolinenkrankenhauses zu ermöglichen, wo die unbekannte Leiche ungeduldig seiner glorreichen Ankunft harrte.

Viggo Norlander wandelte durch Flure, die nicht wesensverschieden waren von denen des Polizeipräsidiums, stieg hinab in den berüchtigten Keller, wurde von einer nicht eben herzlichen Krankenschwester willkommen geheißen und stand vor dem legendären Gerichtsmediziner Sigvard Qvarfordt, einem mindestens siebzigjährigen Herrn, unendlich distinguiert und unendlich schäbig in einer Kombination, wie sie sich in der Ärzteschaft nur Forscher und Obduzenten erlauben konnten; die Gefahr, daß Patienten sich beschwerten, war minimal. Er zeichnete sich durch das Erzählen abgedroschener Leichenwitze aus, und einer davon kam auch sofort: »Norlander! Seh ich recht? Hatten wir dich nicht erst kürzlich hier?«

»Du weißt, warum ich hier bin«, sagte Norlander reserviert.

Qvarfordt klapperte mit dem Inhalt eines kleinen Plastikbeutels. »Die Hinterlassenschaft«, sagte er und überreichte Norlander den Beutel. »Leichtes Gepäck, wie man so sagt. Sonst habe ich nichts Neues zu sagen. Ein gesunder und fitter junger Mann, dessen letzte Mahlzeit in einem Hamburger der fetteren Sorte bestanden haben dürfte. Sonderbarerweise mit Honig drauf. Der Tod dürfte letzte Nacht zwischen Mitternacht und drei Uhr früh eingetreten sein, genauer kann ich es nicht bestimmen. Vier Schüsse direkt ins Herz und wieder heraus. Unmittelbarer Tod. Die Armbanduhr tickt jedoch weiter, leider«, fügte er hinzu und zeigte auf den Plastikbeutel.

Norlander bekam einen Platz auf einer Bank vor dem Kühlraum angewiesen und Kopien des Obduktionsprotokolls ausgehändigt und wartete auf die in einem Zeitplan verzeichneten Besuche potentieller Angehöriger.

Es wurden insgesamt sechs, bevor er einpacken mußte. Zuerst kam ein älteres Paar, Herr und Frau Johnsson, deren Schwiegersohn seit einigen Wochen verschwunden war. Weil Norlanders Papiere ihm sagten, daß der Schwiegersohn sich aller Wahrscheinlichkeit nach mit dem nicht unansehnlichen Vermögen der Tochter nach Bahrein abgesetzt hatte, wo er einen Harem angeschafft hatte, dessen Betriebsausgaben ihn etwas überforderten, war das Vorzeigen eine reine Formsache.

Die Mienen des Paares Johnsson wechselten von Hoffnung zu Verzweiflung, als sie den Toten sahen und die Köpfe schüttelten; nichts hätte sie offenbar mehr erfreuen können, als ihren Schwiegersohn in dieser Umgebung wiederzusehen.

Norlander sah die Leiche zum erstenmal. Sie lag hier in dem eiskalten nackten Saal mit Kühltüren an den Wänden und leuchtete gleichsam weiß im gnadenlosen Neonlicht. Norlander fiel als erstes die Alltäglichkeit des jungen Mannes auf. Er hatte keinen einzigen besonders charakteristischen Zug. Wollte man ein bestimmtes Individuum abbilden und die Kopie als beispielhaftes Exemplar des Homo sapiens männlichen Geschlechts mit der Voyager ins Weltall schicken, dann wäre dieser Jüngling wie geschaffen für die Rolle, dachte Norlander erstaunt.

Danach kamen ein paar routinierte Besucher, deren Söhne in den siebziger Jahren als kleine Jungen verschwunden waren, Menschen von der Art, die nie die Hoffnung aufgeben und sich nie beruhigen und eine bestehende Tatsache akzeptieren. Norlander trauerte mit ihnen, die lebenslange Ohnmacht und die aufgeschobene Trauerarbeit berührten ihn tief.

Es folgte eine längere Pause. Norlander überflog das Obduktionsprotokoll und leerte den Plastikbeutel mit der Hinterlassenschaft. Sie bestand aus drei Dingen: einer unechten Rolex, die noch immer genau die Zeit anzeigte, einem langen Röhrchen mit Zehnkronenmünzen und einem blanken Schlüssel, der ganz neu wirkte. Mehr nicht. Es sagte ihm nichts. Und gerade deshalb paßte es so gut zu der Leiche.

Anschließend kamen kurz nacheinander zwei Frauen, deren Sohn bzw. Mann in der voraufgegangenen Nacht verschwunden war. Ein vollständig anderes Erlebnis. Die fürchterlichen Sekunden, während die Leiche aus ihrer Kühlbox gezogen wurde, spiegelten sich im unergründlichen Dunkel dieser Frauenaugen. Als erste Emma Nilsson, die ihren drogensüchtigen Sohn aus der Entgiftung zurückerwartet hatte, ohne daß er aufgetaucht wäre. Norlander wußte schon vorher, daß der Tote nicht der Richtige war, führte aber dennoch die Dame mittleren Alters mit einem von überdimensionierten Bürden frühzeitig gekrümmten Rücken zur Leiche. Ihr Kopfschütteln war befreit, beinah glücklich; noch gab es Hoffnung.

Mit Justine Lindberger war es anders. Sie war eine dunkle junge Schönheit vom Außenministerium, deren gleichfalls junger Mann und Kollege Erik am Abend zuvor nicht nach Hause gekommen war. Sie stand reglos da und wartete, während die Kühlbox geöffnet wurde. Sie strahlte absolute Verzweiflung aus, die feste Überzeugung, daß dies ihr ermordeter Mann wäre – und als es nicht der Fall war, brach sie vollständig zusammen. Norlanders Versuche, sie zu trösten, waren mehr als täppisch; er mußte Personal aus der Psychiatrie hinzurufen, die Justine Lindberger eine Beruhigungsspritze gaben. Als Norlander sich wieder auf seine Bank setzte, zitterte er am ganzen Körper.

Als letzter erschien Egil Högberg, ein alter Flößer aus Dalsland, dem beide Beine amputiert worden waren und der von einer jungen Pflegerin im Rollstuhl aus der Langzeitpflege heruntergefahren wurde. »Mein Sohn«, sagte er mit zitternder Stimme aus zahnlosem Mund. »Das muß mein Sohn sein.«

Norlander tat alles, was in seiner Macht stand, um Högbergs monströsem Atem zu entgehen, und wandte sich an die kaugummikauende Pflegerin, die nur ironisch die Augen verdrehte. Er ließ das ungleiche Paar herein und öffnete das Kühlfach.

»Das ist er«, konstatierte Högberg ruhig und legte seine rheumatische Hand an die Eiswange des Toten. »Mein einziger Sohn.«

Die Pflegerin tippte Norlander leicht auf die Schulter, und sie ließen Högberg mit dem Toten allein. Norlander schob die Tür zu, und die Pflegerin sagte mit gleichgültiger Stimme: »Er hat keinen Sohn.«

Norlander betrachtete sie skeptisch und sah durch das Fenster zu dem Alten hinein, der jetzt seine Wange an die der Leiche legte.

Sie fuhr fort: »Er wird vollkommen ungenießbar, wenn er nicht runterfahren und sich die neuen Leichen ansehen darf. Wir wissen nicht, warum, aber am besten läßt man ihn.«

Norlander ließ den Greis nicht aus den Augen.

»Entweder bereitet er sich auf den Tod vor«, sagte die Pflegerin.

»Oder?« fragte Norlander.

»Oder er ist ein alter Nekrophiler«, sagte sie und blies ihr Kaugummi zu einem großen rosa Ballon auf.

Eine Weile war es still. Dann sagte jemand: »Oder ihm fehlt ein Sohn.«

Nach einer Weile erst merkte Norlander, daß er selbst das gesagt hatte.

Er öffnete die Tür.

Egil Högberg schaute von der Leiche auf und sandte seinen glasklaren blauen Blick direkt in Norlanders.

»Die Familienlinie ist abgerissen«, sagte er.

Viggo Norlander schloß fest und lange die Augen.

14

Das erste, was Gunnar Nyberg auffiel, war der Kontrast zwischen dem Hauptbüro von LinkCoop in Täby und den Lagerräumen unten im Freihafen. Das einzige, was sie verband, war das vulgäre Logo in allen Farben des Regenbogens, das aussah, als leuchte es über Stockholms teuerstem Bordell.

Das zweistöckige Gebäude im Stil der achtziger Jahre war bei näherer Betrachtung nichts weiter als ein gut getarnter Wolkenkratzer, der das Ende des Jahrzehnts hatte kommen sehen und ganz einfach umgefallen war. Die luxuriöse Atmosphäre hinter den Zäunen des Unternehmens paßte eher zu einem Golfklub als zu einem Fabrikgebäude. LinkCoop stellte nichts her, das Unternehmen war nicht mehr als ein Verbindungsglied zwischen Ost und West, neueste Computer sowie Zubehör aller erdenklichen Fabrikate wurden von Osten herein- und nach Westen wieder hinausgespült und umgekehrt. Nyberg begriff nicht richtig, daß dieses Geschäft so lohnend sein sollte, wie das Gebäude suggerierte. Andererseits war Wirtschaft nicht seine starke Seite, und er fürchtete sich ein wenig angesichts der Terminologie, die bald über ihn hereinbrechen würde.

Nachdem er die als Autorezeption getarnte Sicherheitssperre passiert hatte, rollte der Renault auf das Hauptgebäude zu. Nyberg parkte dreist quer auf zwei Behindertenparkplätzen, da er sich nicht vorstellen konnte, daß bei LinkCoop Behinderte arbeiteten; es waren die einzigen freien Plätze, und sie leuchteten förmlich vor künstlicher politischer Korrektheit. Im übrigen konnte er im übereifrigen Regen keinen einzigen Wagen unterhalb der Zweihunderttausendkronenmarke ausmachen. Entweder fuhren Hausmeister und Rezeptionsangestellte mit öffentlichen Verkehrsmitteln, oder es gab einen versteckten Unterklasseparkplatz im Stil der guten alten Kücheneingänge der Herrschaftshäuser.

Gunnar Nyberg war mit anderen Worten schon reichlich in Fahrt, als er mit schwabbelndem Speck durch das Herbstunwetter zum Haupteingang von LinkCoop lief. Hinter den automatischen Türen schüttelte er den Regen ab wie ein Walroß unter Amphetamineinwirkung. Die Zwillingsschönheiten an der Rezeption waren offenbar gewarnt, denn ihre Reaktion auf die Antikörper im Blutkreislauf war ein Tandemlächeln von der Sorte, die auch auf die erhitzteste Seele wie Balsam wirkt.

»Herr Nilsson erwartet Sie, Herr Nyberg«, sagten sie im Chor.

Nyberg starrte sie an. War das hier wirklich die Villa Kunterbunt? Stand der kleine Affe auch hinter den Kulissen parat?

Er faßte sich, erwiderte das Lächeln und war vollkommen damit einverstanden, wie die Träume der Nacht sich entwickeln würden. Das war offenbar die Aufgabe des Duos: das Unterbewußte der Kunden mit einem positiven Image zu versorgen; sogar während der intimsten Momente würde LinkCoop gegenwärtig sein.

Das wunderschöne Duo wurde jedoch getrennt, und eine der Empfangsdamen führte ihn durch die gepflegten Räumlichkeiten, deren Eindruck allerdings vom Tanz ihres superkurzen Rockes überlagert wurde. Im Laufe nur weniger Sekunden war Nyberg von einem radikalen Vorkämpfer zu einem sabbernden alten Schmutzfinken geworden – das Resultat genauestens durchdachter PR-Arbeit.

Die Verführung des Kapitals, dachte er hilflos.

Schließlich erreichten sie eine Tür, die im selben Augenblick geöffnet wurde. Nyberg registrierte, daß das Überwachungssystem vollendet sein mußte.

Eine von Kopf bis Fuß elegante Frau mittleren Alters erschien, nickte der Empfangsdame kurz zu, fixierte Nybergs flackernden Blick, schüttelte ihm sehr fest die Hand und sagte: »Betty Rogèr-Gullbrandsen. Herr Nilssons Sekretärin. Wenn Sie mir bitte folgen wollen.«

Pippi Langstrumpf persönlich, dachte Nyberg unangebrachterweise, degradiert zur Sekretärin von Herrn Nilsson. Er folgte Betty Rogèr-Gullbrandsen in einen gigantischen Raum, in dem nur ein einziger großer Schreibtisch stand, fast leer bis auf einen hochmodernen Computer und eine ebenso hochmoderne Telefonanlage, auf der sie einen Knopf drückte und sagte: »Kriminalinspektor Gunnar Nyberg vom Reichskriminalamt ist da.«

»Schicken Sie ihn herein«, erwiderte eine selbstbewußte, glasklare Stimme durch die Sprechanlage.

Betty Rogèr-Gullbrandsen machte eine kleine Geste zu einer Tür am hinteren Ende des Raums und ließ sich vor dem Computer nieder, ohne ihn eines weiteren Blicks zu würdigen.

Nyberg betrat das Zimmer des stellvertretenden Direktors, das ungefähr doppelt so groß war wie das Vorzimmer seiner Sekretärin. Der ganze Raum, den ein Büro zu nennen ein Frevel gewesen wäre, war mit einer ausgewogenen, äußerst aufdringlichen Nichtaufdringlichkeit eingerichtet, einer eleganten, kompromißlosen Stilreinheit. Ein makellos gekleideter Mann in den Vierzigern erhob sich am anderen Ende des Raums hinter einem glänzenden Eichenschreibtisch und streckte ihm die Hand entgegen. Nyberg ergriff sie.

Der Händedruck war mehr als fest. »Henrik Nilsson, stellvertretender Direktor«, sagte der Mann deutlich.

»Nyberg«, sagte Nyberg.

Henrik Nilsson wies auf einen Stuhl vor dem Schreibtisch, und Nyberg setzte sich.

»Ich glaube, ich habe weder ›Kriminalinspektor‹ noch ›Reichskriminalamt‹ gesagt, als ich mich angemeldet habe«, sagte Nyberg.

Henrik Nilsson lächelte selbstsicher. »Es ist Bettys Aufgabe, alle zugänglichen Informationen bereitzuhalten«, sagte er nur.

»Und sie zu präsentieren«, sagte Nyberg und wurde überhört. Das war er gewohnt.

»Reichskriminalamt«, sagte Nilsson statt dessen. »Das bedeutet, Sie glauben an einen Zusammenhang zwischen dem banalen Einbruch in unserem Lager und der Leiche davor.«

»Das liegt nahe.«

»Das bedeutet weiterhin, daß die Leiche nicht irgend jemand ist, sondern eine Leiche mit Reichsrelevanz. Außerdem, daß LinkCoop in irgendeiner Form in einen Reichsmordfall hineingezogen wurde, worauf wir gern verzichten. Wir stehen also zu Diensten.«

»Danke«, sagte Nyberg statt der Bemerkung, die er sich mühsam verbeißen mußte. »Wurde etwas gestohlen?«

»Es wurde ziemlich vieles durcheinandergebracht. Nichts gestohlen. Die Tür muß ausgewechselt werden. Im übrigen sind wir diesmal ungewöhnlich glimpflich davongekommen.«

»Diesmal?«

»Unsere Waren sind so diebstahlgefährdet, daß sie mittlerweile schwer zu versichern sind. Wir haben in der letzten Zeit einige Einbrüche gehabt. Die Waren werden in den Osten verkauft.«

Nyberg überlegte einen Moment. Dann sagte er: »Der Wachmann hätte also alarmiert sein müssen?«

»Zweifellos.«

»Wieso hat er dann den Einbruch nicht auf seinen Monitoren gesehen? Sogar Ihre Betty da draußen kann ja meine gesamte Wanderung von der Rezeption hier herauf auf ihrem maßgeschneiderten Bildschirm verfolgen.«

Henrik Nilsson schüttelte den Kopf. »Über diese Dinge müssen Sie mit unserem Sicherheitschef sprechen. Das ist sein Verantwortungsbereich.«

»Das werde ich. Erst einmal ein paar Informationen über das Unternehmen. Sie kaufen Computerausrüstung aus Ost und West und verkaufen sie weiter nach West und Ost. Ist das das ganze Geschäftskonzept?«

»Das beste, was es heute gibt«, sagte Henrik Nilsson nicht ohne Stolz. »Solange die Handelswege zwischen Ost und West immer noch so blockiert sind, spielen Verbindungsglieder wie wir eine ausschlaggebende Rolle.«

»Und wenn die Blockierung aufgehoben wird?«

Nilsson beugte sich vor und sah Nyberg starr in die Augen: »Das wird nie der Fall sein. Es ist eine fluktuierende Branche. Alte Unternehmen kollabieren, es entstehen ständig neue. Das einzige, was konstant ist, sind wir.«

»Um was für Computerausrüstungen handelt es sich?«

»Alles.«

»Auch militärische?«

»Im Rahmen der gesetzlichen Grenzen: ja.«

»Und befand sich militärische Ausrüstung in dem Lager, in das eingebrochen wurde?«

»Nein, es waren gewöhnliche Computer. Taiwanesische WriteCom. Ich habe in dieser Mappe Material für Sie zusammengestellt. Ein vollständiges Verzeichnis alles dessen, was in dem betreffenden Lager aufbewahrt wurde. Sowie Informationen über das Unternehmen. Das Material kann ja von fachkundigen Leuten bearbeitet werden.«

Nyberg ignorierte die Ironie und nahm eine elegante weinrote Ledermappe entgegen, in die das auf eine Farbe reduzierte Geschäftslogo geprägt war – allerdings in Gold.

»Danke«, sagte er. »Viel mehr gibt es dann wohl nicht. Ich möchte nur noch mit Ihrem Sicherheitschef sprechen.«

»Robert Mayer«, sagte Henrik Nilsson, stand auf und streckte wieder seine Hand aus. »Er erwartet Sie. Betty zeigt Ihnen den Weg.«

Betty tauchte wieder auf die Sekunde pünktlich auf, geleitete Nyberg aus dem monumentalen Raum des stellvertretenden Direktors hinaus in den Korridor, vorbei an einigen Türen bis zur letzten. Mit ein paar Sekunden bedrückender Verzögerung wurde die Tür von einem breiten Mann in den Fünfzigern geöffnet. Er wirkte tatsächlich wie ein recht typischer Sicherheitschef eines Risokounternehmens: ehemaliger Polizist oder Militär, sonnengebräuntes, wettergegerbtes Gesicht, kurzgeschorenes Haar, scharfer Blick, kräftiger Händedruck. Da Nyberg genug feste Händedrücke erlebt hatte, ließ der ehemalige Mr. Sweden seinen noch fester ausfallen; er konnte einfach nicht anders.

»Robert Mayer«, sagte Robert Mayer mit leicht hochgezogenen Augenbrauen und leichtem Akzent. Er klang nicht deutsch, wie Nyberg vermutet hatte, sondern eher angelsächsisch.

»Nyberg«, sagte Nyberg und fügte abrupt hinzu: »Sind Sie Engländer?«

Die Augenbrauen rutschten noch ein paar Millimeter weiter nach oben. »Ich komme ursprünglich aus Neuseeland, falls das von Interesse sein sollte.«

Mayer machte eine kleine Geste, und sie betraten den Raum, der sicherlich nur sein Vorzimmer war, ein verhältnismäßig kleines Kabuff, dessen Wände mit Monitoren bedeckt waren. Sie setzten sich an den Schreibtisch.

Nyberg beschloß, sofort zur Sache zu kommen:

»Wie konnte es passieren, daß der Wachmann Benny Lundberg den Einbruch nicht auf einem seiner Monitore gesehen hat?«

Robert Mayer saß reglos hinter dem Schreibtisch, ohne das leiseste Anzeichen von nachlassender Konzentration. »Das ist einfach«, sagte er. »Insgesamt besteht das Lager im Freihafen aus vierunddreißig größeren und kleineren Räumen. Nur in acht davon haben wir Videoüberwachung, in den wichtigsten. Vierunddreißig Monitore würden mindestens zwei weitere Wachmänner erfordern, was bei einer Überwachung rund um die Uhr mindestens sechs Vollzeitstellen bedeuten würde, zum großen Teil mit unbequemen Arbeitszeiten. Zusammen mit den Material- und Installationskosten würde der Mehraufwand den eventuellen Gewinn bei weitem überschreiten. Der Raum, in den eingebrochen wurde, ist also nicht videoüberwacht.«

Klare Antwort, dachte Nyberg.

Er änderte die Richtung: »Wie gut kennen Sie Benny Lundberg?«

»Kennen tue ich ihn wohl nicht direkt, aber einen pflichtbewußteren Wachmann kann man kaum bekommen.«

»Herr Nilsson erwähnte, daß Sie da unten in letzter Zeit häufiger Einbrüche hatten. Wie sind die verlaufen?«

»Es handelt sich um acht Einbrüche im Laufe der letzten zwei Jahre, was wohl keine Katastrophe ist, aber auch keineswegs akzeptabel. Drei davon sind von unseren Wachmännern verhindert worden, unter anderem von Lundberg, zwei sind aus anderen Gründen mißglückt, aber drei waren richtig verheerend, da waren Profis am Werk. Nach dem letzten haben wir eigene Wachmänner angestellt, statt uns auf eine Wachgesellschaft mit viel größerem Verantwortungsbereich zu verlassen. Seitdem haben wir keine Probleme gehabt.«

»Lundberg ist also erst seit – einem Jahr hier angestellt?«

»Seit knapp einem Jahr, ja. Seit wir den Betrieb umgestellt haben. Deshalb erübrigt sich auch jeder Gedanke an einen Insiderjob, wenn es das ist, worauf Sie hinauswollen. Seit wir eigene Wachtrupps haben, hat es nicht einen geglückten Einbruch mehr gegeben. Die Jungs leisten ausgezeichnete Arbeit.«

»Was wurde bei den ›geglückten‹ Einbrüchen, wie Sie sie nennen, gestohlen?«

»Ich habe eine Mappe zusammengestellt«, sagte Mayer und verschaffte Nyberg ein Déjà-vu-Erlebnis, als er ihm eine Mappe mit dem Goldlogo von LinkCoop überreichte. Mayer fuhr fort: »Hier sind Kopien unserer Anzeigen bei der Polizei und der Versicherungsgesellschaft von sämtlichen acht Einbrüchen. Dort finden Sie sämtliche Informationen. Das Material kann ja von Fachleuten begutachtet werden.«

Gunnar Nyberg betrachtete den Mann, der vor ihm saß. Robert Mayer war ganz einfach der perfekte Sicherheitschef, ein Fels in der Brandung für ein Unternehmen, professionell, scharfsichtig, routiniert, steinhart, eiskalt. Der stahlblaue Blick begegnete seinem, und er spürte, daß der Bodybuilderhändedruck nicht vergessen war. Für einen Moment fragte er sich, womit Mayer wohl in Neuseeland beschäftigt war.

Dann entspannte er sich. Es gab nichts mehr hinzuzufügen.

Er fragte sich, was ein Sicherheitschef verdiente.

Die Verführung des Kapitals, dachte er und verabschiedete sich von Robert Mayer.

15

Als Jan-Olov Hultin auf dem ausgetretenen Pfad vom Klo zurückkam, stand ein nervös auf der Stelle trippelnder Mann um die Vierzig vor seiner Tür. Sein erster Gedanke war, es sei der Kentuckymörder, der ganz cool ins Polizeipräsidium gewandert war, um ihm seine Zangen in den Hals zu jagen. Der merkwürdig klare grüne Blick des Mannes beruhigte ihn allerdings; er sah eher aus wie ein eingeschüchterter Oberstufenschüler vor dem Zimmer des Rektors. Nach dieser Überlegung konnte Hultin die Sicherheitsroutine unten an der Rezeption etwas gelassener verfluchen.

»Kann ich Ihnen behilflich sein?« fragte er ruhig.

Der Grünäugige zuckte zusammen. Seine Finger betasteten seinen Schlipsknoten, als hätten sie ein eigenes Leben. »Ich suche jemanden, der sich mit dem Mord im Freihafen beschäftigt«, sagte er etwas unsicher. »Ich weiß nicht, ob ich hier richtig bin.«

»Doch, doch«, sagte Hultin und ließ den Mann in sein Büro.

Als der Mann mit den leuchtendgrünen Augen sich auf dem im Prinzip unbenutzten Besuchersofa niedergelassen hatte, beschloß Hultin, ganz einfach abzuwarten, bis er sich äußerte.

»Ich heiße Mats Oskarsson«, sagte er nach einer Weile. »Aus Nynäshamn. Ich habe in der Mordnacht angerufen.«

»Um 3 Uhr 07 von einer Telefonzelle am Stureplan«, sagte Hultin neutral.

Mats Oskarsson betrachtete ihn und blinzelte ein paarmal. Es sah aus wie eine Kontrolleuchte mit Batteriefehler. »Ich weiß nicht mehr genau, wann es war, aber es war vom Stureplan ...«

»Kommen Sie zur Sache«, sagte Hultin. »Sie haben die Untersuchungen schon genug erschwert.«

Oskarsson war jetzt in seinem Status gesunken und wurde wie ein Unterstufenschüler behandelt.

»Die anderen meinten, ich hätte überhaupt nicht anrufen sollen ...«

»Welche anderen?«

»Von der Bandymannschaft. Stockholmer Juristen BC. Wir hatten ein spätes Auswärtsspiel, oben in Knivsta, und waren auf dem Nachhauseweg.«

»Mal sehen, ob ich es richtig verstehe«, sagte Hultin milde, und Mats Oskarsson ahnte sicherlich nicht, wie unheilverkündend dieses Milde war. »Eine Clique von Gesetzeshütern war auf dem Nachhauseweg von einem Bandyspiel, um drei Uhr nachts; sie landeten im Freihafen, wurden Zeugen eines Mordes und beschlossen, das dem langen Arm des Gesetzes vorzuenthalten. Ist das korrekt?«

Oskarsson starrte auf den Tisch. »Es war spät«, sagte er nur.

»Spät auf Erden«, sagte Hultin noch sanfter.

»Ja, und?« platzte Oskarsson heraus.

»Sind Sie Jurist?«

»Ja, Steuerrecht, bei Hagman, Grafström und Krantz.«

»Und Sie haben den Wagen gefahren?«

»Ja. Einen VW-Bus.«

»Soll ich versuchen, den Ablauf des Geschehens zu rekonstruieren?« fragte Hultin rhetorisch. »Sie haben gespielt, haben sich die Birnen zugeknallt, sich in den Freihafen verirrt, ausgerechnet den Freihafen, sind auf einen Mörder gestoßen, der eine Leiche ablud, es fiel Ihnen ein, daß Sie sternhagelvoll waren, und Sie beschlossen, auf die ganze Sache zu scheißen. Dann bekamen Sie Gewissensbisse, vielleicht nachdem Sie die ganze Bande abgesetzt hatten, um Sticheleien zu vermeiden, und riefen von einer Telefonzelle am Stureplan an, obwohl Sie sicher alle Taschen voller Handys hatten, aber man will ja keine Spuren im Register hinterlassen. Waren sie volltrunken?«

»Nein«, sagte Oskarsson. Sein Blick bohrte grüne Löcher in den Tisch.

»Doch«, sagte Hultin gleichbleibend sanft. »Immerhin haben Sie angerufen, und jetzt sitzen Sie hier. Sie sind sicher ein im Grunde verantwortungsbewußter Mensch, ganz anders als Ihre Juristenkollegen aus dem Klub, und der einzige Grund dafür, daß Sie anonym hier angerufen haben, ist, daß Sie volltrunken waren. Aber das läßt sich schließlich nicht mehr beweisen.«

»Nein«, sagte Oskarsson unabsichtlich vieldeutig.

Zeit für einen Tonfallwechsel. Hultin tönte bedeutend schärfer: »Nun spucken Sie den ganzen Mist schon aus, dann werden wir sehen, ob ich Sie vor einer Anklage retten kann.«

Mats Oskarsson seufzte und spuckte mit juristischer Präzision: »Es war ein paar Minuten nach halb drei. Der Mann war etwas mehr als mittelgroß, ziemlich kräftig gebaut, trug schwarze Kleidung und eine schwarze Maskenmütze über dem Gesicht. Er fuhr einen vielleicht zehn, zwölf Jahre alten dunkelblauen Volvo Kombi mit einer Nummer, die mit B anfing. Er hatte gerade ein Wolldeckenpaket in den Kofferraum geladen und war im Begriff, das zweite einzuladen, als wir ihn störten.«

»Es dauerte also eine knappe halbe Stunde, bis Sie hier angerufen haben?«

»Ja. Leider. Tut mir leid.«

»Mir auch. Wenn diese Information unmittelbar hier eingegangen wäre, dann wäre heute nicht ein wahnsinniger Serienmörder in Stockholm unterwegs. Ich hoffe, Ihre Töchter werden seine nächsten Opfer.«

Hultin hielt normalerweise seine Zunge im Zaum, auch wenn er noch so außer sich war, aber sein grundlegendes Mißtrauen gegenüber den Wächtern des Rechtsstaates brachte ihn dazu, bis an die Grenzen zu gehen. »Ein wahnsinniger Serienmörder.« Er mußte das ein wenig glätten. »Erinnern Sie sich noch an mehr als das B?«

»Nein«, murmelte Oskarsson.

Es gab nicht viel mehr zu sagen. Hultin hätte dem Mann noch eine saftige Predigt über die Fäulnis in der Kauf- und Verkaufswelt des schwedischen Rechtswesens halten können, über den sukzessiven Ausverkauf des Rechtsstaates in den westlichen Demokratien, über das Gesetz, das dazu gedacht war, die Bürger zu schützen, das aber zu Jahrmarktsklamauk verwandelt worden und zu risikolosen Matchs zwischen alten Ringfüchsen von Anwälten der höchsten Honorarstufe und frisch examinierten Staatsanwälten der niedrigsten Gehaltsstufe verkommen war, über eine ganze Busladung von Juristen, die nicht eine Sekunde überlegten, ihr eigenes Ego zurückzustellen, um einen Doppelmörder zu fangen, aber Mats Oskarsson hatte trotz allem zumindest einen Ansatz von Zivilcourage gezeigt und wirkte außerdem, als habe gerade der Inhalt der ausgebliebenen Predigt ihn vollkommen umgehauen. Er schlich zur Tür. Als er sie gerade geöffnet hatte, hörte er Hultins gedämpfte Stimme: »Danke.«

Für einen kurzen Moment begegnete Hultin dem leuchtendgrünen Blick. Er sagte mehr als tausend Worte.

Jan-Olov Hultin war allein. Er streckte die Beine unter dem Schreibtisch aus, entspannte seine Nerven und ließ seinen Blick ausnahmsweise einmal an den Wänden des Büros entlangschweifen. Zum erstenmal seit langem stach ihm die Anonymität ins Auge. Hier gab es keinen einzigen Fingerabdruck von ihm. Es war ein reiner Arbeitsraum. Nicht einmal ein Foto seiner Frau hatte er aufgestellt. Wenn er bei der Arbeit war, dann war er hundert Prozent Polizist, vielleicht noch etwas mehr. Den Rest behielt er für sich. Nicht einmal nach dem Erfolg mit den Machtmorden hatte er jemanden an sich herangelassen. Er wußte nicht genau, weshalb. Der Fußball in der Betriebself war ja kein Geheimnis mehr. Eines Abends waren Hjelm und Chavez auf dem Kunstrasenplatz von Stadshagen aufgetaucht und hatten ihn in Aktion gesehen. Leider spielte die Veteranenmannschaft der Stockholmer Polizei gegen die der Rågsvedallians, zu denen auch der brandgefährliche Stürmer Carlos gehörte, und Hultin hatte mit einem wuchtigen Kopfstoß Carlos' linke Augenbraue getroffen, daß das Blut nur so spritzte. Carlos hieß leider Chavez mit Nachnamen. Er wußte nicht, ob Jorge seinen Vater darüber informiert hatte, daß es der Schädel seines Chefs war, der ihn auf die gegenüberliegende Straßenseite ins St. Görans Krankenhaus gebracht hatte.

Sein kurzes, leises Lächeln wurde vom Klingeln des Telefons unterbrochen. »Ja«, sagte er in den Hörer. »Ja. Ja. Ich verstehe. Ja.«

Dann überlegte er eine Weile und ließ dabei die Finger über den Tasten der Haustelefonanlage schweben.

Während er noch überlegte, tippte er Kerstin Holms Nummer ein. »Kerstin, bist du da?«

»Yepp«, ertönte die unvorteilhafte Wiedergabe von Kerstin Holms Alt.

»Bist du beschäftigt?«

»Nicht besonders. Ich versuche, mich in alle Details des FBI-Materials einzuarbeiten. Das ist ein ordentlicher Wälzer.«

»Kannst du mal einen dunkelblauen Volvo Kombi checken lassen, sagen wir Baujahr achtzig bis neunzig. Die Nummer soll mit B anfangen. Wir haben eine bessere Zeugenaussage über den Freihafen.«

»Super. Klar.«

Sie schaltete ihn ab, bevor er sie abschalten konnte. Dann schwebte sein Finger wieder. Söderstedt? Nja. Norlander war wieder da. Nein. War Nyberg schon von LinkCoop zurück? Nja. Chavez? Nicht allein.

Er sagte sich, daß sein Zögern eher ein demokratisches als ein reales war.

Er tippte Hjelms Nummer ein. »Paul?«

»Ja.«

»Komm mal rüber. Bring Jorge mit.«

Es dauerte eine halbe Minute.

»Ist die Laban-Hassel-Geschichte völlig aus der Welt?« fragte er die beiden, als sie wie Schuljungen vor ihm standen. Wie kam es nur, daß alle ständig wie Schuljungen vor ihm standen?

»Ja«, sagte Chavez. »Wir haben versucht, Gründe für eine Anklage zu finden, aber ehrlich gesagt, war der Wille nicht sonderlich ausgeprägt. Wir können nur hoffen, daß es ihm mit Ingela gutgeht. Trotz Sterilität.«

»Na, dann. Ich hab gerade von einer Spur im Freihafen erfahren. Ein Wagen, der nirgendwohin zu gehören scheint, ist ein paar Straßen von LinkCoops Lager entfernt entdeckt worden. Ein beiger Saab. Zwei Dinge machen ihn interessant. Erstens war er völlig blank, kein einziger Fingerabdruck irgendwo, weder außen noch innen. Zweitens ist er auf Andreas Gallano registriert. Klingelt da bei euch irgendwas?«

»Gallano«, sagte Hjelm. »Notorischer Krimineller aus Alby. Stimmt's?«

»Stimmt.«

»Jaja. Andreas Gallano. Ich bin mehrmals mit ihm aneinandergeraten während meiner Zeit in Huddinge. Ziemlich gewalttätig, wenn ich mich recht erinnere. In der Dealerszene aufgestiegen, aber trotzdem ein klassischer Straßenganove. Skrupellos. Wir haben ihn einmal wegen Körperverletzung und einmal wegen Drogenhandels eingebuchtet.«

»Genau«, stieß Chavez hervor. »Er ist aus Hall ausgebrochen.«

»Das stimmt«, sagte Hultin. »Er saß gerade wieder wegen Körperverletzung, bis vor einem knappen Monat. Dann ist er mit zwei anderen Gewaltverbrechern durch die Küche in Hall ausgebrochen. Ausgeklügelter Plan.«

Hjelm und Chavez nickten. Ein aufsehenerregender Ausbruch.

Hultin betrachtete sie. Er versuchte, seine Intuitionen abzustimmen. »Und das hat sicher mit dieser Sache zu tun?« sagte er. Das Fragezeichen war fast ein Ausrufezeichen.

Sie nickten.

»Gallanos Wagen, zurückgelassen, ohne Fingerabdrücke, ein Einbruch, zwei Leichen«, faßte Hjelm zusammen und schlußfolgerte: »Doch doch.«

»Aber der Tote war doch wohl nicht er?« fragte Chavez zögernd.

»Dann hätte der Fingerabdruckcomputer gebrüllt«, sagte Hjelm. »Aber er spielt bestimmt eine Rolle in dem Stück.«

»Der einzige, auf den wir keinen Hinweis haben, ist der Kentuckymörder«, murmelte Hultin.

»Abgesehen von Ahnungen«, sagte Hjelm. »Letzte Adresse?«

»Dieselbe seit zehn Jahren.«

»Wir übernehmen das.«

Sie waren schon unterwegs. Chavez' BMW mußte als Dienstwagen herhalten, das Duo raste wortlos durch die verregnete Stadt und kam auf den Essingeleden. Riddarfjärden unter ihnen schien auf sintflutähnliche Ausmaße angeschwollen zu sein. Jederzeit konnte er über die Stadt hereinbrechen, und wer war in diesen Zeiten schon vorgewarnt und hatte eine Arche gebaut?

Niemand, dachte Hjelm misanthropisch. Kein einziger von

uns würde von Gott vorgewarnt werden. Wir würden alle in der schmierigen Pampe ertränkt und von der wütenden Erde ausgelöscht werden, und vom Universum aus betrachtet, würde der Planet ganz genauso aussehen wie vorher. Eine kleine Störung des unendlichen Gleichgewichts, mehr nicht.

Er hob den Blick aus dem Morast des Pessimismus und widmete sich wieder dem vergeblichen Kampf gegen das Böse. Es kam ihm vor, als kämpften sie gegen Windmühlenflügel.

Kein vorbeifahrender Autofahrer auf der E4 konnte Alby von Fittja unterscheiden oder Norsborg von Hallunda. Die Orte bestanden aus einer Serie von Wahnsinnsgebäuden, die himmelhoch und brutal einförmig an den Hügeln entlangkletterten und wie eine Self fulfilling prophecy zu Hochburgen der Kriminalität geworden waren. Ein Resultat desselben wohlfahrtstaatlich geprägten architektonischen Credos, wonach Gamla stan dem Erdboden gleichgemacht werden sollte, um Le Corbusier dort eine Reihe von Glas- und Betonpalästen errichten zu lassen.

Aber niemand wußte besser als Paul Hjelm, daß es hier auch eine alternative und schwer zugängliche Kultur gab, bescheidenes Alltagsheldentum, unendlichen Erfindungsreichtum und einen kontinuierlichen Kampf allen Widrigkeiten zum Trotz. Hier war er sein gesamtes Arbeitsleben lang stationiert gewesen, bis zu der merkwürdigen Veränderung vor knapp einem Jahr, als er, statt aus dem Orchester ausgeschlossen zu werden, sich in die Innenstadttonart transponiert fand, genauer gesagt A-Dur, A für die A-Gruppe, Dur für Erfolg.

Es war zum großen Teil Erik Bruun zu verdanken gewesen – seinem alten Kommissar bei der Kripo in Huddinge – und dessen Kontakten zu seinem früheren Kollegen Jan-Olov Hultin. Genau vor Bruuns Büro standen sie nun, und Hjelm war das Kunststück gelungen, unbemerkt an den ehemaligen Kollegen vorbeizukommen. Er klopfte an Bruuns Tür. Die Lampe am Türrahmen leuchtete gelb wie Warten, und Hjelm wurde von bösen Vorahnungen erfaßt. Bruuns Tür leuchtete niemals gelb wie Warten.

Hjelm wartete drei quälende Minuten lang ab, ständig in der Furcht, entdeckt zu werden, bis er genug hatte und hineinging.

Das Bruunsche Zimmer, ehemals bedeckt mit gesundheitsgefährdenden Rauchablagerungen von Erik Bruuns schwarzen Zigarren, war jetzt kükengelb. Der Tapetenkleister schien noch nicht getrocknet zu sein. Hinter Bruuns Schreibtisch saß ein etwa vierzigjähriger Mann in Schlips und Anzug, das kastanienbraune Haar über die beginnende Glatze gekämmt. Seine Hand bewegte sich instinktiv in Richtung der Dienstwaffe.

»Wo ist Bruun?« sagte Hjelm nur.

Der Mann sah davon ab, seine Pistole zu ziehen, hielt aber die Hand bereit. »›Warten‹ steht da draußen, wenn man lesen kann«, sagte er.

»Da steht ›Warten‹ und da steht ›Bruun‹. Das hier ist gelb. Wo ist Bruun?«

»Wer sind Sie?«

»Hjelm. Ich habe hier mal gearbeitet. Unter Bruun. Wo ist er?«

»Hjelm. Aha. Der Mann, den sie nach oben gefeuert haben.«

»Exakt. Wo ist Bruun?«

»Hjelm, ja ... Vor gar nicht langer Zeit bin ich deine Akte durchgegangen. Ich hoffe, du willst nicht deinen alten Job wiederhaben, jetzt, wo die A-Gruppe einpackt. Hier ist kein Platz mehr für dich.«

»Wo ist Bruun?«

»Hier ist kein Platz für Helden und diverse Einzelkämpfer. Es war höchste Zeit aufzuräumen. Ein bißchen Zug in die Truppe zu bringen.«

»Wo ist Bruun?«

»Du wirst wohl die alte Uniform abstauben und dich wieder auf ein bißchen gediegenen Streifendienst einstellen müssen.«

Hjelm hatte genug. Er machte auf dem Absatz kehrt und wäre beinahe in Chavez hineingelaufen, der an der Tür wartete.

Hinter sich hörte er: »Bruun hatte vor einer Woche einen Herzinfarkt. Allein der Gedanke daran, wie das Zimmer aussah, reicht schon für einen.«

Hjelm drehte sich noch einmal auf dem Absatz herum. »Ist er tot?«

Der Mann am Schreibtisch zuckte mit den Achseln. »Ich habe keine Ahnung.«

Hjelm mußte den Raum auf der Stelle verlassen, sonst wäre der Streifendienst zu einer Utopie geworden. Er lief die Treppen hinunter und in den Eßraum.

Es schien, als wäre die Zeit stehengeblieben. Jede Tasse, jedes Stück Zucker schien sich noch am selben Ort zu befinden wie eineinhalb Jahre zuvor. Ebenso wie die Bullen. Da saßen sie alle: Anders Lindblad und Kenneth Eriksson, Anna Vass und Johan Bringman. Und da war auch Svante Ernstsson, sein alter Partner während eines guten Jahrzehnts. Sie waren die besten Freunde gewesen; jetzt hatten sie seit vielen Monaten nichts mehr voneinander gehört.

»Na so was«, sagte Ernstsson überrascht. »Hoher Besuch.«

Sie drückten sich fest und fast lächerlich männlich die Hand.

»Sag mir als erstes eins«, sagte Hjelm. »Ist Bruun tot?«

Svante Ernstsson betrachtete ihn mit ernstem Gesicht, um es dann in einem Lächeln aufscheinen zu lassen. »Nur eine Schramme, wie er selbst sagt.«

»Wer ist der Clown da oben?«

»Der frischgebackene Kommissar Sten Lagnmyr. Statt Bruun haben wir einen richtigen Arschkriecher gekriegt. Mit einer Vorliebe für Gelb außerdem.«

»Das hier ist übrigens Jorge Chavez. Entschuldigung. Mein neuer Kollege.«

Chavez und Ernstsson schüttelten sich die Hand. Hjelm hatte plötzlich eine merkwürdige Vision und sah für einen kurzen Moment Cilla und Kerstin sich die Hände schütteln.

Er rief sich zur Ordnung: »Wir sind nicht hier, um Freundlichkeiten auszutauschen, wie Lena Olin sagt, sondern wir brauchen ein wenig Hilfe. Habt ihr eine aktuelle Fahndung nach unserem Freund Andreas Gallano laufen?«

Ernstsson zuckte die Achseln und zog eine neugierige Augenbraue hoch. »Nicht aktueller als gewöhnlich bei Ausbrechern.«

»Wißt ihr, ob er überhaupt in der Gegend ist?«

»Worum geht's?«

»Um den Mord im Freihafen.«

Ernstsson nickte und fragte nicht weiter nach. »Wir haben keine Anzeichen dafür, daß er zurückgekommen ist; wäre ja auch ziemlich bescheuert nach einem Ausbruch aus Hall. Seine Wohnung war leer und unberührt. Es stand ein halbes Jahr alte Milch im Kühlschrank. Wir sind wie immer mit Arbeit überlastet, und er steht nicht oben auf der Prioritätenliste. Wir wollten in der nächsten Woche loslegen.«

»Ich werde veranlassen, daß Hultin sich um Lagnmyr kümmert, dann könnt ihr ein bißchen offizieller mithelfen. Ist es immer noch am besten, über – wie hieß er noch – Stavros zu gehen?«

»Stavropoulis. Nein, der ist gestorben. Überdosis. Gallano mußte neue Kontakte aufbauen und hat sich in eine neue Gang mit größeren Ressourcen hineingekämpft. Synthetische Drogen. Wir haben ihn über einen Dealer gekriegt, Yilmaz. Wir haben immer noch gute Ausspähmöglichkeiten, wenn ihr es mit dem Integritätsschutz nicht allzu genau nehmt.«

»Das läßt sich schon regeln. Was könnten wir über Yilmaz rauskriegen?«

»Gurra holt da seinen Stoff. Du erinnerst dich an Gurra?«

»Klar, Mann!« rief Hjelm aus. »Der verrückte Gurra. Sandkastenkumpel.«

»Wenn jemand eine Ahnung hat, wo Andreas ist, dann Gurra. For old times' sake«, fügte Ernstsson etwas zweideutig hinzu.

»Wie machen wir's?«

»Yilmaz dealt an einem überwachungstechnisch ziemlich guten Ort, also haben wir ihn machen lassen. Das alte Lager vom aufgegebenen ICA-Laden. Wir liegen einfach in der Etage darüber und sehen direkt nach unten. Ideal.«

»Und auf andere Weise kriegt man Gurra nicht zu fassen?«

»Er hält sich auf Abstand. Das hier ist am besten.«

»Jetzt sofort?«

Ernstsson zuckte die Achseln. »Kann nicht schaden«, sagte er kurz.

Jorge Chavez versuchte sich ein Bild von der Zusammenarbeit zwischen Hjelm und Ernstsson zu machen. War sie so wie die zwischen ihm und Hjelm? Hatten sie sich nähergestanden? Hatte ihr Zusammenspiel auch gut funktioniert? Er betrachtete sie, während er in der dreckstarrenden Etage über dem ICA-Laden wartete. War da nicht etwas Wachsames, fast Schuldbewußtes an Hjelms Verhalten gegenüber seinem früheren Kollegen, etwas Angestrengtes in seiner Körpersprache? Und wie gefärbt war sein eigener Blick?

Die Beobachtungsposition war etwas ungünstig. Man konnte zwar direkt durch den Boden sehen und schräg von der Seite Yilmaz bei seinem gesetzwidrigen Treiben beobachten, aber das hätte bedeutet, stundenlang mit der Wange in der Mäusekacke und zwischen den Kanülen auf dem Boden zu liegen. Es war etwas einfacher, eine Minikamera im Loch festzukleben und sich das Spektakel auf einem Monitor anzusehen, und vor diesem Monitor hockten sie nun alle drei.

Ein unablässiger Strom von Kunden kam und ging in Yilmaz' kaum kaschiertem Drug Store. Es war wie ein Querschnitt durch die Gesellschaft, von merkwürdigen Sechziger-Jahre-Relikten, die auf unergründlichen Wegen die Überdosis umgingen, bis zu adretten Mittelklassejünglingen unterwegs zu idiotisch buchstabierten Rave-Parties, von Prostituierten mit überreifem Aids bis zu Chefsekretärinnen in heimlichem Auftrag. Wenn Hjelm einen Anflug von Sehnsucht nach seinem alten Arbeitsplatz verspürt hatte, dann war der längst vorübergegangen.

Yilmaz saß wie ein Pascha auf einem alten Kühlschrank und fischte kontrolliert die Bestellungen aus einem anderen. Er war Gott. Sein Wohlwollen bedeutete den Unterschied zwischen Himmel und Hölle. Er genoß es, ein paar Sekunden länger als nötig mit den Schlüsseln zum Paradies zu wedeln.

Hjelm haßte jede Sekunde, nicht nur, weil die Reihe von Erniedrigten unendlich war, sondern auch, weil die Zeit davonschlich und Gurra durch Abwesenheit glänzte. Bald würde Yilmaz' Empfangszeit vorüber sein, und der Tag wäre vergeudet. Drei Stunden waren vergangen. Es war schon Nachmittag. Die Nässe zog immer tiefer in die verfallenen Räume ein. Der unablässige Zustrom von Kunden nahm langsam ab.

Ein weiterer Mittelklasseheini tauchte auf, um sich mit ein paar farbenfrohen kleinen Pillen mit netten eingravierten Bildchen einzudecken. Er war ungefähr sechzehn, siebzehn Jahre alt und trat selbstsicher auf den Pascha auf dem Kühlschrank zu. Im Hintergrund wartete ein Kumpel, die Hände in den Hosentaschen, die Schultern hochgezogen. Er stand mit dem Rücken zur Kamera und trat nervös von einem Bein aufs andere, während sein Kumpel Yilmaz die Hand entgegenstreckte. Dann warf er einen hypernervösen kurzen Blick über die Schulter.

Das war mehr als genug für Hjelm. Sein Körper zog sich in einem heftigen Krampf zusammen. Er warf sich zur Seite und übergab sich, verwundert über seine Reaktion: Scham und Schuldbewußtsein durchrieselten ihn. Es war wie die Flut von Erinnerungsbildern, die angeblich vor den Augen Sterbender Revue passierten. Sein ganzes Leben als Vater rauschte vorbei, jeder Fehler, jeder Schaden, den er seinem Sohn im Laufe der Jahre zugefügt hatte.

Als er eine halbe Minute später wieder aufsah, an den verblüfften Kollegen vorbei, stand Danne immer noch mit dem Rücken zur Kamera. Der Handel seines Kumpels war plötzlich unterbrochen worden. Ein stark verwahrloster Junkie war hereingekommen und hatte angefangen, mit Yilmaz zu quatschen.

»Das ist Gurra«, brachte Svante Ernstsson hervor.

Hjelm war alles egal. Er sprang auf, daß der Stuhl umkippte, und schoß davon. Alle Blicke im unteren Raum richteten sich direkt auf die Kamera. Bevor die Waren noch zusammengepackt werden konnten, sahen Ernstsson und Chavez Hjelm mit erhobener Waffe hereinstürmen. Erst da kamen sie auf die Idee, ihm zu folgen.

Hjelm hielt alle an ihrem Platz. Der massive Leibwächter, der dicht hinter Yilmaz gestanden hatte, lag flach auf dem Boden. Hjelm zog locker einen kernigen Westernrevolver aus dem Hosenbund des Mannes und tippte mit dem Lauf leicht gegen Yilmaz' Stirn. Chavez übernahm und behielt Yilmaz und den Leibwächter unter Kontrolle. Gurra versuchte, sich unbemerkt davonzuschleichen, wurde aber von Ernstsson zu Boden gerissen.

Hjelm ging zu dem Teenager, der gerade dabei war, die farbenfrohen Pillen in den verrotteten Holzboden zu treten. Er griff den Jungen am Hemdkragen und zog das leichenblasse Gesicht zu sich heran, so daß nur ein paar glühende Zentimeter es von seinem trennten. »Deine Visage ist auf meiner Hornhaut eingebrannt, du Mistkerl.«

Er spürte, wie der Junge unter seinem festen Griff in die Hose pinkelte. Er ließ ihn los. Der Junge fiel leise schluchzend in sich zusammen.

Hjelm wandte sich an seinen Sohn. Der stand mit offenem Mund in der Tür. Seine Kiefer bewegten sich, aber es kam kein Wort heraus.

»Geh nach Hause«, sagte Hjelm neutral. »Und bleib zu Hause.«

Danne zog ab und verschwand.

Sein Kumpel starrte wie wild.

»Hau ab«, sagte Hjelm.

Der Junge stolperte ebenfalls davon.

Hjelm wandte sich an Gurra, der unter Ernstsson auf dem Rücken im Dreck lag. Irgendwo hinter dem gut einstudierten Hohnlächeln erkannte er eine echte Blässe.

»Andreas Gallano«, sagte Hjelm unter Betonung jeder Silbe.

»Wovon redest du, verdammt?«

Hjelm beugte sich hinunter. Mit seinem Gesichtsausdruck war nicht zu spaßen. Gurra merkte das.

»Versuch's noch mal«, sagte Hjelm milde.

»Ich hab ihn nicht gesehen, seit er eingebuchtet wurde ...«

»Aber?«

»Aber er ... ja ...«

»Es ist ganz einfach. Sprich und lebe. Schweig und stirb.«

»Jaja. Verdammt, er ist jedenfalls so verdammt piekfein geworden. Er hat ein heimliches Wochenendhaus irgendwo nach Norden raus. Riala heißt es, glaub ich. Ich hab die Adresse. Im Adreßbuch.«

»Du erstaunst mich«, sagte Hjelm und zog mühsam eine Sammlung durchgefeuchteter Zettel aus der Innentasche von Gurras Jacke. »Du hast ein Adreßbuch, und auch noch mit der Adresse eines flüchtigen Verbrechers.«

»Chiffriert«, sagte Gurra hochnäsig. »Er steht unter Eva Svensson.«

Hjelm fand die Adresse. Er riß die Seite mit Eva Svensson in Riala heraus und stopfte das Adreßbuch in Gurras Tasche zurück.

In der Ferne hörte er die Sirenen; Ernstsson hatte Verstärkung gerufen. Sie schubsten Gurra in die Kühlschrankecke zu Yilmaz und dem Leibwächter.

»Kümmerst du dich um das hier?« fragte Hjelm und war schon unterwegs.

»Behalt sie im Auge«, sagte Ernstsson zu Chavez und nahm Hjelm beiseite. »Du hast unseren besten Beobachtungsposten auffliegen lassen, Pålle«, sagte er mit einem Unterton von Enttäuschung in der Stimme.

Hjelm schlug die Augen nieder. Daran hatte er nicht einen Augenblick gedacht. »Tut mir leid«, sagte er leise. »Die Umstände waren etwas außergewöhnlich.«

Svante Ernstsson trat einen Schritt zurück und betrachtete ihn. »Sie haben es tatsächlich geschafft, dich zu verändern«, sagte er und fügte halb abgewandt hinzu: »Ich hoffe, das mit Danne löst sich.«

Hjelm nickte schwer.

»Jetzt hau ab«, sagte Ernstsson. »Ich mach das hier. Lagnmyr wird entzückt sein.«

Hjelm dachte tatsächlich noch daran, im Auto Hultin anzurufen. Der versprach, sich mit Sten Lagnmyr in Verbindung zu setzen und zu versuchen, die Situation zu retten, obwohl er nur grobe Informationen zum Handlungsverlauf bekommen hatte. Ansonsten war Hjelm völlig weggetreten.

Chavez war noch immer wie versteinert. Es war alles so schnell gegangen. Er hatte Seiten an Paul Hjelm gesehen, die sich früher nie gezeigt hatten; was nicht unbedingt nur unangenehm war. Er beschloß, den Jungen nicht zu erwähnen – sie waren tatsächlich fast schon in Skärholmen, als ihm aufging, daß es sich um Hjelms Sohn gehandelt haben mußte. »Aha«, sagte er nur.

Hjelm wandte sich ihm ausdruckslos zu und versank wieder in seine Abwesenheit.

Sie umgingen Stockholm. Man konnte mittlerweile problemlos von den südlichen in die nördlichen Vororte kommen, ohne über Los zu gehen. Allerdings war der Preis hoch gewesen.

Ungefähr bei Norrtull bekam Chavez langsam eine Ordnung in seine Gedanken. Ohne daß sie ein Wort gewechselt hatten, waren sie vollkommen selbstverständlich auf dem Weg nach Riala in Roslagen, zwischen Åkersberga und Norrtälje. Die Adresse ließ vermuten, daß es sich um ein abgelegenes Waldgrundstück handelte. Was würde sie dort erwarten?

»Sollen wir es allein durchziehen?« fragte Chavez. Er bekam keine Antwort. Hjelm starrte nur aus dem Fenster.

»Bist du fit jetzt für das hier?« fragte Chavez etwas schärfer.

Hjelm wandte sich ihm zu. Seine Miene war genauso ausdruckslos wie vorher. Oder war er entschlossen? »Ich bin fit«, sagte er. »Und wir ziehen es allein durch.«

»Wenn man es rational betrachtet, könnte der Freihafen eine Abrechnung innerhalb des Drogenmilieus gewesen sein. Und in dem Fall könnte da eine ganze Menge Mist auf uns zukommen in Riala. Gallanos Hütte könnte beispielsweise eine Zentrale für sein neues Drogensyndikat sein.«

»Und warum dann den Wagen poliert im Freihafen stehenlassen?«

»Vielleicht war ja er die andere Leiche, die im Wagen. Unsere unbekannte Leiche könnte ein ausländischer Kumpan gewesen sein. Vielleicht waren sie überflüssig und wurden aus dem Verkehr gezogen. Aber die Hütte könnte scharf bewacht sein.«

»Das könnte sein, rein rational betrachtet«, sagte Hjelm. »Aber laß uns ganz irrational sein. Hier hast du einen Zettel und einen Stift, und ich nehme auch einen Zettel und einen Stift, und dann schreiben wir auf, was wir glauben, was uns da oben erwartet, falten die Zettel zusammen und stecken sie in die Tasche. Und hinterher vergleichen wir.«

Chavez lachte und schrieb. Hjelm war wieder da.

Sie steckten die Zettel in die Tasche.

Dann verschwand Hjelm wieder. Sein Blick verlor sich im nicht enden wollenden Regen.

Die Vaterschaft. Wie unglaublich leicht es doch war, unheilbare Wunden zuzufügen. Ein flüchtiges Wort, ein Augenblick der Gleichgültigkeit, ein zu fester Griff um die Oberarme, Forderungen, Forderungslosigkeit. Eine zerrüttete Beziehung – was ist besser: Schweigen, ständiger Streit, Scheidung? Die Eishölle, in die Laban Hassel für immer eingefroren sein sollte? Oder die glühend heiße, funkensprühende, wahnsinnige Streithölle? Im letzten Sommer, die Machtmorde, die Trennung – wie hatte ihre Abwesenheit die Kinder in ihrem empfindlichsten Alter beeinflußt? Und wieviel war vererbt? Die Fahne des Biologismus wehte triumphierend über dem zwanzigsten Jahrhundert. Es schien keine Rolle mehr zu spielen, was einem widerfuhr, alles war in den Genen programmiert. Das hätte Paul Hjelm trösten sollen: Vielleicht war es überhaupt nicht seine Schuld, daß sein Sohn Drogenhändler aufsuchte, vielleicht gab es ein Suchtgen, das jegliche Erziehung außer Kraft setzte. Er weigerte sich, daran zu glauben. Auf irgendeine Weise war es seine Schuld, aber auf welche? Was zum Teufel war es gewesen? Daß er keine Windeln wechseln konnte, ohne sich zu übergeben? Daß er eine ziemliche Chauvischiene gefahren war? Daß er Polizist war? Was zum Teufel war es gewesen?

Er wußte, daß es darauf nicht nur *eine* Antwort gab. Das war der Vorteil bei seinem Job. Eine Antwort, ein Schuldiger. Das Gesichtsfeld schrumpfte. Alles Vieldeutige und Komplizierte wurde ausgegrenzt.

Es regnete in Strömen.

Zwei Jäger waren auf dem Weg stadtauswärts auf Norrtäljevägen.

Zwei Zettel brannten in zwei Taschen.

Riala hatte ein Zentrum, ein kleines Zentrum, aber der Ort zog sich über ein großes Areal in dichtem Nadelwald hin, und die Karte trieb sie immer weiter vom Zentrum weg. Schließlich war der Weg nur noch ein Viehpfad durch den Urwald.

»Halt hier an«, sagte Hjelm mit dem Blick auf das detaillierte Kartenbuch der Polizei.

Chavez hielt den Wagen an.

»Noch ungefähr zweihundert Meter. Den Hügel rauf und dann rechts. Es liegt völlig einsam.«

Chavez nickte, holte seine Dienstwaffe heraus, checkte sie und steckte sie zurück in das Achselhalfter. »Riskieren wir es, den Wagen offenzulassen?« feixte er.

Hjelm lächelte schwach und stürzte sich in den strömenden Regen.

Es war schon nach fünf Uhr. Die Regenwolken bekamen Unterstützung von der beginnenden Dämmerung; der Wald lag in dichter Dunkelheit.

Leicht gebückt liefen sie durch das herbstliche Unwetter. Die Baumkronen tanzten über ihren Köpfen und ließen reichlich Nadeln fallen, die mit dem Regen in ihren Haaren hängenblieben. Ein Blitz erleuchtete den Wald mit durchdringender Klarheit. Während des Bruchteils einer Sekunde hoben sich die Baumstämme voneinander ab; als nur wenige Sekunden später der Donner kam, heftig und schwer, flossen sie wieder ineinander.

Die Hütte lag eingezwängt zwischen Bäumen auf einem Hügel; hätten sie nicht gewußt, daß sie dort lag, hätten sie sie wahrscheinlich übersehen. Sie war klein, braun und unbeleuchtet. Nicht das geringste Lebenszeichen ging von ihr aus.

Sie tasteten sich zur Tür vor, die Waffen erhoben, entsichert.

Die Tür hatte eine Glasscheibe. In der Scheibe war ein kreisrundes Loch. Hjelm drückte lautlos den Türgriff herunter. Die Tür war verschlossen. Er streckte die Hand durch das Loch in der Glasscheibe und drehte den Schlüssel um. Dann trat er die Tür auf und stürmte hinein.

Schon bevor Chavez den Lichtschalter gefunden hatte und das Licht sie blendete, schlug ihnen der Gestank entgegen. Sie wechselten einen Blick. Beide wußten sofort, was es war.

Sie blickten sich kurz in der kleinen Hütte um. Ein Wohnraum mit Küchenzeile und ein winziger Schlafraum. Alles war leer, unbenutzt. Wären das Loch in der Scheibe und der Gestank nicht gewesen, hätten sie ihre Pistolen wieder weggesteckt.

Es gab noch eine weitere Tür, genau neben dem Spülbecken. Hjelm schob sie vorsichtig auf. Eine dunkle Zementtreppe führte in den Keller. Es gab keinen Lichtschalter. Sie hielten sich dicht hintereinander und schoben sich Schritt für Schritt die Treppe hinunter.

Sie konnten absolut nichts sehen. Jetzt waren sie unten. Der Gestank nahm zu.

Sie tasteten sich an den eiskalten Steinwänden entlang. Schließlich fand Chavez einen Lichtschalter.

Eine nackte, schwache Birne an der Decke leuchtete auf.

Auf einem Stuhl saß Andreas Gallano.

Er starrte sie an. Der wortlose Schmerz hatte sich in seinem Blick verfestigt.

In seinem nackten Hals waren zwei kleine Löcher.

Sie waren oben im Wohnraum. Hjelm saß auf dem Boden. Seine Hand zitterte, als er auf dem Handy Hultins Nummer tippte. Chavez beugte sich über das Spülbecken und ließ Wasser über sein Gesicht laufen. Beide hielten noch immer die Dienstwaffen in der Hand.

Chavez starrte hinaus in die tosende Dunkelheit. Ein Blitz erhellte den Wald, der schrecklich gleichgültig aussah.

Er setzte sich neben Hjelm. Der Donner krachte. Er rutschte etwas näher. Hjelm bewegte sich nicht. Ihre Schultern rieben aneinander. Das war notwendig.

Ungefähr gleichzeitig zogen sie ihre Zettel aus den Taschen und falteten sie mit einer gewissen Mühe auseinander.

Auf Chavez' Zettel stand: »Leiche mit Löchern im Hals.«

Auf Hjelms Zettel stand: »Toter mit Halsperforierung.«

Das Zusammenspiel funktionierte.

16

Rentner. Er sprach das Wort probehalber ein paarmal aus, als er den Weg zum Bootshaus hinunterging. Er hatte sich noch nicht richtig daran gewöhnt.

Ein Leben voller Aktivität. Ständig unter Dampf. Die Sitzungssäle. Die Konferenzen. Die Reisen. Der unterdrückte Jubel, wenn die Verträge unterzeichnet wurden.

Er vermißte das alles. Es war eine Tatsache, vor der er nicht fliehen konnte.

Jetzt gab es nur noch das Boot. Seine Frau war seit vielen Jahren tot, er erinnerte sich kaum noch an sie. Ein vages Flattern irgendwo am Rande der Landschaft des Vergangenen.

Jetzt konzentrierte sich alles auf das Boot. Sein Stolz. Ein schöner alter Holzzweimaster der klassischen und traurigerweise vergessenen Marke Hummelbo. Baujahr 1947 und in Topform.

Aber nur, weil er so gut gepflegt wurde.

Zweimal am Tag ging er zum Segelhafen hinunter. Er war zum unbezahlten Wachmann des Segelklubs geworden.

Nicht einmal das schlimmste Herbstunwetter konnte ihn abhalten. So wie jetzt sah es doch sonst normalerweise nicht aus im September? War das der berüchtigte Treibhauseffekt, der jetzt langsam sein häßliches Gesicht zeigte? Er verwarf den Gedanken – er glaubte nicht daran. Der infantile Einfall der Umweltschutzbewegung. Immer die Schuld von sich schieben. Begriffen sie denn nicht, was die Industrie und die Automobilisierung für die westliche Welt getan hatten? Wo wären sie denn selbst ohne Industrie und Autos? Und wieviel Dreck hinterließen schließlich die alten Kutter von Greenpeace?

Aber der Herbststurm war ein Faktum. Er kämpfte sich zur Lidingöküste hinunter und verschaffte sich mit Hilfe eines robusten Schlüsselbundes Zutritt zum Gelände des Segelklubs. Mit ein paar weiteren Schlüsseln kam er hinaus auf den Anleger.

Er konnte kaum die Hand vor Augen sehen. Er stand schon nah bei seinem Hummelbosegler, bevor er ihn überhaupt erkannte. Jedesmal der gleiche kleine Schub von Freude und Stolz. Sein Leben in einer Nußschale.

Er kontrollierte die Schlösser. Die Kette saß, wie sie sitzen sollte, die fuchseisenähnliche Falle lag an ihrem Platz. Er ging auf die Knie, beugte sich nach vorn und ließ seine Hand über den blankpolierten Bug gleiten. Was für ein Genuß.

Er beugte sich noch etwas weiter vor und ließ seine Hand am Bug entlang bis zur Wasseroberfläche gleiten. Er bekam etwas in die Hand. Der ungeheuer dichte Regen verhinderte, daß er es genau erkennen konnte. Klebrig. Wie Tang. Er holte den Bootshaken.

Tang? Er hatte ja gerade erst morgens den Bug von Tang befreit.

Er hob das Tangbüschel mit dem Haken an und griff mit der freien Hand zu, weil das Gewicht erheblich war. Und starrte in ein Paar offene Augen.

Auf der Stelle ließ er den Körper fallen und stieß einen Schrei aus.

Während die Leiche zurück ins Wasser glitt, ertappte er sich dabei, daß er sich über die beiden kleinen roten Löcher in dem blaßweißen Hals wunderte.

Vampire auf Lidingö?

17

Viggo Norlander war wieder zum Deppendienst abkommandiert, aber erst jetzt begriff er, daß es absolut nichts mit Blödheit zu tun hatte. Ganz im Gegenteil, es war eine wichtige Tätigkeit, und man hatte ihn wegen seiner Tüchtigkeit dorthin beordert.

Er war schon vor der Leiche in der Pathologie, was ihm sehr verdienstvoll erschien. Allerdings war er dort nicht allein.

Er begriff nicht ganz, wie es dazu gekommen war, aber mehrere der Besucher dieses unangenehmen Vormittags waren schon da, und er tat sein Bestes, um die erhitzten Gemüter zu beschwichtigen.

Da war das Ehepaar Johnsson, das es nicht lassen konnte, davon zu träumen, den Schwiegersohn in der Pathologie des

Karolinenkrankenhauses zu finden, statt in seinem Harem in Bahrein. Da war eine neue Pflegerin mit dem alten Flößer Egil Högberg, der ununterbrochen »mein Sohn, mein Sohn« murmelte. Und da war Justine Lindberger, die junge Frau aus dem Außenministerium, die ihren abwesenden Gatten so heftig vermißte.

Als der alte Kauz Sigvart Qvarfordt aus dem widerwärtigen Nest des Kühlraums herauslugte und Norlander kurz zunickte, hatte dieser schon beschlossen, Justine Lindberger als erste zu nehmen. Sie hatte sich nach dem morgendlichen Zusammenbruch offensichtlich erholt, aber Norlander hatte dennoch dafür gesorgt, daß medizinisches Personal in der Nähe war.

Er führte sie behutsam in den Kühlraum. Im Unterschied zu dem Nichtidentifizierten vom Freihafen hatte man die neue Leiche noch nicht in einer Kühlbox untergebracht, sondern sie lag, mit einem kommuneeigenen Laken bedeckt, auf einer Bahre mitten im Raum. Qvarfordt war dageblieben, um darüber zu wachen, daß sein zukünftiges Arbeitsmaterial nicht zu Schaden kam, und er war es, der das Laken für Justine Lindberger lüftete.

Der neu angekommene Tote war fast so jung wie der Nichtidentifizierte. Sein dunkles Haar stand in gespenstischem Kontrast zu dem weißblauen Gesicht, das vom Wasser leicht aufgedunsen war – und er hatte zwei kleine Löcher im Hals.

Justine Lindberger stieß einen pfeifenden Laut aus, nickte und rannte hinaus in den Flur. Das Personal vor der Tür stand bereit und fing sie auf. Bevor die Spritze, die in ihren Arm eindrang, ihre Wirkung tat, gelang es Norlander, die überflüssige Frage zu stellen: »Haben Sie den Toten erkannt?«

»Es ist mein Mann«, sagte Justine Lindberger schwach. »Eric Lindberger.«

Dann machte ein stoßweise ankommender Nebel Justine Lindbergers langem, furchtbarem Tag ein barmherziges Ende.

18

Die Kampfleitzentrale hatte endlich ihre Anführungszeichen verloren. Das entscheidende Merkmal war das Flipchart, das den Platz hinter Hultins Katheder eingenommen hatte. Visualisierung war angesagt. Die Filzschreiber lagen da und vibrierten in den Startlöchern.

Der Kentuckymörder war wieder am Werk. Zwei eindeutige Opfer waren im Laufe weniger Stunden zu dem ersten, wahrscheinlichen hinzugekommen. Die Dinge waren in Bewegung geraten, möglicherweise in eskalierende Bewegung.

Es war kurz vor 21 Uhr. Alle waren zur Stelle. Niemand kam auf die Idee, sich über unpassende Arbeitszeiten zu beklagen.

Jan-Olov Hultin zerrte an seinen Papieren herum. Dann hatte er die Blätter sortiert, stand auf, ergriff einen Filzschreiber und begann. »Also«, sagte er neutral und zeichnete Vierecke und Pfeile. »Um 8 Uhr 10 am dritten September kommt der Kentuckymörder in Stockholm an, unter dem Namen Edwin Reynolds, nachdem er in der Nacht den Literaturkritiker Lars-Erik Hassel auf dem Flughafen Newark bei New York ermordet hat. Nach der Ankunft muß er sich ziemlich umgehend nach Riala in Roslagen begeben haben; der Grad der Verwesung des Körpers des Drogendealers Andreas Gallano läßt vermuten, daß er vor einer guten Woche ermordet wurde, was ziemlich genau mit der Ankunft des Kentuckymörders in Schweden übereinstimmt. Andreas Gallano war aus Hall geflohen und hatte sich offenbar in einer Hütte verschanzt, die, über diverse Strohmänner, dem Steuerflüchtling Robert Arkaius gehört. Arkaius war vorübergehend der Geliebte von Gallanos Mutter. Was in der Hütte im einzelnen geschehen ist, wissen wir nicht, außer daß der Kentuckymörder Gallano mit den bewährten Methoden umgebracht hat. Es gibt Anlaß zu der Annahme, daß er anschließend eine gute Woche dort gewohnt hat, mit einer immer stärker stinkenden Leiche im Keller. Daß er sich fast unmittelbar in ein so perfektes Versteck begeben hat, deutet auf frühere Kontakte zu Gallano oder zu seinem Drogensyndikat hin, was genau überprüft werden muß. Was passierte dann? Jetzt wird es kompliziert. Gallanos beiger Saab wird in der Nähe des Tatorts eines Doppelmords gefunden. Er kann dort schon längere Zeit gestanden haben, aber momentan deutet alles darauf hin, daß der Kentuckymörder vorgestern nacht, also in der Nacht zum 12. September, mit Gallanos Wagen zum Freihafen gefahren ist und dort zwei weitere Menschen ermordet hat, zunächst einen bisher nicht identifizierten Mann, den wir nach amerikanischem Muster John Doe nennen, mit vier Schüssen ins Herz, dann den dreiundreißigjährigen Angestellten im Außenministerium Eric Lindberger mit den gewohnten zwei Zangen. Zur gleichen Zeit, als Hjelm und Chavez Gallano entdeckten, wurde Lindbergers Leiche im Lidingöer Segelklub gefunden, und zwar von dem pensionierten Direktor Johannes Hertzwall. Eric Lindberger hat die gleichen Vampirbisse am Hals wie Gallano und Hassel. Qvarfordts vorläufige Untersuchung hat ergeben, daß er ungefähr zum gleichen Zeitpunkt starb wie unser John Doe, also vor knapp vierundzwanzig Stunden, und der Segelklub liegt ziemlich nah beim Freihafen. Es ist also äußerst wahrscheinlich, daß Eric Lindberger der Tote ist, der nach Zeugenaussage um halb drei Uhr nachts von einem Mann mit Strumpfmaske in einem etwa zehn Jahre alten Volvo Kombi mit einer Autonummer, die mit B anfängt, verstaut wurde.«

Hultin machte eine Pause und sah sich um. Die Schüler saßen kerzengerade da und fixierten die sich grauenhaft ausdehnende Zeichnung auf dem Flipchart. Hultin fuhr fort: »Folgendes Szenario wäre möglich: Der Kentuckymörder fährt zum Freihafen, um zwei wahrscheinlich genauestens geplante Morde zu begehen. Er fährt mit Gallanos Wagen dorthin, hat aber irgendwo noch einen anderen stehen. Er erledigt seine Vorhaben in einem verlassenen Kellerloch, wickelt die Opfer in Decken und ist dabei, sie in den anderen Wagen zu laden, als er von einer Truppe wahrscheinlich betrunkener Juristen auf Abwegen überrascht wird. Er bekommt also nur eine Leiche, Lindberger, in den Kofferraum. Die andere, unser fünfundzwanzigjähriger John Doe, bleibt liegen. Überzeugt davon, daß sein Wagen der Polizei gemeldet wird, meint er, verdammt schnell das Weite suchen zu müssen, rast nach Lidingö, wirft sein Opfer ein bißchen achtlos ins Wasser und verduftet.«

»Dann setzt du voraus«, sagte Gunnar Nyberg, »daß der Einbruch im Lager von LinkCoop nichts mit der Sache zu tun hat.«

»Ich bringe einen mißglückten Einbruch in ein Warenlager einfach nicht unter. Hat jemand eine Idee? Nicht? Nein, ich glaube, der Einbruch ist für uns ohne Bedeutung. Eine Möglichkeit wäre allerdings, daß der Einbruch mißglückt ist, weil die Diebe ein bedeutend schlimmeres Verbrechen beobachteten und abgehauen sind.«

»Oder vielleicht so«, sagte Kerstin Holm auf ihre nachdenkliche Art. »Du hast wahrscheinlich recht damit, daß sein Vorgehen gut geplant war, aber nur im Falle Lindbergers. Der Arme bekam ja tatsächlich die Zangen im Hals zu spüren. Aber wenn der Kentuckymörder nun auch hinter den Herzschüssen steckt, dann ist es das allererste Mal, daß er sein Muster durchbricht. Man könnte sich vorstellen, daß unser John Doe *der Einbrecher* ist und daß er erschossen wird, als er den Mörder dabei ertappt, wie er sein Opfer vorbeischleppt, und der ihn entdeckt. Ich schätze, daß der Lindberger-Mord geplant war, der John-Doe-Mord nicht.«

Hultin nickte. Dann wechselte er die Spur: »Back to basics now. Warum ist der Kentuckymörder nach Schweden gekommen? Offenbar kannte er Gallano von irgendwoher, aber war Gallano wirklich *das Ziel* der Auswanderung? Hat er tatsächlich unmittelbar ausgeführt, weswegen er hergekommen ist – Gallano zu töten –, und der Rest hat nur mit neuem Blutdurst zu tun? Nach neun klaustrophobischen Tagen mit dem sich verstärkenden Leichengestank wurde das Bedürfnis zu stark: Es war an der Zeit, es wieder zu tun. Oder war Gallano eher Mittel als Ziel? War im Gegenteil Eric Lindberger das Ziel?

Der merkwürdige Tatort deutet darauf hin; man fährt ja nicht einfach mitten in der Nacht in den menschenleeren Freihafen und sucht nach Opfern. Nein, er *wußte*, daß Lindberger dort sein würde. Also muß Eric Lindberger auch genauestens überprüft werden.«

»Es ist doch absolut nicht sicher, daß Lindberger dort war«, sagte Kerstin Holm. »Er kann ihn dort hingebracht haben. Entweder er wählte ihn zufällig in der Stadt als Opfer aus, betäubte ihn und brachte ihn an einen einsamen Platz, wo es die entsprechenden Räumlichkeiten gab, oder sie hatten sich aus irgendeinem Grund verabredet, und Lindberger kam freiwillig mit. Sowohl das Opfer als auch der Ort können durchaus zufällig ausgewählt worden sein.«

Hultin nickte; er begann sich daran zu gewöhnen, daß seine Szenarien zerrissen wurden. Verlor er langsam den Überblick? War es an der Zeit, dem Copiloten das Steuer zu übergeben? Und Kerstin Holm war in diesem Fall sehr klar der Copilot.

»Wir müssen den Tatort finden«, sagte er nur. »Es gibt wahrscheinlich Hunderte von Räumen in dem Viertel um den Platz herum, an dem wir John Doe gefunden haben.«

»LinkCoop liegt ja am nächsten dran«, sagte Nyberg. Der Besuch in Täby wollte ihm nicht aus dem Kopf gehen.

Hultin sammelte Kräfte. »Wir wissen trotz allem zu wenig über den Kentuckymörder«, sagte er langsam. »Du hast ja den besten Überblick, Kerstin. Es fehlt sicher noch viel.«

»Wenn wir eine Chance haben wollen, die Schweden-Connection zu finden, dann müssen wir schnell sein und ständig das FBI und Ray Larner konsultieren, das ist meine Einschätzung. Es ist nicht sicher, daß die Amerikaner eine schwedische Connection erkennen würden, auch wenn sie ihnen ins Gesicht springt. Sie wissen kaum, wo Schweden liegt. Schweizer Uhren und Eisbären auf den Straßen ...«

Holm machte eine kleine Pause und fuhr dann in einer anderen Richtung fort: »Diesmal ist er uns entwischt, nicht zuletzt dank deiner verirrten Juristen. Wir können Gallano überprüfen, soviel wir wollen, das Drogensyndikat, Lindberger, das Außenministerium, LinkCoop, aber ich glaube, der einzig vernünftige Weg ist der amerikanische. Wir müssen wissen, wer er ist und warum er nach Schweden gekommen ist, dann können wir ihn fangen. Anders wohl kaum.«

»Jetzt haben wir die Bestätigung dafür, daß er hier ist«, sagte Hultin. »Das Geld der Steuerzahler für eine Amerikareise zu verschwenden, bevor wir sicher sind, war unmöglich. Jetzt haben wir eine Menge Material – auch übrigens dem FBI anzubieten. Morgen gehe ich rauf zu Mörner und versuche die Genehmigung zu kriegen, zwei von euch in die USA zu schicken. Zunächst die, die am meisten Materialkenntnis hat, dich Kerstin, und noch eine, hmm«, murmelte er und warf Hjelm einen bissigen Seitenblick zu, »eine tatkräftigere Person.«

Hjelm zuckte zusammen. Gegen seinen Willen war er äußerst zerstreut, gerade jetzt, wo alles in Gang kam. Er war mit einer grausam gefolterten und verfaulten Leiche in einem Keller in der Wildnis konfrontiert worden und sollte in der Nacht nach Hause und herausfinden, ob sein Sohn drogenabhängig war. Und da kam die Mitteilung von einer USA-Reise, und ausgerechnet mit Kerstin. Das war doch etwas viel.

»Lagnmyr ist hinter dir her«, sagte Hultin ausdruckslos. »Das ist ein guter Anlaß, zu verschwinden.«

»Soll ich in die USA?« fragte Hjelm verwirrt. »Und wer zum Teufel ist Lagnmyr?«

»Svante Ernstsson hat, so gut es ging, den Kopf hingehalten«, sagte Hultin ungerührt, »aber Lagnmyr hat das ganz klar durchschaut. Ich glaube noch nicht mal, daß er den geplatzten Dealerbeobachtungsposten kannte, aber er mag dich nicht, soviel ist sicher. Also zisch ab in die USA. Erzähl Larner von euren KGB-Ideen. Das kommt sicher gut an.«

»Aber ich kann nicht in die USA fahren«, fuhr Hjelm noch immer im Zustand der Verwirrung fort. »Das Ganze spielt sich doch hier ab.«

»Wir werden sehen, wie es wird«, sagte Hultin glättend. »Pack auf jeden Fall Papas Koffer. Eine provisorische Arbeitsverteilung für heute abend sieht ungefähr so aus: Paul und

Kerstin in die USA, Jorge nimmt Gallano, Gunnar kümmert sich um LinkCoop, Viggo um John Doe und Arto um Lindberger und das Außenministerium. Klingt das akzeptabel?«

Niemand sagte etwas. Es war mittlerweile auch spät geworden.

»Noch eins«, sagte Hultin gedämpft. »Wir können die Sache nicht länger vor den Medien geheimhalten. Jetzt geht es los. Man könnte wohl sagen, wir treten in ein anderes gesellschaftliches Klima ein. Die Stimmung wird hochgepeitscht, die Schlagzeilenhetze beginnt. Hunderttausende von neuen Schlössern werden in ganz Schweden angebracht werden, Tausende von Waffen werden vorsichtshalber angeschafft, legal und illegal, und die Wachgesellschaften werden neue Rekordgewinne einfahren. Bis jetzt waren die amerikanischen Serienmörder eine exotische, aber entfernte Bedrohung. Auf einen Schlag kommen wir dem amerikanischen Gesellschaftsklima erschreckend nahe. Der letzte Hauch von relativer Unschuld wird im Tornado des allgemeinen Mißtrauens verschwinden. Niemand wird sich mehr trauen, über seine Schulter zu sehen.«

Hultin beugte sich über sein Pult nach vorn. »Der Teufel ist hier, meine Damen und Herren, und auch wenn wir ihn fangen, wird kein Exorzist das wieder austreiben können, was er mit ins Land gebracht hat.«

19

Mit einem geliehenen Polizeischirm als einzigem Schutz, aparterweise mit einem ganzen Meer von Polizeilogos bedruckt, wanderte Paul Hjelm durch die Norsborgnacht. Der Regen schien für immer bleiben zu wollen. Das einzige, was die pechschwarzen Nachtwolken zu bieten hatten, war die Vorahnung einer Sintflut, die immer öfter in seinem Bewußtsein auftauchte.

Was war mit Schweden geschehen? Das kleine Bauernland am Polarkreis, dessen Volksbewegungen einst die erste Demokratie hervorgebracht hatten, die sich wirklich bis tief ins Volk hinein auswirkte, es aber nie befreit hatten, das sich aus den Schrecken des Zweiten Weltkrieges herausgemogelt hatte, kehrte all seine Schandtaten unter den Teppich, bekam fabelhafte Vorteile gegenüber anderen europäischen Ländern und konnte es sich leisten, selbstgerecht als Weltgewissen zu agieren, bis die Länder, die nicht von innerer Trägheit gehemmt waren, es einholten; da war nicht nur Schluß mit dem höchsten Lebensstandard der Welt, sondern auch mit dem Weltgewissen. Eine merkwürdige, naive, deterministische Überzeugung, daß sich alles dennoch immer zum Besten fügt, führte dazu, daß man sich während der achtziger Jahre mehr als irgendein anderes Land dem internationalen Kapital auslieferte und es freier wüten ließ. Der unvermeidliche Zusammenbruch war eigentlich nur eine Fortsetzung des totalen und zielbewußt herbeigeführten Kollapses jeglicher politischen Führung durch die launischen Winde des elektronisch beflügelten Kapitals. Alle mußten für den Knall bezahlen – nur die Unternehmen nicht. Während sich das Land am Rande des Konkurses bewegte, maximierten die Großunternehmen des Landes ihre Gewinne. Die Finanzierung wurde den Privatleuten aufgebürdet, was zu Lasten des Gesundheitswesens, des Bildungswesens, der Kultur ging – zu Lasten alles auf lange Sicht Unabdingbaren. Die kleinste Andeutung, daß die Unternehmen sich vielleicht ganz, ganz minimal daran beteiligen sollten, den Schaden zu bezahlen, den sie angerichtet hatten, rief einstimmige Drohungen hervor, ins Ausland abzuwandern. Die Bevölkerung wurde unisono dazu gezwungen, an Finanzprobleme zu denken. Die schwedische Volksseele wurde von allen Seiten bis zum Bersten mit finanziellen Überlegungen angefüllt, bis nur noch sehr, sehr kleine Räume zu füllen blieben – und darin fand sich meistens nichts anderes als Lotterien, Wetten und Scheißunterhaltung im Fernsehen. Die Liebe wurde durch idealisierte Soaps auf der einen und Kabelfernseh-Porno auf der anderen Seite ersetzt, der Hunger nach einer Form von Geistigkeit wurde mit schnell verpackten New-Age-Lösungen gesättigt, alle Musik, die die Öffentlichkeit erreichte, war maßgeschneidert für den Verkauf, die Medien stahlen die Sprache und machten sich selbst zur Norm, die Werbung stahl die Gefühle und lenkte sie von ihren wahren Objekten ab, der Drogenmißbrauch nahm kräftig zu. Die neunziger Jahre waren für das Kapital ein Probelauf für eine Zukunft, in der Horden von Langzeitarbeitslosen in Schach gehalten werden mußten, damit sie nicht auf die Barrikaden gingen. Betäubende Unterhaltung, Drogen, die die Pflege erübrigen, ethnische Konflikte, um den Zorn in eine andere Richtung zu lenken, Genmanipulation, um zukünftigen Pflegebedarf zu minimieren, ein Ausrichten aller Kräfte auf den allmonatlichen Balanceakt des eigenen Überlebens – bedurfte es noch weiterer Druckmittel, um die durch Jahrtausende entwickelte menschliche Seele zu ruinieren? Gab es noch irgendwo gefährliches Terrain, wo ein freies, kreatives und kritisches Denken aufgehalten und umgelenkt werden konnte, bevor es Blüten trieb?

Die Machtmorde waren eine Reaktion gewesen, aber eine gezielte Reaktion. Die blind um sich schlagende gewissenlose Gewalt war im Land noch nicht gesichtet worden, dieses extrem frustrierte und eiskalte, mitleidlose Agieren gegen alles und alle. Aber jetzt hatte es begonnen. Alles würde sich verändern – und das war nur logisch. Man hat nicht die freie Wahl, wenn man sich auf Importe vom Herrscher des Weltalls einläßt. Wenn man sich entscheidet, eine ganze Kultur zu importieren, dann bekommt man auch die Schattenseiten, früher oder später.

Durch den undurchdringlichen Regen erkannte Paul Hjelm vage die erleuchteten Konturen der Bausünden, von der Städteplanung dazu gedacht, die letzten Reste menschlicher Würde zu töten. Er blieb stehen, klappte den Regenschirm mit dem illusorischen Signum der Ordnungsmacht zusammen und ließ die Sintflut auf sich niedergehen. Wer war er, daß er den ersten Stein werfen könnte?

Er schloß fest die Augen. Waren wirklich nur noch Ruinen übrig von der schlichten Privatmoral, die wirkte, ohne daß man sie sah, die Gutes tun wollte, ohne es zu zeigen? Was du dir von anderen wünschst, das tue auch für sie.

Er hatte vorgehabt, sich am Ende des Tages einen Dienstwagen geben zu lassen, aber jetzt war er auf dem Weg ins Ursprungsland der Gegenwartskultur und würde ihn nicht brauchen. Er setzte sich wieder in Bewegung. Er lief. Er lief durch den prasselnden Regen, den zusammengefalteten Schirm unterm Arm. Er mußte laufen, bis die Erschöpfung stärker war als alle unheilvollen Gedanken. Als er vor der Tür seines Reihenhauses ankam, war das Ziel erreicht. Er stolperte in den Flur, und sein Schnaufen hatte ein beunruhigendes Nebengeräusch, das er nicht richtig wiedererkannte. Die Lichter waren aus, es war schon nach elf Uhr. Aus dem Wohnzimmer kam ein schwacher Lichtschimmer, ausnahmsweise nicht vom Fernseher, eher ein flackerndes Flämmchen. Er blieb im Flur stehen, bis sein Atem wieder einigermaßen normal klang. Er zog die Lederjacke aus und hängte sie an die überfüllte Flurgarderobe. Dann ging er hinein und schaute um die Ecke.

Danne saß da und wartete. Kein MTV, kein Comicheft, kein Computerspiel. Nur Danne und eine kleine Kerzenflamme.

Paul rieb sich mit den Handballen die klatschnassen Augenhöhlen trocken, bevor er dem Blick seines Sohnes begegnen konnte. Es ging dennoch nicht. Der Blick seines Sohnes war nicht vom Tisch wegzulocken, von der kleinen Wärmeflamme, die in einer Eisgrotte aus Glas flackerte.

Ohne ein Wort setzte er sich neben seinen Sohn auf das Sofa.

Ein paar Minuten absoluter Stille vergingen. Keiner von ihnen wußte, wie er anfangen sollte; also fing keiner an.

Schließlich flüsterte Danne – mit einer Stimme, die verweint klang: »Er hat mich einfach mitgeschleppt. Ich wußte nicht, wohin wir wollten.«

»Ganz sicher?« fragte Paul Hjelm nur.

Danne nickte. Es war wieder eine Weile still. Dann gelang es dem Vater, einen Arm um die Schultern seines Sohnes zu legen. Danne rückte nicht weg.

Erwachsen zu werden bedeutet nur, seine Unsicherheit besser verbergen zu können.

»Ich hab ein bißchen zuviel gesehen«, sagte Paul leise. »Nur ein paarmal, und das Leben ist tatsächlich zerstört. Das darf nicht passieren.«

»Das wird es auch nicht.«

Am Anfang war der Himmel, die Sonne, der Mond, der Wald, das Meer. Die Blicke der ersten Menschen sahen all dies. Dann kam das Feuer, das zu Tode erschreckte und nach und nach gezähmt wurde und zum Begleiter des Menschen wurde. Die kleine Flamme vor ihnen wurde ein Lagerfeuer. Der Klan war darum versammelt. Es ging um das Überleben des Stammes. Sie blieben vor dem Anblick des uralten Bildes sitzen, das die Erinnerung an das Blut wachrief.

Böses Blut kehrt wieder.

Sie standen auf. Ihre Blicke trafen sich.

»Danke«, sagte Paul Hjelm, ohne zu wissen, was er meinte.

Sie bliesen die Flamme aus und gingen gemeinsam die Treppe hinauf.

Als Paul die Tür zum Schafzimmer öffnete, sagte Danne: »Du warst sehr ... cool heute.«

»Ich war zu Tode erschrocken.«

Er fühlte paradoxerweise einen leisen Stolz, als er sich durch das stockfinstere Schlafzimmer tastete. Er sparte sich Waschen und Zähneputzen und kroch direkt ins Bett neben Cilla. Er brauchte ihre Wärme.

»Was war mit Danne?« murmelte sie.

»Nichts«, sagte er. Und er meinte es auch.

»Du bist eiskalt«, sagte sie, ohne von ihm wegzurücken.

»Wärm mich«, sagte er.

Sie lag still und wärmte ihn. Er dachte plötzlich an die bevorstehende Amerikareise und all die damit verbundenen Komplikationen. Eigentlich wollte er das Leben so einfach haben wie gerade jetzt. Kinder, über die man sich freuen konnte, und eine Frau, an der man sich wärmen konnte.

»Ich verschwinde morgen in die USA«, sagte er, um sie ein wenig zu testen.

»Ja«, sagte sie im Schlaf.

Er lächelte. Der Regenschirm war zusammengefaltet, und er war trocken. Für den Moment.

20

Arto Söderstedt vermißte die Sonne normalerweise nicht. Er war ein Liebhaber von Nuancen und hatte herausgefunden, daß sich die Art und Weise, wie die Neuzugezogenen Stockholm genossen, in einer Grauzone zwischen der oberflächlichen Faszination der Touristen und dem trägen Gewohnheitsblick der Ureinwohner befand. Die Sonne förderte beide Verhaltensmuster, während das tiefer gehende Genießen der Neuzugezogenen einen gewissen Grad an Bewölkung erforderte, gerade so viel, daß die Farben zu ihrem Recht kamen, ohne von der Sonne ausgelöscht zu werden. Darüber, daß seine Theorie etwas mit seiner Sonnenüberempfindlichkeit zu tun haben könnte, hatte er noch nicht nachgedacht.

Aber jetzt reichte es mit der Bewölkung. Er stand an einem seiner Lieblingsplätze in der Stadt und sah mit Mühe und Not die Hand vor Augen, keinesfalls aber die Oper auf der einen

Seite oder den Palast des Erbfürsten auf der anderen. Darauf steuerte er nun zu, unter seinem affigen Teddy-Regenschirm, den er aus Versehen von zu Hause mitgenommen hatte; er sah die Miene seiner zweitjüngsten Tochter vor sich, wenn sie in ein Meer von Polizeilogos hinaufblickte. Als er die ehrwürdige Treppe hinaufstieg, konnte er nicht umhin zuzugeben, daß er die Sonne wirklich vermißte.

Er war kein eifersüchtiger Typ, aber es kränkte ihn doch, daß er nicht für die USA-Reise in Frage gekommen war; immerhin war er der Experte für Serienmörder. Statt dessen stapfte er jetzt die ewigen Stufen der Feldarbeit sogar bis zur Rezeption des Außenministeriums hinauf.

Die Empfangsdame teilte ihm gemessen mit, daß Justine Lindberger krank sei, Eric Lindberger verstorben sei und daß man im gesamten Außenministerium einen Trauertag ausgerufen hatte. Söderstedt unterließ es, ihr zu sagen, daß diese Information überflüssig war, nicht nur, weil er an dem Fall arbeitete, sondern auch, weil er Augen im Kopf hatte. All dies war nämlich von jeder Morgenzeitung und von allen Morgensendungen des Radios verbreitet worden. Nicht einmal ein Schlafwandler hätte es geschafft, nicht mitzubekommen, daß der furchtbare Kentuckymörder nach Schweden gekommen war, ebensowenig die Tatsache, daß die Polizei dies schon seit fast zwei Wochen wußte, ohne ein Wort darüber zu verlieren und den Bürgern die Chance zu geben, sich zu schützen. Söderstedt hatte acht professionelle Meinungsmacher gezählt, die gefordert hatten, die Köpfe der verantwortlichen Polizeibeamten müßten rollen.

»Haben die Eheleute Lindberger in derselben Abteilung gearbeitet?«

Die Empfangsdame, eine mißtrauische Frau um die Fünfzig, saß hinter ihrer Glasscheibe und sah aus wie das Werk eines modernen Velazquez, ein durch und durch wirklichkeitsgetreues, aber dennoch ungeheuer boshaftes Abbild einer aussterbenden Klasse. Söderstedt kam trotz allem zu der Ansicht, daß er die aussterbenden den heutigen stromlinienförmigen Exemplaren vorzog. Die Frau blätterte mit deutlich zur Schau getragenem Widerwillen in einem Ordner.

Nach großer und fast ächzender Mühe antwortete sie: »Ja.«

Eine sorgfältig überlegte Antwort, dachte Söderstedt und fuhr fort: »Wer ist ihr nächster Vorgesetzter?«

Noch mehr Ächzen, Mühe und Anstrengung. Dann: »Anders Wahlberg.«

»Ist er im Hause?«

»Jetzt?«

Nein, am ersten Dienstag nach Himmelfahrt vor zwei Jahren, dachte Söderstedt und sagte mit einschmeichelndem Lächeln: »Ja.«

Dann wiederholte sich die Prozedur von extremer Anstrengung, die in diesem Fall darin bestand, zwei Tasten auf einem Computer zu drücken. Nach dieser fast übermenschlichen Arbeitsbelastung konnte die Frau nur noch ein vollkommen atemloses Ja hervorbringen.

»Glauben Sie, ich kann mit ihm sprechen?«

Es war der Blick, dem vor langer Zeit Plantagenbesitzer mit Ochsenziemern begegnet waren. Die schwarze Sklavin wurde noch einmal gezwungen, sich zu erniedrigen. Sie drückte nicht weniger als drei Tasten der Haussprechanlage und brachte mit dem letzten Rest ihrer gepeinigten Stimme heraus: »Die Polizei.«

»Aha?« schnarrte eine verständnislose Männerstimme aus dem Hörer.

»Geht es?«

»Jetzt?«

»Ja.«

»Ja.«

Das Endergebnis dieses inspirierenden Dialogs war, daß Söderstedt durch einen von Kristallkronleuchtern erhellten Flur nach dem anderen wanderte und sich zwölfmal verlief. Schließlich fand er die ehrwürdige Tür, hinter der sich Außenrat Anders Wahlberg aufhielt. Er klopfte an.

»Herein«, ertönte eine Donnerstimme aus der Tiefe des Raums.

Arto Söderstedt betrat ein elegantes Vorzimmer mit stummer Sekretärin und sah dahinter ein noch eleganteres Büro mit Aussicht auf Strömmen. Anders Wahlberg war Ende Fünfzig und trug seine Korpulenz mit demselben offensichtlichen Stolz wie seinen minzgrünen Schlips, der aussah wie das Lätzchen der jüngsten Tochter nach beendeter Fütterungsschlacht.

»Arto Söderstedt«, sagte Arto Söderstedt. »Reichskriminalamt.«

»Wahlberg«, sagte Wahlberg. »Ich habe gehört, daß es um Lindberger geht. Was für eine Geschichte! Eric kann in der ganzen weiten Welt keinen Feind gehabt haben.«

Söderstedt setzte sich, ohne zu zögern, auf einen Stuhl, direkt gegenüber Wahlbergs kandelabergeschmücktem Mahagonischreibtisch. »Was war Lindbergers Arbeitsbereich?«

»Beide Eheleute sind auf die arabische Welt spezialisiert. Sie haben sich hauptsächlich mit dem Handel mit Saudi-Arabien beschäftigt und an unserer Botschaft dort gearbeitet. Jung und vielversprechend. Die Topdiplomaten der Zukunft, alle beide. Dachte man. War es wirklich ein amerikanischer Serienmörder?«

»Es sieht so aus«, sagte Söderstedt kurz. »Wie alt sind sie? Oder waren?«

»Justine ist achtundzwanzig, Eric war dreiunddreißig. Mit dreiunddreißig zu sterben ...«

»Das war die durchschnittliche Lebenserwartung im Mittelalter.«

»Sicherlich«, sagte Wahlberg verwundert.

»Haben sie immer zusammen gearbeitet?«

»Im Prinzip, ja. Sie hatten etwas unterschiedliche Vorgaben bei ihren Geschäftskontakten. Aber abgesehen davon, waren ihre Aufgaben vergleichbar: den Handel zwischen Schweden und in erster Linie Saudi-Arabien zu erleichtern. In enger Zusammenarbeit mit Wirtschaftsvertretern beider Länder.«

»Unterschiedliche Vorgaben?«

»Eric hatte vor allem die großen schwedischen Exportunternehmen auf seiner Liste, Justine die etwas kleineren. Einfach ausgedrückt.«

»Sind sie immer zusammen gereist?«

»Nicht immer, nein. Es gab viele Reisen hin und her, und sie waren nicht immer so aufeinander abzustimmen.«

»Und absolut keine Feinde?«

»Nein. Absolut keine. Nicht die geringsten Unregelmäßigkeiten im Protokoll. Einwandfreie und gediegene Arbeit, generell. Ihnen gehörte die Zukunft, könnte man sagen, wenn es nicht jetzt so makaber klänge. Justine hätte dieser Tage wieder hinunterfliegen sollen, aber ich gehe davon aus, daß sie es jetzt nicht schafft. Es war geplant, daß Eric noch ein paar Monate von zu Hause aus arbeiten sollte. Nun bleibt er zu Hause, in Ewigkeit, Amen.«

»Wissen Sie, was das Ziel von Justines Reise ›dieser Tage‹ war?«

»Nicht im Detail. Sie sollte mich eigentlich heute informieren. Irgendein Problem mit einem neuen Gesetzesentwurf für den Handel mit Kleinunternehmen. Treffen mit saudischen Regierungsvertretern.«

»Und Sie können sich Erics Tod beim besten Willen nicht anders als durch Zufall oder Schicksal erklären?«

Anders Wahlberg schüttelte den Kopf und sah dann auf den Schreibtisch hinunter. Er wirkte, als müsse er weinen. »Wir waren Freunde«, sagte er. »Er war wie ein Sohn für mich. Wir hatten am Wochenende eine Verabredung zum Golf. Es ist unbegreiflich, fürchterlich. Wurde er – gefoltert?«

»Ich fürchte, ja«, sagte Söderstedt und fand, daß sein mitleidiger Ton falsch klang. Er wechselte zu einem etwas barscheren: »Ich muß Sie wohl nicht daran erinnern, wie wichtig es ist, daß wir diesen Mörder erwischen? Gibt es noch etwas, an das Sie sich erinnern, dienstlich oder privat, das von Bedeutung sein könnte? Die geringste Kleinigkeit kann wichtig sein.«

Es gelang Wahlberg, seine Trauer hinter die Maske des wahren Diplomaten zu schaufeln. Er schien nachzudenken. »Mir fällt nichts ein. Privat waren sie wohl das einzige wirklich glückliche Paar, das ich überhaupt kenne. Es gab eine natürliche Zusammengehörigkeit zwischen ihnen. Ich habe keine eigenen Kinder, und ich werde ihn vermissen, wie man einen Sohn vermißt. Ich werde sein Lachen vermissen, seine natürliche Integrität, seine bescheidene Ruhe. Scheiße.«

»Fällt Ihnen ein Grund dafür ein, warum er sich um halb drei Uhr nachts im Freihafen aufhielt?«

»Nein. Das klingt völlig verrückt. Er hat kaum mal freitags nach der Arbeit allein ein Bier getrunken. Wollte immer direkt nach Hause zu Justine.«

»Ich müßte mir mal sein Büro ansehen. Und wenn Sie dafür sorgen könnten, daß alle seine Computerdateien kopiert und an mich geschickt werden, wäre ich Ihnen besonders dankbar.«

Anders Wahlberg nickte stumm und erhob sich. Er ging auf den Flur und wanderte schwerfällig ein paar Türen weiter in Richtung Treppe. Dann hielt er inne, zeigte auf eine Tür und wandte sich ab. Söderstedt sah der schweren Gestalt nach, bis sie wieder in ihrem Trauerraum verschwunden war. Er trat ein paar Schritte zur Seite. Rechts neben Eric Lindbergers Büro war Justines. Die Eheleute hatten buchstäblich nebeneinander gelebt und gearbeitet. Er betrat Erics Büro.

Es war kleiner als Wahlbergs, hatte kein Vorzimmer, und die Aussicht war nicht Strömmen, sondern die Fredsgata. Eine Tür führte ins Zimmer seiner Frau. Söderstedt stellte fest, daß sie unverschlossen war.

Er verschaffte sich einen schnellen Überblick über den Schreibtisch. Ein mäßiges Durcheinander, nicht mehr. Ein Hochzeitsfoto mit einer sehr jungen dunkelhaarigen Justine und einem etwas älteren, aber ebenso dunkelhaarigen Eric. Sie lächelten das gleiche breite Lächeln, und es schien nicht im geringsten so aufgesetzt wie das Genre es nahelegt, eher professionell eingeübt, und dennoch natürlich. Das glückliche Paar machte den Eindruck, als gehöre es von Geburt an und aus nie in Frage gestellter Gewohnheit dem höheren Bürgertum an, mit voller Kontrolle über alle gebührende Etikette. Keiner von beiden sah aus, als habe er besonders hart für seine Karriere kämpfen müssen, sondern beide wirkten wie die geborenen Diplomaten.

Obwohl er vielleicht zu weitreichende Schlüsse aus einem Standardfoto zog.

Außerdem fand er überall verstreute Aufzeichnungen, auf offiziellem Briefpapier des Ministeriums ebenso wie auf gelben Merkzetteln und in einem Terminkalender von der dickeren Sorte. Söderstedt suchte den korrekten Begriff – irgend etwas mit »fax«, Filofax, hieß es nicht so? Jedenfalls sammelte er alles zusammen, stopfte es in seine Aktentasche, öffnete die Zwischentür und begab sich in Justines Zimmer. Es war so gut wie identisch mit dem ihres Mannes.

Er inspizierte auch ihren Schreibtisch, den das gleiche Hochzeitsfoto zierte – oder eher ein anderes aus derselben Serie. Beider Lächeln war hier etwas schwächer, etwas weniger selbstgefällig; eine vage Unruhe schwebte über ihnen, eine Störung. Der kleine Unterschied zwischen den Fotos sprach Söderstedts extrem gutentwickelten Sinn für Nuancen an.

Wie bei ihrem Mann, so lagen auch hier auf diverse Papiere gekritzelte Notizen auf dem Tisch und in den Schubladen, in denen er herumwühlte, obwohl das kaum als legal zu bezeichnen war. Er schrieb die zum Teil kryptischen Aufzeichnungen ab und zog ein dem von Eric gleichendes Filofax aus einer Schreibtischschublade. Er sah sich weiter im Raum um. In einer Ecke fand er, was er suchte: einen Minikopierer. Er kopierte etwas nervös den Terminkalender für den letzten und den nächsten Monat; das sollte reichen. Er packte die Kopien und die Abschriften zu dem schon beschlagnahmten Material in die Aktentasche und legte Justine Lindbergers Terminplaner wieder dorthin, wo er ihn gefunden hatte. Dann kehrte er ins Zimmer von Eric Lindberger zurück, trat auf den Korridor und trabte die Treppe hinunter. Er nickte der Empfangsdame gut gelaunt zu, sie jedoch sah aus, als hätte sie Hundescheiße gegessen. Er spannte den gloriosen Teddy-

Regenschirm auf und stürzte sich hinaus in den strömenden Regen.

Er hatte den Dienst-Audi auf der anderen Seite von Gustav Adolfs Torg parken müssen, beim Opernhaus, und lief nun quer über den Platz, die Aktentasche an den Körper gepreßt. Der Teddy-Regenschirm schützte kaum mehr als seinen Schädel. Er sprang in den Audi und öffnete die Aktentasche. Er blätterte die blassen Kopien von Justine Lindbergers Terminplaner durch, um für das Treffen mit der jungen Witwe ein paar Trümpfe in der Hand zu haben. Er hoffte, sie nicht ausspielen zu müssen.

Dann wendete er den Wagen in Richtung Strömmen, fuhr am Opernkeller vorbei, überquerte Blasieholmen und Nybrokajen, fuhr die Sibyllegata hinauf und bog beim Armeemuseum rechts in die Riddargata ein. Der alberne Ballon, in dem sich den ganzen Sommer über Touristen hatten herumfahren lassen, war immer noch da, sah aber im Regen total verlassen aus.

Ein Stück den Hügel hinauf hielt er an, parkte grob ordnungswidrig vor dem Lieferanteneingang eines Geschäfts und hastete in einen Hauseingang, wo er, vor dem Regen geschützt, neben dem Namensschild »Eric und Justine Lindberger« auf einen Knopf der Gegensprechanlage drücken konnte. Nachdem er viermal geklingelt hatte, hörte er ein schwaches: »Ja?«

»Justine Lindberger?«

»Nicht wieder die Presse, hoffe ich?«

»Die Polizei. Kriminalinspektor Arto Söderstedt.«

»Kommen Sie herein.«

Der Türöffner summte, und er trat ein, kletterte sechs fahrstuhllose Treppen hinauf und traf Justine Lindberger in der Tür stehend an. Viggo Norlander hatte nicht übertrieben, als er ihre spröde Schönheit mit ziemlich unpoetischen Worten beschrieben hatte. Söderstedt zog es vor, sie sich als langbeinige arabische Prinzessin vorzustellen, die auf einem weißen Pferd durch die Wüste preschte. Er schämte sich ein wenig dieser klischeehaften ersten Assoziation.

»Söderstedt«, keuchte er und wedelte mit seinem Polizeiausweis. »Ich hoffe, ich störe nicht allzusehr.«

»Kommen Sie herein«, sagte sie noch einmal. Ihre Stimme war vom vielen Weinen geschwächt.

Die Wohnung sah ungefähr so aus, wie er es erwartet hatte, durchgestylt elegant, exklusiv, aber nicht protzig, eher streng, delikat. Im stillen tastete er nach Adjektiven.

Er wurde zu einem Ledersofa gewiesen, das absolut unbenutzt aussah. Es war selbstverständlich bequem bis an die Schlafgrenze. Justine Lindberger setzte sich auf die Kante eines stilvollen Sprossenstuhls auf der anderen Seite des zitronenfarbenen flachen Glastischs im Wohnzimmer. Eine Glastür führte auf einen Balkon mit Aussicht auf Nybroviken und Skeppsholmen.

»Mein Beileid«, sagte er gedämpft. »Ist die Presse sehr lästig?«

»Es ist furchtbar«, sagte sie.

»Ich will mich bemühen, es so kurz wie möglich zu machen«, begann Söderstedt und fuhr fort: »Haben Sie irgendeine Idee, was der Anlaß dafür gewesen sein könnte, daß Ihr Mann ermordet wurde?«

Sie schüttelte langsam den Kopf. Bisher war sie seinem Blick sorgsam ausgewichen, wie auch jetzt wieder. »Nein«, sagte sie. »Wenn es sich um einen Serienmörder handelt, dann war es wohl ein Zufall. Der grausamste, den man sich vorstellen kann.«

»Und es gibt keine andere Möglichkeit? Nichts im Zusammenhang mit Ihren Kontakten zur arabischen Welt?«

»Unsere Kontakte waren äußerst friedlich.«

»Sie sollten am Freitag nach Saudi-Arabien fliegen. Welchen Auftrag hatten Sie?«

Sie begegnete endlich seinem Blick. Ihre dunkelbraunen Augen waren voller Trauer, aber einen kurzen Augenblick lang erschien es ihm, als gäbe es eine noch tiefere Trauer in ihnen, eine Schuld, die noch tiefer war als die, die der Überlebende dem toten Partner gegenüber immer empfindet; all das

Ungetane, das ungetan bleiben würde, alles, worüber man hätte reden sollen, was man aber aufgeschoben hatte. Es war mehr als das, dessen war er sich sicher, aber ihr Blick wich seinem aus, bevor er ihn festhalten konnte.

»Es ging um Detailfragen bezüglich einiger neugegründeter saudischer Importlager, um die Konsequenzen für schwedische Kleinunternehmen. Was sollte das mit der Sache zu tun haben?«

»Sicher gar nichts. Ich muß mir nur die Situation klar vorstellen können. Gibt es zum Beispiel jemanden, der ein Interesse daran haben könnte, daß Sie zu dem Treffen nicht erscheinen, was wohl der Fall sein wird?«

Sie nickte schwer und lange.

Dann begegnete sie wieder seinem Blick, und vielleicht gab es da einen kleinen neuen Funken in ihren Augen. »Meinen Sie, daß es sich *nicht* um den – wie haben Sie ihn genannt – Kentuckymörder handelt?«

Sie spuckte das Wort regelrecht aus.

»Ich versuche nur, eine Alternative zum Zufall zu finden«, erwiderte Söderstedt sanft.

»Es ist meine Aufgabe, die Geschäfte schwedischer Unternehmen in Saudi-Arabien zu erleichtern – auf Kosten einheimischer Unternehmen. Ich bin zur Zeit die einzige, die voll über die Situation informiert ist, und meine Abwesenheit könnte zu gewissen Konkurrenzvorteilen für Unternehmen aus anderen Ländern führen.«

»Welche Branchen werden von diesen neuen saudiarabischen Gesetzen berührt?«

»Vor allem die Maschinenbauindustrie. Aber es geht um viel zu kleine Veränderungen, als daß es eine Form von Gewalt motivieren könnte, und schon gar nicht einen Mord.«

Söderstedt nickte und änderte den Kurs: »Wie würden Sie Ihr Verhältnis beschreiben? Ihre Beziehung zu Ihrem Mann?«

»Es war sehr gut«, sagte Justine direkt. »Sehr, sehr gut. In jeder Hinsicht.«

»Ist es nicht schwierig, mit seinem Ehemann zusammenzuarbeiten?«

»Im Gegenteil. Wir haben ein gemeinsames Interesse. Hatten. Vergangenheit«, schrie sie plötzlich, stand auf und lief hinaus auf die Toilette. Er hörte die Hähne so wild rauschen wie auf einer japanischen Oberklassetoilette.

Söderstedt stand auf und wanderte durch die Wohnung. Sie war viel größer, als der erste Eindruck hatte vermuten lassen. Er ging und ging, es nahm kein Ende, und dann war er plötzlich wieder am Ausgangspunkt. Es gab drei Eingangstüren im Treppenhaus, also umfaßte die Lindbergersche Wohnung die gesamte Etage, die ursprünglich in drei Wohnungen unterteilt war. Er hatte mindestens zehn Zimmer gezählt. Drei Toiletten. Zwei Küchen. Warum zwei Küchen?

Natürlich war ihm bekannt, daß Angestellte des Außenministeriums ein gutes Grundgehalt bekamen und daß die Zulagen es möglicherweise fast verdoppelten, aber eine solche Wohnung mußte an die fünf Millionen Kronen gekostet haben, wenn nicht mehr. Höchstwahrscheinlich war hier von beiden Seiten ein hübscher Batzen Familienkapital investiert worden.

Er setzte sich wieder und sah aus, als habe er sich nicht vom Fleck gerührt, als sie zurückkam.

Ihr Gesicht war leicht gerötet und sah frisch gewaschen aus. Im übrigen wirkte sie unverändert. »Ich bitte um Entschuldigung«, sagte sie und kehrte auf die Kante des weißen Sprossenstuhls zurück.

»Das macht doch nichts«, sagte er großzügig. »Sie haben keine Kinder?«

Sie schüttelte den Kopf. »Ich bin erst achtundzwanzig. Wir hatten noch viel Zeit.«

»Das hier ist eine ziemlich große Wohnung für zwei Personen ...«

Sie begegnete seinem Blick, sofort in Verteidigungsposition. »Wollen wir nicht lieber bei der Sache bleiben?« fragte sie bissig-rhetorisch.

»Tut mir leid, aber wir müssen über die Erbfragen sprechen. Wie ist es? Erben Sie alles?«

»Ja. Ja, ich erbe alles. Glauben Sie, ich hätte meinen eigenen Mann gefoltert? Glauben Sie, ich hätte ihn eine höllische Stunde da sitzen und leiden lassen, während ich zwei widerwärtige Zangen in seinen Hals gestochen hätte?«

Aha, dachte er. Jetzt Öl auf die Wogen. »Verzeihen Sie mir«, sagte er. »Es tut mir leid.«

Das reichte nicht ganz. Sie war aufgestanden und schrie fast. Eine zunehmende Panik steigerte ihre Stimmfrequenz. »Kleine Leute wie Sie können nicht die geringste Ahnung davon haben, wie sehr ich ihn geliebt habe. Und jetzt ist er tot, weg, für immer. Ein verdammter Irrer hat meinen Geliebten gefoltert und ihn ins Meer geworfen. Können Sie sich überhaupt vorstellen, was er durchgemacht hat in dieser grauenhaften Stunde? Ich weiß, daß ich das letzte Bild war, das er vor sich gesehen hat, ich muß mich damit trösten, daß ihn das getröstet hat. So muß es gewesen sein. Es war meine Schuld, daß er gestorben ist! Ich hätte sterben sollen, nicht er! Er ist statt meiner gestorben!«

Während die Wortflut über ihn hereinbrach, hatte Söderstedt sich zum Telefon bewegt. Er wollte gerade einen Krankenwagen anrufen, als Justine Lindberger abrupt verstummte und sich setzte.

Sie rang zwar noch die Hände im Schoß, aber sie war plötzlich ruhig genug, um ihm mitzuteilen: »Ich habe im Bad ein paar Beruhigungstabletten genommen. Sie fangen an zu wirken. Machen Sie weiter.«

»Sind Sie sicher?«

»Ja. Machen Sie weiter.«

Söderstedt kehrte verlegen zum Sofa zurück und setzte sich. Jetzt hockte auch er auf der vorderen Kante. Er versuchte, schnell und richtig zu schalten: »Was haben Sie damit gemeint, daß Sie statt seiner hätten sterben sollen?«

»Er war der glücklichere Mensch von uns beiden.«

»Nur deshalb?«

»Das ist nicht wenig. Die Welt hätte weniger verloren, wenn ich statt seiner gestorben wäre.«

Söderstedt dachte an den haarfeinen Unterschied zwischen den Hochzeitsfotos auf den Schreibtischen der Eheleute und frohlockte insgeheim, weil er ins Schwarze getroffen hatte. »Können Sie das ein bißchen ausführen?«

»Alles ging so leicht für Eric, er glitt sorglos durch die Welt. Ich tue das nicht. Überhaupt nicht. Mehr wollte ich gar nicht sagen.«

Söderstedt hütete sich zu drängen; er war beunruhigt genug über ihren Zustand. Statt dessen fragte er: »Können Sie sich einen Grund vorstellen, warum er sich um halb drei Uhr nachts im Freihafen aufhielt?«

»Absolut nicht. Ich glaube auch nicht daran. Er muß gezwungen worden sein.«

Er wechselte schnell wieder die Spur, zielstrebig, aber auch verwirrt: »Wie ist die Situation in Saudi-Arabien zur Zeit?«

Sie sah ihn verwundert an.

»Wie meinen Sie das?«

»Wie sieht es zum Beispiel mit dem Fundamentalismus aus?«

Sie wirkte leicht mißtrauisch, antwortete aber professionell: »Es gibt ihn. Aber zur Zeit stellt er kein nennenswertes wirtschaftliches Hindernis dar. Er wird von den Regimen in Schach gehalten, oft mit ziemlich harten Mitteln.«

»Was ist mit den Frauen? Gibt es nicht wieder häufiger Schleierzwang?«

»Sie dürfen nicht vergessen, daß der Fundamentalismus eine volksnahe Bewegung ist und daß das, was, mit westlichen Augen betrachtet, wie Zwang wirkt, nicht immer einer ist. Wir sind zu schnell dabei, anzunehmen, daß unsere Normen die allein selig machenden sind. Es gibt tatsächlich immer noch bedeutend mehr Menschen, die sich mit der linken Hand den Hintern abwischen, als solche, die mit der rechten Hand grüßen.«

»Sicher«, sagte Söderstedt und nahm Anlauf. »Aber ist es nicht so, daß der Golfkrieg einen ganz anderen Effekt hatte als den beabsichtigten? Die Amerikaner haben sich auf Saddam Hussein eingestellt, der fast ein säkularisierter Diktator ist, haben hemmungslos Zivilisten ermordet, Frauen und Kinder, haben Saddam an der Macht gehalten, die Moslems zusammengeschweißt und in Saudi-Arabien wegen des Öls so viele Ressourcen zerstört, daß ein großer Teil des Geldes dem arabischen Fundamentalismus zugute kam. Saudi-Arabiens Fundamentalisten sind ja die reichsten und die am besten organisierten in der ganzen arabischen Welt, die Spinne in einem weltumfassenden Netz, und das in höhstem Maße mit amerikanischen Mitteln. Ist das nicht Ironie des Schicksals?«

Justine Lindberger starrte den merkwürdigen, kreideweißen, feingliedrigen, finnlandschwedischen Polizeibeamten sprachlos an, der offenbar nichts dagegen hatte, freimütig seine politischen Theorien auszubreiten.

Schließlich sagte sie bedächtig: »Vielleicht sollten Sie Politiker werden.«

»Nein, danke«, sagte Arto Söderstedt.

21

Zuerst der Regen, die nicht enden wollende Sintflut, das ewig trommelnde Dunkel, das jeden Funken von Klarheit ertränkte, die Nässe, die in jeden Winkel eindrang und alles verschimmeln ließ, Löcher fraß. Dann schnell bis zum Kern, bis zur Urquelle, ein bebendes, brüllendes Inferno, der Geburtsort der Sintflut, der eigentliche Ursprung der Fäulnis, ein tieferes Dunkel, unbegreiflich bis auf den Grund. Und dann hinaus auf der anderen Seite, zu Klarheit, Frieden, Licht, zum Überblick, der das frühere Dunkel so klein, entfernt und greifbar erscheinen ließ.

Paul Hjelm wünschte sich, daß das Leben wie ein Flugzeug wäre, das bei Herbststurm abhebt.

Oder daß zumindest dieser Fall so wäre.

Die Sonne war so blendend wie die Dunkelheit für einen Schneeblinden. Sie beleuchtete die Oberseite der Wolkenmassen und ließ sie in einer Art renaissancehaftem Bronzeton glänzen. Wie bei Rembrandt.

Er konnte sich von dem Farbenspiel nicht losreißen; er hatte es so lange vermißt. In Wirklichkeit hatte das Herbstunwetter nicht länger als ein paar Tage gedauert, aber die Wirklichkeit hatte nichts damit zu tun – der Regen hatte auf einen Schlag alles ausradiert, was an den Sommer denken ließ. Seine Erinnerung reichte ungefähr bis zur Ankunft des Kentuckymörders in Schweden zurück. Alles, was davor lag, war in Dunkel gehüllt.

Er hoffte, daß die sukzessive Begegnung mit der Sonne während der Flugstunden eine zeitlose Klarheit beinhalten würde; sie würden ungefähr zur gleichen Zeit landen, zu der sie gestartet waren. Wenn sie nicht abstürzten.

Er litt kaum unter Flugangst – dennoch bedeuteten die Sekunden, wenn die Beschleunigung nicht mehr zunahm und die Maschine vom Boden abhob, immer eine tiefe Erschütterung, als würde man sein Leben vorbehaltlos in die Hände eines Unbekannten übergeben.

Erst nach einer Viertelstunde selbstvergessener Faszination kam er überhaupt auf die Idee, sich Kerstin Holm zuzuwenden. Als er es schließlich tat, war sie immer noch da draußen. Er erkannte den Gesichtsausdruck, den er an sich selbst nie gesehen hatte, den er aber, wie er sich jetzt sagte, auch gehabt haben mußte. Erst als der Getränkewagen vorbeigeschoben wurde, wechselten sie einigermaßen normale Blicke. Aber Worte hatten sie noch lange nicht.

Hier hatte er gesessen, der Serienmörder, vielleicht genau auf diesem Platz, und hinausgestarrt, nicht in die blendende Sonne, sondern in das ebenso blendende Dunkel. Was hatte er gedacht? Was hatte er empfunden, erlebt? Er hatte gerade einen Menschen ermordet – was strömte durch seine verdunkelte Seele?

Und warum war er nach Schweden gekommen? Trotz allem lag dort die Lösung dieses eigentümlich unbegreiflichen Falls. Paul Hjelm versuchte, in groben Zügen zu rekapitulieren. Ende der siebziger Jahre beginnt ein Mann in Amerika, Menschen zu ermorden. Er tut es auf eine Weise, die an eine Foltermethode erinnert, die von einem Sonderkommando in Vietnam angewandt wurde: Es lief unter dem Codenamen Commando Cool. Die Opfer, zuerst achtzehn Personen in vier Jahren, sind zum großen Teil bis heute nicht identifiziert. Die meisten der Identifizierten sind Akademiker, sowohl Ausländer als auch Amerikaner. Das FBI konzentriert sich auf den Leiter der Spezialeinheit in Vietnam, Wayne Jennings, möglicherweise sucht man auch vergeblich nach dem unbekannten Befehlshaber des Commando Cool, der unter der Bezeichnung Balls läuft. Jennings stirbt bei einem Autounfall, nachdem sechzehn Morde begangen sind. Anschließend folgen noch zwei, dann gibt es ein Time-out von einem guten Jahrzehnt. Danach fängt es wieder an. Alles deutet darauf hin, daß es derselbe Täter ist. Jetzt bewegt er sich im Nordosten der USA, vor allem in New York. Und jetzt werden sämtliche Opfer identifiziert. Sie kommen aus völlig verschiedenen Milieus. Das Muster erscheint jetzt eher zufallsgesteuert. Nach dem sechsten Mord der neuen Runde, dem vierundzwanzigsten insgesamt, Opfer ist der Schwede Lars-Erik Hassel, verläßt er plötzlich das Land und kommt mit falschem Paß nach Stockholm. Dort nistet er sich in der abgeschiedenen Hütte des Drogendealers Andreas Gallano nördlich von Stockholm ein. Nach letzten Informationen ist sie vollkommen frei von Fingerabdrücken und Fasern, pedantisch gereinigt. Nach einer guten Woche verläßt er die Hütte in Gallanos Wagen und läßt den ermordeten Gallano zurück, der mit den Methoden umgebracht wurde, die der Serienmörder zu seinem Markenzeichen gemacht hat. Wahrscheinlich verläßt er die Hütte bei Nacht und fährt zum Freihafen, um weitere zwei Menschen zu ermorden: den Angestellten im Außenministerium Eric Lindberger sowie wahrscheinlich einen bisher nicht identifizierten Vierundzwanzigjährigen. Lindberger wird auf die altbekannte Weise zu Tode gefoltert, während der Unbekannte, genannt John Doe, erschossen wird. Das ist der einzige bekannte Fall, in dem der Mörder von seiner gewohnten Methode abweicht und statt dessen eine Schußwaffe verwendet. Wahrscheinlich steigt er neopatriotisch vom Saab auf einen zehn Jahre alten dunkelblauen Volvo Kombi um, dessen Kennzeichen mit B beginnt. Seitdem hat er sich nicht bemerkbar gemacht.

Wie zum Teufel paßte das alles zusammen?

»Wie zum Teufel paßt das alles zusammen?« fragte Kerstin Holm. Das waren die ersten Worte, die zwischen ihnen fielen, seit sie in Arlanda mit Kurs auf New York gestartet waren. Sie waren offensichtlich auf einer Wellenlänge.

»Ich weiß es nicht«, sagte Paul Hjelm.

Dann war es still.

Die Sonne schien blind und scheinbar jahreszeitenlos vor der vibrierenden Plexiglasscheibe des Flugzeugfensters; es hätte ebensogut eine Winter- wie eine Sommersonne sein können – und es war eine Herbstsonne. Sie befanden sich mitten in einem herausgehobenen Augenblick. Es war eine Zeitreise, die einzig mögliche. Die Zeit verging und verging doch nicht. Es war ein Ort für Kontemplation.

Er hatte einen Drink nehmen, Musik hören und ein Buch lesen wollen. Das alles mußte warten.

Und Hypothesen? Sogar die mußten warten. Es ging eher darum, eine Offenheit herzustellen, eine kritische Aufnahmebereitschaft für all die Informationen und all die Eindrücke, die in der neuen Welt unvermeidlich auf sie einströmen würden. Es ging darum, die Fragen am Leben zu erhalten, sie nicht zu schnell zu beantworten. Denn es gab so viele Fragen.

Warum mordet er? Ist der Grund nach der Pause derselbe wie davor? Warum macht er diese fast fünfzehnjährige Pause? Ist es wirklich derselbe Mörder? Warum haben alle das Gefühl, daß er irgendwie doch kein klassischer Serienmörder ist? Warum wurde Lars-Erik Hassel auf dem Flughafen ermordet? Warum fliegt der Mörder nach Schweden? Warum benutzt er den Paß eines Zweiunddreißigjährigen, obwohl er an die Fünfzig sein muß? Wie findet er Gallanos Hütte in Riala? Warum wechselt er im Freihafen den Wagen? Will er möglicherweise sogar, daß Gallanos Leiche über seinen Wagen aufgefunden wird – sogar Lindbergers Leiche ist ja leicht zu finden? Ist es trotz allem so, daß er, wie die meisten Serienmörder, der Öffentlichkeit seine Kunst zeigen will? Warum ermordet er den Angestellten im Außenministerium? Was macht Lindberger mitten in der Nacht im Freihafen? Wo wird er ermordet? Hat der fehlgeschlagene Einbruch im Lager des Computerunternehmens LinkCoop etwas mit dem Fall zu tun? Warum erschießt er John Doe, statt ihn zu foltern? Wer zum Teufel ist dieser John Doe, der in keinem internationalen Archiv auftaucht? Stellen wir die richtigen Fragen?

Die letzte Frage war vielleicht die wichtigste. Gab es eine selbstverständliche Verbindung zwischen all diesen Fragen, etwas, was so selbstverständlich war, daß man es nicht sah, bevor man eine gewisse Höhe erreicht hatte und aus dem glasklaren Sonnenlicht in die Dunkelheit hinunterblickte?

Gerade jetzt hatte er nicht das Gefühl.

Aber sie waren jedenfalls auf dem Weg.

22

Eine Wespe war ins Zimmer gekommen, um zu sterben. Wie sie das Unwetter der letzten Tage überlebt hatte, war ein Rätsel. Vielleicht hatte sie es eher tot als lebendig geschafft, sich in irgendeinem muffigen Hohlraum zu verstecken, dort aber nicht sterben können. Statt dessen kam sie mit gezücktem Stachel heraus, bereit, noch bis zum letzten Augenblick ihres Lebens zu verletzen, bereit, auch nach ihrem eigenen Tod noch zu töten. Eine vom Tod gezeichnete Überlebende, die alle Sinne außer dem sechsten verloren hatte, dem sechsten, dem Mördersinn.

Die Wespe drehte ziellos ein paar Runden unter der Decke, unbeeindruckt von Hitze oder Licht. Sie summte; es war nicht mehr das typische Summen einer Wespe, es war dumpfer, durchdringender. Dann schoß sie herab, ein letzter Kamikaze-Angriff mit gezücktem Stachel. Sie kam näher.

Chavez gab ihr den Gnadentod mit einer präzisen Rückhand. Der vergilbte Expressen schickte die Leiche in die Ecke unter dem pumpenden alten Matrizendrucker; der Stachel stak aus dem zusammengekrümmten Körper heraus. Dort würde das Insekt sicher bis zum nächsten Jahr liegenbleiben, wenn ein leichter Frühlingswind sie als eine Anhäufung von Staub preisgeben würde, die nur aus alter Gewohnheit zusammenhielt.

Ab und zu fixierte er sie, wenn ihm eine blitzartige, aber wortlose Einsicht kam. Für eine kurze Sekunde meinte er, glasklar den Kern des Falls zu erkennen.

Dann kam die Wirklichkeit und überdeckte die Klarheit in Form einer anwachsenden Computerliste, die sich auf dem Boden über der Wespe aufrollte – ein Schwall alltäglicher Routinearbeit verhüllte den genialen Einfall des Detektivs.

Der Drucker hörte auf zu drucken. Chavez stand auf, riß die Liste ab, raufte sich die Haare und betrachtete seine Zukunft wie in einer äußerst trivialen Kristallkugel. Sie zeigte eine Liste dunkelblauer Volvo Kombis mit einer Autonummer, die mit B begann, und die war lang, erstaunlich lang. Er fühlte sich gelangweilt, bevor er überhaupt begonnen hatte.

Es waren sämtliche dunkelblauen Volvo Kombis mit einer Autonummer, die mit B begann, die es in Schweden gab. Er würde damit anfangen, alle zu streichen, die älter als fünfzehn und jünger als fünf Jahre waren. Dann würde er die Auswahl noch weiter einschränken, indem er sich auf Stockholm und das Umland konzentrierte. Und dann würde er etwa bei sechzig oder siebzig angekommen sein – das war zu bewältigen.

Jorge Chavez warf die Liste vor sich auf den Schreibtisch und holte seine eigene Liste hervor. Darauf schrieb er als Punkt drei »Volvoscheiß«. Punkt eins war »Hüttenscheiß«, nämlich bei möglichst hellem Tageslicht zu der Alptraumhütte in Riala zurückzufahren und den dort tätigen Technikern beizustehen, die zu ihrer beredten Verwunderung nicht ein einziges Haar am Tatort gefunden hatten und deshalb ihre Suche intensiv fortsetzten. Punkt zwei war »Hallscheiß«, was bedeutete, sich nach Hall zu begeben und mit Andreas Gallanos Mitgefangenen zu sprechen und seine Hinterlassenschaft durchzugehen, die sich seit seiner Flucht vor einem Monat noch dort befand.

Chavez hatte also eine Niete gezogen, auf der Gallano stand, und als sei das nicht schon genug, hatte man ihm außerdem den verdammten Volvo zugeteilt. Es war das Erbe von Kerstin, und er konnte nicht verhindern, daß er einen Stich von neidvollem Groll ihr gegenüber verspürte; er und Hjelm hätten verdammt noch mal bedeutend mehr beim FBI ausrichten können. Immerhin waren sie es, die eine Strähne erwischt hatten: erst Laban Hassel, dann Andreas Gallano.

Nicht so ganz im stillen fragte er sich, was er getan hatte, um diese Deppenaufgabe zu verdienen. *Er* hatte schließlich in Arlanda keine Kleinkinder umgerannt und bei der Paßkontrolle keine Bräute angegrapscht. *Er* war nicht zu einer Säuberungsaktion à la Charles Bronson nach Tallin verschwunden und auf den Bodenplanken geendet wie eine gefallene Version des erstgeborenen Sohnes. Dennoch saß er hier mit dem schlimmsten Scheißauftrag, während Norlander seine wenigen Gehirnzellen in tiefe Falten legte und den zweitspannendsten Auftrag versaute: sich um John Doe zu kümmern. *Das* war ein Job für den richtigen Mann – und Norlander war definitiv nicht der richtige Mann.

Chavez' sehr zurückhaltender Vorschlag zu tauschen, hatte ihm zwei Dinge eingebracht: einen eisig neutralen Blick von Hultin und eine Liste von zweihundert dunkelblauen Volvos.

Er schaltete mit der Fußspitze die Kaffeemaschine in der Ecke ein und fixierte den Filter, bis sich der erste Tropfen unter die frisch gemahlenen kolumbianischen Bohnen mischte. Dann wanderte sein Blick quer über den Schreibtisch, wo Hjelm glänzte, allerdings nur durch seine Abwesenheit.

Der Mann mit dem Goldhelm, dachte Chavez maliziös. Rembrandts Fälschung. Das vielleicht meistbewunderte Gemälde des Meisters, das, wie sich herausstellte, von einem anonymen Lehrling stammte.

Er vermißte ihn schon.

Dann seufzte er tief, versuchte das Kunststück, sich Kaffee einzuschenken, während das heiße Wasser noch durchlief, und tauchte ab ins Volvo-Inferno.

Die Zukunft gehörte nicht ihm.

23

Die Nichtzeit war vergangen. Die Stunden, die es nicht gab, waren vorbei. Sie landeten in Newark bei sengender Vormittagssonne, die das unüberschaubare System von Start- und Landebahnen umfing; aus der Luft betrachtet, flimmerten sie wie die verhedderte Angelschnur eines ungeübten Fliegenfischers in der Morgensonne.

Paul und Kerstin hatten während des Fluges nicht viele Worte gewechselt, und das kam nicht nur daher, daß sie über den Fall nachgegrübelt hatten; die Störungen zwischen ihnen schienen weiterhin zuzunehmen – obwohl keiner von beiden besonders viel darüber nachdachte.

Sie wurden durch die Paßkontrolle befördert und gelangten in die riesige Ankunftshalle. Eine Menge Menschen standen da und hielten Schilder mit den Namen ihrer unbekannten Gäste hoch. Nachdem sie ein paar Minuten über die Sache diskutiert hatten, kamen sie zu dem Schluß, daß das Schild in der Hand eines großgewachsenen Uniformierten mit dem von Lewis Carroll inspirierten Text »Jalm, Halm« sich an sie richten mußte. Das berühmte Komikerpaar Jalm & Halm grüßte den Giganten artig, dessen Namen sie als Jerry Schonbauer deuteten, und wurde weiter zum Gepäcklaufband geführt. Dort wartete ein ebenso gut gekleideter, aber etwas weniger steifer und etwas weniger FBI-typischer Schwarzer um die Fünfzig. Während der riesige Schonbauer seinen Platz in der Hierarchie gleich hinter ihm einnahm, streckte der farbige Mann ihnen mit einem unverfälscht willkommen heißenden Lächeln die Hand entgegen und sagte:

»Ray Larner, FBI. You must be officers Jalm and Halm from Stockholm.«

»Paul Hjelm«, sagte Jalm.

»Kerstin Holm«, sagte Halm.

»So he's started now?« sagte Larner mit einem bedauernden Lächeln. »A pair of fresh eyes is probably what this case needs.«

»It's basically a matter of adding our information to your vast archive of knowledge«, sagte Kerstin mit einschmeichelnder Bescheidenheit.

Larner nickte bedächtig. »Wie Sie wissen, habe ich dieser Figur einen großen Teil meines Arbeitslebens gewidmet. Trotzdem weiß ich immer noch nicht, was er eigentlich erreichen will. Er ist der geheimnisvollste aller Serienmörder. Bei den meisten findet man ziemlich schnell ein ungefähres Motiv und ein psychologisches Profil, aber K. weicht von fast allen gängigen Normen ab. Sie haben meinen Bericht ja gelesen.«

Sie nickten. Larner nannte den Kentuckymörder K., wie der Unbekannte in FASK, Chavez' Internet-Kontakt unter den Serienmörderfans. Fans of American Serial Killers. Es schauderte sie; ein gemeinsames Schaudern.

Das Gepäckband kam in Bewegung. Es hustete auf, und dann tröpfelte das Reisegepäck von etwa hundert Menschen in einem stetigen, aber langsamen Strom vorbei. Es dauerte drei Viertelstunden, bis ihre beiden kleinen Taschen, die man wahrscheinlich ausgezeichnet als Handgepäck hätte mitnehmen können, angerollt kamen, Seite an Seite. Während der ganzen Zeit stand Ray Larner absolut cool da und trieb Konversation mit den Gästen, nicht ein einziges Mal zeigte er auch nur das geringste Anzeichen von Ungeduld. Entweder hatte er die Wartezeit in seinem Arbeitsplan einkalkuliert, oder es war ganz einfach ein Charakterzug von ihm, den sie erlebten, derselbe Charakterzug, der es ihm psychologisch möglich gemacht hatte, ein ganzes Leben ein und demselben Ziel zu widmen, eine ungerührte Geduld, die sicher eine stiernackige Zielstrebigkeit verbarg.

Sie sprachen über die Sommerhitze in New York, über das hiesige neue, erfolgreiche Modell zur Verbrechensbekämpfung, »community policing«, über die Struktur des schwedischen Polizeiwesens und dessen merkwürdige Schwerpunkte, über das Stockholmer Herbstwetter und ganz am Rande auch über das FBI und den Kentuckymörder. Sobald das Gespräch Dinge berührte, die nicht in der Öffentlichkeit diskutiert werden sollten, steuerte Larner elegant wie ein Lotse in den Schären an den Untiefen vorbei.

Während des gesamten Gesprächs betrachtete Hjelm Larner. Seine Körpersprache sagte etwas anderes als die offizielle dunkle FBI-Uniform. Es war, als bäten seine kontrolliert muntere Entspanntheit und seine geschmeidigen, exakten Bewegungen um Entschuldigung für seinen Aufzug. Hjelm machte sich den Spaß, seinen gewohnten Vergleich zwischen erwartetem und realem Aussehen anzustellen. In erster Linie hatte er nicht erwartet, daß Larner schwarz war; dahinter verbarg sich natürlich ein ganzes Bündel von Vorurteilen. Aber er hatte auch nicht erwartet, daß er noch so engagiert sein würde, nach all den Mißerfolgen mit dem guten K.; die erfolglose Jagd von zwanzig Jahren, die Verfolgung des offensichtlich unschuldigen Commando-Cool-Leiters Wayne Jennings, die mit dessen Tod endete, das darauf folgende Gerichtsverfahren und die Degradierung, schließlich der Neubeginn, als die Geschichte wieder anfing. Aber Larner schien neben sich selbst zu stehen und das Spektakel mit einem nachsichtigen Lächeln zu betrachten. Er schien die Gottesgabe zu besitzen, zwischen Arbeit und Privatleben zu unterscheiden; er hatte in gewisser Weise die Ausstrahlung eines glücklichen Privatmanns.

Nicht ganz unerwartet nahm sich Jerry Schonbauer der beiden Taschen an. In seinen Händen sahen sie aus wie Kosmetiktäschchen.

»Was halten Sie von folgendem Plan?« fragte Larner rhetorisch. »Zuerst fahren wir Sie zum Hotel, damit Sie sich nach der Reise frisch machen können, dann gehen wir zum Lunch in meine Lieblingskneipe, und heute nachmittag fangen wir mit der Arbeit an. Aber zuerst«, sagte er und nickte zu Schonbauer, der mit ihren Taschen auf den in der Ferne winkenden Ausgang zusteuerte, »ein kleines Sightseeing auf dem Newark International Airport.«

Sie verließen das Gepäckband und begaben sich in die eigentliche Flughafenhalle. Hjelm hielt einen Moment inne, als er das monumentale Gewölbe sah, dachte mit weit aufgerissenen Augen laut: »So hoch!« und hatte das Gefühl, die Szene wiederzuerkennen. Dann joggte er hinter Holm und dem elegant führenden Larner her. Sie wanderten einen Kilometer, vielleicht mehr, durch eine überdachte Landschaft, die sich nie zu verändern schien, sogar der ständige Strom der Reisenden erschien statisch.

Schließlich blieben sie vor einer kleinen Tür mitten im Menschenmeer stehen. Larner zog ein Schlüsselbund hervor, fummelte einen Schlüssel ins Schloß und riß die Tür auf. Eine Besenkammer, das größere Modell. Leuchtröhren an der niedrigen Decke, saubere, ehemals weiße Wände, Regale mit pedantisch aufgereihten Putzutensilien, Lappen, Bürsten, Eimer, Handtücher. Sie gingen um die Regale herum und kamen in einen etwas offeneren Raum. Dort standen ein Stuhl und ein Schreibtisch, auf dem ein paar alte Brotscheiben lagen, weiter nichts, und an der Wand darüber war ein winziges Fenster, hinter dem startende und landende Flugzeuge ihre Riesenkörper vorbeischoben.

Hier hatte Lars-Erik Hassel die letzte Stunde seines Lebens verbracht.

Und was für eine Stunde.

Hjelm und Holm sahen sich um. Ein klinischer Raum, um dort eines klinischen Todes zu sterben.

Larner zeigte auf den Stuhl. »Das Original steht zur Zeit bei uns«, sagte er. »Abgesehen von Mister Hassels Körperflüssigkeiten gab es keine Spur. Das tut es nie.«

»Nie?« fragte Kerstin Holm.

»Als wir anfingen, gab es ja keine realen Möglichkeiten für eine DNA-Analyse«, sagte Larner mit einem Achselzucken. »Aber bei den sechs Morden der neuen Serie haben wir bestimmt nichts übersehen. Absolute Fehlanzeige. Als wäre er übermenschlich. K.«

Das letzte war nur ein Buchstabe, aber der Tonfall hob ihn in astronomische Höhen.

»Neun«, sagte Kerstin Holm.

Larner betrachtete sie eingehend und nickte schwer.

Hjelm blieb noch ein paar Sekunden zurück. Er wollte allein sein. Er setzte sich auf den Stuhl und sah sich um. Wie steril, wie amerikanisch steril und effektiv es hier aussah. Er schloß die Augen und versuchte, einen minimalen Zipfel des grauenhaften, lautlosen Schmerzes einzufangen, den diese Wände umschlossen hatten, versuchte, einen telepathischen Kontakt mit dem aufzunehmen, was hier noch von Lars-Erik Hassels Qualen im Raum hing.

Es funktionierte nicht.

Es war da, aber es lag jenseits aller Vorstellung.

Alles ging schnell. FBI-Agent Schonbauer chauffierte sie mit sicherer Hand durch ein Verkehrschaos von ungeahnten Dimensionen. Larner saß neben ihm und war halb eingeschlafen. Sie selbst saßen auf dem Rücksitz und fühlten sich klein, geschrumpft. Sie fuhren durch den riesenhaften Holland Tunnel unter dem Hudson River hindurch und kamen auf die Canal Street hinaus, bogen dann ziemlich bald nach links in Richtung SoHo ab. Sie fuhren die 8th Avenue hinauf und landeten schließlich bei einem kleinen Hotel namens Skipper's Inn, nahe beim Chelsea Park. Da der Parkplatz einer Swiftschen Utopie entsprach, wurden sie mit dem Hinweis auf der Straße abgesetzt, daß Larner in anderthalb Stunden wiederkommen würde. Sie erklommen die Treppe zu dem merkwürdig hohen, schmalen Haus, das wie ein Überbleibsel der Jahrhundertwende zwischen zwei bedeutend stärker glasperlenglitzernden Manhattan-Komplexen eingeklemmt stand.

Man gab ihnen zwei nebeneinanderliegende Zimmer, deren Fenster auf die West 25th Street hinausgingen. Mit diesen Zimmern belegten sie ein Viertel des sechsten Stockwerks der Herberge, der es tatsächlich gelang, eine Ähnlichkeit mit einem englischen Wirtshaus zu simulieren – oder besser mit zwei übereinandergestapelten. Die Zimmer waren eher niedlich, in ländlichem Stil, wenn man von dem Lärm hinter den Feuerglasfenstern absah, die sich nicht öffnen ließen. Statt dessen gab es eine Klimaanlage, der es, obwohl sie auf vollen Touren lief und mit dem Straßenlärm konkurrierte, nicht gelang, die Raumtemperatur unter Körpertemperatur zu senken.

Hjelm legte sich aufs Bett, das bedenklich schwankte. Er war noch nie in den USA gewesen, aber es gab zwei Dinge, die er mit dem Land verband: Klimaanlagen und Eiswürfel. Wo war das Eis? Er stand auf und begab sich zur Minibar. Der ganze obere Teil des kaschierten Kühlschranks war ein Gefrierfach voller Eiswürfel. Er nahm ein paar heraus, ging zurück zum Bett und balancierte die Eiswürfel wie Hörner auf der Stirn, bis sie zu Augendeckeln aus Eis wurden.

Wie er sich im Stockholmer Regen nach der Sonne gesehnt hatte! Jetzt sehnte er sich sofort nach dem Stockholmer Regen. Das Gras ist immer grüner auf der anderen Seite, dachte er abgedroschen; sein Gehirn fühlte sich matschig an.

In amerikanischen Filmen zeigte sich New York meist von zwei Seiten: entweder knisternd in einer hysterischen, aber glücklichen weihnachtlich verschneiten Atmosphäre oder wie ein ins Innere der Sonne versenkter Kessel. Jetzt verstand er, warum. Es war Mitte September und unendlich lange hin bis zum glücklichen Weihnachtsschnee.

Es gelang ihm, in das zwar heruntergekommene, aber *freundlich* heruntergekommene Bad zu gehen. Dort gab es eine Dusche in einer etwas mitgenommenen Badewanne, die er benutzte, ohne Kulturbeutel und frische Sachen bei sich zu haben, einfach hinein. Es war schon viel, daß er daran gedacht hatte, sich vorher auszuziehen. Als er fertig war, trocknete er sich nicht einmal ab, sondern ging direkt zum Waschbecken und begann zu trinken. Nach fünf Schlucken fiel ihm ein, daß er das Wasser vielleicht lieber nicht trinken sollte, und er begann zu spucken und zu prusten. Das einzige, was ihm noch gefehlt hatte, war ein richtig saftiger Touristendurchfall.

Er betrachtete sich im Spiegel. Wie es sich gehörte, war das Glas stilvoll gesprungen. Etwas verrutscht, leicht kubistisch, begegnete er seinem eigenen Blick. Das Mal auf der Wange war immer noch da; er dankte diversen Schöpfern, daß es nicht mehr gewachsen war. Anfangs war er richtig besorgt gewesen, daß es sich über das ganze Gesicht ausbreiten würde.

Warum mußte er in Kerstin Holms Anwesenheit immer an das Mal denken?

Er ging nackt ins Zimmer zurück. Als er die vier Meter zum Bett hinter sich hatte, war er schon trocken. Kaum hatte er sich aufs Bett gelegt, begann er schon wieder zu schwitzen. Er lag da und betrachtete sein Geschlecht. Einen Moment lang überlegte er, ob er onanieren sollte – das war immer eine Möglichkeit, sich einzugewöhnen –, aber die Voraussetzungen waren zu schlecht. Statt dessen versuchte er es mit einer passenden Atemtechnik, so kraftsparend wie möglich, und während er so übte, schlief er ein.

Wie auf Bestellung tauchte Kerstin auf. Er war in einem anderen Hotelzimmer. Er schlief und träumte in seinem Traum. Oder besser gesagt, er befand sich in seinem Traum in einem Zustand zwischen Wachen und Träumen. Da tauchte sie auf. Wie aus dem Nichts schritt die kleine dunkelhaarige Gestalt durch den Raum. Sie hatten früher am Abend über Sex gesprochen, ein wenig betrunken, aber offen, reif, modern. Es hätte keine weiteren Folgen haben müssen.

Er hatte zufällig – wenn man es zufällig nennen konnte – von seiner Lieblingsphantasie erzählt, und jetzt lag sie plötzlich neben ihm und onanierte, nur wenige Zentimeter von ihm entfernt. Sein Unterbewußtsein hatte pedantisch jede Bewegung gespeichert und seit einem Jahr darauf bestanden, sie nachts hervorzuholen, jede kleine Eigenheit ihrer Bewegungen, jedes Streicheln, und die Ansammlung von Wünschen und Begehren, die in jeder Bewegung enthalten war, es klopfte, und sie zog die Hand wie einen Rechen nach unten durch das Haardreieck, es klopfte, und sie spreizte sich langsam, langsam, es klopfte, und sie griff –

Es klopfte.

Er setzte sich irritiert auf und sah auf seinen Ständer hinunter.

»Paul?« flüsterte es weiblich durch die Tür. »Bist du wach?«

»Ja, ich bin nackt!« rief er und gab vor, wach zu sein. »Wach!« rief er etwas lauter und hoffte, daß die Tür Freudsche Versprecher gut genug abfing. »Ist es schon soweit?«

»Noch nicht ganz«, sagte Kerstin. »Läßt du mich rein?«

»Warte«, rief er und war endlich wach. Die Erektion war unerbittlich standhaft. Er griff nach einer Notlüge: »Ich bin unter der Dusche, warte kurz!«

Warum konnte er nicht mit dieser Frau zusammenarbeiten, ohne sie zum Sexobjekt zu machen? War er nicht ein erwachsener Mann? Er fand eigentlich, daß er eine gesunde Einstellung zur Gleichberechtigung und den Rechten der Frauen hatte, aber das Begehren war ein Tyrann, der immer überleben würde. Und außerdem fand er, daß er sie eher zu einem Sexsubjekt machte, aber wo zum Teufel war die Grenze?

Sie war hier. Sein Ständer gab komischerweise tatsächlich nicht nach. Es gelang ihm, aus sich herauszutreten und sich selbst kritisch zu betrachten. Was für ein Idiot er war. Und der Idiot stand vor einer Wahl: Entweder würde er sie abwimmeln und riskieren, den letzten Rest ihres Vertrauenskapitals zu verlieren, oder er würde aufrichtig sein und riskieren, die letzten Reste ihres Vertrauenskapitals zu verlieren.

Ein paar Sekunden Balanceakt auf Messers Schneide, und dann: »Ich hab einen Ständer.«

»Was zum Teufel redest du da? Laß mich rein.«

Er zerrte ein Handtuch aus dem Bad und wickelte sich darin ein. Es sah lächerlich aus, so lächerlich, daß es schon nicht mehr lächerlich war, als er die Tür erreichte und den Schlüssel herumdrehte.

Sie kam herein, in einem eleganten, enganliegenden schwarzen Kleid. »Was hast du gesagt?« fragte sie und betrachtete ihn, wie er da recht ansehnlich und frisch geduscht vor ihr stand.

»Ich war unter der Dusche«, sagte er mit ein paar linkischen Gesten. »Ich dachte nicht, daß es schon soweit wäre.«

»Du bist ja ganz trocken«, sagte sie skeptisch.

»Die Hitze«, sagte er. »Alles trocknet sofort wieder.«

»Es ist auch noch nicht soweit«, sagte sie in einem anderen, professionelleren Ton und setzte sich auf die Bettkante. »Ich dachte nur, wir sollten rechtzeitig über unsere Strategie diskutieren.«

»Strategie?« sagte er und beugte sich zu seiner Reisetasche hinunter, die auf der anderen Seite des Bettes stand. Das Handtuch saß nicht richtig fest, also mußte er es mit einer Hand halten und mit der anderen die Riemen der Tasche bearbeiten. Das war nicht leicht.

Er kam sich wie ein Trottel vor.

»Das sieht ziemlich anstrengend aus«, sagte sie mütterlich und wandte sich ab. »Laß das Handtuch los. Ich verspreche, nicht hinzusehen.«

Er ließ das Handtuch los und holte frische Sachen aus der Tasche. Während er sich erleichtert anzog, sagte er: »Wozu brauchen wir eine Strategie?«

»Wir treffen das FBI. Sie werden uns als Verwandte vom Lande auf Großstadtbesuch betrachten. Sie sehen es als ihre wichtigste Aufgabe an, aufzupassen, daß wir nicht überfahren, ermordet, ausgeraubt oder als Drogensüchtige wieder nach Hause kommen. Wir müssen genau wissen, was wir tun wollen, und auf unseren Wünschen bestehen. Sie sollen uns mit Informationen versehen, nicht umgekehrt, er ist schließlich bei uns. Was tun wir hier eigentlich?«

Er holte einen schmalen lila Schlips heraus und begann, ihn sich umzubinden. »Wir sollen nach losen Fäden suchen und darauf achten, ob sie etwas übersehen haben.«

»Obwohl wir es so nicht formulieren können. Willst du so gehen?«

Paul Hjelm sah an sich herunter. »Wieso?«

»Wir sollten nicht provinzieller aussehen, als wir sind. Wir kommen schließlich aus einer Großstadt, wenn auch aus einer kleinen.«

»Was ist denn das Problem?« fragte er verständnislos.

»Welche Farbe hat dein Hemd?« fragte sie pädagogisch.

»Blau«, sagte er.

»Fast knallblau. Und der Schlips?«

»Lila?«

»Paßt das gut zusammen?«

Er zuckte die Achseln. »Warum nicht?«

»Komm her«, sagte sie, und er gehorchte. Sie band seinen Schlips wieder auf und begann dann, sein Hemd aufzuknöpfen.

Reiß dich zusammen, befahl er seiner ungestümen unteren Region. »Was machst du da?« fragte er leise.

»Da ich davon ausgehe, daß du nur einen Schlips eingepackt hast, müssen wir das Hemd wechseln. Was hast du noch dabei?«

Sie wühlte in seiner Tasche herum und zog ein weißes Hemd heraus. »Das wird gehen«, sagte sie und warf es ihm zu.

»Nein«, sagte sie, abrupt das Thema wechselnd. »Wir können nicht so tun, als wären wir hier, um ihre Mißerfolge zu korrigieren. Das könnte peinlich werden, wenn nicht für Larner, dann für seinen Vorgesetzten.«

»Also sollten wir uns auf den schwedischen Teil konzentrieren?« fragte er, sein Hemd zuknöpfend.

»Ich denke, ja. Zuerst müssen wir allerdings unser Wissen großzügig mit ihnen teilen; es kann ja sein, daß sie etwas hinzuzufügen haben, aber vor allem geht es um Goodwill. Die Karten auf den Tisch. Vielleicht bekommen wir ein paar Karten zurück.«

»Die Strategie lautet also: Erstens bedingungslos alles ausspucken, was wir haben. Zweitens sagen, daß wir das Material durchgehen wollen, um zu versuchen, eine Verbindung nach Schweden zu finden.«

»Und zusehen, daß sie überzeugt sind, daß wir nur hier sind, um aus einer schwedischen Perspektive heraus zu arbeiten. Niemandem auf die Füße treten. Diplomatisch sein. Kannst du das?«

Er hätte beleidigt sein müssen, aber in gewisser Weise war das die einzige andeutungsweise persönliche Äußerung, die sie getan hatte. »Ja«, sagte er nur.

»Du weißt ja, daß ich das Material, das uns zugänglich war, ziemlich genau durchgearbeitet habe. Ich weiß natürlich nicht, wie vollständig es ist, aber es sieht so aus, als hätte sich Larner etwas zu früh an Wayne Jennings festgebissen. Als der von der Bildfläche verschwand, verschwanden auch die Ideen. Im Material aus der Zeit nach der Pause gibt es nicht die kleinste Hypothese. Vielleicht bin ich ungerecht, aber es scheint, als habe Larner nach dem Mißerfolg mit Jennings aufgegeben. Jetzt sammelt er nur noch Fakten. Ich habe das Gefühl, daß es viel mehr zu tun gibt, nicht zuletzt in bezug auf den zweiten Teil des Falls.«

Er nickte. Trotz seiner weitaus geringeren Detailkenntnis sah er ganz klar, daß man in den USA dem Neustart des Kentuckymörders nach fünfzehn Jahren hilflos gegenüberstand.

»Du meinst also, wir sollten die KGB-Spur nicht erwähnen?« fragte er todernst.

»Wir können etwas damit warten«, sagte sie ebenso todernst.

Ray Larners Lunch bestand aus einer ausgezeichnet stilechten Pasta carbonara in der kleinen Hinterhofkneipe Divina Commedia in der 11th Street. Sie waren ein wenig verwundert darüber, daß sie das Essen zusammen mit Loka Tischwasser serviert bekamen, aber die Welt war eben im Schrumpfen begriffen. Larner war in Hochform und wollte ununterbrochen über italienische Kochkunst sprechen, bei allem anderen winkte er ab, als fände er es unerheblich. Eine lange und auf peinliche Weise prestigebeladene Diskussion darüber, ob das beste Olivenöl aus Spanien oder Italien käme, endete mit einer Aufgabe, weil Kerstin sich plötzlich auf ihre diplomatische Strategie besann und Italien den Sieg überließ. Hjelms Konter mit Griechenland kam nicht besonders gut an. Australien erhielt ein paar unerwartete Punkte von einem Nachbartisch.

»Wenn ich pensioniert werde, gehe ich nach Italien«, sagte Larner laut. »Die Privilegien der pensionierten Witwer sind endlos. Ich werde mit dem Mund voll Pasta, Olivenöl, Knoblauch und Rotwein sterben. Alles andere ist undenkbar.«

Es war keine Übertreibung zu behaupten, daß er etwas vom Klischee eines Spezialagenten des FBI abwich.

»Sie sind also Witwer?« fragte Kerstin mit sanftem Bedauern.

»Meine Frau ist vor einem Jahr gestorben«, sagte Larner gutmütig kauend. »Gott sei Dank folgt nach der Trauer ein fast leichtsinniges Freiheitsgefühl. Wenn man sich nicht das Leben nimmt oder Alkoholiker wird. Und so ist es ja fast immer.«

»Haben Sie Kinder?« fragte Hjelm.

»Nein«, sagte Larner. »Wir haben es ungefähr bis zu dem Zeitpunkt diskutiert, als ich anfing, mich um K. zu kümmern.

Er hat mir allen Glauben an die Menschlichkeit genommen. Man kann keine Kinder in eine Welt setzen, die einen K. hervorbringt. Aber diese Begründung haben Sie sicher schon früher gehört.«

»Ich habe es getan«, sagte Hjelm. »Kinder in die Welt gesetzt, meine ich.«

»Sie hatten damals noch keinen K. Warten Sie ab, ob Sie Enkelkinder bekommen.«

»Es wurden trotz Hitler Kinder geboren«, sagte Kerstin.

»Haben Sie Kinder, Halm?«

Sie schüttelte den Kopf.

»Was ich Ihnen heute nachmittag zeigen werde«, sagte Larner und lehnte sich auf seinem Stuhl zurück, »wird Sie für alle Zeit von dem Wunsch nach Kindern kurieren.«

»Zero tolerance« war ein Ausdruck, der für den neuen New Yorker Geist zur Zeit eine große Rolle spielte. Es war eine Umschreibung für Intoleranz und funktionierte ausgezeichnet. Die Polizei war ganz einfach gehalten, nichts außerhalb der Grenzen des Gesetzes zu tolerieren. Das kleinste Vergehen führte zur sofortigen Festnahme. Die Theorie hinter dem Ganzen war eine Art vertikaler Dominoeffekt: Wenn die Kleinkriminellen fallen, dann fallen auch die Großen. Der Ausgangsgedanke war, daß diejenigen, die schwere Verbrechen begehen, auch eine große Zahl leichterer begehen, und dabei ist es möglich, sie zu fassen.

Ray Larner stand als FBI-Mann außerhalb des Tätigkeitsbereichs der Polizei des Bundesstaats. Obwohl er jetzt im Herzen von New York arbeitete, betrachtete er das Projekt aus der Distanz. Seine Offenherzigkeit, für die es schon viele Beweise gab, erstreckte sich niemals auch nur einen Zentimeter auf kontroverses Gebiet. Dennoch schwang etwas Brüchiges in seinem Tonfall mit, als er im FBI-Wagen, neben Jerry Schonbauer sitzend, den New Yorker Geist beschrieb. War da eine Andeutung von düsterer Zukunftsvision, die sich an der Oberfläche seiner Intonation bemerkbar machte?

Natürlich war man in der größten Stadt der USA vor ein paar Jahren gezwungen gewesen, sich mit der Situation auseinanderzusetzen. Alles hatte kopfgestanden. Morde waren an der Tagesordnung. Polizei und Justiz waren hilflos. Es gab zwei Wege: den langfristigen und den kurzfristigen, den vorbeugenden und den bestrafenden. Leider hatte man die Situation so akut werden lassen, daß es eigentlich nur noch eine Alternative gab. Es bestand keine Chance, die Menschen mit so viel Selbstwertgefühl auszustatten, daß eine kleine Alternative zu Drogen und dem schnellen Geld überhaupt sichtbar werden konnte. Es hätte nicht nur zu lange gedauert, es hätte auch den Bruch mit einer jahrhundertealten Tradition bedeutet. Die beste Lösung schien eine Synthese zu sein, die das kurzfristige Resultat mit dem langfristigen verband, die vorbeugen sollte, indem sie strafte.

Es glückte besser als erwartet. Plötzlich gab es an jeder Straßenecke Polizisten, »community policing«, und plötzlich fiel New York von seiner Spitzenposition als Stadt mit der größten Morddichte der Welt fast auf den letzten Platz. Die anständigen Bürger, also die einigermaßen wohlhabenden, jubelten selbstverständlich. Man konnte wieder durch den Central Park joggen, ohne ein Stilett zwischen die sechste und die siebte Rippe zu bekommen, man konnte U-Bahn fahren und danach das Tageslicht wiedersehen. Es war überhaupt wieder möglich geworden, sich in der Stadt zu bewegen.

Aber was war der Preis? In erster Linie eine absolute und endgültige Akzeptanz des Status quo. Allein der Gedanke daran, daß Verbrecher sich auf irgendeine Weise bessern könnten, war wie weggeblasen. Es ging nicht mehr darum, dafür zu sorgen, daß Menschen nicht zu Verbrechern wurden, sondern darum, sie zu entfernen, wenn sie Verbrecher geworden waren. Die sowieso knapp bemessenen Mittel, von denen man früher zumindest einen kleinen Teil für Vorbeugungsmaßnahmen abgezweigt hatte, wurden jetzt in den Strafvollzug gesteckt. Keiner, der im Vollbesitz seiner geistigen Kräfte war, sprach noch von dem alten amerikanischen Leitgedanken der *equal oppor-*

tunities, und die Schmelztiegel-Vision hatte sich in reine Mystik verwandelt; nirgendwo waren die Volksgruppen so voneinander getrennt wie in den USA. Die Strategie der Polizei war, jederzeit allerorts auftauchen zu können, eine Strategie, die zweifellos an schwerem historischem Ballast trug. Die Frage für die Zukunft war, ob die Ungleichheit nicht bereits so weit fortgeschritten war, daß der Polizeistaat die einzige Möglichkeit war, Gesetz und Ordnung aufrechtzuerhalten.

Außerdem hatte ein unangenehmer Wandel in der Betrachtung der Menschenrechte Raum gewonnen. Er betraf die Todesstrafe. In achtunddreißig Teilstaaten gab es die Todesstrafe, und der Anstieg der Zahl der zum Tode Verurteilten im ganzen Land war enorm. Der neueste Schachzug war, daß kein Geschworener in einem Gerichtsverfahren, in dem die Todesstrafe möglich war, prinzipieller Gegner der Todesstrafe sein durfte. Man nannte sie ›todesstrafenqualifizierte Geschworene‹ und disqualifizierte damit ganz einfach jeden liberalen Laien vom Gerichtsprozeß und bereitete damit den Weg für übereilte, undurchdachte Urteile. Es war eine Tatsache, daß die Verbrechensquote in den Staaten mit Todesstrafe keinesfalls niedriger war als in der kleinen Minderheit von Staaten, die sich noch dagegen wehrten. Das bedeutete, daß das wichtigste Argument für die Todesstrafe – das abschreckende Moment – verlorengegangen war; zurück blieb die reine Vergeltung. Rache.

Die Neutralität, mit der Larner die Situation schilderte, stand der Hultins in keiner Weise nach. Die Frage war, ob sich dahinter auch ebensoviel Wut verbarg oder ob Larner – wie Kerstin angedeutet hatte – sich ganz einfach mit der Sammlung und Beschreibung von Fakten beschäftigte.

Hjelm wollte ihn gerade der Prüfung unterziehen, die seiner Meinung nach eine grundlegende Unterscheidung zwischen zwei Arten von Menschen möglich machte: die Frage nach ihrer Einstellung zur Todesstrafe. Aber genau da erreichte der Wagen die höchste Stelle der Brooklyn Bridge. Larner unterbrach seinen Bericht und sagte:

»Sehen Sie jetzt mal nach hinten.«

Sie drehten sich um, und Manhattan breitete seine phantastische Skyline vor ihren Augen aus, gebadet in Sonnenlicht.

»A strange kind of beauty, isn't it? Jedesmal, wenn ich hier entlangfahre, denke ich über das Universelle der Schönheit nach. Hätten unsere Vorväter das hier auch schön gefunden? Oder hätten sie es widerwärtig genannt? Gibt es eine universelle Schönheit?«

Der Anblick war überwältigend. Hjelm konnte den Anschluß an die Frage nach der Todesstrafe nicht mehr finden. Der Anblick Manhattans hatte auf merkwürdige Weise die Tür der Stadt geöffnet, und er verfolgte mit Spannung den Weg zum New York Field Office des FBI. Nachdem Schonbauer die Brooklyn Bridge überquert hatte, bog er ab, wendete und fuhr zwecks Wiederholung zurück; offenbar waren sie nur wegen der Aussicht diesen Weg gefahren. Sie fuhren über die Brücke zurück und hinunter zur mächtigen City Hall, bogen in eine von Manhattans wenigen diagonalen Straßen ab, Park Row, die direkt am City Hall Park vorbeiführte, kamen auf den Broadway, bogen rechts ab, fuhren erneut an der City Hall vorbei und erreichten nach ein paar Querstraßen die Federal Plaza, wo sich ein Garagentor öffnete und sie einließ.

Dies war das Hauptquartier des FBI in Manhattan, 26 Federal Plaza. Außerdem gab es Filialen in Brooklyn-Queens, auf Long Island und auf dem JFK-Flughafen. Sie streiften durch Korridore, die wenig Ähnlichkeit mit dem Polizeigebäude in Kungsholmen hatten. Alles war größer, sauberer und klinischer. Hjelm fragte sich, ob er hier überhaupt arbeiten könnte. Die Räume wirkten immun gegen das wilde Denken, das er als seine Spezialität betrachtete.

Hjelm hörte schnell wieder auf, die Sicherheitstüren zu zählen, durch die sie sich mit Hilfe diverser Codes und Chipkarten hindurcharbeiteten. Schonbauer agierte als Gatterjunge, während Larner in einer Tour redete. Zahlen und Informationen von der Sorte, wie man sie in Broschüren findet, schwirrten ihnen um die Ohren: die Anzahl der Angestellten, Abteilungen, die Art der Grundausbildung, Expertengruppen, alles, nur das Relevante nicht.

Schließlich erreichten sie offenbar des Pudels Kern. Eine letzte Sicherheitstür mit monumentalen Scharnieren wurde aufgeschoben, und dann standen sie vor einem Korridorsystem, das offenbar das Serienmörderkommissariat der New Yorker Abteilung des FBI beherbergte. Larners und Schonbauers Namen standen an zwei von einer langen Reihe nebeneinanderliegender unscheinbarer Türen. Schonbauer verschwand ohne ein Wort hinter seiner, die übrigen traten in Larners Büro.

»Jerry wird eine kleine Multimedia-Show für Sie vorbereiten«, erklärte Larner und setzte sich hinter seinen Schreibtisch. Das Büro war klein und zugewachsen, konstatierte Hjelm mit Dankbarkeit; hier gab es zumindest den Schatten einer persönlichen Note. An den Wänden hingen Anschlagtafeln, dem Anschein nach als Tapetenersatz, und an allen hingen Zettel der unterschiedlichsten Sorte. Direkt hinter Larner stand auch ein vertrautes Flipchart, und das Muster aus Pfeilen, Quadraten und Linien erinnerte zum Verwechseln an das von Hultin.

»Ja, hier haben wir alles konzentriert«, sagte Larner, der Hjelms Blick gefolgt war. »Vierundzwanzig Quadrate mit gefolterten Leichen. Achtundvierzig Löcher in vierundzwanzig Hälsen. Ein nüchternes Schema des Nichtschematisierbaren. Grauenhafte Schrecken reduziert auf ein paar blaue Striche. Was können wir sonst tun? Den Rest tragen wir in uns.«

Hjelm betrachtete Larner. Der FBI-Agent trug zweiffellos so einiges in sich.

»Zuerst eine Frage«, sagte Larner leise. »Stimmt es, daß Sie glauben, er habe eines der Opfer erschossen?«

»Es sieht so aus«, sagte Hjelm.

»Das verändert auf einen Schlag das minimale psychologische Profil, das wir zusammengekratzt haben.«

»Andererseits«, sagte Kerstin Holm, »war ja Ihre ursprüngliche Theorie, daß er ein Vietnam-Veteran ist. Bei denen sitzen die Schußwaffen doch meistens recht locker.«

Larner zog eine Grimasse. »Sie wissen ja, was mit der Theorie passiert ist ...«

»Natürlich«, sagte Kerstin, und Hjelm hatte fast den Eindruck, daß sie errötete. Diplomatischer Fehler schon in der ersten Replik. Er sah, wie sie sich selbst verfluchte.

Dennoch schien sie nicht richtig lockerlassen zu wollen. »Können Sie nicht kurz erklären, warum Sie alle anderen Mitglieder des Commando Cool freigelassen haben? Das ging aus dem Material, das Sie nach Schweden geschickt haben, nicht hervor.«

Larner streckte sich und holte die Information aus seinem beachtlichen Gehirnarchiv: »Die Gruppe scheint aus acht Mitgliedern bestanden zu haben, alle mit Spezialausbildung. Es war eine Gruppe, deren Schwerpunkt die Folter im Feld war, wenn man es brutal ausdrücken will. Etwas offizieller hieß es – wenn ich denn überhaupt etwas Offizielleres aus der Sache machen konnte – ›Informationsermittlung im Feld‹; ich hatte das Gefühl, daß man den Ausdruck speziell für mich erfunden hatte, es war nie so gedacht, daß auch nur die kleinste Information aus dem inneren Kreis nach außen dringen sollte.«

»Wer gehörte zum inneren Kreis? Waren es überhaupt Militärs?«

Larner betrachtete sie scharf. »Der militärische Geheimdienst«, sagte er und schien noch etwas mehr auf dem Herzen zu haben.

Kerstin bemerkte es. »Nur?« fragte sie.

»Commando Cool – allein diese widerliche Bezeichnung deutet ja schon an, daß nicht geplant war, es an die Öffentlichkeit dringen zu lassen ... Auf jeden Fall: Commando Cool war in gewisser Weise unmittelbar Nixon unterstellt, es wurde zu seiner Zeit gegründet, gegen Ende des Krieges, ein wenig aus Verzweiflung, wie es scheint. Die öffentliche Fassade war der militärische Geheimdienst, aber hinter den Kulissen wirkten andere Kräfte.«

»CIA?« fragte Kerstin und schien alle diplomatischen Masken im Hotelzimmer vergessen zu haben.

Ray Larner schluckte. Er sandte ihr einen Blick, der zeigte, daß sich ihre Beziehung verändert hatte – doch nicht unbedingt zum Schlechteren. »Mit vielen dicken ›Geheim‹-Stempeln, ja, möglicherweise. Sie müssen wissen, daß das Verhältnis zwischen FBI und CIA sehr gespannt ist, und wenn auf irgendeine Weise herauskommt, was ich hier sage, dann kann ich meine gesamte Pension vergessen. Man hat mein privates Telefon abgehört, und ich kann nur hoffen, daß hier im Raum keine Abhöranlage installiert ist. Man weiß nie. Aber wie Sie verstehen werden, habe ich schon viel zuviel gesagt. Versuchen Sie, es zu vergessen.«

»Schon passiert«, sagte Kerstin. »Wir sind nur hier, um Verbindungen nach Schweden ausfindig zu machen. Nichts anderes wird in unseren Berichten stehen.«

Larner betrachtete sie beide nacheinander, ausgiebig. Dann nickte er kurz. »Acht Mitglieder«, wiederholte er.

»Und Balls?« fragte Kerstin waghalsig.

Larner lachte plötzlich laut auf. »Haben Sie die FASK konsultiert? Fans of American Serial Killers im Internet?«

Sie sahen einander an.

»Kommen Sie mit mir«, sagte Larner, stand auf und stürzte auf den Korridor hinaus. Sie gingen ein paar Türen zurück. Er klopfte an einer Tür, an der Bernhard Andrews stand, und trat ein.

Ein scheinbar deplazierter Jüngling Mitte Zwanzig in Jeans, T-Shirt und mit runder Brille sah von einem riesigen Computer auf und lächelte breit. »Ray«, sagte er gut gelaunt und reichte ihm eine Computerliste. »Die Ausbeute von gestern. Ein Baumwolldirektor aus West Virginia, ein Golfklub in Arkansas und noch so dies und das.«

»Barry«, sagte Larner, nahm die Liste entgegen und überflog sie. »Das hier sind die Officers Jalm und Halm from Sweden. Sie sind wegen K. hier.«

»Aha«, sagte Bernhard Andrews freundlich. »Kollegen von Jorge Chavez?«

Die beiden waren stumm vor Staunen.

»Geboren in Schweden 1968«, fuhr Andrews fort. »In Raggswede, stimmt's? Seine Eltern waren Chilenen mit linken Kontakten, die vor Pinochet geflüchtet sind. Der Vater heißt Carlos und hat eine Weile im Fußballstadion von Santiago gesessen. Wurde gefoltert.«

»It's called Rågsved«, sagte Hjelm verwirrt.

»Er war vor einer Woche drin«, erläuterte Andrews selbstgefällig. »Gute, aber etwas durchsichtige Verkleidung. Er hat hundertdreißig Dollar vom Geld der Steuerzahler angelegt, um reinzukommen. Kleine Entwicklungshilfe aus der schwedischen in die amerikanische Steuerkasse.«

Sie starrten ihn fassungslos an.

»Barry ist Hacker«, sagte Larner ruhig, »einer der besten des Landes. Kommt überall rein. Wir hatten Glück, daß wir ihn eingefangen haben. Außerdem ist er FASK.«

»Fans of American Serial Killers«, sagte Andrews. »Nice to meet you.«

»Das ist eine Methode, die potentiellen Serienmörder anzulocken«, sagte Larner und wedelte mit der Computerliste. »Wie sehr sie auch versuchen, sich zu verkleiden, Barry fängt sie ein. Wir haben drei von ihnen mit Hilfe der FASK gefangen. Barry ist der unbekannteste Held der Nation, würde ich behaupten.«

Bernhard Andrews lächelte breit.

»Balls existiert also gar nicht?« fragte Kerstin, die offensichtlich schneller schaltete als Hjelm.

»Ich hab's vom *Rosaroten Panther* übernommen. Der Maskierungsexperte, den Kommissar Clouseau anstellt und der jedes Sprengstoffattentat überlebt. Das einzige, wovon man bei den Serienmördern sicher ausgehen kann, ist, daß sie keinen Humor haben. Das scheint sie geradezu immun zu machen.«

»Es war gedacht als ein Versuch, einen Protest bei jemandem zu provozieren, der es besser wußte«, sagte Larner. »Aber bis jetzt hat niemand angebissen.«

Sie verabschiedeten sich vom Fan of American Serial Killers. Er grinste breit und winkte.

Larner führte sie wieder in sein Büro. Auf dem Korridor sagte er: »Es ist in der heutigen Welt nur wenig so, wie es zu sein scheint.«

Er setzte sich auf seinen Stuhl. »Ich dachte, Sie hätten keine Vertreter ethnischer Minderheiten in ihrem Polizeikorps«, sagte er und berührte damit voller Präzision einen wunden Punkt der Schweden. »Aber nicht einmal Chavez darf über die FASK informiert werden. Barry ist eine unserer wichtigsten geheimen Waffen im Kampf gegen die Serienmörderwelle.«

Er zog eine Schublade heraus und holte ein paar Papiere hervor, breitete sie auf seinem Schreibtisch aus und legte einen FBI-Kugelschreiber auf jedes Blatt. »Es ist nicht so, daß ich Ihnen nicht vertraue, aber mein Vorgesetzter hat diese Schriftstücke für Sie vorbereitet. Schweigepflicht unter Androhung von Bestrafung nach dem amerikanischen Gesetz, wenn sie gebrochen werden sollte. Bitte lesen Sie es sich durch und unterschreiben Sie.«

Sie lasen. Das Kleingedruckte war schwer zu entziffern. Beide empfanden einen instinktiven Widerwillen dagegen, ihre Unterschrift unter diffuse Papiere zu setzen, aber wieder einmal siegte die Diplomatie. Sie unterschrieben.

»Ausgezeichnet«, sagte Larner. »Wo waren wir? Commando Cool. Acht Mitglieder, kein Balls. Gruppenleiter war der viel jüngere Wayne Jennings, der schon Veteran war, als er angeheuert wurde, fünfundzwanzig Jahre alt, sechs Jahre Krieg und Gott weiß wie viele Tote hinter sich. Die besten und prägendsten Jahre des Lebens im Dienst des Todes. Bei Kriegsende siebenundzwanzig Jahre alt, dreißig, als K. seine Tätigkeit begann. Kehrte nach dem Krieg auf die Farm seines verstorbenen Vaters in Kentucky zurück, am Fuße des Cumberland Plateaus, wenn Ihnen das etwas sagt. Hat nicht viel angebaut, sondern von der Veteranenrente gelebt. War zweifellos der am meisten Verdächtige, den Aussagen zufolge sehr geschickt im Umgang mit den Zangen. Die dritte Leiche wurde nur dreizehn Meilen von seinem Haus entfernt gefunden. Übrigens starben drei vom Commando Cool in den letzten Kriegswochen. Außer Jennings überlebten noch vier, Sie finden die Namen im vollständigen Material, zu dem Sie Zugang erhalten. Es gab noch einen in Kentucky, Greg Androwski, Jugendfreund von Jennings, der aber völlig vor die Hunde ging und 1986 an seinem Drogenkonsum starb. Er lebte also während der vier Jahre von K. in Kentucky, war aber ziemlich heruntergekommen und als Mörder eher ungeeignet. Völlig kaputt durch Vietnam. Von den anderen drei zogen zwei nach Norden, einer nach New York, Steve Harrigan, der Börsenmakler wurde und während der achtziger Jahre zu den Haien an der Wall Street gehörte, einer nach Maine, Tony Robin Garreth, der Angelfahrten für Touristen durchführt. Beide waren ziemlich gut gegen Verdächtigungen gefeit. Der letzte, Chris Anderson, zog nach Kansas City und verlegte sich auf den Verkauf von Gebrauchtwagen.«

»Schwedischer Abstammung?« fragte Kerstin.

Larner lächelte leicht. »In der vierten Generation«, sagte er. »Sein Ururgroßvater kam aus einem Ort namens Kalmar, falls Ihnen das was sagt. Aber Anderson war tatsächlich Nummer zwei auf der Liste, Jennings' engster Kumpel, genauso eiskalt, genauso kriegsgeschädigt. Aber seine Alibis waren in der Regel einen Tick besser als die von Jennings. Und Jennings war widerwärtiger, das war letztlich mein Hauptargument, rein gefühlsmäßig. Gemessen daran, habe ich das Ganze ziemlich weit vorangebracht.«

»Wie sicher waren Sie sich eigentlich in bezug auf Jennings?«

Larner lehnte sich zurück und verschränkte die Hände im Nacken. Er überlegte einen Moment. »Vollkommen sicher«, sagte er. »Hundert Prozent.«

Er zog umständlich eine dicke Akte aus einem altmodischen Archivschrank hervor, der neben dem Flipchart stand. Jerry Schonbauer schaute herein. »Alles klar«, sagte er.

»Fünf Minuten«, sagte Larner und warf Kerstin die Akte hin. Sie schlug sie auf. Ein kleiner Stapel Fotos breitete sich wie ein Fächer vor ihnen aus. Das erste war ein Porträt. Jennings um die Dreißig, ein junger, frischer Mann mit strohblondem Haar und breitem Lächeln, aber auch mit einer stahlblauen Kälte in den Augen, die das Bild sehr eindrucksvoll in zwei Teile teilte. Kerstin hielt zuerst die Hand über den oberen Teil des Fotos und sah einen glücklich lächelnden Jüngling, dann legte sie die Hand über den unteren Teil und sah den Eisblick eines steinharten Mannes.

»Genau so«, sagte Larner fast enthusiastisch. »Ganz genau so. Am Anfang, als wir ihn besucht haben, war er noch sehr liebenswürdig, richtig nett. Die untere Hälfte. Als wir genauer hinsahen, erkannten wir mehr und mehr die obere.«

Sie sahen die anderen Fotos durch. Ein jugendlicher Jennings in Uniform, etwas älter in einem Kreis von gleich Uniformierten, Jennings mit großem Thunfisch, Jennings mit auf die Kamera gerichteter Maschinenpistole und gespielter Angreifermiene, Jennings mit schöner Südstaatenfrau mit zwei Vornamen beim Tanzen, Jennings mit kleinem Kind auf dem Schoß, Jennings knutschend mit einer vietnamesischen Prostituierten, und dann Jennings mit breitem Lachen, die Pistole auf die Schläfe eines weinenden, nackten, knienden Vietnamesen gerichtet, der sich vor einem tiefen Loch in der Erde bepinkelt. Kerstin hielt Larner das Foto hin.

»Genau«, sagte er. »Man vergißt die anderen geradezu. Das ist ein verdammt widerwärtiges Bild. Ich könnte viel Geld damit verdienen, wenn ich es ans Time Magazine verkaufen würde. Ich begreife nicht, wie er es aufheben konnte. Wir haben all diese Fotos gefunden, als wir nach seinem Tod sein Haus durchsuchten.«

»Wie ist er gestorben?« fragte Kerstin. »Ganz genau.«

»Am Ende haben wir ihn ja rund um die Uhr überwacht«, begann Larner, wurde aber sofort unterbrochen.

»Wie lange?«

»Einen Monat.«

»Wurden während der Zeit Morde begangen?«

»Die Opfer wurden oft in einem Zustand der Verwesung gefunden, der es schwer machte, festzustellen, wie lange sie schon tot waren. Aber es stimmt, daß man alle sechzehn, die vor seinem Tod ermordet wurden, schon gefunden hatte. Das war einer der Gründe, warum ich darauf bestand, obwohl ich sämtliche Instanzen gegen mich hatte; je länger wir ihn rund um die Uhr überwachten und keine neuen Opfer gefunden wurden, desto wahrscheinlicher wurde es, daß er der Mörder war. Darf ich jetzt fortfahren?«

»Natürlich«, sagte Kerstin beschämt. »Entschuldigung.«

»Ich habe versucht, so oft wie möglich selbst mit im Wagen zu sitzen, und an diesem dritten Juli 1982 war ich auch da. Es war brütend heiß, fast unerträglich. Jennings kam aus dem Haus gerannt und schrie uns an; das hatte er in den letzten Tagen auch schon getan. Er wirkte völlig fertig. Dann rannte er zu seinem Wagen und rauschte davon. Wir folgten ihm die Landstraße entlang, vielleicht zehn Meilen in Richtung Norden. Wahnsinnstempo. Nach einer Weile stieg ein Stück neben der Straße eine enorme Rauchwolke auf, hinter einer langen Kurve, und als wir ankamen, sahen wir, daß Jennings frontal mit einem Lastwagen zusammengestoßen war. Beide Fahrzeuge brannten lichterloh. Ich lief, so weit ich konnte, heran und sah vage, wie er sich im Wagen bewegte, völlig verbrannt.

»Den Zusammenstoß selbst haben Sie also nicht gesehen?« fragte Kerstin.

Larner lächelte wieder, das gleiche Lächeln voller Einverständnis und Nachsicht, das zum Kennzeichen ihrer Beziehung geworden war. Hjelm fühlte sich etwas ins Abseits gedrängt.

»Ich verstehe, warum Sie nachhaken, Halm«, sagte Larner. »Nein, wir befanden uns ein paar hundert Meter hinter ihm, und es lag eine Kurve dazwischen, und nein, ich habe sein Gesicht nicht gesehen, als er verbrannte. Ja, es war der beste Platz, um einen Unfall zu arrangieren. Aber einerseits konnte man nirgends hin, überall rund herum war flache Erdwüste, und es war kein anderes Fahrzeug in der Nähe. Andererseits – und das war das Wichtigste – waren die Zähne der Leiche im Auto seine. Ich habe selbst lange gebraucht, um mich davon zu überzeugen, daß Jennings bei dem Unfall gestorben war. Aber so war es. Glauben Sie nichts anderes. Versuchen Sie, nicht den gleichen Fehler zu machen wie ich und sich an Jennings festzukrallen. Das hat jede weitere Arbeit an dieser Ermittlung zunichte gemacht. Ich kann nicht einmal mehr eine vernünftige Hypothese aufstellen. K. bleibt ein Rätsel. Er muß irgendwo gesessen und sich ins Fäustchen gelacht haben, während ich einen müden, arbeitslosen Kriegsveteranen gepiesackt und in den Tod getrieben habe. Dann hat er, nur um mir zu zeigen, wie sehr ich mich geirrt hatte, im Laufe eines halben Jahres zwei weitere Menschen umgebracht; beide starben lange nach Jennings. Und danach hat er sich in Luft aufgelöst.«

Larner saß mit geschlossenen Augen lange da. »Ich dachte, ich wäre ihn los«, sagte er langsam. »Ich habe weiter heftig an dem Fall gearbeitet, bin jedes kleinste Detail durchgangen, mehrere Jahre lang nach dem achtzehnten und letzten Mord. Ein gutes Jahrzehnt vergeht. Ich fange mit anderen Dingen an, jage Rassisten im Süden, beschäftige mich mit dem Drogenhandel in Vegas, aber die ganze Zeit schwebt er über mir. Und dann fängt der Hund wieder an. Er ist nach New York gezogen. Er macht sich über mich lustig.«

»Und Sie wissen hundertprozentig, daß er es ist?«

Larner bohrte in der Nase und sah müde aus. »Aus Sicherheitsgründen achten wir darauf, daß nur eine sehr kleine Anzahl von Agenten die entscheidenden Details jedes Falls kennt. In unserem Fall waren das ich und ein Mann namens Camerun. Don Camerun starb 1986 an Krebs. Nicht einmal Jerry Schonbauer kennt alle Details, ich bin der einzige hier. Es geht um die Zangen. Es sind dieselben Zangen, und sie werden auf exakt die gleiche, äußerst komplizierte Weise eingeführt. Da es nun Ihr Fall ist, werden Sie beide auch Zugang zu der Beschreibung bekommen; ich empfehle Ihnen sehr, daß niemand anders davon erfährt.«

»Wie ging es mit dieser Commando-Cool-Figur, die nach New York gezogen ist«, insistierte Kerstin, »dem Börsenmakler?«

Larner lachte laut. »Offenbar schweben all meine alten Gedanken in der Luft herum, und Sie fangen sie auf, Halm.«

»Kerstin«, sagte Kerstin.

»Okay, Charstin. Es ist völlig richtig, daß Steve Harrigan in dem Bericht, den ich Ihnen geschickt habe, nicht erwähnt wird. Aber ich habe den Mann überprüft. Sie finden Angaben in dem vollständigen Material, das Sie einsehen können. Harrigan ist ganz einfach Milliardär, ständig auf dem Sprung. Er befand sich bei jedem der sechs Morde der zweiten Serie im Ausland. Und er ist zur Zeit definitiv nicht in Schweden. Also lassen Sie uns nun nach bedeutend mehr als fünf Minuten zu Jerry in den Kinoraum gehen und uns einen Film ansehen.«

Er führte sie durch die Korridore und in einen Saal, der tatsächlich an ein richtiges Kino erinnerte. Auf einem Tisch ganz unten vor der Leinwand saß der Riese und baumelte mit den Beinen. Seine Hosenbeine waren etwas hochgezogen und ließen extrem haarige Waden über vorschriftsmäßigen schwarzen Socken sehen. Als er sie kommen sah, hüpfte er herunter und bat sie, ganz vorn Platz zu nehmen.

»Jerry ist aus der Kentucky-Abteilung gekommen wegen der neuen Serie«, sagte Larner und schraubte sich in einen der einschlaffreundlichen Sessel hinein. »Er ist ein verdammt guter Agent, hat Roger Penny allein geschnappt, falls Sie davon gehört haben. Kann losgehen, Jerry. I'm gonna take a nap. Es ist widerlich am Anfang, aber Sie können sehen, wie schnell man abgehärtet wird.«

Das Licht wurde abgedimmt; man fühlte sich wirklich wie im Kino.

Sogar die Spezialeffekte – die leider nicht aus Hollywood kamen.

»Michael Spender«, kommentierte Schonbauers Baß die Bilder von einem Mann, dessen einziges intaktes Körperteil der Kopf war, unter dem der Hals mit zwei kleinen roten Laternen leuchtete. Der Kopf war nach hinten verdreht, weiß und aufgequollen. Er war nackt. Der Blick der toten Augen spiegelte noch den gleichen furchtbaren Schmerz wieder wie der von Andreas Gallano. Die Finger- und Fußnägel waren ausgerissen, die Haut in kleinen Streifen vom Körper geschält, der Penis war von der Eichel bis zur Wurzel gespalten und hing in zwei blutigen Lappen an den Leisten herab.

Beiden blieb gleichzeitig die Luft weg. Beinahe wären sie hinausgelaufen. Schonbauer fuhr ausdruckslos fort: »Spender war das erste Opfer, Computeringenieur bei Macintosh in Louisville. Wurde im Nordwesten Kentuckys von Beerenpflückern im Wald gefunden, ungefähr zwei Wochen nach seinem Tod. Wurde am vierten September 1978 von seiner Arbeitsstelle als vermißt gemeldet und am neunzehnten nachmittags sechzig Meilen von seinem Heimatort entfernt aufgefunden. War an der Entwicklung des ersten großen Apple-Computers beteiligt.«

Das nächste Opfer war nicht identifiziert worden: ein kräftiger Mann mit slawischem Aussehen. Die Bilder waren etwas magenfreundlicher. Teilweise bekleidet, aber mit entstellten Fingern und Geschlechtsteilen.

»Sieht ein bißchen russisch aus«, sagte Hjelm und dachte an die absurde alte KGB-Spur.

»Zweifellos«, sagte Schonbauer. »Sobald es möglich war, haben wir die Fingerabdrücke an die russische Polizei geschickt, aber es kam nichts dabei raus. Wir haben absolut keine Informationen, außer daß er im südlichen Kentucky gefunden wurde, ungefähr zwei Monate nach Spender. In einem alten Klohäuschen auf einem verlassenen Hof. Er war seit einer guten Woche tot.«

Nächstes Bild. Noch ein nichtidentifiziertes Opfer. Ein schlanker, durchtrainierter weißer Mann um die Sechzig, nackt, auf die gleiche Weise entstellt wie Spender. Die Bilder waren grauenhaft. Dämmerung, ein dunkles Licht hing über den Baumkronen, und das einzige, was leuchtete, war die Leiche. Sie saß aufrecht auf einem Stein im Wald. Leichenstarre. Die Arme gerade ausgestreckt, wie von einer unwiderstehlichen inneren Kraft gehoben, die Knochen staken aus den Händen hervor wie Nägel, die von innen eingeschlagen waren. Die offenen Augen starrten anklagend darauf.

Hjelm fand nicht, daß man sich daran gewöhnte; ihm war im Gegenteil immer mehr danach, sich zu übergeben.

So ging es weiter, eine furchtbare Kavalkade. Es überstieg schnell die Grenze des menschlichen Fassungsvermögens. Die Quantität machte es immer grauenhafter. Langsam, aber sicher gingen ihnen die Dimensionen dieses Falles auf, mit welch unfaßbaren Anhäufungen menschlichen Leids sie es zu tun hatten. Kerstin mußte zweimal weinen, vollkommen lautlos; Hjelm spürte ihre Schulter leicht an seiner beben. Er selbst weinte nur einmal, aber um so hörbarer.

»Möchten Sie, daß ich aufhöre?« fragte Schonbauer ruhig. »Ich selbst habe es erst beim dritten Versuch geschafft. Und ich bin einiges gewohnt.«

Larner schnarchte laut neben ihnen.

»Nein, machen Sie weiter«, sagte Hjelm und versuchte, sich davon zu überzeugen, daß er sich wieder beruhigt hatte.

»Wir haben so viele davon«, sagte Schonbauer gedämpft. »So unglaublich viele Serienmörder, und niemand kann im Grunde auch nur einen verstehen. Am wenigsten verstehen sie sich selbst.«

Sie fingen nicht an zu schnarchen, aber zum Schluß schaltete sich der Schutzmechanismus ein, und sie wurden langsam unempfindlicher. Als schrecklicher Schlußpunkt weckte sie Lars-Erik Hassel. Er saß auf seinem Stuhl mit zerfetzten Fingern, die in alle Richtungen standen, sein Geschlechtsteil war ein Sumpf von halbflüssigen Resten. Im Hintergrund erkannten sie Teile eines großen Flugzeugrumpfes durch die Fensterluke.

Sein Kopf war nach hinten verdreht, und er starrte sie verkehrt herum an, der Schmerz war mit Ekel vermischt, die Qual mit widersinniger Erleichterung.

Vielleicht, dachte Hjelm, war er erleichtert, daß es nicht Laban war.

Das Licht wurde wieder heller gedreht. Schonbauer kehrte zu dem Tisch zurück und setzte sich, mit den Beinen baumelnd wie ein junges Mädchen. Larner wachte mit einem Ruck in einem Schnarchlaut auf. Hjelm rollte mit den Schultern. Holm saß völlig bewegungslos. Für eine ganze Weile wollte keiner dem anderen in die Augen sehen.

Larner stand auf, gähnte und streckte sich, daß es in seinem kompakten Körper knackte. »Und jetzt haben Sie noch etwas Nachtisch zum Festmahl?« fragte er nur.

Kerstin überreichte ihm schweigend die schwedischen Akten. Larner öffnete sie, blätterte rasch die Fotos durch und gab sie Schonbauer, der sie bald in die Dokumentation einfügen sollte.

Ohne ein Wort verließ Larner den Raum. Sie bedankten sich bei Schonbauer, der kurz nickte, und folgten Larner. Sie wanderten weiter durch die Korridore, bis sie an eine Tür ohne Namensschild kamen. Sie betraten einen leeren Raum.

»Ihr Arbeitszimmer«, sagte Larner mit einer kleinen Geste. »Ich hoffe, Sie können zusammen arbeiten.«

Das Büro sah genauso aus wie Larners, abzüglich sämtlicher Lebenszeichen. Die Frage war, wieviel Eigenes sie beizutragen hatten. Der Schreibtisch war von der Wand abgerückt und mit zwei Stühlen komplettiert worden, die einander gegenüberstanden. Zwei Computer rieben ihre Rücken aneinander, daneben eine Telefonanlage und eine kleine Liste. Larner nahm sie auf und zeigte darauf.

»Meine Nummer, Jerrys Nummer, mein Suchruf, Jerrys Suchruf. Sie können uns jederzeit erreichen. Die Namen der aktuellen Dateien mit Beschreibung, Pins, Chipkarten für Gäste mit Codes, damit Sie hier hereinkommen, aber nur hier. Verschlossene Türen sind ganz einfach Türen zu Räumen, zu denen Sie keinen Zugang haben. Sie haben weder die Möglichkeit noch Veranlassung, diesen Korridor zu verlassen. Toiletten, Damen und Herren, sind ein paar Türen weiter den Korridor entlang. Es gibt mehrere Kantinen, ich empfehle Ihnen La Traviata zwei Treppen höher. Noch Fragen?«

Keine Fragen. Oder unendlich viele – je nachdem. Jedenfalls wurden keine gestellt.

Larner fuhr fort: »Es ist schon halb vier. Wenn Sie wollen, können Sie noch ein paar Stunden weitermachen. Ich arbeite bis sechs, ungefähr. Heute abend bin ich leider verabredet, sonst hätten wir zusammen essen gehen können. Jerry hat sich angeboten, mit Ihnen zu essen und Ihnen die Stadt zu zeigen, wenn Sie es möchten. Sie können ihm ja Bescheid geben. Dann bleibt mir nur noch, Ihnen viel Glück zu wünschen. Sie brauchen sich keine Sorgen wegen der Computer zu machen, sie sind für Sie maßgeschneidert, alles Geheime liegt woanders. Wenden Sie sich an mich oder an Jerry, wenn es Fragen oder Probleme gibt. So long.«

Er verschwand. Sie waren allein. Kerstin rieb sich die Augen. »Ich weiß wirklich nicht, ob ich das hier schaffe«, sagte sie. »Nach schwedischer Zeit ist es jetzt halb zehn. Sollen wir uns an die schwedische Zeit halten?«

»Vielleicht sollten wir nicht sofort abhauen«, sagte Hjelm. »Wir müssen weiterhin diplomatisch sein.«

Sie spürte deutlich den ironischen Ton seiner Antwort und lächelte. »Ja ja, die Neugier war stärker, ich geb's zu. Die Strategie war für die Katz.«

»CIA ...«

»Okay, okay, rub it in. Ich hatte den Eindruck, daß er nicht sauer war.«

»Ich glaube, das war er auch nicht. Eher erleichtert. Was meinst du?«

»Weiß nicht. Aber ich verstehe, daß er sich an Jennings festgebissen hat.«

»Aber er hat recht damit, daß wir ihn vergessen sollten.«

»Ist das so sicher?«

Sie betrachteten einander. Der Jetlag vereinte sich mit der Überdosis an Eindrücken. Sie kicherten kindisch. Die Müdigkeit war auf dem besten Weg, sie zu übermannen.

Hjelm gefiel die unseriöse Trägheit, die sie zu befallen schien, die normalen Abwehrmechanismen wurden langsam außer Kraft gesetzt. »Scheißen wir auf Schonbauers Rundfahrt?« fragte er.

»Kannst du ihm das diplomatisch und freundlich mitteilen?«

»Du bist hier die Diplomatin.«

»In der Theorie. Das hier ist Praxis. Darin bist du viel besser als ich.«

»Ich war nur weggetreten«, sagte er und wählte die Nummer von Schonbauer. »Jerry, this is Paul. Jalm, yes, Jalm. Wir versuchen, hier so lange zu arbeiten, wie wir können, und dann überlassen wir das Kommando wohl eher unserem Jetlag. Meinen Sie, wir könnten die Manhattan-Tour auf morgen verschieben? Gut. Okay. Bye.«

Er legte auf und atmete aus. »Ich glaube, er war erleichtert.«

»Gut«, sagte Kerstin. »Wollen wir durchsehen, womit wir es hier genau zu tun haben, und mit den ganzen Details warten? Ich habe genug von Details für heute.«

Die Computer enthielten alle notwendigen Informationen. Eine detaillierte Liste sämtlicher Opfer. Ordner mit sämtlichen Tatortuntersuchungen. Ordner mit jeder individuellen Ermittlung. Datei mit sukzessiv entwickelter gemeinsamer Ermittlung. Psychologisches Täterprofil, erstellt von einer Expertengruppe. Ordner mit sämtlichen Obduktionsberichten. Ordner mit sämtlichen Zeitungsausschnitten. Datei mit Waffenbeschreibungen. FYEO.

»Was bedeutet das?« fragte Hjelm.

»For your eyes only. Darin haben sie wohl die höchst geheimen Details, die die erste Serie mit der zweiten verbinden.«

Sie sahen die Dateien langsam durch, eine unendliche Menge an Informationen rollte vorbei. Wie zum Teufel sollten sie auch nur das kleinste bißchen zu dieser enormen Ermittlung beitragen können? Es kam ihnen ausreichend hoffnungslos vor, um fürs erste die Arbeitsniederlegung zu motivieren. Sie fühlten sich glücklich frivol, als sie die Computer mit einem einstimmigem »Ene mene mu, und aus bist du« abschalteten.

»Glaubst du, wir können dem FBI entwischen?« fragte Kerstin Holm.

Natürlich wäre es schön gewesen, auszugehen und New York by night zu sehen, aber sie waren dennoch nicht besonders betrübt darüber, Jerry Schonbauers Angebot ausgeschlagen zu haben. Tatsächlich verließen sie noch nicht einmal das Hotel, sondern genossen ein ruhiges Abendessen im Hotelrestaurant, nach ein paar Stunden unruhigen Schlafes. Es war etwas schwierig, sich um zwei Uhr nachts wieder aufzurappeln, denn so spät war es in Schweden, als sie ins Vestibül hinunterkamen. Um acht Uhr Ortszeit standen sie im Restaurant und suchten das Restaurant. Es war, mit anderen Worten, von der allerkleinsten Sorte.

Skipper's Inn fungierte als Gaststube. Was dem Restaurant dadurch an Vielfältigkeit des Angebots verlorenging, das machte es durch Qualität wieder wett. Sie bekamen eins von zwei angebotenen Gerichten, Rinderfilet im Teigmantel, und eine Flasche Bordeaux der ihnen unbekannten Marke Château Germaine. Sie saßen an einem Fenster und genossen zumindest einen kleinen indirekten Anblick von Manhattans Straßenleben. Das winzige Restaurant, dessen erste Gäste sie gewesen waren, füllte sich langsam. Bald waren alle zwölf Tische besetzt.

Paul Hjelm hatte ein Déjà-vu-Erlebnis. Als sie das letztemal allein an einem fremden Ort ein ruhiges Abendessen genossen hatten, da hatte das handfeste Konsequenzen. Er saß da und wand sich ein wenig und dachte an Cilla und die Kinder und ihr mühsam wiedergewonnenes Familiengefühl. Er dachte an die ungeheure Verlockung, die die Frau ihm gegenüber unablässig darstellte, wie sie ihn in seinen Träumen heimsuchte und ein pochendes Geheimnis blieb. Sie hatte ein dezentes Makeup aufgelegt und trug ein kleines schwarzes Kleid mit Spaghettiträgern, die sich über dem bloßen Rücken kreuzten. Sie war so klein und dünn, und ihr Gesicht wirkte noch kleiner als sonst, umrahmt von der schwarzen, etwas ungepflegten Pagenfrisur. War das überhaupt eine Frisur? Er konnte es nicht lassen zu sagen:

»Erinnerst du dich noch daran, wie wir das letztemal so gesessen haben?«

Sie nickte und lächelte, unglaublich anziehend. »Malmö«, sagte sie.

Dieser leicht belegte Göteborger Alt. Ihre Duette mit Gunnar Nyberg klangen ihm in den Ohren. Schubert-Lieder. Goethe-Gedichte. Er wußte nicht, ob er versuchte zu fliehen oder näher zu kommen.

Als er den Mund öffnete, wußte er nicht, was der nächste Schritt sein würde. Er ließ es geschehen. »Es ist eineinhalb Jahre her«, sagte er.

»Fast«, sagte sie.

»Das weißt du noch?«

»Warum denn nicht?«

»Tja ...«

Das soziale Treibgut schaukelte an der Oberfläche. Er versuchte, es niederzudrücken, und sagte kurz: »Was ist passiert?«

Sollte sie es deuten, wie sie wollte. Sie schwieg eine Weile. »Ich mußte andere Wege gehen«, sagte sie schließlich.

»Und welche?«

»So weit wie möglich weg von der Arbeit. Ich war nahe daran aufzuhören.«

»Das wußte ich nicht.«

»Das wußte niemand außer mir selbst.«

Nicht einmal er? Er dankte seinem Schöpfer, daß er es nicht sagte.

»Nicht einmal er«, sagte sie.

Er schwieg. Er wollte nicht nachfragen. Sie sollte die Wege gehen, die sie gehen wollte. Oder gehen mußte.

»Nach dir und deiner Entscheidungsangst hatte ich mir vorgenommen, ohne Mann zu leben«, sagte sie leise. »Ich brauchte Zeit zum Nachdenken. Dann habe ich ihn kennengelernt, ein komischer Zufall. Er hat auch darauf bestanden, mich bei der Arbeit anzurufen, so wußten bald alle, daß ich einen neuen Mann hatte. Was niemand wußte, war, daß er sechzig war und Pastor in der schwedischen Kirche.«

Hjelm blieb mucksmäuschenstill.

Nach einer Weile fuhr sie fort, den Blick auf ihre Gabel gerichtet, mit der sie zerstreut in dem halb gegessenen Rinderfilet herumstocherte: »Kein Mensch glaubt, daß man eine heftige, leidenschaftliche Beziehung zu einem sechzigjährigen schwedischen Pfarrer haben kann. Aber so war es. Offenbar kann ich zur Zeit nur solche Beziehungen haben.«

Sie sah auf das Gewimmel auf der West 25th Street hinaus und fuhr mit demselben etwas mahlenden Tonfall fort: »Er war seit zwanzig Jahren Witwer. Pastor in der Kirche, wo ich im Chor gesungen habe. Er weinte, wenn ich sang, kam zu mir und küßte meine Hand. Ich habe mich wie ein Schulmädchen gefühlt, das endlich ein bißchen Aufmerksamkeit bekam. Ich war Tochter und Mutter zugleich. Daraus wurde mit der Zeit die Frau wiedergeboren.«

Sie wich seinem Blick immer noch aus. »Es gab so viel Ungetanes in dem Mann. Etwas davon konnte er mit mir tun. Er trug so viel stille und feine Lebensweisheit in sich, ich weiß nicht, ob man das verstehen kann, eine Fähigkeit, die kleinen Gaben jedes Tages zu genießen. Wenn nichts anderes, so hat er mich jedenfalls das gelehrt.«

»Was ist passiert?«

Sie wandte sich endlich ihm zu, einen kurzen Moment lang. Ihr Blick war etwas verschleiert, aber höchst lebendig. »Er ist gestorben«, sagte sie nur. Er nahm ihre Hand und hielt sie fest. Sie rührte sich nicht. Ihre Blicke trafen sich nicht, sie sahen auf die Straße. »Er war schon todkrank, als wir uns kennenlernten«, fuhr sie leise fort. »Erst jetzt verstehe ich langsam. Er wußte, daß er so viel Leben in sich trug. Er wollte es weitergeben. Ein Abschiedsgeschenk an die Lebenden. Ich hoffe, daß er auch ein bißchen von mir mitnehmen konnte. Ein bißchen Leidenschaft wenigstens.«

Hjelm hatte aufgehört, darüber nachzudenken, wie er sich verhalten sollte. Er hörte nur zu. Es war schön.

»Es ging schnell. Eigentlich sollte er seine dritte Chemotherapie bekommen. Er hat sich geweigert. Er hat ein letztes Aufblühen gewählt, nicht den Kampf bis zuletzt. Ich habe eine Woche bei ihm gewacht, jeden Tag nach der Arbeit. Es war im Frühjahr. Er schrumpfte irgendwie zusammen.

Aber er hat fast die ganze Zeit gelächelt. Es war merkwürdig. Ich weiß nicht, ob ihn das Geben oder das Nehmen froh gemacht hat. Vielleicht einfach der Austausch. Als hätte er einen letzten Einblick in die Geheimnisse des Lebens gewonnen und könnte ohne Angst dem großen Geheimnis entgegensehen.«

Sie wandte sich ihm wieder für eine Sekunde zu, wie um zu überprüfen, ob er ihr folgte. Das tat er.

»Ich weiß nicht«, sagte sie. »Diese Bilder heute ... Man glaubt, man könnte sich vorbereiten, aber man kann es nicht. Es ist, als gäbe es verschiedene Tode. Er hat auch gelitten, er hat furchtbar gelitten, aber er hat gelächelt. Hier gibt es kein Lächeln, nur die widerwärtigen Grimassen der Qual. Wie ein Fries mittelalterlicher Schreckensbilder von Christus. Gemacht, um Schrecken einzujagen. Abschreckend. Als würde er uns vom Leben abschrecken wollen, wie mittelalterliche Prälaten. Und es gelingt ihm auch fast.«

»Ich weiß nicht«, versuchte er. »Ich sehe keine richtige Botschaft in dem, was er tut. Ich glaube eher, daß wir es mit Abfallprodukten zu tun haben, Resten, Industrieabfall, wenn du verstehst, was ich meine. Es kommt mir vor wie der mechanische, industrielle Tod von Auschwitz. Wenn einem etwas überhaupt so ...«

Jetzt sah sie ihm in die Augen. Sie hatte sich einiges von der Seele geredet. Er sah in zwei tiefe, traurige Augen, und er sah, wie der Funke wieder entzündet wurde, genau in diesem Moment. Die phantastische Unerschöpflichkeit der Augen.

Er fragte sich, was sie sah. Einen Hanswurst, der herumsprang und versuchte, seine Erektion zu verbergen? Er hoffte, daß da ein klein wenig mehr war.

»Das ist vielleicht nicht unvereinbar«, sagte sie, und die wiedergeborene Energie radierte den nachdenklichen Tonfall nicht aus. »Lebensverachtung und klinische Perfektion in ein und derselben Handlung. Das *ist* ja ein und dieselbe Handlung.«

Sie grübelten beide. Privates und Berufliches war nicht zu trennen. Nichts war isoliert in diesem Leben.

Er spürte, daß er an der Reihe war. Er nahm wieder ihre Hand. Sie wehrte sich nicht. »War das, was wir hatten, nur Sex?« fragte er, ohne zu zittern. »Gibt es so etwas wie reinen Sex?«

Sie lächelte etwas bitter und ließ ihre Hand in seiner. »So etwas gibt es wohl nicht«, sagte sie. »Und das zwischen uns war es auf jeden Fall nicht. Es war – verwirrend. Viel zu verwirrend. Ich war gerade aus einer teuflischen Ehe geflohen, vor einem Ehemann, der mich vergewaltigt hatte, ohne es zu merken. Er war Polizist, das weißt du, und dann bin ich bei einem anderen Polizisten gelandet, dem Gegenteil. Hartgesotten und einfallsreich als Bulle, zärtlich und hilflos privat. Die Bilder vermischten sich. Ich mußte da raus. Du bist in den Schoß der Familie zurückgeflohen, so etwas hatte ich nicht, also bin ich in die mir einzig mögliche Richtung geflohen.«

»Auf eine Weise ist das Leben leichter als jemals zuvor«, sagte Paul. »Auf eine andere schwerer.«

»Wie meinst du das?«

»Ich weiß es nicht genau. Ich habe das Gefühl, daß die Wände sich um uns schließen. Wir haben die Tür einen Spalt geöffnet. Jetzt wird sie wieder zugemacht. Und die Wände rücken immer näher.«

Er suchte nach Worten. Sie kamen nicht leicht. Er versuchte, Dinge zu formulieren, an die er sich noch nie herangewagt hatte. »Ich weiß nicht, ob es verständlich ist«, sagte er nur.

»Ich glaube schon«, sagte sie und fügte hinzu: »Du hast dich wirklich verändert.«

»Vielleicht ein bißchen«, sagte er und schwieg wieder. Nach einer Weile fuhr er fort: »Nur ein bißchen an der Oberfläche, aber irgendwo muß es ja anfangen. Die ererbten Gewohnheitsmuster zerbrechen uns, bevor wir überhaupt die Chance haben, *anzufangen* zu leben. Ich habe keine umwälzenden äußeren Dinge erlebt wie du, es war im Gegenteil ein ziemlich ereignisloses Jahr. Aber es hat auf der anderen Seite einige neue Möglichkeiten eröffnet ...«

Sie nickte stumm. Das Gespräch verebbte; es schien ohne Worte weiterzugehen. Schließlich sagte sie: »Ich fange an zu verstehen, wie wichtig es ist, daß wir ihn fassen.«

Er nickte. Er wußte, was sie meinte.

Sie verließen das Restaurant und gingen Hand in Hand die Treppen hinauf. Vor seinem Zimmer blieben sie stehen.

»Was sollen wir sagen?« fragte sie. »Sieben?«

Er seufzte leicht und lächelte. »Okay, Frühstück um sieben.«

»Ich klopfe bei dir. Hoffentlich stehst du nicht gerade in der Dusche.«

Er gluckste. Sie gab ihm einen leichten Kuß auf die Wange und ging in ihr Zimmer. Er stand noch ein paar Minuten auf dem Flur.

24

Sie kamen, sahen und siegten. Über den Jetlag, kaum etwas anderes. Ihr Blickfeld war auf erstaunliche Weise geschrumpft und hatte ganz New York ausgeschlossen. Übriggeblieben waren zwei Computer auf einem Schreibtisch.

Das Material war tatsächlich gigantisch. Tausende von Seiten mit imponierendem Detailreichtum bis hin zu Unwesentlichem, zehnseitige Interviews mit Leichenfindern und Nachbarn von Nachbarn, pedantische wissenschaftliche Vergleiche mit früheren und Serienmördern der gleichen Zeit, enorm detaillierte Karten von Fundgebieten, innenpolitische und sozialpolitische Analysen von Professoren, Obduktionsprotokolle, in denen die beginnenden Zahnfleischprobleme und Nierensteinbildungen der Opfer aufgeführt waren, extrem gewissenhaft durchgeführte Tatortuntersuchungen und Ray Larners mühsam zusammengestellte Beschreibung der Aktivitäten von Commando Cool im südostasiatischen Dschungel.

Vielleicht war es nicht der richtige Ansatzpunkt, doch Hjelm vertiefte sich sofort in diese Beschreibung. Wenn Larner die Wahrheit erfahren hatte, was keineswegs sicher war, dann war Commando Cool auf direkte Initiative von Präsident Nixon entstanden, nachdem er Informationen über die Standhaftigkeit der im Feld gefangengenommenen FNL-Soldaten erhalten hatte; sie tendierten dazu, zu sterben, bevor sie sprechen konnten. Was benötigt wurde, war eine kampferprobte, bewegliche kleine Geheimtruppe von Folterern, auch wenn das Wort natürlich nie benutzt wurde. Der Auftrag ging an den militärischen Sicherheitsdienst – und hier hatte Larner eine ganze Reihe von Fragezeichen eingefügt –, der acht Topkräfte, eine jünger als die andere, zusammenzog und die Einheit aufstellte, die in der Schlußphase des Krieges ständig im Einsatz war. Woher die Zangen kamen, war unsicher, Hjelm las CIA zwischen Larners Zeilen. Damit wechselte er zu der höchst geheimen Datei über die Zangen.

Da waren sie, schwarz auf weiß: links eine Fotografie der Stimmbandzange von Commando Cool, rechts eine gezeichnete Rekonstruktion von K.s Zange. Die Funktion beider war im Grunde die gleiche, doch die Unterschiede waren markant. K.s Zange war eine weiterentwickelte, verfeinerte Variante, die eine Art industriellen Veredelungsprozeß durchlaufen zu haben schien. Genaue Beschreibungen der Funktionen folgten, wie die Mikrodrähte sich mit Hilfe einer Miniatursteuerung durch die Kanüle bewegten, in die Kehle eindrangen, mit kleinen Wülsten die Stimmbänder umklammerten und diese außer Funktion setzten; eine leichte Drehung an einem der beiden Rädchen machte es dann möglich, daß ein Flüstern hörbar wurde. Wenn dies herausgedrungen war, brauchte man nur wieder festzudrehen und den Job zu Ende zu bringen, vollkommen lautlos. Die rechte Variante, K.s, war so konzipiert, daß es leichter war, den richtigen Punkt zu treffen. Sie war vom Commando Cool jedoch nie benutzt worden, dieses hatte sich während des ganzen Krieges bis zuletzt an die alte gehalten. Das bedeutete zweierlei: Erstens, daß es nicht sicher war, daß K. ein Mann aus dem Umkreis des Commando Cool sein mußte – es waren ja verschiedene Zangen –, zweitens, daß die grausige Erfindung aus dem Vietnamkrieg weiterentwickelt worden war. Warum? Und von wem? Larners Bericht enthielt keine Hypothesen.

Danach folgte die zweite Zange, eine reine Folterzange, nur dazu gedacht, an den Nervensträngen im Nacken zu zerren und sie zu verdrehen. Auch sie war verändert worden. Man hatte außerdem neue Schmerzpunkte lokalisiert, wodurch der Einsatz der Zange noch effektiver wurde. Auch hier lag eine exakte Beschreibung darüber vor, wie der Schmerz sich verteilte, wie er in Rücken und Schultern wanderte, wie er nach oben stieg, ins Gehirn, wo er explosionsartige Schmerzanfälle auslöste.

Die Pointe war, daß dieselben Zangen in der ersten wie in der zweiten Serie benutzt worden waren; nicht nur gleichartige. Gewisse Besonderheiten bei der Wundenbildung zeigten, daß es sich um exakt dieselbe Zange handelte, und dies wurde zur Begründung der Annahme angeführt, daß es sich um ein und denselben Täter handelte. K.

Wenn es um einen industriellen Entwicklungsprozeß ging, dann mußten viele Menschen an der Entwicklungsarbeit beteiligt gewesen sein, ganz gleich, ob es der militärische Sicherheitsdienst oder der CIA oder eine ganz andere Organisation war. Doch genau an diesem Punkt, wo bedeutend mehr Verdächtige auszumachen wären, war Larner auf eine Mauer des Schweigens gestoßen. Hatten er und der Hacker Andrews Balls erfunden, weil sie vermuteten, daß es tatsächlich einen Balls gab, einen heimlichen Befehlshaber, der nach und nach bis ins Herz des Pentagons aufgestiegen war und effektiv den Informationsfluß unterband? Wie hatte Larner die Information über die Mitglieder des Commando Cool bekommen, wenn er nichts anderes herausgefunden hatte?

Er rief ganz einfach bei Larner an und fragte ihn.

»Das Ganze war ein äußerst seltsamer Prozeß«, antwortete Larner am Telefon. »Es waren Bestechungen und Mauschelei und verdeckte Drohungen erforderlich. Nachdem ich gegen alle erdenklichen Wände angerannt bin, gelang es mir, mich zu einem anonymen Beamten durchzukämpfen, der für ein paar tausend Dollar die vollständige, der höchsten Geheimhaltungsstufe unterliegende Akte über Commando Cool kopierte. Dort hätte alles zu finden sein müssen, doch das einzige, was ich fand, war ein Verzeichnis der Mitglieder der Gruppe. Den Rest gab es überhaupt nicht beim Militär.«

»Und haben Sie da angefangen, an den CIA zu denken?«

Larner kicherte. »Das hatte ich wohl schon die ganze Zeit getan«, sagte er und legte auf.

Kerstin nahm sich andere Aspekte vor. Sie suchte sich die komplette Liste der Opfer und druckte sie aus. Es war eine makabre Aufzählung, die nur die denkbar knappste Information enthielt: Name, Rasse, Alter, Beruf, Heimatort, ungefährer Zeitpunkt des Todes:

1) Michael Spender, weiß, 46 Jahre, Ingenieur bei Macintosh, wohnhaft in Louisville, gefunden in NW-Kentucky, ungefährer Zeitpunkt des Todes um den 5. September 1978.
2) Nichtidentifizierter Weißer, ca. 45–50 Jahre, gefunden in S-Kentucky, Todeszeitpunkt Anfang November 1978.
3) Nichtidentifizierter Weißer, ca. 60 Jahre, gefunden in O-Kentucky, Todeszeitpunkt um den 14. März 1979.
4) Yin Li-Tang, taiwanesischer Staatsangehöriger, 28 Jahre, wohnhaft in Lexington, Biologe a.d. Kentucky University, Lexington, auf dem Universitätsgelände gefunden, Todeszeitpunkt 9. Mai 1979.
5) Robin Marsh-Eliot, weiß, 44 Jahre, wohnhaft in Washington, Auslandskorrespondent der Washington Post, gefunden in Cincinnati, Ohio, Todeszeitpunkt Juni/Juli 1979.
6) Nichtidentifizierte weiße Frau, ca. 35 Jahre, gefunden in S-Kentucky, Todeszeitpunkt um den 3. September 1979.

7) Nichtidentifizierter Weißer, ca. 55 Jahre, gefunden in Illinois, Todeszeitpunkt zwischen Januar und März 1980.
8) Nichtidentifizierter Inder, ca. 30 Jahre, gefunden in S-Tennessee, Todeszeitpunkt 13. bis 15. März 1980.
9) Andrew Schultz, weiß, 36 Jahre, wohnhaft in New York, Pilot bei Lufthansa, gefunden in O-Kentucky, Todeszeitpunkt Oktober 1980.
10) Nichtidentifizierter Weißer, ca. 65 Jahre, gefunden in Kansas City, Todeszeitpunkt Dezember 1980.
11) Atle Gundersen, weiß, norwegischer Staatsangehöriger, 48 Jahre, wohnhaft in Los Angeles, Kernphysiker am UCLA, gefunden in SW-West-Virginia, Todeszeitpunkt 28. Mai 1981.
12) Nichtidentifizierter Weißer, 50–55 Jahre, gefunden in Francfort, Kentucky, Todeszeitpunkt August 1981.
13) Tony Barrett, weiß, 27 Jahre, wohnhaft in Chicago, gefunden in SW-Kentucky, Todeszeitpunkt 24. bis 27. August 1981.
14) Nichtidentifizierter Weißer, 30–35 Jahre, gefunden in N-Kentucky, Todeszeitpunkt Oktober/November 1981.
15) Nichtidentifizierter Weißer, 55–60 Jahre, gefunden in S-Indiana, Todeszeitpunkt Januar 1982.
16) Lawrence B. R. Carp, weiß, 64 Jahre, wohnhaft in Atlanta, Vizedirektor von RampTech Computer Parts, gefunden in seinem Haus in Atlanta, Georgia, Todeszeitpunkt 14. März 1982.
    [Hauptverdächtigter Wayne Jennings, tot am 3. Juli 1982]
17) Nichtidentifizierter Schwarzer, 44 Jahre, gefunden in SW-Kentucky, Todeszeitpunkt Oktober 1982.
18) Richard G. de Clarke, weiß, Südafrikaner, 51 Jahre, wohnhaft in Las Vegas, Pornoklubbesitzer, gefunden in O-Missouri, Todeszeitpunkt 2. bis 5. November 1982.

(Pause von fast fünfzehn Jahren)

19) Sally Browne, weiß, 24 Jahre, wohnhaft in New York, Prostituierte, gefunden im East Village, Manhattan, Todeszeitpunkt 27. Juli 1997.
20) Nick Phelps, weiß, 47 Jahre, wohnhaft in New York, arbeitsloser Tischler, gefunden in SoHo, Manhattan, Todeszeitpunkt November 1997.
21) Daniel ›Dan the Man‹ Jones, schwarz, 21 Jahre, wohnhaft in New York, Rapper, gefunden in Brooklyn, Todeszeitpunkt März bis April 1998.
22) Alice Coley, weiß, 65 Jahre, wohnhaft in Atlantic City, New Jersey, wegen Krankheit vorzeitig pensioniert, gefunden in ihrer Wohnung, Todeszeitpunkt 12. bis 14. Mai 1998.
23) Pierre Fontaine, weiß, französischer Staatsangehöriger, 23 Jahre, wohnhaft in Paris, Tourist, Student, gefunden in Greenwich Village, Manhattan, Todeszeitpunkt 23./24. Juli 1998.
24) Lars-Erik Hassel, weiß, schwedischer Staatsangehöriger, 58 Jahre, wohnhaft in Stockholm, Literaturkritiker, gefunden auf Flughafen Newark, Todeszeitpunkt 2. September 1998.
25) Andreas Gallano, weiß, schwedischer Staatsangehöriger, 42 Jahre, wohnhaft in Alby, Drogenhändler, gefunden in Riala, Todeszeitpunkt 3. bis 6. September 1998.
26) Eric Lindberger, weiß, schwedischer Staatsangehöriger, 33 Jahre, wohnhaft in Stockholm, Beamter im Außenministerium, gefunden in Lidingö, Todeszeitpunkt 12. September 1998.
27) Nichtidentifizierter Weißer, 25–30 Jahre, gefunden in Stockholm, Todeszeitpunkt 12. September 1998.

Kerstin Holm hielt inne. Konnte man wirklich keine anderen Schlüsse aus dieser Liste ziehen, als Larner es getan hatte? Ihr kam der kurze, brutale Verdacht, daß Larner ein doppeltes Spiel spielte.

Sie ging zu dem psychologischen Profil über. Eine Expertengruppe hatte den Versuch unternommen, die fünfzehnjährige Pause zu erklären. Es war ihr offensichtlich nicht ganz leicht gefallen, hinter den Formulierungen schienen Meinungsverschiedenheiten auf, die man auszugleichen versucht hatte, und das Resultat war faszinierend. Sie fragte sich, warum das Profil nicht in Larners Lieferung nach Schweden enthalten gewesen war.

Die einleitenden Morde deuteten nach Ansicht der Expertengruppe auf den Haß eines ziemlich jungen Mannes auf die Obrigkeit, personifiziert in älteren, gut ausgebildeten Männern. Der Minderwertigkeitskomplex verkehrt sich in Größenwahn, als es ihm gelingt, die Stimmen zum Schweigen zu bringen, die ihn unten gehalten, ihm vielleicht den Zugang zur Universität verweigert hatten. Die Unerreichbaren werden erreichbar, er kann ihre Stimmen zum Schweigen bringen, sie können unerträglichen Schmerz fühlen, wie auch er ihn gefühlt hat, und er selbst kann darüber bestimmen, wieviel von dem Schmerz zum Ausdruck zu bringen er ihnen erlaubt; er braucht nur an einem Rädchen zu drehen – denn hatten sie sich ihm gegenüber nicht ebenso verhalten, ihm die Möglichkeit zu sprechen verweigert, ihn nur mit einer kleinen Handbewegung von der Ausbildung ferngehalten, die es ihm ermöglicht hätte, sein Leiden zu verstehen und auszudrücken? Sein Verhalten ist eine verzerrte Variante des Auge-um-Auge-Prinzips; die Vergeltung imitiert auf einer anderen Ebene das gleiche, dem er ausgesetzt gewesen zu sein meint. Er erobert die Macht zurück. Die große Anzahl von Toten deutet nicht darauf hin, daß er immer blutdürstiger wird – es kommt nicht zu einer Beschleunigung im eigentlichen Sinne –, sondern sie vermittelt eher einen Eindruck vom Ausmaß der Demütigung, die er erfahren hat. Es sind achtzehn Tote erforderlich, bis er den Kopf über Wasser bekommt und in die menschliche Gemeinschaft eintreten kann. Denn vielleicht verhält es sich eher so, daß der Blutdurst sukzessive *abnimmt*, er gewinnt sein Gleichgewicht, die Morde haben einen realen therapeutischen Effekt. Er erreicht den Punkt, an dem er glaubt, zwischen der Obrigkeit und sich einen Gleichstand erreicht zu haben, und da kann er aufhören und sich von hier aus hocharbeiten in die

Position der Obrigkeit. Das tut er in den fünfzehn Jahren. Er gewinnt eine überlegene Position. Vielleicht hat er eine Ausbildung machen können und eine Chefposition erreicht, aber natürlich hat seine Vergangenheit ihn nicht unversehrt gelassen. Jetzt wird er der Unterdrücker, *dazu* hat er sich ausgebildet. Und jetzt schlägt er selbst zu gegen die Schwächeren. Der Haß auf die Obrigkeit ist als Neid entlarvt. Er war neidisch auf ihre Macht. Und jetzt ist er derjenige, der zuerst schlägt, derjenige, der das erste Auge aussticht, sich nicht nur rächt. Er hat die Rolle in der ersten Reihe erreicht. Seine Handlungen *spiegeln* nicht mehr die der Stärkeren, er *ist* der Stärkere. Und jetzt kann es unbegrenzt weitergehen.

Der Kentuckymörder ist also ein weißer Mann in Chefposition, der sich gegen alle Widerstände dorthin durchgekämpft hat. Das war das Fazit des Gutachtens der Expertengruppe.

Sie ließ wieder einmal jede Diplomatie außer acht und rief Larner an. »Ray, Kerstin hier. Halm, ja, Halm verdammt noch mal, (letzteres auf schwedisch). Ich frage mich, warum wir das psychologische Profil der Expertengruppe vorher nicht zu Gesicht bekommen haben.«

»Because it's bullshit«, hallte es im Hörer.

»Warum? Hier finden sich doch massenweise Aspekte, an die wir bisher nicht gedacht haben.«

»Ich war Mitglied der Expertengruppe. Ich stimme insoweit zu, als es sich um eine kohärente Erzählung handelt. Sie funktioniert. Aber die störenden Einwände seitens der Polizisten in der Gruppe wurden von der Erzählung verschlungen. Der Wunsch, Einheitlichkeit zu erzielen, führte dazu, daß das allerwichtigste Faktum unterdrückt wurde.«

»Welches denn?«

»Die professionielle Vorgehensweise.«

»Wie meinen Sie das?«

»Er versucht nicht, eine Stellung auszugleichen, es ist kein Prozeß, sondern eine eiskalte Serie von Ausrottungen. Er hinterläßt keine glühenden Zeichen, sondern verfrorene Reste. Es sind Ruinen, keine Gebäude.«

Sie sagte nichts. Diese Argumentation kannte sie. Sie bedankte sich und beendete das Gespräch.

»Er ist deiner Meinung«, sagte sie unvermittelt.

Paul Hjelm, der gerade die delikaten Unterschiede zwischen den Zangen studierte, fuhr zusammen. »Wovon redest du?« fragte er unwirsch.

»Nichts«, sagte sie und versuchte, sich weiter durch das Material zu kämpfen. Es wollte ihr nicht gelingen. Sie rief Larner noch einmal an. Seine Stimme war unverändert geduldig.

Sie kam direkt zur Sache: »Ist es in der zweiten Runde wirklich professionell?«

»Wie Sie sicher gemerkt haben, habe ich über die zweite Runde sehr wenig zu sagen. Ich verstehe es nicht. Es ist genauso professionell, dieselbe Vorgehensweise. Es sind die Opfer, bei denen sich etwas geändert hat.«

»Aber warum?« fragte sie irritiert. »Warum ist er von Ingenieuren und Forschern zu Prostituierten und Pensionären übergegangen?«

»Wenn Sie die Frage klären, haben Sie den Fall geklärt«, sagte Larner ruhig. »Aber ist es wirklich so eindeutig? Sie haben doch immerhin Literaturkritiker und Diplomaten und Drogenhändler unter den Getöteten. Es sind wohl beide Sorten, könnte man sagen.«

»I'm sorry«, sagte sie ein wenig zerknirscht. »Es ist nur so frustrierend.«

»Wenn Sie zwanzig Jahre an dieser Sache gearbeitet haben, dann wissen Sie, was Frustration ist ...«

Sie legte auf und machte sich widerstrebend an die Arbeit. Die Schwierigkeit war, keine Hypothesen aufzustellen, Folgerungen zu vermeiden und nur Informationen aufzunehmen. Das Blickfeld zu erweitern, statt es einzuschränken. Auf den rechten Augenblick zu warten.

Ihr ganzer Tag ging damit drauf, sich einen vernünftigen Überblick zu verschaffen. Und der Abend. Die Führung durch Manhattan mußte noch einen weiteren Tag warten.

Am Tag darauf begannen sie damit, das Blickfeld langsam

einzuengen und die Tausende von Seiten nach potentiellen schwedischen Anknüpfungspunkten durchzukämmen. Warum war er nach Schweden gegangen? Irgendwo da lag die Lösung.

Hjelm nahm sich das elfte Opfer genauer vor, den norwegischen Kernphysiker Atle Gundersen; dort konnte vielleicht etwas zu finden sein. Er nahm Kontakt zum UCLA auf und versuchte, schwedische Kollegen von Anfang der achtziger Jahre zu finden, er rief bei der Familie in Norwegen an. Er schaffte es, einen halben Tag damit zu vergeuden, doch heraus kam nichts.

Holm wandte sich dem Schwedenabkömmling im Commando Cool zu, Chris Anderson. Sie rief ihn sogar an. Er hörte sich müde an, erschöpft. Er war dermaßen oft befragt und vernommen worden, daß er es satt hatte. Vietnam lag so weit weg, konnte er nicht irgendwann die Erinnerungen begraben, die nachts immer noch kamen und ihn heimsuchten? Sie hatten schreckliche Dinge getan, aber es war Krieg, und sie arbeiteten fast direkt unter dem Präsidenten, was also hätten sie tun können? Nein, er wußte nicht genau, wie Befehlsstruktur und Befehlserteilung aussahen, es müßte an mehreren Stellen im Ermittlungsmaterial stehen. Ja, er war eng mit Wayne Jennings befreundet gewesen, aber nach dem Krieg hatten sie sich aus den Augen verloren. Und nein, zu dem Land seiner Ahnen hatte er keinerlei Kontakt, er redete ja nicht einmal mit seinen Eltern.

Sie suchten weiter, intensiv. Sobald eine kleine brennende Frage sich offenbarte, warf Larner seine geduldig erstickende Decke über die Flamme. Es hatte tatsächlich den Anschein, als hätte er doch an alles gedacht. Sie begannen, seine Arbeit neu zu schätzen. Der Mangel an Hypothesen und Ideen schien mehr und mehr darauf zu beruhen, daß sich keine anboten. Er hatte kühlen Kopf bewahrt und nicht zugelassen, daß sich – in Ermangelung besonnener – wilde Hypothesen seiner bemächtigten.

Weiterzugehen ohne irgendeine Spur, der man folgen konnte, war der schwierigste Drahtseilakt ihres Berufs.

Dennoch fühlten sie – und sie sprachen viel darüber, sprachen überhaupt viel, waren auf dem besten Weg, Freunde zu werden statt Liebender –, daß sie nur ein kleines, entscheidendes Stückchen brauchten, damit das Ganze ein zusammenhängendes Puzzle würde, fühlten sich nah am Ziel, ohne die geringste Veranlassung für ein solches Gefühl zu haben.

»Uns ist etwas entgangen«, sagte Paul eines Abends im Hotelrestaurant. Sie hatten inzwischen jeden Gedanken daran aufgegeben, etwas anderes zu sehen als das FBI-Gebäude, das Innere von Taxis und das Hotel. Hjelm hielt guten Kontakt zu Cilla und seiner Familie in Schweden; am Anfang, als er noch nicht wußte, wie es zwischen ihm und Kerstin weitergehen würde, war er nicht so motiviert gewesen anzurufen, aber da sie sich immer stärker auf ihre polizeiliche Aufgabe konzentrierten, ließ sein Unbehagen nach, und seine Gespräche mit Cilla wurden lockerer und natürlicher. Er vermißte sie – wenn Zeit dazu war.

»Wieso entgangen?« fragte Kerstin und schob sich ein Stück Dorschfilet in den Mund. »Uns entgeht doch ständig etwas. Je mehr wir finden, desto mehr entgeht uns.«

Sie nahm einen Schluck Wein. War er ihr so nahegekommen, daß sie für ihn aufgehört hatte, schön zu sein? Er betrachtete ihren Kehlkopf, während sie schluckte. Nein, so war es nicht. Aber vielleicht hatte sein Begehren einen alternativen Seitenweg gefunden, den es früher auf seiner Landkarte nicht gegeben hatte. Er betrat jungfräuliches Gebiet – und verfluchte die Widerspenstigkeit der Bildsprache. »Ich habe die ganze Zeit das Gefühl, daß wir gar nicht *mehr* wissen *müssen.*«

»Was tun wir dann hier?«

»Suchen einen Impuls. Den kleinen Stromstoß, der durch alles hindurchfährt und es zusammenfügt.«

»Romantiker«, sagte sie und lächelte. Hatte er dieses Lächeln so oft gesehen, daß es nicht mehr einnehmend wirkte? Ein alberner Gedanke.

Sie zählten die Tage nicht mehr. Sie bewegten sich wie zwei Fische im Aquarium.

Eines frühen Morgens stand Larner in der Tür. Aufgeregt und mit der Dienstwaffe im Achselhalfter.

»Sind Sie müde geworden?« rief er ausgelassen.

Vier aufgerissene Augen betrachteten ihn skeptisch.

»Wie wäre es mit ein bißchen richtiger Polizeiarbeit? Ausländische Beobachter bei Razzia in Drogennest?«

Sie wechselten einen schnellen Blick. Vielleicht war es das, was sie brauchten.

»Okay«, sagte Larner und lief schon wieder hinter Jerry Schonbauer den Korridor entlang. Der Boden bebte, als hätten seine Schritte den seismischen Gürtel von der West- an die Ostküste verschoben. »Wir sind ans ATF ausgeliehen worden. Man weiß nicht recht, was man mit uns anfangen soll, jetzt, wo Sie K. bekommen haben. Die übrigen Serienmörder des Bundesstaates ruhen in anderen Händen. Es gibt da ein Crack-Haus in Harlem, eine Chance, der amerikanischen Wirklichkeit ins Gesicht zu sehen. Mir nach.«

Sie waren draußen auf der Straße. Große schwarze Limousinen fuhren vor. Sie warfen sich neben Larner und Schonbauer in den Wagen. Alle vier hatten nebeneinander auf dem Rücksitz Platz. Die beiden Agenten zwängten sich in Jacken mit leuchtendgelben Buchstaben auf dem Rücken: ATF, Bureau of Alcohol, Tobacco and Firearms. Wie eine Beerdigungsprozession, die befürchtete, man würde ihr das Grab stehlen, drängelte die Karawane durch den New Yorker Verkehr und näherte sich dem nördlichen Manhattan, den hoffnungslosen Vierteln, den geopferten Vierteln, den begrabenen Vierteln. Die Häuserfassaden wurden rauher und rauher, schließlich sahen sie aus wie Bombenruinen. Das Dresden-Gefühl. Die Gesichter der Menschen wurden dunkler und dunkler, und schließlich waren überall nur noch Schwarze. Es war eine schreckliche und völlig logische Verwandlung, ein sukzessiver Übergang vom weißen Downtown zum schwarzen Harlem. Es gab keine Möglichkeit, darüber hinwegzusehen. Es war einfach so.

Die Wagen hielten in einer wohlerzogenen Reihe. Ebenso wohlerzogene Reihen von ATF-mäßig gekleideten Experten verwüsteten mit gezogenen Waffen einen heruntergekommenen, verbrannten Garten und zertrampelten alles, was an Pflanzenwuchs noch übrig war.

»Halten Sie sich auf Abstand«, sagte Larner und schloß zu den Verwüstern auf. Sie sammelten sich in einer mehr oder weniger geordneten Reihe auf dem Gehsteig des nächsten Häuserblocks. Alle Blicke richteten sich auf dasselbe Haus, einen abbruchreifen Schuppen, eines von zwei Gebäuden, die in der Trümmerlandschaft des Viertels übriggeblieben waren. Es war schon umringt von einer gutorganisierten Truppe von ATF-Männern mit Maschinenpistolen. Überall drückten sie sich an schmutzige Lehmwände, die in der wüstenheißen Sonne Risse zu bekommen schienen. Über dem Asphalt flimmerte die Luft. Es war still und verödet. Statt der schwarzen Gesichter schwarze Jacken mit gelben Buchstaben. Ein paar Tauben flogen auf und flatterten in merkwürdigen aufsteigenden Kreisen um das Haus herum, als flögen sie auf die Sonne zu. Der einzige Wolkenstreifen löste sich vor ihren Augen auf. Alle waren bereit. Es war wie ein Foto, ein Stilleben. Dann, unerwartet, setzten sich alle in Bewegung. Sie strömten in die Ruine hinein, eine Armee überlegener Ameisen, bereit, den zerfallenden Haufen zu übernehmen. Schließlich standen sie nur noch allein auf der Straße, ein hilfloses Duo ausländischer Beobachter, das jeden Augenblick in einen Hauseingang gezerrt werden und eine Kostprobe der amerikanischen Wirklichkeit bekommen konnte. Aus dem Haus ertönten vereinzelte Schüsse, gedämpft, irgendwie unwirklich, als hätte Hollywood ein paar Klangeffekte verliehen. Einige Maschinenpistolensalven, vereinzelte Schüsse. Eine kleinere Explosion. Es dauerte nur eine Minute, dann war alles vollkommen still. Eine Gestalt tauchte in der Tür auf, schwarz mit schwarzer Jacke. Sie winkte ihnen zu. Es dauerte einen Moment, bis sie begriffen, daß sie ihnen winkte, und noch einen Moment länger, bis ihnen klarwurde, daß es Larner war. Sie gingen auf ihn zu.

»Kommen Sie«, sagte er und wedelte mit der Pistole. »Das hier ist die Wirklichkeit.«

Ein leichter Staubdunst schlug ihnen an der Tür entgegen, kristallisch, in den sich die Sonnenstrahlen mischten. Es kratzte im Hals. Erst langsam ging ihnen auf, daß es Crack war, eine Drogenwolke, die sie einatmeten. Im ersten Stock waren nur Menschen, große schwarze Männer, die auf dem Boden lagen, die Hände im Nacken. Die Leibwächtergarde, entwaffnet. Zwei hatten die Hände nicht im Nacken verschränkt, sie lehnten an der Wand, mit unnatürlich verrenkten Rücken und Gliedmaßen. Aus einer offenen Wunde floß langsam Tropfen für Tropfen, das Blut floß langsamer und langsamer, bis der letzte Tropfen gleichsam in der Luft zögerte und scheinbar zurückgesogen wurde. Sie gingen in den nächsten Stock hinauf. Ein Raum nach dem anderen – wie ein Chemiesaal nach dem anderen, zerbrochene Kolben, umgeworfene Flaschen, flammende Bunsenbrenner – und eine dichtere Staubwolke. Eine Leiche mitten zwischen den Scherben auf einem Tisch, zerschossen, segmentiert, halb bedeckt von weißem Staub, der immer mehr rosa wurde, schließlich rot, sich dann zu einem Körper auf dem Körper zusammenzog. Auch hier Menschen auf dem Boden, die Hände im Nacken. Stille. Die Ruhe nach dem Sturm. Die Stille der Sturmwarnung. Nächste Etage. Auch hier Chemiewerkstatt, andere Anordnungen. Pakete mit Plastiktüten mit weißem Inhalt, halb offen, Staub, der immer noch aufstieg, wie Nebel über Waldseen. Hände im Nacken. Ein Toter hing halb aus einem Fenster. Eine Glasscherbe wie eine Haiflosse aus dem Rumpf aufragend. Fenster wurden geöffnet. Die Staubwolke trieb über die Stadt dahin. Berauschte Tauben gurrten laut. Ein weißer Wind fuhr durch das Haus, erreichte gut verpackte Dollarpäckchen im hintersten Raum, dem inneren Raum. Die Banderole um einen Packen war verschlissen, der Wind fing die grünen Scheine ein. Sie flatterten durch den Raum, wurden aufgefangen. Der Raum rotierte. Ein brauner Fleck breitete sich um einen liegenden Jeanshosenboden aus. Sie waren ganz im Innern, im Innersten. Larner lachte. Das Lachen schien seinen Kopf zu spalten. Der halbe Schädel flog einen halben Meter nach oben und fiel wieder zurück. Die Haut wurde von seinem Kopf nach unten gezogen, der Totenschädel gähnte, die Haut wurde wieder nach oben gesogen.

Hjelm stolperte auf das offene Fenster zu, atmete gierig die schmutzige, aber kristallfreie Luft ein.

»Sie sind ein paar Sekunden lang high«, sagte Larner. »Das geht vorbei.«

Kerstin setzte sich am Fenster auf den Boden. Sie schlang die Arme um sich selbst. Hjelm hängte sich aus dem Fenster, versuchte sich zu sammeln, den Blick zu konzentrieren. Ein einziges Drehen. Das Stilleben hinter ihnen wurde aufgehoben. Die Stille starb. Leute wurden hinausgestoßen, Schreie und Brüllen. Sie sahen es nicht.

Ein Taubenpaar schwebte vom Himmel herab und landete weich auf dem etwas niedrigeren Dach des Nachbarhauses. Hjelm fixierte die Tauben. Sie saßen mucksmäuschenstill auf dem Dachfirst des Hauses. Ein fester Punkt in der rotierenden Welt.

»Man muß versuchen, eine Weile nicht zu atmen«, sagte Larner hinter seinem Rücken. »Man lernt aus seinen Fehlern. Trial and error.«

Er bestrafte sie; jetzt begriff Hjelm, daß er sie bestrafte. Er hielt die Tauben mit dem Blick fest. Jetzt flogen sie ein Stück und begannen zu picken, flogen noch einmal auf, blieben in Sichtweite. Er verfolgte ihren Flug, sie waren Kunstflieger, folgten einander exakt. Als sie den stinkenden Krater des Crack-Hauses erreichten, stiegen sie senkrecht auf, glitten langsam durch die schmutzige Luft und landeten auf einer Fensterbank der obersten Wohnung des Nachbarhauses. Das Fenster über ihnen glühte wie Gold in der Sonne. Dann sah er durch das Fenster. Langsam wurde ein Bild hinter der schmutzigen, aber golden glänzenden Scheibe klarer. Es waren ein Mann und ein Junge. Wie in Zeitlupe erhob der Vater die Hand gegen seinen Sohn und schlug ihn, eine klassische, ererbte Ohrfeige, mehrmals, genau dieselbe Bewegung, als würde ein Stück Zeit nur für ihn immer aufs neue wiederholt, beanspruchte seine Aufmerksamkeit, und statt einer Wiederholung landete nun Bild auf Bild in einer märchenhaften Mehrfachprojektion. Der Blick des Sohnes nach dem Schlag, der Blick des Sohnes auf den Vater, absolut unerschöpflich. Darüber legte sich Laban Hassel, der zu seinem Vater aufsah, dann Danne, der zu seinem Vater aufsah, dann Gunnar Nybergs Kinder, die zu ihrem Vater aufsahen. Und schließlich K. Ganz oben auf dem Stapel K., der zu K. aufsieht.

Böses Blut kehrt wieder.

»Scheiße noch mal!« schrie er laut.

Kerstin rappelte sich auf und starrte ihn an. Sie sah, daß er sah.

»Da ist es doch!« schrie er wieder, wie ein Blöder.

Die gesammelten Blicke aller ATF-Männer fraßen sich in seinen Nacken. Es war ihm egal.

»Was ist da?« rief Kerstin mit einer komischen gedämpften Stimme.

»Der Impuls«, sagte er mit plötzlicher Ruhe. »So glasklar.«

Er drehte sich auf dem Absatz um und ging zu Larner, der ihn mit einem zutiefst skeptischen Blick betrachtete.

»I've got him«, sagte er nur und starrte Larner in die Augen.

Dann stürzte er die Treppe hinunter. Larner sah fragend Kerstin an. Sie nickte. Sie stürzten hinter ihm her. Er stand draußen auf der Straße und hatte Schonbauer erwischt, der gerade einen ebenso massiven Drogenproduzenten in einen der schwarzen Wagen schubste. Schonbauer nahm auf dem Fahrersitz eines der anderen Wagen Platz, Hjelm sprang hinein, Kerstin und Larner folgten. Sie fuhren los. Hjelm sagte kein Wort. Sein Blick war vollkommen fest und klar.

»Was sollen wir tun?« fragte Larner nach einer Weile.

»Uns ein Foto ansehen«, sagte Hjelm. Das war alles, was auf dem ganzen Weg zurück zum FBI-Gebäude gesagt wurde.

Sie gingen die Korridore entlang. Hjelm trat zuerst in Larners Zimmer. Er zerrte Wayne Jennings' alte Akte hervor und blätterte die Fotos durch. Das furchtbare Bild mit Jennings und dem Vietnamesen legte er zur Seite. Statt dessen hielt er das Foto von Jennings mit dem Kind auf dem Schoß hoch.

»Wer ist das hier?« fragte er.

»Jennings' Sohn«, sagte Larner verwundert. »Lamar.«

Hjelm legte das Foto auf den Schreibtisch und zeigte darauf. Jennings sah aus wie ein Cowboy, minus Cowboyhut: Jeans, rot-blau-weiß kariertes Flanellhemd, sandige braune Schlangenlederstiefel. Er hatte eine Hand auf den Kopf des Sohnes gelegt, aber er lächelte nicht, wie man es hätte erwarten können, sondern sein Gesicht war absolut ausdruckslos, und der eiskalte Blick drang direkt in die Kamera. Man konnte fast den Eindruck gewinnen, als drücke er den Kopf des Sohnes nach unten, wie um ihn auf seinem Platz zu halten. Der Blick des Sohnes war anders. Er war vielleicht zehn Jahre alt, ebenso blond und blauäugig, aber die Augen schienen kaum etwas wahrzunehmen. Wenn man näher hinsah, konnte man eine völlige Abwesenheit erkennen, als sei er nur eine leere Hülle.

»Das hier ist K.«, sagte Hjelm. »Alle beide.«

Endlich trat er aus seinem manischen Zustand heraus, legte das ganze dramatische Kostüm ab und wurde wieder Polizist. Er räusperte sich und sagte: »Was geschah mit Jennings' Familie nach seinem Tod?«

»Sie wohnten noch ein paar Jahre dort. Dann nahm sich die Frau das Leben. Der Junge kam in ein Heim und später zu Pflegeeltern.«

»Wie alt war der Kleine?«

»Er war elf, meine ich, als Jennings starb.«

»Er muß es gesehen haben.«

»Wovon reden Sie?«

Hjelm fuhr sich ein paarmal mit der Hand durchs Haar und sammelte sich. »Er muß es gesehen haben. Er muß seinen Vater bei der Arbeit gesehen haben.«

Er atmete tief durch und fuhr fort: »Das hier erklärt den Unterschied zwischen der ersten und der zweiten Serie, und es erklärt auch, warum er nach Schweden ging. Die erste Serie war Jennings' Werk, genau wie Sie es die ganze Zeit geglaubt haben, Ray. Es sind Hinrichtungen, professionelle Jobs, warum, darauf kommen wir später zurück. Aber die zweite Serie ist das Werk eines schwer gestörten Menschen. Das Werk des Sohnes. Er muß seinen Vater bei einer Folterung überrascht haben, ungefähr im Alter von neun oder zehn Jahren. Das hat ihn zerstört, wie sollte es auch anders sein. Wir müssen annehmen, daß das nur der Höhepunkt einer höllischen Kindheit mit Mißhandlungen und Eiseskälte und der ganzen Chose war. Als der Vater stirbt, behält er die Zangen, er hat gesehen, wie der Vater damit die schlimmsten nur denkbaren Alptraumtaten ausgeführt hat, und jede kleine Bewegung hat sich eingebrannt. Sie werden zu Schätzen, obwohl er nicht weiß, was er damit anfangen soll, er ist kein Mörder, er ist ein Ermordeter. Dann, vor ein paar Jahren, passiert etwas. Ich tippe, daß er auf irgendeine Weise erfährt – daß sein Vater lebt. Ich bin überzeugt davon, daß Wayne Jennings am Leben ist, daß es ihm gelungen ist, diesen Autounfall zu türken, was einige Unterstützung verlangte, und es besteht kein Zweifel daran, daß er eine Menge Unterstützung hatte. Er taucht unter und begeht noch ein paar Morde, hauptsächlich, glaube ich, um Sie, Ray, für Ihre Hartnäckigkeit zu bestrafen und um sozusagen posthum seine Unschuld zu beweisen. Mord Nummer siebzehn und achtzehn führen dazu, daß Sie vor Gericht landen. Dann verläßt Jennings das Land. Die Mordwelle hört auf. Jennings' sogenannte Witwe nimmt sich das Leben. Entweder wußte sie schon, daß ihr Ehemann der Kentuckymörder war, hat es die ganze Zeit gewußt und kann es nicht mehr ertragen, oder sie erfährt es jetzt und bringt sich aus Verzweiflung um. Als dann der Sohn als Erwachsener plötzlich erfährt, daß sein Vater lebt, begreift er, daß sogar der Tod der Mutter das Werk des Vaters war, und außerdem gibt es plötzlich einen konkreten Schuldigen für sein eigenes Leid. Kaputt ist er schon, jenseits aller Hoffnung, und jetzt wird er auch zum Mörder. Seine Tat ist eine Wahnsinnstat, er reagiert sich ab oder mordet aus Lust, das wissen wir nicht, aber er übt auch, bereitet sich auf den richtigen Mord vor, den einzigen, den Vatermord. Irgendwie erfährt er, daß sich sein Vater im Ausland aufhält – in Schweden –, und beschließt, Jagd auf ihn zu machen. Er hat eine gute Adresse in Schweden, eine abgelegene Hütte einige Kilometer nördlich von Stockholm. Dorthin begibt er sich mit falschem Paß und bereitet sich vor. Was danach passiert, ist unklar – aber wir haben also nicht nur einen, sondern *zwei* Kentuckymörder in Schweden.«

Larner sank auf einen Stuhl, schloß die Augen und dachte nach. »Ich kann mich so gut an den Jungen erinnern«, sagte er langsam. »Er wirkte ziemlich gestört, da haben Sie ganz recht. Saß immer auf Mamas Schoß, sagte nie einen Ton, wirkte fast autistisch. Und das würde einiges erklären. Was sagst du, Jerry?«

Schonbauer setzte sich auf den Schreibtisch und baumelte mit den Beinen, offensichtlich seine Denkerpose. Eine Weile schwieg er und baumelte, während der Tisch beunruhigend knackte. »It's a long shot«, sagte er. »Aber es könnte einen Versuch wert sein.«

»Es kann auch ganz leicht sein«, sagte Kerstin. »Haben Sie ein Telefonbuch?«

Leise lachend warf Larner ein enormes Telefonbuch auf den Schreibtisch. Kerstin blätterte hektisch. Dann riß sie ohne Pardon eine Seite heraus. »Es gibt nur einen einzigen Lamar Jennings in New York«, sagte sie. »In Queens.«

»Let's go«, sagte Larner nur.

Auf dem Weg zum Wagen machten sie einmal halt. Larner führte sie in einen Raum mit vierfachem Sicherheitsschloß und dreifachem Kartencode. Aus einem großen Metallschrank holte er zwei komplette Achselhalfter und warf sie den Schweden zu: »Ausnahmegenehmigung«, sagte er und verließ den Raum. Sie schnallten sich die Halfter um für eine Reise ins Herz der Finsternis und folgten ihm.

Es war ein nichtssagendes Mietshaus, hineingepreßt in eine unüberschaubare Reihe identischer Häuser in einem festungsähnlichen Häuserblock an einer Querstraße des breiten Northern Boulevard in Queens. Ärmlich, aber nicht verfallen. Slum, aber nicht Ghetto. Das Treppenhaus war dementsprechend dunkel und schäbig. Diverses Gerümpel lag auf der Treppe verstreut. Es hatte lange niemand mehr saubergemacht.

Sie gingen nach oben, Stockwerk um Stockwerk. Es wurde immer dunkler und immer wärmer. Das Treppenhaus badete in einer stehenden, staubtrockenen Hitze. Der Schweiß lief.

Schließlich standen sie vor einer Tür in einer langen Reihe. Sie trug das vollkommen unscheinbare Namensschild Jennings.

Sie zogen alle vier ihre Waffen. Ihre Kiefer waren angespannt, sie hielten den Atem an. Sie fürchteten mehr um das Wohl ihrer Seelen als um das ihrer Körper. Sie waren auf dem Weg in die Höhle des Löwen. Welch grobe Verzerrungen menschlichen Lebens würden ihnen dort drinnen begegnen?

Schonbauer klingelte. Keine Antwort, nichts rührte sich. Er drückte vorsichtig den Türgriff herunter. Abgeschlossen. Er sah Larner an, der leicht nickte. Dann trat er die Tür ein, so daß die Splitter stoben. Ein Tritt war genug. Er stürzte hinein, die anderen folgten wie hinter einem riesigen Schild.

Es war niemand da. Das karge Licht, das ihnen durch die zertretene Tür folgte, war das erste, das seit langem in den Raum fiel. Es ließ ihn langsam in seiner verblüffenden Leere hervortreten. Er war nackt, leer, feucht. Die Luft stand heiß. Staubkörner schwirrten in enormen Pirouetten herum. Keine aufgespannten Menschenköpfe an den Wänden, keine verwesten Köpfe, die auf Pfählen steckten, nicht die geringsten Teufelszeichen, nur eine vollkommen kahle Einzimmerwohnung mit Schreibtisch und Bett. Eine leere Kochecke und eine leere Toilette. Ein heruntergezogenes schwarzes Rollo vor dem einzigen Fenster.

Larner ließ es hochschnellen. Die Sonne schickte ihre ungefilterten Strahlen herein, und das fast obszöne Licht entblößte einige wenige Anzeichen von Leben, das Erbe Lamar Jennings'.

Hjelm trat zum Schreibtisch und untersuchte das einzige, was auf der kahlen Fläche lag: halb verbranntes Papier mit einem Haufen Asche, der sich in das Holz hineingefressen hatte. Es wirkte wie die Spur einer abschließenden Handlung; vielleicht hatte er vorgehabt, die Wohnung anzuzünden. Ein Abschiedsbrand. Er streckte die Hand zu den Papierresten im Aschehaufen aus.

»Rühren Sie nichts an«, sagte Larner, nahm ein Paar Plastikhandschuhe aus der Tasche und zog sie sich über. »Sie sind noch immer Beobachter. Jerry, checkst du die Nachbarn?«

Schonbauer trollte sich. Larner betrachtete den Aschehaufen.

»Wollte er ein Feuer legen?« fragte Hjelm.

»Ich glaube, er hat überhaupt nicht daran gedacht«, sagte Larner und berührte die Papierreste leicht. »Etwas Greifbares für die Spurensicherung. Darf keinen Mikromillimeter bewegt werden.«

Er zog ein Mobiltelefon aus der Jackentasche und gab eine Nummer ein. »Spurensicherung, erste Truppe«, sagte er kurz. »147 Harper Street, Queens, acht Treppen. Sofort.«

Er beendete das Gespräch, steckte das Telefon wieder in die Tasche und fuhr fort: »Gehen Sie rüber auf die andere Seite des Schreibtischs, vorsichtig. Jeder kleine Lufthauch kann ein Wort kosten.«

Hjelm bewegte sich sachte zurück. Larner zog die oberste Schreibtischschublade heraus. Dort lag ein einziger Gegenstand. Aber das war mehr als genug. Larner zuckte leicht zurück und schüttelte den Kopf. Mit fast lächerlicher Überdeutlichkeit kam ein Porträt von Wayne Jennings zum Vorschein, jugendlich lächelnd. In seinem Hals steckte eine Heftzwecke, mit der das Foto in der Schreibtischschublade festgenagelt war wie ein präparierter Schmetterling.

»Das ist für mich«, sagte Larner leise. »Zwanzig Jahre«, fügte er hinzu. »Was zum Teufel hast du angestellt? Ich habe dich brennen sehen. Ich habe deine Zähne gesehen.«

Er zog die nächste Schublade heraus. Dort lagen ein paar zerrissene Papiere, zentimetergroße Fragmente. Auf einem schimmerte ein Datum.

»Tagebuch?« fragte Hjelm.

»Er hat uns gerade genug hinterlassen«, sagte Larner. »Genug, um uns eine Ahnung von der Hölle zu vermitteln, durch die er gegangen ist. Aber nicht mehr.«

Sonst gab es nichts, absolut nichts.

Jerry Schonbauer kam mit einer kleinen, fast durchsichtigen alten Dame herein, die ihm ungefähr bis zur Hüfte reichte. Sie blieben im Flur stehen.

»Ja?« sagte Larner.

»Das ist die einzige Nachbarin, die ich auftreiben konnte, die überhaupt wußte, daß hier jemand gewohnt hat«, sagte Schonbauer. »Mrs. Wilma Stewart.«

»Mrs. Stewart, was können Sie erzählen?« fragte Larner und trat auf die alte Frau zu, um sie zu begrüßen.

Sie sah sich im Raum um. »Genau so war er«, sagte sie. »Ausdruckslos, anonym. Versuchte zu vermeiden, gesehen zu werden. Grüßte widerwillig. Ich habe ihn einmal auf eine Tasse Tee eingeladen. Er hat abgelehnt, nicht höflich, nicht unhöflich, sagte nur nein und ging.«

Larner zog eine kleine Grimasse.

»Was hat er getan?« fragte Mrs. Stewart.

»Glauben Sie, Sie könnten uns helfen, ein Porträt zu erstellen?« fragte Larner. »Wir wären Ihnen sehr dankbar.«

»Er hätte mich ermorden können«, sagte sie leise und wissend.

Larner lächelte ein kleines Abschiedslächeln, und Schonbauer transportierte sie zum Wagen. Auf dem Flur begegnete das ungleiche Paar einer kleinen Armee von Kriminaltechnikern.

Einer von ihnen trat zu Larner in die Türöffnung. »Wir fangen von hier an«, sagte er kurz.

Larner nickte und winkte die Schweden zu sich herüber. »Jetzt heißt es warten«, sagte er, und sie gingen langsam die acht Treppen wieder hinunter. »Als hätten wir das nicht schon zur Genüge getan.«

Ein paar Etagen weiter unten wandte er sich zu ihnen um und sagte: »Die Wohnung des Teufels sieht nie so aus, wie man sie sich vorstellt.«

25

Als zwei Köpfe, die normalerweise nicht zu den hellsten gehörten, sich zusammentaten, wurde etwas Neues geboren. Viggo Norlander arbeitete auf seiner Seite mit John Doe, Gunnar Nyberg auf seiner mit LinkCoop. Bei einer bestimmten Gelegenheit trafen sich ihre mühsam erkämpften Gedanken, und die Welt nahm eine neue Form an.

Norlander kam zunächst mit seiner namenlosen Leiche nicht vom Fleck. Es gab so verflixt wenig Anhaltspunkte. Er saß in seinem Büro und kämpfte sich ein übers andere Mal durch das Obduktionsprotokoll. Ihm gegenüber saß der bedeutend schneller arbeitende Arto Söderstedt, der sich eigens ein Flipchart hatte kommen lassen und Miniatur-Hultin spielte.

»Was pusselst du da eigentlich?« fragte Norlander irritiert.

»Das Ehepaar Lindberger«, antwortete Söderstedt zerstreut und zeichnete weiter.

»Braucht man dafür ein Flipchart?«

»Braucht und braucht ... Er hat eine Masse Aufzeichnungen hinterlassen, die sortiert werden müssen. Und sie hatte auch ein bißchen ...«

»Sie? Hast du *ihre* Aufzeichnungen geklaut?«

Arto Söderstedt blickte mit einem spöttischen Lächeln auf.

»Nicht geklaut, Viggo. Ein Polizeibeamter stiehlt nie. Wie er auch nie weibliche Paßbeamte belästigt und kleine Mädchen über den Haufen rennt.«

»Idiot.«

»Ein Polizeibeamter stiehlt nicht, er kopiert.«

Er füllte weiter seine Kästchen aus.

»Als ob das besser wäre«, sagte Norlander.

Söderstedt hielt wieder inne und sah auf. »Es ist viel besser. Nicht zuletzt, weil man vergleichen kann mit dem, was sie von sich aus präsentiert. Der Unterschied ist das Wesentliche.

Sobald ich hiermit klar bin, werde ich sie bitten, mir einmal ihre Unterlagen ansehen zu dürfen, und dabei darauf achten, ob sie etwas hat verschwinden lassen. Comprende?«

»Die Frau ist in Trauer, verdammt. Laß sie in Frieden.«

Söderstedt legte den Stift beiseite und wurde ernst. »Etwas an denen ist mir nicht ganz geheuer«, sagte er. »Sie sind an die Dreißig und wohnen in einer absolut riesigen Wohnung auf Östermalm, elf Zimmer, zwei Küchen. Beide arbeiten im Außenministerium und sind das halbe Jahr im Ausland, in Saudi-Arabien. Wenn sie in irgendeine Mauschelei in der arabischen Welt verwickelt sind, und wenn Eriks Tod etwas damit zu tun hat, dann ist die Frau ein durchaus denkbares nächstes Opfer. Ich versuche nicht, sie zu belästigen, Viggo, ich versuche, sie zu schützen.«

Norlander schnitt eine müde Grimasse. »Dann laß sie doch überwachen.«

»Dafür ist alles noch zu vage. Ich muß erst klarer sehen. Wenn ich die Chance bekomme.«

Norlander breitete die Arme aus. »Entschuldige tausendmal«, sagte er und versuchte, sich wieder auf sein Obduktionsprotokoll zu konzentrieren. Es gelang ihm nicht richtig. Die Gedanken an seinen unbekannten Sohn, der sich im Stadium der Entstehung befand, waren hartnäckig und ließen ihn nicht los. Er starrte aus dem Fenster.

Es war später Nachmittag, bald Zeit, nach Hause zu gehen. Das Dunkel draußen war kompakt, der Regen ergoß sich mit unverminderter Stärke über Stockholm. Er dachte an die Überschwemmung in Polen vor ein, zwei Jahren, die die Ostsee verunreinigt hatte. Wieviel war nötig, um den Mälarsee überlaufen zu lassen?

Die Tür wurde aufgerissen, Chavez schaute herein. »Hej, weiße Männer mittleren Alters«, sagte er fröhlich. »Wie geht's?«

»Hej, finsterer Jüngling«, sagte Söderstedt. »Und selbst?«

»Total mies. Ich war gerade in Hall und habe Andreas Gallanos alte Unterhosen beschnüffelt. Was macht ihr?«

»Ich versuche, diesen John Doe auf die Reihe zu kriegen«, sagte Norlander mißmutig. »Wenn ich eine Chance bekomme.«

»Okay, okay«, sagte Chavez und schlug die Tür zu. Er ging den Flur entlang, kam an Hultins Tür, klopfte, erhielt ein undefinierbares Grummeln zur Antwort und trat ein. Hultin schob sich die Eulenbrille in die Stirn und betrachtete ihn kalt.

»Hast du etwas aus den USA gehört?« fragte Chavez.

»Noch nicht«, antwortete Hultin. »Gib ihnen Zeit. Wie kommst du voran?«

»Ich war gerade in Hall. Keiner der Mitgefangenen hatte etwas Vernünftiges zu sagen. Keiner wußte, ob Gallano Kontakte in den USA hatte. Hier ist eine Liste der Dinge, die er bei seiner Flucht hinterließ: Unterhosen, ein paar Zahlungsaufforderungen verschiedener Behörden, Rasierapparat und so weiter. Ein echter Schuß in den Ofen. Dann war ich in der Hütte in Riala und habe mit den Kollegen von der Spurensicherung geredet. Sie haben jetzt aufgegeben, glaube ich, total frustriert, weil sie keine einzige Spur gefunden haben. Bis auf das, was im Kühlschrank war, und hier ist die Liste: Butter, ein paar Packungen Fladenbrot, Hamburger, Philadelphiakäse, Honig, Petersilie, Mineralwasser, Bananen.

Hultin seufzte und nahm die Brille ab. »Und die Autos?«

»Das dauert ein bißchen. Als wir anfingen, waren es in Stockholm und Umgebung achtundsechzig. Mit Hilfe des Fußvolks habe ich zweiundvierzig eliminieren können, die größtenteils untersucht worden sind. Ich selbst habe mir acht dunkelblaue Volvo Kombis mit dem Kennzeichen B angeschaut, und die waren schneeweiß. Wenn das kein Widerspruch in sich ist. Zwei, die uns immer noch fehlen, sind einigermaßen interessant, einer gehört einer Firma, die an einer nicht existierenden Adresse nicht existiert, der zweite gehört einem rückfällig gewordenen Kriminellen mit Namen Stefan Helge Larsson. Die restlichen vierundzwanzig haben wir noch nicht geschafft, weil ich nach Norrköping mußte.«

Hultin würdigte so viel Eifer mit auffallender Neutralität und sagte: »Wegtreten.«

»Okay«, sagte Chavez und stürzte hinaus in den Korridor. Vor dem Zimmer der weißen Männer mittleren Alters konnte er der Versuchung nicht widerstehen, die Tür aufzureißen und »Buh!« zu rufen.

Söderstedt rutschte der Filzstift aus und zog einen breiten Strich quer über das Flipchart. Norlander hüpfte einen halben Meter hoch. Die Tür war schon wieder geschlossen, als er das Obduktionsprotokoll dagegen schleuderte.

»Arschgeige«, murmelte Norlander und bückte sich, um es wieder aufzuheben. Söderstedt kicherte in sich hinein, während er das Flipchart mit großer Präzision sauberwischte.

Norlander nahm Anlauf, um sich ein weiteres Mal durch das Obduktionsprotokoll zu quälen. Vier Schüsse ins Herz, jeder einzelne auf der Stelle tödlich. Keine Kugeln vorhanden, Kaliber wahrscheinlich neun Millimeter. Im übrigen gute physische Verfassung. Ein paar alte Narben, vermutlich Rasierklingennarben, an den Handgelenken, mindestens zehn Jahre alt, eine Serie noch älterer kreisförmiger Narben über den Körper verteilt. Zigarettenglut? hatte Qvarfordt mit seiner gespreizten Altmännerschrift notiert. Hatte der alte Sack völlig die Computerisierung des Weltalls verpaßt? Auf welchem Planeten lebte er?

Kleidung. Blaues T-Shirt ohne Aufdruck. Beiges Lumberjack. Jeans. Turnschuhe. Weiße, schmutzige Strümpfe. Boxershorts. Völlig nichtssagend.

Er ging zur Hinterlassenschaft über. Zum wievielten Mal er den Inhalt des kleinen Plastikbeutels auf den Schreibtisch ausleerte, wußte er nicht; aber offenbar oft genug, um Söderstedt Anlaß zu einer entnervten Grimasse zu geben.

Eine unechte Rolex, ein Röhrchen mit Zehnkronenmünzen, ein Schlüssel. Der Schlüssel schien ganz neu angefertigt zu sein. Er drehte und wendete ihn. Ein ziemlich solider Türschlüssel. Es mußte ein massiveres Schloß sein als die, die in normalen Türen saßen, eine Art Sicherheitsschloß; mehr konnte man nicht sagen. CEA stand darauf, und »Made in Italy«. Ein Schlüssel, wie er an jeder Mister-Minit-Theke angefertigt wurde. Aber war es Mister-Minit-Läden überhaupt erlaubt, solche größeren Sicherheitsschlüssel herzustellen?

Irgendwo in seinem Hinterkopf machte sich eine pflichtbewußte Hirnzelle selbständig und ging ihrer eigenen Wege. War er nicht bei irgendeiner Gelegenheit im Verlauf der Ermittlung genau darauf gestoßen, nur so im Vorübergehen, etwas, was im Augenwinkel vorbeigehuscht war? Bei einem von den Idiotenaufträgen? Ja klar, verdammt, gleich am Anfang der Ermittlung hatte er sämtliche Idiotenmeldungen über ›von Amerikanern begangene Straftaten in Schweden‹ durchforstet, den Amerikaner, der sich entblößt und von der Damenfußballmannschaft Prügel bezogen hatte, den Amerikaner, der Tausendkronenscheine in Xerox-Maschinen kopiert hatte – und den Amerikaner, der einen unerlaubten Schlüssel in einem Mister-Minit-Laden hatte anfertigen lassen. Konnte das wirklich hiermit zu tun haben?

Sogleich machte er sich mit einer solchen Verve über seinen Rechner her, daß Söderstedt verwundert aufblickte. Er vergrub sich in sein Archiv und kam sich vor wie ein Hacker. Tatsächlich fand er den Fall, und zwar mit einem Verweis auf das Betrugsdezernat der Stockholmer Polizei. Warum Betrugsdezernat? Nach genügend Mühe, um jegliche Hackerambitionen ad absurdum zu führen, gelang es ihm, eine Miniaturakte der Ordnungspolizei auf seinen Bildschirm zu holen. Da war es. Vom vierten September. Ein kleiner Mister-Minit-Laden in der Rindögata auf Gärdet. Der Inhaber Christos Kavafis fertigte einen illegalen Schlüssel nach einem Original aus Modelliermasse, bekam Gewissensbisse und war dann dumm genug, das Ganze bei der Polizei zu melden. Er wurde festgenommen, doch die Sache wurde aus Prioritätsgründen fallengelassen.

Norlander sah noch nicht in allen Einzelheiten klar, doch es war Zeit zu handeln. Er griff zur Lederjacke und stürzte hinaus auf den Flur. Als er an Gunnar Nybergs Tür vorüberkam, machte sich eine andere eigenwillige Hirnzelle in seinem Hinterkopf selbständig und tanzte aus der Reihe. Er hielt inne, verwirrt. Diese Computerfirma, wie hieß die noch? Und der Schlüssel? Hing das nicht zusammen? Er trat an die Tür und bekam sie an den Schädel.

Nyberg kam heraus und starrte den halb zu Boden gegangenen und fluchenden Norlander an. »Genau dich wollte ich treffen«, sagte Nyberg, sich der Doppeldeutigkeit seiner Bemerkung vielleicht nicht ganz bewußt. »Hatte dieser John Doe nicht einen Schlüssel bei sich? Ich frage mich, ob wir den nicht einmal gründlich im Lager von LinkCoop ausprobieren sollten. Irgendwas an diesem Einbruch kommt mir spanisch vor.«

Norlander vergaß im Nu den Schmerz. Er hielt Nyberg den Schlüssel vor die Nase, als versuche er, ihn zu hypnotisieren. Nyberg ließ sich hypnotisieren.

»Ich fahre«, sagte Norlander.

Nyberg folgte ihm willig. Die beiden nicht gerade schmächtigen Herren fielen auf ihrem Weg durch die Korridore in einen leichten Joggingschritt, der örtliche Seismograph verzeichnete einen unerwarteten Ausschlag auf der Richterskala.

Sie kamen in den Keller, verließen ihn in Norlanders Dienst-Volvo, den zurückzugeben er sich seit vier Jahren weigerte, und nahmen Kurs auf den Freihafen.

Zumindest war das die hehre Absicht. Statt dessen saßen sie schon in der Scheelegata im Stau fest. Es war mitten im Feierabendverkehr, und der schien von Tag zu Tag schlimmer zu werden. Sollte nicht die galoppierende Arbeitslosigkeit dazu beitragen, daß ein paar weniger Menschen genau um halb sechs in der Stadt zu tun hatten? Denn so spät war es geworden, als sie aufgaben.

»Wir halten an und essen was«, sagte Nyberg.

»Warst du nicht der, der abnehmen wollte?«

»Korrektes Imperfekt«, sagte Nyberg.

Norlander parkte himmelschreiend vorschriftswidrig auf dem Kungsbroplan. Durch die Regenkaskaden rannten sie ins nächste Restaurant. Es hieß Zum andalusischen Hund und war so gemütlich, daß sie beinah ihre dringenden Angelegenheiten vergaßen. Norlander machte sich über eine mexikanische Scheißpampe her. Nyberg verdrückte vier gebackene Kartoffeln mit Skagenfüllung.

»Du könntest ja mal ein bißchen variieren«, meinte Norlander.

»Das ist Magerkost«, entgegnete Nyberg und schob sich die halbe vierte Portion in den Mund.

Gegen halb sieben waren sie satt, und in die Autoschlangen war ein wenig Bewegung gekommen.

»Verdammt, jetzt hat er bestimmt zu«, stieß Norlander hervor und stand auf.

»Wer?« fragte Nyberg.

»Der Mister Minit in der Rindögata.«

»Wir fahren vorbei und versuchen es. Es liegt ja auf dem Weg.«

Sie fuhren vorbei und versuchten es. Kungsgatan bis Stureplan, Sturegatan bis Valhallavägen, Erik Dahlbergsgatan bis Rindögatan.

»Lidingövägen wäre besser gewesen«, sagte Nyberg.

»Hör auf«, sagte Norlander. »Aber ein Schirm wäre nicht schlecht.«

Es war pechschwarz, wie mitten in der Nacht; dabei war es erst Viertel vor sieben. Am oberen Ende der ansteigenden Rindögata lag der Mister-Minit-Laden. In der kleinen Werkstatt war noch schwaches Licht zu sehen. Sie stürzten hinaus in den strömenden Regen und klopften ans Schaufenster, hinter dem alte Absätze und Schlüssel aus den sechziger Jahren lagen und Staub ansetzten. Ein kleiner Grieche um die Sechzig lugte ängstlich durch die Scheibe. Erschrocken starrte er auf die triefenden und klopfenden nordischen Giganten. Polyphemos, schien er zu denken. Zwei Stück.

»Polizei«, mimte Norlander und zeigte seinen Ausweis. »Können wir einen Moment reinkommen?«

Der Grieche öffnete die Tür, machte eine kleine Geste und ließ die beiden Bullenzyklopen an sich vorbei. Auf dem altehrwürdigen Arbeitstisch lag unter einer kleinen schwachen Schuhmacherlampe ein aufgeschlagenes Buch. Der Mann griff danach und hielt es hoch. Es war auf griechisch. »Kennen Sie Konstantin Kavafis?« fragte er.

Sie glotzten ihn an.

»Die moderne griechische Sprache hat noch nie so schön geklungen«, sagte der Grieche und streichelte den Buchdeckel. »Er hat uns wieder auf das Niveau der Alten gehoben. Ich bleibe nach Ladenschluß immer eine Weile sitzen und lese ihn. Ein Gedicht pro Tag hält die Senilität fern. Er war der Onkel meines Großvaters.«

»Sie sind also Christos Kavafis?« sagte Norlander kurz.

»Das ist richtig«, antwortete Kavafis. »Was verschafft mir die Ehre?«

»Vor ein paar Wochen haben Sie einen Schlüssel nach einem Original aus Modelliermasse angefertigt, nicht wahr?«

Kavafis erbleichte. »Ich dachte, das wäre erledigt«, sagte er und fühlte die Drohung schwerer Mißhandlung im Nacken. Mein Name ist Niemand, schien er zu denken.

»Jaja, es ist erledigt, keine Sorge. Erzählen Sie.«

»Ich habe es schon erzählt.«

»Tun Sie's noch mal.«

»Ein junger Mann, der englisch mit amerikanischem Akzent sprach, kam herein und wollte einen Schlüssel nach einem Abdruck aus Modelliermasse. Ich wußte, daß es nicht legal war, aber es war eine solche Herausforderung; ich bekomme nicht so viele Herausforderungen in meinem Beruf, also konnte ich es nicht lassen. Dann hatte ich Gewissensbisse und rief die Polizei an, und sie kamen und nahmen mich fest. Ich saß die Nacht über im Gefängnis. Seit dem Bürgerkrieg habe ich nicht eine solche Angst gehabt. Alle meine Erinnerungen kehrten zurück.«

»Wie sah er aus? Der Amerikaner.«

Kavafis schüttelte den Kopf. »Es ist so lange her. Alltäglich. Normal. Jung. Ziemlich blond.«

»Kleidung?«

»Ich erinnere mich nicht. Graue Jacke, glaube ich. Turnschuhe. Ich weiß nicht.«

Norlander holte den Schlüssel aus der Tasche und hielt ihn Kavafis vor die Nase. Er ließ sich nicht hypnotisieren. »Ist es dieser Schlüssel?«

Kavafis nahm ihn und drehte und wendete ihn. »Er kann es sein. So einer war es.«

»Können Sie morgen zu uns kommen und versuchen, ein Bild von ihm zu machen? Es ist sehr wichtig.«

Kavafis nickte. Norlander zückte die Brieftasche und angelte eine schmuddelige Visitenkarte daraus hervor, die er dem Griechen gab. Dann verabschiedeten sie sich.

Kavafis sah nachdenklich aus. »Ich überlege gerade«, sagte er, »ob mir nicht noch etwas anderes einfällt. Er hat mit Zehnkronenmünzen bezahlt. Aus einem langen Röhrchen.«

Nyberg und Norlander wechselten Blicke. Sie hatten einen Treffer gelandet. John Doe war Amerikaner. Er hatte mit Modelliermasse den Abdruck eines Sicherheitsschlüssels gemacht. Damit war er zu einem Mister Minit auf Gärdet gegangen, um einen Nachschlüssel zu bekommen. Dann war er ins Herz geschossen worden. Warum? Wo? So auf Anhieb gelang es ihnen nicht, alle Fäden miteinander zu verknüpfen, aber sie mußten zum Freihafen, soviel war ihnen klar.

Es war fast halb acht, als sie das Wachhäuschen vor der Lagerhalle von LinkCoop erreichten. Es war pechschwarz, die Himmelstore waren weit geöffnet, sie hatten keine Schirme und mußten mindestens vierunddreißig Türen testen. Dennoch zögerten sie nicht.

Im Wachhäuschen saß nicht Benny Lundberg, sondern ein anderer Wachmann.

Nyberg ging zu ihm und wedelte mit seinem Dienstausweis. »Wir müssen uns wegen des Einbruchs hier drinnen noch einmal ein wenig umschauen«, sagte er zu der leicht geöffneten Fensterluke. »Arbeitet Benny nicht?«

»Er hat Urlaub«, sagte der Wachmann.

»Wie lange schon?«

»Ein paar Tage. Seit dem Einbruch.«

»Komische Zeit, um Urlaub zu machen«, sagte Nyberg und verspürte den Stich einer Ahnung.

»Ich weiß«, sagte der Wachmann. Er war Benny Lundberg zum Verwechseln ähnlich. Der Steroidgestank trotzte dem ewigen Ozongeruch des Unwetters. Er fuhr fort: »Er hatte im August auch Urlaub, ein bißchen komisch ist es schon. Er ist verreist. Im Ausland, glaube ich. Waren es die Kanaren?«

Nyberg nickte. Norlander kam hinterhergestiefelt, nachdem er den Wagen um die Ecke geparkt hatte. Sie betraten das Gelände und gingen als erstes zu der Tür, bei der eingebrochen worden war. Dicke Bretter waren provisorisch quer über die Tür genagelt. Nyberg hievte sich auf die Laderampe und schob den Schlüssel ins Schloß. Er paßte. Aber das Schloß ging nicht auf.

»Auf jeden Fall die richtige Sorte«, sagte er. »Wir fangen am besten links an.«

Sie gingen auf der Laderampe an der Reihe von Türen vorbei bis zum hinteren Ende des großen Lagergebäudes. Es gab ungefähr ebenso viele Türen links vom Eingang wie rechts davon.

Auf der Rückseite sollte es auch noch einige geben. Der Sicherheitschef Mayer hatte von vierunddreißig Lagerräumen gesprochen. Nachdem sie zehn Türen probiert hatten, kam ihnen die Zahl erheblich höher vor. Sie waren klatschnaß. Der sturzbachartige Regen ging eine galante Verbindung mit widerwärtigen Windstößen ein. Zwei Lungenentzündungen kamen durch die Luft gesegelt und suchten ihre rechtmäßigen Besitzer.

Der Schlüssel paßte in sämtliche Schlösser, war jedoch nie der richtige. Sie gelangten zum Eingang und begannen, sich durch die andere Hälfte hindurchzuarbeiten. Es erschien ihnen mit jeder Tür trostloser. Idiotenjob. Und freiwillig noch dazu. Überstunden, und sie waren sich nicht mal sicher, ob sie es wagen konnten, sie aufzuschreiben. Es hätte wohl genausogut bis morgen Zeit gehabt.

Sie näherten sich dem Ende der langen Reihe. Als sie die allerletzte Tür erreichten, waren sie total resigniert.

»Was glaubst du?« sagte Nyberg und hielt den Schlüssel ein paar Zentimeter vors Schlüsselloch.

»Gibt es nicht noch Türen auf der Rückseite?«

»Das wird sich zeigen«, sagte Nyberg und schob den Schlüssel hinein. Er drehte ihn. Es ging. »Haha«, wieherte er und zog die Tür ein paar Zentimeter auf.

Dann knallte sie ihm ins Gesicht. Sie wurde mit gewaltiger Wucht aufgetreten, ihm direkt in die Visage. Er taumelte zu Boden. Eine schwarzgekleidete vermummte Gestalt sprang über ihn hinweg und rannte die Rampe hinunter. Norlander zog seine Pistole und jagte durch den strömenden Regen hinter ihr her. Nyberg kam hoch, die Hand vorm Gesicht. Er brüllte. Das Blut quoll ihm zwischen den Fingern hervor. Er wollte gerade hinter ihnen herstürmen, als er einen Blick in den Lagerraum warf.

Am Fuß einer Treppe saß der Wachmann Benny Lundberg. Er war nackt und auf einem Stuhl festgezurrt. Von seinen zermatschten Fingerspitzen troff das Blut. Durch sein Geschlecht war eine Nadel getrieben. Und in seinem Hals steckten zwei leicht hängende Pferdespritzen.

Gunnar Nyberg erstarrte. Sein eigener Schmerz verschwand sofort. Er nahm die Hand vom Gesicht und ließ das Blut aus der Nase tropfen. Er ging die Treppe hinunter. Er zitterte. Eine kleine nackte Glühbirne warf einen gespenstischen Schein auf die makabre Szene.

Benny Lundberg lebte. Seine Augen waren verdreht, nur das Weiße war zu sehen. Spasmodische Zuckungen fuhren über sein Gesicht. Konvulsionen wogten durch den aufgepumpten Körper. Weißer Schaum trat aus seinem Mund. Keine Andeutung eines Lauts.

Was Gunnar Nyberg sah, war der wortlose Schmerz.

Sein großer Körper bebte. Was konnte er tun? Die furchtbaren Zangen in Lundbergs Hals wagte er nicht anzurühren. Jede Bewegung konnte fatale Folgen haben. Er wagte nicht einmal, die Lederriemen um Arme und Beine zu lösen. Wie würde ein konvulsiver Sturz auf den Fußboden sich auswirken? Das einzige, was er in einem kleinen Versuch von Hilfeleistung tun konnte, war, die lange Nadel aus seinem Glied zu ziehen. Das tat er.

Dann bekam er endlich das Handy aus der Innentasche, konzentrierte sich und schaffte es, die Nummer zu tippen. Er kannte die Stimme, die einen Krankenwagen anforderte, nicht wieder. »Ein Arzt muß mitkommen«, sagte die Stimme. »Ein Halsspezialist.«

Dann beugte er sich zu Lundberg hinunter. Er legte ihm die Hand auf die bebende Wange. Er versuchte, ihm beruhigend zuzureden. Er nahm ihn in den Arm. Er versuchte, soviel Mitmensch zu werden, wie er konnte.

»Schon gut, schon gut, Benny, jetzt ganz ruhig. Die Hilfe ist unterwegs. Du schaffst das schon. Bleib am Ball, Benny. So, alles ist gut. Schön ruhig jetzt.«

Die Krämpfe und Zuckungen schienen allmählich abzunehmen. Benny Lundberg wurde ruhiger – oder war er im Begriff, in seinen Armen zu sterben? Gunnar Nyberg merkte, daß er weinte.

Norlander jagte dem Schwarzgekleideten nach. Er war inzwischen gut in Form und kam ihm allmählich näher. Aber der Mann war schnell und geschmeidig. Er warf sich von der Laderampe und lief weiter, am Wachhäuschen vorbei. Der Wachmann guckte heraus, als Norlander vorüberlief.

»Ruf die Polizei!« brüllte er ihm noch zu.

Der Schwarzgekleidete tauchte in einem Querweg unter und verschwand für kurze Zeit aus dem Blickfeld. Norlander gelangte an die Ecke und sah den Mann zwanzig, dreißig Meter entfernt hinter einem Haus verschwinden. Ohne zu überlegen, lief er hinterher. Die Waffe baumelte in seiner Hand. Der vermummte Mann schaute um die Ecke und schoß.

Norlander warf sich in den Schlamm. Eine Sekunde lang wußte er nicht, ob er getroffen war, dann kam er wieder hoch.

Die Pistole war voller Schlamm. Er versuchte, sie im Laufen abzuwischen. Er lief vor und spähte vorsichtig um die Ecke. Dahinter war es leer, eine Gasse. Geduckt lief er weiter und spähte um die nächste Ecke. Wieder nichts. Und weiter bis zur nächsten Ecke. Vorsichtig spähen.

Ein Schritt war alles, was er hinter sich hörte, ein leichtes Platschen. Dann ein ungeheurer Schmerz im Nacken. Wie ein Schwein fiel er vornüber in den Schlamm. Er war fast ohnmächtig. Er blickte hoch in den treibenden Regen. Alles tanzte. Der Schwarzgekleidete starrte ihn durch die Vermummung an. Er konnte seine Augen nicht erkennen. Das einzige, was er sah, war der mit einem Schalldämpfer versehene Pistolenlauf, der knallhart auf sein Gesicht gerichtet war.

»Hau ab«, fauchte der Mann. »Mach, daß du wegkommst.«

Dann war er verschwunden. Norlander hörte einen Motor starten. Er rappelte sich auf und blickte um die Hausecke. Schwindel überkam ihn. Die Welt drehte sich. Sehr, sehr vage sah er die Konturen eines Wagens in der Mitte der Zentrifuge. Möglicherweise braun, möglicherweise ein Jeep.

Dann sackte er zusammen und blieb im Schlamm liegen.

26

Die Sonne in New York schien genauso wahnsinnig geworden zu sein wie der Regen in Stockholm. Die Zeit war aus den Fugen. Es fehlte nur, daß Pferde mit zwei Köpfen geboren wurden oder Dohlen, denen der Schnabel aus dem Hintern wuchs.

Es war unmäßig heiß. Nicht einmal die hypermoderne Klimaanlage des FBI konnte die Hitze beschwören. Zicke, zacke,

Hühnerkacke tat es auch nicht, wie Hjelm feststellen konnte. Er war entnervt, fühlte sich wie mitten im Schritt angehalten.

Sie warteten. Warten ist nie förderlich für die Duldsamkeit gegenüber Irritationen. Alles irritierte alle. Sogar Jerry Schonbauer bekam einen Anfall und riß sich sein tropfnasses Hemd vom Leib, daß die Knöpfe flogen. Als einer der Knöpfe die Kontaktlinse aus Kerstins linkem Auge herausschlug, fand er wieder zu seinem schüchternen Ich zurück und überschlug sich in Entschuldigungen.

»Ich wußte gar nicht, daß du Linsen getragen hast«, sagte Hjelm nach einer Weile.

»Getragen hast ist richtig«, sagte sie und betrachtete die zweigeteilte Linse, die zwischen Daumen und Zeigefinger klebte. »Jetzt darfst du mich mit Brille sehen.«

Sie nahm die rechte Linse heraus und warf sie weg. Dann grub sie eine klassische Brille mit runden Gläsern aus und plazierte sie auf ihrer wunderschönen Nase. Um nicht in ein vertrauenvernichtendes schallendes Lachen auszubrechen, konzentrierte er sich darauf, sich über die Hitze zu ärgern.

Es gelang ihm nicht. Er lachte schallend.

»Guck mal, was für ein lustiger Vogel«, sagte er und zeigte aus dem Fenster.

»Erfreut, zu Diensten sein zu können«, sagte sie leicht säuerlich und schob die Brille in die Stirn.

Sie hatten den jungen Computerexperten Bernhard Andrews aufgesucht. Er hackte sich auf der Jagd nach Lamar Jennings in sämtliche Verzweigungen des Netzes. Vielleicht gäbe es ein Foto. Doch wie erwartet, war er nirgendwo zu finden. Nicht ein einziges kleines Register konnte mit dem geringsten bißchen über Jennings aufwarten; er hatte sich fünfundzwanzig Jahre außerhalb des gesellschaftlichen Kontrollsystems bewegt. Das einzige, was es gab, war seine Geburtsurkunde. Seitdem schien er nicht existiert zu haben.

Mrs. Wilma Stewarts Versuch, ein Porträt von Lamar Jennings zustande zu bringen, war gründlich gescheitert. Das Bild wuchs auf dem Bildschirm heran. Sie standen da, beugten sich über den mageren Rentnerinnenkörper. Die Frau schüttelte ein übers andere Mal den Kopf. Dickere Lippen. Dünnere Lippen, habe ich gesagt, junger Mann. Hören Sie auf. Dickere Lippen, habe ich gesagt.

Die Hitze forderte ein weiteres Opfer. Sie klappte vor dem Computer zusammen und versprach, später wiederzukommen und einen neuen Versuch zu starten.

Schließlich gaben die Spurensicherer das erste abschließend bearbeitete Material aus Lamar Jennings' Wohnung aus der Hand. Es waren die blaß rekonstruierten Reste der Tagebuchseiten. Alle vier griffen sogleich je ihr Exemplar der perfekten Kopien. Schonbauer saß auf Larners Schreibtisch und ließ die Beine baumeln, er trug ein lächerliches Netzhemd, das bei der Hemdenkatastrophe freigelegt worden war. Larner saß auf seinem Stuhl, die Beine auf dem Schreibtisch neben Schonbauer. Jalm & Halm saßen in gebührendem Abstand voneinander auf ihren Besucherstühlen.

Es waren unzusammenhängende Fragmente, wie Stichworte für eine Lebensgeschichte. Larner hatte vermutlich ganz recht damit, daß sie nur gerade so viel preisgaben, daß die Tiefe seines Schmerzes angedeutet wurde.

Jedes Fragment enthielt ein kleines Stück Information: »weiß nicht, warum ich schreibe, Beschwörung? Versuche ich, mich zu stoppen, bevor ich dazu komme«

»ein Grab in der Perfektion der großen Nichtigkeit«

»die Alte von nebenan wollte mich zum Tee einladen, sagte nein, vielen Dank, hätte sie angespuckt, hätte nicht anders«

»sie sind so klein, sie wollen nicht verstehen, wie«

»stärker und stärker. Warum werden sie stärker und st«

»mitten in der Nacht, Schatten im Kleiderschrank, er steckt fest, unsichtbare Scharniere«

»reduziert zu niemand, weniger als null, es gibt ein Leben unter Null«

»im Vorübergehen, die Glut der Zigarette, ich höre schon das Zischen, rieche schon den Gestank, aber den Schmerz kann ich nie voraussehen, nur«

»19. April. Welche Kraft sie jetzt haben, kann nicht länger widerstehen«

»Großmutter tot. Jaha. Ein Paket kam. Nur Mist, außer einem Brief. Werde ihn bald lesen. Die Handschrift beunruhigend«

»der Erdball ein Grab, die Menschen Leichenwürmer, wo ist die Leiche? ist es der tote Gott, den wir uns einverleiben?«

»eine Treppe aus dem Nichts ins Nichts, wie ein Traum. Kommt jetzt in Blitzen, als wäre es in mir unterwegs, als würde ich einem Ziel entgegengetrieben«

»nur hingehen, sagen, daß ich krank bin, versuchen, Hilfe zu bekommen«

»wenn die Bilder eine Erzählung werden können«

»27. Juli. Was bilde ich mir ein? Es gibt nur eine Hilfe. Die Azteken töteten, um leben zu können. Menschenopfer. Ich«

»folge dem Schatten, ein Jackenärmel bleibt hängen, eine Tür, eine Treppe«

»derbriefliegtdaichwarteichkannnichtesgehtnicht«

»Großmutter tot. Versuche wieder. Großmutter tot. Jaha.«

»das Licht hinter der Tür wie ein Ikonenrahmen, ein dunkleres Dunkel, muß raus, muß beschwören«

»die Treppe gerade hinunter, kann nicht folgen, nur Blitze«

»der Keller der Keller der Keller«

»son of a bitch, krank, in der Kneipe, Arkaius, Scheißname, gibt an gibt an gibt an, massenhaft Häuser in der ganzen Welt, blase ihm einen, tot wie Stein, brauche die Adresse jetzt, Belohnung«

»öffne den Brief, lese, ich wußte es, es war unmöglich, daß er«

»öffne die Tür, ins Licht. Chaos, muß raus, muß«

»Zigarettenglut, unser kleines Geheimnis, unsere kleine Hölle«

»warum wir mitten in all dieser Vollendung, die kleinste Molluske ist angepaßter ans Leben, kann nicht leiden«

Sie lasen und warfen einander verstohlene Blicke zu. Als alle fertig waren, sagte Larner: »Dies ist also der Grund, warum es nicht zusammenpaßte. Das hier ist ein klassischer Serienmörder von der eher intellektuellen Sorte, unglaublich beschädigt, sehr intelligent. Es ließ sich mit der früheren Kälte nicht vereinbaren. Ich hätte das verstehen müssen. Am 27. Juli haben wir eine Datierung. Am 27. Juli 1997 wurde in Manhattan die Prostituierte Sally Browne getötet. Das war Lamar Jennings' erster Mord. Da fängt es an: ›Die Azteken töteten, um leben zu können.‹ Irgendwelche anderen Überlegungen?«

»Arkaius«, sagte Kerstin Holm. »Robert Arkaius ist ein schwedischer Steuerflüchtling. Er ist der Besitzer der Hütte, in der Lamar seinen ersten Mord in Schweden beging. Er bekam die Adresse offenbar als Bezahlung für sexuelle Dienste. Arkaius konnte auf keinen Fall nach Schweden zurückkehren. Er wußte natürlich nicht, daß der Sohn seiner früheren Geliebten, Andreas Gallano, sich dort nach einer Flucht aus dem Gefängnis versteckt hielt.«

Larner nickte stumm.

Schonbauer sagte: »Es muß gewesen sein, nachdem er diesen Brief geöffnet und erfahren hat, daß sein Vater in Schweden war, da hat er schon angefangen zu morden. Er macht sich in zwielichtigen Kneipen an Schweden ran, um in Stockholm eine geeignete Unterkunft zu finden. Sex scheint ansonsten mit der Sache nichts zu tun zu haben. Das Trauma dürfte in die Zeit vor der Pubertät zurückreichen.«

»Die Rekonstruktion, die wir vornehmen können«, sagte Larner, »liegt ziemlich dicht an dem, was Sie, Jalm, schon skizziert haben. Als Kind wird er vom Vater mißhandelt, das geschieht wohl mit Zigarettenglut, und der Höhepunkt wird tatsächlich erreicht, als er diese Tür öffnet, nachdem er eine Treppe hinabgestiegen ist, und den berufskillenden Vater bei der Arbeit sieht. Danach kommt er nie wieder auf die Beine. Und es folgt Schlag auf Schlag. Der Vater stirbt, die Mutter bringt sich ein, zwei Jahre danach um, möglicherweise aufgrund dieses Briefes, der sie auf unbekannten Wegen erreicht und anschließend in einem unberührten Karton bei der Großmutter landet. Als die Großmutter stirbt, gelangt der Brief in die Hände des inzwischen vierundzwanzigjährigen Sohns in New York, wo er – wie die Wohnung zeigt – als sozialer Dropout lebt. Der Brief bestätigt ihm, was er die ganze Zeit vermutet hat: Sein Vater lebt. Der Tyrann ist noch da, er schwebt über ihm und ergreift Besitz von ihm. Die verdrängten Bilder der Vergangenheit kehren zurück, sie bewegen sich in eine bestimmte Richtung: ›als sei es in mir unterwegs, als würde ich einem Ziel entgegengetrieben‹. Schließlich treiben die Bilder ihn zu jener Tür. Er öffnet sie und wird mit dem am stärksten verdrängten Bild konfrontiert, dem Vater über einem Opfer mit Schaum vorm Mund und den Mikrozangen im Hals. Es muß weg, und das geht nur mit homöopathischer Magie: Gleiches mit Gleichem beschwören. Er hat die Zangen, und er weiß sie zu benutzen. Die Erinnerung ist exakt, er weiß genau, wie er vorgehen muß. Sobald die Bilder sich einstellen, muß er raus und töten. Es beruhigt ihn: ›wenn die Bilder eine Erzählung werden können‹. Die Morde machen die blitzartigen, hart treffenden Bilder zu einer Erzählung, mit der leichter umzugehen ist. Aber wie gesagt, Jalm, es geht gleichzeitig darum, sich auf den großen, den entscheidenden Mord vorzubereiten, der Vater muß weg, er soll mit seinen eigenen Methoden getötet werden, genau denen, die den Sohn heimsuchen. Endlich hat er die Adresse eines sicheren Hauses in der Nähe von Stockholm; jetzt ist die Zeit reif. Der Brief hat offenbar verraten, daß der Vater in Stockholm lebt und, was wichtiger ist, wie er sich nennt – sonst wäre das ganze Projekt aussichtslos. Die Techniker müßten bald mit dem verbrannten Brief fertig sein. Wenn wir Glück haben, steht der Name da. Naja, er beschafft sich einen falschen Paß auf den Namen Edwin Reynolds und begibt sich zum Flughafen Newark. Ärgerlicherweise ist der nächste Flug nach Stockholm ausgebucht. Das ist eigentlich keine Katastrophe, aber irgendwie stößt er zufällig auf Lars-Erik Hassel. Vielleicht sind die Bilder auf dem Flugplatz zurückgekehrt, vielleicht drängt sich ihm die Idee auf, zwei Fliegen mit einer Klappe zu schlagen: ein Flugticket zu bekommen und gleichzeitig die Bilder loszuwerden und einen ruhigen Flug zu haben; die Aussicht, um ein sechsstündiges Inferno herumzukommen, ist die relativ geringen Risiken wert. Hassel gibt sich auf irgendeine Weise als Stockholmer zu erkennen, der noch nicht eingecheckt hat; sein Platz kann also verfügbar gemacht werden. Er schafft es, Hassel samt Gepäck in die Besenkammer zu bugsieren, und begeht die Tat; vielleicht lockt er ihn mit Sex. Dann bringt er Hassels Ticket an sich, ruft an und storniert in seinem Namen den Flug, bucht danach selbst unter dem Namen Reynolds und hat einen ruhigen und entspannten Flug. Vermutlich hat er keine Ahnung, wie knapp ihr ihn in Arlanda verpaßt. Er hat nur Handgepäck, geht einfach durch, setzt sich in ein Taxi, hält irgendwo unterwegs an, kauft was zu essen und fährt direkt zur Hütte. Da befindet sich zufällig ein Drogenhändler. Doch Lamar Jennings ist inzwischen ein routinierter Mörder, er verschafft sich ohne Schwierigkeiten Zugang und ermordet den Dealer; der Anblick der Leiche im Keller dann und wann reicht aus, um sich die Bilder vom Leib zu halten, während er nach seinem Vater sucht und plant, wie er ihn am besten zu fassen bekommt. Was dann geschieht, ist eure Angelegenheit.«

Keiner hatte etwas einzuwenden. So war es.

Hjelms Gedanken wanderten indessen in eine etwas andere Richtung. »Gab es auf Wayne Jennings' Farm einen Keller?«

Larner betrachtete ihn. Er hatte eigentlich nach seinem Bericht erst einmal durchatmen wollen. Er mußte eine Kehrtwendung machen. »Es gab einen kleinen Keller, ja«, sagte er. »Aber das war eine Art Partykeller, ein gemütlicher Sitzraum mit offenem Kamin, und wir haben ihn mehrmals untersucht. Das war nicht der Tatort.«

»Wer wohnt jetzt da?«

»Die Geschichte ging so lange durch die Medien, daß die Farm unverkäuflich wurde, wenn ich mich recht erinnere. Nach dem Tod der Frau verfiel sie. Sie steht leer.«

»Anscheinend will Lamar uns etwas von einem Kleiderschrank erzählen. Ein nächtlicher Schatten in einem Kleiderschrank, eine Tür, an der ein Ärmel hängenblieb, dann kommt die Treppe. Kann es noch einen Keller gegeben haben, einen geheimen? Der eigentliche Ursprung der ganzen Kentuckymördergeschichte?«

Larner überlegte. Dann hob er den Telefonhörer und wählte eine Nummer. »Bill, wie lange dauert das mit dem Brief? Okay. Ich muß mal rüber nach Kentucky. Jerry hält solange hier die Stellung.«

Er legte den Hörer auf und sah sie auffordernd an: »Na, kommt ihr mit?«

Sie flogen nach Louisville in Kentucky; es ging wie im Handumdrehen. Auf dem Flugplatz wartete ein FBI-Hubschrauber, der sie nach Osten verfrachtete. In der Ferne türmte sich ein hohes Gebirgsmassiv auf.

»Cumberland Plateau«, sagte Larner.

Der Hubschrauber landete am Rand eines Tabakfelds, und sie liefen mit Larner und drei FBI-Muskelpaketen durch das Feld und hinaus auf die Landstraße. Ein Gehölz mit hohen, undefinierbaren Bäumen spendete einer verfallenen Farm Schatten, die ein Stück abseits der Straße in dem wüstenähnlichen Terrain lag; es gab kilometerweit keine Nachbarn.

Aus der Nähe sah die Farm wie ein Geisterhaus aus. Fünfzehn Jahre hatten ihre Spuren hinterlassen. Häuser schienen immer nur zu gedeihen, wenn sie bewohnt wurden – sonst verkümmerten sie. Wayne Jennings' Farm war verkümmert. Sie sah aus, als wäre es ihr von Anfang an nicht gutgegangen, aber jetzt hatte sie ein Stadium vollständiger Verwahrlosung erreicht. Die Haustür war windschief und verzogen, und es bedurfte der gesammelten FBI-Muskelmasse, um sie aufzureißen, was de facto bedeutete, daß sie zu Bruch ging.

Sie betraten den Flur. Das Haus hatte nicht dicht gehalten. Eine dünne Schicht Sand bedeckte alles. Jeder Schritt ließ eine kleine Sandwolke aufsteigen. Sie gingen durch die Küche, Geschirr stand unter der Sandschicht auf der Spüle, als habe die Zeit mitten im Alltag stillgestanden. Sie kamen an der Treppe vorbei, die zu dem kleinen Keller hinunterführte; Hjelm warf einen Blick hinunter. Drei Bierdosen standen auf einem kleinen Tisch. Der Sand hatte sich an den Rändern festgesetzt; sie sahen aus wie drei Salzsäulen in einer Salzwüste. Sie gelangten in ein Zimmer mit einem Bett. Ein paar zerfledderte Poster hingen noch an den Wänden, Batman, eine Baseballmannschaft. Ein Buch lag aufgeschlagen auf dem Schreibtisch, Mary Poppins. Auf dem Kissen saß ein kleiner sandbedeckter Teddy. Kerstin nahm ihn auf, ein Bein blieb im Bett liegen. Sie blies ihn an und betrachtete ihn. Es sah aus, als wollte es ihr das Herz brechen.

Von Lamars Zimmer gingen sie weiter zu dem der Eltern; es lag ganz hinten, mit Aussicht auf die Ebene, die sich vollkommen platt bis zum Cumberland Plateau erstreckte. Larner zeigte auf das Doppelbett; statt des einen Kissens war da ein riesiges Loch, Daunen wirbelten noch auf in die sandvermischte Luft.

»Hier fand Lamar eines Morgens im Sommer seine Mutter«, sagte Larner mit gedämpfter Stimme. Schrotflinte. Der Kopf war fast weggepustet.«

Sie gingen wieder in den Flur hinaus und von da ins nächste Zimmer, ein Gästezimmer mit eigenem Eingang von der Veranda.

»Hier muß es sein«, sagte Larner.

Er trat an den Wandschrank und öffnete ihn. Die gesammelte FBI-Truppe tauchte mit diversen Meßinstrumenten und handfesterem Werkzeug hinein. Ein Mikrophon wurde an der Wand entlanggezogen.

»Hier«, sagte einer der FBI-Männer. »Hierhinter ist es hohl.«

»Seht zu, ob ihr den Mechanismus finden könnt«, sagte Larner und zog sich zurück. Sie suchten weiter, er setzte sich auf das Bett, auf dem die Schweden schon saßen.

»Sie können den jetzt aber wieder weglegen«, sagte er.

Kerstin starrte auf den Teddy, der auf ihrem Schoß saß. Sie legte ihn aufs Bett. Aus dem Loch am Bein war Sand gerieselt, so daß am Ende nur noch eine Hülle zurückgeblieben war. Sie hielt den Fetzen hoch.

»Was machen wir mit unseren Kindern«, sagte sie nur.

»Ich habe Sie gewarnt«, sagte Larner.

Es dauerte fast eine Viertelstunde intensiver wissenschaftlicher Jagd. Aber dann fand man einen komplizierten Mechanismus hinter einer festgeschraubten Eisenabdeckung. Offenbar hatte Wayne Jennings nicht gewollt, daß jemand nach seinem vermeintlichen Tod dort hinuntergelangte. Aber sein Sohn hatte es getan und die Zangen an sich genommen.

Eine massive Metalltür glitt im Innern des Wandschranks auf; Hjelm meinte sogar, den Jackenärmel vor sich zu sehen, an dem die Tür sich eines Nachts verhakt hatte, so daß sie nicht einrastete, wie sie sollte. Er trat zurück und stellte sich an die Tür des Gästezimmers. Da ging er in die Hocke und versuchte, sich das Gesichtsfeld eines Zehnjährigen vorzustellen. Hier hatte Lamar gestanden, hier hatte er den Schatten in den Kleiderschrank gleiten sehen, und dann war er ihm gefolgt. Die schwere Metalltür war nicht richtig zugegangen.

Larner trat in den Kleiderschrank und zog die Tür ganz auf; der Mechanismus war ein wenig eingerostet, er knarrte auf eine Art und Weise, wie er es vor zwanzig Jahren sicher nicht getan hatte. Er knipste eine starke Taschenlampe an und verschwand. Sie folgten ihm.

Es war eine schmale Steintreppe mit einem Eisengeländer. Sand knirschte unter ihren Füßen, als sie hinabstiegen. Die Treppe war lang, erstaunlich lang, aber schließlich standen sie alle vor einer massiven rostigen Eisentür. Larner öffnete sie und leuchtete mit seiner starken Lampe ins Dunkel dahinter.

Es war ein schäbiger Kellerraum, eng, fast absurd klein. Ein Zementkubus tief unten im Wüstenland. In der Mitte stand ein kräftiger Eisenstuhl, der mit ein paar Krampen im Fußboden verschweißt war, Lederriemen hingen schlaff von den Armlehnen und den Stuhlbeinen herunter. Daneben stand eine stabile Bank, wie eine Hobelbank. Das war alles. Larner zog ein paar Schubfächer unter der Bank hervor. Sie waren leer. Er setzte sich auf den Eisenstuhl, während sich der kleine Zementkubus mit Menschen füllte; der letzte FBI-Mann fand keinen Platz, sondern mußte hübsch draußen auf der Treppe bleiben.

»Diese Wände haben viel gesehen«, sagte Larner.

Hjelm hatte für einen Moment das Gefühl, Kontakt mit all dem Leiden zu bekommen, das die Wände bewahrten, ein heißer und zugleich eiskalter Wind durchfuhr ihn. Doch das war eine Erfahrung jenseits aller Worte.

Larner stand auf und schlug die Hände zusammen. »Tja, wir führen wohl eine lückenlose Tatortuntersuchung durch, aber es besteht kein Zweifel, daß hier die meisten Opfer des Kentuckymörders ihren lang ersehnten Tod fanden.«

Sie stiegen wieder nach oben. Eine klaustrophobische Stimmung lag in der Luft.

Was wäre passiert, wenn der zehnjährige Lamar plötzlich in die Rosenkammer eingetreten wäre? Wie hätte Wayne reagiert? Hätte er ihn bewußtlos geschlagen? Ihm gedroht? Hätte er vielleicht sogar versucht, ihn zu trösten? Der einzige, den man noch fragen konnte, war Wayne Jennings selbst, und Paul Hjelm würde genau das tun, das gelobte er sich und der Welt.

Denn er war sich immer sicherer, daß, wenn Vater und Sohn in Schweden aufeinandergetroffen waren, der Vater gesiegt hatte. Er hatte seinen Sohn ein zweites Mal getötet.

Sie flogen mit dem Hubschrauber zurück nach Louisville und erreichten gerade eine Maschine zurück nach New York. Alles hatte nur wenige Stunden gedauert. Es war Nachmittag auf dem John F. Kennedy-Flughafen, ein langer, heißer Nachmittag. Sie fuhren im Taxi zurück zum FBI-Hauptquartier. Jerry Schonbauer saß da und ließ die Beine baumeln und starrte auf einen Papierstapel. Es war, als sei nichts geschehen.

Aber es war etwas geschehen.

»Gutes Timing«, sagte Schonbauer. »Ich habe gerade eine vorläufige Tatortuntersuchung hereinbekommen. Inklusive einer Rekonstruktion des verbrannten Briefs. Das ist alles von Interesse, der Rest der Untersuchung erbrachte absolut nichts. Tabula rasa. Hier für jeden ein Exemplar des Briefs. Bitte sehr.«

Das Datum war lesbar: 6. April 1983. Fast ein Jahr nach Wayne Jennings' vorgetäuschtem Tod. Es war ein Brief, den er nicht hätte schreiben müssen, vermutlich auch nicht hätte schreiben *dürfen*. Daß er es dennoch getan hatte, ließ einen menschlichen Zug aufscheinen, den Hjelm eigentlich nicht sehen wollte.

»Wann nahm seine Frau sich das Leben?« fragte er.

»Sommer dreiundachtzig«, sagte Larner. »Es dauerte offenbar ein paar Monate, bis sie die Tragweite des Ganzen erkannte.«

Der Umschlag war bei den verbrannten Resten gewesen. Der Poststempel »Stockholm« war deutlich lesbar. Die Adresse war die der Farm; er war anscheinend ziemlich sicher, daß das FBI die Briefe seiner Witwe ein Jahr nach seinem Tod nicht mehr lesen würde.

Der Text, soweit er rekonstruiert werden konnte (mit den Kommentaren der Techniker in Klammern), lautete:

»Dear Mary Beth. Wie du merkst, bin ich nicht tot. Ich hoffe, einmal erklären zu k [Lücke, verbrannt] in einem anderen Leben sehen. Vielleicht ist es in einigen Jahren m [Lücke, verbrannt] absolut notwendig gewesen. Wir waren gezwungen, mir diese Mask [Lücke, verbrannt] daß Du mit diesem Wissen leben k [Lücke, verbrannt] uckymörder bin ich und bin es doch ni [Lücke, verbrannt] jetzt unter dem Namen [Lücke, ausgeschnitten] icht, daß es Lamar bessergeht ohne mich, ich war nicht immer [Lücke, verbrannt] ßt unbedingt sofort diesen Brief verbr [Lücke, verbrannt] Immer Dein W.«

»Lamar wollte uns den Namen nicht verraten«, sagte Larner und legte den Brief nieder. »Den Rest sollten wir vielleicht erfahren, es kommt darauf an, wie ernst man diese mißglückte Verbrennungsaktion nimmt. Aber den Namen wollte er uns nicht geben. Den hat er herausgeschnitten, bevor er den Brief angezündet hat.«

»Liebevoller Ehemann«, sagte Kerstin.

»Was heißt das hier eigentlich?« sagte Hjelm. »›Der Kentuckymöder bin ich und bin es doch nicht‹: Soll man das so verstehen? Und: ›Wir waren gezwungen, mir diese Maskierung zu geben.‹ Wir?«

»Berufsmörder in jemandes Dienst«, sagte Larner. »Plötzlich, gegen Ende der siebziger Jahre, wurde es erforderlich, sehr viele Menschen zum Sprechen zu bringen, Ingenieure, Forscher, Journalisten. Und einen ganzen Kader von Unidentifizierten, wahrscheinlich Ausländer. Man berief seinen Experten ein, der möglicherweise seit dem Vietnamkrieg auf Eis gelegen hatte. Aus irgendeinem Grund sah man sich gezwungen, das Ganze als Taten eines Wahnsinnigen zu maskieren. Der Serienmörder wurde geboren. Und seine Nachfolger waren viele.«

Es lag in der Luft. Keiner sprach es aus.

Schließlich räusperte sich Hjelm: »CIA?«

»Dieser Seite der Medaille müssen *wir* uns annehmen«, seufzte Larner. »Das wird nicht leicht.«

Kerstin und Paul blickten sich an. Die gute alte KGB-Spur war doch nicht ganz so weit hergeholt gewesen. Es *war* die große Politik. Nur daß das KGB die Opfer stellte. Vielleicht.

»Ich an Ihrer Stelle«, sagte Larner, »würde mir ein bißchen genauer die Einwanderungslisten von 1983 anschauen. Das letzte Opfer starb Anfang November 1982. Der Brief wurde im April 1983 in Stockholm abgeschickt. Vielleicht finden Sie ihn unter den Einwanderern in dieser Zeit.«

Ein FBI-Mann schaute herein. »Ray«, sagte er. »Mrs. Stewart hat jetzt ein Bild klar.«

Sie standen geschlossen auf und folgten ihm. Jetzt würden sie sehen, wie Lamar Jennings aussah.

Kommissar Jan-Olov Hultin sah skeptisch aus. »Hau ab?« sagte er. »Mach, daß du wegkommst?«

»Das hat er gesagt«, sagte Viggo Norlander.

Er lag in einem Krankenbett im Karolinen-Krankenhaus. Eine große Kompresse war gegen die Wunde im Nacken gepreßt, und man hatte ihm ein bizarres Nachtgewand angezogen. Er fühlte sich immer noch ein wenig groggy.

»Er hat also Schwedisch gesprochen?« versuchte Hultin es pädagogisch und beugte sich zu dem aufs neue geschlagenen Helden hinunter.

»Ja«, sagte Norlander schläfrig.

»Und sonst erinnerst du dich an nichts?«

»Er war ganz in Schwarz. Gesichtsmaske. Er hat keinen einzigen Millimeter gezittert, als er mit der Pistole auf mich zielte. Er muß absichtlich danebengezielt haben, als er schoß. Dann ist er in einem großen Wagen abgehauen, möglicherweise Jeep, möglicherweise braun.«

»Es handelt sich um einen wahnsinnigen Serienmörder mit massenhaft Leben auf dem Gewissen. Und geschossen hat er auch schon mal. Warum hat er dich nicht getötet?«

»Danke für deine Unterstützung in schwerer Zeit«, sagte Norlander und sackte weg.

Hultin stand auf und trat an das zweite Bett des Krankenzimmers. Da lag noch ein geschlagener Held. Die beiden Muskelpakete waren von ein und demselben Mann außer Gefecht gesetzt worden; nicht gerade ein Grund zum Jubeln.

Gunnar Nybergs Verband war von der umfangreicheren Sorte. Sein Nasenbein war an drei Stellen gebrochen; er fand es unglaublich, daß ein so kleiner Knochen an so vielen Stellen brechen konnte. Aber am meisten schmerzte die Seele. Er wußte, daß er nie, wie sehr er es auch versuchen würde, das Schreckensbild von Benny Lundberg aus seinem Bewußtsein verdrängen konnte. Er würde vermutlich mit dem Bild auf der Netzhaut sterben.

»Wie geht es ihm?« fragte er.

Hultin setzte sich mit einem Stöhnen auf den Besucherstuhl. »Viggo? Der kommt wieder auf die Beine.«

»Nicht Viggo. Benny Lundberg.«

»Ach so. Ja, die letzten Nachrichten sind nicht gut. Er lebt und wird überleben. Aber die Stimmbänder sind schwer beschädigt und die Nervenstränge im Nacken ein einziges Durcheinander. Er liegt in einem Respirator. Doch am schlimmsten ist, daß er sich in einem extremen Schockzustand befindet. Der Täter hat ihn buchstäblich um den Verstand gebracht. Er hat ihn über die Grenze des Menschlichen hinausgetrieben, und die Frage ist, ob es von da einen Weg zurück gibt.«

Hultin legte eine eigensinnige Weintraube auf Nybergs Tisch und fuhr fort: »Deine Geistesgegenwart hat ihm das Leben gerettet, damit du es weißt. Hättest du angefangen, an den Zangen zu zerren und zu ziehen, wäre er mit Sicherheit auf der Stelle gestorben. Dieser Halsarzt, den du angefordert hast, hat über eine Stunde gekämpft. Er mußte am Tatort operieren. Gut, daß du reingegangen bist und nicht Viggo, das kann ich wohl jetzt sagen, wo er nicht bei Bewußtsein ist.«

Hultin verstummte. Er blickte in Nybergs Augen. Etwas war verändert.

»Bist du okay, übrigens?« sagte er.

»Nein, ich bin nicht okay«, sagte Gunnar Nyberg. »Ich bin rasend. Ich werde diese Figur aus dem Verkehr ziehen, und wenn es das Letzte ist, was ich tue.«

Hultin war gespalten; einerseits war es ausgezeichnet, daß Nyberg sich aus der Laschheit der letzten Zeit und der Sehnsucht nach seiner Pensionierung erhob, anderseits war ein rasender Nyberg wie eine durchgegangene Dampflok.

»Komm zurück, sobald du kannst«, sagte er nur. »Wir brauchen dich.«

»Ich wäre schon jetzt zurück, wenn diese verdammte Gehirnerschütterung nicht wäre.«

»Das grassiert im Moment«, sagte Hultin neutral.

Sie hatten nicht richtig hingesehen, dachte Nyberg. Es waren nicht zwei Lungenentzündungen gewesen, die durch die Luft gesegelt kamen und ihre rechtmäßigen Besitzer suchten, sondern zwei Gehirnerschütterungen.

»Wenn wir nicht angehalten und gegessen hätten«, sagte er finster, »hätten wir ihn gerettet.«

Hultin sah ihn einen Moment an, dann verabschiedete er sich, trat hinaus in den Korridor und kehrte zurück in die normale Maßlosigkeit. Bevor er unter die nächtliche Regendusche trat, spannte er einen Schirm mit den Polizeilogos auf, der der Sintflut standhielt, bis Hultin den Volvo Turbo erreichte, das einzige seinem Dienstgrad zukommende Privileg, das zu akzeptieren er sich erlaubte.

Er fuhr durch die pechschwarze Stadt, die St. Eriksgata hinauf, dann die Fleminggata und die Polhemsgata, aber er war momentan als Autofahrer eindeutig ungeeignet. Er verflocht Fakten mit Intuitionen und stellte folglich eine schwerwiegende Verkehrsgefährdung dar; zum Glück gab es so gut wie keinen nächtlichen Verkehr. Warum Benny Lundberg? Was hatte der Wachmann in jener Nacht gesehen oder getan? Er war ja selbst dagewesen und hatte mit ihm gesprochen in jener Nacht, alles hatte normal gewirkt. Dennoch mußte bei diesem Einbruch irgend etwas nicht mit rechten Dingen zugegangen sein. Unmittelbar danach hatte Lundberg Urlaub genommen und wurde dann wiedergefunden, halb ermordet vom Kentuckymörder, der Schwedisch gesprochen, zwei nicht gerade schmächtige Polizeiprofis ausgeknockt und darauf verzichtet hatte, Norlander zu töten, obwohl er ihn mehrfach im Visier hatte. Hätte es nicht Hintergrundinformationen gegeben, wäre sein erster Gedanke gewesen: Insiderjob, krimineller Bulle.

Er betrat das unbeleuchtete Polizeipräsidium. Alles war still. Das unablässige Rauschen des Regens war rasch in die Sphäre von Hintergrundgeräuschen eingegangen, die die Normalität ausmachten; wenn es in Zukunft aufhören sollte zu regnen, würde sich das Gefühl einstellen, daß etwas nicht stimmte, wie eine Störung des Normalzustands.

Er kam in den Korridor der A-Gruppe. Ein kleines Licht leuchtete; er wußte sogleich, wo.

Chavez sprang aus seinem Büro auf den Gang und stürmte auf seinen Chef zu. »Du mußt dir das hier unbedingt ansehen, aber mach dich auf was gefaßt«, sagte er, aufgekratzt wie ein Siebenjähriger.

Jan-Olov Hultin wollte sich nicht auf was gefaßt machen. Die letzten Wochen hatten ihm gereicht. Er wollte nachdenken. Er kam sich vor wie ein bockiger alter Opa. Was er auch war, dachte er plötzlich und folgte Chavez, ohne zu protestieren.

An Hjelms Platz am Schreibtisch saß ein anderer alter Opa, ein kleiner Mann mit mediterranem Äußeren. Sein Gesicht wurde von dem großen Bildschirm beleuchtet, der vor ihm stand.

»Dies ist Christos Kavafis«, sagte Chavez. »Der Mister-Minit-Mann. Ich habe mir erlaubt, ihn herzuholen. Und das hier ist Jan-Olov Hultin, mein Chef.«

»Angenehm«, sagte Christos Kavafis.

Hultin nickte und schaute Chavez verwundert an, der seinerseits zu dem Griechen hinübersah.

»Ich hatte einen tollen Einfall, als ich hörte, daß John Does Schlüssel zum Tatort paßte«, erklärte Chavez eifrig. »Alles deutet darauf hin, daß der Amerikaner, der unter dem Namen Edwin Reynolds nach Schweden eingereist ist, *so* aussieht.«

Chavez drehte den Monitor um eine Vierteldrehung. Hultin starrte in das Gesicht des Kentuckymörders.

Es war John Doe, ihre nichtidentifizierte Leiche.

Einen Moment lang blieb er stumm. Die Puzzleteile fielen an ihren Platz. »Es gibt also zwei Kentuckymörder«, sagte er.

»Jetzt ist es nur noch einer«, sagte Chavez.

Hultin nahm sein Handy und tippte die Nummer von Hjelm in den USA ein. Sie war besetzt. Äußerst merkwürdig. Es war eine Nummer, die ausschließlich zu diesem Zweck verwendet werden sollte.

Sie näherten sich langsam dem Bildschirm über Wilma Stewarts kleinem nickendem Kopf.

»Genau so sah er aus«, sagte die alte Dame. »Ganz genau so. Lamar Jennings.«

Kerstin und Paul starrten in das Gesicht des Kentuckymörders.

Es war John Doe, ihre nichtidentifizierte Leiche.

Hjelm nahm sein Handy und tippte die Nummer von Hultin in Schweden ein. Sie war besetzt. Äußerst merkwürdig. Es war eine Nummer, die ausschließlich zu diesem Zweck verwendet werden sollte.

Hultin ließ nicht locker. Er versuchte es erneut. Diesmal kam er durch. »Hjelm«, meldete sich Hjelm jenseits des Atlantiks.

»John Doe ist der Kentuckymörder«, sagte Hultin kurz.

»Einer von ihnen«, sagte Hjelm.

»Ich habe ein Phantombild von ihm vor mir.«

»Ich auch.«

Hultin zuckte zusammen und fuhr fort: »Ich habe gerade versucht anzurufen.«

»Ich auch.«

Es war nicht einfach, die Dinge zu entwirren. Statt zu tüfteln, fuhr Hultin fort: »Norlander und Nyberg waren nahe daran, ihn zu fassen. Den anderen. Er redet Schwedisch.«

»Er lebt seit 1983 in Schweden. Wie nahe?«

»Nahe genug, um Prügel zu beziehen, alle beide. Im Lager von LinkCoop. Er hatte Viggo im Visier, ließ es aber bleiben. Ist er Polizist?«

»Gewissermaßen. Aber lassen wir das im Moment. Er ist also auf freiem Fuß?«

»Ja. Aber nur um Haaresbreite. Wir haben die Zangen. Und einen halbtoten Wachmann.«

»Benny Lundberg?«

»Ja. Er wird wohl ein Pflegepaket. Leider. Kannst du das erklären?«

»Sie sind zwei, Vater und Sohn Jennings. Der eine flog nach Schweden, um den anderen zu töten. Aber die Rollen wurden vertauscht.«

»Es war wirklich Wayne Jennings ... Er lebt also?«

»Er lebt seit fünfzehn Jahren in Schweden. Lamar Jennings ist der Tote. Das wissen wir jetzt. Es erklärt, warum John Doe erschossen wurde, nicht gefoltert. Vermutlich lag er im Hinterhalt und sah, wie sein Vater Eric Lindberger folterte. Es wurde ein grauenhaftes Déjà-vu. Er wurde entdeckt und erschossen. Wahrscheinlich weiß Wayne Jennings nicht einmal, daß der Mann, den er erschossen hat, sein Sohn war.«

»Er war also derjenige, der von den Hallenbandyjuristen in ihrem VW-Bus überrascht wurde.«

»Ja. Bei den schwedischen Opfern muß man von zwei verschiedenen Tätern ausgehen. Hassel und Gallano sind Lamars Werk, zufällig gewählt, der eine wegen des Flugtickets, der andere, weil er in der Hütte war. Ihr Mörder war John Doe, Lamar Jennings. Er wurde selbst von Wayne getötet, auch zufällig. Was bleibt, ist Lindberger. Sein Tod ist kein Zufall; Wayne mordet nicht nach dem Zufallsprinzip. Er ist Profi.«

»Profikiller und ›gewissermaßen‹ Polizist? Deine Andeutungen stinken ...«

»Sag es nicht. Aber es stimmt.«

»Okay. Ich brauche jetzt die volle Besetzung. Es hört sich an, als wärt ihr mehr oder weniger fertig. Könnt ihr nach Hause kommen?«

»Jetzt?«

»Wenn möglich.«

»Okay.«

»Grüß Larner und sage ihm, wir danken.«

»Unbedingt. Hej.«

»Hej.«

Hjelm drückte auf den Ausknopf. Er starrte das Handy an. Sie hätten ihn fast geschnappt. Ausgerechnet Norlander und Nyberg.

»Hast du gehört?« sagte er zu Kerstin, die über ihn gebeugt gestanden hatte.

»Ja«, sagte sie. »Er fliegt nach Schweden, um ein für allemal Rache zu nehmen für ein Leben unter Null, wie er es ausgedrückt hat. Er bereitet sich äußerst sorgfältig vor, lokalisiert den Vater, folgt ihm und wartet auf den richtigen Augenblick, um zuzuschlagen. Da macht er irgendeinen Fehler und wird natürlich auf der Stelle getötet. Zum zweitenmal. Von seinem Vater. Der nicht einmal etwas davon weiß. Da drin steckt schon eine schauerliche Ironie.«

»Versuch, nicht allzuviel daran zu denken. Wir sollen nach Hause. Jetzt.«

Sie nickte.

Sie gingen zu Larner hinüber und erklärten ihm die Lage.

»Also er hat ihm gedroht?« sagte Larner bedächtig. »Er hatte Ihren Kollegen im Visier, hat aber nicht geschossen? Profi bis in die Fingerspitzen. Das muß man anerkennen.«

»Ja«, sagte Hjelm. »Aber wir werden ihn kriegen.«

»Ich fange tatsächlich an, das zu glauben. Sie sind hier hereingeweht wie die Kusinen vom Lande und haben in ein paar Tagen den Fall gelöst. Ich fühle mich alt und rostig. Aber Sie haben mir eine Last von den Schultern genommen.«

»Es war reiner Zufall«, sagte Hjelm. »Und gelöst haben Sie den Fall, das ist doch gar keine Frage. Sie haben ihn mit Ihrer Hartnäckigkeit vertrieben, Sie waren es, der ihn gezwungen hat, außer Landes zu gehen. Daß er dann eine alte Wahrheit vergessen hat, ist eine andere Sache.«

»Und welche Wahrheit war das?«

»Böses Blut kehrt wieder.«

27

Am nächsten Morgen waren sonderbarerweise alle zur Stelle. Es hätten nur zwei sein sollen, außer Hultin: Chavez und Söderstedt. Aber das routinierte alte Komikerpaar Jalm und Halm kam mit rotgeränderten Augen direkt vom Flugplatz, und ganz hinten saß ein frischgebackenes Dito, die allseits bekannten Bandagenschädel NN; es würde einiger Mühe bedürfen, Norlander und Nyberg jetzt aus dem Spielplan herauszuhalten.

Hultin sah auch nicht aus, als hätte er direkte Schlaftriumphe gefeiert, aber die Brille saß, wo sie hingehörte, und der scharfe Blick ebenso. »Es ist viel passiert«, sagte er. »Wir kneifen ihn in die Arschbacken. Sind alle dazu gekommen, die Zusammenfassung durchzusehen, die ich heute nacht mit Hilfe einer kleinen Telefonkonferenz mit dem Luftraum über dem Atlantik niedergeschrieben habe?«

»Ich habe schon oft zufällig dieses Telefon herausgepfriemelt, das sie da in den Armlehnen haben, aber benutzt habe ich es zum erstenmal«, sagte Hjelm schlafsüchtig.

»Seid ihr dazu gekommen?« wiederholte Hultin.

Alle schienen zu nicken, wenn auch hier und da ein wenig träge.

»Dann wißt ihr, was jetzt die Hauptaufgabe ist: Wayne Jennings' schwedischen Namen herauszubekommen. Fragen sind: Erstens, warum hat er einen Lagerraum bei LinkCoop für seine Aktivitäten benutzt? Es war offenbar eine Gewohnheit, sonst hätte der Sohn nicht den Schlüssel nachgefertigt. Zweitens, warum folterte er den Wachmann Benny Lundberg? Wie verhält sich drittens der vereitelte Einbruch bei LinkCoop zu den gleichzeitigen Morden an Eric Lindberger und Lamar Jennings ungefähr zehn Türen entfernt? Viertens, warum wurde Eric Lindberger getötet? Hat es mit seinen Kontakten in der arabischen Welt zu tun? Fünftens, ist auch Justine Lindberger in Gefahr? Ich habe sie sicherheitshalber unter Schutzbewachung gestellt. Sechstens, können wir Wayne Jennings im Einwanderungsregister von 1983 finden? Siebtens, die schwere und delikate Frage: Ist Wayne Jennings CIA-Mann?«

»Wir können doch den offiziellen Weg gehen«, sagte Arto Söderstedt, »und ganz einfach beim CIA anfragen.«

»Damit, fürchte ich, würden wir nur bewirken, daß er auf die eine oder andere Weise verschwindet.«

»Soweit ich es von dem aus beurteilen kann«, sagte Chavez und wedelte mit Hultins Zusammenfassung, »kann er tatsächlich ebensogut dem militärischen Sicherheitsdienst angehören oder von einer anderen Organisation angeworben worden sein, entweder von der gegnerischen Seite oder der Mafia oder einem Drogensyndikat oder irgendeiner nicht geheuren Freibeuterorganisation.«

»Einverstanden«, sagte Hultin unerwartet. »Es ist viel zu früh, mit dem CIA als Hauptspur zu arbeiten. Was anderes Allgemeines? Nicht? Dann Details. Arto macht mit Lindberger weiter, Jorge mit dem Volvo, Viggo und Gunnar können heute Innendienst machen, nehmt euch die Einwanderungen vor, Paul muß in den Freihafen und schnüffeln, Kerstin nimmt sich Benny Lundberg vor. Wie kommst du mit Lindberger voran, Arto?«

»Eric Lindberger hat eine ganze Menge Aufzeichnungen hinterlassen, die ich jetzt abgecheckt habe. Da finden sich keine Mysterien. Aber sein Kalender enthält eine äußerst interessante Notiz: Am Abend vor seinem Tod hatte er eine Verabredung. Seine Leiche wurde in der Nacht um halb drei von Wayne Jennings in den Freihafen geschleppt, das wissen wir. Um zehn Uhr am Abend davor ist ein Treffen eingetragen: ›Riches Bar‹ steht leider nur da. Ich bin gestern nachmittag im Riche gewesen und habe mich umgesehen. Viel Personal, es ist schwer, jemanden zu finden, der an dem Abend um zehn hinter der Bar stand, aber am Ende habe ich einen Barkeeper aufgetrieben, Luigi Engbrandt. Er strengte sich tierisch an, sich zu erinnern, aber die Bar ist gut besucht. Möglicherweise kann er sich an Lindberger erinnern, falls ja, stand dieser eine Weile am Tresen und wartete auf jemanden. Leider hat Luigi nicht mitgekriegt, ob jemand kam. Ich habe auch Erics Bankkonten gecheckt. Er hinterläßt ein nettes, aber nicht außergewöhnliches Vermögen, insgesamt sechshunderttausend. Heute fange ich mit Justine an.«

»Warum Justine?« sagte Norlander. »Laß sie in Ruhe.«

»Diskrepanzen«, sagte Söderstedt. »Die große Wohnung, die gemeinsame Arbeit der Eheleute, ein paar Ungereimtheiten, die sie bei unserem letzten Treffen von sich gab. In ihrem Kalender sind auch einige interessante Punkte, die sie kommentieren soll.«

»Okay«, sagte Hultin. »Jorge, bist du mit den Autos weitergekommen?«

»Die Autos«, sagte Chavez und zog eine Grimasse. »Ich habe ja eine ganze verdammte Armada von Fußvolk in Bewegung gesetzt. Sie haben bald sämtliche Wagenbesitzer abgeklappert. Zum Glück sind Volvobesitzer in der Regel ordentliche Durchschnittsschweden. Keines von den bisher kontrollierten Autos ist in der Mordnacht gestohlen oder ausgeliehen gewesen. Der Kleinkriminelle Stefan Helge Larsson, dessen Wagen verschwunden war, und er gleich mit, ist nach einem einmonatigen Aufenthalt in Amsterdam zurückgekehrt. Die Verkehrspolizei in Dalshammar, wo immer das liegen mag, hat ihn, Zitat, ›in extremem Drogenrausch‹ auf der E4 geschnappt. Geisterfahrer. Aber ich interessiere mich mehr und mehr für den Wagen, der auf eine nicht existierende Firma zugelassen ist. Den nehme ich mir heute vor.«

»Der Rest dürfte geklärt sein«, sagte Hultin kurz. »Also an die Arbeit. Wir müssen ihn fassen, und am besten gestern, wie gestreßte Unternehmer zu witzeln pflegen.«

»Was geschieht in *the media*?« fragte die Amerikaschwedin Kerstin Holm.

»Die Hexenjagd geht weiter«, antwortete Hultin. »Das Geschäft mit Schlössern, Waffen und Schäferhunden blüht. Die Köpfe der Verantwortlichen werden verlangt, auf dem Tablett. Hauptsächlich meiner. Hier und da auch Mörners. Bei ihm herrscht Vollzeitpanik. Wollt ihr, daß ich ihn herunterrufe, damit er eine stärkende kleine Rede hält?«

Besser als eine Lötlampe in den Arsch, konstatierte er und blickte über eine vollkommen leere Kampfleitzentrale.

Arto Söderstedt rief unverzüglich Justine Lindberger an. Die Witwe war zu Hause. Ihre Stimme klang erstaunlich frisch. »Justine«, sagte sie.

»Söderstedt, Polizei.«

»Ja?«

»Meinen Sie, daß ich einmal einen Blick in Ihre Agenda werfen könnte?«

»Meine was?«

»Ihren Notizkalender.«

»Meinen Filofax, meinen Sie? Der ist im Außenministerium, fürchte ich. Und ich begreife nicht, was der mit der Sache zu tun haben soll.«

»Ich kann ihn von da holen, wenn es Ihnen zuviel Mühe macht.«

»Nein! Nein danke, ich möchte nicht, daß die Polizei sich an meinem Schreibtisch zu schaffen macht. Ein Bote kann ihn mir bringen. Dann dürfen Sie kommen und einen Blick darauf werfen.«

»Jetzt sofort?«

»Ich bin kaum wach. Es ist zehn nach neun. Sagen wir, um elf?«

»Gut. Bis dann.«

Damit sie Zeit hat, ein paar Änderungen vorzunehmen, dachte er hinterhältig.

Nächster Schritt. Die Bank. Dieselbe Bank wie der Ehemann. Derselbe Bankbeamte.

Er rief an. »Hallo, hier ist Söderstedt«, sagte er singend.

»Wer?«

»Von der Polizei. Sie haben mir gestern freundlicherweise Einblick in die Konten des verstorbenen Eric Lindberger gewährt. Heute müßte ich einen Blick auf die seiner Frau werfen.«

»Das ist etwas anderes. Tut mir leid, aber das geht nicht.«

»Es geht«, sang er weiter. »Ich kann auch den offiziellen Weg beschreiten, doch dafür habe ich keine Zeit, und wenn bekannt wird, daß Sie die wichtigste Mordermittlung in Schweden in moderner Zeit behindert haben, wird Ihr Chef ganz sicher erfreut sein.«

Es war einen Augenblick still. »Ich faxe es«, sagte der Bankbeamte.

»Wie gestern«, sang Söderstedt. »Dankedanke.«

Er legte auf und klopfte mit den Fingerspitzen aufs Faxgerät. Es begann, zahlenverzierte Papiere auszuspucken. In der Zwischenzeit rief er beim Mieterverein an und ließ sich über die Besitzverhältnisse in bezug auf die Wohnung informieren. Er rief die Kfz-Zulassungsstelle an, das Finanzamt, die Bootsregistrierstelle, das Außenministerium, das Grundbuchamt.

Und er rief die für Justine Lindbergers Bewachung abgestellten Kollegen an. »Ihr fahrt um elf mit mir zu der Lindberger«, sagte er. »Und von dem Moment an laßt ihr sie nicht mehr aus den Augen.«

Dann tänzelte er zur Tür und hinaus in den Flur.

Punkt elf stand er an der Gegensprechanlage in der Riddargata. Eine Minute später saß er auf dem Sofa bei Justine Lindberger. »Schöne Wohnung«, sagte er.

»Hier ist mein Filofax«, sagte sie und hielt ihn ihm hin. Er blätterte ihn durch und schien unberührt, aber sein Gehirn arbeitete unter Hochdruck. Es gab sieben unbekannte Größen in ihrem unzensierten Notizkalender, den er im Außenministerium kopiert hatte. Ein G jeden zweiten Montag um zehn, E sonntags um vier, S zu sporadisch wiederkehrenden abendlichen Zeiten, Bro, das jeden Dienstag zu verschiedenen Uhrzeiten erschien, PPP am 6. September um 13 Uhr 30, AJ am 14. August den ganzen Tag und KT am 28. September um 19 Uhr 30. Er hatte sie alle im Kopf und strengte sich an, dämlich auszusehen, während er sich durch die offizielle Version des Filofax hindurchkämpfte.

»Was ist G?« fragte er. »Und E?«

Sie sah peinlich berührt aus. »G bedeutet Maniküre, sie heißt Gunilla. E sind meine Eltern, jeden Sonntag um vier trifft sich die Familie zum Essen. Ich habe eine große Familie«, fügte sie hinzu.

»PPP und AJ? Wie können Sie alle diese Abkürzungen im Kopf behalten?«

»PPP war ein Essen mit Freundinnen am sechsten, mit Paula, Petronella und Priscilla, um genau zu sein. AJ war eine

Weiterbildung im Außenminsterium, Auslandsjournalistik. Aber jetzt reicht es doch wohl.«

»KT?« Er blieb hartnäckig.

»Klassentreffen«, sagte sie. »Ich treffe meine ehemalige Klasse vom Gymnasium.«

»S und Bro?« sagte er in exakt dem gleichen Tonfall.

Sie sah aus, als sei sie vom Blitz getroffen. »Das gibt es nicht«, sagte sie und versuchte, die Ruhe zu bewahren.

Er reichte ihr elegant den Filofax zurück. »S zu sporadischen Abendzeiten, Bro jeden Dienstag zu unterschiedlichen Zeiten«, sagte er mit ritterlichem Lächeln.

»Jetzt phantasieren Sie«, sagte sie.

»Es war ja mit Kugelschreiber geschrieben, also mußten Sie loslaufen und einen völlig neuen Filofax kaufen, um die Seiten mit S und Bro zu ersetzen. Was heißt S, und was heißt Bro?«

»Sie hatten kein Recht, in meinen Sachen herumzuwühlen«, sagte sie, dem Weinen nahe. »Ich habe meinen Mann verloren.«

»Es tut mir leid«, sagte er, »aber ich habe durchaus das Recht. Es handelt sich um einen Mordfall von enormer Tragweite. Reden Sie jetzt mit mir.«

Sie schloß die Augen. Und schwieg.

»Diese Wohnung gehört Ihnen«, sagte er ruhig. »Sie wurde vor zwei Jahren gekauft, und Sie haben vier Komma zwei Millionen in bar bezahlt. Sie besitzen auch eine Wohnung in Paris für zwei Millionen, ein Sommerhaus auf Dalarö für zwei Komma sechs Millionen, zwei Autos für siebenhunderttausend, und Sie verfügen über ein Barvermögen von insgesamt achtzehn Komma drei Millionen Kronen. Sie sind achtundzwanzig Jahre alt und verdienen im Außenministerium monatlich einunddreißigtausend. Dazu kommen natürlich ordentliche Spesen, wenn Sie im Ausland sind. Sie kommen aus einer einigermaßen wohlhabenden Familie, aber keiner reicht an Ihre Summen heran. Können Sie das erklären? Wie haben Sie es Eric erklärt?«

Sie blickte auf. Ihre Augen waren gerötet, aber sie weinte nicht, noch nicht. »Eric akzeptierte es, ohne zu fragen. Meine Familie ist reich, sagte ich, und damit gab er sich zufrieden. Das sollten Sie auch tun. Er war zufrieden mit allem, was hier im Leben ein bißchen Freude schenkt. Gut angelegtes Geld. Geld, das sich vermehrt. Hat man ein Vermögen, dann arbeitet es für einen. Es ist Geld, das in diesem Land Geld verdient, das müssen Figuren wie Sie auch akzeptieren.«

»Das tue ich nicht«, sagte Söderstedt, ohne den Tonfall zu verändern.

»Das sollten Sie aber besser!« schrie sie.

»Was bedeutet S und Bro?« sagte er.

»Bro bedeutet Bro!« schrie sie. »Jeden Dienstag habe ich einen Mann namens Herman in Bro getroffen. Wir haben gefickt. Okay?«

»Hat das Eric auch ein bißchen Freude im Leben geschenkt?«

»Hören Sie auf!« schrie sie. »Glauben Sie nicht, daß ich deswegen Gewissensbisse genug hatte? Er wußte davon, und er hat es akzeptiert.«

»Und S?«

Sie starrte ihn mit wildem Blick an und krümmte sich zusammen. Hatte er sie zu hart angefaßt?

»Da jogge ich«, sagte sie ruhig und atmete aus. »Das sind meine Joggingzeiten. Ich arbeite so viel, daß ich mein Jogging einplanen muß.«

»S wie in Jogging?«

»S wie in Stretching. Das Stretchen dauert länger als das Joggen.«

Er sah sie belustigt an. »Sie planen Ihr Stretching ein? Und Sie wollen, daß ich das glaube.«

»Ja.«

»Und das Geld?«

»Erfolgreiche Börsenspekulation. In Schweden kann man wieder Geld verdienen, Gott sei Dank.«

»Und es hat nichts mit zwielichtigen arabischen Geschäften zu tun?«

»Nein.«

»Ausgezeichnet. Seit einer Viertelstunde stehen Sie unter Bewachung durch die Schutzeinheit des Reichskriminalamts. Wir sind der Meinung, daß Sie in Lebensgefahr schweben.«

Sie starrte den hinterhältigen Finnen haßerfüllt an. »Schutz oder Überwachung?« fragte sie mit erkämpfter Ruhe.

»Wählen Sie selbst«, sagte Arto Söderstedt und verabschiedete sich.

Es hätte ein *bißchen* besser gehen können, aber er war dennoch zufrieden.

Jorge Chavez hatte an die hundert Wagen ad acta gelegt und konzentrierte sich jetzt auf einen einzigen. Es war ein Vabanquespiel. Die nicht existierende Firma hieß Konditori Havreflarnet, was sich harmlos anhörte und sich gerade deshalb außerordentlich gut zur Tarnung eignete. Sie sollte in der Fredsgata in Sundbyberg liegen, doch da gab es keine verdammte Konditorei, nur ein stinknormales, tristes Konsum.

Er arbeitete sich mit gewohnter Intensität durch die Firmenkartei des Gewerbeaufsichtsamts, und schließlich gelang es ihm, als Firmeninhaber einen Sten-Erik Bylund auszumachen, der bei der Entstehung der Handelsgesellschaft im Jahre 1955 im Råsundaväg in Solna gewohnt hatte. Das Register der Reichsversicherungsbehörde zeigte, daß die Firma in Konkurs gegangen war, und Chavez sah sich gezwungen, eine in höchstem Grade manuelle Kartei zu konsultieren und die Akten über Konkursverfahren durchzublättern. Am Ende fand er, was er suchte: Die Konditori Havreflarnet war 1986 in Konkurs gegangen. Der Volvo mit der B-Nummer war 1989 zugelassen worden, drei Jahre nachdem die Firma den Geist aufgegeben hatte. Noch heute war also die in der Praxis nicht existierende Firma als Fahrzeughalter verzeichnet. Steuer und Versicherung waren bezahlt, doch das Geld kam nicht von der Konditori Havreflarnet.

Er fand einen Sten-Erik Bylund, wohnhaft in Rissne. Er begab sich, ohne weitere Überlegungen anzustellen, zu der Adresse, um hart gegen hart zu setzen, eine Taktik, die sich indessen als unangemessen erwies, weil es sich bei der Adresse um ein Altenpflegeheim und bei Bylund um einen hochgradig senilen Dreiundneunzigjährigen handelte. Chavez gab nicht auf, sondern setzte sich dem sein zweites Frühstück genießenden Alten gegenüber und schaute zu, wie dieser sich die Banane in die Achselhöhle steckte. Vielleicht war dies trotz allem keine besonders glaubwürdige CIA-Tarnung.

»Warum haben Sie Ihren Volvo Kombi auf den Namen der Konditorei Havreflarnet registrieren lassen, obwohl die Firma drei Jahre vorher in Konkurs gegangen war? Wer bezahlt die Rechnungen? Wo ist der Wagen?«

Sten-Erik Bylund beugte sich zu ihm vor, wie um ein Staatsgeheimnis mitzuteilen. »Schwester Sten ist stolz auf ihr Bein aus Holz«, sagte er. »Und mein Vater war eine strenge alte Dame, die hatte nichts gegen ein Zwicken oder zwei auf die schnelle.«

»Auf die schnelle?« sagte Chavez fasziniert. Konnte das ein Kode sein?

»Na, aber klar. Er war läufig wie eine Hündin zwischen den Mischrassen. Bruder Linas Brüste wecken heiße Lüste.«

Auch wenn er noch unter einer leichten Fahrtblindheit litt, hatte Chavez jetzt ernste Zweifel, vor allem als Bylund plötzlich aufstand und einer alten Dame sein Geschlecht zeigte, die jedoch nur laut gähnte.

»Mit meinem Alfons war das ganz was anderes«, sagte sie zu ihrer Tischnachbarin. »Der war gut bestückt, das kann ich dir sagen. Einen richtigen Ochsenbraten hatte er da baumeln. Leider hing er nur da und baumelte.«

»Ja, meine Süße«, erwiderte die Tischnachbarin. »Als mein Oliver und ich einmal im Dunkeln saßen und knutschten und er ihn mir hinhielt, da sagte ich aus Versehen: ›Nein danke, mein Lieber, mir ist gerade nicht so nach rauchen.‹ Obwohl er Stunde um Stunde machen konnte, bis man richtig mürbe war, verstehst du, meine Süße. Auch wenn man selbst einen Größeren hatte, wenn du verstehst, was ich meine.«

Chavez bekam den Mund nicht mehr zu und mußte zu Kreuze kriechen. Als er wegging, hörte er die Damen tuscheln: »War das nicht der neue Arzt, meine Süße? Er ist aus dem Libanon, habe ich gehört. Je kleiner der Körper, um so größer das Glied, sagen sie da unten in den Tropen.«

»Ich glaube, das war Oliver. Er besucht mich manchmal. Dafür, daß er tot ist, hat er noch immer ein ordentlich straffes Hinterteil, meine Süße.«

Paul Hjelm fröstelte. Von all den Grenzlinien, die er in den letzten vierundzwanzig Stunden überschritten hatte, war die des Wetters die grausamste. Er stand unter dem Schirm mit dem Polizeilogo und sah in geringer Entfernung die langgestreckte Lagerhalle der Firma LinkCoop sich durch das streifige Perpetuum mobile des Regens abzeichnen. Er verstand, was Nyberg gemeint hatte, als er von liegenden Wolkenkratzern sprach. Ein Downtown-Wolkenkratzer in Täby und ein Slumwolkenkratzer im Freihafen. Beide waren umgefallen.

Er passierte mit hoch erhobenem Ausweis das Wachhäuschen und bewegte sich an dem laderampenverzierten Gebäude entlang nach rechts. Die Hölle hatte viele Erscheinungsformen. Er war in einer Drogenhöhle in Harlem gewesen, in Lamar Jennings' trister Wohnung, in der Folterkammer in Kentucky: So verschieden und doch so gleich. Und nun dies, ein tristes graues Lagergebäude im Freihafen, wo die einzige belebende Veränderung seit vielen Jahren das Firmenlogo war, das in spektakulär spektralen Spektren glühte und funkelte. Hier hatte Eric Lindberger seine Hölle erlebt, Benny Lundberg die seine und Lamar Jennings die seine.

Er schaute hinter die weißroten Bänder, die die äußerste rechte Tür der langgestreckten Halle versperrten. Das einzige, was er durch die Regenschleier sah, waren die Leute der Spurensicherung, die sich mit diversem Werkzeug in den Händen hin und her bewegten. Er trat einen Schritt näher und stand an der Treppe eines Lagerlokals, das verblüffend an Wayne Jennings' geheime Folterkammer in Kentucky erinnerte. Der am Boden verschweißte gußeiserne Stuhl schien nahezu identisch zu sein, ebenso die Betonwände und die nackte Glühbirne.

»Wie sieht es aus?« rief er den Technikern zu.

»Ganz ordentlich«, rief einer von ihnen zurück. »Viel organisches Material hier. Hauptsächlich vom Opfer, nehme ich an, aber weil er nicht dazu kam sauberzumachen, könnten wir Glück haben.«

Als das Licht in den Raum fiel, sah er relativ harmlos aus, entwaffnet. Hier hatte also die eigentliche Konfrontation stattgefunden. Hier hatte sich Lamar Jennings mit dem nach einem Abdruck in Modelliermasse angefertigten Schlüssel Zugang verschafft, sich hinter die Kartons in der Ecke gelegt und auf den Vater gewartet; das wirkte am plausibelsten. Wayne Jennings kam mit Eric Lindberger, der entweder bereits bewußtlos oder noch mit Jennings im Gespräch war, setzte ihn in den Stuhl, zog seine Zangen hervor und fing an. Die Konfrontation mit dem teuflischen Vater, den er fünfzehn Jahre lang für tot gehalten hatte, noch dazu beim Ausführen der Handlung, die das grauenvollste seiner inneren Bilder ausmachte, wurde zuviel für Lamar, er konnte nicht kalt bleiben, sondern verriet sich. Wayne hörte ihn, zog die Pistole und exekutierte ihn auf der Stelle.

Man konnte also kaum von einer Konfrontation sprechen. Ein schnelles Beseitigen eher, ohne weitere Überlegung, wie wenn man eine Mücke totschlägt, ohne mit dem Rasenmähen aufzuhören. Ein stilechtes Ende.

Hjelm ging in den Eingang unter dem großen, grotesken LinkCoop-Logo und sprach mit der Rezeptionistin, einer gegerbten fünfundvierzigjährigen Dame im blauen Arbeitsoverall, der erkennen ließ, daß sie auch als Lagerverwalterin fungierte.

»Was ist das für ein Lager da ganz hinten?« fragte Hjelm.

»Das ist ein Reserveraum«, sagte sie, ohne aufzublicken; offenbar hatte sie es heute schon mehrmals gesagt. »Das bedeutet, daß er leer steht. Wenn wir eine Lieferung hereinbekommen, die größer ist, als wir erwartet haben, gibt es da zusätzlichen Platz. Wir haben ein paar davon.«

»Hält sich dort häufiger jemand auf?«

»In Lagerräumen hält man sich nicht auf«, sagte sie schnippisch. »Da lagert man Sachen.«

Er redete ein bißchen allgemein mit den Lagerarbeitern. Keiner wußte etwas, keiner verstand etwas. Einbruch, ja, das haben wir erlebt, aber Mord, das ist vollkommen wahnsinnig.

Er verlor die Lust und fuhr nach Hause.

Nach Hause ins Polizeipräsidium.

Kerstin Holm fühlte sich nicht in der Verfassung, schwere, anstrengende Gespräche zu führen wie mit Benny Lundbergs Eltern. Sie spürte den Jetlag und hatte außerdem eine stressige Arbeitswoche hinter sich. Sie wollte schlafen. Statt dessen saß sie in einer kleinen Wohnung in Bagarmossen bei einem geschockten und trauernden Paar, das sie persönlich für ihr Unglück verantwortlich machte.

»Mit der Polizei geht es bergab«, sagte der Vater, der sich Mühe gab, das Gesicht zu wahren, obwohl jedes seiner Worte seine tiefe Trauer verriet. »Wenn sie das Verbrechen bekämpfen würden, statt sich positiver Sonderbehandlung und anderem Scheiß zu widmen, dann würde unser Sohn nicht wie ein verdammtes Paket daliegen, dem man nur noch den Gnadenschuß verpassen kann. Jeder zweite Bulle ist eine Frau. Ich bin ein alter, fetter Schulhausmeister, aber ich würde locker zehn von diesen Bullenweibern von mir abschütteln und abhauen, glauben Sie mir.«

»Ich glaube es Ihnen«, sagte das Bullenweib, um weiterzukommen.

»Laßt die Männer ihre Dinge tun und die Frauen ihre, verdammich!«

»Ihren Sohn hat ein Mann mißhandelt und keine Frau.«

»Das wäre auch noch schöner!« schrie der Vater verwirrt. »Ein Mann ist Herr in seiner Burg. Es geht mit allem bergab.«

»Jetzt hören Sie auf, und setzen Sie sich hin«, mußte sie ihn schließlich anschnauzen.

Der große Mann starrte sie an, verstummte mitten in seinem Redeschwall und setzte sich wie ein gescholtener grüner Bengel.

Kerstin fuhr fort: »Ich bedaure wirklich und zutiefst, was Ihrem Sohn zugestoßen ist, aber was er braucht, ist Ihre Hilfe dabei, wieder hochzukommen, keine Gnadenschüsse.«

»Lasse würde das nie tun«, schluchzte die kleine verhuschte Mutter. »Er ist nur so ...«

»Ich weiß«, unterbrach Kerstin. »Keine Sorge, aber bitte beruhigen Sie sich und versuchen Sie, meine Fragen zu beantworten. Benny wohnte ja zu Hause. Er hatte im August Urlaub. Wissen Sie, warum er fast unmittelbar danach wieder Urlaub machte?«

Der Vater saß vollkommen erstarrt da. Die Mutter zitterte, antwortete aber: »Er war im August mit ein paar Freunden vom Militär auf Kreta. Mehr Urlaub hatte er nicht geplant. Aber er spricht ja nur noch so wenig mit uns.«

»Sagte er nichts davon, warum er zu Hause war?«

»Er habe Sonderurlaub bekommen. Das war alles, was er gesagt hat. Einen Bonus.«

»Bonus für was?«

»Das hat er nicht gesagt.«

»Welchen Eindruck machte er in diesen Tagen?«

»Froh. Froher als seit langem. Erwartungsvoll. Als hätte er beim Bingo gewonnen oder so.«

»Hat er gesagt, warum?«

»Nein, nichts. Wir haben auch nicht gefragt. Ich war wohl ein bißchen in Sorge, daß irgendein krummes Ding lief, jetzt, wo er endlich eine ordentliche Arbeit bekommen hatte.«

»Hat er früher krumme Dinger gedreht?«

»Nein.«

»Ich bin hier, weil ich seinen ...« – sie hätte beinah Mörder gesagt – »seinen Peiniger fassen will, nicht um ihm etwas anzulasten. Erzählen Sie jetzt.«

»Er war Skinhead. Früher. Dann machte er die Ausbildung bei der Marine und wurde ein neuer Mensch. Er versuchte, Berufssoldat zu werden, und bewarb sich bei der Polizeihochschule, aber seine Noten waren zu schlecht. Dann bekam er diese Arbeit als Wachmann. Es war wunderbar.«

»Ist er vorbestraft?« fragte Kerstin und verfluchte ihre Säumigkeit; natürlich sollte sie nicht hier sitzen und sie danach fragen, das hätte sie im voraus wissen sollen. Hätte nicht einer von denen, die ein bißchen besser mit so was vertraut waren, dies übernehmen können? Gunnar Nyberg wollte doch nichts lieber als Feldarbeit machen. Sie kam praktisch direkt aus den USA. Dämlicher Alter, dachte sie mit Adresse Hultin.

»Ein paar Jugendstrafen wegen Körperverletzung«, sagte die Mutter verlegen. »Aber nur gegen Neger«, fügte sie schnell hinzu.

Gott im Himmel, dachte Kerstin Holm. Sie sagte: »Seitdem nichts?«

»Nein.«

»Okay. Was können Sie über gestern erzählen?«

»Er war ziemlich angespannt. Saß eingeschlossen in seinem Zimmer und telefonierte ziemlich viel.«

»Sie haben nicht gehört, was er gesagt hat?«

»Glauben Sie, ich belausche heimlich meinen eigenen Sohn?«

Ja, dachte Kerstin. »Nein«, sagte sie. »Natürlich nicht. Aber man kann ja *zufällig* was mitbekommen.«

»Nein, das kann man nicht.«

Die nicht auch noch, dachte Kerstin und stöhnte. Sie bildete sich ein, daß sie das Stöhnen weitgehend in ihrem Innern behielt. »Entschuldigung«, sagte sie matt. »Und was geschah danach?«

»Gegen fünf ging er aus. Er sagte nicht, wohin, aber er wirkte nervös und aufgeregt. Als würde er einen Bingogewinn abholen oder so.«

»Und er hat nichts gesagt, woraus man entnehmen könnte, wohin er wollte oder was er vorhatte?«

»Er sagte nur: ›Jetzt könnt ihr bald hier ausziehen, Mama.‹«

»Haben Sie etwas in seinem Zimmer angefaßt?«

»Wir haben die ganze Nacht im Krankenhaus gesessen. Nein, wir haben nichts angefaßt.«

»Darf ich es mir ansehen?«

Sie wurde zu einem Raum geführt, dessen Tür den Eindruck eines Jungenzimmers machte. Dicht an dicht alte, abblätternde Aufkleber von Kaugummipäckchen.

Innen war es ein wenig anders. Sie dankte der Mutter und machte ihr die Tür vor der Nase zu. Eine enorme schwedische Fahne bedeckte zwei Wände des Zimmers, sie war in der Mitte hinter dem Bett geknickt. Sie hob den Stoff ein wenig an und blickte dahinter. Ein paar Banderolen waren ein Stück weit hinter der Flagge versteckt. Sie sah sie nicht richtig, doch sie erkannte die schwarzweißgoldroten Streifen; wahrscheinlich waren es Miniatur-Nazifahnen. Sie schaute ein bißchen zwischen den CDs. Heavy Metal hauptsächlich, aber auch ein paar »Weiße-Macht«-Scheiben. Eins war klar, Benny Lundberg hatte mit seiner Vergangenheit nicht besonders radikal gebrochen.

Sie ging zum Telefon auf dem Nachttisch und suchte nach einem Telefonblock. Sie fand ihn schließlich auf dem Fußboden. Er war leer, aber auf dem obersten Blatt waren Vertiefungen zu erkennen; daran können sich die Kriminaltechniker die Zähne ausbeißen, dachte sie und hatte das Gefühl, daß sie zitierte. Sie nahm den Hörer ab und drückte auf die Wahlwiederholungstaste. Fräulein Uhr leierte ihr Zahlen ins Ohr. Sie schnitt eine enttäuschte Grimasse. Das einzige, was sie daraus schließen konnte, war, daß Lundberg eine bestimmte Zeit auf gar keinen Fall verpassen wollte.

Sie wählte eine Nummer.

»Teleservice? Hier ist Kerstin Holm, Reichskriminalamt. Sehen Sie meine Nummer auf dem Display? Gut. Können Sie eine Eilüberprüfung vornehmen und eine Aufstellung sämtlicher eingegangener und ausgegangener Gespräche der letzten vierundzwanzig Stunden an Kommissar Jan-Olov Hultin beim Reichskriminalamt mailen? Höchste Dringlichkeitsstufe. Danke.«

Sie inspizierte rasch den überfüllten Schreibtisch. Comics, Pornohefte ganz offen, was würde die Mama sagen? Reklamestifte, Militärzeitschriften, Müll. In der obersten Schublade zwei Dinge von Interesse: zum ersten ein kleiner Beutel mit Pillen, ohne Zweifel die guten alten Russeneinser, anabole Steroide; zum zweiten eine kleine Dose mit Schlüsseln, vermutlich Reserveschlüssel: Hausschlüssel, Autoschlüssel, Fahrradschlüssel, Schlangenschloßschlüssel, Kofferschlüssel und schließlich ein Schlüssel, den sie vage kannte. War das nicht ein Schlüssel für ein Bankfach? Was konnte Benny Lundberg in einem Bankfach haben? Seine Waffe? Es lag bestimmt ein ganzes Arsenal unter den Fußbodenbrettern, aber kaum in einem Bankfach. Nein, das paßte nicht ins Profil. Sie griff erneut zum Telefon.

»Ist da der Kundendienst von Sparbanken? Hej, hier Kerstin Holm, Reichskriminalamt. Haben Sie ein Zentralregister Ihrer Bankfachinhaber? Oder muß ich – okay, ich warte. Hej, Polizei hier, Kerstin Holm, Reichskriminalamt. Haben Sie ein Zentralregister Ihrer Bankfachinhaber? Oder muß ich zu jeder einzelnen Filiale gehen? Aha, ausgezeichnet. Es dreht sich um Lundberg, Benny. Wie man's spricht. Nein, okay. Danke für die Unterstützung.«

Sie rief mit Hilfe der Auskunft noch einige Banken an. Schließlich hatte sie Glück. Die Handelsbank in der Götgata bei Slussen. Vielen Dank. Sie nahm den Notizblock und den Bankfachschlüssel mit, das mußte reichen. Bennys Mutter stand nicht unerwartet unmittelbar vor der Tür, als Holm sie ohne Vorwarnung aufriß. Sie wischte einen Fleck am Türpfosten fort.

»Haben Sie ein neueres Bild von Benny?« fragte Kerstin Holm kurz angebunden.

Die Mutter irrte eine Weile durch die Wohnung und fand ein Bild der ganzen Familie. Benny stand in der Mitte, die Arme um die Eltern gelegt, die unbestreitbar sehr klein aussahen.

Er lachte breit und ein wenig gekünstelt. Okay, das mußte genügen.

Als sie die Eltern mit ihrer nach innen gekehrten Trauer verließ – und welche Trauer ist nicht nach innen gekehrt? –, saß der Vater noch immer wie versteinert auf dem Sofa.

Sie nahm die U-Bahn nach Slussen. Es ging schnell. Sie kämpfte sich im strömenden Regen den Peter Myndes Backe hinauf und bog in die dort beginnende Götgata ein, ging noch ein paar Meter aufwärts, an den Geldautomaten vorbei und in die Handelsbank. Sie ging an der elektronischen Schranke vorbei, was zu lautstarken Protesten der Mittagspäusler führte, und hielt ihren Polizeiausweis in die Höhe. »Es geht um ein Bankfach«, sagte sie zu der Kassiererin.

»Das ist dort drüben«, sagte die Kassiererin und zeigt auf einen Mann mit Schlips, der seelenruhig während des Mittagsansturms dasaß und seine Nägel säuberte. Er stand auf, als er den Polizeiausweis sah.

»Bankfach. Benny Lundberg«, sagte sie kurz.

»Schon wieder?«

Sie zuckte zusammen. »Wieso wieder?«

»Sein Vater war hier, als wir gerade geöffnet hatten, und war am Bankfach. Er hatte eine unterzeichnete gesetzliche Vollmacht und seinen eigenen sowie den Ausweis des Sohns mit.«

»Verflucht«, sagte sie. »Wie sah er aus? So?«

Sie hielt dem Bankangestellten das Familienfoto der Lundbergs hin. Er nahm es und gab es sofort zurück. »Absolut nicht«, sagte er. »Dies hier ist ja ein Arbei... ein ganz anderer Typ.«

»Das ist Benny Lundbergs Vater«, sagte sie. Das Gesicht des Mannes wurde lang und länger. »Wie sah er aus?« wiederholte sie.

»Ein älterer distinguierter Herr mit Bart.«

»Da sieht man mal«, sagte sie. »Mit Bart und allem. Sie begleiten mich jetzt ins Präsidium und helfen uns bei der Erstellung eines Phantombilds.«

»Aber ich arbeite.«

»Nicht mehr. Zuerst einen schnellen Blick ins Bankfach, das leer sein dürfte. Nummer?«

»254«, sagte der Mann und zeigte den Weg.

Benny Lundbergs Bankfach war in der Tat leer. Leerer ging's nicht.

Sie nahm den Bankangestellten mit, und sie setzten sich in ein Taxi. Auf zu neuen Phantombildern. Allmählich hatte sie die Phantome satt.

Viggo Norlander hatte Kopfschmerzen. Gunnar Nyberg hatte Kopfschmerzen. Norlander hatte seinen ganzen Krempel genommen, war umgezogen zu Nyberg und hatte in einer Blitzaktion Kerstin Holms Platz okkupiert. Da saßen sie jetzt und versuchten, ihre klugen Köpfe zusammenzustecken, ohne zusammenzustoßen.

Zwischen ihnen lag ein Stapel Endlospapier mit dem Ausdruck einer Liste der Einwanderer des Jahres 1983; da waren sie gesammelt, wie in einem extrem komprimierten und vollkommen egalitären Ghetto. Chavez, der den Ausdruck hatte machen lassen, hatte dafür gesorgt, daß die amerikanischen Einwanderer ein Sternchen in der Spalte vor ihrem Namen bekamen. Ansonsten war die Aufstellung chronologisch geordnet.

Es waren Tausende von Namen, doch nur etwa einhundert Amerikaner. Trotzdem dauerte es seine Zeit. Es mußten viele Informationen verglichen werden, Abstimmungen von Geschlecht und Alter und diesem und jenem.

Norlander war übel. Er hatte das Krankenhaus viel zu früh verlassen. Die mikroskopisch kleinen Zahlenreihen tanzten ihm vor den Augen. Dieser verdammte übereifrige Chavez hatte garantiert eine Schriftgröße ausgesucht, die perfekt geeignet war, die Kopfschmerzen zu erhalten und Übelkeit zu fördern. Er lief hinaus und übergab sich. Nyberg hörte ihn durch die offenen Türen. Es war eine prachtvolle Kaskade, deren Geräuschwellen durchs Polizeipräsidium hallten.

»Das hat's gebracht«, sagte er, als er zurückkam.

»Fahr nach Hause und schlaf«, sagte Nyberg und befingerte seine bandagierte Nase.

»Nur wenn du das auch tust.«

»Okay, dann laß uns mal. Keine Pausen mehr.«

Norlander warf ihm einen mörderischen Blick zu und machte weiter.

Schließlich kristallisierte sich eine Liste von achtundzwanzig Personen heraus, männliche Amerikaner, die um 1950 geboren waren. Sechzehn von ihnen hatten sich 1983 in Stockholm und Umgebung befunden. Jetzt mußte eine Abstimmung aller achtundzwanzig mit dem Melderegister vorgenommen werden, um zu sehen, wer von ihnen zum jetzigen Zeitpunkt noch in Schweden war und sich in Stockholm und Umgebung aufhielt. Es waren vierzehn.

»Sind Diplomaten mit auf der Liste?« fragte Nyberg.

»Weiß nicht. Ich glaube nicht. Die sind ja keine Einwanderer.«

»Kann er nicht an der amerikanischen Botschaft gelandet sein?«

»Der Kentuckymörder an der amerikanischen Botschaft? Wäre das nicht doch ein bißchen happig?«

»Naja. Es war nur so ein Gedanke.«

»Vergiß ihn.«

»Gastforscher vielleicht? Diese Liste ist nicht komplett.«

»Ich muß an die Luft«, sagte Norlander, der wie ein Chamäleon wieder die Farbe des Verbands annahm. »Ich mach die obere Hälfte bis – was steht da? – Harold Mallory in Vasastan. A bis Ma. Du nimmst die untere.«

Norlander verschwand, bevor Nyberg ihm davon abraten konnte, den Wagen zu nehmen. Er hatte keine Lust, ihn als, Zitat, ›in extremem Drogenrausch‹ Geschnappten aus Dalshammar abzuholen.

Nyberg blieb sitzen. Er starrte auf Norlanders Gekritzel, eine kopierte Liste mit sieben amerikanischen Einwanderern anno 1983, um die er sich jetzt kümmern sollte. Morcher, Orton-Brown, Rochinsky, Stevens, Trast, Wilkinson, Williams.

Konnte man Trast heißen, Drossel? Papa Schwarzdrossel. Hieß es auf englisch eigentlich trast?

Gunnar Nyberg fühlte sich nicht richtig motiviert. Obwohl er genau das sein sollte. Es kam ihm zu trostlos vor, ein routinemäßiges Durchkämmen. Dabei wollte er nur raus und dem Mörder eins auf die Schnauze geben. Wenn er seinen Schock mit Benny Lundberg außer acht ließ, kam er nicht richtig klar damit, daß Wayne Jennings ihn hatte zu Boden schlagen dürfen.

Niemand schlug Gunnar Nyberg zu Boden. Das war Regel Nummer eins.

Er blieb ein bißchen länger, als er sollte. Er trat an den Spiegel und untersuchte sein Gesicht. Sein Verband war auf einen Nasenschutz reduziert, eine Plastikschiene von der Art, wie heroische Fußballspieler sie tragen, nachdem der Arzt den Blutstrom gestillt hat. Sie war mit bizzaren Gummibändern im Nacken befestigt. Blaue Flecken begannen sich um den Nasenschutz herum auszubreiten. Er verzichtete darauf, sich vorzustellen, wie es darunter aussah. Es war zum Kotzen, daß er immer wie ein Schlachtfeld aussehen mußte, wenn die Fälle ihrer Lösung zugingen.

Denn der Fall ging doch wohl seiner Lösung zu?

Er kehrte an den Schreibtisch zurück und sank auf den Stuhl, der besorgniserregend knarrte. Er hatte Gruselgeschichten von Bürostühlen gehört, die durchgedreht waren und sich in gräßliche Folterinstrumente verwandelt hatten, Mechanismen, die einen halben Meter hoch in den Enddarm schossen. Er dachte an sein zusammengebrochenes Bett und schaukelte ganz leicht im Stuhl. Er klang wirklich ein kleines bißchen mörderisch. Die Rache der Bürostühle IV. Der Hollywooderfolg lief vor ausverkauften Häusern. Durchgesessene Kinosessel jubelten und ließen Federn springen, die die Leinwand durchbohrten. Kein Computerbildschirm blieb trocken. Gardinen schneuzten sich in sich selbst. Büro um Büro überall in den USA revoltierte.

Zerstreutheit war nur der Vorname. Warum? Es gab immer einen Anlaß für seine Zerstreutheitsanfälle. Etwas scheuerte irgendwo, irritierte. Etwas machte, daß er mit der Liste nicht hundertprozentig zufrieden war.

Er begann die Namen zu sortieren und eine geeignete Routenführung zurechtzulegen. Drei in der Innenstadt, zwei in nördlichen Vororten, einer im Süden. Obwohl sie jetzt sicher arbeiteten. Also Arbeitsplätze. Huddinge, zwei in Kista, zwei an der Technischen Hochschule, Nynäshamn, Danderyd. Reihenfolge: Danderyd, Techniche Hochschule, Kista, Huddinge, Nynäshamn. Oder Kista, Danderyd, Technische Hochschule, Huddinge, Nynäshamn. Das war vielleicht besser.

Er legte die Liste hin und starrte an die Wand. Er testete seine Stimme und arbeitete sich durch eine Skala. Unschöner nasaler Ton. Wieder eine Verletzung, die seine Singstimme beeinträchtigt hatte. Darin lag etwas Unangenehmes. Strafe? Mahnung? Mahnung vielleicht. Erinnerung.

Plötzlich waren sie wieder da. Gunilla. Die geplatzten Augenbrauen. Tommys und Tanjas kugelrunde Augen. Müßt ihr ausgerechnet jetzt kommen?

Es gab einen einzigen versöhnlich stimmenden Zug in seiner Vergangenheit: Er hatte nie die Kinder angerührt, nicht ein einziges Mal die Hand gegen Tommy und Tanja erhoben.

Bekam er deswegen die ganze Zeit Prügel, daß es ihm die Stimme verzerrte? Damit er nie vergaß, warum er sang? Gerade weil es eine unglaublich unpassende Gelegenheit war, ergriff er sie.

Es gab zwei Tommy Nybergs in Uddevalla. Er rief den ersten an. Er war vierundsiebzig und stocktaub. Er rief den zweiten an. Eine Frau meldete sich. Ein Baby schrie im Hintergrund. Eine Enkelkind? dachte er.

»Ich möchte Tommy Nyberg sprechen«, sagte er mit überraschend fester Stimme.

»Er ist nicht zu Hause«, sagte die Frau. Sie hatte eine feine Stimme. Mezzosopran, schätzte er.

»Darf ich nur zuerst fragen: Wie alt ist Tommy?«

»Sechsundzwanzig«, sagte sie. »Wer sind Sie denn?«

»Sein Vater«, sagte er geradeheraus.

»Sein Vater ist tot. Hören Sie auf.«

»Ist das sicher?«

»Mausetot. Ich habe ihn gefunden. Und jetzt hör auf mit den Faxen, alter Sack.«

Sie knallte den Hörer auf. Er mußte ja nicht mehr unbedingt in Uddevalla wohnen, klar. Außerdem war Tommy vierundzwanzig, rechnete er rasch aus. Alter Sack? dachte er und lachte. Ein Galgenlachen. Es gab noch eine Chance.

Es gab eine Tanja Nyberg-Nilsson. Verheiratet. Ein Doppelname.

Er rief an. Eine Frauenstimme meldete sich. Sanft. Ruhig.

»Tanja.«

Was bildete er sich ein, den Frieden zu stören? Leg auf, leg auf, leg auf, sagte seine innere Stimme. Du hast deine Schiffe hinter dir verbrannt. Es ist zu spät.

»Hallo«, sagte er und schluckte heftig.

»Hallo, wer ist da?«

Ja, wer war da? Der unbekannten Frau eben hatte er unbedacht das Wort »Vater« hingeworfen. War das wirklich ein Titel, um den er sich verdient gemacht hatte?

»Gunnar«, sagte er in Ermangelung eines besseren Einfalls.

»Welcher Gunnar?« sagte die Frau und verstummte. Sie sprach einen Westküstendialekt; es klang nach Göteborg, aber auch nicht ganz.

»Gunnar Trolle?« sagte sie nach einer Weile, ein wenig mißtrauisch. Warum rufst du an? Es ist schon lange vorbei, das weißt du.«

»Nicht Gunnar Trolle«, sagte er. »Gunnar Nyberg.«

Es wurde vollkommen still. Hatte sie aufgelegt?

»Papa?« sagte sie fast unhörbar.

Die kugelrunden Augen. War es möglich weiterzureden?

»Geht es dir gut?« fragte er.

»Ja«, sagte sie nur. »Warum ...«

Sie brach ab.

»Ich habe in der letzten Zeit viel an euch gedacht«, sagte er.

»Bist du krank?« fragte sie.

Ja, vollkommen unsäglich.

»Nein. Nein, ich ... weiß nicht. Ich wollte nur wissen ... ob ich euch völlig zerstört habe. Sonst nichts.«

»Du hast versprochen, nie Kontakt zu uns aufzunehmen, hat Mama gesagt.«

»Ich weiß. Ich habe es gehalten. Jetzt seid ihr erwachsen.«

»Einigermaßen«, sagte sie. »Wir haben nie von dir gesprochen. Es war, als hättest du nie existiert. Bengt ist unser Vater geworden. Unser richtiger Vater.«

»Bengt *ist* euer richtiger Vater«, sagte er. Wer zum Teufel war Bengt? Er fuhr fort: »Ich bin etwas anderes. Ich würde dich gern treffen.«

»Ich erinnere mich nur an Schreie und Gewalt«, sagte sie. »Ich weiß nicht, was das für einen Unterschied machen würde.«

»Ich auch nicht. Würdest du mir verbieten zu kommen?«

Sie schwieg. »Nein«, sagte sie schließlich. »Nein, das würde ich nicht.«

»Du bist verheiratet«, sagte er, um seinen inneren Jubel zu verbergen.

»Ja«, sagte sie. »Noch keine Kinder. Keine Enkel«, fügte sie hinzu.

»Deshalb rufe ich nicht an«, sagte er.

»Doch«, sagte sie.

»Wie geht es Tommy?«

»Gut. Er wohnt in Stockholm. Östhammar. Er hat einen Sohn. Da hast du deinen Enkel.«

Er nahm die kleinen Hiebe mit offenen Armen entgegen. Mitten auf die Nasenmaske, mit einem Lächeln.

»Und Gunilla?« fragte er vorsichtig.

»Sie wohnt noch zusammen mit Papa in dem Haus. Sie überlegen, ob sie sich statt dessen eine Wohnung und ein Sommerhaus anschaffen sollen.«

»Gute Idee«, sagte er. »Bis bald dann. Ich melde mich.«

»Hej dann«, sagte sie. »Paß auf dich auf.«

Das würde er tun. Mehr denn je. Dieser sanfte Uddevalladialekt. Dabei hatte sie ein so ausgeprägtes Stockholmerisch geredet. Er erinnerte sich noch so gut an die kleinen E statt der Ä. Guck mal Mama, der Ber da im Kefig. Man konnte ein anderer werden. Den Dialekt wechseln und ein anderer werden.

Da kam ihm der Gedanke. Genau da und in diesem Moment kam ihm der Gedanke.

Genau da und in diesem Moment faßte Gunnar Nyberg den Kentuckymörder.

Er brauchte nicht Amerikaner zu sein. Es wäre sogar sinnvoller gewesen, ihn zu etwas anderem zu machen. Vielleicht nicht Norweger oder Kenianer, aber etwas, was plausibel war.

Er blätterte wie wild in der Computerliste. Er nahm sich Namen für Namen für Namen vor und ignorierte die Sternchen.

Hjelm kam herein. Er starrte verwundert auf den intensiv lesenden Giganten. Eine enorme Aura von Energie stieg wie eine Gewitterwolke über ihm auf.

»Hej du«, sagte Hjelm.

»Schnauze«, sagte Nyberg liebenswert.

Hjelm setzte sich und hielt die Schnauze. Nyberg las weiter. Es verging eine Viertelstunde, zwanzig Minuten.

April, Mai. 3. Mai: Steiner, Wilhelm, Österreich, geb. 42, Hün, Gaz, Mongolei, geb. 64, Harkiselassie, Winston, Äthiopien, geb. 60, Stankovskij, B ...

Gunnar Nyberg hielt abrupt inne. »Knall, Peng, Treffeeer«, brüllte er. »The Famous Kentucky Killer. Hol ein Foto von Wayne Jennings. Sofort!«

Hjelm starrte ihn an und schlich hinaus, auf einmal maßlos untergeben. Nyberg sprang auf und ging im Zimmer auf und ab, nein, rannte im Zimmer auf und ab wie eine gemästete Ratte in einem zu kleinen Eichhörnchentretrad.

Hjelm kam zurück und warf Wayne Jennings' großes Jugendporträt auf den Schreibtisch. »Hast du es dir vorher nicht angesehen?« fragte er.

Nyberg starrte darauf. Der breit lächelnde Jüngling mit den stahlblauen Augen. Er deckte das Gesicht mit den Händen ab und ließ nur die Augen frei. Der Blick war ihm schon einmal begegnet. In seinem Innern färbte er das Haar grau und verschob den Haaransatz nach oben. Er fügte ein paar Falten hinzu.

»Darf ich vorstellen: Robert Mayer«, sagte er. »Sicherheitschef bei LinkCoop in Täby.«

Hjelm sah Jennings an, dann Nyberg. »Bist du sicher?« sagte er.

»Da war etwas, was mir irgendwie bekannt vorkam. Ich habe es nur nicht zusammengekriegt. Er muß sich einer plastischen Operation unterzogen haben, aber die Augen und den Blick ändert man nicht so leicht. Er ist es.«

»Okay«, sagte Hjelm und versuchte, sich zu fassen. »Wir brauchen eine Bestätigung. Es ist logisch, daß du nach der Geschichte mit Benny Lundberg Kontakt aufnimmst.«

»Ich?« Nyberg blieb der Mund offenstehen. »Ich mache Hackfleisch aus ihm.«

»Wenn jemand anders geht, wird er mißtrauisch. Du mußt es sein. Und es muß nach Routine aussehen. Tu so, als wärst du schwer von Begriff, das dürfte möglich sein. Nimm irgendein schmutziges und gänzlich irrelevantes Foto mit.«

Er suchte fieberhaft nach einem Foto, irgend etwas. Er riß die Schreibtischschublade auf und fand ein Paßbild eines friedlich lächelnden Manns um die Sechzig. »Das hier geht gut«, sagte er. »Wer ist das?«

Nyberg blickte zerstreut auf das Foto. »Das ist Kerstins Pastor.«

Hjelm hielt inne und betrachtete den Mann. Erst jetzt wurde ihm klar, daß er auf Kerstins Platz saß. »Weißt du davon?«

»Ja«, sagte Nyberg. »Sie hat es mir erzählt.«

Hjelm spürte einen kleinen Stich und wedelte steif mit dem Bild. Dann sagte er: »Okay. Das muß gehen. Wir wischen es ab, und du siehst zu, daß du Mayers Fingerabdruck draufkriegst.«

»Können wir ihn nicht einfach herholen? Wenn wir nur die Fingerabdrücke haben, ist doch alles klar.«

»Vielleicht kommen wir gar nicht so weit. Es sind starke Kräfte involviert. Ein Anwalt kann ihn freibekommen, bevor Fingerabdrücke überhaupt aktuell werden. Und wir können ihn nicht herbitten. Dann haut er ab. Ich frag mal Hultin.«

Er rief an. Hultin kam sofort ins Zimmer, als hätte er draußen gestanden und gelauscht.

Er überschaute die Situation im Nu. Er sah Hjelm an. Dann nickte er. »Okay, so machen wir's. Daß Gunnar und Viggo im Freihafen aufgetaucht sind, muß er als reinen Zufall betrachten. Was es ja auch war, daß ihr endlich auf die Idee kamt, die übrigen Lagerräume da unten durchzuchecken. Er dürfte keine Ahnung haben, wie weit wir inzwischen sind. Es sei denn, beim FBI gibt es eine undichte Stelle. Ich habe gerade einen Bericht von Kerstin bekommen. Sie ist unterwegs. Benny Lundberg hatte Geheimnisse in einem Bankfach, und die sind heute morgen abgeholt worden, wahrscheinlich von diesem Robert Mayer mit einem bescheuerten angeklebten Bart. Wir kriegen ein Phantombild.«

»Was machen wir mit dem Kontrollieren der Fingerabdrücke?« sagte Hjelm. »Es gibt ja diese neuen Mikrovarianten.«

»Kannst du damit umgehen?«

»Nein. Aber Jorge.«

»Hol ihn. Wir fahren alle zusammen. Falls er versucht, sich dünnezumachen, wenn Gunnar da ist.«

Hjelm lief in sein Büro. Chavez war da. Er grübelte immer noch über »Schwester Sten ist stolz auf ihr Bein aus Holz« und »Bruder Linas Brüste wecken heiße Lüste« nach. Waren das wirklich Kinderzimmerreime?

»Besorg dir einen tragbaren Computer mit Fingerabdruckprogramm«, sagte Hjelm. »Wir nehmen K. hops.«

Die Reime fielen platt auf den Boden, und Chavez nahm Tempo auf. Er kam als letzter zu Hultins Dienstwagen und warf sich neben Hjelm auf die Rückbank, den kleinen Computer auf dem Schoß. Hultin fuhr wie eine gesengte Sau nach Täby. Gunnar Nyberg saß neben ihm. Er hatte sich einigermaßen gefaßt und dann LinkCoop angerufen, in genau dem passenden blasierten Ton. Robert Mayer war im Hause. Und würde es auch in den nächsten Stunden noch sein. Nyberg bat um ein Gespräch mit ihm über die Ereignisse der Nacht. Da war außerdem ein Foto, das er ihm zeigen mußte.

Kein Problem.

Sie bogen von Norrtäljevägen ab, fuhren an Täby Zentrum vorbei, das durch die Regenschwaden nur verschwommen zu erkennen war, und gelangten auf die kleinen Straßen.

»Das geht so nicht«, sagte Nyberg plötzlich. »Die haben Bronto-Überwachung. Wachhäuschen an den Toren. Monitorsystem. Er wird alles sehen.«

Hultin fuhr an eine Bushaltestelle und hielt an. Er versuchte, die Situation einzuschätzen, dann wendete er und fuhr zurück. Es war unglaublich frustrierend. Im Parkhaus des Polizeipräsidiums stieg Nyberg um in seinen guten alten Renault. Er fuhr hinterher bis Täby.

Hultins Volvo bog auf einen Parkplatz bei einem Industriegebäude ein paar hundert Meter vor den Toren von LinkCoop ein. Dort blieben sie im Sturm stehen.

Als Nyberg am Wachschalter vorbeirollte, war alles genau wie bei seinem letzten Besuch. Äußerlich.

Nicht zuletzt die wunderschönen Zwillinge in der Anmeldung. Obwohl er versicherte, allein den Weg zu finden, ging eine von ihnen vor ihm durch das stilreine Gebäude; er war immer mehr davon überzeugt, daß es sich um eine durchdachte Marktstrategie handelte. Sein Interesse an dem superkurzen Rock und den Geheimnissen, die er barg, war jedoch herabgesetzt. Unglaublich gespannt betrat er das Zimmer von Sicherheitschef Robert Mayer mit den flimmernden Monitoren an den Wänden.

Mayer richtete seinen eisblauen Blick auf ihn. Wayne Jennings' Blick. Nyberg strengte sich aufs äußerste an, um nicht angestrengt zu wirken. Robert Mayer sah völlig entspannt aus; nur sein Blick schien fixiert zu sein und geradewegs durch ihn hindurchzusehen. Am Abend vorher hatte Robert Mayer

Benny Lundberg gefoltert, Viggo Norlander ausgeknockt und Nybergs Nasenbein an drei Stellen gebrochen. Er selbst dagegen wirkte frisch wie eine Heckenrose.

»Das sieht nicht gut aus«, sagte er und klopfte sich leicht an die Nase.

»Es ist ein harter Job«, sagte Nyberg und schüttelte Mayers Hand. Diesmal verzichtete er auf den Mr.-Sweden-Handschlag.

»Ich habe mir einmal genauer angesehen, wozu dieser Lagerraum in der letzten Zeit benutzt worden ist«, sagte Mayer, setzte sich und faltete die Hände im Nacken. »Er hat wirklich leer gestanden, da werden nur alte leere Kartons gelagert. Er ist also so gut wie jedem zugänglich gewesen. Und offenbar auch für so gut wie jeden Zweck.«

Nyberg konnte nicht umhin, von Mayers professioneller Art beeindruckt zu sein. »Eine furchtbare Geschichte«, sagte er nur.

»Wirklich«, sagte Mayer mitfühlend.

Nyberg hätte am liebsten gekotzt. Er sagte: »Dies läßt natürlich den Einbruch in einem neuen Licht erscheinen.«

Mayer nickte nachdenklich. »Benny, ja«, sagte er. »Meldet einen Einbruch in einem Lagerraum, während zur gleichen Zeit in einem anderen der Kentuckymörder in Aktion ist. Wird dann selbst in diesem anderen fast ermordet. Was fangen Sie damit an?«

»Nichts, im Augenblick«, sagte Nyberg ausdruckslos. »Aber wir fragen uns natürlich, was Benny Lundberg für eine Rolle spielte.«

»Es wirkt zweifellos sehr sonderbar«, sagte Mayer. »Wir wußten ja, daß er eine Vergangenheit als Skinhead hatte, fanden jedoch, daß er die Chance verdiente, ein neues Leben zu beginnen. Jetzt deutet wohl das meiste darauf hin, daß er mit dem Einbruch zu tun hatte ...«

»Ich verstehe nicht richtig«, sagte Nyberg ausgesucht dämlich.

»Ich will mich nicht in Ihre Arbeit einmischen«, sagte Mayer knapp. »Das ist ja wohl kaum nötig. Sie waren ja drauf und dran, ihn zu schnappen.«

»Es wäre schön, sich das zur Ehre anrechnen zu können, aber die Wahrheit ist, daß wir nur da unten waren, um eine Routinekontrolle aller Lagerräume in der Nähe durchzuführen.«

Nyberg holte das Foto von Kerstin Holms verstorbenem Pastor hervor und hielt es Mayer hin. Mit der Bildseite nach unten, so daß Mayer es anfassen und umdrehen mußte.

Er betrachtete es und schüttelte den Kopf. Nyberg nahm es zurück und steckte es in seine Brieftasche.

»Tut mir leid«, sagte Mayer. »Müßte ich ihn kennen?«

»Wir haben ihn in einem Wagen erwischt, der mit hoher Geschwindigkeit den Freihafen verließ. Einer der Lagerarbeiter meinte, ihn schon einmal gesehen zu haben. Daß er eventuell bei LinkCoop gearbeitet hätte.«

»Nein, mir sagt das Bild nichts.«

Nyberg nickte gemessen und stand auf. Sie gaben sich zivilisiert die Hand.

Er mußte sich beherrschen, um nicht durch die Korridore zu laufen. Er lächelte den Zwillingsrezeptionistinnen zu und bekam doppelte Rendite. Sein Wagen rollte bedächtig durchs Tor und verschwand sanftmütig um die Ecke.

Die letzten zwanzig Meter gab er heulend Gas; das wenigstens durfte er sich wohl erlauben. Er lief in geduckter Haltung hinüber zu Hultins Volvo, stieg ein und ließ sich in den Sitz fallen.

»Alles okay?« fragte Hultin.

»Ich glaube, ja«, sagte er und reichte Chavez das Foto nach hinten. Es hatte etwas zutiefst Makabres: die Fingerabdrücke des Kentuckymörders quer über dem Gesicht des schüchternen, krebskranken Pastors. Mit Plastikhandschuhen führte Chavez das Foto in einen kleinen Scanner ein, der an der Seite des tragbaren Computers angebracht war. Alles war vorbereitet. Nybergs Fingerabdrücke waren eingegeben, ebenso die von Wayne Jennings. Nach einer unangenehm langen Wartezeit piepte das Gerät. »Match« blinkte es auf dem Bildschirm.

»Wir haben ein ›Match‹ für Gunnar Nybergs Fingerabdrücke«, sagte Chavez.

Keiner antwortete. Sie warteten. Die Zeit dehnte sich endlos. Jede Sekunde war ein Schritt in die Hoffnungslosigkeit.

Dann ein weiteres Pling, ein weiteres »Match«.

»Nicht wieder Nyberg?« sagte Hjelm.

»›Match‹ für Robert Mayer«, sagte Chavez. »Wayne Jennings und Robert Mayer sind ein und dieselbe Person.«

Ein silbergrauer Volvo Turbo auf dem Parkplatz eines Industriegeländes in Täby vibrierte vom mehrfachen Seufzen der Erleichterung.

»Wir können nicht einfach hineinstürmen«, sagte Hultin. »Er sieht uns mindestens zwei Minuten vorher. Ich schätze mal, er braucht nicht mehr als zehn Sekunden, um sich in Luft aufzulösen.«

Eine Weile war es still. Man hätte es *brainstorming* nennen können, wenn es nicht eher einem Sturm geglichen hätte, der durch Totenschädel pfiff.

»Ich muß es selbst machen«, sagte Nyberg. »Ich glaube, ich habe dämlich genug gewirkt, um etwas vergessen haben zu können.«

»Du hast eine Gehirnerschütterung«, sagte Hultin.

»Das ist korrekt«, sagte Nyberg und sprang in seinen Wagen. Er kurbelte das Seitenfenster herunter. »Haltet euch bereit. Ich rufe an, sobald etwas ist.«

»Sei vorsichtig«, sagte Hultin. »Er ist einer der routiniertesten Profikiller der Welt.«

»Jajaja.« Nyberg winkte irritiert ab und fuhr davon.

Am Wachhäuschen gab er an, er habe vergessen, nach einer Sache zu fragen, und wurde durchgelassen. Zu diesem Zeitpunkt hatte Mayer-Jennings ihn seit fünfzehn Sekunden im Blickfeld; er konnte schon weg sein. Nyberg hoffte von ganzem Herzen, einen richtig bescheuerten Eindruck gemacht zu haben. Polizeitrottel. Die Zwillingsrezeptionistinnen lächelten und meldeten ihn, und es gelang ihm, dem tanzenden Minirock abzuschwören; sie sollte jedenfalls nicht dabei draufgehen. Ideen und Pläne überschlugen sich in seinem Kopf. Wie sollte er es anstellen? Mayer hatte aller Wahrscheinlichkeit nach binnen einer Zehntelsekunde eine Waffe bereit. Jede Andeutung von Drohung würde Gunnar Nyberg auf der Stelle das Leben kosten, er hätte keine Chance. Er wollte sein Enkelkind sehen. Er kam zu einem Entschluß.

Mayer stand wartend im Gang vor seinem Büro; er sah ein wenig mißtrauisch aus, was vermutlich bedeutete, daß er vor Mißtrauen kochte.

Nybergs Gesicht hellte sich auf, als er ihn sah und auf ihn zuging. »Tut mir leid«, sagte er ein wenig außer Atem und legte den Kopf schief. »Aber mir ist da noch etwas eingefallen.«

Mayer hob die eine Augenbraue und war bereit. Seine Hand bewegte sich ein paar Millimeter zum Jackenaufschlag und wurde zurückgezogen.

Gunnar Nyberg schlug ihn nieder. Ein gewaltiger Aufwärtshaken warf ihn durch den Gang. Der Kopf krachte gegen die Wand. Er blieb liegen.

So ging das.

28

»Brillanter Plan«, sagte Jan-Olov Hultin verkniffen.

»Es hat ja funktioniert«, sagte Gunnar Nyberg und grinste schief. Drei Finger der rechten Hand waren gebrochen. Der Gips war noch kaum getrocknet.

Nyberg hatte Mayer in dessen Büro geschleift und Hultin angerufen. Man beschloß, die Medien herauszuhalten, um sich den Handlungsspielraum nicht einzuengen. Man einigte sich auf eine Strategie. Unter dem Vorwand, unbedingt seinen Kollegen sprechen zu müssen, hatte Hjelm sich bei LinkCoop Zutritt verschafft und war einer tänzelnden Zwillingshälfte durch die Korridore gefolgt. Gemeinsam hatte das etwas verstauchte Duo eine passende Hintertür ausfindig gemacht, durch die sie Mayer nach draußen verfrachteten, mit Hjelm als Bewachung. Dann verließ Nyberg die Räumlichkeiten ordnungsgemäß; sein an die Zwillinge gerichtetes Lächeln war eine Ahnung gezwungen ausgefallen. Er fuhr mit dem Wagen um das Gebäude herum, und sie verstauten Mayer im Kofferraum. Dann verließ auch Hjelm LinkCoop durch die Anmeldung. Die Zwillingsrezeptionistinnen waren zweifellos funkelnde Schönheiten.

Vorübergehend fürchteten sie, daß Nyberg Mayer ganz einfach totgeschlagen hatte, was vielleicht nicht zur Gänze zu rechtfertigen gewesen wäre. Aber der Mann war auch in dieser Hinsicht Profi. Nach einer halben Stunde kam er in einer Zelle wieder zu sich, und eigentlich wußte niemand davon, daß er dort war; Hultin beschloß, sowenig Aufhebens wie möglich zu machen, auch intern. Der Polizeiarzt stellte eine Gehirnerschütterung sowie einen angebrochenen Kiefer und einen Riß im Jochbein fest, also – er konnte sprechen. Doch das tat er nicht.

Hultin versuchte es zuerst selbst. Hjelm saß auf einem Stuhl schräg hinter ihm in der kleinen sterilen und nahezu geheimen Zelle im Keller des Polizeipräsidiums. An der Tür saßen Viggo Norlander und Jorge Chavez. An der einen Wand Arto Söderstedt und Kerstin Holm. Die ganze Truppe. Keiner wollte dies verpassen. Außer Gunnar Nyberg. Er verzichtete.

»Mein Name ist Kommissar Jan-Olov Hultin«, sagte Hultin höflich. »Vielleicht haben Sie meinen Namen in den Zeitungen gelesen. Man verlangte nach meinem Kopf, auf einem Tablett.«

Robert Mayer saß in Handschellen an einem im Boden verankerten Tisch und betrachtete ihn neutral.

Ein Konkurrent, dachte Hultin. »Wayne Jennings«, sagte er. »Oder soll ich sagen: der Kentuckymörder? Oder vielleicht K.?«

Der gleiche Eisblick. Das gleiche Schweigen.

»Noch scheint Sie bei LinkCoop niemand zu vermissen, und wir haben es so arrangiert, daß die Medien noch keinen Wind bekommen haben von der Story. Sobald Ihr Name in den Zeitungen erscheint, geraten die Dinge in eine andere Lage, wie Sie wissen. Nicht einmal Ihre Auftraggeber wissen, daß Sie hier sind. Also erzählen Sie jetzt, was Sache ist.«

Wayne Jennings' Eisblick war wirklich unangenehm. Er nagelte einen fest. Man saß wie im Fadenkreuz eines Zielfernrohrs.

»Na, kommen Sie schon. Was tun Sie da eigentlich? Und für wen arbeiten Sie?«

»Ich habe das Recht auf ein Telefongespräch«, sagte Jennings.

»In Schweden haben wir ein paar umstrittene Terroristengesetze, die ich persönlich mißbillige, die aber gerade in Situationen wie dieser hier anzuwenden sind. Sie haben also kein Recht auf ein Telefongespräch.«

Jennings sagte nichts mehr.

»Benny Lundberg«, sagte Hultin. »Was hatte er in seinem Bankfach?«

Da eine Antwort ausblieb, hielt er eine Zeichnung von Jennings mit Bart in die Höhe. »Warum der Bart?«

Nichts, keine Bewegung.

»Darf ich ein Szenario vorschlagen?« sagte Hjelm aus seiner Ecke. »Mein Name ist Paul Hjelm, übrigens. Wir haben einen gemeinsamen Bekannten. Ray Larner.«

Der Kopf drehte sich ein paar Millimeter zur Seite, und Paul Hjelm begegnete zum erstenmal dem Blick von Wayne Jennings. Er verstand auf einmal, wie FNL-Soldaten sich im vietnamesischen Dschungel gefühlt haben mußten. Und wie Eric Lindberger sich gefühlt haben mußte. Und Benny Lundberg. Und Dutzende anderer Menschen, deren letzter menschlicher Kontakt vor ihrem Tod dieser Blick gewesen war.

»Die Nacht auf den zwölften September war anstrengend für Sie«, begann Hjelm. »Es geschahen ein paar unerwartete

Dinge. Sie hatten den Beamten im Außenministerium Eric Lindberger bei sich in Ihrer privaten kleinen Rosenkammer im Freihafen. Sie gleicht übrigens der unter Ihrer Farm in Kentucky auffallend. Haben Sie einen privaten Architekten mitgebracht?«

Möglicherweise wurden Jennings' Augen eine Ahnung schmaler. Möglicherweise bekamen sie eine neue Schärfe.

»Wir kommen auf Lindberger zurück, weil das die eigentliche Hauptsache in der Fortsetzung dieses Falles ist. Sie betäuben ihn und fesseln ihn an den Stuhl. Vielleicht kommen Sie noch dazu, Ihre Behandlung zu beginnen. Sie führen Ihre Zangen mit chirurgischer Präzision in Lindbergers Hals ein. Plötzlich stürzen die Kartons herunter. Hinter den leeren Kartons hockt ein junger Mann. Sie eliminieren ihn auf der Stelle. Pang pang pang pang, vier Schüsse ins Herz. Aber wer ist der Kerl, verdammt? Ist die Polizei Ihnen auf der Spur? Schon? Wie kann das sein? Er hat keinen Ausweis, gar nichts. Sie durchsuchen seine Taschen. Sie finden – eine Stimmbandzange und eine Nervenzange. Was war das? Wußten Sie da bereits, wer es war, oder glaubten Sie, es sei ein Konkurrent? Ein Bewunderer? Ein Doppelgänger? Dazu kommen wir noch. Sie foltern Lindberger zu Ende, sind gezwungen, zwei Leichen abzutransportieren statt einer, und werden außerdem noch von einem Bus voller betrunkener Juristen überrascht, so daß sie den Unbekannten zurücklassen müssen. Sie sind auch überzeugt davon, daß die Busladung die Polizei angerufen und die Autonummer durchgegeben hat, Sie haben es folglich eilig. Sie fahren hinaus nach Lidingö und werfen die Leiche ins Schilf. Ihnen ist klar, daß die Polizei auftauchen, die Lagerhallen durchsuchen und Ihre Folterkammer finden wird. Also ist es erforderlich, die Aufmerksamkeit der Polizei umzulenken. Es ist etwas zu tun. Benny Lundberg. In Ihrer Eigenschaft als Sicherheitschef rufen Sie ihn im Wachhäuschen an und beauftragen ihn, rasch in einem ganz anderen Teil des Lagers einen Einbruch vorzutäuschen. Versprechen ihm Geld und Urlaub. Die Polizei geht ganz richtig zu dem Lagerraum, wo Bennys vorgetäuschter Einbruch stattgefunden hat, und begnügt sich damit. Die Leiche konnte als Ergebnis einer Auseinandersetzung während des Einbruchs verstanden werden. Damit hätte alles eitel Freud und Wonne sein sollen. Doch Benny Lundberg hat andere Pläne. Er versucht, Sie zu erpressen. An einem unbekannten Ort hat er einen Brief versteckt, als Lebensversicherung, in dem er die Ereignisse der Nacht im Detail darstellt. Leider weiß er nicht, daß es Ihre Spezialität ist, Menschen zum Sprechen zu bringen. Das gelingt Ihnen auch, gerade bevor zwei Polizeibeamte auf der Bildfläche erscheinen. Sie verletzen die beiden, töten sie aber nicht. Einer von ihnen wird ein bißchen sauer und schlägt Sie k.o. Und jetzt sind Sie hier.«

Jennings fixierte Hjelms Blick während der ganzen Darstellung. Hinter den kalten blauen Augen liefen Prozesse ab. Das Gesicht begann anzuschwellen und sich zu verfärben; es schien ihn nicht zu tangieren.

»Zwei Grundfragen also«, fuhr Hjelm fort. »Erstens, was sollte Eric Lindberger verraten? Zweitens, wissen Sie, wen Sie erschossen haben?«

Pause. Nichts. Gar nichts.

»Nummer zwei ist keine wirkliche Frage«, fuhr Hjelm fort. »Es war nämlich der Kentuckymörder.«

Die Eisaugen verengten sich. Hjelm fand, daß sie sich verengten. Vielleicht war es eine optische Täuschung.

»Sie wissen ja, daß seit einem Jahr ein Doppelgänger von Ihnen sein Unwesen treibt. Jemand hatte sich Ihre alten Zangen angeeignet und sich damit in die Stadt begeben. Sie haben auch in der schwedischen Presse gelesen, daß er nach Schweden gekommen ist; das kann keinem entgangen sein. Jetzt wissen Sie, wer es war. Er war fünfundzwanzig Jahre alt und hatte es auf Sie abgesehen. Sie haben ihn kaltblütig erschossen. Wissen Sie, wer er war?«

Jennings hielt ihn mit dem Blick fest. War da eine Spur von Neugier zu erkennen? Hatte er es wirklich nicht erraten?

»Es wird Ihnen nicht gefallen«, sagte Hjelm. »Sein Name war Lamar Jennings.«

Wayne Jennings lehnte sich einen Dezimeter zurück. Das war viel in diesem Zusammenhang. Der Eisblick überschlug sich fast. Er flog zur Decke. Dann kam er zurück. Felsenfest. »Nein«, sagte er. »Sie lügen.«

»Denken Sie nach. Was geschah mit Ihren Zangen, nachdem Sie Larner an der Nase herumgeführt hatten und untergetaucht waren? Sie blieben zurück. Ein bemerkenswerter Schnitzer. Wenn Sie weiter morden und Larner austricksen wollten, brauchten Sie sie. Sie mußten ja identisch sein, damit sie identische Spuren hinterließen und zeigten, daß K. lebte. Sie mußten darauf achten, daß die neuen, die angefertigt wurden, wirklich identisch waren, mit den gleichen Scharten und Besonderheiten. Das war sicher ziemlich heikel.«

Jennings starrte an die Wand.

»Ihr Sohn überraschte Sie eines Tages unten in Ihrer Folterkammer in Kentucky. Das war der Gipfel nach mehreren Jahren von Mißhandlungen. Warum zum Teufel vergriffen Sie sich an Ihrem Sohn? Einem Kind? Begreifen Sie nicht, was Sie da geschaffen haben? Ein Monster. Er kopierte Sie. Er kam her, um Ihnen Ihre eigene Behandlung zu verpassen, und Sie erschießen ihn wie einen Hund. Böses Blut kehrt wieder und geht um.«

»›Der Plumpsack geht um‹, heißt es«, sagte Jennings.

»Jetzt heißt es ›Böses Blut geht um‹. Sie haben eine Redensart verändert.«

»War es wirklich Lamar?«

»Ja. Ich habe sein Tagebuch gelesen. Die Hölle. Die reine Hölle. Sie haben ihn zweimal ermordet. Was machten Sie mit ihm, als er Sie da im Keller überraschte? Ein Zehnjähriger, pfui Teufel, was machten Sie mit ihm?«

»Schlug ihn, natürlich«, sagte Wayne Jennings tonlos.

Er schloß die Augen. Hinter den Lidern war eine enorme Aktivität. Als sie sich am Ende wieder öffneten, war sein Blick ein anderer, zielbewußter und resignierter zugleich. »Ich war kriegsmüde«, fuhr er fort. »Sie können nicht verstehen, was Kriegsmüdigkeit ist. Sie haben in diesem Land seit zweihundert Jahren keinen Krieg führen müssen. Er war eine Erinnerung daran, was man einmal gewesen war, ein gewöhnlicher, schwacher Mensch. Er ging mir auf die Nerven. Ich verbrannte ihm nur ein bißchen die Haut mit Zigaretten. Er mußte mein Ventil werden. Ich war meinem eigenen Vater nicht so unähnlich.«

»Erzählen Sie«, sagte Hjelm.

Jennings beugte sich vor. Er hatte einen Beschluß gefaßt. »Sie haben recht daran getan, dies hier nicht in die Medien kommen zu lassen. Es wäre verheerend gewesen. I'm the good guy. Sie glauben es nicht, aber ich stehe tatsächlich auf der richtigen Seite. Die häßlicheren Teile der richtigen Seite. Die abstoßenden, aber notwendigen. Es ging darum, Feinde zum Sprechen zu bringen.«

»Auf welche Weise war Eric Lindberger ein Feind?«

Jennings starrte in Hjelms Augen. Es war ein etwas anderer Blick. »Später. Ich muß über die Konsequenzen nachdenken.«

»Okay. Wie fing es alles an?«

Jennings holte tief Luft, beugte sich vor und begann: »Ich weiß nicht, ob Sie verstehen können, was Patriotismus ist. Ich begab mich in den Krieg, weil ich vor meinem Vater floh. Ich war siebzehn Jahre alt. Poor white southern trash. Ich war ein Kind, das andere Kinder tötete. Ich merkte, daß ich Talent zum Töten hatte. Andere merkten es auch. Ich stieg rasch auf in den Dienstgraden. Und dann plötzlich werde ich nach Washington gerufen und stehe Auge in Auge dem Präsidenten gegenüber, damals war ich nur wenig älter als zwanzig Jahre. Ich soll eine äußerst geheime Kommandotruppe in Vietnam übernehmen, die im Prinzip direkt dem Präsidenten unterstellt ist. Zivilisten bilden mich in der Anwendung einer neuen geheimen Waffe aus. Ich werde Experte. Dann bilde ich die anderen in der Gruppe aus. Ich bin der einzige, der mit den Zivilisten Kontakt hat. Die ganze Zeit nur ich. Ich weiß nicht, wer sie sind. Nach dem Krieg sagen sie nur: ›Halte dich verfügbar‹ und bezahlen meinen Lohn. Es ist äußerst seltsam.

Ich bin vollkommen zerstört, als ich zurückkomme. Kann mich meiner Frau nicht nähern. Ich habe alle Gefühle abgetötet. Ich quäle meinen Sohn. Plötzlich nehmen sie Kontakt mit mir auf. Sie treten hervor.«

»CIA?« sagte Hultin. Hjelm schaute ihn verblüfft an.

Jennings schüttelte langsam den Kopf. »Später«, sagte er. »Ich erkannte auf jeden Fall plötzlich, was von mir erwartet wurde. Zu dieser Zeit, gegen Ende der siebziger Jahre, trat der Kalte Krieg in eine neue Phase, ich kann darauf nicht näher eingehen, aber es war wirklich Krieg. Es lag eine unmittelbare Bedrohung vor, man brauchte Informationen, massenweise Informationen. Das gleiche geschah auf der Gegenseite. Ich begann, sukzessive die Agenten zusammenzusuchen, nach denen gefahndet wurde. Professionelle Spione und Verräter. Akademiker, die Staatsgeheimnisse verkauften. Sowjetische Agenten. KGB. Ich bekam eine unglaubliche Menge hochkarätiger Information heraus. Jemand hatte die glänzende Idee, daß es am besten sei, es wie die Taten eines Wahnsinnigen aussehen zu lassen, ich weiß nicht, wer, also war ich gezwungen, den Serienmörder abzugeben, auch für den Fall, daß ich aufflog. Und dann bekam ich Larner an den Hals. Sie machen sich keine Vorstellung, was für eine Plackerei dieser Mann auf sich nahm, um das ganze Commando Cool auszuheben. Er war eine Bedrohung für die Sicherheit der Nation. An der politischen Front begannen die Dinge sich zu beruhigen, Breschnjew starb, die Sowjetunion geriet in Auflösung, andere Feinde zeichneten sich ab. Ich sollte in einem Grenzstaat zwischen Ost und West größeren Nutzen bringen, und bei meiner Flucht sollte ich Larner mitziehen, ihn der Lächerlichkeit preisgeben.«

»Da war die Zeit für die Flucht gekommen. Ihre Zähne und ein lebender Mensch waren im Wagen.«

»Die Vorbereitungen dauerten Wochen. Viel nächtliche Arbeit da draußen in der Wüste. Startklare Mitarbeiter. Gebrauchsfertige Ausrüstung. Ein perfekter Satz Zähne. Ein maskierter sowjetischer Agent mit gezogenen Zähnen. Ein verdecktes Loch im Boden, in das man mit einem Stab von Mitarbeitern hinabrollen und ein, zwei Tage bleiben kann. Alles ist möglich, das Unmögliche dauert etwas länger.«

Hjelm fühlte sich matt. Er mußte fragen: »Was sind das für Ideale, für die Sie arbeiten? Wie sieht das Leben aus, das Sie mit all dieser Gewalt verteidigen?«

»Wie Ihres«, sagte Wayne Jennings, ohne zu zögern. »Nicht wie meins, wie Ihres. Ich habe kein Leben. Ich bin in Vietnam gestorben. Glauben Sie, daß Sie kostenlos so frei und privilegiert leben, wie Sie es tun? Glauben Sie, Schweden sei neutral und in keiner Allianz gebunden?«

Er machte eine kleine Pause und betrachtete die Wand. Sein Blick glitt hinüber zu Norlander. Er begegnete einem Blick, der von Haß erfüllt war. Es war kaum das erstemal. Er ignorierte es. »Wo ist Gunnar Nyberg?« fragte er plötzlich.

»Pflegt seine gebrochene Hand. Wieso?«

»Niemand hat mich jemals zuvor ausgeknockt. Und niemand hat mich so zum Narren gehalten. Ich dachte, er wäre ein Idiot.«

»Er identifiziert sich mit Benny Lundberg. Er saß bei ihm, als es ihm am dreckigsten ging. Seine Wärme rettete ihm das Leben. Können Sie so etwas verstehen?«

»Wärme rettet mehr als Kälte. Leider ist die Kälte auch nötig. Sonst bekommen wir ewige Kälte auf der Erde.«

»Dreht sich die Lindberger-Geschichte darum? Um ewige Kälte? Atomwaffen? Chemische Waffen? Biologische? Oder ist es LinkCoop? Computer? Steuersysteme für Atomwaffen? Saudi-Arabien?«

Er lächelte in sich gekehrt. Vielleicht imponierte ihm die schwedische Polizei sogar ein bißchen. Und Paul Hjelm. »Ich denke noch über die Sache nach. Ich könnte Sie bitten, mit einer gewissen Instanz Kontakt aufzunehmen, aber ich weiß nicht. Es gibt Risiken.«

»Verstehen Sie überhaupt, daß Sie hier wegen zwanzig Morden und eines Mordversuchs sitzen? Daß Sie ein Verbrecher sind? Ein Feind der Menschheit? Ein Saboteur an der menschlichen Würde, die aufzubauen wir immerhin ein paar tausend Jahre gebraucht haben? Oder denken Sie, Sie könnten jederzeit einfach gehen? Warten Sie nur auf den richtigen Augenblick, um sich zu erheben, sich von den Handschellen zu befreien und mir den Kopf abzureißen?«

Jennings lächelte erneut, es war dieses Lächeln, das nie bis zu den Augen reichte.

»Menschen sollten aus anderen Menschen nie Mordmaschinen machen.«

Hjelm blickte Hultin an. Plötzlich fühlten sie sich bedroht. Es war tatsächlich nur eine kleine Handfessel, die sie von einer Mordmaschine trennte.

»Sie töten keine Polizisten«, sagte Hultin bombensicher.

»Ich wiege in jeder Situation plus und minus gegeneinander ab. Die Alternative mit den meisten Plus gewinnt. Hätte ich Ihren Kollegen dort getötet – er nickte zu Norlander hinüber –, würden Sie mich heute nicht so mild behandeln. Und dann hätten wir ein Problem bekommen.«

»Sie haben damit gerechnet, gefaßt zu werden? Sie scherzen!«

»Auf meiner Liste der Eventualitäten war das auf dem fünfzehnten Platz. Nach Nybergs Besuch sank es auf den siebzehnten. Deshalb war ich nicht richtig auf der Hut. Souveräne Aktion.«

Jennings schloß die Augen und wog plus und minus gegeneinander. Dann machte er eine extrem schnelle Bewegung und war aus den Handschellen.

Chavez hatte die Pistole als erster gezogen. Holm war zweite. Norlander dritter. Söderstedt zu lahm. Hultin und Hjelm saßen still.

»Gut reagiert da hinten in der Ecke«, sagte Jennings und zeigte auf Chavez. »Wie heißen Sie?«

Chavez und Norlander gingen mit erhobenen Pistolen vor. Hjelm zog seine zur Sicherheit. Alle drei hielten Jennings in Schach, während Holm und Söderstedt ihn wieder fesselten. Diesmal bedeutend fester.

»Ich habe einen Monat Ganztagstraining in Handfesselung hinter mir«, sagte Jennings ruhig. »Und ich meine Ganztag. Es ist gut, wenn wir einander verstehen.«

»Okay«, sagte Hjelm. »You've made your point. Wie sah denn die Plus- und Minusabwägung am 6. April 1983 aus?«

Jennings führte eine Schnellsuche durch seine Erinnerungsspeicher aus. Dann lächelte er schnell. Es ging vorüber. »Ich verstehe«, sagte er nur.

»Was verstehen Sie?«

»Daß Sie kein schlechter Polizist sind, Paul Hjelm, ganz und gar nicht.«

»Warum haben Sie diesen Brief an Ihre Frau geschrieben?«

»Schwäche«, sagte Jennings neutral. »Glattes Minuszeichen. Das letzte.«

»Und die Nyberg-Episode?«

»Wir werden sehen«, sagte er kryptisch.

»Wir fanden den Brief fast ganz verbrannt in Lamars Wohnung.«

»Haben Sie da meinen Namen gefunden?«

»Leider nicht. Dann läge Benny Lundberg jetzt nicht vor Grauen halb von Sinnen im Karolinenkrankenhaus. Warum haben Sie Ihren Namen geschrieben? Es bedeutete für Mary Beth wohl nichts, wie Sie sich nannten? Es war ja beinah infantil. Und dieser Brief trieb Lamar hierher und tötete ihn.«

»Es war ein Abschied von den letzten Resten meines persönlichen Lebens. Der Brief hätte auf der Stelle verbrannt werden sollen. Sie rächte sich dadurch, daß sie ihn nicht verbrannte.«

»Oder vielleicht wollte sie eine letzte Erinnerung an den Mann behalten, den sie einmal geliebt hatte, was ein Fehler war. Das nennt man menschliche Gefühle. Für Sie haben die nur andere, und Sie können sie ausnützen.«

»Es war ein letzter Abschied«, sagte Jennings nur.

»Dieser letzte Abschied brachte Ihre ganze Familie um. Er führte dazu, daß Ihr Sohn Ihnen folgte und von Ihnen getötet wurde, und er führte dazu, daß Ihre Frau sich das Leben nahm. Ein reizender Abschied.«

War es möglich, ihn zu verletzen? Er sah Hjelm an. Seine Augen waren wieder schmal geworden. Hatte er einen wunden Punkt getroffen?

»Hat sie sich das Leben genommen? Das wußte ich nicht.«

»Ihre Handlungen sind nie isoliert. Man bringt keine Menschen um, ohne daß es unüberblickbare Konsequenzen bekommt. Sie verbreiten Wolken von bösem, gewaltsamem Tod um sich her, begreifen Sie das wirklich nicht? Wissen Sie, wie viele Serienmörder von Ihnen inspiriert wurden? Sie haben einen Fanklub im Internet. Sie sind eine Scheiß-Legende. Es gibt K.-T-Shirts, kleine Kekse in Form eines K mit dem Text ›The Famous Kentucky Killer‹, Anstecknadeln mit dem Text ›Keep on doing it, K.‹, Lakritzversionen Ihrer Zangen. Sie haben äußerst aktiv dazu beigetragen, daß eine erschreckende Menge von Serienmördern in dem Land wütet, das Sie zu verteidigen glauben. Sie sind ein Wahnsinniger, der gestoppt werden muß. Stoppen Sie sich selbst, verdammt noch mal.«

»Ich bin kaum allein«, sagte er und starrte an die Decke. »Ich bin ein Mann mit einem Beruf. Ich gehorche Befehlen und bekomme jeden Monat Lohn. Wenn ich verschwinde, gibt es eine freie Stelle und viele Bewerber.«

»Haben Sie es sich überlegt?«

»Ja«, sagte er abrupt. »Ich will es kurz und genau machen. Hören Sie zu. LinkCoop ist ein zwielichtiges Unternehmen. Es lebt von illegalem Import und Export von militärischer elektronischer Ausrüstung, der Rest ist Fassade. Der Vizedirektor Henrik Nilsson ist ein Schurke. LinkCoop hat Steuersysteme für Kernwaffenköpfe beschafft, genau wie Sie gesagt haben, Hjelm. Eric Lindberger im Außenministerium war die Zwischenhand zwischen LinkCoop und der saudischen Islamistenbewegung. Ich glaubte, ich hätte das gestoppt, indem ich Lindberger beseitigte, der der einzige war, der nicht unter Druck gesprochen hat. Er hat mir imponiert. Aber heute sind große Summen auf LinkCoops heimliche Konten überwiesen worden. Das bedeutet, daß die Ausrüstung schon bei der schwedischen Zwischenhand an einem unbekannten Ort eingetroffen ist und bald unterwegs sein wird zu einem schwedischen Hafen, welchem, ist unbekannt, und von dort weitertransportiert wird zu der Fundamentalistenbewegung.«

»Der Grund dafür, daß Eric Lindberger trotz Ihrer Folter nichts verriet, war ganz einfach der, daß er nichts wußte? Daß er unschuldig war? Die schwedische Zwischenhand war eine andere Person?«

»Ich erhielt sichere Information von ... meinen Quellen. Sie haben sich noch nie geirrt.«

»Wie lautete die Mitteilung exakt?« fragte Arto Söderstedt plötzlich von seinem Platz an der Wand.

Der Kopf wurde um die notwendigen Millimeter gedreht, mehr nicht. Jetzt war Söderstedt an der Reihe, dem Blick zu begegnen. Au weia, dachte er.

»Es war eine chiffrierte Mitteilung«, sagte Jennings, »und sie lautete: ›E Lindberger, UD‹.«

»Elisabeth Justine Lindberger«, sagte Söderstedt kalt.

Die Augen wurden wieder schmaler. Eine kleine Bewegung im Augenwinkel. »Oh«, sagte Jennings. Das war alles.

»Nicht O, sondern E«, sagte Söderstedt. »Der Buchstabe, der einen vollständig unschuldigen Menschen auf eine Höllenreise in den Tod schickte.«

»Überwachen Sie sie?« sagte Jennings nur.

Arto Söderstedt reduzierte alles, was er auf der Zunge hatte, zu einem »Ja.«

»Verstärken Sie die Überwachung unmittelbar.«

»Lassen Sie mich mal überlegen, ob ich richtig verstehe«, sagte Hultin. »Sie erteilen uns Befehle? Einer der schlimmsten Serienmörder der Weltgeschichte ist endlich gefaßt worden und sitzt da und erteilt der Polizei Befehle?«

»Nicht ich«, sagte Jennings. »Ich erteile keine Befehle. Ich bin Niemand. Dagegen kann ich die Wahl, die Sie haben, in zwei Fragen zusammenfassen. Wollen Sie einen Atomwaffenkrieg oder nicht? Und welche Weltherrschaft ziehen Sie vor: amerikanischen Kapitalismus oder islamischen Fundamentalismus? Die Welt ist jetzt global, das ist irreversibel: Es ist wichtiger denn je, daß es eine Weltherrschaft gibt. Und Sie können wählen, genau Sie sieben.«

»Ich frage mich, ob es so einfach ist«, sagte Hjelm.

»Gerade im Moment, innerhalb der nächsten Stunden, ist es tatsächlich so einfach. Danach können Sie mit mir machen, was Sie wollen.«

»An welche Instanz hatten Sie gedacht, die wir kontaktieren sollten?« fragte Hultin.

»Das geht jetzt nicht. Es dauert zu lange. Es gibt nur eine Möglichkeit, und zwar die, daß Sie verhindern, daß das Schiff den Hafen verläßt.«

»Weiß Henrik Nilsson bei LinkCoop etwas?«

»Nein. Er weiß von nichts mehr, sobald er das Geld bekommen hat. Die Zwischenhand befördert das Material an einen neutralen Ort. Von dort wird es zum Hafen gebracht. Sowohl der neutrale Ort als auch der Hafen sind unbekannt. Das Schiff verläßt den Hafen irgendwann heute oder morgen. Das ist alles an Information. Außer Frau Lindberger.«

»Der Bestimmungshafen des Schiffs?«

»Gefälscht. Da kann irgendwas stehen.«

»Okay«, sagte Hultin geradeheraus. »Sammlung draußen.«

Sie standen nach und nach auf und verließen den Raum.

Hjelm blieb noch einen Augenblick zurück. Er stand auf und sah Wayne Jennings an. »Dies alles«, sagte er, »das ganze Geständnis und die Beichte und alles war nur eine Methode, um Zeit zu gewinnen, nicht wahr, Zeit zu bekommen, um die Lage einzuschätzen? Uns auf Ihre Seite hinüberzuziehen? War irgend etwas davon wahr?«

»Was zählt, ist das Resultat«, sagte Jennings neutral.

»Und Nyberg?« sagte Hjelm. »Wie sah Ihre Einschätzung aus, als er durch den Korridor auf Sie zukam? Sahen Sie dieses Szenario hier schon vor sich? Gab es überhaupt keine Überraschung in dem Uppercut?«

Jennings starrte ihm gerade in die Augen. Hjelm fand, daß er direkt ins Urzeitdunkel blickte. Wie ein Haiauge.

»Das werden Sie nie erfahren«, sagte Jennings.

Hjelm trat einen Schritt näher. Er begab sich bewußt in eine Position, in der Jennings ihn binnen einer Zehntelsekunde hätte töten können. Er wußte nicht richtig, warum er den Kopf in den Rachen des Löwen steckte. Ein plötzlicher Lockruf von der anderen Seite? Der Gesang der Sirenen? Ein höhnisches Grinsen ins Angesicht des Todes? »Zum erstenmal in meinem Leben habe ich ein gewisses Verständnis für die Todesstrafe«, sagte er.

Jennings lächelte sein flüchtiges Lächeln. Es hatte nichts mit Freude zu tun. »Als Individuum verdiene ich natürlich die Todesstrafe«, sagte er. »Aber ich bin kein Individuum, ich bin eine ... Instanz.«

Hjelm ging. Die anderen standen im Flur zusammen. Arto Söderstedt sprach in ein Mobiltelefon.

»Sagt er die Wahrheit?« fragte Kerstin Holm. »Geht es um Steuersysteme für Kernwaffenköpfe. Oder schickt er uns auf einen Scheißjob, um selbst den Rücken frei zu haben?«

»Der Handlanger des Todes«, sagte Hjelm grimmig. »Seine Wege sind unergründlich. Wofür benutzt er uns, verdammt? Was für ein Spiel spielt er?«

»Ist das nicht die Domäne der Sicherheitspolizei?« meinte Chavez.

»Müssen wir das nicht auf Regierungsniveau verlegen?« sagte Holm.

Hultin stand vollommen reglos da. Dachte er oder war er in seiner Handlungsfähigkeit gelähmt?

»Wir gehen rein und töten ihn«, schlug Norlander naßforsch vor.

Söderstedt drückte auf den Ausknopf seines Telefons und seufzte schwer. »Justine Lindberger ist der Bewachung entwischt«, sagte er.

Hultin schnitt eine Grimasse; das erste Lebenszeichen seit langem.

»Wir regeln das selbst«, sagte er neutral. »Ganz gleich, womit Justine da herumpusselt, es ist illegal. Nehmt sie fest. Und kontrolliert sämtliche geplanten Abfahrten aus sämtlichen schwedischen Häfen in den nächsten Tagen.«

»Und Jennings?« sagte Hjelm.

»Verschärfte Bewachung. Ich veranlasse das. Arto, hast du noch alle Aufzeichnungen von Justine?«

»Im Zimmer.«

Sie gingen dorthin.

Gunnar Nyberg saß da und starrte auf seine gegipste rechte Hand. Er betrachtete sie skeptisch. »Ihr habt einen Pakt mit dem Teufel geschlossen«, stellte er fest. »Paßt bloß auf, verdammt. Ich mach dabei nicht mit.«

»Du gehörst zum Team, Gunnar«, sagte Hultin. »Wir müssen Justine Lindberger erwischen. Jetzt geht es um große Politik.«

»Mach dir bloß nicht ins Hemd.«

Hultin sah ihn ungerührt an.

»Er hält euch zum Narren«, fuhr Nyberg lautstark fort. »Könnt ihr nicht sehen, daß er euch was vormacht? Er hat mir was vorgemacht. Er *ließ* mich zuschlagen. Ich habe seinen Blick gesehen. Es war alles gespielt. Jetzt ist es mir klargeworden.«

»Das ist möglich«, sagte Hultin. »Aber daß Justine Lindberger ihrer Bewachung entwischt ist, das ist eine Tatsache. Wir brauchen dich.«

Nyberg schüttelte den Kopf. »Nie im Leben.«

»Dann bist du ab sofort krank geschrieben. Geh nach Hause.«

Nyberg starrte ihn wild an und verließ den Raum. Er blieb im Korridor stehen und schnaubte vor Wut. Dann begab er sich auf direktem Weg zum Arrest in den Keller. Zwei kräftige Beamte in Zivil hatten gerade vor der Tür Posten bezogen. Sie saßen auf Stühlen im dunklen Gang und hatten einen Tisch mit einem Kartenspiel drauf zwischen sich gestellt. Sie sahen Nyberg ein wenig unsicher an, der sich auf einen dritten Stuhl an der Wand setzte.

»Spielt ihr nur«, sagte er. »Ich bin nicht da.«

Er *war* da, und er gedachte dazubleiben. Plötzlich hatte er alles vor sich gesehen. Den Korridor bei LinkCoop. Den Weg vorwärts. Robert Mayers Blick. Die kleine, kleine Bewegung zur Jacke. Die Hand, die zurückgezogen wurde. Die eiskalte Hinnahme des Schlags.

Hier gedachte er zu bleiben.

Währenddessen trat Arto Söderstedt mit Hultin an sein Flipchart, auf dem die Textkästchen wie Speere steckten.

»Sämtliche Aufzeichnungen des Ehepaars. Justines links, Erics rechts.«

»Gibt es etwas, was ein Schiffsname sein könnte oder ein Datum heute oder morgen oder der Name eines Hafens?« fragte Hultin. »Oder etwas, was einen kodierten Eindruck macht?«

Söderstedt kratzte sich die Nase. »Es ist möglich, daß sie dann und wann eine Kontaktperson namens S traf. Das gehörte zu dem, was sie aus ihrem Filofax wegretuschiert hat. Sie behauptet, es seien ihre Joggingzeiten, S wie in Stretching. Leider gibt es darüber keine weitere Information. Das zweite, was sie entfernte, war der Liebhaber in Bro. Sonst gibt es nichts über ihn. Sie hat drei Freundinnen, denen sie nahezustehen scheint: Paula, Petronella und Priscilla. Ich habe ihre vollständigen Namen und Adressen. Weiter gibt es eine ziemlich große Familie, die auch einen starken Zusammenhalt zu haben scheint. All das muß kontrolliert werden. Dann haben wir ein paar Dinge hier auf der Tafel, an denen trotz allem etwas dran sein kann. Ein kleiner Zettel mit ›Blå Viking‹. Es kann ein Kode sein, es kann eine Ortsangabe sein, ein Wirtshaus zum Beispiel, doch ich habe nichts gefunden. Vielleicht ist auch dies hier etwas, ich kann mir keinen Reim darauf machen: ›orphlinse‹, nur so. Es stand auf einem kleinen gelben Merkzettel. Dann kann ich vielleicht bei dieser Gelegenheit mitteilen, daß Justine ihrer mediokren Bewachung in der Östermalmshalle entwischt ist.«

»Wir müssen es aufteilen«, sagte Hultin. »Paul versucht, Herman in Bro zu finden. Kerstin nimmt die Freundinnen und die Familie, ruf alle an, die du finden kannst. Viggo checkt mit der Bewachung ab, wie und wann exakt sie verschwunden ist, nimm sie mit in die Östermalmshalle. Jorge übernimmt ›Blå Viking‹ und den anderen Zettel. Arto, du und ich, wir überprüfen die Häfen. Es gibt ein paar davon in Schweden. Also an die Arbeit.«

Bro war, wie Hjelm feststellte, eine Schlafstadt mit sechstausend Einwohnern zwischen Kungsängen und Bålsta. Er fand mit Hilfe verschiedener Datenbanken acht Hermans. Zwei waren Rentner; die übrigen kamen in Frage, im Alter zwischen zweiundzwanzig und achtundfünfzig. Er rief sie an. Drei waren nicht zu Hause, keiner der übrigen drei erhob Anspruch darauf, Justine Lindberger zu kennen, obwohl Hjelm sehr stark betonte, wie wichtig es sei, und Vertraulichkeit zusicherte, was einen von ihnen, Herman Andersson, fünfundvierzig, wütend machte. Nach einigem Hin und Her gelang es ihm, die Arbeitsplätze der restlichen drei in Erfahrung zu bringen, und er erreichte sie dort. Keiner von ihnen kannte Justine, alle erweckten den Eindruck, echt überrascht zu sein. Und plötzlich gab es nichts mehr zu tun. Das machte ihn schon nach wenigen Minuten wahnsinnig. Er beschloß, nach Bro zu fahren. Voller böser Ahnungen verließ er das Polizeipräsidium, um einen Abstecher nach Uppland zu machen. Da war es drei Uhr, und es schüttete immer noch.

Kerstin Holm machte PPP ausfindig: Paula Berglund, die sich bei der Vorstellung, daß ihre Freundin von einem Wahnsinnigen gejagt wurde, daran erinnerte, daß Justine verschiedentlich unerwartet nach Västerås und Karlskrona und vielleicht noch an einen weiteren Ort gefahren war; Petronella af Wirsén, die in lautes Lachen darüber ausbrach, daß Justine der Polizei entwischt war, und annahm, daß sie in ihrer Wohnung in Paris oder in der Villa in Dalarö war; und Priscilla Bäfwer, die sich an verschiedene geheimnisvolle Trips nach Gotland, Södertälje, Halmstad und Trelleborg erinnerte. Die Verwandten waren abweisender und forderten einstimmig die Köpfe der ganzen schwedischen Polizei auf einem gigantischen Tablett. Die verwirrte kleine Justine, sagte die einzige Mitteilsame – eine Tante Gretha, die zufällig aufgespürt worden war –, sie war immer die, die vom Familienmuster abwich, diejenige, die sich nicht für Geld und Macht interessierte, die Mitgefühl mit den armen schwachen Lämmern am Rande der Gesellschaft hatte. Tante Gretha äußerte sich skeptisch über Justines Vermögen; es konnte einfach nicht ihr eigenes sein.

Jorge Chavez quälte sich mit den Zetteln. Er bot seine ganze Energie und seine mathematische Intelligenz auf, um die beiden Notizen zu entschlüsseln, die Justine Lindberger auf ihrem Schreibtisch im Erbfürstenpalast zurückgelassen hatte. »Blå Viking« und »orphlinse«. Nach Umwegen über zahlreiche denkbare Kodelösungen nahm er den direktesten Weg und fand ein paar Lokale in verschiedenen Teilen Schwedens, die Blå Viking hießen: Café Blå Viking in Härnösand, Blå Viking Restaurant & Bar in Halmstad, Café Blå Viking in Visby und die Imbißlokale Blå Viking in Teckomatorp und Karlshamn. Härnösand, Halmstad, Visby und Karlshamn waren Hafenstädte. Was den anderen Zettel anbetraf, verfluchte er sich selbst, weil es so lange dauerte, bis er einen Punkt in »orphlinse« einfügte, so daß »orphlin.se« daraus wurde, also der Teil einer Adresse einer schwedischen Internetseite. Es war die schwedische Sektion von Orpheus Life Line, einer internationalen humanitären Organisation, deren besonderes Arbeitsgebiet der Irak war. Der Gesang des Orpheus war so stark und ergreifend, daß er Tote aus dem Totenreich heraufzuholen vermochte, stand in der programmatischen Selbstdarstellung. Dies war das Ideal der Organisation. Und gerade jetzt hatte man sich speziell der Situation im Irak gewidmet, die nach dem Golfkrieg, den Blockaden und den Waffeninspektionskrisen der Lage in einem Totenreich auf erschreckende Weise ähnelte. Man nannte eine ganze Reihe von Punkten, in denen die Menschenrechte nicht eingehalten wurden. Die Organisation hatte es sich offenbar zum Prinzip gemacht, daß die Mitglieder geheim waren; es war die einzige Möglichkeit, in Saddams Reich einigermaßen ungestört tätig sein zu können. Chavez fragte sich, warum die Adresse von Orpheus Life Line auf Justine Lindbergers Schreibtisch gelegen hatte. War es nur allgemeines

Interesse an der Situation in der islamischen Welt, oder hatte es eine tiefer gehende Bewandtnis?

Viggo Norlander kam in die Östermalmshalle, dicht gefolgt von zwei beschämten Kollegen. Der eine, Kriminalassistent Werner, war im Bewachungsfahrzeug auf dem Östermalmstorg sitzen geblieben und hatte die Humlegårdsgata hinuntergespäht, während sein Kollege, Kriminalassistent Larsson, Zitat, »wie ein Schatten an Justine Lindberger geklebt« hatte. Norlanders genauere Nachfrage ergab, daß sich hinter dieser ausgefallenen Formulierung ein Abstand von fünfzehn Metern verbarg, was zwischen Ständen und Verkaufstischen in einer gutbesuchten Markthalle ziemlich viel war. Larsson stand direkt an den Eingangstüren und zeigte in die Halle, in der die erstaunlichsten Tierteile wie defekte Hubschrauber in der streng riechenden Luft schwebten. Justine war irgendwo im hinteren linken Teil verschwunden. Das bedeutete, daß es drei mögliche Stände gab, in denen man verschwinden konnte: einen klassischen schwedischen Delikatessenladen, ein Thai-Restaurant im Miniformat und ein Café, das in mikroskopisch kleinen Tassen Kaffee servierte. Nach einigen bis dahin nicht durchgeführten Routinekontrollen kam Norlander zu dem Ergebnis, daß man eigentlich nur durch das Café nach draußen gelangen konnte; im Delikatessenladen und im Thai-Restaurant konnte man sich kurzfristig verstecken, aber nur das Café war durch einen langen Gang in seinen hinteren Regionen mit der Außenwelt verbunden. Norlander folgte dem Gang, ohne den Blick auch nur einen Moment von dem beschämten Larsson zu lassen. Sie kamen ein Stück unterhalb in der Humlegårdsgata heraus und wurden von nassem, stürmischem Wind empfangen. Norlander ging geradewegs zu Werner im Wagen hinauf und gab ihm den gleichen bösen Blick, den Larsson bereits bekommen hatte. Dann kehrte er zurück und schleppte ohne ein Wort den heftig protestierenden Caféinhaber mit ins Präsidium.

Jetzt saß Fawzi Ulaywi aus Bagdad schwitzend hinter der Glasscheibe eines Vernehmungsraums. Sie sahen ihn vom Korridor aus. Norlander sagte: »Er muß ihr aufgemacht haben. Er muß sie in den hinteren Raum gebracht und aufgeschlossen haben. Er arbeitet allein im Café, und die Tür zur Passage, die auf die Humlegårdsgata hinausführt, war verschlossen.«

»Was ist er?« sagte Chavez und schaute auf den Ausdruck der Homepage von Orpheus Life Line. »Iraker? Geht es nicht mehr um Saudi-Arabien?«

»Was haben wir über die Häfen gesagt?« fragte Hultin. »Welche sind mehrmals aufgetaucht?«

»Mehrmals ist vielleicht ein wenig übertrieben«, meinte Söderstedt, »aber Blå Viking und Zeugenaussagen deuten auf Halmstad, Gotland und möglicherweise Karlskrona/Karlshamn in Blekinge hin, wenn wir die beiden als Einheit betrachten. Aus Halmstad laufen in den nächsten vierundzwanzig Stunden sechs Schiffe aus, von Visby drei und von Blekinge sechzehn.«

»Es gibt wohl nichts, was das eine wahrscheinlicher macht als das andere«, sagte Holm. »Teilen wir uns auf?«

»Wann läuft das nächste Schiff aus?« fragte Hultin. »Und wo ist Hjelm, verdammt?«

»In Bro«, sagte Holm.

»Es ist halb fünf«, sagte Söderstedt. »Wir haben heute noch ein paar Schiffe, die auslaufen. Als nächstes legt die *Vega* um 18 Uhr von Karlshamn nach Venezuela ab, danach um 19 Uhr 45 die *Bay of Pearls* von Halmstad nach Australien und um 20 Uhr 30 die *Lagavulin* von Visby nach Schottland. Das sind die nächsten.«

»Wir brauchen noch ein bißchen mehr, eine kleine Neigung in die eine oder andere Richtung. Eine kleine Zeugenaussage über einen der Orte. Jorge und Arto sollen Kerstin assistieren. Macht den Verwandten Druck. Viggo, du und ich, wir nehmen uns den Caféinhaber vor.«

Hultin und Norlander gingen zu Fawzi Ulaywi hinein, dem der Schweiß ausgebrochen war. Hinter seinem starrköpfigen Mienenspiel verbarg sich beherrschte Angst. Als sei er schon früher in dieser Situation gewesen und versuche, nicht daran zu denken, was damals geschehen war. »Mein Café«, sagte er. »Mein Café steht vollkommen leer. Jeder kann hingehen und mir meine Sachen und mein Geld nehmen.«

»Für den Rest des Tages haben wir eine kompetente Bewachung eingesetzt«, sagte Norlander sardonisch. »Die Polizeibeamten Larsson und Werner.«

Er blieb an der Tür stehen und machte sich groß und brutal. Hultin setzte sich Fawzi Ulaywi gegenüber und sagte ruhig: »Warum haben Sie heute im Laufe des Vormittags Justine Lindberger geholfen zu fliehen?«

»Ich habe nichts getan«, sagte Ulaywi zielstrebig. »Ich verstehe nicht.«

»Kennen Sie die Organisation Orpheus Life Line? Sie ist im Irak tätig.«

Fawzi Ulaywi schwieg. Sein Gesichtsausdruck änderte sich leicht. Ein Hauch von Unruhe zog darüber hinweg und ließ Furchen zurück. Es war deutlich, daß er nachdachte, und zwar sorgfältig. »Es ist zehn Jahre her, seit ich den Irak verlassen habe«, sagte er schließlich. »Ich weiß nicht Bescheid über das, was heute dort geschieht.«

»Sind diese Orpheus ins Kernwaffengeschäft verwickelt?«

Ulaywi starrte ihn entgeistert an und schien bemüht, Ordnung in die kryptische Information zu bringen. Er sagte nichts. Hultin fuhr fort: »Sie müssen jetzt erzählen. Es ist viel zu wichtig, als daß wir uns mit läppischem Kram aufhalten können.«

»Foltern Sie mich ruhig. Das habe ich schon früher überstanden.«

Hultin sah Norlander an. Norlander zwinkerte ein wenig unsicher. Er hatte nicht die Absicht, jemanden zu foltern. Sollte Hultins Blick das wirklich bedeuten?

Hultin fuhr ruhig fort: »Ich werde jetzt die Namen einiger schwedischer Häfen sagen und sehen, wie Sie reagieren. Halmstad. Karlskrona. Visby. Karlshamn.«

Nur das Schwitzen, die Zielbewußtheit, die notdürftig die Angst verbarg, zehn Jahre Alpträume, die im Begriff waren, wieder wirklich zu werden. Ulaywi versuchte zu denken. Es knackte richtig. »Halmstad«, sagte er schließlich. »Eine Frau kam zu mir ins Café und sagte, sie werde von einem Vergewaltiger verfolgt. Ich half ihr zu fliehen. Sie sagte etwas davon, daß sie weg muß, ich glaube, sie sagte Halmstad.«

Norlander und Hultin wechselten Blicke. Hultin nickte leicht zur Tür hin, und sie gingen hinaus auf den Flur. Während sie sprachen, sahen sie Ulaywi durchs Fenster. Er schwitzte immer noch. Möglicherweise wirkte er ein wenig zufrieden.

»Er gehört dazu«, sagte Hultin. »Er ist irgendwo bei den Schmuggelwegen beteiligt. Er wird nicht mehr sagen. Halmstad können wir abschreiben.«

»Abschreiben?« stieß Norlander hervor. »Aber ...«

»Eine ganz gewöhnliche falsche Spur. Sieh ihn dir an. Das ist kein Mann, der redet.«

Hultin ging zu den Telefonierern hinein. Sie saßen auf drei Räume verteilt, also mußte er dreimal wiederholen: »Blekinge oder Visby. Nicht Halmstad.«

Dann griff er nach einem Mobiltelefon und tippte eine Nummer. »Paul? Wo bist du?«

»Norrtull«, sagte Hjelm aus dem Herzen der Elektronik. »Ich habe in ein paar Haushalten in Bro den Familienfrieden gestört. Nie wieder werden die Frauen ihren Hermans vertrauen. Eine erzürnte Ehefrau hat mich verprügelt.«

»Kein Anhaltspunkt?«

»Keiner von diesen Hermans kann etwas mit Justine Lindberger aus Öfre Östermalm zu tun gehabt haben, wenn es mit rechten Dingen zugeht. Völlig undenkbar.«

»Komm schnell zurück. Wir sind runter auf drei Häfen, Visby, Karlskrona oder Karlshamn. Möglicherweise.«

»Okay.«

Holm kam aus ihrem Zimmer gelaufen. Sie schrie: »Tante Gretha hatte eine Handynummer, die sonst nirgendwo steht.«

Sie hielt Hultin einen Zettel mit einer Nummer hin. Er drückte das Gespräch mit Hjelm aus und wählte die Nummer.

»Ja?« klang es schwach im Hörer. Eine Frauenstimme.

»Justine?« sagte Hultin nur.

»Wer ist denn da?«

»Orpheus«, sagte Hultin auf gut Glück. »Wo sind Sie?«

Einen Augenblick war es still. Dann sagte Justine Lindberger: »Kennwort?«

Hultin sah Holm und Norlander an. Sie schüttelten die Köpfe.

»Blå Viking«, sagte Hultin.

»Verdammt«, sagte Justine und brach die Verbindung ab.

»Verflucht«, sagte Hultin.

»Hintergrundgeräusche?« fragte Kerstin Holm.

Hultin schüttelte den Kopf. Er wählte die Nummer erneut. Keine Antwort.

Er ging in sein Büro und schloß die Tür hinter sich. Es war Viertel vor fünf. In einer guten Stunde würde der Frachter Vega von Karlshamn auslaufen. Sie würden ihn verpassen. Die Information, die nach Karlshamn wies, war extrem vage: Eine Andeutung von einer Freundin, daß Justine in der Nachbarstadt Karlskrona gewesen war, ein Lokal, das Blå Viking hieß und das vielleicht ab sofort unter Bewachung gestellt werden sollte, doch dann war er gezwungen, die Polizei in Blekinge hinzuzuziehen, und wie sollte er die Lage erklären? Er verstand sie ja selbst nicht richtig. Sollte er die Vega auslaufen lassen oder die Provinzpolizei auf sie ansetzen? Er blieb in seinem Zimmer, seine Schultern wurden von einem unsäglichen Gewicht niedergedrückt.

Kerstin Holm und Viggo Norlander blieben auf dem Flur stehen. Alles kam ihnen nebelhaft vor. In welche Richtung gingen Hultins Gedanken?

Hjelm tauchte auf. Er hatte ein blaues Auge. »Fragt nicht«, sagte er. »Frauen«, fügte er kryptisch hinzu.

»Bro«, sagte Kerstin. »Mir lag etwas auf der Zunge, was Bro betraf.«

»Bri, Bro, Brutze«, sagte Norlander. Er schien aufgegeben zu haben. Er warf einen bitteren Blick hinein auf Fawzi Ulaywi und fuhr fort: »Hier sitzt er und trägt das Schicksal der Welt auf seinen Schultern, und er wird nicht sprechen.«

»Wer ist das?« sagte Hjelm.

»Ist Bro nicht ein ziemlich gewöhnlicher Ortsname?«

»Das ist der Mann, der Justine geholfen hat zu verschwinden«, sagte Norlander. »Iraker. Einer von denen, die sich hinter der angeblichen Menschenrechtsorganisation Orpheus Life Line verbergen. Wahrscheinlich fundamentalistische Spione. Er ist unsere einzige Verbindung zu den Sprengköpfen.«

»Es sind Steuerungssysteme für Atomsprengköpfe«, sagte Hjelm.

»Hat mich jemand gehört?« sagte Holm.

»Man sollte ihn auf seine Sprengköpfe aufspießen«, sagte Norlander. »Ist es nicht moralisch gerechtfertigt, da reinzugehen und ihn unter Druck zu setzen? Und zwar richtig?«

»Wie Wayne Jennings es in einer solchen Lage zu tun pflegt?« sagte Kerstin Holm. »Hat er uns zu seinen Ebenbildern gemacht? So schnell?«

»Was hast du gesagt?« wollte Paul Hjelm wissen.

»Wir sind zu Marionetten des Kentuckymörders geworden«, sagte sie.

»Nein, vorher. Über Bro.«

»Ob Bro nicht ein ziemlich gewöhnlicher Ortsname ist? Meinst du das?«

»Du meinst, daß ich im falschen Bro war? Wo liegen die anderen?«

»Das weiß ich doch nicht. Es war nur ein Einfall.«

»Wenn Herman ein Liebhaber ist und sie sich jeden Dienstag treffen, dann kann es nicht allzuweit entfernt sein.«

»Aber vielleicht ist Herman gar kein Liebhaber. Arto hat sie unter Druck gesetzt, sie mit seinem kleinen Kopiertrick überrascht, und sie mußte etwas erfinden, blitzschnell. Vielleicht war Herman sogar der richtige Name in der Eile, und sie mußte es mit der Lüge vom Liebhaber verdecken.«

Sie liefen in Kerstins Büro und schlugen in einem Autoatlas

nach. Bro in Uppland, Bro in Värmland, Bro in Bohuslän – und Bro auf Gotland.

»Nur ein paar Kilometer von Visby entfernt«, sagte Kerstin. »Ein kleines Kirchdorf.«

Norlander schaltete den Computer ein und rief das Telefonverzeichnis auf. In dem kleinen Dorf nordöstlich von Visby gab es zwei Hermans.

Hjelm nahm sein Handy und knipste es an. Kerstin nahm es ihm aus der Hand und wählte die erste der beiden Nummern.

»Bengtsson«, sagte jemand in klingendem Gotländisch.

»Herman«, sagte Kerstin. »Hier ist Justine.«

Es wurde still. Je länger das Schweigen dauerte, desto höher stieg die Hoffnung.

»Warum rufst du wieder an?« sagte Herman Bengtsson schließlich. »Ist etwas passiert?«

»Nur doppelte Absicherung«, bekam Kerstin heraus.

»Ich bin unterwegs.«

Sie drückte auf den Ausknopf. Dann ballte sie eine Sekunde lang die Faust. Und sie liefen zu Hultin hinein.

Der Hubschrauber hob fünf Minuten später vom Hubschrauberlandedeck des Polizeipräsidiums ab. Angenehmes Tempo, fand Hultin, der neben Norlander saß und in seinen Papieren las.

»Der Frachter *Lagavulin* verläßt um 20 Uhr 30 den Hafen von Visby. Jetzt ist es Viertel nach fünf. Wir sollten früh genug ankommen.«

»Ist Lagavulin nicht ein Malt Whisky?« sagte Hjelm.

»Der beste«, sagte Chavez. »Extrem rauchig und torfig.«

Die letzten Schären waren unter ihnen zu sehen, ertrunken im strömenden Regen; Hjelm meinte Utö erkennen zu können. Dann waren sie über dem offenen Meer, einem windgepeitschten Meer, fast mehr weiß als schwarz. Der Hubschrauber krängte und schaukelte in dem unermüdlichen Herbststurm. Hjelm warf einen Blick auf den Piloten; sein Gesichtsausdruck gefiel ihm nicht. Auch Norlanders Gesichtsausdruck war nicht besonders vertrauenerweckend.

Hjelm riß einen Helm von der Wand des Hubschaubers und kotzte hinein.

Auch andere kamen nicht ungeschoren davon. Der Pilot verteilte Plastiktüten, um den restlichen Helmbestand zu schonen. Arto Söderstedts weiße Haut wurde nahezu minzgrün, und Hjelm fand, daß sein eigenes zuletzt Erbrochenes die gleiche Farbe hatte. Nur Hultin und Holm gelang es, ihren Mageninhalt bei sich zu behalten. Eine überaus mediokre Sammlung von Polizisten strömte zu der abgeschirmten Hubschrauberplattform östlich von Visby, wo zwei höchst zivile Mietwagen auf sie warteten. Sie blieben eine Weile stehen und ließen sich vom Regen berieseln. Es war seltsam reinigend. Ihre Gesichtsfarbe normalisierte sich. Sie kehrten ins Leben zurück. Jetzt war nur noch die Frage, was Justine Lindberger im Hafen für sie bereithielt.

Sie fuhren um Visby herum und glitten an der Stadt vorbei die Straße zum Fähranleger hinunter. Sie passierten die großen Gotlandfähren und näherten sich der *Lagavulin*. Das Schiff lag an der äußeren Pier beim nördlichen Wellenbrecher und wurde immer wieder gegen die Autoreifen an der Kaimauer gepreßt.

Die *Lagavulin* war kein richtiger Frachter. Sie war zu klein, eher ein großer Fischkutter. Sie lag ganz allein dort draußen. An Bord war kein Lebenszeichen zu bemerken. Ein Schwarm großer Raubmöven umkreiste das Schiff wie Geier einen Kadaver in der Wüste. Ein Öltanker zog draußen auf der Ostsee vorbei, die Lichter flackerten schwach durch die Sturmwolken; langsam schwankend zog er vorüber wie ein großes, unerreichbares Seeungeheuer. Der Himmel wirkte ungewöhnlich tief, als wollten die dicken Regenwolken die Erdoberfläche ablecken, als befänden sie sich im Kern der Sintflut. Würde auf der anderen Seite die sonnenbeschienene, reine Klarheit zu finden sein? Oder war sie eine Utopie? Gab es überhaupt noch Platz für Klarheit?

Sie sammelten sich um die Autos, die etwas verdeckt und abseits bei der Hochschule geparkt worden waren. Fast unsichtbar in der Dunkelheit, näherten sie sich der Pier und liefen geduckt darauf entlang. Der vage Ozonduft des Regensturms wurde vom Geruch des Meeres verdrängt.

Sie waren jetzt ganz nahe. Es gab keine Spur einer Wache. Sie sammelten sich um die Laufplanke, triefend vor Nässe.

Chavez und Norlander gingen zuerst an Bord, schweigend, mit erhobenen Waffen. Danach Hjelm und Holm. Zuletzt Söderstedt und Hultin. Alle Waffen waren entsichert.

Sie gingen am unbeleuchteten Steuerhaus vorbei nach achtern. Das Schiff wirkte verlassen. Da wurden im Unwetter ein paar schwache Stimmen herangetragen. Sie folgten vorsichtig der Stimmenspur, bis sie vor einer Tür neben einer Reihe von Fenstern mit zugezogenen Gardinen standen. Hinter den Gardinen war ein schwaches, flackerndes Licht zu erkennen.

Norlander versuchte, die Festigkeit der Tür einzuschätzen. Sie sammelten sich um ihn. Er ging in Stellung, mit dem Rücken zur Reling. Hjelm drückte vorsichtig die Klinke herunter. Die Tür war verschlossen. Im nächsten Moment trat Norlander sie ein. Ein einziger kräftiger Tritt genügte. Das Schloß blieb noch eine Sekunde hängen und schaukelte im Rahmen, dann fiel es aufs Deck.

In einem speisesaalähnlichen Raum saßen fünf Personen um eine heruntergedrehte Petroleumlampe. Ein junger blonder Mann in Helly-Hansen-Kleidung, drei kräftige dunkelhäutige Männer an der oberen Grenze der mittleren Jahre in dicken Daunenjacken – und Justine Lindberger in Regenkleidung. Sie starrte sie entgeistert an. Als sie im Hintergrund Söderstedt erblickte, schien sie aufzuatmen.

»Hands on your heads!« schrie Norlander.

»It's just the Swedish police!« rief Justine den drei Männern zu. Sie und die drei legten die Hände hinter den Kopf.

Der Helly-Hansen-Mann stand auf und sagte auf gotländisch: »Was soll das? Was machen Sie hier?«

»Herman Bengtsson, vermute ich«, sagte Hultin und zeigte mit der Pistole auf ihn. »Setzen Sie sich, und nehmen Sie die Hände hinter den Kopf.«

Bengtsson gehorchte widerwillig.

»Durchsuchen«, befahl Hultin.

Norlander und Chavez durchsuchten zügig. Keiner der fünf hatte eine Waffe bei sich. Die Zeichen häuften sich, und sie waren besorgniserregend.

»Sie haben mich angerufen.« Justine Lindberger nickte nachdenklich. Eine gewaltige gedankliche Anstrengung schien in ihrem Kopf vor sich zu gehen.

»Wo ist die elektronische Ausrüstung?« fragte Hultin.

»Was für eine elektronische Ausrüstung?« sagte Herman Bengtsson. »Wovon reden Sie?«

»Wie viele Personen sind außer Ihnen noch an Bord?«

»Niemand mehr«, sagte Justine Lindberger und seufzte. »Die Besatzung kommt in einer Stunde.«

»Und die Wachen? Sie können doch Steuersysteme für Kernwaffen nicht unbewacht lassen.«

Justine Lindberger saß wie erstarrt. Sie dachte nach. Intensiv. Dann schien ihr etwas klarzuwerden. Sie schloß ein paar Sekunden die Augen. Als sie sie wieder öffnete, war ihr Blick verändert, resigniert, fast traurig. Wie vor einem Hinrichtungskommando. »Wir schmuggeln keine Atomwaffen«, sagte sie. »Im Gegenteil.«

»Jorge, Viggo, Arto. Geht und seht nach. Aber seid vorsichtig.«

Sie verschwanden. Zurück blieben Jan-Olov Hultin, Paul Hjelm, Kerstin Holm, Justine Lindberger, Herman Bengtsson und die drei dunkelhäutigen Männer mit vom Tod gezeichneten Blicken.

Justine sprach, als hinge ihr Leben davon ab, daß sie genau die richtigen Worte wählte: »Herman und ich gehören der Menschenrechtsorganisation Orpheus Life Line an, die im Irak tätig ist. Wir müssen versteckt arbeiten, die Feinde sind mächtig. Eric gehörte auch zu uns. Er starb, ohne etwas preiszugeben. Er war stärker, als ich mir vorstellen konnte.«

Dann machte sie eine Geste in Richtung der drei Männer. »Diese Männer sind hohe Offiziere der irakischen Armee. Sie sind desertiert. Sie haben extrem wichtige Informationen über den Golfkrieg, und weder Saddam noch die USA werden zulassen, daß sie bekannt werden. Sie sind auf dem Weg in die USA, um sich dort unter den Schutz einer großen Medienorganisation zu stellen. Von dort sollen die Informationen an die Öffentlichkeit gelangen, um auf keinen Fall unterdrückt werden zu können. Die amerikanischen Medien sind die einzige Kraft, die stark genug ist, um Widerstand zu leisten.«

Hultin sah Hjelm an, Hjelm sah Holm an, Holm sah Hultin an.

»Sie müssen uns gewähren lassen«, sagte Justine Lindberger. »Jemand hat Sie hinters Licht geführt. Jemand hat Sie benutzt.«

Hjelm sah Wayne Jennings vor seinem inneren Auge, der sagte: »Das werden sie nie erfahren.« Ihm war zum Kotzen zumute.

»Wenn das so ist, sind sie Ihnen auf der Spur«, sagte Kerstin Holm. »Wir müssen Sie hier rausbekommen.«

»Wir können das Schiff keinesfalls auslaufen lassen«, sagte Hultin. »Es muß genau untersucht werden. Also nehmen wir Sie jetzt mit, und zwar unverzüglich.«

»Es ist Ihre Pflicht, uns jetzt zu schützen«, sagte Justine Lindberger und sah sehr, sehr müde aus. »Sie haben sie hierhergeführt – jetzt müssen Sie uns mit Ihrem Leben schützen.«

Hultin betrachtete sie mit tiefem Bedauern und ging rückwärts in Richtung der zerstörten Tür. Er wich zur Seite. Holm kam heraus, dann Herman Bengtsson, die drei Männer, Justine und Hjelm.

Sie standen draußen an Deck. Der Wind heulte. Der Regen peitschte.

Sie bewegten sich vorsichtig auf die Laufplanke zu.

Da geschah es, wie auf ein Kommando.

Herman Bengtssons Kopf wurde abgerissen; sein Körper stürzte aufs Deck, Blut sprudelte. Die drei Männer wurden von einem Kugelhagel gegen die Wand des Führerhauses geschleudert. Die Daunenjacken färbten sich rot, Daunen flogen. Die Männer sanken wie Gliederpuppen zusammen. Kerstin warf sich über Justine; sie dachte nicht, sie war ein lebender

Schild. Sie fühlte, wie eine Kugel ihre Schulter streifte und sich nur wenige Zentimeter entfernt in Justines rechtes Auge bohrte. Blut spritzte in Kerstins Gesicht. Ein letztes Ausatmen.

Hultin war versteinert. Er blickte zur Stadt hinauf, die sich wie eine erleuchtete ferne Burg des Jüngsten Gerichts weit drüben erhob.

Hjelm hielt die Pistole im Anschlag. Sein Körper drehte sich und drehte sich, doch es gab nichts, worauf er hätte zielen können, gar nichts. Er steckte die Pistole zurück ins Schulterhalfter und hatte plötzlich eine Ahnung davon, wie es sein mußte, vergewaltigt zu werden. Er legte die Arme um Kerstin, die leise schluchzte.

Blutige Daunen wirbelten wie in einem Alptraum über den Hafen von Visby, der ansonsten vollkommen ungerührt dalag.

Als sei nichts geschehen.

29

Gunnar Nyberg verspürte einen immer stärkeren Druck auf der Blase. Er hatte mehrere Stunden auf einem Stuhl im Keller des Polizeipräsidiums gesessen, fast ohne sich zu bewegen. Seine Aufmerksamkeit hatte keine Sekunde nachgelassen. Die beiden Wachen hatten ein paar Stunden Black Jack gespielt, dann waren sie abgelöst worden, und jetzt saß ein neues Paar da und spielte Black Jack.

Die Einförmigkeit war mit anderen Worten monumental, und die Kellerarchitektur trug fraglos einiges dazu bei. Die Wände waren lieblos in einem hellgelben Ton gestrichen, die Leuchtröhren, deren Oberseite von einer dünnen Staubschicht bedeckt war, verbreiteten ein widerwärtiges Licht im Gang, und jetzt hatte ihn auch noch der Druck auf die Blase eingeholt.

Es wurde Essen für Wayne Jennings gebracht. Ein Gefahrenmoment. Die Suppenschale blieb so lange auf dem Tisch der Wachen stehen, bis kein Dampf mehr aufstieg. Sie waren mitten in einer Black-Jack-Partie, die noch Tage zu dauern schien.

»Ist Black Jack nicht ein ziemlich schnelles Spiel?« veranlaßte ihn seine pralle Blase zu sagen. »Mit ein paar simplen Karten bis einundzwanzig, und dann fertig?«

Die Wachen sahen ihn finster an. Dann nahmen sie das Tablett mit der Suppenschale, dem Brot und dem Milchbecher und machten sich bereit.

Sie gingen hinein. Sie schlossen die Tür hinter sich ab. Nyberg blieb im Gang sitzen. Er nahm seine Dienstwaffe, entsicherte sie und richtete sie mit seiner gesunden linken Hand direkt auf die massive Tür. Er fürchtete das, was dort hervordringen würde. Er saß fünf Meter von der Tür entfernt, und er würde schießen, um zu töten.

Die Zeit schlich. Die Wachen blieben weg. Mit jeder Sekunde wurde seine Gewißheit größer. Der Druck der vollen Blase wurde hinter die Kulissen verbannt.

Die Tür glitt auf.

Wayne Jennings sah tatsächlich ein bißchen überrascht aus, als er Nyberg dort sitzen und mit der Pistole direkt auf sein Herz zielen sah.

»Gunnar Nyberg«, sagte Jennings höflich. »Wie angenehm.«

Nyberg stand auf. Der Stuhl fiel mit einem Geräusch, das durch den Gang hallte, das Echo eines Fallens, das sich in der Höhle des Löwen breitmachte.

Er hielt die Waffe fest auf das Herz gerichtet. Jennings trat einen Schritt näher.

Gunnar Nyberg schoß. Zwei Schuß direkt ins Herz. Wayne Jennings wurde nach hinten durch den Gang geschleudert. Er lag still.

Nyberg tat ein paar Schritte auf ihn zu. Die Pistole blieb auf den Körper gerichtet.

Dann stand Wayne Jennings auf.

Er lächelte. Sein Eisblick lächelte nicht.

Ein Zittern durchfuhr Nyberg. Er stand zwei Meter entfernt. Er entleerte das Magazin in den Körper des Kentuckymörders. Wieder wurde Jennings zurückgeschleudert und blieb liegen.

Gunnar Nyberg war jetzt ganz nahe.

Die Einschußlöcher leuchteten wie schwarze Funken auf seinem weißen Hemd. Er lächelte.

Nyberg drückte erneut ab. Die Pistole gab nur ein Klicken von sich. Er warf sie fort. Dann nahm er Maß für einen Aufwärtshaken. Diesmal würde Jennings nicht wieder aufstehen.

Er schlug in die Luft. Da war niemand. Dann durchfuhr ein ungeheurer Schmerz seinen Körper. Er hätte nie gedacht, daß sein großer Körper derart haltlos beben könnte. Er lag auf dem Boden, Jennings drückte einen Punkt in seinem Nacken. Er starrte nach oben in Jennings' Gesicht. Es war ernst.

»Vergiß mich jetzt«, sagte Wayne Jennings. »Du mußt mich aus deinem Bewußtsein ausradieren. Sonst findest du nie Frieden.«

Er ließ ihn los. Nyberg versuchte, sich in eine sitzende Stellung aufzurichten, aber das Beben hielt an.

Das letzte, was er hörte, bevor alles schwarz wurde, war eine Stimme, die sagte: Ich bin Niemand.

30

Der Regen hatte nicht aufgehört. Einige Straßen in Stockholm waren gesperrt. Einige denkmalgeschützte Häuser waren schwer beschädigt worden und hatten geräumt werden müssen. In bestimmten Vororten war es noch schlimmer. Ganze Wohnbezirke standen unter Wasser. Der Sturm hatte in Teilen Schwedens die Stromversorgung und das Telefonnetz lahmgelegt. Etwas, was einem Katastrophenzustand ähnelte, begann Form anzunehmen.

Das Polizeipräsidium war jedoch noch intakt. Obgleich die »Kampfleitzentrale« ihre Anführungszeichen zurückbekommen hatte. Die Dinger flatterten wie höhnische Vampire durch den Raum.

»Ich hätte auf den Kopf schießen sollen«, sagte Gunnar Nyberg. »Einen einzigen Schuß hätte ich ihm wohl in den Schädel verpassen können. Scheiße, wie blöd.«

»Du konntest nicht wissen, daß die Wachen kugelsichere Westen trugen«, sagte Hultin. »Und schon gar nicht, daß er eine davon angezogen hatte.«

»Ich hätte sie daran hindern sollen, zu ihm hineinzugehen.«

»Es gibt manches, was wir hätten tun sollen«, sagte Hultin düster. »Und vor allem manches, was wir *nicht* hätten tun sollen.«

Er betrachtete Nyberg von seinem Katheder aus. Er sah wirklich jämmerlich aus. Außer dem Nasenschutz und dem Gips am Handgelenk trug er nun auch noch eine große Halskrause. Gunnar Nyberg sollte natürlich nicht hier sein; er hätte seine Krankschreibung ausnutzen und seine doppelte Gehirnerschütterung durch Schlaf auskurieren sollen. Doch nichts schien ihn von hier fortbringen zu können.

Hultins Eulenbrille saß an ihrem Platz, doch abgesehen davon war er nicht mehr der alte. Seine neutrale Unberührtheit war wie weggeblasen. Er wirkte kleiner als sonst; die Landesvaterzeit war vorüber. Vielleicht würde es ihm gelingen, sich vor seiner Pensionierung noch einmal aufzurütteln.

Als er sprach, war seine Stimme langsam, schleppend, fast ein wenig greisenhaft: »Sowohl Gunnar als auch die Wachen haben keine bleibenden Schäden davongetragen. Gunnars Polizeiausweis, den Jennings benutzte, um das Präsidium zu verlassen, wurde ein paar Stunden später in einem Papierkorb auf

Arlanda gefunden. Das war ein kleines Zeichen an uns. Ein Dank für die Hilfe, nehme ich an.«

Er machte eine Pause und blätterte in seinen Papieren. Es ging mühsam. Schließlich fuhr er fort: »Es waren mindestens drei identische Präzisionsautomatikwaffen mit besonders effektiver Munition, deren Wirkung wir gesehen haben. Man kann annehmen, daß sie uns ganz einfach im Hubschrauber nach Visby folgten, sich an uns hängten bis zum Hafen und sich anschließend an einer geeigneten Stelle oben in der Stadt installierten. Vielleicht war es eine produktive Zusammenarbeit zwischen dem CIA und Saddam, das werden wir nie erfahren. Und wir werden ebenfalls nie erfahren, was die drei desertierten Offiziere über den Golfkrieg zu enthüllen hatten. Vor allem müssen wir es vergessen. Die Leichen sind versorgt. Wie ihr wißt, mußten wir die Sicherheitspolizei hinzuziehen; sie haben den Fall von jetzt ab in der Hand. Die Medien haben nichts mitbekommen, und jetzt sitzen wir da: Selbst wenn wir wollten, was sollten wir der Presse sagen? Der Fall wird als ungelöst ad acta gelegt werden, die Leute werden weiter Waffen kaufen und Wachdienste anheuern. Und vielleicht tun sie recht daran. Und ihr wißt ja, was Fawzi Ulaywi gesagt hat, als wir ihn freiließen, ich werde es nie vergessen: ›Satans Mörder!‹ Er hatte ja recht. Und jetzt ist seine Identität vermutlich enthüllt. Vielleicht gelingt es ihm noch, unterzutauchen und einer Hinrichtung zu entgehen, vielleicht nicht. Er, Herman Bengtsson und das Ehepaar Lindberger waren die schwedische Orpheus Life Line. Jetzt ist von der Filiale nichts mehr übrig.«

Er verstummte. Er sah alt und fertig aus. Sie hatten den Fall gelöst, restlos aufgeklärt, aber jetzt würde er, Hultin, fallengelassen werden – wie ein erfolgloser Palmemordermittler. Vielleicht würden die Forderungen nach seinem Rücktritt zu stark werden. Und sie waren berechtigt – wenn auch aus ganz anderen Gründen. »Ist noch etwas?« fragte er.

»Justine Lindbergers Konten wurden wenige Stunden nach ihrem Tod geleert«, sagte Arto Söderstedt. »Wir können nur hoffen, daß es die Orpheus Life Line war, die die Reste ihres

Kapitals gerettet hat. Oder es ging als Gehaltserhöhung an Wayne Jennings. Lindbergers große Wohnung fällt jetzt an die ohnehin schon reiche Familie, Orpheus verliert sein schwedisches Hauptquartier und seine Zentrale. Außerdem vier seiner loyalsten Mitarbeiter. Und manches andere.«

Söderstedt sah zur Decke auf. Auch er sah ganz und gar fertig aus. »Ich habe sie behandelt wie ein Aas«, sagte er still. »Dabei war sie eine Heldin.«

»Die *Lagavulin* war leer«, sagte Chavez und sah klein und nichtssagend aus. »Es waren natürlich keine Steuersysteme für Kernwaffen an Bord. Und LinkCoop ist ein stinknormales Import- und Exportunternehmen in der Computerbranche, völlig legitim. Der Vizedirektor Henrik Nilsson bedauert zutiefst, daß ihr souveräner Sicherheitschef Robert Mayer verschwunden ist. Er hat die Gelegenheit benutzt und eine Vermißtenmeldung aufgegeben.«

»Benny Lundberg ist heute morgen gestorben«, sagte Kerstin Holm. »Sein Vater war da und hat den Respirator abgeschaltet. Er ist festgenommen worden und sitzt eine Etage unter uns.«

Gunnar Nyberg stand mit einem Ruck auf und verließ den Raum. Sie sahen ihm nach. Sie hofften, daß er nicht vorhatte, hinunterzugehen und den unglücklichen Lasse Lundberg totzuschlagen.

Hjelm saß schweigend da. Er hatte nichts zu sagen. Es gab nichts zu sagen. Er grübelte über den Begriff »wortloser Schmerz« nach.

Hultin fuhr fort: »Wir wissen, daß Lamar Jennings seinen Vater rund eine Woche beschattet hat. Es kann nicht besonders schwer gewesen sein, Robert Mayer zu finden: Er steht im Telefonbuch. Schon am Tag nach seiner Ankunft in Schweden fertigte Lamar den Schlüssel zu dem Lagerraum an. Er muß Wayne Jennings bereits damals gefolgt sein; vielleicht beging Wayne Jennings schon damals einen Mord, vielleicht gibt es Scharen von Hingerichteten, die wir nie entdecken werden. Etwas veranlaßte Lamar auf jeden Fall, den Schlüssel nachzumachen – und aus irgendeinem Grund wußte er, daß sein Vater in jener schicksalhaften Nacht mit Eric Lindberger im Schlepptau dort auftauchen würde. Wir wissen nicht, wie – und nicht, warum – Lindberger Jennings nach dem Treffen im Riche zum Freihafen begleitete, und nicht, warum sie sich im Riche trafen. Vielleicht glaubte Lindberger, daß es um Orpheus ging; die Mitglieder sind ja geheim. Es gibt überhaupt ziemlich viel, was wir nicht wissen.«

Hultin machte eine Pause und fuhr in gemessenerem Tonfall fort: »Der Kalte Krieg ist vorbei. Was wir an seiner Stelle bekommen haben, ist fast noch schlimmer, weil wir nicht verstehen, was es ist. Die Welt schrumpft, und wir scheinen mehr als alle anderen zu schrumpfen. Wir haben vorbildliche Polizeiarbeit geleistet, das kann uns in der Trauer ein Trost sein, doch das reicht nicht. Uns ist eine Reihe politischer und psychologischer Fehleinschätzungen unterlaufen, die zeigen, daß wir nicht richtig Schritt halten mit dem Lauf der Welt. Die Gewaltkriminalität von internationaler Art gleitet uns aus den Händen. Die blinde Gewalt ist ein Spiegel der zielgerichteten Gewalt. Lamar Jennings war eine Zerrspiegelversion seines Vaters. Böses Blut kehrt wieder und geht um, wie man zu sagen pflegt.«

Paul Hjelm lachte plötzlich. Es war ein Hohnlachen, das sich gegen ihn selbst richtete. Nicht einmal das Sprichwort war richtig gewesen. Wayne Jennings hatte ihn korrigiert.

»›Der Plumpsack geht um‹, heißt es«, sagte er und wischte sich die Tränen ab. Es waren nur scheinbar Lachtränen.

Sie betrachteten ihn einen Moment. Sie wußten, wie er sich fühlte, und gleichzeitig begriffen sie, alle, wie sie da waren, wie unmöglich es eigentlich ist, jemals auch nur das Geringste von einem anderen Menschen wirklich zu verstehen.

»Haben wir noch etwas vergessen?« sagte Hultin.

»Die USA haben auf jeden Fall einen Serienmörder weniger«, sagte Kerstin Holm und lachte grimmig. »Ein anderer Serienmörder serienmordete ihn. Wieder einmal erweist Wayne Jennings sich als the Good Guy.«

»Das Resultat zählt«, sagte Hjelm. Es gab keine Worte mehr, die seine eigenen waren. Nichts war mehr sein eigenes. Alles war okkupiert. Er war eine kleine Modelleisenbahn, die in einem geschlossenen Bereich immer im Kreis fuhr.

»Ja dann«, sagte Jan-Olov Hultin und erhob sich. »Ich muß jetzt pissen. Wir können nur hoffen, daß Gott bald ein Einsehen hat.«

Sie wollten nicht richtig auseinandergehen. Es war, als ob sie die gegenseitige Nähe brauchten. Doch schließlich wurden sie in die Welt hinausgeschickt, ebenso einsam, wie sie hineingekommen waren, und ebenso einsam, wie sie sie wieder verlassen würden. Hjelm und Holm waren die letzten in der Reihe.

Paul hielt Kerstin kurz vor der Tür fest. »Ich habe noch etwas, was dir gehört«, sagte er und kramte in seiner Brieftasche. Er zog das Foto des alten Pastors hervor und reichte es ihr.

Sie sah ihn an. Es war unmöglich zu sagen, was sie dachte. Da waren Trauer, Schmerz – und eine Kraft, die glatt das Dunkel durchdrang. »Danke«, sagte sie nur.

»Wisch es ab«, sagte er. »Er hat Wayne Jennings' Fingerabdruck auf der Nase.«

»Jalm & Halm«, sagte sie und lächelte. »In einer anderen Welt hätten wir ein echtes Komikerpaar abgeben können.«

Er beugte sich vor und küßte sie auf die Stirn. »Wir sind eins«, sagte er.

31

Gunnar Nyberg ging tatsächlich hinunter zu den Arrestzellen. Er kam kochend vor Zorn aus der »Kampfleitzentrale« und wußte nicht, wohin mit seinem Zorn. Dreimal hatte ein Sohnesmörder ihm körperlichen Schaden zugefügt. Jetzt war da ein anderer Vater im Haus, der seinen Sohn ermordet hatte. Als Jennings verschwand, kam Lasse Lundberg an dessen Stelle. Nybergs erster Impuls war, Bennys Vater all das zuzufügen, was Lamars Vater zuzufügen ihm mißlungen war. Er schüttelte alle Proteste der Wachen ab und betrat den Arresttrakt. Er war schon bei Lundbergs Zelle, als er innehielt. Er sah durch die Klappe. Lasse Lundberg saß mit den Ellenbogen auf den Knien, das Gesicht in den Händen vergraben. Die ganze Gestalt bebte unkontrolliert. Nyberg betrachtete ihn ein paar Sekunden. Dann wandte er sich abrupt um, eingedenk der Sünden eines gewissen anderen Vaters.

Er fuhr nach Östhammar. Es war weit. Er hatte viel Zeit zum Nachdenken, aber seine Gedanken waren in die Nachwehen einer doppelten Gehirnerschütterung eingehüllt. Dieser Job, der ein ruhiger und schöner Fall in Erwartung der Pension werden sollte. Kein persönliches Engagement, keine Risiken, keine übertriebenen Überstunden. Abnehmen und ruhiges Dahinvegetieren. Und was war statt dessen daraus geworden, verdammt?

Norrtäljevägen stand unter Wasser. Die Fahrbahn hatte mehr flüssige als feste Form. Bergauf kamen ihm die Wassermassen entgegen, bergab glitt er mit ihnen. Es kam ihm nach und nach lächerlich vor.

Er passierte Norrtälje. Er passierte Hallstavik und Grisslehamn in einiger Entfernung, dann war er in Östhammar. Es war ein stilles und entvölkertes kleines Dorf. Die Ferienstockholmer waren wieder in der Stadt, Östhammar war als das identifizierbar, was es tatsächlich war, ein kleines Bauerndorf.

Mit Hilfe der überaus detaillierten Polizeikarte gelangte er weiter und weiter aufs Land. Die Wege waren beinah unpassierbar. Die Räder drehten im Matsch durch. Es schüttete unverdrossen. An einer Stelle mußte er aussteigen; das linke Hinterrad des Renault steckte in einem wahren Krater fest. Er wurde stocksauer und schaffte es, in seiner Wut die Scheißkarre herauszuheben.

Kurz darauf kam er an einen Bauernhof. Das Gehöft tauchte auf der Kuppe einer kleinen Anhöhe auf, und es kam ihm so vor, als sei sie nicht einfach zu meistern. Er gab Gas und nahm Schwung. Er schaffte es mit Mühe und Not.

Neben der Scheune stand ein Traktor, dessen gewaltiges Hinterrad zur Hälfte im Schlamm versunken war. Ein großgewachsener Mann mit gelbgrüner Schirmmütze, blauen Arbeitshosen und grünen Stiefeln, die Schuhgröße 54 haben mußten, hockte daneben. Er hatte Nyberg den Rücken zugewandt, der gerade aus dem Wagen stieg und im strömenden Regen stehenblieb. Der Mann schlug mit der Faust gegen den Traktor, der daraufhin noch ein Stückchen tiefer in den Matsch sank. Da wurde er fuchsteufelswild und schimpfte: »Scheißtraktor!«

Und dann hob er den Traktor aus dem Loch.

In dem Moment erkannte Gunnar Nyberg, daß er hier richtig war.

Er trat ein paar Schritte näher. Schließlich hörte ihn der große Bauer. Er drehte sich um. Eine gigantische Mumie näherte sich im wasserfallartigen Regen, ein Anblick, der jeden normalen Menschen umgeworfen hätte. Doch nicht diesen Bauern. Er kam ihr entgegen. Bald sah Nyberg sein Gesicht. Er war um die Fünfundzwanzig und sah exakt aus wie er selbst in dem Alter. Aber er war nicht Mister Sweden – er war Bauernbursche. Und er sah aus, als ginge es ihm bedeutend besser, als es Mister Sweden gegangen war.

Ein paar Meter vor Gunnar Nyberg hielt er plötzlich inne. Erkannte Tommy Nyberg sich selbst oder seinen Vater? »Vater?« sagte er mit Donnerstimme.

Gunnar Nyberg wurde von einer warmen Welle durchströmt. Der nächste Schritt würde alles entscheiden.

Tommy Nyberg kam ganz dicht heran und nahm ihn genauer in Augenschein. Dann zog er seine Arbeitshandschuhe aus und streckte ihm die Hand hin. »Seh ich richtig? Vater, verdammich! Und immer noch Bulle, wie ich sehe?«

Nyberg befingerte den Nasenschutz mit seiner gesunden

linken Hand. Dann streckte er sie aus und bekam eine linkische Begrüßung zustande. Er brachte kein Wort heraus.

»Was tust du hier? Aber komm rein, verdammich. Hier ist es ein bißchen naß.«

Sie wanderten durch den Morast des Hofplatzes, an der Scheune vorbei, am Traktor vorbei, an einem Schaukelgestell in einer wassergefüllten Senke auf dem Hausgrundstück vorbei; die Autoreifen schwammen, die Ketten hingen schlaff.

»Jaja«, sagte Tommy mit einem breiten Lachen. »Du wirst ihn gleich treffen.«

Sie näherten sich dem ein wenig heruntergekommenen Wohnhaus. Es war nicht besonders groß und nicht besonders imponierend. Hier und da ragten an provisorisch reparierten Stellen Bretter über die Kanten hinaus, die alte rote Farbe blätterte kräftig ab. Schimmelbefall sorgte für zusätzliche Flecken. Patina, dachte Gunnar Nyberg; es war eine Behausung, die ihm sehr behagte.

Sie stiegen zum Söller hinauf. Die Treppe knarrte bedenklich, zuerst unter Tommy, dann unter Gunnar. Dann kamen sie hinein, direkt ins Eßzimmer. Ein dünnes blondes Mädchen um die Zwanzig saß an dem großen Küchentisch und fütterte ein kleines blondes Dickerchen auf einem Kinderstuhl.

Sie warf eine widerspenstige Haarsträhne zurück und starrte das Riesenduo verwundert an. Der Junge begann sofort zu weinen, als er den bandagierten Großvater sah.

»Tina und Benny«, sagte Tommy, während er sich die Vierundfünfziger von den Füßen zerrte. »Das hier ist mein Vater. Er tauchte aus dem Sturm auf.«

»Heißt er Benny?« fragte Gunnar Nyberg. Er stand noch im Eingangsflur.

»Gunnar?« sagte Tina unsicher. »Dein richtiger Vater?«

»So muß man ihn wohl nennen«, dröhnte Tommy, gab Benny einen hörbaren Schmatzer, so daß der Kleine abrupt verstummte, und setzte sich dann krachend an den Tisch. »Trotz allem«, fügte er mit einem breiten Lachen hinzu.

»Komm rein«, sagte Tina und stand auf. »Steh nicht nur da.«

Gunnar Nyberg zog die Schuhe aus und schlich hinein. Er setzte sich in angemessenem Abstand von dem Kind. Er fühlte sich unwohl.

»Hej«, sagte Tina und streckte die Hand quer über den Tisch. Nyberg führte wieder seine linkische Begrüßung aus; diesmal ging es ein bißchen besser. »Hej«, sagte er leise.

Eine Weile war es still. Es hätte ein beklemmendes Schweigen sein können, doch das war es nicht. Alle drei sahen ihn an, neugierig, nicht feindselig.

»Das ist dein Opa«, sagte Tommy schließlich zu dem einjährigen Benny, der aussah, als wollte die Auskunft einen weiteren Weinanfall hervorrufen. Aber ein Löffel Brei von der Mutter lenkte ihn ab.

»Nun«, sagte Tommy. »Wo hast du gesteckt?«

»Ich wußte nicht, daß du hier wohnst«, brachte Nyberg heraus. »Es ist ja ziemlich lange her, seit wir uns zuletzt gesehen haben.«

»Jaja, jetzt bist du auf jeden Fall hier. Möchtest du einen Kaffee?«

Nyberg nickte. Sein Sohn verschwand in der Küche. Er sah ihm nach.

»Er hat davon geredet, mit dir Kontakt aufzunehmen, seit wir hierhergezogen sind«, sagte Tina und stopfte Benny noch einen Löffel Brei in den Mund.

»Hat er sonst noch etwas gesagt?«

»Nur, daß sie früh an die Westküste gezogen sind und daß du versprochen hättest, keinen Kontakt aufzunehmen. Aber warum, weiß ich nicht.«

Gunnar Nyberg zog die Augenbrauen hoch. Zum erstenmal spürte er deutlich den Schmerz in der Nase und in der Hand. Er fuhr durch ihn hindurch, wie ein Wind. Wie eine vage Reminiszenz an den durch Wayne Jennings' Griff hervorgerufenen Nervenschmerz. Oder eher, wie wenn eine Langzeitbetäubung nachläßt.

»Weil ich ein unglaublich schlechter Vater war«, sagte er kurz und bündig.

Sie nickte, und dann betrachtete sie ihn neugierig. »Stimmt es, daß du Mister Sweden warst?«

Er lachte lange und polternd. Es war, als sei die Stimme nach einer Zeit im Exil zurückgekehrt. »Man sollte es nicht glauben, was?« lachte er und fügte etwas stiller hinzu: »Ich hätte gern darauf verzichtet, kannst du mir glauben.«

Er betrachtete Bennys kräftigen kleinen Körper. Das Kind entwand seiner Mutter den Löffel und warf damit nach ihm. Er fing ihn in der Luft auf. Der Brei spritzte auf seine Kleidung. Es kümmerte ihn nicht.

»Willst du ihn mal halten?« fragte Tina.

Der Enkel wurde zu ihm hinübergehoben. Der Junge war schwer, kompakt. Vermutlich würde er ein Riese werden.

Böses Blut kehrt wieder und geht um.

Das war falsch. Man konnte den Kreis des Bösen durchbrechen.

Es stimmte nicht mal, daß der Plumpsack umging.

Es gab so etwas wie Vergebung. Erst jetzt verstand er das.

Tommy kam aus der Küche. Die Kaffeekanne hoch erhoben. Auf der Türschwelle blieb er verblüfft stehen und zog sich das nasse Käppi vom Kopf. »Aber verdammich, Vater«, sagte er. »Weinst du?«

32

Paul Hjelm trat aus dem Präsidium. Er blieb einen Augenblick vor dem Eingang stehen; ein Gefühl sagte ihm, daß etwas nicht stimmte. Dann ging er wieder hinein, um seinen Schirm zu holen.

Er kam von neuem heraus. Aber er war davon überzeugt, daß er fast einen Monat im Inneren des Schiffs umhergeirrt war. Jetzt war er wieder draußen. Es war eine richtig kalte Herbstnacht.

Er spannte den Schirm auf; die kleinen Polizeilogos blickten machtlos auf ihn herab – der Regen schien horizontal und von allen Seiten zugleich zu kommen. Nach ein paar Metern auf der überfluteten Bergsgata war der Schirm zerfetzt; er warf ihn an der Treppe zur U-Bahn in einen Papierkorb.

Er hatte Ray Larner angerufen und ihm bedenkenlos den Fall bis ins kleinste Detail erzählt. Die Konsequenzen waren ihm scheißegal.

Larner hatte zugehört, ohne ein einziges Wort zu äußern. Am Ende sagte er nur: »Was Sie auch tun, Jalm, suchen Sie nicht weiter. Sie werden sonst wahnsinnig.«

Er würde nicht weitersuchen, aber er würde weiter*denken* – das würde er nicht abstellen können, das *wollte* er nicht abstellen. Der Fall K. würde für immer in seinem Bewußtsein bleiben. Oder im Unterbewußtsein. Er hielt unheimliche, furchtbare Einsichten bereit, an die er gerade nur gerührt hatte. Und Einsichten waren trotz allem von Vorteil; er war Rationalist genug, um daran festzuhalten. Die Frage war nur, welche Wirkung auf die eigene Psyche man ihnen gestattete. Und in diesem Fall bestand die Gefahr, daß sie ihn wahnsinnig machen würden, soviel sah er ein.

Wayne Jennings hatte eine dem Anschein nach hoffnungslose Unterlegenheit in einen glockenreinen Sieg gewendet, und Hjelm spürte widerwillig einen Stich von Bewunderung.

Und wer konnte eigentlich sagen, ob es ein Fortschritt oder ein Rückschlag war? Wer wußte heute, zu welchen Konsequenzen die Enthüllungen der drei irakischen Offiziere geführt hätten, wenn die Medien sie verbreitet hätten? War es wirklich so, daß allein die Medien es mit der militärischen und wirtschaftlichen Macht aufnehmen konnten? Oder waren eher die Medien selbst die einzige reale Bedrohung? Und war der Fundamentalismus die einzige reale Alternative zum entfesselten freien Markt? Nichts, was er sah, wirkte besonders attraktiv.

Was war wertvoll im menschlichen Leben? Welche Art Leben wünschen wir uns, und welche Art Leben wünschen wir für andere? Welchen Preis bezahlen wir dafür, so gut zu leben, wie wir es tun? Sind wir bereit, diesen Preis zu entrichten? Und was tun wir, wenn wir nicht dazu bereit sind?

»Ich habe ein halbes Jahr lang den Baß nicht gekitzelt«, hatte Jorge gesagt und ein paar Saiten auf einem fiktiven Kontrabaß gezupft. »Jetzt fahre ich nach Hause und spiele die ganze Nacht, bis die Polizei kommt und mich mitnimmt.«

Menschen waren in ihren Armen gestorben, Köpfe vor ihren Augen vom Rumpf getrennt worden, das Blut der Opfer hatte sie gezeichnet, und niemand außerhalb ihres eigenen engen Kreises würde jemals davon erfahren. Was konnten sie tun? Spielen. Und ihre ganze geschwärzte Seele ins Spiel legen. Irgendwohin mußten sie damit.

Er kaufte eine Abendzeitung und fuhr das klitzekleine Stück vom Rathaus bis zum Hauptbahnhof. Er las die Schlagzeilen. »Noch keine Spur vom Kentuckymörder. Polizei verteidigt Passivität unter Hinweis auf Sparmaßnahmen und Personalmangel.«

Es war Mörner gewesen, der sich geäußert hatte. Hjelm lachte so laut, daß die Leute im U-Bahnwagen ihn anstarrten. Es interessierte ihn nicht.

Auch das Spiel hinter den Kulissen, das jetzt folgen würde, interessierte ihn nicht. Im Moment empfand er nur ein Bedürfnis: die Ohrstöpsel in die Ohren zu stopfen und in einem U-Bahnsitz zu versinken.

Meditations mit John Coltrane. Er trat in den vagen Zustand auf halbem Weg zwischen Wachen und Schlafen ein, den kleinen privilegierten Raum des Friedens.

Etwas war vor kurzem nach Schweden hereingekommen. Glaubten wir. Die Wahrheit war, daß es längst hier war und nur noch geweckt zu werden brauchte.

Er würde sich ein Klavier anschaffen. Dieser Entschluß reifte, als er durch den regenschweren Vorort lief. Die einheitlich ausgerichteten Hausfassaden betrachteten ihn durch die fliegenden Nebel. Er ging langsam und kümmerte sich nicht um den Regen. Sollte er ruhig in jede Pore eindringen.

Es schien kein Mond. Es war lange her, seit er einen richtigen Mond gesehen hatte. In den USA hatte er keine Zeit gehabt, zum Himmel zu schauen. Er war Kerstin auf eine Art und Weise nahegekommen, wie er es nicht erwartet hatte. Irgendwo in seinem Innern hatte er sich nach ihr gesehnt, aber seine infantilen Träume von einer seichten Bettgeschichte hatten sich in etwas völlig anderes verwandelt. Wurde er alt? Oder war er im Begriff, erwachsen zu werden?

Er kam zu dem Reihenhaus. Es sah grau und trist aus, genauso unpersönlich wie die Hochhäuser, allerdings mit dem Hauch einer Statuserhöhung. Alles war Fiktion. Nichts war das, was es dem Anschein nach war.

Vor allem war es nicht grau und trist. Nicht im Innern. Das war immerhin etwas. Eine kleine Spur von Versöhnung mit dem, was hinter ihm lag.

Er hatte, wie Larner es ausgedrückt hatte, ganz allein »the fucking Kentucky Baby« gefangen. Naja. Der Impuls jedenfalls war von ihm ausgegangen. Zwei Impulse. Daß der eine Mörder davongekommen war, das war nicht sein Fehler, es war mehr ein Naturgesetz. Zumindest konnte er sich das eine Weile einbilden.

Auf dem Sofa saß Cilla. Eine Kerze brannte vor ihr. Sie las in einem Buch.

»Du kannst doch bei diesem Licht nicht lesen«, sagte er. »Du verdirbst dir die Augen.«

»Nein«, sagte sie und legte das Buch zur Seite. »Das ist eine von diesen verbreiteten Unwahrheiten. Man verdirbt sich nicht die Augen, wenn man bei zu wenig Licht liest. Es kann nie zu wenig Licht werden.«

Er lächelte vage und ging zu ihr. »Warte, setz dich noch nicht«, sagte sie und verschwand. Sie kam mit ein paar Handtüchern zurück und legte sie aufs Sofa. Er setzte sich darauf.

»Ich hätte sie doch selbst holen können«, sagte er.

»Ich wollte sie holen«, entgegnete sie. »Wenn das in Ordnung ist.«

Eine Weile war es still.

»Was liest du?« fragte er schließlich.

»Dein Buch«, sagte sie und hielt Kafkas *Amerika* in die Höhe. Du kommst ja doch nie zum Lesen.«

»Wie gefällt es dir?«

»Knifflig«, sagte sie. »Aber wenn man erst einmal reingekommen ist, kann man es nicht mehr weglegen. Wenn man glaubt zu verstehen, genau dann versteht man, daß man nichts versteht.«

»Ich verstehe«, sagte er nur.

»Tust du das?« sagte sie.

Sie lachten beide.

Sie berührte seine Kleider. »Du bist wirklich naß«, sagte sie. »Ich ziehe sie dir aus.«

»Du brauchst nicht ...«

»Doch«, sagte sie. »Ich brauche.«

Sie zog ihn langsam aus. Er erlaubte sich, es zu genießen, vorbehaltlos.

»Ich finde bestimmt Zeit, jetzt ein bißchen mehr zu lesen«, sagte er, während sie ihm die Hose abpellte. »Und ein bißchen mehr Zeit füreinander bekommen wir auch.«

»Ihr habt diesen Montanamörder aber doch immer noch nicht gefaßt?«

»Kentuckymörder.«

»Wann kriegt ihr ihn denn eigentlich?«

»Nie«, sagte er ruhig.

Sie zog ihm seine Unterhose aus und warf sie auf den klatschnassen Kleiderhaufen auf dem Fußboden. Dann betrachtete sie ihn. »Du siehst gar nicht so übel aus, Paul Hjelm«, sagte sie. »Für einen Beamten im niederen Dienst und in mittleren Jahren.«

»Und du siehst auch nicht so übel aus«, sagte er. »Wie du merkst.«

Sie lachte und fing an, sich auszuziehen. Er streckte die Hand nach der Kerzenflamme aus.

Er löschte sie und verbrannte sich. »Au, verdammt«, sagte er.

»Du bist so tolpatschig«, lachte sie und legte sich neben ihn.

Er betrachtete den Docht, dessen Glut langsam erlosch, bis kein Licht mehr da war.

»Es kann nie zu wenig Licht werden«, sagte Paul Hjelm und gab sich hin.

Draußen strömte der Regen weiter.

PIPER

Arne Dahl

Falsche Opfer

Kriminalroman. Aus dem Schwedischen von Wolfgang Butt. 388 Seiten. Serie Piper

Per Karlsson hat nichts gesehen. Nicht einmal den brutalen Mord an dem jungen Mann, der buchstäblich vor seinen Augen erschlagen wurde. Karlsson gibt vor, in Ovids »Metamorphosen« versunken gewesen zu sein. Kurz darauf geschehen unweit des Tatorts zwei weitere Gewaltverbrechen: In einem Stockholmer Hochsicherheitsgefängnis wird der Drogendealer Lordan Vukovic in seiner Zelle von einer Bombe getötet. Und wenig später, am Abend der schwedischen Mittsommerfeier, ereignet sich auf einem Industriegelände eine blutige Auseinandersetzung: Zwei verfeindete Banden wollen einen mysteriösen Aktenkoffer an sich bringen, der den Schlüssel zu einem Banksafe enthält. Aber die Übergabe mißlingt, und von dem Koffer fehlt seitdem jede Spur. Die Stockholmer Polizei um Paul Hjelm und Kerstin Holm jagen zwei Verdächtige: Sonja Radic, die Tochter eines der Bandenführer – und Per Karlsson …

01/1458/01/R

PIPER

Arne Dahl

Tiefer Schmerz

Kriminalroman. Aus dem Schwedischen von Wolfgang Butt. 416 Seiten. Gebunden

Eine lange, tödliche Nadel steckt in seinem Kopf: Es ist ein kühler, berechnender Mord, der an dem renommierten schwedischen Hirnforscher und Nobelpreiskandidaten verübt wurde. Warum aber mußte der fast Neunzigjährige auf so qualvolle Weise sterben? Und in welchem Zusammenhang steht sein Tod mit dem einer grauenvoll zugerichteten Leiche, die Paul Hjelm und sein Team im Freizeitpark Skansen entdecken? Es gibt nur eine Spur, die die Stockholmer Sonderermittler der A-Gruppe verfolgen können: Epivu. Diese unverständliche Botschaft hat der Tote von Skansen in die Erde gekratzt – und auch das andere Opfer scheint diese Buchstaben gekannt zu haben.
Erinnerung, Haß und kühle Rache – »Tiefer Schmerz« erzählt von einem dunklen Kapitel der schwedischen Vergangenheit. Und wie kaum einem anderen gelingt es Arne Dahl, Spannung, Tiefgang und atemberaubendes Tempo miteinander zu verbinden.

01/1465/01/R

PIPER

John Burdett

Bangkok Tattoo

Thriller. Aus dem Englischen von Sonja Hauser. 416 Seiten. Gebunden

In seinem internationalen Bestseller »Der Jadereiter« stellte John Burdett die Unterwelt von Bangkok und seinen buddhistischen Polizisten Sonchai vor. Nun steht Sonchai vor seinem zweiten Fall: Ein so blutgetränktes Kleid wie das von Chanya hatte er in all den Jahren bei der königlich thailändischen Polizei nicht gesehen. Vollkommen berauscht stand sie plötzlich vor ihm, und mit einer Opiumpfeife in der Hand schrie sie: »Ich habe ihn umgebracht.« Dann verschwand sie wieder. Der Tote lag auf ihrem Bett im Old Man's Club, grausam zugerichtet und mit gehäutetem Rücken. Es war der Amerikaner Mitch Turner – Chanyas Geliebter und Mitarbeiter des CIA. Zutiefst überzeugt von ihrer Unschuld, konstruieren Sonchai und sein Vorgesetzter Colonel Vikorn aus dem Mord an Turner einen islamistischen Terrorakt. Doch selbst der hartgesottene Sonchai ist nicht vorbereitet auf die wahren Hintergründe dieses Falls.

01/1541/01/R

Anne Holt, Berit Reiss-Andersen

Das letzte Mahl

Roman. Aus dem Norwegischen von Gabriele Haefs. 427 Seiten. Serie Piper

Der grausame Mord an dem Osloer Restaurantchef Ziegler stellt Hanne Wilhelmsen und Billy T. vor ein Rätsel: Wer hat ihm das edle japanische Messer in die Brust gestoßen? Und was hat es mit dem unvollendeten kunstvollen Mosaik in Zieglers Wohnung auf sich? Nach dem tragischen Tod ihrer Freundin Cecilie ist Hanne endlich nach Oslo zurückgekehrt. Nur zögernd wird sie von ihren Kollegen wieder akzeptiert, bis sie diese vor einem schwerwiegenden Fehler bewahrt und den Mord aufklären kann.

»Ein Roman, der gleichzeitig so fesselt, daß man ihn verschlingt, aber doch so nachhaltig beschäftigt, daß man ihn nicht vergißt.«
Stadtmagazin Hannover

05/1771/01/L

Karin Fossum

Schwarze Sekunden

Roman. Aus dem Norwegischen von Gabriele Haefs. 300 Seiten. Serie Piper

Die schwarzen Sekunden der Septembernacht dehnen sich unerträglich, während Kommissar Sejer verzweifelt die verschwundene Ida Joner sucht. Ist der autistische Emil Johansson ihr unergründlicher, grausamer Mörder? Psychologische Finesse und höchste Spannung prägen den neuen Kriminalroman der preisgekrönten Autorin Karin Fossum.

»Meisterhaft schildert Karin Fossum die Katakomben der menschlichen Psyche. Ein Nervenzerrspiel, dessen Plot über die letzte Seite hinaus verstört.«
Facts

05/1773/01/R

SERIE PIPER

Kerstin Ekman

Die letzten Flöße

Roman. Aus dem Schwedischen von Hedwig M. Binder. 480 Seiten. Serie Piper

Die stille Landschaft im nordschwedischen Jämtland ist Schauplatz von Kerstin Ekmans großem neuen Roman. Dort lernt die junge Myrten Elis kennen, einen Künstler und Sonderling, der soeben aus dem Krieg heimgekehrt ist. Die beiden verlieben sich, doch Myrten erkennt zu spät, daß Elis eine Vorgeschichte in dem kleinen Ort hat, die auch ihr Leben folgenschwer beeinflussen wird. Ein großer epischer Gesellschaftsroman und die Geschichte einer jungen Frau auf der Suche nach ihrer Bestimmung.

05/1995/01/L

Emma Vall

Lautloser Fluß

Roman. Aus dem Schwedischen von Lotta Rüegger und Holger Wolandt. 286 Seiten. Serie Piper

Als eine Frauenleiche im Selångerfluß gefunden wird, ist die Polizei in Sundsvall ratlos. War die junge Estin eine Prostituierte, die im neu eröffneten Kasino gearbeitet hat? Oder hat der Mord etwas mit der großen Kunstmesse zu tun, die Besucher aus dem ganzen Land anlockt? Ein Fall für die engagierte Journalistin Amanda Rönn, die sich für die Ereignisse hinter den Kulissen zu interessieren beginnt. Gibt es da eine Wahrheit, die nicht ans Tageslicht darf? Als wenig später ihre beste Freundin, die Künstlerin Sara, kurz vor der Eröffnung ihrer umstrittenen Ausstellung spurlos verschwindet, ahnt Amanda, daß jede Sekunde zählt …

»›Lautloser Fluß‹ ist ein temporeicher und spannender Journalistenkrimi, und die drei Frauen hinter dem Pseudonym Emma Vall scheinen ein fest zusammengeschweißtes Team zu sein.«
Vadstena Tidning

05/1526/01/R

Daniel Silva

Der Auftraggeber

Roman. Aus dem Amerikanischen von Wulf Bergner. 479 Seiten. Serie Piper

Die schwarze Limousine geht in einer grellen weißen Explosion auf, der israelische Botschafter in Paris ist auf der Stelle tot – und die Spur der Täter führt Gabriel Allon zurück in seine eigene Vergangenheit, zum tragischsten Moment seines Lebens … Auf der atemberaubend spannenden Jagd zweier Todfeinde schickt Daniel Silva seine Leser um den ganzen Erdball und verwebt geschickt die politische Intrige mit dem persönlichen Schicksal seines Helden.

»Silvas Roman geht psychologisch in die Tiefe und läßt kunstvoll die Grenzen zwischen historischen Fakten und Fiktion verschwimmen.«
Berliner Morgenpost

05/1687/01/L

Anne Chaplet

Russisch Blut

Kriminalroman. 256 Seiten. Serie Piper

Für Katalina Cavic sollte es ein Neuanfang sein auf Schloß Blanckenburg. Doch sie kommt nicht zur Ruhe, Lüge und Betrug sind hier ebenso offensichtlich wie der Verfall des alten Anwesens. Während die junge bosnische Tierärztin noch mit den Dämonen ihrer eigenen Vergangenheit kämpft, erschüttert der Mord an einem angesehenen Archäologen die Schloßbewohner. Im Zuge der Ermittlungen tritt ein altes Geheimnis zutage, das mit der dramatischen Flucht einer Frau in den Wirren des Zweiten Weltkriegs zusammenhängt und Katalina an ihre eigene Geschichte erinnert.

»Anne Chaplet ist ein Glücksfall für die deutsche Kriminiliteratur.«
Der Spiegel

05/1996/01/R

Heinrich Steinfest

Nervöse Fische

Kriminalroman. 316 Seiten. Serie Piper

Für den Wiener Chefinspektor Lukastik, Logiker und gläubiger Wittgensteinianer, steht fest: »Rätsel gibt es nicht.« Das meint er selbst noch, als er auf dem Dach eines Wiener Hochhauses im Pool einen toten Mann entdeckt, der offensichtlich kürzlich durch einen Haiangriff ums Leben kam. Mitten in Wien, achtundzwanzigstes Stockwerk. Und von einem Hai keine Spur. Nun steht der Wiener Chefinspektor nicht nur vor einem Rätsel, es sind unzählige: Ein Hörgerät taucht auf, zwei Assistenten verschwinden. Und die Haie lauern irgendwo … Der neue Krimi Heinrich Steinfests, 2004 Preisträger des Deutschen Krimipreises.

»Ich wiederhole mich: Herrlich! Göttlich! Steinfest!«
Tobias Gohlis, Die Zeit

05/1765/01/L

Thomas Perry

Der Tag der Katze

Roman. Aus dem Amerikanischen von Friedrich A. Hofschuster. 254 Seiten. Serie Piper

Die »Donahue-Papiere« müssen wiederbeschafft werden – um jeden Preis. Ihr Inhalt ist streng vertraulich: eine Studie zur psychologischen Kriegsführung in Lateinamerika. Diese brisanten Unterlagen sind bei einem Überfall auf die Forschungsabteilung der Universität von Los Angeles abhanden gekommen und könnten in den Händen Unbefugter eine Katastrophe auslösen. CIA-Agent Ben Porterfield nimmt den Auftrag an. Seine Gegenspieler sind der Ex-Söldner Chinese Gordon und dessen Katze Doktor Henry Metzger, die es ihm nicht gerade leichtmachen …
Ein temporeicher Thriller aus der elegant-witzigen Feder des Erfolgsautors Thomas Perry.

05/1766/01/R